Potop
(Tom pierwszy)
Henryk Sienkiewicz

Potop (Tom pierwszy)
Copyright © JiaHu Books 2016
Published in Great Britain in 2016 by JiaHu Books – part of Richardson-Prachai
Solutions Ltd, 434 Whaddon Way, Bletchley, MK3 7LB
ISBN: 978-1-78435-183-0
A CIP catalogue record for this book is available from the British Library
Visit us at: jiahubooks.co.uk

ROZDZIAŁ 1

Przyszedł nowy rok 1655. Styczeń był mroźny, ale suchy; zima tęga przykryła Żmudź świętą grubym na łokieć, białym kożuchem; lasy gięły się i łamały pod obfitą okiścią, śnieg olśniewał oczy w dzień przy słońcu, a nocą przy księżycu migotały jakoby iskry niknące po stężałej od mrozu powierzchni; zwierz zbliżał się do mieszkań ludzkich, a ubogie szare ptactwo stukało dziobami do szyb szedzią i śnieżnymi kwiatami okrytych.

Pewnego wieczora siedziała panna Aleksandra w izbie czeladnej wraz z dziewczętami dworskimi. Dawny to był zwyczaj Billewiczów, że gdy gości nie było, to z czeladzią spędzali wieczory śpiewając pieśni pobożne i przykładem swym prostactwo budując. Tak też czyniła i panna Aleksandra, a to tym łacniej, że między jej dziewkami dworskimi same były prawie szlachcianki, sieroty bardzo ubogie. Te robotę wszelką, choćby najgrubszą, spełniały i przy paniach służebnymi były, a w zamian za to ćwiczyły się w obyczajności, lepszego doznając od prostych dziewek traktowania. Były jednak między nimi i chłopki, mową głównie się różniące, bo wiele z nich po polsku nie umiało.

Panna Aleksandra wraz z krewną swą panną Kulwiecówną siedziały w pośrodku, a dziewczęta po bokach na ławach; wszystkie kądziel przędły. Na potężnym kominie ze zwieszonym okapem paliły się kłody sosnowe i karpy, to przygasając, to znów strzelając jasnym, wielkim płomieniem lub skrami, w miarę jak stojący wedle komina wyrostek przyrzucał drobniejszych brzeźniaków i łuczywa. Gdy płomień strzelił jaśniej, widać było ciemne drewniane ściany ogromnej izby z nadzwyczaj niskim, belkowanym sufitem. U belek wisiały na niciach różnokolorowe gwiazdki uczynione z opłatków, kręcące się w cieple, a zza belek wyglądały motki lnu, zwieszające się na obie strony, jakby tureckie zdobyczne buńczuki. Cały niemal pułap był nimi założony. Po ścianach ciemnych błyszczały jakoby gwiazdy statki cynowe, większe i mniejsze, stojące lub poopierane na długich półkach dębowych.

W głębi, przy drzwiach, kudłaty Żmudzin huczał gwałtownie żarnami mrucząc pod nosem pieśń monotonną, panna Aleksandra przesuwała w milczeniu paciorki różańca, prządki przędły, nic jedna do drugiej nie mówiąc.

Światło płomienia padało na ich młode, rumiane twarze, one zaś z rękoma wzniesionymi ku kądzielom, lewą podszczypując len miękki, prawą kręcąc wrzeciona, przędły gorliwie jakby na wyścigi, surowymi spojrzeniami panny Kulwiecówny podniecane. Czasem też spoglądały na się bystrymi oczkami, a czasem na pannę Aleksandrę, jakby w oczekiwaniu, rychłoli

Żmudzinowi mleć zakaże i pieśń pobożną rozpocznie; ale z robotą nie ustawały i przędły, przędły; wiły się nici, warczały wrzeciona, migotały druty w ręku panny Kulwiecówny, a kudłaty Żmudzin w żarna huczał.

Chwilami jednak przerywał robotę, widocznie coś się w żarnach psuło, bo jednocześnie rozlegał się jego gniewny głos:

- Padłas !

Panna Aleksandra podnosiła głowę, jakby rozbudzona ciszą, która następowała po okrzykach Żmudzina; wówczas płomień oświecał jej białą twarz i poważne, błękitne oczy, patrzące spod brwi czarnych.

Była to urodziwa panna o płowych włosach, bladawej cerze i delikatnych rysach. Miała piękność białego kwiatu. Żałobna suknia dodawała jej powagi. Siedząc przed tym kominem była tak w myślach pogrążona jak w śnie; zapewne nad dolą własną rozmyślała, gdyż losy jej były w zawieszeniu.

Testament przeznaczył ją na żonę człowieka, którego nie widziała od lat dziesięciu, a że dobiegała dopiero dwudziestu, więc pozostało jej tylko niejasne wspomnienie dziecinne jakiegoś burzliwego wyrostka, który za czasu swego pobytu z ojcem w Wodoktach więcej z rusznicą po bagnach latał, niż na nią patrzył.

"Gdzie on jest i jaki on jest teraz?" - oto pytania, które cisnęły się na myśl poważnej pannie.

Znała go wprawdzie jeszcze z opowiadań nieboszczyka podkomorzego, który na cztery lata przed śmiercią przedsięwziął był daleką i trudną podróż do Orszy. Otóż, wedle tych opowiadań, miał to być "wielkiej fantazji kawaler, choć gorączka okrutny". Po owym układzie o małżeństwo dzieci zawartym między starym Billewiczem a Kmicicem ojcem, miał ów kawaler przyjechać zaraz do Wodoktów akomodować się pannie; tymczasem wybuchła wielka wojna i kawaler zamiast do panny pociągnął na pola beresteckie. Tam postrzelon, leczył się w domu; potem ojca schorzałego i bliskiego śmierci pilnował; potem znów była wojna - i tak zeszły owe cztery lata. Teraz od śmierci starego pułkownika upłynął już kawał czasu, a o Kmicicu słuch przepadł.

Miała tedy o czym rozmyślać panna Aleksandra, a może tęskniła do nieznanego. W sercu czystym, właśnie dlatego, że jeszcze miłości nie zaznało, nosiła wielką gotowość do kochania. Iskry tylko trzeba było, żeby na tym ognisku rozpalił się płomień spokojny, ale jasny, równy, silny i jak znicz litewski nie gasnący.

Więc niepokój ogarniał ją, czasem luby, a czasem przykry, i dusza jej ciągle zadawała sobie pytania, na które nie było odpowiedzi, a raczej dopiero miała nadejść z pól dalekich. Więc pierwsze pytanie było: zali on z dobrej woli ją zaślubi i gotowością na jej gotowość do kochania odpowie? W owych czasach układy rodzicielskie o małżeństwo dzieci bywały rzeczą zwykłą, a dzieci choćby po śmierci rodziców, związane pod błogosławieństwem, dotrzymywały najczęściej układu. W samym więc zaswataniu jej nie widziała panienka nic nadzwyczajnego, ale że dobra wola nie zawsze z obowiązkiem chodzi w parze, więc i ta troska obciążyła płową główkę panny: "Czy on mnie pokocha?" I potem już stado myśli opadło ją, jak stado ptastwa opada drzewa samotnie na rozległych polach stojące: "Ktoś ty jest? jakiś jest? Żyw chodzisz po świecie? czy może już gdzie tam poległeś?... Dalekoś ty? czy blisko?..." Otwarte serce panny, jak drzwi otwarte na przyjęcie miłego gościa, mimo woli wołało ku dalekim stronom, ku lasom i polom śnieżnym, nocą przykrytym: "Bywaj, junaku! bo nie masz nic gorszego w świecie nad oczekiwanie!"

Wtem jakby w odpowiedź wołaniu, z zewnątrz, właśnie z owych śnieżnych dalekości nocą pokrytych, doszedł głos dzwonka.

Panna drgnęła, lecz oprzytomniawszy wnet przypomniała sobie, że to z Pacunelów przysyłano każdego prawie wieczora do apteczki po leki dla młodego pułkownika; myśl tę potwierdziła panna Kulwiecówna mówiąc:

- To od Gasztowtów po driakiew.

Nieregularny głos dzwonka targanego przy dyszlu brzmiał coraz wyraźniej; na koniec ucichł nagle, widocznie sanki zatrzymały się przed domem.

- Obacz, kto przyjechał - rzekła panna Kulwiecówna do obracającego żarna Żmudzina.

Żmudzin wyszedł z czeladnej, lecz po małej chwili pojawił się z powrotem i biorąc znów za drąg od żaren rzekł z flegmą:

- Panas Kmitas.

- A słowo stało się ciałem! - wykrzyknęła panna Kulwiecówna.

Prządki zerwały się na równe nogi; kądziele i wrzeciona pospadały na ziemię.

Panna Aleksandra wstała także; serce jej biło jak młotem, na twarz występowały rumieńce, a po nich bladość; ale odwróciła się umyślnie od komina, żeby wzruszenia nie okazać.

Wtem we drzwiach pojawiła się wyniosła jakaś postać w szubie i czapce futrzanej na głowie. Młody mężczyzna postąpił na środek izby i poznawszy, że się znajduje w czeladnej, spytał dźwięcznym głosem, nie zdejmując czapki:

- Hej! a gdzie to wasza panna?

- Jestem - odpowiedziała dość pewnym głosem Billewiczówna.

Usłyszawszy to przybyły zdjął czapkę, rzucił ją na ziemię i skłoniwszy się rzekł:

- Jam jest Andrzej Kmicic.

Oczy panny Aleksandry spoczęły błyskawicą na twarzy Kmicica, a potem znów wbiły się w ziemię; przez ten czas jednak zdołała panienka dojrzeć płową jak żyto, mocno podgoloną czuprynę, smagłą cerę, siwe oczy bystro przed się patrzące, ciemny wąs i twarz młodą, orlikowatą, a wesołą i junacką.

On się zaś w bok ujął lewą ręką, prawą do wąsa podniósł i tak mówił:

- Jeszczem w Lubiczu nie był, jeno tu ptakiem śpieszyłem do nóg panny łowczanki się pokłonić. Prosto z obozu mnie tu wiatr przywiał, daj Boże, szczęśliwy.

- Waćpan wiedziałeś o śmierci dziadusia podkomorzego? - spytała panna.

- Nie wiedziałem, alem go łzami rzewnymi opłakał, dobrodzieja mojego, gdym się o jego zgonie od owych szaraczków dowiedział, którzy z tych stron do mnie przybyli. Szczery to był przyjaciel, nieledwie brat mego nieboszczyka rodzica. Pewnie waćpannie wiadomo dobrze, że przed czterema laty aż pod Orszę do nas przybył. Wtedy mi to waćpannę obiecał i konterfekt pokazał, do którego po nocach wzdychałem. Byłbym tu wcześniej przyjechał, ale wojna nie matka; ze śmiercią jedno ludzi swata.

Zmieszała nieco panienkę ta śmiała mowa, więc chcąc ją na co innego odwrócić rzekła:

- To waćpan jeszcze swojego Lubicza nie widział?

- Czas na to będzie. Tu pierwsze służby i droższy legat, który naprzód chciałbym odziedziczyć. Jeno mi się waćpanna tak od komina odwracasz, żem dotąd i w oczy spojrzeć nie mógł. Ot! tak! odwróć się waćpanna, a ja od komina zajdę! - ot - tak!

To rzekłszy śmiały żołnierz chwycił nie spodziewającą się takiego postępku Oleńkę za ręce i ku ognisku odwrócił, tak nią jak frygą zakręciwszy.

Ona zaś zmieszała się jeszcze bardziej i nakrywszy oczy długimi rzęsami stała tak światłem i własną pięknością zawstydzona. Kmicic puścił ją wreszcie i uderzył się po kontuszu.

- Jak mi Bóg miły, rarytet! Dam na sto mszy po moim dobrodzieju, że mi cię zapisał. Kiedy ślub?

- Jeszcze nieprędko, jeszczem nie waćpana - odrzekła Oleńka.

- Ale będziesz, choćbym ten dom miał podpalić! Na Boga! myślałem, że konterfekt pochlebiony, ale to, widzę, malarz wysoko mierzył, a chybił. Sto bizunów takiemu - i piece mu malować, nie one specjały, którymi oczy pasę. Miłoż to taki legat dostać, niech mnie kule biją!

- Dobrze nieboszczyk dziaduś mi powiadał, żeś waćpan gorączka.

- Tacy u nas wszyscy w Smoleńskiem, nie jak wasi Żmudzini. Raz, dwa !- i musi być, jak chcemy, a nie, to śmierć!

Oleńka uśmiechnęła się i rzekła już pewniejszym głosem podnosząc na kawalera oczy:

- Ej! to chyba Tatarzy u was mieszkają?

- Wszystko jedno! a waćpanna moją jesteś z woli rodziców i po sercu.

- Po sercu, to jeszcze nie wiem.

- Niechbyś nie była, to bym się nożem pchnął!

- Śmiejący się to waćpan mówisz... ależ my to jeszcze w czeladnej!... Proszę do komnat. Po długiej drodze pewnie się i wieczerza przygodzi - proszę!

Tu Oleńka zwróciła się do panny Kulwiecówny:

- Ciotuchna pójdzie z nami?

Młody chorąży spojrzał bystro:

- Ciotuchna? - spytał - jaka ciotuchna?

- Moja, panna Kulwiecówna.

- A to i moja - odparł zabierając się do rąk całowania. - Dla Boga ! toż ja mam w chorągwi towarzysza, który się zwie Kulwiec-Hippocentaurus. Czy nie krewniak, proszę?

- To z tych samych! - odrzekła dygając stara panna.

- Dobry chłop, ale wicher jak i ja! - dodał Kmicic.

Tymczasem wyrostek ukazał się ze światłem, więc przeszli do sieni, gdzie pan Andrzej szubę z siebie zrzucił, a potem na drugą stronę, do komnat gościnnych.

Zaraz po ich odejściu prządki zbiły się w ciasną gromadkę i nuż jedna przez drugą gadać, a uwagi czynić. Strojny młodzian podobał się im bardzo, więc i nie szczędziły mu słów, wzajemnie się w pochwałach przesadzając.

- Łuna od niego bije - mówiła jedna. - Kiedy wszedł, myślałam, że królewicz.

- A oczy ma jak ryś, aż nimi kłuje - odrzekła druga. - Takiemu się nie przeciw!

- Najgorzej się przeciwiać! - odpowiedziała trzecia.

- Panną jak wrzecionem okręcił! Ale już to znać, że mu się udała bardzo, bo i komuż by się ona nie udała?

- Ale i on nie gorszy, nie bój się! Żeby ci się taki zdarzył, poszłabyś i do Orszy, choć to podobno na końcu świata.

- Szczęśliwa panna!

- Bogatym zawsze lepiej na świecie. Ej, ej! złotoż to, nie rycerz!

- Mówiły pacunelki, że i ten rotmistrz, któren jest w Pacunelach, u starego Pakosza, piękny kawaler.

- Nie widziałam ja go, ale gdzie jemu do pana Kmicica! Już takiego chyba na świecie nie ma!

- Padłaś! - zawołał nagle Żmudzin, któremu znów się coś w żarnach popsuło.

- A nie pójdziesz, ty kudłaty, ze swoimi wymysłami! Dajże już spokój, bo się i dosłyszeć nie można!... Tak, tak! trudno lepszego niż pan Kmicic na całym świecie znaleźć! Pewnie i w Kiejdanach takiego nie ma!

- Taki to się i przyśni!

- Niechby się choć przyśnił...

W taki to sposób rozprawiały ze sobą szlachcianki w czeladnej.

Tymczasem nakrywano co duchu w izbie stołowej, a w gościnnej siedziała panna Aleksandra sam na sam z Kmicicem, bo ciotka Kulwiecówna poszła krzątać się wedle wieczerzy.

Pan Andrzej nie zdejmował wzroku z Oleńki i oczy iskrzyły mu się coraz bardziej, na koniec rzekł:

- Są ludzie, którym majętność nad wszystko milsza, inni za zdobyczą na wojnie gonią, inni się w koniach kochają, ale ja bym waćpanny za żadne skarby nie oddał! Dalibóg, im więcej patrzę, tym większa ochota do żeniaczki, żeby choć i jutro! Już tę brew to chyba waćpanna korkiem przypalonym malujesz?

- Słyszałam, że tak płoche czynią, ale jam nie taka.

- A oczy jakoby z nieba! Od konfuzji słów mnie brakuje.

- Nie bardzoś waćpan skonfundowany, gdy tak obcesem na mnie nastajesz, aż mnie i dziwno.

- To też obyczaj nasz smoleński: do niewiast czy w ogień śmiało iść. Musisz, królowo, do tego przywyknąć, bo tak zawsze będzie.

- Musisz waćpan odwyknąć, bo nie może tak być.

- Może się i poddam, niech mnie usieką! Wierz, waćpanna, nie wierz, a rad bym ci nieba przychylić! Dla ciebie, mój królu, gotówem się i obyczajów innych uczyć, bo wiem to do siebie, żem żołnierz prostak i w obozie więcej bywałem niźli na pokojach dworskich.

- Ejże, nic to nie szkodzi, bo i mój dziaduś żołnierzem był, ale dziękuję za dobrą chęć! - odrzekła Oleńka i oczy jej spojrzały tak słodko na pana Andrzeja, że mu od razu serce jak wosk stopniało i odrzekł:

- Waćpanna mnie na nitce będziesz wodzić!

- Oj, niepodobny waćpan do takich, których na nitce wodzą! Najtrudniej to z niestatecznymi.

Kmicic ukazał białe, jakoby wilcze, zęby w uśmiechu.

- Jak to? - rzekł - małoż to ojcowie nałamali na mnie rózeg w konwencie, abym do statku przyszedł i różne piękne maksymy spamiętał, przewodniczki żywota...

- A którążeś najlepiej spamiętał?

- "Kiedy kochasz, padaj do nóg" - ot tak!

To rzekłszy pan Kmicic już był na kolanach, panienka zaś wołała chowając nogi pod stołek:

- Dla Boga! tego w konwencie nie uczyli! Daj waćpan spokój, bo się rozgniewam... i ciotka zaraz przyjdzie...

On zaś, klęcząc ciągle, podniósł głowę w górę i w oczy jej patrzył.

- A niech i cała chorągiew ciotek nadciągnie, nie zaprę się ochoty!

- Wstańże waćpan.

- Już wstaję.

- Siadaj waćpan.

- Już siedzę.

- Zdrajca z waćpana, Judasz!

- A nieprawda, bo jak całuję, to szczerze!... Chcesz się przekonać?

- Ani się waćpan waż!

Panna Aleksanara śmiała się jednak, a od niego aż łuna biła młodości i wesołości. Nozdrza mu latały jak młodemu źrebcowi szlachetnej krwi.

- Aj! aj! - mówił - co to za oczki, jakie liczko! Ratujcież mnie, wszyscy święci, bo nie usiedzę!

- Nie trzeba wszystkich świętych wzywać. Siedziałeś waćpan cztery lata, aniś tu zajrzał, to siedź i teraz!

- Ba! znałem jeno konterfekt. Każę tego malarza w smołę, a potem w pierze wsadzić i po rynku w Upicie biczem pędzać. Już powiem wszystko szczerze: chcesz waćpanna, to przebacz! - nie, to szyję utnij! Myślałem sobie tedy na ów konterfekt poglądając: gładka, gadzina, bo gładka, ale gładkich nie brak na świecie - mam czas! Ojciec nieboszczyk napędzał, żeby to jechać, a ja zawsze jedno: Mam czas! żeniaczka nie przepadnie! panny na wojnę nie chodzą i nie giną. Nie przeciwiłem się ze wszystkim woli ojcowskiej, Bóg mi świadek, ale chciałem wpierw wojny zażyć, jakoż na własnej skórze praktykowałem. Teraz dopiero poznaję, żem był głupi, bo mogłem i żeniaty na wojnę iść, a tu mnie delicje czekały. Chwała Bogu, że całkiem mnie nie usiekli. Pozwól waćpanna rączki ucałować.

- Lepiej nie pozwolę.

- Tedy nie będę pytał. U nas w Orszańskiem mówią: "Proś, a nie dają, to sam weź!"

Tu pan Andrzej przypił się do rączki panienki i całować ją począł, a panienka nie wzbraniała zanadto, żeby nieżyczliwości nie okazać.

Wtem weszła panna Kulwiecówna i widząc, co się dzieje, podniosła oczy do góry. Nie zdała jej się ta konfidencja, ale nie śmiała strofować, natomiast zaprosiła na wieczerzę.

Poszli tedy oboje, wziąwszy się pod ręce jakby rodzeństwo, do jadalnej izby, w której stał stół nakryty, a na nim wszelkich potraw obficie, zwłaszcza wędlin wybornych, i omszały gąsiorek wina moc dającego. Dobrze było ze sobą młodym, raźno i wesoło. Panna już była po wieczerzy, więc tylko pan Kmicic zasiadł i jeść począł z tą samą żywością, z jaką przedtem rozmawiał.

Oleńka spoglądała nań z boku, rada, że je i pije, potem zaś, gdy nasycił pierwszy głód, zaczęła znów wypytywać:

- To waćpan nie spod Orszy jedziesz?

- Bo ja wiem skąd?!... Dziś tu bywałem, jutro tam! Takem pod nieprzyjaciela podchodził jako wilk pod owce i co tam można było urwać, tom urywał.

- A żeś się to waćpan ważył takiej potędze oponować, przed którą sam hetman wielki musiał ustąpić?

- Żem się ważył? Jam na wszystko gotów, taka już we mnie natura!

- Mówił to i nieboszczyk dziaduś... Szczęście, żeś waćpan nie zginął.

- Ej! nakrywali mnie tam czapką i ręką jako ptaka w gnieździe, ale co nakryli, tom uskoczył i gdzie indziej ukąsił. Naprzykrzyłem się tak, że jest cena na moją głowę... Wyborny ten półgęsek!

- W imię Ojca i Syna! - zawołała z nieudanym przerażeniem Oleńka spoglądając jednocześnie z uwielbieniem na tego młodziana, który razem mówił o cenie na swą głowę i o półgęsku.

- Chybaś miał waćpan potęgę wielką do obrony?

- Miałem dwieście swoich dragoników, bardzo przednich, ale mi się w miesiąc wykruszyli. Potem z wolentarzami chodziłem, których zbierałem, gdziem mógł, nie przebredzając. Dobrzy pachołkowie do bitwy, ale łotry nad łotrami ! Ci, co nie poginęli, prędzej później pójdą wronom na frykasy... To rzekłszy pan Andrzej znów się rozśmiał, wychylił kielich wina i dodał:

- Takich drapichrustów jeszcześ waćpanna w życiu nie widziała. Niech im kat świeci! Oficyjerowie - wszystko szlachta z naszych stron, familianci, godni ludzie, ale prawie na każdym jest kondemnatka. Siedzą teraz w Lubiczu, bo co miałem innego z nimi robić?

- To waćpan z całą chorągwią do nas przyciągnął?...

- Tak jest. Nieprzyjaciel zamknął się w miastach, bo zima okrutna! Moi ludzie też się zdarli jako miotły od ciągłego zamiatania, więc mi książę wojewoda hiberny w Poniewieżu naznaczył. Dalibóg, dobrze to zasłużony odpoczynek!

- Jedz waćpan, proszę.

- Ja bym dla waćpanny i truciznę zjadł!... Zostawiłem tedy część mojej hołoty w Poniewieżu, część w Upicie, a godniejszych kompanionów do Lubiczam w gościnę zaprosił... Ci przyjadą waćpannie czołem bić.

- A gdzież waćpana laudańscy ludzie znaleźli?

- Oni mnie znaleźli, gdym i tak już do Poniewieża na hiberny szedł. Byłbym i bez nich tu przyciągnął.

- Pij no, waćpan...

- Ja bym dla waćpanny i truciznę wypił...

- Ale o śmierci dziadusia i o testamencie to laudańscy dopiero waćpanu powiedzieli?

- A, o śmierci to oni. Panie, świeć nad duszą mego dobrodzieja! Czy to waćpanna wysłałaś do mnie tych ludzi?

- Tego sobie waćpan nie myśl. O żałobie myślałam i modlitwie, więcej o niczym...

- Oni też to samo mówili... Ho! harde jakieś szaraki!... Chciałem im dać nagrodę za fatygę, to jeszcze się na mnie żachnęli i nuż przymawiać, że to może orszańska szlachta munsztułuki bierze, ale laudańska nie! Bardzo mi szpetnie przymawiali! Co ja słysząc myślę sobie tak: nie chcecie pieniędzy, każę wam dać po sto bizunów.

Na to panna Aleksandra chwyciła się za głowę.

- Jezus Maria! i waćpan to uczynił?

Kmicic spojrzał zdziwiony.

- Nie przestraszaj się waćpanna... Nie uczyniłem, choć się dusza zawsze we mnie na takich szlachetków przewraca, którzy równymi nam się być mienią. Alem sobie pomyślał: okrzyczą mnie niewinnie w okolicy za gwałtownika i jeszcze przed waćpanną obmówią.

- Wielkie to szczęście! - rzekła oddychając głęboko Oleńka - bo inaczej na oczy bym waćpana widzieć nie mogła.

- A to jakim sposobem?

- Mała to szlachta, ale starożytna i sławna. Dziaduś nieboszczyk zawsze się w nich kochał i na wojnę z nimi chodził. Wiek życia razem przesłużyli, a czasu pokoju w dom ich przyjmował. Stara to domu naszego przyjaźń, którą waćpan szanować musisz. Masz przecie serce i nie popsujesz tej świętej zgody, w której żyliśmy dotąd!

- To ja o niczym nie wiedziałem! niech mnie usieką, jeślim wiedział! A przyznaję, że ta bosa szlachetczyzna jakoś mi nie idzie do głowy. U nas: kto chłop, to chłop, a szlachta wszystko familianci, którzy po dwóch na jedną kobyłę nie siadają... Dalibóg, że takim szerepetkom nic do Kmiciców ani do Billewiczów, jak piskorzom nic do szczuk, choć i to, i to ryba.

- Dziaduś powiadał, że substancja nic nie stanowi, jeno krew i poczciwość, a to poczciwi ludzie, inaczej by ich dziaduś opiekunami moimi nie czynił.

Pan Andrzej zdumiał się i otworzył szeroko oczy.

- Ich? opiekunami waćpanny dziaduś uczynił? wszystką szlachtę laudańską?...

- Tak jest. Waćpan się nie marszcz, bo nieboszczyka wola święta. Dziwno mi to, że wysłańcy tego waćpanu nie powiedzieli?

- Byłbym ich... Ale nie może to być! Przecie tu jest kilkanaście zaścianków... wszyscyż to oni nad waćpanną sejmują? Zali i nade mną będą sejmikować, czym po ich myśli, czy nie?... Ej ! nie żartuj no waćpanna, bo się we mnie krew burzy!

- Panie Andrzeju, ja nie żartuję... świętą i szczerą prawdę mówię. Nie będą oni sejmikowali nad waćpanem; ale jeśli im ojcem za przykładem dziadusia będziesz, jeśli ich nie odepchniesz, pychy nie okażesz, to nie tylko ich, ale i mnie za serce ujmiesz. Będę razem z nimi waćpanu dziękowała, całe życie... całe życie, panie Andrzeju...

Głos jej brzmiał jak prośba pieściwa, ale on nie rozmarszczał brwi i chmurny był. Gniewem wprawdzie nie wybuchnął, choć chwilami przelatywały mu jakby błyskawice po twarzy, ale odrzekł z wyniosłością i dumą:

- Tegom się nie spodziewał! Szanuję wolę nieboszczyka i tak myślę, że pan podkomorzy mógł ten drobiazg szlachecki do czasu mego przybycia opiekunami waćpanny uczynić, ale gdym tu już raz nogą stanął, nikt inny prócz mnie opiekunem nie będzie. Nie tylko owe szaraki, ale i sami Radziwiłłowie birżańscy nic tu do opieki nie mają!

Panna Aleksandra spoważniała i odrzekła po krótkiej chwili milczenia:

- Źle waćpan czynisz, że się dumą unosisz. Kondycje dziada nieboszczyka albo trzeba wszystkie przyjąć, albo wszystkie odrzucić - rady innej nie widzę. Laudańscy nie będą się przykrzyć ani też narzucać, bo to godni ludzie i spokojni. Tego waćpan nie przypuszczaj, żeby oni ci ciężcy byli. Gdyby tu jakieś niesnaski powstały, tedyby mogli słowo rzec, ale tak mniemam, że wszystko pójdzie zgodnie i spokojnie, a wtedy taka to będzie opieka, jakby jej nie było...

On pomilczał jeszcze chwilę, potem ręką kiwnął i rzekł:

- Prawdać to, że ślub wszystko zakończy. Nie ma się o co spierać, niech jeno siedzą spokojnie i nie wtrącają się do mnie, bo dalibóg, nie dam sobie w wąsy dmuchać; zresztą, mniejsza o nich! Przyzwól waćpanna na ślub prędki, to będzie najlepiej!

- Nie wypada teraz o tym mówić w czasie żałoby...

- Aj! a długo będę musiał czekać?

- Sam dziaduś napisał, żeby nie dłużej jak pół roku.

- Wyschnę do tego czasu jak trzaska. Ale się już nie gniewajmy. Jużeś waćpanna tak zaczęła na mnie surowie spoglądać jak na winowajcę. Bogdajże cię, mój królu złoty! Com ja winien, kiedy natura we mnie taka: gdy mnie gniew na kogo uchwyci, to bym go rozdarł, a gdy przejdzie, to bym zszył!

- Strach z takim żyć - odrzekła już weselej Oleńka.

- No! zdrowie waćpanny! Dobre to wino, a u mnie szabla i wino to grunt. Jaki tam strach ze mną żyć! Waćpanna to mnie usidlisz swoimi oczami i w niewolnika obrócisz, mnie, którym nikogo nad sobą znosić nie chciał. Ot, i teraz! wolałem z chorągiewką na własną rękę chodzić niż panom hetmanom się kłaniać... Mój królu złoty! jeślić się co we mnie nie spodoba, to i przebacz, bom się manier pod harmatami uczył, nie we fraucymerach - w zgiełku żołnierskim, nie przy lutni. U nas tam niespokojna strona, szabli z ręki nie popuść. Toteż, choć tam i kondemnatka jaka na kim cięży, choć go i wyrokami ścigają - nic to! Ludzie go szanują, byle fantazję miał kawalerską. Exemplum: moi kompanionowie, którzy gdzie indziej dawno by w wieżach siedzieli... swoją drogą godni kawalerowie! Nawet białogłowy u nas w butach i przy szabli chodzą i partiom hetmanią, jako pani Kokosińska, stryjna mego porucznika, czyniła; która teraz kawalerską śmiercią poległa, a synowiec pod moją komendą za nią się mścił, choć jej za życia nie kochał. Gdzie nam dworności się uczyć, choćby największym familiantom? Ale to rozumiemy: wojna - to stawać, sejmik - to gardłować, a mało języka - to dalejże szablą! Ot, co jest! takiego mnie nieboszczyk podkomorzy poznał i takiego dla waćpanny wybrał!

- Jam zawsze za wolą dziadusia szła chętnie - odparła spuszczając oczy panienka.

- A dajże jeszcze rączyny ucałować, moja słodka dziewczyno! Dalibóg, okrutnieś mi do serca przypadła. Tak mnie sentyment rozebrał, że nie wiem, jak do owego Lubicza trafię, któregom jeszcze nie widział.

- Dam waćpanu przewodnika.

- Ej, obejdzie się. Już ja przywykłem tłuc się po nocach. Mam pachołka z Poniewieża, który powinien drogę znać. A tam mnie Kokosiński z kompanami czeka... wielcy to familianci u nas Kokosińscy, którzy się Pypką pieczętują... Tego niewinnie bezecnym ogłoszono za to, że panu Orpiszewskiemu dom spalił i dziewkę porwał, a ludzi wyciął... Godny towarzysz!... Dajże jeszcze rączyny. Czas, widzę, jechać!

Wtem północ poczęła bić z wolna na wielkim gdańskim zegarze w jadalnej izbie stojącym.

- Dla Boga! czas! czas! - zawołał Kmicic. - Nic tu już nie wskóram! Miłujesz że mnie choć na obwinięcie palca?

- Kiedy indziej odpowiem. Przecie będziesz mnie waćpan odwiedzał?

- Co dzień! chybaby się ziemia pode mną rozpadła. Niech mnie usieką !...

To rzekłszy Kmicic wstał i wyszli oboje do sieni. Sanki czekały już przed gankiem, więc ubrał się w szubę i żegnać ją począł prosząc, by do komnat wróciła, bo z ganku zimno leci.

- Dobranoc, królowo miła - mówił - śpij smaczno, bo ja to chyba oka nie zmrużę o twojej gładkości rozmyślając!

- Byleś waćpan czego szpetnego nie upatrzył. Ale lepiej dam waćpanu człowieka z kagankiem, bo to i wilków pod Wołmontowiczami nie brak.

- A cóż to ja koza, żebym się wilków miał bać? Wilk żołnierzowi przyjaciel, bo często się z jego ręki pożywi. Wzięło się też i bandolecik do sanek. Dobranoc najmilsza, dobranoc!

- Z Bogiem !

To rzekłszy Oleńka cofnęła się, a pan Kmicic ruszył ku gankowi. Ale po drodze, w szparze uchylonych drzwi do czeladnej, dojrzał kilka par oczu dziewcząt, które spać się nie pokładły, aby go ujrzeć raz jeszcze. Tym posłał pan Jędrzej żołnierskim obyczajem całusa od ust ręką i wyszedł. Po chwili zabrzęczał dzwonek i jął brzęczeć zrazu głośno, potem coraz bardziej mdlejącym dźwiękiem, coraz słabiej, wreszcie ustał.

Cicho się zrobiło w Wodoktach, aż ta cisza zdziwiła pannę Aleksandrę; w uszach jej jeszcze brzmiały słowa pana Andrzeja, słyszała jeszcze jego śmiech szczery, wesoły, w oczach stała bujna postać młodzieńca, a teraz, po tej burzy słów, śmiechu i wesołości, takie dziwne nastało milczenie. Panienka nadstawiła uszu, czy nie dosłyszy jeszcze choć tego dzwonka od sanek. Ale nie! Już on tam dzwonił gdzieś w lasach, pod Wołmontowiczami. Więc mocna tęsknota ogarnęła dziewczynę - i nigdy nie czuła się tak samotną na świecie.

Z wolna wziąwszy świecę, przeszła do izby sypialnej i klękła do pacierzy. Zaczynała je z pięć razy; nim wszystkie z należytą powagą odmówiła. Ale potem jej myśli jakby na skrzydłach pognały do tych sanek i do tej postaci w nich siedzącej... Bór z jednej strony, bór z drugiej, w środku szeroka droga, a on sobie jedzie... pan Andrzej ! Tu Oleńce wydało się, że widzi jak na jawie płową czuprynę, siwe oczy i śmiejące się usta, w których błyszczały białe jak u młodego psiaka zęby. Trudno bowiem miała przed sobą zapierać poważna panna, że jej się okrutnie podobał ów rozhukany kawaler. Zaniepokoił ją trochę, trochę przestraszył, ale jakże pociągnął zarazem właśnie tą fantazją, tą wesołą swobodą i szczerością. Aż się wstydziła, że jej się podobał nawet ze swojej pychy, kiedy to na wzmiankę o opiekunach głowę jakby turecki dzianet podniósł i mówił: "Sami nawet Radziwiłłowie birżańscy nic tu do opieki nie mają..." - To nie niewieściuch, to mąż prawdziwy!

- mówiła sobie panna. - Żołnierz jest, jakich dziaduś najwięcej miłował...
Bo i warto !

Tak rozmyślała panienka - i to ją ogarniała błogość niczym nie zmącona,
to niepokój, ale i ten niepokój był jakiś luby. Potem zaczęła się rozbierać,
gdy drzwi skrzypnęły i weszła ciotka Kulwiecówna ze świecą w ręku.

- Strasznieście długo siedzieli! - rzekła. - Nie chciałam młodym
przeszkadzać, żebyście się sami pierwszym razem nagadali. Grzeczny
wydaje się kawaler. A tobie jak się udał?

Panna Aleksandra zrazu nic nie odpowiedziała, jeno bosymi już nóżkami
przybiegła do ciotki, zarzuciła jej ręce na szyję, a złożywszy swą jasną
głowę na jej piersiach rzekła pieszczotliwym głosem:

- Ciotuchna, aj, ciotuchna!
- Oho! - mruknęła stara panna podnosząc w górę oczy i świecę.

ROZDZIAŁ 2

We dworze w Lubiczu, gdy przedeń pan Andrzej zajechał, okna gorzały i
gwar dochodził aż na podwórze. Czeladź usłyszawszy dzwonek wypadła
przed sień, by pana witać, bo wiedziano od kompanionów, że przyjedzie.
Witano go zatem pokornie, całując po rękach i podejmując pod nogi. Stary
włodarz Znikis stał w sieni z chlebem i solą i bił pokłony czołem; wszyscy
poglądali z niepokojem i ciekawością, jak też przyszły pan wygląda. On zaś
kieskę z talarami na tacę rzucił i o towarzyszów pytał, zdziwiony, że żaden
naprzeciw jego gospodarskiej mości nie wyszedł.

Ale oni nie mogli wyjść, bo już ze trzy godziny byli za stołem, zabawiając
się kielichami, i może nawet nie zauważyli brzęczenia dzwonków za
oknem. Gdy jednak wszedł do izby, ze wszystkich piersi wyrwał się gromki
okrzyk: "Haeres! haeres przyjechał!" - i wszyscy kompanionowie
zerwawszy się z miejsc poczęli iść do. niego z kielichami. On zaś wziął się
pod boki i śmiał się poznawszy, jako sobie już dali rady w jego domu i
zdążyli podpić, nim przyjechał. Śmiał się coraz mocniej, widząc, że
przewracają zydle po drodze i słaniają się, i idą z powagą pijacką. Przed
innymi szedł olbrzymi pan Jaromir Kokosiński, Pypką się pieczętujący,
żołnierz i burda sławny, ze strasszliwą blizną przez czoło, oko i policzek, z
jednym wąsem krótszym, drugim dłuższym, porucznik i przyjaciel pana
Kmicica, "godny kompanion", skazany na utratę czci i gardła w
Smoleńskiem za porwanie panny, zabójstwo i podpalenie. Jego to teraz
osłaniała przed karą wojna i protekcja pana Kmicica, który był mu
rówieśnikiem, i fortuny ich w Orszańskiem, póki swojej pan Jaromir nie
przehulał, leżały o miedzę. Szedł on tedy teraz trzymając w obu rękach
roztruchanik, uszniak, dębniakiem wypełniony. Za nim szedł pan Ranicki,
herbu Suche Komnaty, rodem z województwa mścisławskiego, z którego
był banitem za zabójstwo dwóch szlachty posesjonatów. Jednego w
pojedynku usiekł, drugiego bez boju z rusznicy zastrzelił. Mienia nie

posiadał, choć znaczne ziemie po ojcach odziedziczył.

Wojna go także przed katem chroniła. Zawadiaka to był, w ręcznym spotkaniu niezrównany. Trzeci z kolei szedł Rekuć - Leliwa, na którym krew nie ciężyła, chyba nieprzyjacielska. Fortunę on za to w kości przegrał i przepił - od trzech lat przy panu Kmicicu się wieszał. Z nim szedł czwarty, pan Uhlik, także Smoleńszczanin, za rozpędzenie trybunału bezecnym ogłoszony i na gardło skazany. Pan Kmicic go ochraniał, gdyż na czekaniku pięknie grywał. Był prócz nich i pan Kulwiec-Hippocentaurus, wzrostem Kokosińskiemu równy, siłą jeszcze go przewyższający - i Zend, kawalkator, który zwierza i wszelkie ptactwo udawać umiał, człowiek niepewnego pochodzenia, choć się szlachcicem kurlandzkim powiadał; będąc bez fortuny, konie Kmicicowe ujeżdżał, za co lafę pobierał.

Ci tedy otoczyli śmiejącego się pana Andrzeja; Kokosiński podniósł uszniak do góry i zaintonował:

Wypijże z nami, gospodarzu miły!
gospodarzu miły!
Byś pić mógł z nami aże do mogiły,
aże do mogiły!

Inni powtórzyli chórem, po czym pan Kokosiński wręczył Kmicicowi uszniak, a jemu samemu podał zaraz inny pucharek pan Zend.

Kmicic podniósł w górę roztruchan i zakrzyknął:

- Zdrowie mojej dziewczyny!

- Vivat! Vivat! - krzyknęły wszystkie głosy, aż szyby poczęły drżeć w ołowianych oprawach.

- Vivat! Przejdzie żałoba, będzie weselisko!

Pytania poczęły się sypać:

- A jakoż wygląda? Hej! Jędruś! bardzo gładka? Czy taka, jak sobie imaginowałeś? Jestli druga taka w Orszańskiem?

- W Orszańskiem? - zawołał Kmicic. - Kominy przy niej naszymi orszańskimi pannami zatykać!... Do stu piorunów! nie masz takiej drugiej na świecie!

- Tegośmy dla cię chcieli! - odpowiedział pan Ranicki. - Ano, kiedy wesele?

- Jak się żałoba skończy.

- Furda żałoba! Dzieci się czarne nie rodzą, jeno białe!

- Jak będzie wesele, to nie będzie żałoby. Ostro, Jędrusiu!

- Ostro, Jędrusiu! - poczęli wołać wszyscy razem.

- Już tam chorążętom orszańskim tęskno z nieba na ziemię! - krzyknął Kokosiński.

- Nie daj czekać niebożętom!

- Mości panowie! - rzucił cienkim głosem Rekuć-Leliwa - popijem się na weselu jak nieboskie stworzenia!

- Moi mili barankowie - odpowiedział Kmicic - pofolgujcie mi albo lepiej mówiąc: idźcie do stu diabłów, niechże się po moim domu obejrzę!

- Na nic to! - odparł Uhlik. - Jutro oględziny, a teraz pospołu do stołu; jeszcze tam parę gąsiorków z pełnymi brzuchami stoi.

- My tu już za ciebie oględziny odprawili. Złote jabłko ten Lubicz! - rzekł Ranicki.

- Stajnia dobra! - wykrzyknął Zend. - Jest dwa bachmaty, dwa husarskie przednie, para żmudzinów i para kałmuków, i wszystkiego po parze jak oczu w głowie. Stadninę jutro obejrzym.

Tu Zend zarżał jak koń, a oni się dziwili, że tak doskonale udaje, i śmieli się.

- Takież tu porządki? - spytał uradowany Kmicic.

- I piwniczka jako się patrzy - zapiszczał Rekuć - ankary smoliste i gąsiory spleśniałe jakoby chorągwie w ordynku stoją.

- To chwała Bogu! siadajmy do stołu!

- Do stołu ! do stołu !

Ale zaledwie siedli i ponalewali kielichy, gdy Ranicki znów zerwał się.

- Zdrowie podkomorzego Billewicza!

- Głupi! - odparł Kmicic. - Jakże to? Nieboszczyka zdrowie pijesz?

- Głupi! - powtórzyli inni. - Zdrowie gospodarskie!

- Wasze zdrowie!...

- By nam się w tych komnatach dobrze działo!

Kmicic rzucił mimo woli okiem po izbie jadalnej i ujrzał na poczerniałej ze starości modrzewiowej ścianie rząd oczu surowych w siebie utkwionych. Oczy te patrzyły ze starych portretów billewiczowskich wiszących nisko, na dwa łokcie od ziemi, bo i ściana była niska. Nad obrazami długim, jednostajnym szeregiem wisiały czaszki żubrze, jelenie, łosie, w koronach z rogów, niektóre już sczerniałe, widocznie bardzo stare, inne połyskujące białością.

Wszystkie cztery ściany były nimi ubrane.

- Łowy tu muszą być przednie, bo widzę i zwierza dostatek! - rzekł Kmicic.

- Jutro zaraz pojedziem albo pojutrze. Trzeba i okolicę poznać - odparł Kokosiński. - Szczęśliwyś ty, Jędrusiu, że masz gdzie głowę przytulić!

- Nie tak jak my! - jęknął Ranicki.

- Wypijmy na pocieszenie! - rzekł Rekuć.

- Nie! nie na pocieszenie! - odpowiedział Kulwiec-Hippocentaurus - ale jeszcze raz za zdrowie Jędrusia, naszego rotmistrza kochanego! On to, moi mości panowie, przytulił nas tu w swoim Lubiczu, nas, biednych exulów, bez dachu nad głową.

- Słusznie mówi! - zawołało kilka głosów. - Nie taki głupi Kulwiec, jak się wydaje.

- Ciężka nasza dola ! - piszczał Rekuć. - W tobie cała nadzieja, że nas za wrota, sierot biednych, nie wygonisz.

- Dajcie spokój! - mówił Kmicic - co moje, to i wasze!

Na to powstali wszyscy ze swych miejsc i poczęli go w ramiona brać. Łzy rozczulenia płynęły po tych twarzach srogich i pijackich.

- W tobie cała nadzieja, Jędrusiu! - wołał Kokosiński - choć na grochowinach pozwól się przespać, nie wyganiaj!

- Dajcie spokój! - powtarzał Kmicic.

- Nie wyganiaj! i tak nas wygnali, nas, szlachtę i familiantów! - wołał żałośnie Uhlik.

- Do stu kaduków! Któż was wygania? jedzcie, pijcie, śpijcie, czego, u diabła, chcecie?

- Nie przecz, Jędrusiu - mówił Ranicki, na którego twarz wystąpiły cętki jak na skórze rysia - nie przecz, Jędrusiu, przepadliśmy z kretesem..

Tu się zaciął, przyłożył palec do czoła, jakby głowę wysilał, i nagle rzekł spojrzawszy baranimi oczyma na obecnych:

- Chyba, że się fortuna odmieni !

A wszyscy zawrzaśli zaraz chórem:

- Co się nie ma odmienić!

- Jeszcze za swoje zapłacimy.

- I do fortun dojdziem.

- I do godności!

- Bóg niewinnym błogosławi. Dobra nasza, mości panowie!

- Zdrowie wasze! - zawołał Kmicic.

- Święte twoje słowa, Jędrusiu! - odparł Kokosiński nadstawiając mu swe pucołowate policzki. - Bogdaj nam się lepiej działo!

Zdrowia zaczęły krążyć, czupryny dymić. Gadali wszyscy jeden przez drugiego, a każdy siebie tylko słuchał, z wyjątkiem pana Rekucia, bo ten głowę spuścił na piersi i drzemał. Po chwili Kokosiński jął śpiewać: "Len mędliła na mędlicy!" - co widząc pan Uhlik dobył z zanadrza czekanika i nuż wtórować, a pan Ranicki, wielki fechmistrz, fechtował się gołą ręką z niewidzialnym przeciwnikiem, powtarzając półgłosem:

- Ty tak, ja tak! ty tniesz, ja mach! raz! dwa! trzy! - szach!

Olbrzymi Kulwiec-Hippocentaurus wytrzeszczał oczy i przypatrywał się pilnie czas jakiś Ranickiemu, na koniec kiwnął ręką i rzekł:

- Kiep z ciebie! Machaj zdrów, a tak i Kmicicowi na szable nie dotrzymasz.

- Bo jemu nikt nie dotrzyma; ale ty się spróbuj!

- I ze mną na pistolety nie wygrasz.

- O dukat strzał!

- O dukat! A gdzie i do czego?

Ranicki powlókł wzrokiem naokoło, na koniec wykrzyknął ukazując na czaszki :

- Między rogi! o dukat!

- O co? - spytał Kmicic.

- Między rogi! o dwa dukaty! o trzy! Dawajcie pistolety!

- Zgoda! - krzyknął pan Andrzej. - Niech idzie o trzy. Zend! Po pistolety!

Poczęli krzyczeć wszyscy coraz głośniej i targować się ze sobą; tymczasem Zend wyszedł do sieni i po małej chwili wrócił z pistoletami, workiem kul i rogiem z prochem.

Ranicki chwycił za pistolet.

- Nabity? - spytał.

- Nabity!

- O trzy! cztery! pięć dukatów! - wrzeszczał pijany Kmicic.

- Cicho ! Chybisz, chybisz !

- Utrafię, patrzcie!... at! do tej czaszki, między rogi... raz, dwa!...

Wszyscy zwrócili uwagę na potężną czaszkę łosią wiszącą wprost Ranickiego; on zaś wyciągnął rękę. Pistolet chwiał mu się w dłoni.

- Trzy! - wykrzyknął Kmicic.

Strzał huknął, izba napełniła się dymem prochowym.

- Chybił, chybił! ot, gdzie dziura! - wołał Kmicic ukazując ręką na ciemną ścianę, z której kula odłupała wiór jaśniejszy.

- Do dwóch razy sztuka!

- Nie!... dawaj mnie! - wołał Kulwiec.

W tej chwili wpadła na odgłos strzału przerażona czeladź.

- Precz! precz! - krzyknął Kmicic. - Raz! dwa! trzy!..

Znów huknął strzał, tym razem drzazgi posypały się z kości.

- A dajcie i nam pistolety! - zakrzyknęli wszyscy naraz.

I zerwawszy się poczęli grzmocić pięściami po karkach pachołków, chcąc ich do pośpiechu zachęcić. Nim upłynął kwadrans, cała izba grzmiała wystrzałami. Dym przesłonił światło świec i postacie strzelających. Hukom wystrzałów towarzyszył głos Zenda, który krakał jak kruk, kwilił jak sokół, wył jak wilk, ryczał jak tur. Co chwila przerywał mu świst kul; drzazgi leciały z czaszek, wióry ze ścian i z ram portretów; w zamieszaniu postrzelano i Billewiczów, a Ranicki wpadłszy w furię siekł ich szablą.

Zdumiona i wylękła czeladź stała jakby w obłąkaniu, poglądając wytrzeszczonymi oczyma na tę zabawę, która do napadu tatarskiego była podobna. Psy poczęły wyć i szczekać. Cały dom zerwał się na nogi. Na podwórzu zebrały się kupki ludzi. Dziewki dworskie biegły pod okna i przykładając twarze do szyb, płaszcząc nosy spoglądały, co się dzieje we środku.

Dojrzał je na koniec pan Zend; świstnął tak przeraźliwie, że aż w uszach wszystkim zadzwoniło, i krzyknął:

- Mości panowie! sikorki pad oknami! sikorki!

- Sikorki ! sikorki !

- Dalej w pląsy! - wrzeszczały niesforne głosy.

Pijana czereda skoczyła przez sień na ganek. Mróz nie otrzeźwił głów dymiących. Dziewczęta krzycząc wniebogłosy rozbiegły się po całym podwórzu; oni zaś gonili je i każdą schwytaną odprowadzali do izby. Po chwili poczęły się pląsy wśród dymu, złamków kości, wiórów, wokół stołu; na którym porozlewane wino utworzyło całe jeziora.

Tak to bawili się w Lubiczu pan Kmicic i jego dzika kompania.

ROZDZIAŁ 3

Przez następne dni kilka codziennie bywał pan Andrzej w Wodoktach i co dzień wracał więcej rozkochany, i coraz bardziej podziwiał swoją Oleńkę. Przed kompanionami też ją pod niebiosa wychwalał, aż pewnego dnia rzekł im:

- Moi mili barankowie, pojedziecie dziś czołem bić, potem zaś umówiliśmy się z dziewczyną, że do Mitrunów wszyscy wyruszymy, aby sanny w lasach zażyć i tę trzecią majętność obaczyć. Ona też nas tam podejmować będzie gościnnie, a wy się przystojnie zachowajcie, bo na bigos posiekam, który by jej w czymkolwiek uchybił...

Kawalerowie chętnie skoczyli się ubierać i wkrótce cztery pary sani wiozło ochoczą młodzież do Wodoktów. Pan Kmicic siedział w pierwszych, bardzo ozdobnych, kształt niedźwiedzia srebrzystego mających. Ciągnęło je trzy kałmuki zdobyczne w pstrą uprzęż przybrane, we wstążki i pióra pawie, wedle mody w Smoleńskiem, którą od dalszych sąsiadów Smoleńszczanie przejęli. Powoził pachołek siedzący w szyi niedźwiedziej. Pan Andrzej, przybrany w zieloną aksamitną bekieszę spinaną na złote pętlice a podbitą sobolami i w soboli kołpaczek z czaplim wichrem, wesół był, ochoczy i tak mówił do siedzącego obok pana Kokosińskiego:

- Słuchaj, Kokoszko! Podswawoliliśmy pono przez te wieczory nad miarę, a zwłaszcza pierwszego, gdy się to czaszkom i portretom dostało. Ba, dziewczęta były jeszcze gorsze. Zawsze diabeł Zenda podnieci, a potem na kim się skrupi? - na mnie! Boję się, żeby ludzie nie rozgadali, bo tu chodzi o moją reputację.

- Powieśże się na twojej reputacji, bo na nic innego niezdatna, tak jak i nasze.

- A kto temu winien, jeśli nie wy? Pamiętaj, Kokoszko, że to i w Orszańskiem mieli mnie przez was za niespokojnego ducha, i języki na mnie ostrzyli jako noże na osełce.

- A kto pana Tumgrata na mrozie przy koniu prowadził? Kto owego koroniarza usiekł, który się pytał, czy w Orszańskiem już na dwóch nogach chodzą, czyli jeszcze na czterech? Kto panów Wyzińskich, ojca i syna, poszczerbił? Kto sejmik ostatni rozpędził?

- Sejmik rozpędziłem w Orszańskiem, nie gdzie indziej, to domowa rzecz. Pan Tumgrat odpuścił mi umierając, a co do reszty, to nie wymawiaj, gdyż pojedynek najniewinniejszemu się zdarzy.

- Jam ci też wszystkich nie wymienił, o inkwizycjach wojskowych także nie wspomniałem, których dwie cię w obozie czeka.

- Nie mnie, ale was, bom ja tyle jeno winien, żem wam obywatelów rabować dozwolił. Ale mniejsza z tym. Stulże pysk, Kokoszko, i nie powiadaj o niczym słowa Oleńce, ani o pojedynkach, ani zwłaszcza o owym strzelaniu do portretów i o dziewczętach. Gdyby się wydało, na was winę złożę. Czeladzi już wspomniałem i dziewkom, że niechby które słowem wspomniało, każę pasy drzeć.

- Każ się podkuć, Jędrusiu, kiedy się tak dziewczyny boisz. Inny ty byłeś w Orszańskiem. Widzę to już, widzę, że będziesz na pasku chodził, a to na nic! Któryś filozof starożytny powiada: "Jak nie ty Kachnę, to Kachna ciebie!" Dałeś się już we wszystkim usidlić.

- Głupiś, Kokoszko! A co do Oleńki, będziesz i ty z nogi na nogę przestępował, jak ją zobaczysz, bo białogłowy z tak grzecznym umysłem drugiej nie znaleźć. Co dobre; to ona wraz pochwali, a co złe, tego zganić nie omieszka, bo wedle cnoty sądzi i w niej ma gotową miarę. Tak ją już nieboszczyk podkomorzy wychował. Zechcesz przed nią fantazję kawalerską okazać i pochwalisz się, żeś prawo zdeptał, to ci potem jeszcze wstyd : bo zaraz rzeknie, że zacny obywatel tego czynić nie powinien, gdyż to jest przeciw ojczyźnie... Tak ona rzeknie, a tobie jakby kto w pysk dał i aż ci dziwno, żeś wprzódy sam tego nie rozumiał... Tfu! wstyd! Warcholiliśmy się okrutnie, a teraz trzeba przed cnotą i niewinnością oczami świecić... Najgorsze były te dziewczęta!...

- Wcale nie były najgorsze. Słyszałem, że tu po zaściankach szlachcianki jako krew z mlekiem i podobno zgoła nieoporne.

- Kto ci to powiadał? - spytał żywo Kmicic.

- Kto powiadał? Kto, jeśli nie Zend! Wczoraj dzianeta dereszowatego probując pojechał do Wołmontowicz; przejechał jeno drogą, ale widział siła sikorek, bo z nieszporów wracały. "Myślałem - powiada - że z konia zlecę, tak chędogie i gładkie." A co na którą spojrzał, to mu zaraz wszystkie zęby pokazała. I nie dziw! Co tęższe chłopy między szlachtą to do Rosień poszli, a sikorkom przykrzy się samym.

Kmicic trącił kułakiem w bok towarzysza:

- Pojedziemy, Kokoszko, kiedy wieczorem, niby zbłądziwszy - co?

- A twoja reputacja?

- 0, do diabła! Stulże gębę! Jedźcie sami, kiedy tak; albo lepiej zaniechajcie i wy! Nie obeszłoby się bez hałasów, a z tutejszą szlachtą chcę zgodnie żyć, bo ich opiekunami Oleńki nieboszczyk podkomorzy wyznaczył.

- Mówiłeś o tym, alem nie chciał wierzyć. Skąd mu taka konfidencja z szarakami?

- Bo na wojnę z nimi chadzał, i to słyszałem jeszcze w Orszy, jak mawiał, że cnotliwa krew w tych laudańskich. Ale żeby ci prawdę, Kokoszko, powiedzieć, to i mnie zrazu dziwno było, bo to tak, jakoby ich stróżami nade mną uczynił.

- Musisz się im akomodować i do wiechciów w butach kłaniać.

- Wpierw ich powietrze wydusi. Cicho bądź, bo mi gniewno! Oni to będą mi się kłaniali i służyli. Chorągiew to gotowa na każde zawołanie.

- Już tam kto inny będzie tej chorągwi rotmistrzował. Powiada Zend, że tu jest jakiś pułkownik między nimi... Zapomniałem przezwiska... Wołodyjowski czy kto? On pod Szkłowem im przywodził. Dobrze podobno stawali, ale ich tam i wyczesano!

- Słyszałem ja o jakimś Wołodyjowskim, sławnym żołnierzu... Ale oto Wodokty już widać.

- Hej, dobrze tu ludziom na tej Żmudzi, bo wszędy okrutne porządki. Stary musiał być zawołany gospodarz... I dwór, widzę, jak się patrzy. Ich tu rzadziej nieprzyjaciel pali, to się i budować mogą.

- Myślę, że o tej swawoli w Lubiczu nie może ona jeszcze wiedzieć - rzekł jakby do siebie samego Kmicic.

Po czym zwrócił się do towarzysza:

- Moja Kokoszko, zapowiadam tobie, a ty powtórz jeszcze raz innym, że tu musicie się przystojnie zachować, a niech który sobie w czymkolwiek pofolguje, jak mi Bóg miły, na sieczkę potnę.

- No! ależ cię osiodłali!

- Osiodłali, nie osiodłali - tobie zasię!

- Nie patrz mi na Kasię, bo ci do niej zasię - rzekł flegmatycznie Kokosiński.

- Pal z bata! - krzyknął na woźnicę Kmicic.

Pachołek, stojący w szyi srebrzystego niedźwiedzia, zakręcił batem i wystrzelił bardzo sprawnie, inni woźnice poszli za jego przykładem i zajechali wśród trzaskania, raźno, wesoło, jakoby kulig.

Wsiadłszy z sanek weszli naprzód do sieni, ogromnej jak spichrz, nie bielonej, a stąd prowadził pan Kmicic do jadalnej izby, przybranej jak w Lubiczu w czaszki pobitych zwierząt. Tu się zatrzymali poglądając pilnie i ciekawie na drzwi do sąsiedniej komnaty, z której wyjść miała panna Aleksandra. Tymczasem, mając widocznie w pamięci ostrzeżenie pana Kmicica, rozmawiali ze sobą tak cicho jak w kościele.

- Tyś chłop mowny - szeptał pan Uhlik do Kokosińskiego - ty ją powitasz od nas wszystkich.

- Układałem sobie przez drogę - odrzekł pan Kokosiński - ale nie wiem, czyli będzie dość gładko, bo mi Jędruś do konceptu przeszkadzał.

- Byle z fantazją! co ma być, niech będzie! Ot, idzie już!...

Panna Aleksandra weszła rzeczywiście i zatrzymała się trochę u proga, jakby zdziwiona tak liczną kompanią, a i pan Kmicic stał przez chwilę jak wryty od podziwu nad jej urodą, bo ją dotąd tylko wieczorami widywał, a przy dniu wydawała się jeszcze piękniejsza. Oczy jej miały barwę chabru, czarna brew nad nimi odbijała od białego czoła jak heban, a płowy włos lśnił się jakby korona na głowie królowej. I patrzyła śmiało, oczu nie spuszczając, jako pani w swoim domu gości przyjmująca, z jasną twarzą, odbijającą jeszcze jaśniej od czarnej jubki obramowanej gronostajami. Tak poważnej i wyniosłej panny nie widzieli jeszcze ci zabijakowie, przywykli do innego pokroju niewiast, toteż stali szeregiem, jakoby na popisie chorągwi, i szurgając nogami kłaniali się także szeregiem, a pan Kmicic sunął naprzód i ucałowawszy kilkanaście razy rękę panienki rzekł:

- Otom ci przywiózł, mój klejnocie; komilitonów moich, z którymi ostatnią wojnę odbywałem.

- Honor to dla mnie niemały - odrzekła Billewiczówna - przyjmować w domu tak godnych kawalerów, o których cnocie i wybornych obyczajach już od pana chorążego słyszałam.

To powiedziawszy uchwyciła się koniuszkami palców za suknię i podnosząc ją nieco, dygnęła z nadzwyczajną powagą, a pan Kmicic wargi przygryzł, ale jednocześnie aż pokraśniał, że tak jego dziewczyna mówiła śmiało.

Godni kawalerowie, szurgając wciąż nogami, trącali jednocześnie pana Kokosińskiego.

- Hajda ! wystąp!

Pan Kokosiński posunął się krok naprzód, chrząknął i tak rozpoczął:

- Jaśnie wielmożna panno podkomorzanko...

- Łowczanko - poprawił Kmicic.

- Jaśnie wielmożna panno łowczanko, a nam wielce miłościwa dobrodziejko! - powtórzył zmieszany pan Jaromir - wybacz waćpanna, jeżelim się w godności pomylił...

- Niewinna to omyłka - odrzekła panna Aleksandra - i nic ona tak wymownemu kawalerowi nie ujmie...

- Jaśnie wielmożna panno łowczanko dobrodziejko, a nam wielce miłościwa pani!... Nie wiem, co mi w imieniu całego Orszańskiego więcej wysławiać przystoi, czy nadzwyczajną waćpanny dobrodziejki urodę i cnotę, czy niewypowiedzianą szczęśliwość rotmistrza i komilitona naszego, pana Kmicica, bo chociażbym się wzbił pod obłoki, chociażbym samych obłoków dosięgnął... samych, mówię, obłoków...

- A zleźże już raz z tych obłoków! - zakrzyknął Kmicic.

Na to kawalerowie parsknęli jednym ogromnym śmiechem i nagle, wspomniawszy na przykaz Kmicica, chwycili się rękoma za wąsy.

Pan Kokosiński zmieszał się do najwyższego stopnia, zaczerwienił się i rzekł:

- Witajcieże sami, poganie, kiedy mnie konfundujecie!

Wtem panna Aleksandra ujęła się znowu koniuszkami palców za suknię.

- Nie sprostałabym ja waćpanom w wymowie - rzekła - ale to wiem, żem niegodna tych hołdów, które mi w imieniu całego Orszańskiego składacie.

I znowu dygnęła z nadzwyczajną powagą, a orszańskim zabijakom jakoś nieswojsko było wobec tej dwornej panny. Starali się pokazać jako ludzie grzeczni i nie szło im w ład. Więc poczęli ciągnąć się za wąsy, mruczeć, kłaść ręce na szable, aż Kmicic rzekł:

- Przyjechaliśmy tu niby kuligiem w tej myśli, żeby waćpannę zabrać i do Mitrunów przez lasy przewieźć, jako wczoraj była ugoda. Sanna okrutna, a i pogodę Bóg zdarzył mroźną.

- Jużem ja ciotkę Kulwiecównę do Mitrunów wysłała, żeby nam posiłek przyrządziła. A teraz maluczko waćpanowie poczekacie, jeno się nieco cieplej przyodzieję.

To rzekłszy zawróciła się i wyszła, a Kmicic skoczył do towarzyszy.

- A co, mili barankowie? nie księżna?... A co, Kokoszko? to mnie, mówiłeś, osiodłała, a czemu to jako żak przed nią stałeś?... Gdzieś taką widział?

- Nie trzeba mi było w gębę dmuchać, choć nie neguję, żem się do takiej persony mówić nie spodziewał.

- Nieboszczyk podkomorzy - rzekł Kmicic - więcej z nią w Kiejdanach na dworze księcia wojewody albo u państwa Hlebowiczów przesiadywał niż w domu, i tam to tych górnych manier nabrała. A uroda - co?... Pary jeszcze nie umiecie z gęby puścić!

- Pokazaliśmy się jak kpy! - rzekł ze złością Ranicki - ale największy kiep Kokosiński!

- O zdrajco! Mnieś to łokciem pchał - trzeba ci było samemu ze swoją cętkowaną gębą wystąpić!

- Zgodą, barankowie, zgodą! - rzekł Kmicic. - Dziwić się wam wolno, ale nie kłócić.

- Ja bym za nią w ogień skoczył! - zawołał Rekuć. - Zetnij, Jędrusiu, ale tego nie zaprę!

Kmicic jednak nie myślał ścinać, owszem, kontent był, wąsa pokręcał i triumfalnie na towarzyszów poglądał. Tymczasem weszła panna Aleksandra ubrana już w kuni kołpaczek, pod którym jasna jej twarz wydawała się jeszcze jaśniejszą. Wyszli na ganek.

- To tymi saniami pojedziem? - pytała panienka ukazując na srebrzystego niedźwiedzia - jeszczem też słuszniejszych sani w życiu nie widziała.

- Nie wiem, kto tam nimi przedtem jeździł, bo zdobyczne. Teraz my we dwoje będziemy jeździli, i bardzo się nadadzą, gdyż i u mnie w herbie panna na niedźwiedziu się prezentuje. Są inni Kmicicowie, którzy się Chorągwiami pieczętują, ale ci idą od Filona Kmity Czarnobylskiego, a ten zaś znów nie był z tego domu, z którego wielcy Kmitowie się wywodzili.

- A onego niedźwiadka kiedyżeś waćpan zdobył?

- A teraz, w tej już wojnie. My biedni exules, którzyśmy od fortun odpadli, to jeno mamy, co wojna łupem da. A żem tej pani wiernie służył, więc i nagrodziła.

- Dałby Bóg szczęśliwszą, bo ta jednego nagrodzi, a całej ojczyźnie miłej łzy wyciska.

- Bóg to odmieni i hetmani.

To mówiąc Kmicic otulał panienkę fartuchem od sani, pięknym, z białego sukna i białymi wilkami podszytym; potem sam siadł, krzyknął na woźnicę:

„ Ruszaj!" - i konie zerwały się z miejsca do biegu.

Zimne powietrze pędem uderzyło o ich twarze, więc zaniemówili i słychać było tylko świst zmarzłego śniegu pod płozami, parskanie koni, tętent i krzyk woźnicy.

Wreszcie pan Andrzej pochylił się ku Oleńce:

- Dobrze waćpannie?

- Dobrze - odrzekła podnosząc zarękawek i przytulając go do ust, by pęd powietrza zatamować.

Sanie gnały jak wicher. Dzień był jasny, mroźny. Śnieg migotał, jakby kto nań iskry sypał; z białych dachów chat podobnych do kup śnieżnych strzelały wysokimi kolumnami dymy różowe. Stada wron polatywały przed saniami wśród bezlistnych drzew przydrożnych z krakaniem donośnym.

0 dwie staje za Wodoktami wpadli na szeroką drogę, w ciemny bór, który stał głuchy, sędziwy i cichy, jakby spał pod obfitą okiścią. Drzewa, migotając w oczach, zdawały się uciekać gdzieś w tył za sanie, a oni lecieli coraz prędzej i prędzej, jak gdyby rumaki skrzydła miały. Od takiej jazdy głowa się zawraca i upojenie ogarnia, więc ogarnęło i pannę Aleksandrę. Przechyliwszy się w tył, zamknęła oczy, całkiem pędowi się oddając. Poczuła słodką niemoc i zdało jej się, że ten bojarzyn orszański porwał ją i pędzi wichrem, a ona, mdlejąca, nie ma siły się oprzeć ani krzyknąć... I lecą, lecą coraz szybciej... Oleńka czuje, że obejmują ją jakieś ręce... czuje wreszcie na wargach jakoby pieczęć rozpaloną i palącą... oczy się jej nie chcą odemknąć, jakoby w śnie. I lecą - lecą! Senną pannę zbudził dopiero głos pytający:

- Miłujeszże mnie?

Otworzyła oczy:

- Jako duszę własną !

- A ja na śmierć i żywot!

Znowu soboli kołpak Kmicica pochylił się nad kunim Oleńki. Sama teraz nie wiedziała, co ją upaja więcej: pocałunki czy ta jazda zaczarowana?

I lecieli dalej, a ciągle borem, borem! Drzewa uciekały w tył całymi pułkami. Śnieg szumiał, konie parskały, a oni byli szczęśliwi.

- Chciałbym do końca świata tak jechać! - zawołał Kmicic.

- Co my czynimy? to grzech! - szepnęła Oleńka.

- Jaki tam grzech! Daj jeszcze grzeszyć.

- Już nie można. Mitruny już niedaleko.

- Daleko czy blisko - wszystko jedno!

I Kmicic podniósł się w saniach, wyciągnął ręce do góry i począł krzyczeć, jakoby w pełnej piersi radości nie mógł pomieścić:

- Hej - ha! hej - ha!

- Hej, a hop! hop! ha! - odezwali się towarzysze z tylnych sani.

- Czego waćpanowie tak pokrzykujecie? - pytała panna.

- A ot tak! z radości! A zakrzyknij no i waćpanna!

- Hej - ha! - rozległ się dźwięczny, cieniutki głosik.

- Mojaż ty królowo! Do nóg ci padnę!

- Kompania się będą śmieli.

Po upojeniu ogarnęła ich wesołość szumna, szalona, jako i jazda była szalona. Kmicic począł śpiewać:

Patrzy dziewczyna, patrzy ze dworu,
Na bujne pola!

"Matuś! rycerze idą od boru,
Oj, mojaż dola!"
"Córuś, nie patrzaj - rączkami oczy
Zatknij białymi,
Bo ci serduszko z piersi wyskoczy
Na wojnę z nimi!"

- Kto waćpana wyuczył tak wdzięcznych pieśni? - pytała panna
Aleksandra.
- Wojna, Oleńko. W obozie my to sobie z tęskności śpiewali.
Dalszą rozmowę przerwało gwałtowne wołanie z tylnych sani:
- Stój! stój! hej tam - stój!
Pan Andrzej odwrócił się gniewny i zdziwiony, skąd towarzyszom
przyszło do głowy wołać na nich i wstrzymywać, gdy wtem o kilkadziesiąt
kroków za saniami dojrzał jeźdźca zbliżającego się co koń wyskoczy.
- Na Boga! to mój wachmistrz Soroka; coś się musiało tam stać! - rzekł
pan Andrzej.
Tymczasem wachmistrz zbliżywszy się osadził konia tak, że ten aż
przysiadł na zadzie, i począł mówić zdyszanym głosem:
- Panie rotmistrzu!...
Co tam, Soroka?
- Upita się pali; biją się!
- Jezus Maria! - zakrzyknęła Oleńka.
- Nie bój się waćpanna... Kto się bije?
- Żołnierze z mieszczanami. W rynku pożar! Mieszczanie się zasiekli i po
prezydium do Poniewieża posłali, a jam tu skoczył do waszej miłości.
Ledwie tchu mogę złapać...
Przez czas tej rozmowy sanie idące z tyłu nadjechały; Kokosiński, Ranicki,
Kulwiec-Hippocentaurus, Uhlik, Rekuć i Zend wyskoczywszy na śnieg
otoczyli kołem rozmawiających.
- O co poszło? - pytał Kmicic.
- Mieszczanie nie chcieli obroków dawać ani koniom, ani ludziom, że to
asygnacji nie było; żołnierze poczęli gwałtem brać. Obległiśmy burmistrza
i tych, którzy się w rynku zatarasowali. Poczęto ognia dawać i zapaliliśmy
dwa domy; teraz gwałt okrutny i we dzwony biją...
Oczy Kmicica poczęły świecić gniewem.
- To i nam trzeba na ratunek! - zakrzyknął Kokosiński.
- Wojsko łyczkowie oprymują! - wołał Ranicki, któremu plamy czerwone,
białe i ciemne całą twarz zaraz pokryły. - Szach, szach! mości panowie!
Zend zaśmiał się zupełnie tak, jak śmieje się puszczyk, aż się konie
zestraszyły, a Rekuć podniósł oczy w górę i piszczał:
- Bij! kto w Boga wierzy! z dymem łyków!
- Milczeć! - huknął Kmicic, aż las odegrzmiał, a stojący najbliżej Zend
zatoczył się jak pijany. - Nic tam po was! nie potrzeba tam siekaniny!...

Siadać wszyscy w dwoje sani, mnie jedne zostawić i jechać do Lubicza! Tam czekać, chybabym przysłał po sukurs.

- Jak to? - zaoponował Ranicki.

Ale pan Andrzej położył mu rękę pod szyję i tylko oczyma straszniej jeszcze, zaświecił.

- Ni pary z gęby! - rzekł groźnie.

Umilkli; widać się go bali, chociaż tak zwykle byli z nim poufale.

- Wracaj, Oleńko, do Wodoktów - rzekł Kmicic - albo jedź po ciotkę Kulwiecównę do Mitrunów. Ot! i kulig się nie udał. Wiedziałem, że oni tam spokojnie nie usiedzą... Ale zaraz tam będzie spokojniej, jeno łbów kilka zleci. Bądź waćpanna zdrowa i spokojna, pilno mi będzie z powrotem...

To rzekłszy ucałował jej ręce i otulił w wilczurę; potem siadł do innych sani i zakrzyknął na woźnicę:

- Do Upity!

ROZDZIAŁ 4

Upłynęło kilka dni, a Kmicic nie wracał, ale za to do Wodoktów przyjechało trzech szlachty laudańskiej na zwiady do panienki. Przyjechał więc Pakosz Gasztowt z Pacunelów, ten, który gościł u siebie pana Wołodyjowskiego, patriarcha zaścianka, słynny z bogactw i sześciu córek; z tych trzy były za trzema Butrymami, a dostały każda po sto bitych talarów wiana prócz wyprawy i inwentarzy. Drugi przyjechał Kasjan Butrym, najstarszy człowiek na Laudzie, dobrze Batorego pamiętający, z nim zięć Pakosza, Józwa Butrym. Ten, choć w sile wieku, nie miał bowiem więcej jak lat pięćdziesiąt, a na popis pospolitego ruszenia do Rosień nie poszedł, albowiem w wojnach kozackich kula armatnia stopę mu urwała. Zwano go także z tego powodu kuternogą albo Józwą Beznogim. Był to straszliwy szlachcic, siły niedźwiedziej i wielkiego rozumu, ale surowy, zgryźliwy, ostro ludzi sądzący. Z tego powodu obawiano się go nieco w okolicach, bo przebaczać ani sobie, ani innym nie umiał. Bywał także niebezpieczny, gdy podpił, ale zdarzało mu się to rzadko.

Ci tedy przyjechali do panny, która przyjęła ich wdzięcznie, choć od razu domyśliła się, że na zwiady przyjeżdżają i usłyszeć coś od niej o panu Kmicicu pragną.

- Bo my do niego chcemy jechać z pokłonem, aleć to podobno jeszcze z Upity nie wrócił - mówił Pakosz - tak do ciebie przyjechali pytać, kochanieńka, kiedy można?

- Myślę, że tylko co go nie widać - odrzekła panna. - Rad on wam, opiekunowie, będzie z całej duszy, bo siła dobrego słyszał o was, i dawniej od dziadusia, i teraz ode mnie.

- Byle nas nie chciał przyjąć, jak Domaszewiczów przyjął, gdy do niego z wieścią o śmierci pułkownika przyjechali! - mruknął ponuro Józwa.

Panna dosłyszała i odparła zaraz żywo:

- Wy o to nie bądźcie krzywi. Może i nie dość politycznie ich przyjął, ale już :u swoją omyłkę wyznał. Trzeba też pamiętać, że z wojny szedł, na której tyle trudów i zmartwień przebył! Żołnierzowi się nie dziwić, choć i na kogo fuknie, bo to u nich humory jako szable ostre.

Pakosz Gasztowt, który z całym światem zawsze chciał być w zgodzie kiwnął ręką i rzekł:

- My też się i nie dziwili! Dzik na dzika fuknie, jak go z nagła zobaczy, czemu by człek na człeka nie miał fuknąć! My pojedziem po staremu do Lubicza pokłonić się panu Kmicicowi, aby z nami żył, na wojnę i do puszczy chodził jako nieboszczyk pan podkomorzy.

- Tak już powiedz, kochanieńka: udał ci się czy nie udał? - pytał Kasjan Butrym. - Taż to nasza powinność pytać!...

- Bóg wam zapłać za troskliwość. Zacny to kawaler pan Kmicic, a choćbym też co przeciw upatrzyła, nie godziłoby mi się o tym mówić.

- Aleś nic nie upatrzyła, duszo ty nasza najmilejsza?

- Nic! Zresztą nikt go tu nie ma prawa sądzić, a broń Boże nieufność okazać! Bogu lepiej dziękujmy!

- Co tu zawczasu dziękować?! Jak będzie za co, to i dziękować, a nie, to nie dziękować - odpowiedział posępny Józwa, który jako prawdziwy Żmudzin, bardzo był ostrożny i przewidujący.

- A o ślubie wy mówili? - pytał znów Kasjan.

Oleńka spuściła oczy.

- Pan Kmicic chce jak najprędzej...

- Ot, co! jeszcze by nie kciał... - mruknął Józwa - chybaby głupi! A któryż to niedźwiedź nie kce miodu z barci? Ale po co się spieszyć? Czy to nie lepiej zobaczyć, co zacz człowiek jest? Ojcze Kasjanie, taż już powiedzcie, co macie na języku, nie drzemcie jako zając o południu pod skibą!

- Jać nie drzemię, jeno sobie w głowę patrzę, co by rzec - odpowiedział staruszek. - Pan Jezus powiedział tak: Jak Kuba Bogu, tak Bóg Kubie! My też panu Kmicicowi zła nie życzym, aby i on nam nie życzył, co daj Boże, amen!

- Byle był po naszej myśli! - dodał Józwa.

Billewiczówna zmarszczyła swe sobole brwi i rzekła z pewną wyniosłością:

- Pamiętajcie, asanowie, że nie sługę mamy przyjmować. On tu panem będzie, i jego wola ma być, nie nasza. On i w opiece musi waćpanów zastąpić.

- To znaczy, żeby my się już nie wtrącali? - pytał Józwa.

- To znaczy, żebyście mu przyjaciółmi byli, jako on chce być wam przyjacielem. Przecie on tu własnego dobra strzeże, którym każdy wedle upodobania rządzi. Zali nieprawda, ojcze Pakoszu?

- Święta prawda! - odrzekł pacunelski staruszek.

A Józwa znów zwrócił się do starego Butryma:

- Nie drzemcie, ojcze Kasjanie!

- Jać nie drzemię, jeno w głowę patrzę.

- To mówcie, co widzicie.

- Co widzę? ot, co widzę... Familiant to jest pan Kmicic, z wielkiej krwi, a my chudopachołki ! Żołnierz przy tym sławny; sam on jeden oponował się nieprzyjacielowi, gdy wszyscy ręce opuścili. Daj Boże takich jak najwięcej. Ale kompanię ma nicpotem!... Panie sąsiedzie Pakoszu, cóżeście to od Domaszewiczów słyszeli? - że to wszystko ludzie bezecni, przeciw którym infamie są i kondemnaty, i protesta, i inkwizycje. Katowskie to syny! Ciężcy byli nieprzyjacielowi, ale i obywatelstwu ciężcy. Palili, rabowali, gwałty czynili! ot, co jest! Żeby to tam kogo usiekli albo zajechali, to się i zacnym zdarza, ale oni podobnoć zgoła tatarskim procederem żyli i dawno by im po wieżach gnić przyszło, gdyby nie protekcja pana Kmicica, którén jest możny pan! Ten ich miłuje i osłania, i przy nim się wieszają jak latem bąki przy koniu. A teraz tu przyjechali i już wszystkim wiadomo, co zacz są. Toż pierwszego dnia w Lubiczu z bandoletów palili - i do kogo? - do wizerunków nieboszczyków Billewiczów, na co pan Kmicic nie powinien był pozwolić, bo to jego dobrodzieje.

Oleńka zatkała oczy rękoma.

- Nie może być! nie może być!

- Może, bo było! Dobrodziei pozwolił postrzelać, z którymi w pokrewieństwo miał wejść! A potem dziewki dworskie powciągali do izby dla rozpusty!... Tfu! obraza boska! Tego u nas nie bywało!... Pierwszego dnia zaczęli od strzelania i rozpusty! Pierwszego dnia!...

Tu stary Kasjan rozgniewał się i począł stukać kijem w podłogę; na twarz Oleńki biły ciemne rumieńce, a Józwa ozwał się:

- A to wojsko pana Kmicicowe, które w Upicie zostało, to lepsze? Jacy oficyjerowie, takie i wojsko! Panu Sołłohubowi bydło zrabowali jacyś ludzie, mówią, że pana Kmicica; chłopów mejszagolskich, którzy smołę wieźli, na gościńcu pobili. Kto? Też oni. Pan Sołłohub pojechał do pana Hlebowicza po sprawiedliwość, a teraz znów w Upicie gwałt! Wszystko to przeciw Bogu! Spokojnie tu bywało jak nigdzie, a teraz choć rusznicę na noc nabijaj i strażuj - a czemu? bo pan Kmicic z kompanią przyjechał!

- Ojcze Józwa! nie mówcie tak! nie mówcie! - zawołała Oleńka.

- A jak mam mówić? Jeśli pan Kmicic nie winien, to po co takich ludzi trzyma, po co z takimi żyje? Wielmożna panna mu powiedz, żeby on ich przepędził albo katu oddał, bo inaczej nie będzie spokoju. A słychana to rzecz strzelać do wizerunków i rozpustę jawnie płodzić? Toż cała okolica jeno o tym gada!

- Co ja mam czynić? - pytała Oleńka. - Może to i źli ludzie, ale on z nimi wojnę odprawiał. Zali wypędzi ich na moją prośbę?

- Jeśli nie wypędzi - mruknął z cicha Józwa - to sam taki!

Wtem w pannie poczęła się krew burzyć przeciw tym towarzyszom, zabijakom i kosterom.

- Zresztą, niech tak będzie! Musi ich wypędzić! Niech wybiera mnie albo ich ! Jeśli to prawda, co mówicie, a dziś jeszcze będę wiedziała, czy prawda, to im tego nie daruję, ani strzelania, ani rozpusty. Jam sama jedna i słaba. sierota, ich kupa zbrojna, aleć się nie ulęknę...

- My ci pomożem ! - rzekł Józwa.

- Dla Boga! - mówiła Oleńka unosząc się coraz bardziej - niech sobie czynią, co chcą, ale nie tu, w Lubiczu... Niech będą, jacy chcą, ich to rzecz, ich szyje odpowiedzą, ale niech pana Kmicica nie podmawiają... do rozpusty... Wstyd! hańba!... Myślałam, że to żołnierze niezgrabni, a to, widzę, zdrajcy niegodni, którzy i siebie, i jego plamią. Tak jest! źle im z oczu patrzyło, ale ja, głupia, nie poznałam się na tym. Dobrze! dziękuję wam, ojcowie, żeście mi oczy na tych judaszów otworzyli... Wiem, co mi czynić przystoi.

- To! to! to! - rzekł stary Kasjan. - Cnota przez cię mówi, a my ci pomożem.

- Wy pana Kmicica nie winujcie, bo choćby co i przeciw stateczności uczynił, to młody jest, a oni go kuszą, oni podmawiają, oni zachęcają do rozpusty przykładem i hańbę na jego imię ściągają! Tak jest! pókim żywa, nie będzie tego długo!

Gniew wzbierał coraz więcej w sercu Oleńki i zawziętość przeciw towarzyszom pana Kmicica wzrastała, jak wzrasta ból w ranie świeżo zadanej. Bo też zraniono w niej okrutnie i miłość własną kobiecą, i tę ufność, z jaką całe czyste uczucie oddała panu Andrzejowi. Wstyd jej było za niego i za siebie, a ów gniew i wstyd wewnętrzny szukał przede wszystkim winnych.

Szlachta zaś rada była, widząc swoją pułkownikównę tak groźną i do stanowczej wojny warchołów orszańskich wyzywającą.

Ona zaś mówiła dalej z roziskrzonym wzrokiem:

- Tak jest! oni winni i muszą pójść precz, nie tylko z Lubicza, ale z całej okolicy.

- My też pana Kmicica nie winujem, serceż ty nasze - mówił stary Kasjan. - My wiemy, że to oni go kuszą. Nie ze złością my tu i jadem przeciw niemu przyjechali, jeno z żalem, że zbytników przy sobie trzyma. Toż i wiadomo, że młody, głupi. I pan starosta Hlebowicz za młodu był głupi, a teraz nami wszystkimi rządzi.

- A pies? - mówił wzruszonym głosem pacunelski łagodny staruszek. Pójdziesz z młodym w pole, a on, durny, zamiast za zwierzem iść, to ci koło nóg, padło, swawoli i za poły cię ciąga.

Oleńka chciała coś mówić, ale nagle zalała się łzami.

- Nie płacz! - rzekł Józwa Butrym.

- Nie płacz, nie płacz!... - powtarzali dwaj starcy.

I tak ją pocieszali, ale nie mogli pocieszyć. Po ich odjeździe została troska, niepokój i jakby uraza i do nich, i do pana Andrzeja. Dumną pannę bolało coraz głębiej to, że trzeba było go bronić, usprawiedliwiać i tłumaczyć. A ta kompania! Drobne ręce panny zaciskały się na myśl o nich. W oczach jej stawały jakby na jawie twarze pana Kokosińskiego, Uhlika, Zenda,

Kulwieca-Hippocentaura i innych - i dostrzegła w nich, czego pierwej nie widziała: że były to bezczelne twarze, na których błazeństwo, rozpusta i zbrodnia wycisnęły pospołu swe pieczęcie. Obce Oleńce uczucie nienawiści poczęło ją opanowywać jak parzący ogień. Lecz w tej rozterce wzrastała zarazem z każdą chwilą uraza i do pana Kmicica.

- Wstyd! sromota! - szeptała do się dziewczyna zbladłymi usty. - Co wieczora wracał ode mnie do dziewek czeladnych!...

I czuła się sama upokorzona. Nieznośne brzemię tamowało jej oddech w piersiach.

Mroczyło się na dworze. Panna Aleksandra chodziła po izbie pospiesznym krokiem i w duszy wrzało jej ciągle. Nie była to natura zdolna znosić prześladowania losu i nie bronić się im. Rycerska krew krążyła w tej dziewczynie. Chciałaby natychmiast rozpocząć walkę z tą zgrają złych duchów - natychmiast! Ale co jej pozostaje!... Nic! jeno łzy i prośba, by pan Andrzej rozpędził na cztery wiatry tych hańbiących kompanionów.

A jeśli tego uczynić nie zechce?...

- Jeśli nie zechce...

I nie śmiała jeszcze myśleć o tym.

Rozmyślania panienki przerwał pachołek, któren wniósł naręcz jałowcowych drewek do kominka i rzuciwszy je wedle trzonu, począł wygarniać węgle spod starego popiołu. Nagłe postanowienie przyszło do głowy Oleńce.

- Kostek! - rzekła - siędziesz mi zaraz na koń i pojedziesz do Lubicza. Jeśli pan już wrócił, proś, żeby tu przyjechał, a jeśli go nie masz, to niech włodarz, stary Znikis, siada z tobą i wraz do mnie przybywa - a żywo! Chłopak rzucił szczypek smolnych na węgle, przysypał je pniakami suchego jałowcu i skoczył ku drzwiom.

Jasne płomienie poczęły huczeć i strzelać w kominie. Oleńce stało się zaraz nieco lżej na duszy.

"Może to Pan Bóg jeszcze odmieni! - pomyślała sobie. - A może to i nie tak źle było, jak opiekunowie mówili... Obaczym!"

I po chwili przeszła do czeladnej siedzieć odwiecznym obyczajem billewiczowskim ze służbą, prządek pilnować, pieśni pobożne śpiewać. i o dwóch godzinach wszedł zmarznięty Kostek.

- Znikis jest w sieni! - rzekł. - Pana nie masz jeszcze w Lubiczu. Panna zerwała się żywo. Włódarz w sieni schylił się jej do nóg.

- A jak tobie zdrowie, jasna dziedziczko?... Bóg daj najlepsze! Przeszli do izby stołowej; Znikis stanął przy drzwiach.

- Co u was słychać? - pytała panienka.

Chłop kiwnął ręką.

- At! pana nie ma...

- To wiem, że jest w Upicie. Ale w domu co się dzieje?

- At!..

- Słuchaj, Znikis, mów śmiele, włos ci z głowy nie spadnie. Mówią, że pan dobry, jeno kompania swawolniki?

- Żeby to, jasna panienka, swawolniki!

- Mów szczerze.

- Kiedy, panienka, mnie nie wolno... ja się boja... Mnie zakazali.

- Kto zakazał?

- Pan...

- Tak?! - rzekła panna.

Nastała chwila milczenia. Ona chodziła spiesznie po pokoju, ze ściśniętymi ustami i namarszczoną brwią, on śledził za nią oczyma.

Nagle stanęła przed nim.

- Czyj ty jesteś?

- A billewiczowski. Jać z Wodoktów, nie z Lubicza.

- Nie wrócisz więcej do Lubicza... tu zostaniesz. Teraz rozkazuję ci gadać wszystko, co wiesz!

Chłop, jak stał w progu, tak rzucił się na kolana.

- Panienka jasna, ja tam nie kcę wracać, tam sądny dzień!... To, panienka, zbóje i zbereźniki, tam człek dnia i godziny niepewny.

Billewiczówna zakręciła się w miejscu, jakby strzałą ugodzona. Pobladła bardzo, ale spytała spokojnie:

- Prawdali to, że strzelali w izbie do wizerunków?

- Jak nie strzelali! I dziewki ciągali po komnatach, i co dzień ta sama rozpusta. We wsi płacz, we dworze Sodoma i Gomora! Woły idą na stół, barany na stół!... Ludzie w ucisku... Stajennego wczoraj niewinnie rozszczepili.

- I stajennego rozszczepili?...

- A jakże! A najgorzej dziewczętom się krzywda dzieje. Już im dworskich nie dość i po wsi łowią...

Nastała znowu chwila milczenia. Gorące rumieńce wystąpiły na twarz panny i nie znikały już więcej.

- Kiedy się tam pana spodziewają z powrotem?...

- Oni, panienka, nie wiedzą, jeno słyszałem, jak mówili między sobą, że trzeba jutro całej kompanii do Upity ruszyć. Kazali, żeby konie były gotowe. Mają tu wstąpić i panienki o czeladź prosić i o prochy, że tam mogą być potrzebne.

- Mają tu wstąpić?... to dobrze. Idź teraz, Znikis, do kuchni. Już nie wrócisz do Lubicza.

- Ażeby tobie Bóg dał zdrowie i szczęście!...

Panna Aleksandra wiedziała, co chciała, ale też wiedziała, jak jej należy postąpić.

Nazajutrz była niedziela. Rankiem, nim panie z Wodoktów wyjechały do kościoła, przybyli panowie: Kokosiński, Uhlik, Kulwiec-Hippocentaurus, Ranicki, Rekuć i Zend, a za nimi czeladź lubicka, zbrojno i konno, postanowili bowiem kawalerowie iść w pomoc panu Kmicicowi do Upity.

Panna wyszła przeciw nim spokojna i wyniosła, zupełnie inna od tej, która ich witała po raz pierwszy przed kilku dniami; ledwie głową kiwnęła w odpowiedzi na uniżone ich ukłony, ale oni myśleli, że to nieobecność pana Kmicica czyni ją tak ostrożną, i nie poznali się na niczym.

Zaraz tedy wystąpił pan Jarosz Kokosiński, śmielszy już jak za pierwszym razem, i rzekł:

- Jaśnie wielmożna panno łowczanko dobrodziko! My tu po drodze do Upity wstępujemy, aby waćpannie dobrodzice do stópek upaść i o auxilia prosić: jako o prochy, strzelby, i żebyś waćpanna czeladzi swej na koń sieść kazała i z nami jechać. Weźmiemy szturmem Upitę i łyczkom trochę krwi upuścimy.

- Dziwi mnie - odrzekła Billewiczówna - że waćpanowie do Upity jedziecie, gdyż sama słyszałam, jak pan Kmicic wam spokojnie w Lubiczu siedzieć przykazał, a tak myślę, że jemu przystoi rozkazywać, a waszmościom słuchać, jako podkomendnym.

Kawalerowie usłyszawszy te słowa spojrzeli na siebie ze zdumieniem. Zend wysunął wargi, jak gdyby chciał po ptasiemu zagwizdać, Kokosiński począł się głaskać szeroką dłonią po głowie.

- Jako żywo! - rzekł - myślałby kto, że waćpanna do ciurów pana Kmicica mówisz. Prawda jest, żeśmy mieli w domu siedzieć, ale gdy czwarty dzień idzie, a Jędrusia nie ma, przyszliśmy do takowej konwikcji, że się tam mógł znaczny jakiś tumult uczynić, w którym i nasze szable się przygodzą.

- Pan Kmicic nie na bitwę pojechał, jeno żołnierzy swawolników karać, co by się łatwo i waćpanom przytrafić mogło, gdybyście przeciw rozkazowi wystąpili. Z resztą prędzej by się tam tumult i siekanina przy was mogła zdarzyć.

- Trudno nam z waćpanną deliberować. Prosim tylko o prochy i ludzi.

- Ludzi i prochów nie dam, słyszysz mnie waćpan!

- Czy ja dobrze słyszę? - rzekł Kokosiński. - Jak to waćpanna nie dasz? Kmicicowi, Jędrusiowi, na ratunek będziesz waćpanna żałować? Wolisz, żeby go co złego spotkało?

- Co go może najgorszego spotkać, to waćpanów kompania!

Tu oczy dziewczyny poczęły ciskać błyskawice i podniósłszy głowę postąpiła kilka kroków ku zabijakom, a oni cofali się przed nią w zdumieniu.

- Zdrajcy! - rzekła - wy to go jak złe duchy do grzechu kusicie, wy go namawiacie! Ale znam już was, waszą rozpustę, wasze bezecne uczynki. Prawo was ściga, ludzie się od was odwracają, a ohyda na kogo pada? - na niego - przez was, banitów i infamisów!

- Hej! na rany boskie, towarzysze! słyszycie? - zakrzyknął Kokosiński.- Hej! co to jest? zali nie śpimy, towarzysze?

Billewiczówna postąpiła krok jeszcze i ukazując ręką na drzwi:

- Precz stąd! - rzekła.

Warchołowie pobledli trupio i żaden z nich nie zdobył się na słowo odpowiedzi. Jeno zęby ich poczęły zgrzytać, ręce drgać ku rękojeściom, a oczy ciskać złe błyskawice. Ale po chwili dusze w nich upadły z trwogi. Toż ten dom był pod opieką potężnego Kmicica, toż ta zuchwała panna była jego narzeczoną. Więc zgryźli w milczeniu gniew, a ona ciągle stała z roziskrzonym okiem, ukazująca palcem na drzwi.

Na koniec pan Kokosiński rzekł przerywanym wściekłością głosem:

- Kiedy nas tu tak wdzięcznie przyjęto... to... nie pozostaje nam nic innego... jak pokłonić się... politycznej gospodyni i pójść... dziękując za gościnę...

To rzekłszy skłonił się czapką z umyślną uniżonością aż do ziemi, a za nim kłaniali się i inni i wychodzili kolejno. Gdy drzwi zamknęły się za ostatnim, Oleńka upadła, wyczerpana, na krzesło, dychając ciężko, bo nie miała tyle sił, ile odwagi.

Oni zaś zgromadzili się na radę przed gankiem, naokół koni, ale żaden nie chciał pierwszy przemówić.

Wreszcie Kokosiński rzekł:

- Cóż, mili barankowie?

- A cóż?

- Dobrze wam?

- A tobie dobrze?

- Ej, żeby nie Kmicic! ej, żeby nie Kmicic! - rzekł Ranicki zacierając konwulsyjnie ręce - pohulalibyśmy tu z panienką po naszemu!...

- Idź, zadrzyj z Kmicicem! - zapiszczał Rekuć. - Stań mu!

Ranickiego twarz, jak skóra rysia, cała była już pokryta piętnami.

- I jemu stanę, i tobie, warchole, gdzie chcesz!

- A to i dobrze! - rzekł Rekuć.

Obaj porwali się do szabel, ale olbrzymi Kulwiec-Hippocentaurus wtoczył się pomiędzy nich.

- Na tę pięść! - rzekł potrząsając jakoby bochnem chleba - na tę pięść! - powtórzył - pierwszemu, który szablę wyciągnie, łeb roztrzaskam!

To rzekłszy poglądał to na jednego, to na drugiego, jakby pytając niemo, który pierwszy zechce popróbować; ale oni, tak zagadnięci, uspokoili się zaraz.

- Kulwiec ma rację! - rzekł Kokosiński. - Moi mili barankowie, potrzeba nam teraz zgody więcej niż kiedykolwiek... Ja bym radził ruszać co prędzej do Kmicica, żeby zaś ona go prędzej nie obaczyła, bo opisałaby nas jak diabłów. Dobrze, że tam żaden na nią nie warknął, choć mnie samemu świerzbiały ręce i język... Ruszajmy do Kmicica. Ma ona go na nas podbechtać, to lepiej my go wpierw podbechtajmy. Nie daj Bóg, aby nas opuścił. Zaraz by tu obławę na nas, jak na wilków, uczyniono.

- Furda! - rzekł Ranicki. - Nic nam nie uczynią. Teraz wojna; mało to ludzi po świecie bez dachu i chleba się włóczy? Zbierzem sobie partię, towarzysze mili, i niech nas wszystkie trybunały ścigają! Daj rękę, Rekuć, odpuszczam ci!

- Byłbym ci uszy obciął - zapiszczał Rekuć - ale już pogódźmy się! wspólna nas konfuzja spotkała.

- Kazać pójść precz takim jak my kawalerom! - rzekł Kokosiński.
- I mnie, w którym senatorska krew płynie! - dodał Ranicki.
- Ludziom godnym! familiantom!
- Żołnierzom zasłużonym !
- I exulom !
- Sierotom niewinnym!
- Mam buty wyporkiem podszyte, ale już mi nogi marzną - rzekł Kulwiec.
- Co będziemy jak dziady pod tym domem stali, nie wyniosą nam tu piwa grzanego! Nic tu po nas! Siadajmy i jedźmy. Czeladź lepiej odesłać, bo co po nich bez strzelb i broni, a sami jedźmy.
- Do Upity!
- Do Jędrusia, przyjaciela zacnego! Przed nim się poskarżym.
- Bylebyśmy go nie minęli.
- Na koń, towarzysze! na koń!
Siedli i ruszyli stępą, gniew i wstyd przeżuwając. Za bramą Ranicki, którego złość trzymała jeszcze jak za gardło, odwrócił się i pogroził pięścią dworowi.
- Ej, krwi mi ! ej, krwi !
- N niechby się tylko z Kmicicem pokłócili! - rzekł Kokosiński - przyjechalibyśmy tu jeszcze z hubką.
- Może to być.
- Boże nam pomóż - dodał Uhlik.
- Pogańska córka, cieciórka zaciekła!..
Tak klnąc i sierdząc się na pannę, a czasem na siebie samych warcząc, dojechali do lasu. Ledwie minęli pierwsze drzewa, ogromne stado wron zawichrzyło się nad ich głowami. Zend począł zaraz krakać przeraźliwie; tysiące głosów odpowiedziało mu z góry. Stado zniżyło się tak, że aż konie poczęły się lękać szumu skrzydeł.
- Stul gębę! - krzyknął na Zenda Ranicki. - Jeszcze nieszczęście wykraczesz! Kraczą nad nami te wrońska, jakby nad padliną...
Ale inni śmieli się, więc Zend krakał ciągle. Wrony zniżały się coraz bardziej i tak jechali jak wśród burzy. Głupi! nie umieli odgadnąć złej wróżby.
Za lasem ukazały się już Wołmontowicze, ku którym kawalerowie ruszyli rysią, bo mróz był srogi i zmarzli bardzo, a do Upity było dość jeszcze daleko. Ale w samej wsi musieli zwolnić. Na szerokiej drodze zaścianku pełno było ludzi, jako zwyczajnie przy niedzieli. Butrymowie i Butrymówny wracali piechotą i saniami z Mitrunów, z odpustu. Szlachta poglądała ciekawie na nieznanych jeźdźców, w pół się domyślając, co to za jedni. Młode szlachcianki słyszały już o rozpuście w Lubiczu i o sławnych jawnogrzesznikach; których pan Kmicic przyprowadził, więc przypatrywały im się jeszcze ciekawiej. Oni zaś jechali dumnie, w pięknych postawach żołnierskich, w zdobycznych aksamitnych ferezjach, w kołpakach rysich i na dzielnych koniach. Znać było jednak, że to żołnierze

zawołani: miny rzęsiste i harde, prawe ręce wparte w boki, głowy podniesione. Nie ustępowali też nikomu jadąc szeregiem i pokrzykując od czasu do czasu: "Z drogi!" Jaki taki z Butrymów spojrzał posępnie spode łba, ale ustąpił; oni zaś gwarzyli między sobą o zaścianku.

- Uważcie, mości panowie - mówił Kokosiński - jakie tu chłopy rosłe; jeden w drugiego jak tur, a każdy wilkiem patrzy.

- Żeby nie ten wzrost i żeby nie szabliska, można by ich wziąć za chamów - rzekł Uhlik.

- Obaczcie no te szablice! czyste powyrki, jak mi Bóg miły! - zauważył Ranicki. - Chciałbym się z którym poprobować!

Tu pan Ranicki począł gołą dłonią szermować.

- On by tak, ja bym tak! On by tak, ja bym tak - i szach!

- Łatwo sobie możesz owo gaudium uczynić - zauważył Rekuć. - Z nimi nie trzeba wiele.

- Wolałbym się ja z tymi oto dziewczętami poprobować! - rzekł nagle Zend.

- Świece, nie panny! - wykrzyknął z zapałem Rekuć.

- Co waść mówisz: świece? - sosny! A pyski u każdej jakoby krokoszem malowane.

- Ciężko i na szkapie usiedzieć na taki widok!

Tak rozmawiając wyjechali z zaścianka i znów ruszyli rysią. Po pół godziny drogi przybyli do karczmy zwanej Doły, która leżała na pół drogi między Wołmontowiczami i Mitrunami. Butrymi i Butrymówny zatrzymywali się w niej zwykle, idąc i wracając z kościoła, aby odpocząć i rozgrzać się w czasie mrozów. Toteż przed zajazdem spostrzegli kawalerowie kilkanaście sani wysłanych grochowinami i tyleż koni posiodłanych.

- Napijmy się gorzałki, bo zimno! - rzekł Kokosiński.

- Nie zawadzi! - odparł chór jednogłośny.

Zsiedli z koni, zostawili je u słupów, a sami weszli do szynkownej izby, ogromnej i ciemnej. Zastali tu moc ludzi. Szlachta, siedząc na ławach lub stojąc gromadkami przed szynkwasem, popijała piwo grzane, a niektórzy krupniczek warzony z masła, miodu, wódki i korzeni. Sami to byli Butrymowie, chłopy duże, ponure i tak małomówne, że w izbie prawie nie słychać było gwaru. Wszyscy ubrani w szare kapoty z samodziału albo rosieńskiego pakłaku, podbite baranami, w pasy skórzane, przy szablach w czarnych żelaznych pochwach; przez tę jednostajność ubioru czynili pozór wojska. Ale byli to po części ludzie starzy, od lat sześćdziesięciu, lub wyrostkowie, do dwudziestu. Ci dla omłotów zimowych w domach zostali; reszta, mężczyźni w sile wieku, ruszyli do Rosień.

Ujrzawszy orszańskich kawalerów odsunęli się trochę od szynkwasu i poczęli im się przypatrywać. Piękny moderunek żołnierski podobał się tej wojowniczej szlachcie; czasem też który słowo puścił. "To z Lubicza?"- "Tak, pana Kmicicowa kompania!" - "To ci?" - "A jakże!"

Kawalerowie pili gorzałkę, ale krupniczek zbyt pachniał. Zwietrzył go pierwszy Kokosiński i kazał dać. Obsiedli tedy stół, a gdy przyniesiono dymiący saganek, poczęli pić spoglądając na izbę, na szlachtę i przymrużając oczy, bo w izbie było ciemnawo. Okna śnieg zasuł, a długi, niski otwór gruby, w której palił się ogień, pozasłaniały całkiem jakieś figury plecami ku izbie odwrócone.

Kiedy już krupnik począł krążyć w żyłach kawalerów, roznosząc po ich ciałach ciepło przyjemne, ożywiły im się zaraz humory, strapione po przyjęciu w Wodoktach, i Zend począł nagle krakać jak wrona, tak dokładnie, że wszystkie twarze zwróciły się ku niemu.

Kawalerowie śmieli się, szlachta poczęła się zbliżać, rozweselona, zwłaszcza młodsi, potężni wyrostkowie o szerokich barach i pucołowatych policzkach. Siedzące przy grubie przed ogniem postacie odwróciły się ku izbie i Rekuć pierwszy dostrzegł, iż były to niewiasty.

A Zend zamknął oczy i krakał, krakał - nagle przestał, i po chwili obecni usłyszeli głos duszonego przez psy zająca; zając beczał w ostatniej agonii, coraz słabiej, ciszej, potem zawrzasnął rozpaczliwie i zamilkł na wieki - a na jego miejscu rogacz odezwał się potężnie, jak z rykowiska.

Butrymowie stali zdumieni, chociaż Zend już przestał. Spodziewali się jeszcze co usłyszeć, ale tymczasem usłyszeli tylko piskliwy głos Rekucia:

- Sikorki siedzą wedle gruby!
- A prawda! - rzekł Kokosiński przysłaniając oczy ręką.
- Jako żywo! - przywtórzył Uhlik - jeno w izbie tak ciemno, żem nie mógł rozeznać.
- Ciekaw jestem, co one tu robią?
- Może na tańce przychodzą.
- A poczekajcie, spytam ! - rzekł Kokosiński.

I podniósłszy głos pytał:

- Miłe niewiasty, a cóże tam czynicie wedle gruby?
- Nogi grzejem! - ozwały się cienkie głosy.

Wówczas kawalerowie wstali i zbliżyli się do ogniska. Siedziało przy nim na długiej ławie z dziesięć niewiast, starszych i młodszych, trzymających bose nogi na klocu leżącym wedle ognia. Z drugiej strony kloca suszyły się przemokłe od śniegu buty.

- To waćpanny nogi grzejecie? - pytał Kokosiński.
- Bo zmarzły.
- Bardzo grzeczne nóżki! -zapiszczał Rekuć pochylając się ku klocowi.
- At! odczep się waszmość - rzekła jedna z szlachcianek.
- Rad bym ja się przyczepić, nie odczepić, ile że mam sposób pewny, lepszy od ognia na zmarzłe nóżki, któren sposób jest następujący: jeno potańcować z ochotą, a zamróz pójdzie precz!
- Kiedy potańcować, to potańcować! - rzekł pan Uhlik. - Nie potrzeba ni skrzypków, ni basetli, bo ja wam zagram na czekaniku.

I wydobywszy ze skórzanej pochewki, wiszącej przy szabli, nieodstępny

instrument, grać począł, a kawalerowie sunęli w podrygach do dziewcząt i nuż je ściągać z ławy. One niby się broniły, ale więcej krzykiem niż rękoma, bo naprawdę nie były bardzo od tego. Może i szlachta rozochociłaby się z kolei, bo przeciw potańcowaniu w niedzielę, po mszy i w zapusty, nikt by bardzo nie protestował, ale reputacja "kompanii" była już zbyt znana w Wołmontowiczach, więc pierwszy olbrzymi Józwa Butrym, ten, który stopy nie miał, wstał z ławy i zbliżywszy się do Kulwieca-Hippocentaura, chwycił go za pierś, zatrzymał i rzekł ponuro:
- Jeśli się waszmości chce tańca, to może ze mną?
Kulwiec-Hippocentaurus oczy przymrużył i począł wąsami ruszać gwałtownie.
- Wolę z dziewczyną - odrzekł - a z waścią to chyba potem...
Wtem podbiegł Ranicki z twarzą już pocętkowaną plamami, bo już burdę poczuł.
- Coś za jeden, zawalidrogo? - pytał chwytając za szablę.
Uhlik przestał grać, a Kokosiński zakrzyknął:
- Hej, towarzysze! do kupy! do kupy!
Ale już za Józwą sypnęli się Butrymowie, starcy potężni i wyrostki ogromne; poczęli się tedy także skupiać pomrukując jak niedźwiedzie.
- Czego chcecie? guzów szukacie? - pytał Kokosiński.
- At! co gadać! poszli precz! - rzekł z flegmą Józwa.
Na to Ranicki, któremu chodziło o to, aby czasem nie obyło się bez bójki, uderzył Józwę rękojeścią w piersi, aż się rozległo w całej izbie, i krzyknął:
- Bij!
Rapiery zabłysły, rozległ się wrzask niewiast, szczęk szabel i zgiełk, i zamieszanie. Wtem olbrzymi Józwa wycofał się z potyczki, porwał stojącą wedle stołu z gruba ciosaną ławę i podniósłszy ją jakby leciuchną deseczkę zakrzyknął:
- Rum! rum!
Kurz wstał z podłogi i przesłonił walczących, jeno w zamęcie jęki poczęły się odzywać...

ROZDZIAŁ 5

Tegoż samego dnia wieczorem przyjechał pan Kmicic do Wodoktów na czele stu kilkunastu ludzi, których ze sobą z Upity przyprowadził, żeby ich do Kiejdan hetmanowi wielkiemu odesłać, sam uznał bowiem, że w tak małym miasteczku nie masz dla większej liczby ludzi pomieszczenia i że po ogłodzeniu mieszczan żołnierz musi się uciekać do gwałtów, zwłaszcza taki żołnierz, który tylko strachem przed dowódcą w karności może być utrzymany. Dość bowiem było spojrzeć na wolentarzy pana Kmicica, żeby dojść do przekonania, iż gorszego gatunku ludzi trudno było w całej Rzeczypospolitej znaleźć. I Kmicic nie mógł mieć innych. Po pobiciu hetmana wielkiego nieprzyjaciel zalał cały kraj. Resztki wojsk regularnych litewskiego komputu cofnęły się na pewien czas do Birż i Kiejdan, aby tam przyjść do sprawy. Szlachta smoleńska, witebska, połocka, mścisławska i mińska albo pociągnęła za wojskiem, albo chroniła się w województwach jeszcze nie zajętych. Ludzie śmielszego ducha między szlachtą zbierali się do Grodna, do pana podskarbiego Gosiewskiego, tam bowiem naznaczały punkt zborny uniwersały królewskie zwołujące pospolite ruszenie.

Niestety! mało było takich, którzy usłuchali uniwersałów, ci zaś nawet, co poszli za głosem obowiązku, ściągali się tak opieszale, że tymczasem naprawdę nikt oporu nie dawał prócz pana Kmicica, który czynił to na własną rękę, pobudzany więcej fantazją rycerską niż patriotyzmem. Łatwo jednak zrozumieć, że w braku wojsk regularnych i szlachty - brał ludzi, jakich mógł znaleźć, więc takich, których obowiązek do hetmanów nie ciągnął i którzy nie mieli nic do stracenia. Nagarnęło się tedy do niego zawalidrogów bez dachu i domu, ludzi niskiego stanu, zbiegłej z wojska czeladzi, zdziczałych borowych, pachołków miejskich lub łotrzyków prawem ściganych. Ci pod chorągwią spodziewali się znaleźć ochronę, a przy tym łupami się pożywić. W żelaznych rękach Kmicicowych zmienili się oni w śmiałych żołnierzy, śmiałych aż do szaleństwa, i gdyby sam Kmicic był statecznym człowiekiem, mogli byli znaczne Rzeczypospolitej oddać przysługi. Ale Kmicic był sam swawolnikiem, w którym dusza kipiała ustawicznie; zresztą skąd miał brać prowiant i broń, i konie, gdy jako wolentarz, nie posiadający nawet listów zapowiednich, nie mógł ze skarbu Rzeczypospolitej żadnej spodziewać się pomocy. Brał więc gwałtem, często na nieprzyjacielu, często i na swoich Oporu nie znosił i za najmniejszy karał srodze.

W ustawicznych podjazdach, walkach i napadach zdziczał, przyzwyczaił się o krwi przelewu tak, że nie lada co mogło poruszyć w nim, dobre zresztą natury, serce. Zakochał się w ludziach gotowych na wszystko i niepohamowanych. Imię jego zasłynęło wkrótce złowrogo. Mniejsze oddziały nieprzyjacielskie nie śmiały się wychylać z miast i obozów w stronach, w których straszliwy partyzant grasował. Ale i miejscowe obywatelstwo, zniszczone przez wojnę, bało się jego ludzi mało mniej niż nieprzyjaciół. Zwłaszcza gdzie oko Kmicica osobiście nie spoczywało nad nimi, gdzie komendę brali jego oficerowie: Kokosiński, Uhlik, Kulwiec, Zend, a szczególniej najdzikszy i najokrutniejszy, lubo z wysokiej krwi pochodzący, Ranicki - tam zawsze można było pytać: obrońcyli to czy napastnicy? Kmicic karał czasem i swoich ludzi, gdy mu nie pod humor co przyszło, bez miłosierdzia; ale częściej stawał po ich stronie nie dbając na prawa, na łzy i życie ludzkie.

Kompanionowie prócz Rekucia, na którym krew niewinna nie ciężyła, jeszcze podmawiali młodego wodza, by coraz bardziej cuglów swej bujnej naturze popuszczał.

Takie to było Kmicicowe wojsko.

Teraz właśnie zabrał on swą hołotę z Upity, by ją do Kiejdan odesłać. Gdy się tedy zatrzymali przed dworem w Wodoktach, panna Aleksandra aż przeraziła się ujrzawszy ich przez okno, tak byli do hajdamaków podobni. Każdy inaczej zbrojny: jedni w hełmach pobranych na nieprzyjacielu, drudzy w czapkach kozackich, w kapuzach, w kapturach, niektórzy w wypłowiałych ferezjach, inni w kożuchach, z rusznicami, spisami, łukami i berdyszami, na chudych, poszerszeniałych koniach ubranych w rzędziki polskie, moskiewskie, tureckie. Uspokoiła się dopiero Oleńka, gdy pan Andrzej, hoży i wesoły jak zawsze, wpadł do izby i zaraz z niezmierną żywością do rąk jej przypadł. Ona zaś, choć poprzednio postanowiła przyjąć go z powagą i zimno, jednak nie mogła zapanować nad radością, którą jej sprawiło jego przybycie. Przy tym może i chytrość niewieścia grała w tym pewną rolę, bo trzeba było powiedzieć panu Andrzejowi o wypędzeniu za drzwi kompanii, więc chciała go sobie przebiegła dziewczyna naprzód zjednać. A zresztą, tak ją witał szczerze, z taką miłością, że resztki urazy stopniały jak śnieg przy płomieniu.

"Miłuje mnie! nie masz wątpliwości!" - pomyślała.

A on mówił:

- Jużem się tak stęsknił, żem całą Upitę chciał spalić, byle do cię jak najprędzej lecieć. Niechże ich tam mróz ściśnie tych łyków!

- Jam też była niespokojna, żeby tam do bitwy nie przyszło. Chwała Bogu, żeś waćpan przyjechał.

- I! co za bitwa! Żołnierze poczęli trochę łyczków tarmosić...

- Aleś to waćpan uspokoił?

- Zaraz ci powiem wszystko, jak się zdarzyło, mój klejnocie, jeno sobie usiędę trochę, bom się strudził. Ej! ciepłoż tu, ej! miło w tych Wodoktach, jako właśnie w raju. Rad by tu człowiek po wiek siedział i w one śliczne oczy patrzył, i nigdy nie wyjeżdżał... Ale napić się czego ciepłego także by nie zawadziło, bo na dworze mróz okrutny.

- Zaraz każę waćpanu wina z jajami zgrzać i sama przyniosę.

- A dajże i moim wisielcom jaką baryłczynę gorzałki i każ ich do obory puścić, żeby się jeno od paru bydlęcego nieco rozgrzeli. Tołuby mają wiatrem podszyte i srodze pokostnieli.

- Niczego im nie pożałuję, bo to waćpańscy żołnierze.

To rzekłszy uśmiechnęła się tak, aż Kmicicowi w oczach pojaśniało, i wysunęła się jak kotka cicho, by w czeladnej wszystko zarządzić.

Kmicic chodził po izbie i po czuprynie się głaskał, to wąsa młodego pokręcał namyślając się: jak jej opowiedzieć, co się w Upicie zdarzyło.

- Trzeba szczerą prawdę wyznać - mruczał pod nosem - nie ma rady, choćby kompania mieli się śmiać, że mnie tu już na pasku wodzą...

I znów chodził, i znów czuprynę na czoło nagarniał, wreszcie zniecierpliwił się, że dziewczyna długo nie wraca.

Tymczasem pacholik wniósł światło, pokłonił się w pas i wyszedł, a potem zaraz weszła wdzięczna gosposia niosąc sama w obu rękach błyszczącą cynową tacę, na niej garnuszek, z którego wychodziła wonna para zagrzanego węgrzyna, i pucharek rżnięty ze szkła, z herbem Kmiciców. Stary Billewicz dostał go w swoim czasie od ojca pana Andrzeja, gdy u niego w gościnie bawił.

Pan Andrzej, ujrzawszy gosposię, poskoczył ku niej.

- Hej! - zawołał - rączyny obiedwie zajęte, nie wymkniesz mi się!

I przechylił się przez tacę, a ona cofała swą jasną główkę bronioną tylko przez opar wychodzący z garnuszka.

- Zdrajca! dajże waćpan spokój, bo upuszczę polewkę...

Ale on się groźby nie ulękł, po czym zakrzyknął:

- Jak Bóg w niebie, od takich delicyj rozum może się pomieszać!

- Waćpanu dawno już się pomieszał... Siadaj, siadaj!

Usiadł posłusznie, ona zaś nalała mu polewki w pucharek.

- Mówże teraz, jakeś to w Upicie winnych sądził?

- W Upicie? Jako Salomon!

- To i chwała Bogu!... Na sercu mi to, żeby wszyscy w okolicy mieli waćpana za statecznego i sprawiedliwego człowieka. Jakże to tedy było?

Kmicic pociągnął dobrze polewki, odetchnął i rzekł:

- Muszę opowiadać od początku. Było tak: Upominali się łyczkowie z burmistrzem o asygnacje na prowianty od hetmana wielkiego albo od pana podskarbiego. "Waćpanowie (mówili żołnierzom) jesteście wolentarzami i eksakcji nie możecie czynić. Kwatery dajem z łaski, a prowianty damy wtedy, gdy się okaże, że nas zapłacą."

- Mieli słuszność czy nie mieli?

- Słuszność wedle prawa mieli, ale żołnierze mieli szable, a po staremu, kto ma szablę, ten ma zawsze lepszą rację. Powiadają tedy łyczkom : "Zaraz my tu na waszej skórze wypiszemy asygnacje!" I wnet stał się tumult. Burmistrz z łyczkami zatarasowali się w ulicy, a moi ich dobywali; nie obeszło się bez strzelaniny. Zapalili niebożęta żołnierze dla postrachu parę stodół, kilku też łyczków uspokoili...

- Jak to uspokoili?

- Kto weźmie szablą po łbie, to i spokojny jak trusia.

- Dla Boga! toż to zabójstwo!

- Właśniem na to przyjechał. Żołnierze zaraz do mnie z narzekaniem i skargami na opresją, w jakiej żyją, że to ich niewinnie prześladują. "Brzuchy mamy puste - mówili - co nam czynić?" Kazałem burmistrzowi, by się stawił. Namyślał się długo, ale wreszcie przyszedł z trzema innymi. Kiedy to nie zaczną płakać: "Niechby już i asygnacji nie dawali - prawią - ale czemu biją, czemu miasto palą? Jeść i pić bylibyśmy dali za dobre słowo, ale oni chcieli słoniny, miodów, specjałów, a my sami, ubodzy ludzie, tego nie mamy. Prawem się będziemy bronić, a wasza mość przed sądem za swoich żołnierzy odpowiesz."

- Bóg waćpana będzie błogosławił - zawołała Oleńka - jeśliś sprawiedliwość, jako się godzi, uczynił!

- Jeślim uczynił?...

Tu pan Andrzej skrzywił się jak student, który ma się do winy przyznać, i czuprynę począł ręką na czoło nagarniać.

- Mój królu ! - zawołał wreszcie żałosnym głosem - mój klejnocie!... nie gniewaj się na mnie...

- Cóżeś znów waćpan uczynił? - pytała niespokojnie Oleńka.

- Kazałem dać po sto batożków burmistrzowi i radnym! - wyrecytował jednym tchem pan Andrzej.

Oleńka nie odrzekła nic, jeno ręce wsparła na kolanach, głowę spuściła na piersi i pogrążyła się w milczeniu.

- Zetnij szyję! - wołał Kmicic - ale nie gniewaj się!... Jeszczem wszystkiego nie wyznał...

- Jeszcze? - jęknęła panna.

- Bo to oni potem posłali do Poniewieża o pomoc. Przyszło sto głupich pachołków z oficyjerami. Tych przepłoszyłem, a oficyjerów... na Boga, nie gniewaj się!... kazałem gołych pognać kańczugami po śniegu, tak jakem raz panu Tumgratowi w Orszańskiem uczynił...

Billewiczówna podniosła głowę; surowe jej oczy pałały gniewem, a purpura wystąpiła na policzki.

- Waćpan nie masz wstydu i sumienia! - rzekła.

Kmicic spojrzał zdziwiony, zamilkł na chwilę, po czym spytał zmienionym głosem:

- Prawdęli mówisz czy udajesz?

- Prawdę mówię, że hajdamaki godny to uczynek, nie kawalera!... Prawdę mówię, bo mi reputacja waćpana na sercu leży, bo mi wstyd, żeś ledwie przyjechał, już cię całe obywatelstwo ma za gwałtownika i palcami ukazuje!...

- Co mi tam wasze obywatelstwo! Dziesięciu chałup jeden pies strzeże i jeszcze niewiele ma roboty.

- Ale nie masz infamii na tych chudopachołkach, nie masz hańby na niczyim imieniu. Nikogo tu sądy ścigać nie będą prócz waćpana!

- Ej, niechże cię o to głowa nie boli. Każdy sobie pan w naszej Rzeczypospolitej, kto jeno ma szablę w garści i lada jaką partię zebrać potrafi. Co mi czynią? kogo ja się tu boję?

- Jeśli waćpan nikogo się nie boisz, to wiedz o tym, że ja się boję gniewu bożego... i łez ludzkich się boję, i krzywd! A hańbą z nikim dzielić się nie chcę; chociażem niewiasta słaba, przecie mi miła cześć imienia może więcej niż niejednemu, który się kawalerem powiada.

- Na Boga! nie groźże mi rekuzą, bo mnie jeszcze nie znasz...

- O, wierzę, że i mój dziad waćpana nie znał!

Oczy Kmicica poczęły skry sypać, ale i w niej się rozigrała krew billewiczowska.

- Rzucaj się waćpan, zgrzytaj! - mówiła śmiało dalej - jać się nie ulęknę, chociażem sama, a waść masz całą chorągiew rozbójników pod sobą; niewinność moja mnie broni!... Myślisz, że nie wiem, iżeście w Lubiczu wizerunki postrzelali i że dziewczęta na rozpustę ciągacie?... Waść to mnie nie znasz, jeśli myślisz, że zmilczę pokornie. Chcę poczciwości od waćpana i tego wymagać żaden mi testament nie zabroni... Owszem, wola mojego dziada jest, żebym tylko poczciwego żoną była...

Kmicic widocznie zawstydził się tych sprawek lubickich, bo spuściwszy głowę spytał cichszym już głosem:

- Kto ci o owym strzelaniu mówił?

- Wszystka szlachta z okolicy o tym mówi.

- Zapłacę ja tym szarakom, zdrajcom, za życzliwość! - odparł posępnie Kmicic. - Ale to stało się po pijanemu... w kompanii... jako że żołnierze pohamować się w ochocie nie umieją. A co do dziewcząt, to jam ich nie ciągał.

- Wiem, że to owi bezwstydnicy, owi zbóje do wszystkiego waćpana podmawiają...

- To nie zbóje, to moi oficyjerowie...

- Jam tym waćpana oficyjerom kazała pójść precz z mego domu!

Oleńka spodziewała się wybuchu, tymczasem z największym zdziwieniem spostrzegła, że wiadomość o wypędzeniu kompanionów żadnego na Kmicicu nie uczyniła wrażenia, a nawet, przeciwnie, zdawała mu się humor poprawiać.

- Kazałaś im pójść precz? - spytał

- Tak jest.

- A oni poszli?

- Tak jest.

- Dalibóg, kawalerska w tobie fantazja! Okrutnie mi się to podoba, bo niebezpieczna rzecz z takimi ludźmi zadrzeć. Niejeden już ciężko za to zapłacił. Ale i oni znają mores przed Kmicicem!... Widzisz! wynieśli się pokornie jak barankowie - widzisz! a czemu? bo się mnie boją!

Tu pan Andrzej spojrzał chełpliwie na Oleńkę i wąsa począł pokręcać; ją zaś rozgniewała do reszty ta zmienność humoru i ta niewczesna chełpliwość, więc rzekła wyniośle i z naciskiem:

- Waćpan musisz wybrać między mną i nimi, nie może inaczej być!

Kmicic zdawał się nie spostrzegać tej stanowczości, z jaką Oleńka mówiła, i odpowiedział niedbale, prawie wesoło:

- A po co mnie wybierać, kiedy ja i ciebie mam, i ich mam! Waćpanna możesz sobie w Wodoktach czynić, coć się podoba; ale jeżeli moi kompanionowie żadnej tu krzywdy ani swawoli się nie dopuścili, to za cóż mam ich,. wyganiać? Waćpanna tego nie rozumiesz, co to jest służyć pod jedną chorągwią i wojnę razem odbywać... Żadne krewieństwo tak nie związuje jak wspólna służba. Wiedz o tym, że oni mało tysiąc razy ratowali mi życie, ja im takoż; a że teraz są bez dachu, że ich prawo ściga, to tym bardziej muszę im dać przytułek. Szlachta to przecie wszystko i familianci za wyjątkiem Zenda, który jest niepewnego pochodzenia, ale takiego kawalkatora nie masz w całej Rzeczypospolitej. Prócz tego, gdybyś go waćpanna słyszała, jak zwierza i ptactwo wszelakie udaje, sama byś go polubiła.

Tu pan Andrzej roześmiał się, jakby żaden gniew, żadne nieporozumienie nie miało nigdy miejsca między nimi, a ona aż załamała ręce widząc, jak z rąk jej się wymyka ta wichrowata natura. Wszystko to, co mówiła mu o opinii ludzkiej, o potrzebie statku, o niesławie, ześlizgiwało się po nim jak tępy grot po pancerzu. Nie rozbudzone sumienie tego żołnierza nie umiało odczuć jej oburzenia na każdą niesprawiedliwość, na każdą bezecną swawolę. Jakże tu do niego trafić, jak przemówić?

- Niech się dzieje wola boża! - rzekła wreszcie. - Skoro się mnie waćpan wyrzekasz, to idźże swoją drogą! Bóg zostanie nad sierotą!

- Ja się ciebie wyrzekam? - pytał Kmicic z największym zdumieniem.

- Tak jest! jeśli nie słowy, to uczynkami; jeśli nie ty mnie, to ja ciebie... Bo nie pójdę za człowieka, na którym ciężą łzy ludzkie i krew ludzka, którego palcami wytykają, banitem, rozbójnikiem zowią i za zdrajcę mają!

- Za jakiego zdrajcę?... Nie przywodźże mnie do szaleństwa, abym zaś czego nie uczynił, czego bym potem żałował. Niechże we mnie piorun zaraz trzaśnie, niech mnie czarci dziś obłuszczą, jeślim ja zdrajca, ja, którym przy ojczyźnie wtedy stawał, kiedy wszyscy ręce opuścili!

- Waćpan przy niej stajesz, a czynisz to, co i nieprzyjaciel, bo ją depcesz, bo ludzi w niej katujesz, bo na prawa boskie i ludzkie nie dbasz. Nie! Choćby mi się i serce rozdarło, nie chcę cię mieć takiego, nie chcę!...

- Nie gadaj mi o rekuzie, bo się wścieknę! Ratujcież mnie, anieli! Nie zechcesz mnie po dobrej woli, to cię i tak wezmę, choćby tu wszystka hołota z zaścianków, choćby sami Radziwiłłowie, sam król i wszyscy diabli rogami przystępu bronili, choćbym miał duszę czartu zaprzedać...

- Nie wzywaj złych duchów, bo cię usłyszą! - zakrzyknęła Oleńka wyciągając przed siebie ręce.

- Czego ode mnie chcesz?

- Bądź uczciwy!...

Umilkli oboje i nastała cisza. Słychać było tylko sapanie pana Andrzeja. Ostatnie słowa Oleńki przedarły jednak pancerz pokrywający jego sumienie. Czuł się upokorzony. Nie wiedział, co jej odrzec, jak się bronić. Potem począł chodzić szybkimi krokami po izbie; ona siedziała nieruchomie. Zawisła nad nimi niezgoda, rozjątrzenie i żal. Było im ze sobą ciężko, i to długie milczenie stawało im się coraz nieznośniejsze.

- Bądź zdrowa! - rzekł nagle Kmicic.

- Jedź waćpan i niech cię Bóg natchnie inaczej ! - odrzekła Oleńka.

- Pojadę! Gorzki mi był twój napitek, gorzki chleb! Żółcią i octem mnie tu napojono!

- A waćpan to myślisz, żeś mnie słodyczą napoił? - odrzekła głosem, w którym drgały łzy.

- Bądź zdrowa!

- Bądź zdrów...

Kmicic postąpił ku drzwiom, nagle zwrócił się i poskoczywszy ku niej, chwycił ją za obie ręce:

- Na rany Chrystusa ! czy ty chcesz, żebym trupem w drodze z konia spadł?

Wówczas Oleńka wybuchnęła płaczem; on objął ją i trzymał w ramionach całą dygocącą, powtarzając przez zaciśnięte zęby:

- Bijże mnie, kto w Boga wierzy! bij, nie żałuj!

Na koniec wybuchnął:

- Nie płacz, Oleńka! Dla Boga, nie płacz! Com ci winien? Uczynię wszystko, co chcesz. Tamtych wyprawię... w Upicie załagodzę... będę żył inaczej... bo cię miłuję... Dla Boga! serce mi się rozpuknie... uczynię wszystko, jeno nie płacz... i miłuj mnie jeszcze...

Tak on ją uspokajał i pieścił; ona zaś wypłakawszy się rzekła:

- Jedź już waćpan. Bóg zgodę między nami uczyni. Ja nie mam urazy, jeno ból w sercu...

Księżyc wytoczył się już wysoko nad białe pola, gdy pan Andrzej ruszył z powrotem do Lubicza, a za nim poćłapali żołnierze rozciągnąwszy się wężem po szerokim gościńcu. Jechali nie przez Wołmontowicze, ale krótszą drogą, bo mróz popętał bagna i można było po nich przejeżdżać bezpiecznie.

Wachmistrz Soroka przybliżył się do pana Andrzeja.

- Panie rotmistrzu - spytał - a gdzie nam stanąć w Lubiczu?

- Ruszaj precz! - odpowiedział Kmicic.

I jechał na przedzie nic do nikogo nie mówiąc. W sercu nurtował mu żal, chwilami gniew, ale przede wszystkim złość na samego siebie. Pierwsza to była noc w jego życiu, w której czynił rachunek sumienia, i rachunek ten ciężył mu gorzej od najcięższego pancerza. Oto przyjechał w te strony z nadszarpniętą reputacją i cóż uczynił, aby ją poprawić? Pierwszego dnia pozwolił na strzelanie i rozpustę w Lubiczu i zmyślił, że do niej nie należał, bo należał; potem pozwalał każdego dnia. Dalej: żołnierze skrzywdzili mieszczan, a on tej krzywdy dopełnił. Gorzej! rzucił się na prezydium poniewieskie, pobił ludzi, puścił gołych oficerów na śniegi... Uczynią mu proces - przegra. Skażą go na utratę majątku, czci, może i gardła. A przecie nie będzie mógł, jak dawniej, zebrawszy partię zbrojnej hołoty drwić sobie z praw, bo zamierza się ożenić, osiąść w Wodoktach, służyć nie na własną rękę, ale w kompucie; tam prawo go znajdzie i dosięgnie. Prócz tego, choćby mu uszło bezkarnie, jest coś szpetnego w tych postępkach, jest coś niegodnego rycerza. Może swawola da się załagodzić, ale pamięć jej zostanie i w sercach ludzkich, i w jego własnym sumieniu, i w sercu Oleńki... Tu, gdy wspomniał, że ona jednak nie odepchnęła go jeszcze, że wyjeżdżając czytał w jej oczach przebaczenie, wydała mu się tak dobrą jak anieli niebiescy. I ot! brała go ochota wrócić nie jutro, ale zaraz, wrócić co koń wyskoczy i paść jej do nóg, i prosić o zapomnienie, i całować te słodkie oczy, które łzami zrosiły dziś jego twarz.

Chciało mu się samemu ryknąć płaczem i czuł, że tak miłuje tę dziewczynę, jak nigdy w życiu nikogo nie miłował. "Na Pannę Najświętszą! - myślał w duszy - uczynię, co ona zechce; opatrzę kompanów suto i wyprawię na kraj świata, bo prawda jest, że oni mnie do złego podniecają." Tu przyszło mu do głowy, że przybywszy do Lubicza zastanie ich najpewniej pijanych albo z dziewczętami i chwyciła go taka złość, że chciało mu się szablą uderzyć na kogokolwiek, choćby na tych żołnierzy, których prowadził, i siec ich bez miłosierdzia.

- Dam ja im ! - mruczał targając wąs - jeszcze mnie takim nie widzieli, jak zobaczą...

Tu zaczął konia z szaleństwa ostrogami bóść i za tręzlę targać i szarpać, aż rumak rozhukał się, a Soroka widząc to mruczał do żołnierzy:

- Rotmistrz się zbiesił. Nie daj Bóg mu pod rękę wpaść...

Jakoż pan Andrzej biesił się rzeczywiście. Naokół był wielki spokój. Księżyc świecił pogodnie, niebo iskrzyło się tysiącami gwiazd, najmniejszy wiatr nie poruszał gałęzi na drzewach - jeno w sercu rycerza wrzała burza. Droga do Lubicza wydała mu się tak długa jak nigdy. Jakaś nie znana dotąd trwoga zaczęła nań nadlatywać z mroku, z głębin leśnych i z pól zalanych zielonawym światłem księżyca. Wreszcie zmęczenie ogarnęło pana Andrzeja, gdyż zresztą, co prawda, całą zeszłą noc spędził w Upicie na pijatyce i hulance. Ale chciał trud trudem zabić, otrząsnąć się z niepokoju szybką jazdą, zwrócił się więc do żołnierzy i zakomenderował:

- W konie!...

Pomknął jak strzała, a za nim cały oddział. I w tych lasach, i na pustych polach lecieli jak ów orszak piekielny rycerzy krzyżackich, o których lud powiada na Żmudzi, że czasami, wśród jasnych nocy miesięcznych, zjawiają się i pędzą przez powietrze zwiastując wojnę i klęski nadzwyczajne. Tętent leciał przed nimi i za nimi; z koni zaczęła para buchać i dopiero gdy śniegiem pokryte dachy lubickie ukazały się na zawrocie, zwolnili biegu.

Kołowrot zastali otwarty szeroko. Kmicica zdziwiło, że gdy podwórzec zaroił się ludźmi i końmi, nikt nie wyszedł zobaczyć ani spytać, co są za jedni. Spodziewał się zastać okna błyszczące od świateł, usłyszeć głos Uhlikowego czekanika, skrzypków albo wesołe okrzyki biesiady; tymczasem w dwóch tylko oknach izby jadalnej migotało niepewne światełko, zresztą było ciemno, cicho, głucho. Wachmistrz Soroka zeskoczył pierwszy z konia, by podtrzymać strzemię rotmistrzowi.

- Iść spać! - rzekł Kmicic. - Kto się zmieści w czeladnej, niech śpi w czeladnej, a inni w stajniach. Konie wstawić do obór, stodół i przynieść im siana z odryny.

- Słucham! - odpowiedział wachmistrz.

Kmicic zlazł z konia. Drzwi od sieni były otwarte na rozcież, a sień wyziębiona.

- Hej tam ! jest tam kto? - wołał Kmicic.

Nikt się nie ozwał.

- Hej tam ! - powtórzył głośniej.

Milczenie.

- Popili się... - mruknął pan Andrzej.

I ogarnęła go taka wściekłość, że począł zębami zgrzytać. Jadąc wstrząsał się z gniewu na myśl, że zastanie pijatykę i rozpustę, teraz ta cisza drażniła go jeszcze bardziej.

Wszedł do izby jadalnej. Na ogromnym stole palił się kaganek łojowy czerwonym, dymiącym światłem. Pęd powietrza, które wpadło z sieni, chwiał płomieniem tak, iż przez chwilę nie mógł pan Andrzej nic dojrzeć. Dopiero gdy migotanie uspokoiło się, dojrzał szereg postaci leżących równo pod ścianą.

- Popili się na umor czy co? - mruknął niespokojnie.

Następnie zbliżył się niecierpliwie do pierwszej postaci z brzegu. Twarzy jej nie mógł widzieć, bo była pogrążona w cieniu, ale po białym skórzanym pasie i po białej pochwie na czekanik poznał pana Uhlika i począł go trącać bez ceremonii nogą.

- Wstawajcie, tacy synowie! wstawajcie!...

Ale pan Uhlik leżał nieruchomy, z rękoma opadłymi bezwładnie po bokach ciała, a za nim leżeli inni; żaden nie ziewnął, nie drgnął, nie przebudził się, nie mruknął. W tejże chwili pan Kmicic spostrzegł, że wszyscy leżą na wznak, w jednakowej pozycji, i jakieś straszne przeczucie chwyciło go za serce.

Poskoczywszy do stołu porwał drżącą ręką kaganek i przysunął go ku twarzom leżących.

Włosy powstały mu na głowie, tak straszny widok uderzył jego oczy... Uhlika wyłącznie mógł poznać po białym pasie, bo twarz i głowa przedstawiały jedną bezkształtną masę, krwawą, ohydną, bez oczu, nosa i ust tylko wąsy ogromne sterczały z tej okropnej kałuży. Pan Kmicic świecił dalej... Drugi z kolei leżał Zend z wyszczerzonymi zębami i wyszłymi na wierzch oczyma, w których zeszkliło się przedśmiertne przerażenie. Trzeci z kolei, Ranicki, oczy miał przymknięte, a po całej twarzy cętki białe, krwawe i ciemne. Pan Kmicic świecił dalej... Czwarty leżał pan Kokosiński, najmilszy Kmicicowi ze wszystkich towarzyszów, bo dawny sąsiad bliski. Ten zdawał się spać spokojnie, jeno z boku, w szyi, widać mu było dużą ranę, zapewne sztychem zadaną. Piąty z kolei leżał olbrzymi pan Kulwiec-Hippocentaurus z żupanem podartym na piersiach i posiekaną gęstymi razami twarzą. Pan Kmicic przybliżał kaganek do każdej twarzy, a gdy wreszcie szóstemu, Rekuciowi, w oczy zaświecił, zdało mu się, że powieki nieszczęsnego zadrgały trochę od blasku.

Więc postawił na ziemi kaganek i zaczął wstrząsać z lekka rannym.

- Rekuć, Rekuć! - wołał - to ja, Kmicic!...

Za powiekami poczęła drgać i twarz, oczy i usta otwierały się i zamykały na przemian.

- To ja! - rzekł Kmicic.
Oczy Rekucia otworzyły się na chwilę zupełnie - poznał twarz przyjaciela i jęknął z cicha :
- Jędruś!... księdza!...
- Kto was pobił?! - krzyczał Kmicic chwytając się za włosy.
- Bu-try-my... - ozwał się głos tak cichy, że ledwie dosłyszalny.
Po czym Rekuć wyprężył się, zesztywniał, otwarte oczy stanęły mu w słup i skonał.
Kmicic poszedł w milczeniu do stołu, postawił na nim kaganek- sam siadł na krześle i począł rękoma wodzić po twarzy jak człowiek, który, ze snu się zbudziwszy, sam nie wie, czy już się rozbudził, czy widzi jeszcze senne obrazy przed oczyma.
Następnie znów spojrzał na leżące w mroku ciała. Zimny pot wystąpił mu na czoło, włosy zjeżyły się na głowie i nagle krzyknął tak strasznie, że aż szyby zadrgały w oknach :
- Bywaj, kto żyw ! bywaj !
Żołnierze, którzy roztasowywali się w czeladnej, posłyszeli ów krzyk i pędem wpadli do izby. Kmicic ukazał im ręką na leżące pod ścianą trupy.
- Pobici! pobici! - powtarzał chrapliwym głosem.
Oni rzucili się patrzeć; niektórzy nadbiegli z łuczywem i poczęli w oczy świecić nieboszczykom. Po pierwszej chwili zdumienia wszczął się gwar i zamieszanie. Przylecieli i ci, którzy już się byli pokładli w stajniach i oborach. Dom cały zajaśniał światłem, zaroił się ludźmi, a wśród tego zamętu, nawoływań, pytań jedni tylko pobici leżeli pod ścianą równo i cicho, obojętni na wszystko i - przeciw swej naturze - spokojni. Dusze z nich wyszły, a ciał nie mogły rozbudzić ani surmy do bitwy, ani brzęk kielichów do uczty.
Tymczasem w gwarze żołnierskim coraz bardziej przemagały okrzyki groźby i wściekłości. Kmicic, który dotąd był jakby nieprzytomny, zerwał się nagle i zakrzyknął:
- Na koń !...
Ruszyło się, co żyło, ku drzwiom. Nie upłynęło i półgodziny, już stu przeszło jeźdźców leciało na złamanie karku po szerokiej, śnieżnej drodze, a na ich czele leciał pan Andrzej, jakby go zły duch opętał, bez czapki, z gołą szablą w ręku. W ciszy nocnej rozlegały się dzikie okrzyki:
- Bij! morduj!...
Księżyc dosięgnął właśnie najwyższej wysokości w swej drodze niebieskiej, gdy nagle blask jego począł się mieszać i zlewać z różowym światłem wychodzącym jakby spod ziemi; stopniowo niebo czerwieniało coraz bardziej, rzekłbyś, od zorzy wstającej, aż wreszcie krwawa czerwona łuna oblała całą okolicę. Jedno morze ognia szalało nad olbrzymim zaściankiem Butrymów, a dziki żołnierz Kmicicowy, wśród dymu, pożogi i skier buchających słupami do góry, mordował w pień przerażoną i oślepłą z trwogi ludność...

Zerwali się ze snu mieszkańcy pobliskich zaścianków. Większe i mniejsze gromady Gościewiczów Dymnych, Stakjanów, Gasztowtów i Domaszewiczów zbierały się na drogach, przed domami, i poglądając w stronę pożaru podawały sobie z ust do ust trwożliwe wieści: "Chyba nieprzyjaciel wtargnął i pali Butrymów... To niezwyczajny pożar!"

Huk rusznic dochodzący od czasu do czasu z oddali potwierdzał te przypuszczenia.

- Pójdźmy na pomoc! - wołali śmielsi - nie dajmy braciom ginąć...

A gdy tak mówili starsi, już młodsi, którzy dla omłotów zimowych nie poszli do Rosień, siadali na koń. W Krakinowie i w Upicie poczęto bić w dzwony po kościołach.

W Wodoktach ciche pukanie do drzwi zbudziło pannę Aleksandrę.

- Oleńko! wstawaj! - wołała panna Franciszka Kulwiecówna.

- Niech ciotuchna wejdzie! - Co tam się dzieje?

- Wołmontowicze się palą!

- W imię Ojca i Syna, i Ducha Świętego!

- Strzały aż tu słychać, tam bitwa! Boże, zmiłuj się nad nami!

Oleńka krzyknęła strasznie, po czym wyskoczyła z łóżka i poczęła spiesznie szaty narzucać. Ciało jej dygotało jak we febrze. Ona jedna domyśliła się od razu, co to za nieprzyjaciel napadł nieszczęsnych Butrymów.

Po chwili wpadły rozbudzone niewiasty z całego domu z płaczem i szlochaniem. Oleńka rzuciła się na kolana przed obrazem, one poszły za jej przykładem i wszystkie poczęły odmawiać głośno litanię za konających.

Były zaledwie w połowie, gdy gwałtowne kołatanie wstrząsnęło drzwiami od sieni. Niewiasty zerwały się na równe nogi, okrzyk trwogi wyrwał się im z piersi:

- Nie otwierać! nie otwierać!

Kołatanie ozwało się z podwójną siłą, rzekłbyś: drzwi wyskoczą z zawias. Tymczasem między zgromadzone niewiasty wpadł pacholik Kostek.

- Panienka ! - wołał - jakiś człek stuka; otwierać czy nie?

- Samli jest?

- Sam.

- Idź, otwórz!

Pachołek skoczył, ona zaś chwyciwszy świecę przeszła do izby jadalnej, za nią panna Franciszka i wszystkie prządki.

Zaledwie zdołała postawić świecę na stole, gdy w sieni dał się słyszeć szczęk żelaznej zawory, skrzypienie otwieranych drzwi i przed oczyma niewiast ukazał się pan Kmicic, straszny, czarny od dymu, krwawy, zadyszany i z obłąkaniem w oczach.

- Koń mi pod lasem padł! - krzyknął - ścigają mnie!..

Panna Aleksandra utkwiła weń oczy:

- Waść spaliłeś Wołmontowicze?

- Ja!... Ja!...

Chciał coś dalej mówić, gdy wtem od strony drogi i lasu doszedł odgłos okrzyków i tętent koni, który zbliżał się z nadzwyczajną szybkością.

- Diabli po mą duszę!... dobrze! - krzyknął jakby w gorączce Kmicic.

Panna Aleksandra w tejże chwili zwróciła się do prządek:

- Jeśli będą pytać, powiedzieć, że nie masz tu nikogo, a teraz do czeladnej i ze światłem tu przyjść!...

Po czym do Kmicica:

- Waść tam! - rzekła ukazując na przyległą izbę.

I prawie przemocą wepchnąwszy go przez otwarte drzwi, zamknęła je natychmiast.

Tymczasem zbrojni ludzie zapełnili podwórzec i w mgnieniu oka Butrymi, Gościewicze, Domaszewicze i inni wpadli do domu. Ujrzawszy pannę wstrzymali się w izbie jadalnej - ona zaś stojąc ze świecą w ręku zamykała sobą drogę do dalszych drzwi.

- Ludzie ! co się dzieje? czego tu chcecie? - pytała nie mrużąc oczu przed groźnymi spojrzeniami i złowrogim blaskiem gołych szabel.

- Kmicic spalił Wołmontowicze! - krzyknęła chórem szlachta. - Pomordował mężów, niewiasty, dzieci! Kmicic to uczynił!...

- My ludzi jego wybili! - rozległ się głos Butryma Józwy - a teraz jego głowy chcemy!...

- Jego głowy! krwi! Rozsiekać zbójcę!

- Gońcie go! - zawołała panna. - Czegóż tu stoicie? gońcie!

- Zali nie tu się schronił? My konia pod lasem znaleźli...

- Nie tu! Dom był zawarty! Szukajcie w stajniach i oborach.

- W las uszedł! - zawołał jakiś szlachcic. - Hejże, panowie bracia!

- Milczeć! - huknął potężnym głosem Józwa Butrym. Po czym zbliżył się do panny.

- Panno! - rzekł. - Nie ukrywaj go!... To człek przeklęty!

Oleńka podniosła obie ręce nad głowę.

- Przeklinam go wraz z wami!...

- Amen! - krzyknęła szlachta. - Do zabudowań i w las! Odnajdziem go! Hajże na zbója!

- Hajże! Hajże!

Szczęk szabel i stąpanie rozległy się na nowo. Szlachta wypadła przed ganek i siadała co prędzej na koń. Część jej szukała jeszcze czas jakiś w zabudowaniach, w stajniach, oborach, w odrynie - potem głosy poczęły się oddalać w stronę lasu.

Panna Aleksandra nasłuchiwała, dopóki zupełnie nie znikły, po czym zapukała gorączkowo do drzwi komnaty, w której ukryła pana Andrzeja.

- Nie ma już nikogo! wychodź waść!

Pan Kmicic wytoczył się z izby jak pijany.

- Oleńka!... - zaczął.

Ona wstrząsnęła rozpuszczonymi włosami, które pokrywały niby płaszczem jej plecy.

- Nie chcę cię widzieć, znać! Bierz konia i uchodź stąd!..
- Oleńka! - jęknął. Kmicic wyciągając ręce.
- Krew na waćpana ręku jako na Kainowym! - krzyknęła odskakując jakby na widok węża. - Precz, na wieki !..

ROZDZIAŁ 6

Dzień wstał blady i oświecił kupę gruzów w Wołmontowiczach, zgliszcza domów, zabudowań gospodarskich, popalone lub pocięte mieczami trupy ludzkie i końskie. W popiołach, wśród dogasających węgli, gromadki wybladłych ludzi szukały ciał nieboszczyków lub ostatków mienia. Był to dzień żałości i klęski dla całej Laudy. Rojna szlachta odniosła wprawdzie zwycięstwo nad oddziałem Kmicica, ale ciężkie i krwawe. Prócz Butrymów, których padło najwięcej, nie było zaścianka, w którym by wdowy nie opłakiwały mężów, rodzice synów lub dzieci ojców. Tym trudniej przyszło laudańskim pokonać napastników, że co najtężsi mężowie byli nieobecni, jeno starcy lub młodzieńcy w zaraniu młodości brali udział w walce. Jednakże z Kmicicowych ludzi nie ocalał żaden. Jedni dali gardła w Wołmontowiczach, broniąc się tak zaciekle, iż ranni jeszcze walczyli, innych wyłowiono następnego dnia po lasach i wybito bez litości. Sam Kmicic jak w wodę wpadł. Gubiono się w przypuszczeniach, co się z nim stało? Niektórzy twierdzili, że się zasiekł w Lubiczu, ale zaraz okazało się to nieprawdą; więc przypuszczano, że się dostał do puszczy Zielonki, a stamtąd do Rogowskiej, gdzie chyba jedni Domaszewicze mogli go wyśledzić. Wielu twierdziło też, że do Chowańskiego zbiegnie i nieprzyjaciół naprowadzi, ale były to co najmniej obawy przedwczesne.

Tymczasem niedobitki Butrymów pociągnęły do Wodoktów i stanęły tam jakby obozem. Dom pełen był niewiast i dzieci. Co się nie zmieściło, poszło do Mitrunów, które panna Aleksandra całe pogorzelcom oddała. Prócz tego około stu zbrojnych ludzi, którzy się zmieniali kolejno, stanęło w Wodoktach dla obrony; spodziewano się bowiem, że pan Kmicic nie da za wygraną i lada dzień o pannę zbrojno może się pokusić. Przysłały i znaczniejsze w okolicy domy, jako Schyllingowie, Sołłohuby i inni, kozaczków nadwornych i hajduków. Wodokty wyglądały jakby miasto spodziewające się oblężenia. A zaś między zbrojnymi ludźmi, między szlachtą, między gromadami niewiast chodziła żałobna panna Aleksandra, blada, bolesna, słuchając ludzkiego płaczu i ludzkich przekleństw na pana Kmicica, które jakby mieczami przeszywały jej serce, bo przecież ona była pośrednią przyczyną wszelkich nieszczęść. Dla niej to przybył w te okolice ów mąż szalony, który zburzył ich spokój i krwawą pamięć po sobie zostawił, prawa podeptał, ludzi pobił, wsie jak bisurmanin nawiedził ogniem i mieczem. Aż dziw było, że jeden człowiek mógł tyle złego w tak krótkim przeciągu czasu uczynić, i to człowiek ani zły zupełnie, ani zupełnie zepsuty. Jeśli kto, to panna Aleksandra, która najbliżej go poznała, wiedziała o tym najlepiej. Była cała przepaść między samym panem Kmicicem a jego uczynkami. Ale właśnie dlatego, jakiż ból sprawiała pannie Aleksandrze myśl, że ten człowiek, którego pokochała całym pierwszym impetem młodego serca, mógł być inny; że miał w sobie takie przymioty, które mogły go uczynić wzorem rycerza, kawalera, sąsiada; że mógł zyskać, zamiast wzgardy - podziw i miłość ludzką, zamiast przekleństw - błogosławieństwa.

Więc chwilami zdawało się pannie, że to jakieś nieszczęście, jakaś siła wielka a nieczysta popchnęła go do tych wszystkich gwałtów, które spełnił, a wówczas chwytał ją żal prawdziwie niezmierzony nad tym nieszczęśnikiem i niewygasła miłość nurtowała na nowo w sercu, podsycana świeżym wspomnieniem jego postaci rycerskiej, słów, zaklęć, kochania.

Tymczasem sto protestów oblatowano przeciw niemu w grodzie, sto procesów mu groziło, a pan starosta Hlebowicz wysłał pachołków do chwytania przestępcy.

Prawo musiało go potępić.

Jednakże od wyroków do ich wykonania było jeszcze daleko, bo bezład wzrastał coraz bardziej w Rzeczypospolitej. Wojna straszliwa zawisła nad krajem i zbliżała się krwawymi krokami ku Żmudzi. Potężny Radziwiłł birżański, który sam jeden mógł prawo zbrojną ręką poprzeć, zbyt był sprawami publicznymi zajęty, a jeszcze bardziej pogrążony w wielkich zamysłach tyczących domu własnego, który chciał wynieść nad wszystkie inne w kraju, choćby kosztem dobra publicznego. Inni też magnaci więcej o sobie niż o Rzeczypospolitej myśleli. Pękały już bowiem od czasów wojny kozackiej wszystkie spojenia w potężnej budowie tej Rzeczypospolitej.

Kraj ludny, bogaty, pełen dzielnego rycerstwa stawał się łupem postronnych, a natomiast samowola i swawola podnosiły coraz bardziej głowę i mogły urągać prawu - byle siłę czuły za sobą.

Uciśnieni przeciw uciskającym najlepszą i niemal jedyną we własnych szablach mogli znaleźć obronę; więc też i Lauda cała protestując się przeciw Kmicicowi w grodach, długo jeszcze nie zsiadała z konia, gotowa przemoc przemocą odeprzeć. Ale upłynął miesiąc, a o Kmicicu nie było wieści. Ludzie jęli lżej oddychać. Możniejsza szlachta odwołała zbrojną czeladź, którą na straż do Wodoktów była wysłała. Drobniejszej braci tęskno było do robót i wczasów po zaściankach, więc także poczęli się z wolna rozjeżdżać. A gdy wojenne humory uspokajały się w miarę, jak czas płynął, coraz większa przychodziła owej ubogiej szlachcie ochota prawem nieobecnego nękać i w trybunałach swoich krzywd dochodzić. Bo choć samego Kmicica nie mogły wyroki dosięgnąć, pozostał przecie Lubicz, wielka i piękna majętność, gotowa za poniesione szkody nagroda i zapłata. Ochotę do procesów podtrzymywała przy tym w laudańskiej braci bardzo gorliwie panna Aleksandra. Dwakroć zjeżdżali się do niej na narady starsi laudańscy, a ona w owych naradach nie tylko brała udział, ale przewodniczyła im, zadziwiając wszystkich zgoła nie niewieścim umysłem i sądem tak trafnym, iż mógł jej go niejeden palestrant pozazdrościć. Chcieli tedy starsi laudańscy Lubicz zbrojno zająć i Butrymom go oddać, ale "panienka" odradziła stanowczo.

- Nie płaćcie gwałtem za gwałt - mówiła - bo i wasza sprawa zła będzie; niechaj cała niewinność stanie po waszej stronie. On, człowiek możny i skoligacony, znajdzie i w trybunałach popleczników, a gdy najmniejszy pozór dacie, możecie nową krzywdę ponieść. Niechże wasza racja będzie tak jasna, aby każdy sąd, choćby z braci jego złożony, nie mógł inaczej, jeno na waszą stronę przysądzić. Mówcie Butrymom, by ani statków, ani bydła nie brali i całkiem Lubicz w spokoju zostawili. Co im potrzeba, to im z Mitrunów dam, gdzie więcej jest wszelkiego dobra, niż kiedykolwiek było w Wołmontowiczach. A jeśliby pan Kmicic na powrót tu się zjawił, niechże i jego zostawią w spokoju, póki wyroków nie będzie, ani niech na jego zdrowie nie godzą. Pomnijcie, że póty tylko, póki on żyw, macie na kim krzywd waszych poszukiwać.

Tak mówiła mądra panna ze statecznym umysłem, a oni sławili jej mądrość nie zważając, że odwłoka może wyjść także i na korzyść pana Andrzeja, a przynajmniej, że mu życie zabezpiecza. Może też i chciała Oleńka to życie niefortunne przed nagłą przygodą zabezpieczyć? Ale szlachta usłuchała jej, bo przywykła z dawnych, przedawnych czasów wszystko, co wychodzi z ust. billewiczowskich, za ewangelię uważać; i Lubicz pozostał nietknięty - i pan Andrzej, gdyby się był zjawił, mógłby był do czasu spokojnie w Lubiczu osiąść.

Lecz on się nie zjawił. Natomiast w półtora miesiąca później przyszedł do panienki posłaniec z listem, jakiś obcy człowiek, nikomu nie znany. List był od Kmicica, pisany w następujące słowa:

"Sercem ukochana, najdroższa, nieodżałowana Oleńko! Wszelkiemu to jest przyrodzone stworzeniu, a zwłaszcza człowiekowi, choćby i najlichszemu, że za krzywdy swoje mścić się musi, a kto by mu co złego uczynił, tedy on mu tym samym rad płaci. A że ja wyciąłem tę hardą szlachtę, to Bóg widzi, iż nie stało się to z żadnego okrucieństwa, ale dlatego, że towarzyszów moich - wbrew prawom boskim i ludzkim - bez uwagi na ich młodość i wysokie urodzenie, tak nielitościwą śmiercią pomordowali, jaka by ich nigdzie, nawet u Kozaków lub Tatarów, spotkać nie mogła. Nie będę też zaprzeczał, że i gniew mnie prawie nadludzki opanował, ale któż będzie się dziwił gniewowi, który w krwi przyjacielskiej rozlanej początek bierze? Duchy to śp. Kokosińskiego, Ranickiego, Uhlika, Rekucia, Kulwieca i Zenda, w kwiecie wieku i sławy niewinnie posieczonych, uzbroiły ramię moje wtedy właśnie, gdym - świadczę się Bogiem! - o zgodzie jeno i przyjaźni ze wszystką szlachtą laudańską zamyślał, chcąc żywot mój cale odmienić, wedle słodkich rad twoich. Słuchając skarg przeciw mnie nie odrzucaj i mojej obrony i osądź sprawiedliwie. Żal mnie teraz tych ludzi w zaścianku, bo może i niewinnym się dostało, ale żołnierz, mszcząc się krwi bratniej, niewinnych od winnych odróżnić nie umie i nikogo nie respektuje. Bogdajby się to nie stało, co mi w twoich oczach zaszkodzić mogło. Za cudze grzechy i winy, za gniew sprawiedliwy najcięższa dla mnie pokuta, bo straciwszy ciebie, w desperacji sypiam i w desperacji się budzę, nie mogąc ciebie ani kochania zapomnieć. Niechże mnie, nieszczęsnego, trybunały osądzą, niech sejmy wyroki potwierdzą, niech włożą mnie do trąby, do infamii, niech ziemia rozstąpi się mi pod nogami - wszystko zniosę, wszystko przecierpię, jeno ty, na Boga ! nie wyrzucaj mnie z serca. Uczynię wszystko, co zechcą, oddam Lubicz, oddam po ewakuacji nieprzyjacielskiej i majętności orszańskie; mam ruble zdobyczne w lasach zakopane, i te niech biorą, byleś mi rzekła, że mi wiary dotrzymasz, jako ci dziad nieboszczyk z tamtego świata nakazuje. Ocaliłaś mi życie, ocalże i duszę moją, daj krzywdy nagrodzić, pozwól żywot na lepsze odmienić, bo już to widzę, że gdy ty mnie opuścisz, to mnie Pan Bóg opuści i desperacja popchnie mnie do gorszych jeszcze uczynków..."

Ile tam głosów litosnych podniosło się w duszy Oleńki na obronę pana Andrzeja, któż zgadnie, któż wypisać potrafi! Miłość jako nasionko leśne z wiatrem szybko leci, ale gdy drzewem w sercu wyrośnie, to chyba razem z sercem wyrwać ją można. Billewiczówna była z tych, co sercem uczciwym mocno kochają, więc łzami oblała ten list Kmiciców. Ale nie mogła przecie za pierwszym słowem o wszystkim zapomnieć, wszystko przebaczyć. Skrucha Kmicica była zapewne szczerą, ale dusza pozostała dziką i natura niepohamowana pewno nie zmieniła się tak przez owe wypadki, aby o przyszłości można było myśleć bez trwogi. Nie słów, ale uczynków trzeba było na przyszłość ze strony pana Andrzeja. Zresztą, jakże to mogła powiedzieć człowiekowi, który okrwawił całą okolicę, którego imienia nikt po obu brzegach Laudy nie wymawiał bez przekleństwa : "Przybywaj, za trupy, pożogę, krew i łzy ludzkie oddaję ci swą miłość i swą rękę."

Więc odpisała mu inaczej:

"Jakom waćpanu rzekła, że nie chcę cię znać i widzieć, tak wytrwam w tym, choćby mi się serce miało rozedrzeć. Krzywd takich, jakie tu waćpan ludziom wyrządziłeś, nie płaci się ni majętnością, ni pieniędzmi, bo umarłych wskrzesić nie można. Nie majętność też waćpan utraciłeś, ale sławę. Niechże ci ta szlachta, którąś popalił i pomordował, przebaczy, to ci i ja przebaczę; niech ona cię przyjmie, to i ja przyjmę; niech ona pierwsza za tobą się wstawi, tedy jej orędownictwa wysłucham. A jako się to nigdy stać nie może, tak i waćpan szukaj gdzie indziej szczęścia, najpierwej zaś boskiego, nie ludzkiego, przebaczenia, bo ci boskie potrzebniejsze..."

Panna Aleksandra polała łzami każde słowo listu, potem przypieczętowała go billewiczowskim sygnetem i sama wyniosła go posłańcowi.

- Skąd jesteś? - pytała obrzucając wzrokiem tę dziwaczną postać półchłopa, pół-sługi.

- Z lasu, panoczka.

- A gdzie twój pan?

- Tego mnie nie wolno powiedzieć... Ale on stąd daleko; ja pięć dni jechał i szkapę zmordował.

- Masz talara! - rzekła Oleńka. - A twój pan nie w chorobie?

- Zdrowy on junak jak tur.

- A nie w głodzie? nie w ubóstwie?

- On bogaty pan.

- Idź z Bogiem.

- Kłaniam do nóg.

- Powiedz panu... czekaj... powiedz panu... niech go Bóg wspomaga...

Chłop odszedł - i znowu zaczęły płynąć dnie, tygodnie bez wieści o Kmicicu; przychodziły za to publiczne, jedna od drugiej nieszczęśliwsze. Wojska Chowańskiego coraz szerzej zalewały Rzeczpospolitą. Nie licząc ziem ukrainnych, w samym Wielkim Księstwie województwa: połockie, smoleńskie, witebskie, mścisławskie, mińskie i nowogrodzkie, były zajęte; jeno część wileńskiego, brzesko-litewskie, trockie i starostwo żmudzkie oddychały jeszcze wolną piersią, ale i te z dnia na dzień spodziewały się gości a ostatni, widać; szczebel niemocy zeszła Rzeczpospolita, gdy nie mogła dać oporu tym właśnie siłom, które lekceważono aż dotąd i z którymi zawsze rozprawiano się zwycięsko. Prawda, że siły te wspomagał nieugaszony i odradzający się ciągle bunt Chmielnickiego, prawdziwa hydra stugłowa; pomimo jednak buntu, pomimo wyczerpania sił w poprzednich wojnach, i statyści i wojownicy uręczali, że samo tylko Wielkie Księstwo mogło i było w stanie nie tylko napór odeprzeć, ale jeszcze chorągwie swe zwycięsko poza własne granice przenieść. Na nieszczęście, niezgoda wewnętrzna stawała owej możności na przeszkodzie, paraliżując usiłowania tych nawet obywateli, którzy życie i mienie w ofierze nieść byli gotowi.

Tymczasem w ziemiach jeszcze nie zajętych chroniły się tysiące zbiegów, tak ze szlachty, jak ludu prostego. Miasta, miasteczka i wsie na Żmudzi pełne były ludzi przywiedzionych klęskami wojny do nędzy i rozpaczy. Miejscowa ludność nie mogła ani pomieścić wszystkich, ani dać im dostatecznego pożywienia - więc nieraz marli z głodu, mianowicie ludzie niskiego stanu; nieraz przemocą brali to, czego im odmawiano, stąd zamieszki, bitwy i rozboje stawały się coraz częstsze.

Zima była nadzwyczajna w swej surowości. Przyszedł wreszcie kwiecień, a śniegi leżały grubo nie tylko w lasach, ale i na polach. Gdy zeszłoroczne zapasy wyczerpały się, a nowych jeszcze nie było, począł grasować głód, brat wojny, i rozpościerał swe panowanie coraz szerzej. Wyjechawszy z domu nietrudno było spotkać trupy ludzkie leżące po polach, przy drogach, skostniałe, ogryzione przez wilki, które, rozmnożywszy się nadzwyczajnie, całymi stadami podchodziły pod wsie i zaścianki. Wycie ich mieszało się z wołaniem ludzkim o litość; po lasach bowiem, po polach i tuż koło wsi licznych połyskiwały nocami ogniska, przy których nędzarze rozgrzewali przemarzł członki, a gdy kto przejeżdżał, tedy biegli za nim prosząc o grosz, o chleb, o miłosierdzie, jęcząc, przeklinając i grożąc zarazem. Strach zabobonny zdjął umysły ludzkie. Wielu mówiło, że te wojny tak niepomyślne i te nieszczęścia dotąd niebywałe do imienia królewskiego są przywiązane. Tłumaczono chętnie, że litery: J. C. R., wybite na pieniążkach, znaczą nie tylko Joannes Casimirus Rex, ale i Initium Calamitatis Regni. A jeśli w prowincjach jeszcze przez wojnę nie zajętych powstawał taki przestrach i bezład, łatwo się domyślić, co działo się w tych, które już deptała ognista stopa wojny. Cała Rzeczpospolita była rozprzężona, targana przez partie, chora i w gorączce, jak człowiek przed śmiercią. Przepowiadano także nowe wojny zewnętrzne i domowe. Jakoż powodów nie brakło. Różne potężne w Rzeczypospolitej domy, ogarnięte wichrem niezgody, poglądały na się jakby nieprzyjacielskie państwa, a za nimi całe ziemie i powiaty tworzyły przeciwne obozy. Tak właśnie było na Litwie, gdzie waśń sroga między Januszem Radziwiłłem, hetmanem wielkim, a Gosiewskim, hetmanem polnym, a zarazem podskarbim Wielkiego Księstwa Litewskiego, prawie w otwartą zmieniła się wojnę. Po stronie podskarbiego stanęli możni Sapiehowie, którym od dawna była solą w oku potęga radziwiłłowskiego domu. Tych stronnicy ciężkimi zaiste wielkiego hetmana obarczali zarzutami: iż pragnąc tylko sławy dla siebie, wojsko pod Szkłowem wytracił i kraj na łup wydał; że więcej niż szczęścia Rzeczypospolitej pożądał dla swego domu prawa zasiadania w sejmach cesarstwa niemieckiego; że nawet o udzielnej koronie zamyślał, że katolików prześladował...

I przychodziło nieraz już do bitew między partyzantami stron obu, niby bez wiedzy patronów, patronowie zaś słali na się skargi do Warszawy, waśń ich odbijała się i na sejmach - na miejscu zaś rozprzęgała swawolę i zapewniała bezkarność, bo taki Kmicic pewny mógł być opieki jednego z tych potentatów, skoro by po jego stronie przeciw drugiemu stanął.

A tymczasem nieprzyjaciel szedł naprzód, gdzieniegdzie się tylko o zamki odbijając, zresztą swobodnie i bez oporu.

W takich okolicznościach wszyscy w laudańskiej stronie musieli żyć w czujności i pod bronią, zwłaszcza że hetmanów nie było w pobliżu, obaj bowiem ucierali się z wojskami nieprzyjacielskimi, niewiele wprawdzie wskórać mogąc, ale przynajmniej podjazdami je szarpiąc i przystęp do wolnych jeszcze województw tamując. Osobno i Paweł Sapieha odpór dawał i sławę zyskiwał. Janusz Radziwiłł, wojownik wsławiony, którego imię samo aż do szkłowskiej przegranej groźne było nieprzyjacielowi, odniósł nawet kilka znaczniejszych korzyści. Gosiewski to bił się, to układami próbował napór wstrzymywać; obaj wodzowie ściągali wojska z leż zimowych i skąd mogli wiedząc, że z wiosną wojna rozgorzeje na nowo. Ale wojsk było mało, skarb pusty, a pospolite ruszenie z województw już zajętych ściągać się nie mogło, bo je nieprzyjaciel hamował. "Trzeba było o tym przed szkłowską potrzebą pomyśleć - mówili gosiewszczycy - teraz za późno." I istotnie było za późno. Koronne wojska przyjść z pomocą nie mogły, bo wszystkie były na Ukrainie i w ciężkiej pracy przeciw Chmielnickiemu, Szeremetowi i Buturlinowi.

Wieści tylko o walkach bohaterskich, dochodzące z Ukrainy, o miastach zdobytych, o pochodach niebywałych krzepiły nieco upadłe serca i do obrony zachęcały. Brzmiały też głośną sławą imiona hetmanów koronnych, a obok nich imię pana Stefana Czarnieckiego coraz się częściej na ustach, ludzkich zjawiało, ale sława za wojska ani za pomoc starczyć nie mogła, więc hetmani litewscy ustępowali z wolna, nie przestając kłócić się ze sobą po drodze.

Wreszcie Radziwiłł stanął na Żmudzi. Wraz z nim powrócił chwilowy spokój w stronie laudańskiej. Jeno kalwini, ośmieleni bliskością swego naczelnika, podnosili po miastach głowy, krzywdy czyniąc i na kościoły napadając, ale za to przywódcy rozmaitych watah wolentarskich i partyj nie wiadomo czyich, którzy pod barwą Radziwiłła, Gosiewskiego lub Sapiehów kraj niszczyli, pokryli się w lasy, rozpuścili swych łotrzyków - i ludzie spokojni lżej odetchnęli.

A ponieważ od zwątpienia łatwe jest przejście do nadziei, więc z nagła lepszy duch zapanował na Laudzie. Panna Aleksandra siedziała spokojnie w Wodoktach. Pan Wołodyjowski, który wciąż mieszkał w Pacunelach, a teraz właśnie z wolna do zdrowia powracać począł, rozpuszczał wieści, że król na wiosnę przyjdzie z zaciężnymi chorągwiami, po czym wnet cała wojna inny obrót weźmie. Pokrzepiona szlachta poczęła wychodzić z pługami w pola. Śniegi też potajały i na brzezinie ukazały się pierwsze pędy.

Lauda rozlała szeroko. Pogodniejsze niebo jaśniało nad okolicą. Lepszy duch wstępował w ludzi.

Wtem zaszedł wypadek, który znów zamącił laudańską ciszę, ręce oderwał od lemieszów i nie pozwolił szablom pokryć się rdzą czerwoną.

ROZDZIAŁ 7

Pan Wołodyjowski, sławny i stary żołnierz, choć człowiek młody, siedział, jako się rzekło, w Pacunelach u Pakosza Gasztowta, patriarchy pacunelskiego, któren miał reputację najbogatszego szlachcica między wszystką drobną bracią laudańską. Jakoż trzy córki, które były za Butrymami, wyposażył hojnie dobrym srebrem, dawszy każdej po talarów sto prócz inwentarzy i wyprawy tak pięknej, że i niejedna szlachcianka familiantka lepszej nie miała. Inne trzy córki były w domu pannami i te pilnowały pana Wołodyjowskiego, któremu ręka to przychodziła do zdrowia, to martwiała znowu, gdy zdarzyły się słoty na świecie. Wszyscy laudańscy zajmowali się wielce tą ręką, bo ją widzieli przy robocie pod

Szkłowem i Sepielowem, i ogólne było mniemanie, że lepszej trudno było znaleźć na całej Litwie. Otaczano też młodego pułkownika we wszystkich okolicach czcią nadzwyczajną. Gasztowtowie, Domaszewicze, Gościewicze i Stakjanowie, a za nimi inni dosyłali wiernie do Pacunelów ryby, grzyby i zwierzynę, i siano dla koni, i smołę do kałamaszek, aby rycerzowi i jego czeladzi na niczym nie zbywało. Ilekroć czuł się słabszym, jeździli na wyścigi po cyrulika do Poniewieża - słowem, wszyscy przesadzali się w usługach.

Panu Wołodyjowskiemu tak też było dobrze, że choć w Kiejdanach mógł mieć i wygody lepsze, i medyka sławnego na zawołanie, przecie w Pacunelach siedział, a stary Gasztowt rad go podejmował i prawie prochy przed nim zdmuchiwał, bo podnosiło to nadzwyczajnie jego znaczenie w całej Laudzie, iż tak znamienitego ma gościa, któren by i samemu Radziwiłłowi honoru mógł przymnożyć.

Po pobiciu i wypędzeniu Kmicica poszła rozmiłowana w panu Wołodyjowskim szlachta po rozum do głowy i uczyniła projekt ożenienia go z panną Aleksandrą. "Co będziem dla niej męża po świecie szukać! - mówili starzy na umyślnej sesji, na której oną sprawę roztrząsano. - Gdy tamten zdrajca bezecnymi uczynkami tak się splamił, iż jeśli jest żyw, katu oddany być powinien, tedy i panna musiała go już z serca wyrzucić, bo tak było i w testamencie, w osobnej klauzuli przewidziane. Niechże pan Wołodyjowski się z nią żeni. Jako opiekunowie, możem na to pozwolić, a tak i ona zacnego kawalera, i my sąsiada i wodza dostaniem."

Gdy zdanie to jednogłośnie zawotowane zostało, pojechali starsi naprzód do pana Wołodyjowskiego, któren niewiele myśląc na wszystko się zgodził, a potem do "panienki", która jeszcze mniej myśląc, stanowczo się sprzeciwiła. "Lubiczem - rzekła - jeden tylko nieboszczyk miał prawo rozrządzać i majętność nie prędzej może być panu Kmicicowi odjęta, aż sądy na utratę gardła go skażą, a co się tyczy mego zamążpójścia, nawet o tym nie wspominajcie. Za dużo mam w sobie boleści, żebym o czymś podobnym myśleć mogła... Tamtego z serca wyrzuciłam, a tego, choćby był najgodniejszy, nie przywoźcie, bo wcale do niego nie wyjdę."

Nie było co rzec na tak stanowczą odmowę i szlachta wróciła do domów wielce zmartwiona: mniej zmartwił się pan Wołodyjowski, a najmniej młode Gasztowtówny: Terka, Maryśka i Zonia. Rosłe to były dziewczęta i rumiane, miały włosy jak len, oczy jak niezabudki, a plecy szerokie. Pacunelki w ogóle słynęły z piękności; gdy szły kupą do kościoła, rzekłbyś: kwiaty na łące! A te trzy były między pacunelkami najpiękniejsze; do tego stary Gasztowt i na edukację nie żałował. Organista z Mitrunów nauczył je sztuki czytania, pieśni kościelnych, a najstarszą, Terkę, i gry na lutni. Mając dobre serca, tkliwie opiekowały się panem Wołodyjowskim, jedna starając się ubiec drugą w czujności i staraniach. O Maryśce mówiono, że zakochana w młodym rycerzu; wszelako nie było w tej gadaninie całej prawdy, gdyż wszystkie trzy, nie ona jedna, były na zabój zakochane. On też lubił je bez miary, szczególniej Maryśkę i Zonię, bo Terka na zdradliwość męską zbytnio miała zwyczaj narzekać.

Nieraz, bywało, długimi wieczorami zimowymi stary Gasztowt podpiwszy krupniczkiem spać idzie, a one z panem Wołodyjowskim siędą wedle komina; nieufna Terka kądziel przędzie, słodka Marysia darciem kwapiu się zabawia, a Zonia nici z wrzecion na motki nawija. Lecz gdy pan Wołodyjowski zacznie opowiadać o wojnach, które przebył, albo o dziwach, które widział w różnych magnackich dworach, to robota ustanie, dziewczęta w niego jak w tęczę patrzą i coraz to któraś wykrzyknie z podziwu: "Ach! ja nie żyję na świecie! Kochanieńcyż wy moi!" - a druga odpowie: "Całą noc oka nie zmrużę!"

Pan Wołodyjowski zaś, w miarę jak do zdrowia przychodził i szablą już chwilami zupełnie swobodnie zaczął władać, coraz był weselszy i coraz chętniej opowiadał. Pewnego tedy wieczora zasiedli, jako zwykle po wieczerzy, przed okapem, spod którego raźne światło padało na całą ciemną izbę, ale zrazu zaczęli się przekomarzać. Chciały dziewczęta opowiadania, a pan Wołodyjowski prosił Terkę, żeby mu też coś zaśpiewała przy lutni.

- Sam waszmość zaśpiewaj! - odpowiedziała odpychając instrument, który jej pan Wołodyjowski podawał-ja mam robota. Bywając po świecie musiałeś się różnych pieśni wyuczyć.

- Pewnie, żem się wyuczył. Ale już dziś niech tak będzie: ja zaśpiewam naprzód, a waćpanna po mnie. Robota nie przepadnie. Żeby tak białogłowa jaka prosiła, pewnie byś się nie przeciwiła, a mężczyźnie zawsześ oporna.

- Bo warto.

- Zali i mną tak waćpanna pogardzasz?

- At, gdzie tam! Śpiewaj już wasza mość.

Pan Wołodyjowski zabrzdąkał w lutnię, nastroił pocieszną minę i zaintonował fałszywym głosem:

Przyjechałem w takie miejsce,
Gdzie mnie żadna panna niej-chce!...

- O, to niesprawiedliwie! - przerwała Marysia zarumieniwszy się jak malina.

- To jest żołnierska piosenka - rzekł pan Wołodyjowski - którąśmy śpiewali na hibernach, chcąc, żeby się jaka dobra dusza nad nami użaliła.

- Ja bym się pierwsza użaliła.

- Dziękuję waćpannie. Kiedy tak, to nie mam po co dłużej śpiewać i lutnię w godniejsze ręce oddaję.

Terka tym razem nie odepchnęła instrumentu, bo ją poruszyła pieśń pana Wołodyjowskiego, w której istotnie było więcej chytrości niż prawdy, więc uderzyła zaraz w struny i złożywszy buzię "w ciupo", poczęła śpiewać:

Nie kodź do lasu czypać bzu
I nie wierz kłopcu jako psu!

Bo każdy kłopiec ma w sobie jad,
Kiedy cię kocha, powiedz mu: "at!"

Pan Wołodyjowski tak się rozweselił, że aż się za boki uchwycił z radości i zakrzyknął:
- Wszyscyż to chłopcy zdrajcy? A wojskowi, moja dobrodziko?
Panna Terka silniej zesznurowała buzię i odśpiewała z podwójną energią:

Jeszcze gorsze psy, jeszcze gorsze psy!

- Nie uważaj, wasza mość, na Terkę, ona zawsze taka! - rzekła Marysia.
- Jak nie mam uważać - rzecze pan Wołodyjowski - gdy całemu stanowi wojskowemu tak szpetnie przymówiła, że ze wstydu nie wiem, gdzie oczy podziać.
- Wasza mość chcesz, żebym śpiewała, a potem sobie ze mnie dworujesz i wyśmiewasz - odpowiedziała nadąsana Terka.
- Nie napadam ja na śpiewanie, jeno na sens dla wojskowych okrutny odparł rycerz. - Co do śpiewania, muszę przyznać, żem i w Warszawie tak wybornych gorgów nie słyszał. Waćpannę tylko w pluderki przybrać, a mogłabyś u Świętego Jana śpiewać, któren kościół jest katedralny i królestwo mają w nim swój ganeczek.
- A czemuż by to ją w pluderki trzeba ubierać? - spytała najmłodsza, Zonia, zaciekawiona wzmianką o Warszawie i o królestwie.
- Bo tam w chórze białogłowy nie śpiewają, jeno mężczyźni i młode chłopcy: jedni grubymi głosami, jak żaden tur nie zaryczy; inni cienko, że i na skrzypcach cieniej nie można. Słyszałem ich wielekroć, gdyśmy z naszym wielkim nieodżałowanym wojewodą ruskim na elekcję teraźniejszego pana naszego miłościwego przyjechali. Cuda to prawdziwe, aż dusza z człowieka ucieka! Siła tam muzykantów: jest Forster, sławny subtelnymi gorgami, i Kapuła, i Dżan Batysta, i Elert, przedni do lutni, i Marek, i Milczewski grzecznie komponujący. Ci wszyscy, kiedy to razem w kościele hukną, to jakobyś chóry serafińskie na jawie słyszał.
- Ot, to i pewno! jako żywo! - rzekła składając ręce Marysia.
- A króla wasza mość często widywał? - pytała Zonia.
- Tak z nim gadałem jak z waćpanną. Po beresteckiej potrzebie za głowę mię ścisnął. Mężny to pan i tak miłościwy, że kto go raz ujrzał, musi go pokochać.
- My go i nie widziawszy kochamy!... A koronę zali zawsze ma na głowie?
- Zaś by tam co dnia w koronie chadzał! żelaznej by na to trzeba głowy. Korona sobie w kościele wypoczywa, od czego i powaga jej rośnie, a król jegomość kapelusz czarny nosi, brylantami zdobiony, od których światłość

na cały zamek bije....

- Powiadają, że zamek królewski to nawet i od kiejdańskiego wspanialszy?

- Od kiejdańskiego? Fraszka przy nim kiejdański! Srogi to budynek, cały murowany, że drzewa i nie upatrzysz. Naokoło są dwa rzędy pokojów, jeden od drugiego zacniejszy. W nich to waćpanny ujrzycie rozmaite wojny i wiktorie, pędzlem na ścianach wyobrażone, jako to: sprawy Zygmunta III i Władysława; napatrzyć się temu nie można, bo wszystko jakoby żywe; dziw, że się nie rusza i że ci, co się biją, krzyku nie czynią. Ale już tego nikt udać nie potrafi, choćby najlepszy malarz. Niektóre zaś komnaty całe od złota; krzesła i ławy bisiorem albo lamą kryte, stoły z marmuru i alabastru, a co sepetów, puzder, zegarów, w dzień i w nocy czas pokazujących, tego by na wołowej skórze nie spisać. Dopieroż król z królową po onych komnatach chodzą i dostatkiem się cieszą; a wieczorem mają teatrum kwoli większej jeszcze rozrywki...

- Cóż to takiego teatrum?

- Jakżeby to waćpannom powiedzieć... To jest takie miejsce, gdzie komedie grają i skoki włoskie misterne wyprawują. Komnata to tak wielka, jak niejeden kościół, cała w zacne kolumny. Po jednej stronie siedzą ci, co chcą się dziwować, a po drugiej stronie kunszty są ustawione. Te podnoszą się i schodzą na dół; inne śrubami w rozmaite obracają się strony; raz okazują ciemność z chmurami, znów przyjemną światłość; na wierzchu niebo ze słońcem albo z gwiazdami, spodem ujrzysz czasem piekło okropne...

- O Jezu! - zawołały pacunelki.

- ...z diabłami. Czasem morze niezmierne, na nim okręty i syreny. Jedne persony spuszczają się z nieba, inne wychodzą z ziemi.

- Jeno bym piekła widzieć nie chciała I -zakrzyknęła Zonia - i dziwno mi to, że ludzie na taki okropny widok nie pouciekają.

- Nie tylko nie uciekają, ale jeszcze przyklepują od uciechy - odrzekł pan Wołodyjowski - bo to wszystko udane, nie prawdziwe, i przeżegnawszy, nie znika. Nie masz w tym sprawy złego ducha, jeno ludzka przemyślność.
Nawet i biskupi tam z królestwem przychodzą, i rozmaici dygnitarze, którzy potem razem z królem przed spaniem do uczty siadają.

- A z rana i w dzień co czynią?

- To zależy od humorów. Rano wstawszy, łaźni zażywają. Jest tam taka komnata, w której nie masz podłogi, jeno cynowy dół jako srebro błyszczący, a w tym dole woda.

- Woda w komnacie... słyszałyście?

- Tak jest... i przybywa jej albo ubywa, wedle woli; może też być ciepła albo zgoła zimna, bo tam są rury z kuraskami, taką i owaką niosące. Pokręcisz waćpanna kuraskiem, aż tu się leje, że i pływać można w komnacie jako w jeziorze... Żaden król nie ma takiego zamku jak nasz pan miłościwy, to wiadoma rzecz, i posłowie zagraniczni toż samo powiadają; żaden też nad tak zacnym narodem nie panuje, bo choć są różne grzeczne nacje na świecie, przecie Bóg naszą szczególnie w miłosierdziu swoim przyozdobił.

- Szczęśliwy nasz król! - westchnęła Terka.

- Pewnie, że byłby on szczęśliwy, gdyby nie sprawy publiczne, gdyby nie wojny niefortunne, które Rzeczpospolitą gnębią za grzechy i niezgodę naszą. Wszystko to na barkach królewskich, i wymówki mu jeszcze za nasze winy na sejmach czynią. A co on winien, że go słuchać nie chcą?... Ciężkie czasy nadeszły na ojczyznę i tak ciężkie, jakich jeszcze nie bywało. Najlichszy nieprzyjaciel już nas lekceważy, nas, którzyśmy z cesarzem tureckim szczęśliwie do niedawna wojowali. Tak to Bóg pychę karze. Chwałaż Mu, że mi już ręka chodzi dobrze w zawiasiech... bo czas, wielki czas, za miłą ojczyznę się upomnieć i w pole ruszyć. Grzech w takich terminach próżnować.

- Jeno waćpan o wyjeździe nie wspominaj.

- Trudno ma być inaczej. Dobrze mi tu między waćpannami, ale im mi lepiej, tym mi gorzej. Niech tam mądrzy na sejmach racje dają, a żołnierzowi tęskno w pole. Póki życia, póty służby. Po śmierci - Bóg, który w serca patrzy, najlepiej takich nagrodzi, co nie dla promocji, ale z afektu dla ojczyzny służą a podobno coraz mniej takich i dlatego przyszła na nas czarna godzina.

Oczy Marysi poczęły wilgotnieć, aż w końcu łzami wezbrały, które wypłynęły na rumiane jagody.

- Waćpan pójdziesz i zapomnisz, a my tu już chyba poschniemy. Któż nas tu będzie bronił od napastników?

- Pojadę, ale wdzięczność zachowam. Rzadko tak uczciwych ludzi jak w Pacunelach!... Waćpanny zawsze się tego Kmicica boicie?

- Pewnie, że się boimy. Dzieci nim tu matki straszą jak wilkołakiem.

- Nie wróci on już, a choćby i wrócił, nie będzie miał ze sobą tych swawolników, którzy, miarkując z tego, co ludzie mówią, gorsi byli od niego. Szkoda to nawet jest, że tak dobry żołnierz tak się splamił i sławę, i majętność utracił.

- I pannę.

- I pannę. Siła o niej dobrego powiadają. - Po całych dniach ona, nieboga, teraz jeno płacze i płacze...

- Hm! - rzekł pan Wołodyjowski - przecie nie po Kmicicu płacze?

- Kto to wie! - rzekła Marysia.

- To tym gorzej dla niej, bo on już nie wróci; pan hetman odesłał część laudańskich do domu, to i siły teraz są. Bez sądu byśmy go zaraz rozsiekali. Musi on o tym wiedzieć, że laudańscy wrócili, i ani nosa nie pokaże.

- Mają podobno nasi znowu ruszyć - rzekła Terka - bo jeno na krótko dostali do domu pozwolenie.

- E! - rzecze pan Wołodyjowski - hetman rozpuścił ich, bo pieniędzy w skarbie nie masz. Desperacja prawdziwa! Gdy ludzie najpotrzebniejsi, to trzeba ich odsyłać... Ale już dobranoc waćpannom, czas spać. A niech się tam której pan Kmicic z mieczem ognistym nie przyśni...

To rzekłszy pan Wołodyjowski wstał z ławy i zabierał się do odejścia, ale zaledwie uczynił krok ku alkierzowi, kiedy nagle uczynił się hałas w sieni i głos jakiś począł krzyczeć za drzwiami przeraźliwie:

- Hej tam! na miłosierdzie boskie! otwórzcie prędzej, prędzej!...

Dziewczęta przeraziły się okropnie; pan Wołodyjowski skoczył po szablę do alkierza, ale nie zdołał jeszcze z nią wrócić, gdy Terka odsunęła i do izby wpadł nieznany człek, który rzucił się do nóg rycerza.

- Ratunku, jaśnie pułkowniku!...panna porwana!...
- Jaka panna?
- W Wodoktach...
- Kmicic! - wykrzyknął pan Wołodyjowski.
- Kmicic! - zawołały dziewczęta.
- Kmicic! - powtórzył posłaniec.
- Ktoś ty jest? - pytał pan Wołodyjowski.
- Włodarz z Wodoktów.
- My jego znamy! - rzekła Terka - on driakiew dla waszej mości woził.

Wtem zza pieca wylazł rozespany stary Gasztowt, a we drzwiach ukazało się dwóch czeladników pana Wołodyjowskiego, których hałas zwabił do izby.

- Konie siodłać! - krzyknął pan Wołodyjowski. - Jeden niech do Butrymów rusza, drugi konia mnie podaje!

- U Butrymów ja już był - rzekł włodarz - bo tam najbliżej. Oni mnie do waszej miłości przysłali.

- Kiedy panna porwana? - pytał Wołodyjowski.

- Dopiero co... Tam jeszcze czeladź rżną... ja konia dopadł.

Stary Gasztowt przetarł oczy.

- Co? panna porwana?

- Tak jest... Kmicic ją porwał! - rzekł pan Wołodyjowski. - Jedziem z pomocą!

To rzekłszy zwrócił się do posłańca:

- Ruszaj do Domaszewiczów - rzekł - niech z rusznicami przybywają!

- Nuże i wy, kozy! - krzyknął nagle stary na córki. - Nuże, kozy! Ruszać na wieś, budzić szlachtę, niech się szabel imają! Pannę porwał Kmicic... co? - Boże odpuść! zbój, warchoł... co? - Pójdźmy i my budzić - rzekł Wołodyjowski - będzie prędzej. Chodź wasze! Konie, słyszę, już są.

Jakoż po chwili siedli na koń, z nimi dwóch czeladników: Ogarek i Syruć. Wszyscy puścili się drogą między chatami zaścianku, bijąc we drzwi, w okna i krzycząc wniebogłosy:

- Do szabel! do szabel! Panna w Wodoktach porwana! Kmicic w okolicy!...

Słysząc te wołania jaki taki wypadał z chaty patrzeć, co się dzieje, a zrozumiawszy, o co rzecz idzie, poczynał sam wrzeszczeć: "Kmicic w okolicy! Panna porwana!" - i tak wrzeszcząc ruszał na łeb na szyję ku zabudowaniom konia kulbaczyć albo do chaty szabliska po ścianie w ciemności macać. Coraz więcej głosów powtarzało: "Kmicic w okolicy!" -

ruch czynił się w zaścianku, światła poczęły błyskać; rozległ się płacz kobiet, szczekanie psów. Na koniec szlachta wysypała się na drogę, po części konno, a w części pieszo. Nad gromadą głów ludzkich połyskiwały w cieniu szable, piki, rohatyny, a nawet i widły żelazne. Pan Wołodyjowski rzucił okiem na oddział, wnet rozesłał kilkunastu w różne strony, a sam z resztą ruszył naprzód. Jezdni szli na czele, piesi za nimi, i ciągnęli ku Wołmontowiczom, by się z Butrymami połączyć. Godzina była dziesiąta z wieczora, noc jasna, lubo księżyc jeszcze nie zeszedł. Ci ze szlachty, których świeżo z wojny hetman wielki odesłał, zaraz zwarli się w szeregi; inni, mianowicie piesi, szli mniej sprawnie, czyniąc brzęk bronią, gawędząc i ziewając głośno, a chwilami klnąc wrażego Kmicica, który ich słodkiego wczasu pozbawił; tak doszli aż pod Wołmontowicze, przed którymi wysunął się ku nim zbrojny oddział.

- Stój! kto jedzie? - poczęły wołać głosy z owego oddziału. - Gasztowtowie!
- My Butrymi, Domaszewicze już są.
- Kto u was dowodzi? - pytał pan Wołodyjowski.
- Józwa Beznogi, do usług pana pułkownika.
- Macie wieści?
- Do Lubicza ją porwał. Przeszli bagnami, by przez Wołmontowicze nie przechodzić.
- Do Lubicza? - pytał ze zdziwieniem pan Wołodyjowski. - Cóż on się tam myśli bronić? Przecie Lubicz nie forteca?
- W siłę, widać, ufa. Ludzi przy nim ze dwieście! Pewnie też dostatki chce z Lubicza zabrać; wozy mają ze sobą i koni luźnych kupę. Musiał nie wiedzieć o powrocie naszym z wojska, bo śmiało sobie poczyna.
- Dobra nasza! - rzekł pan Wołodyjowski. - To nam się nie wymknie. Strzelby ile u was?
- U nas, Butrymów, sztuk ze trzydzieści, u Domaszewiczów dwa razy tyle.
- Dobrze. Niech pięćdziesiąt ludzi ze strzelbami ruszy pod waszecią bronić przepraw na bagnach - żywo! Reszta pójdzie ze mną. O siekierach pamiętać!
- Wedle rozkazu!
Uczynił się ruch; mały oddział ruszył truchtem ku bagnom pod Józwą Beznogim.
Tymczasem nadjechało kilkunastu Butrymów rozesłanych poprzednio do innej szlachty.
- Gościewiczów nie widać? - pytał pan Wołodyjowski.
- A! to wasza mość pan pułkownik!... Chwała Bogu! - zawołali nowo przybyli. - Gościewicze idą już... słychać ich przez las. Wasza mość wie, że do Lubicza ją porwał?
- Wiem. Niedaleko z nią zajedzie.
Rzeczywiście Kmicic nie obliczył jednego niebezpieczeństwa swej zuchwałej wyprawy; oto nie wiedział, że znaczne siły szlachty przybyły właśnie do domów. Sądził, że zaścianki są puste, jak było za czasów jego

pierwszego pobytu w Lubiczu; tymczasem teraz, licząc z Gościewiczami, bez Stakjanów, którzy nie mogli przybyć na czas, pan Wołodyjowski mógł wyprowadzić przeciw niemu około trzystu szabel - i to ludzi przywykłych do boju i wyćwiczonych.

Jakoż coraz więcej szlachty nadciągało do Wołmontowicz. Przyszli wreszcie i Gościewicze, za którymi się dotąd oglądano Pan Wołodyjowski sprawił oddział i aż mu serce rosło na widok wprawy i łatwości, z jaką stanęli w ordynku. Na pierwszy rzut oka poznać było można, że to żołnierze, nie zwyczajna niesforna szlachta. Pan Wołodyjowski ucieszył się jeszcze i dlatego, bo sobie pomyślał, że wkrótce dalej ją poprowadzi.

Poszli tedy rysią ku Lubiczowi owym borem, przez który Kmicic dawniej codziennie przelatywał. Było już dobrze po północy. Księżyc wypłynął wreszcie na niebo i oświecił las, drogę i ciągnących wojowników, rozłamał blade promienie na ostrzach pik, odbijał się w szablach błyszczących. Szlachta gwarzyła z cicha o nadzwyczajnym zdarzeniu, które ich wyrwało z pościeli.

- Chodzili tu rozmaici ludzie - mówił jeden z Domaszewiczów. - Myśleliśmy, że to zbiegowie, a to pewnie byli jego szpiegi.

- A jakże. Co dzień też obce dziady zachodziły do Wodoktów niby po jałmużnę - odrzekł drugi.

- A co to za żołnierz przy Kmicicu?

- Czeladź z Wodoktów mówią, że Kozacy. Pewnie się Kmicic z Chowańskim albo z Zołtareńką zwąchał. Dotąd był zbójem, teraz zdrajca to już oczywisty.

- Jakżeby to on mógł Kozaków aż tu przyprowadzić?

- Z tak wielką watahą niełatwo się przemknąć. Toć pierwsza lepsza nasza chorągiew byłaby go zatrzymała po drodze.

- Po pierwsze, mógł lasami iść, a po drugie, małoż to panów z dworskimi Kozakami się uwija? Kto ich tam odróżni od nieprzyjaciół! jeśli ich pytano, to się nadwornymi semenami powiadali. - Będzie on się bronił - mówił jeden z Gościewiczów - bo człek jest mężny i rezolutny, ale nasz pułkownik da sobie z nim rady.

- Butrymowie też sobie zaprzysięgli, że choćby mieli jeden na drugim paść, już on im nie ujdzie stąd żywy. Oni na niego najzawzietsi.

- Ba! a jak go usieczem, to na kim będą swoich krzywd dochodzić? Lepiej by było żywcem go pojmać i sprawiedliwości oddać.

- Co tam teraz o sądach myślić, kiedy wszyscy głowy potracili! Czy waszmościom wiadomo, co ludzie mówią, że i od Szwedów może przyjść wojna?

- Niechże Bóg zachowa!... Moskiewska potencja i Chmielnicki! Szwedów tylko brak, a już by ostatni termin na Rzeczpospolitą przyszedł.

Wtem pan Wołodyjowski, jadący na przodzie, odwrócił się i rzekł:

- Cicho tam, waszmościowie!

Szlachta umilkła, bo Lubicz już było widać. Po kwadransie drogi przysunęli się o niecałą staję ode dworu. Wszystkie okna były oświecone; jasność biła aż na podwórze, na którym pełno było zbrojnych ludzi i koni. Nigdzie żadnych straży, żadnych ostrożności - widocznie .pan Kmicic ufał aż nadto swym siłom. Zbliżywszy się jeszcze więcej, pan Wołodyjowski za jednym rzutem oka poznał Kozaków, z którymi tyle się nawojował jeszcze za życia wielkiego Jeremiego, a później pod Radziwiłłem, więc mruknął z cicha sam do siebie.

- Jeśli to są obcy Kozacy, to ten warchoł przebrał miarę!

I patrzył dalej, zatrzymawszy cały oddział. Na podwórzu krzątanina była okrutna. Jedni Kozacy świecili pochodniami, inni biegali na wszystkie strony, wychodzili z domu i wchodzili na powrót, wynosili rzeczy, pakowali toboły na wozy, inni wyprowadzali konie ze stajen, bydło z obór, krzyki, nawoływania i rozkazy krzyżowały się na wszystkie strony. Blask pochodni oświecał jakoby przeprowadzkę świętojańską dzierżawcy do nowego majątku.

Krzysztof Domaszewicz, starszy między Domaszewiczami, przysunął się do pana Wołodyjowskiego.

- Wasza mość! - rzekł - cały Lubicz chcą zapakować na wozy.

- Nie wywiozą - odparł pan Wołodyjowski - nie tylko Lubicza, ale i skóry własnej. Nie poznaję jednak Kmicica, który jest żołnierz doświadczony. Ani jednej straży!

- Bo potęgę ma wielką; widzi mi się, będzie nad trzysta ludzi. Żebyśmy byli z wojska nie wrócili, mógłby w biały dzień przejść z wozami przez wszystkie zaścianki.

- Dobrze! - odrzekł pan Wołodyjowski. - Wszak to do dworu ta jedna droga prowadzi?

- Ta jedna, bo z tyłu stawy i bagna.

- To dobrze... Z koni, waszmościowie!

Posłuszna rozkazowi szlachta wnet zeskoczyła z kulbak, następnie szeregi piesze zwarły się w długą linię i poczęły otaczać dom wraz z zabudowaniami.

Pan Wołodyjowski z głównym oddziałem zbliżył się wprost do kołowrotu.

- Czekać komendy! - rzekł z cicha. - Nie strzelać przed rozkazem!

Kilkadziesiąt zaledwie kroków dzieliło szlachtę od kołowrotu, gdy spostrzeżono ich wreszcie z podwórca. Kilkunastu ludzi skoczyło razem do płotów i przechyliło się przez nie, pilnie wpatrując się w ciemność, a groźne głosy wołać poczęły :

- Hej, a szto za lude?

- Alt!- zakrzyknął pan Wołodyjowski. - Ognia!

Wystrzały ze wszystkich rusznic, jakie miała szlachta, huknęły naraz; ale jeszcze echo ich nie odbiło się o zabudowania, gdy znów rozległ się głos pana Wołodyjowskiego:

- Biegiem!

- Bij, zabij! - odkrzyknęli laudańscy rzucając się naprzód jak potok.

Kozacy odpowiedzieli strzałami, lecz nie mieli już czasu nabić powtórnie. Hurma szlachty przypadła do kołowrotu, który wnet runął pod parciem zbrojnych mężów. Walka zawrzała na podwórzu, wśród wozów, koni, tobołów. Naprzód szli murem potężni Butrymowie, najsrożsi w ręcznym spotkaniu i najzacieklejsi przeciw panu Kmicicowi. Szli, jak stado odyńców idzie przez młode krze leśne, łamiąc, depcąc, niwecząc i tnąc zapamiętale; za nimi walili Domaszewicze i Gościewicze.

Kmicicowi bronili się mężnie zza wozów i pak; poczęto też strzelać ze wszystkich okien domu i z dachu, ale rzadko, bo pochodnie, zdeptane, zagasły i trudno było swoich od nieprzyjaciół odróżnić. Po chwili wyparto kozactwo z podwórza ku domowi i stajniom; rozległy się krzyki o litość. Szlachta triumfowała.

Ale gdy została sama na podwórzu, wnet ożywił się ogień z domu. Wszystkie okna zjeżyły się rurami muszkietów i grad kul począł sypać się na podwórze. Największaá część Kozaków schroniła się do domu.

- Pod dwór! do drzwi! - zawołał pan Wołodyjowski.

Rzeczywiście, pod samymi ścianami strzały szkodzić nie mogły ani z okien, ani z dachu. Położenie jednak oblegających było trudne. O szturmie do okien niepodobna im było pomyśleć, bo tam przywitałby ich ogień w same twarze; kazał więc pan Wołodyjowski drzwi rąbać.

Ale i to nie szło łatwo, były to bowiem raczej wrzeciądze niż drzwi, zbudowane z dębowych krzyżniaków nabijanych raz przy razie olbrzymimi gwoździami, na których potężnych łbach szczerbiły się siekiery nie mogąc drzewa zachwycić. Najsilniejsze chłopy parli od czasu do czasu ramionami - i to próżno! Drzwi miały z tyłu żelazne sztaby, a oprócz tego podparto je od wewnątrz drągami. Butrymowie jednak rąbali z wściekłością. Do drzwi kuchennych i wiodących ze skarbczyka szturmowali Domaszewicze i Gościewicze.

Po godzinie próżnych usiłowań zmienili się ludzie przy siekierach. Niektóre krzyżniaki wypadły, ale na ich miejsce ukazały się rury muszkietów. Huknęły znów strzały. Dwóch Butrymów padło na ziemię z przestrzeloną piersią. Inni, zamiast się zmieszać, rąbali tym zacieklej.

Z rozkazu pana Wołodyjowskiego pozatykano otwory kłębami uczynionymi z kapot. W tymże czasie nowe okrzyki ozwały się od strony drogi, to Stakjanowie przybywali na pomoc braci, a za nimi zbrojni chłopi z Wodoktów.

Przybycie tych nowych posiłków strwożyło widocznie oblężonych, bo wnet jakiś głos począł wołać gromko za drzwiami:

- Stój tam! nie rąb! słuchaj... Stój, do stu diabłów!... rozmówmy się.

Wołodyjowski kazał przerwać robotę i spytał:

- Kto mówi?
- Chorąży orszański, Kmicic! - brzmiała odpowiedź. - A z kim mówi?
- Pułkownik Michał Jerzy Wołodyjowski.
- Czołem! - ozwał się głos zza drzwi.

- Nie czas na powitania... Czego waść chcesz?

- Mnie by słuszniej zapytać: czego waść chcesz? Nie znasz mnie, ja ciebie... czemu mnie napadasz?

- Zdrajco! - zakrzyknął pan Michał. - Ze mną są ludzie laudańscy, którzy z wojny wrócili, i ci mają z tobą obrachunki za rozbój i za krew niewinnie przelaną, i za tę pannę, którąś teraz porwał! A wiesz, co to jest raptus puellae? Musisz tu gardło dać!

Nastała chwila milczenia.

- Nie nazwałbyś mnie drugi raz zdrajcą - rzekł znów Kmicic - gdyby nie te drzwi, które nas dzielą.

- To je otwórz... tego ci nie bronię!

- Pierwej jeszcze niejeden kondel laudański nogami się nakryje. Nie weźmiecie mnie żywym!

- To cię zdechłego za łeb wywleczem. Wszystko nam jedno!

- Słuchaj waść dobrze i zakonotuj, co powiem. Jeśli nas nie poniechacie, mam tu baryłkę prochu, i loncik już tlejący; dom wysadzę, wszystkich, co tu są, i siebie... tak mi dopomóż Bóg! Chodźcie mnie teraz brać!

Tym razem nastała jeszcze dłuższa chwila milczenia. Pan Wołodyjowski szukał na próżno odpowiedzi. Szlachta poczęła spoglądać po sobie przerażona. Tyle było dzikiej energii w słowach Kmicica, że w groźbę uwierzyli wszyscy. Całe zwycięstwo mogło być jedną iskrą w proch rozwiane i Billewiczówna stracona na wieki.

- Dla Boga! - mruknął któryś z Butrymów - to szalony człek! On to gotów uczynić.

Nagle panu Wołodyjowskiemu przyszła szczęśliwa, jak mu się zdawało, myśl do głowy.

- Jest inny sposób! - zakrzyknął. - Wychodź ze mną, zdrajco, na szable! Położysz mnie, to odjedziesz wolno!

Przez jakiś czas nie było odpowiedzi. Serca laudańskich biły niespokojnie.

- Na szable? - spytał wreszcie Kmicic. - Może to być!

- Jeślić tchórz nie oblatuje, to i będzie!

- Parol kawalerski, że odjadę wolno?

- Parol...

- Nie może być! - krzyknęło kilka głosów między Butrymami.

- Cicho waściowie, do stu diabłów! - huknął pan Wołodyjowski - a nie, to niech siebie i was prochem wysadza.

Butrymowie zamilkli, po chwili jeden z nich rzekł:

- Będzie tak, jak wasza mość chce...

- A cóż tam? - pytał szydersko Kmicic. - Szaraczki się zgadzają?

- I zaprzysięgną na mieczach, jeżeli waść chcesz.

- Niech przysięgają!

- Kupą tu, waszmościowie, kupą! - wołał pan Wołodyjowski na szlachtę stojącą pod ścianami i otaczającą cały dom.

Po chwili wszyscy zebrali się pod głównymi drzwiami i wnet wieść, że

Kmicic chce się prochami wysadzić, rozniosła się na wszystkie strony. Stali tedy jak w kamienie zmienieni ze zgrozy; tymczasem pan Wołodyjowski podniósł głos i mówił wśród ciszy grobowej:

- Wszystkich tu obecnych waszmościów biorę na świadki, żem pana Kmicica, chorążego orszańskiego, wyzwał na bitwę samowtór i to mu przyrzekłem, iż jeśli mnie położy, odjedzie wolno, nie doznając w tym od waszmościów przeszkody, co mu na rękojeściach zaprzysiąc musicie na Boga Najwyższego i święty Krzyż...

- Poczekajcie jeno! - zawołał Kmicic - wolno ze wszystkimi ludźmi odjadę i pannę ze sobą zabiorę.

- Panna tu zostanie - odparł pan Wołodyjowski - a ludzie w jasyr do szlachty pójdą.

- Nie może być!

- To się prochami wysadzaj! Już my jej odżałowali, a co do ludzi, to się ich spytaj, co wolą...

Nastała znów cisza.

- Niechże tak będzie - rzekł po chwili Kmicic. - Nie dziś ją porwę, to za miesiąc. Nie skryjecie jej ni pod ziemią! Przysięgajcie!

- Przysięgajcie! - powtórzył pan Wołodyjowski.

- Przysięgamy na Boga Najwyższego i święty Krzyż. Amen!

- No, wychodź, wychodź waść! - rzekł pan Michał.

- Pilno waszmości na tamten świat?

- Dobrze, dobrze! jeno prędzej.

Sztaby żelazne, trzymające drzwi od wewnątrz, poczęły szczękać.

Pan Wołodyjowski usunął się w tył, a za nim szlachta, by miejsce uczynić. Wnet drzwi otworzyły się i ukazał się w nich pan Andrzej, rosły, smukły jak topola. Brzask już był na świecie i pierwsze blade światełka dnia padły na jego twarz hardą, rycerską a młodą. Stanąwszy we drzwiach spojrzał śmiało na czeredę szlachty i rzekł:

- Zaufałem waszmościom... Bóg wie, czym dobrze uczynił, ale mniejsza z tym!... Który tu pan Wołodyjowski?

Mały pułkownik wysunął się naprzód.

- Jam jest - odrzekł.

- Ho! nie na wielkoluda waszmość wyglądasz - rzekł Kmicic czyniąc przymówkę do wzrostu rycerza. - Spodziewałem się zacniejszą figurę znaleźć, choć ci to muszę przyznać, żeś widać żołnierz doświadczony.

Nie mogę tego waści przyznać, boś straży zaniedbał. Jeśliś taki do szabli jak do komendy, to i nie będę miał roboty.

- Gdzie staniemy? - spytał żywo Kmicic.

- Tu... podwórzec równy jak stół.

- Zgoda! gotuj się na śmierć!

- Takiś waść pewien?

- Widać, żeś w Orszańskiem nie bywał, skoro o tym wątpisz... Nie tylkom pewien, ale i żal mi waćpana, bom o tobie jako o sławnym żołnierzu słyszał. Dlatego ostatni raz mówię: zaniechaj mnie! Nie znamy się... po co mamy sobie w drogę wchodzić? Czemu na mnie nastajesz?... Dziewka testamentem mi przynależy, jako i ta majętność, i Bóg widzi, swego tylko dochodzę...

Prawda jest, żem szlachtę w Wołmontowiczach wysiekł, ale niechże Bóg sądzi, kto tu pierwej został skrzywdzony. Swawolnicy byli moi oficyjerowie czy nie swawolnicy, mniejsza z tym, dość że tu nikomu zła nie uczynili, a wybito ich do nogi jako psów wściekłych za to, że z dziewczętami w karczmie chcieli potańczyć. Niechże będzie krew za krew! Potem mi i żołnierzy wysieczono. Na rany boskie zaprzysięgnę, żem tu bez złych chęci w te strony przyjechał, a jakże mnie tu przyjęto?... Ale niech będzie krzywda za krzywdę. Jeszcze swego dołożę, szkody nagrodzę... po sąsiedzku. Lepiej wolę tak jak inaczej...

- A jacyż to ludzie z waćpanem teraz przyszli? Skądże wziąłeś tych pomocników? - pytał pan Wołodyjowski.

- Skąd wziąłem, to wziąłem. Nie przeciw ojczyźnie ich zaciągnąłem, ale by prywaty swojej dochodzić.

- Takiś to?... Więc dla prywaty z nieprzyjacielem się połączyłeś ? A czymże mu za onę usługę zapłacisz, jeśli nie zdradą?... Nie, bratku, nie przeszkadzałbym ja ci układać się z tą szlachtą, ale wezwać nieprzyjaciela w pomoc inna rzecz. Nie wykręcisz się sianem. Stawaj no teraz, stawaj, bo wiem, że cię tchórz oblatuje, choć się za orszańskiego mistrza podajesz.

- Chciałeś! - rzekł Kmicic stając w pozycji.

Ale pan Wołodyjowski nie spieszył się i nie wydobywając jeszcze szabli, obejrzał się naokoło po niebie. Świtało już. Na wschodzie pierwsza złota i błękitna wstążka rozciągnęła się świetlistym pasmem, na podwórzu jednak dość było jeszcze ciemno, zwłaszcza zaś przed domem mrok panował zupełny.

- Dobrze się dzień zaczyna - rzekł pan Wołodyjowski - ale słońce nieprędko jeszcze wejdzie. Może waść życzysz, żeby nam poświecili?

- Wszystko mi jedno.

- Mości panowie! - zawołał pan Wołodyjowski zwracając się do szlachty - a skoczyć no po wiechetki i po łuczywo, będzie nam jaśniej w tym orszańskim tańcu.

Szlachta, której żartobliwy ton młodego pułkownika dziwnie dodawał otuchy, kopnęła się raźnie ku kuchni; niektórzy poczęli zbierać podeptane w czasie bitwy pochodnie i po niejakim czasie blisko pięćdziesiąt czerwonych płomieni zamigotało w bladym mroku porannym. Pan Wołodyjowski ukazał je szablą Kmicicowi.

- Patrz waść, istny kondukt!

A Kmicic odparł od razu:

- Pułkownika chowają, to i pompa być musi!

- Srogi smok z waści!...

Tymczasem szlachta zatoczyła w milczeniu krąg naokół rycerzy; wszyscy podnieśli zapalone drzazgi w górę, za nimi zmieścili się inni, ciekawi i niespokojni; w środku przeciwnicy mierzyli się oczyma. Cisza uczyniła się okrutna, jeno węgielki spalone obsuwały się z szelestem na ziemię. Pan Wołodyjowski wesół był jak szczygieł w pogodny ranek.

- Zaczynaj waść! - rzekł Kmicic.

Pierwszy szczęk ozwał się echem w sercach wszystkich patrzących; pan Wołodyjowski przyciął jakby z niechcenia, pan Kmicic odbił i przyciął z kolei, pan Wołodyjowski znów odbił. Suchy szczęk stawał się coraz szybszy. Wszyscy dech wstrzymali. Kmicic atakował z furią, pan Wołodyjowski zaś lewą rękę w tył założył i stał spokojnie, niedbale czyniąc ruchy bardzo małe,

prawie nieznaczne; zdawało się, że chciał siebie tylko osłonić, a zarazem oszczędzić przeciwnika - czasem cofnął się o mały krok w tył, czasem postąpił naprzód - widocznie badał biegłość Kmicica. Tamten rozgrzewał się, ten był chłodny jak mistrz probujący ucznia i coraz spokojniejszy; wreszcie, ku wielkiemu zdumieniu szlachty, przemówił:

- Pogawędzimy - rzekł - nie będzie nam się czas dłużył... Aha! to to orszańska metoda?... widać, tam sami musicie groch młócić, bo waćpan machasz jak cepem... Okrutnie się zmachasz. Zaliś to naprawdę w Orszańskiem najlepszy?... Ten cios jeno u pachołków trybunalskich w modzie... Ten kurlandzki... dobrze się nim od psów odpędzać. Uważaj waćpan na koniec szabli... Nie wyginaj tak dłoni, bo patrz, co się stanie... Podnieś!...

Ostatnie słowo wymówił pan Wołodyjowski dobitnie, jednocześnie zatoczył półkole, dłoń i szablę pociągnął ku sobie i nim patrzący zrozumieli, co znaczy: "podnieś!" - już szabla Kmicica, jak wywleczona igła z nitki, furknęła nad głową pana Wołodyjowskiego i upadła mu za plecami; on zaś rzekł:

- To się nazywa : wyłuskiwać szablę.

Kmicic stał blady, z obłąkanymi oczyma, chwiejący się, zdumiony nie mniej od szlachty laudańskiej; mały pułkownik zaś usunął się w bok i ukazawszy na leżącą na ziemi szerpentynę powtórzył po raz drugi:

- Podnieś!

Przez chwilę zdawało się, że Kmicic rzuci się na niego z gołymi rękoma...Już, już był gotów do skoku, już pan Wołodyjowski, przysunąwszy rękojeść do piersi, nadstawił ostrze, ale pan Kmicic rzucił się na szablę i wpadł z nią znów na straszliwego przeciwnika. Szmery głośne poczęły się zrywać w kole patrzących i koło ścieśniało się coraz bardziej, a za nim uformowało

się drugie, trzecie. Kozacy Kmicicowi wtykali głowy między ramiona szlachty, jakby całe życie w najlepszej z nią żyli zgodzie. Mimowolne okrzyki wyrwały się z ust widzów; czasem rozlegał się wybuch niepohamowanego, nerwowego śmiechu, poznali wszyscy mistrza nad mistrzami.

Ten zaś bawił się okrutnie, jak kot z myszą - i pozornie coraz niedbalej robił szablą. Lewą rękę wysunął zza pleców i wsunął w kieszeń hajdawerów. Kmicic pienił się, rzęził, na koniec chrapliwe słowa wyszły mu z gardzieli przez zaciśnięte usta:

- Kończ... waść!... wstydu... oszczędź!...

- Dobrze! - rzekł Wołodyjowski.

Dał się słyszeć świst krótki, straszny, potem stłumiony krzyk... jednocześnie Kmicic rozłożył ręce, szabla wypadła mu z nich na ziemię... i runął twarzą do nóg pułkownika...

- Żyje! - rzekł Wołodyjowski - nie padł na wznak!

I zagiąwszy połę Kmicicowego żupana począł nią ocierać szablę. Zawrzasła szlachta jednym głosem, w tych zaś krzykach brzmiało coraz wyraźniej:

- Dobić zdrajcę... dobić!... rozsiekać!

I kilku Butrymów biegło z dobytymi szablami. Nagle stało się coś dziwnego; oto rzekłbyś: mały pan Wołodyjowski urósł w oczach - szabla najbliższego Butryma wyleciała mu z ręki śladem Kmicicowej, jakby ją wicher porwał - pan Wołodyjowski zaś krzyknął z iskrzącymi oczyma:

- Wara!... wara!... Teraz on mój, nie wasz!... Precz!...

Umilkli wszyscy bojąc się gniewu męża, on zaś rzekł:

- Nie potrzeba mi tu jatek!... Waszmościowie szlachtą będąc powinniście rozumieć kawalerski obyczaj, aby rannego nie dobijać. Nieprzyjacielowi nawet tego się nie czyni, a cóż dopiero przeciwnikowi w pojedynku zwyciężonemu.

- On zdrajca! - mruknął któryś z Butrymów. - Takiego godzi się bić.

- Jeśli on zdrajca, tedy panu hetmanowi oddany być powinien, aby karę poniósł i stanął za przykład innym. Zresztą, jakom wam rzekł: mój on teraz, nie wasz. Jeśli wyżyje, to wam wolno będzie krzywd waszych przed sądem dochodzić i z żywego lepszą mieć będziecie satysfakcję niż z umarłego. A kto tu umie rany opatrywać?

- Krzych Domaszewicz. On z dawna wszystkich na Laudzie opatruje.

- Niechże go zaraz opatrzy, potem na łoże go przenieść, a ja pójdę tę nieszczęsną pannę pocieszyć.

To rzekłszy pan Wołodyjowski zasunął szabelkę do pochwy i wszedł przez porąbane drzwi do domu. Szlachta poczęła łowić i wiązać rapciami ludzi Kmicicowych, którzy odtąd mieli orać rolę w zaściankach. stawom, ale tam wpadli w ręce czekających Stakjanów. Jednocześnie szlachta wzięła się do rabunku wozów, na których łup znalazł się dość obfity; niektórzy radzili zrabować i dom, ale bano się pana Wołodyjowskiego, a może obecność w domu Billewiczówny wstrzymywała zuchwalszych. Swoich poległych, między którymi było trzech Butrymów i dwóch Domaszewiczów, złożyła szlachta na wozy, aby ich po chrześcijańsku pochować, dla zabitych Kmicicowych kazano kopać chłopom rów za ogrodem.

Pan Wołodyjowski zaś szukając panny przetrząsnął cały dom i znalazł ją dopiero w skarbczyku położonym w rogu, do którego prowadziły maleńkie a ciężkie drzwi z izby sypialnej. Była to mała komnatka o wąskich grubo kratowanych oknach, zbudowana w kwadrat z murów tak potężnych, że pan Wołodyjowski poznał natychmiast, iż choćby Kmicic był wysadził dom prochem, ta izba byłaby ocalała z pewnością. To dało mu lepsze o Kmicicu mniemanie. Panna siedziała na skrzyni niedaleko drzwi, z głową spuszczoną, z twarzą prawie zasłoniętą włosami, i całkiem nie podniosła jej słysząc wchodzącego rycerza. Myślała zapewne, że to sam Kmicic lub kto z jego ludzi. Pan Wołodyjowski stanął we drzwiach, zdjął czapkę, chrząknął raz i drugi, a widząc, iż i to nie pomaga, ozwał się:
- Mościa panno... wolna jesteś!...
Wówczas spod narzuconych włosów spojrzały na rycerza oczy błękitne, a potem wychyliła się z nich twarz śliczna, choć blada i jakby nieprzytomna. Pan Wołodyjowski spodziewał się podziękowań, wybuchu radości, tymczasem panna siedziała nieruchomie i tylko patrzyła nań błędnie; więc rycerz ozwał się po raz drugi:
- Przyjdź waćpanna do siebie, Bóg wejrzał na niewinność... Jesteś wolna i możesz wracać do Wodoktów.
Tym razem w spojrzeniu Billewiczówny więcej było przytomności. Powstawszy ze skrzyni strząsnęła w tył włosy i spytała :
- Kto waćpan jesteś?
- Michał Wołodyjowski, pułkownik dragoński wojewody wileńskiego.
- Słyszałam bitwę... strzały?... Mów waćpan...
- Tak jest. My to przyszli waćpannie na ratunek...
Billewiczówna oprzytomniała zupełnie.
- Dziękuję waści! - rzekła pospiesznie cichym głosem, w którym przebijał się śmiertelny niepokój. - A z tamtym co się stało?...
- Z Kmicicem? Nie bój się waćpanna: leży bez duszy na podwórzu... i jam to, nie chwaląc się, sprawił.
Wołodyjowski wyrzekł to z pewną chełpliwością, ale jeśli spodziewał się podziwu, to zawiódł się srodze. Billewiczówna nie odrzekła ani słowa, natomiast zachwiała się na nogach i rękoma poczęła szukać oparcia za sobą, na koniec siadła ciężko na tejże samej skrzyni, z której przed chwilą się podniosła.
Rycerz poskoczył ku niej żywo.
- Co waćpannie jest?
- Nic... nic... Czekaj waść... pozwól... To pan Kmicic zabity?...
- Co mnie pan Kmicic! - przerwał Wołodyjowski - tu o waćpannę chodzi!
Wówczas siły jej nagle wróciły, bo się podniosła znowu i spojrzawszy mu wprost w oczy, wykrzyknęła z gniewem, zniecierpliwieniem i rozpaczą:
- Na Boga żywego, odpowiadaj! zabity?..
- Pan Kmicic ranny - odpowiedział zdumiony pan Wołodyjowski.
- Żyje?...

- Żyje.
- Dobrze I Dziękuję waści...
I chwiejnym jeszcze krokiem skierowała się ku drzwiom. Wołodyjowski stał przez chwilę ruszając mocno wąsikami i kręcąc głową; następnie mruknął sam do siebie:
- Zali mi ona dziękuje za to, że Kmicic ranny, czy za to, że żyje?
I wyszedł za nią. Zastał ją w przyległej izbie sypialnej, stojącą pośrodku, jakby skamieniałą. Czterech szlachty wnosiło właśnie Kmicica; dwóch pierwszych, postępując bokiem, ukazało się we drzwiach, a między ich rękoma zwieszała się ku ziemi blada głowa pana Andrzeja, z zamkniętymi oczyma i soplami czarnej krwi we włosach.
- Wolno tam ! - mówił idący za nimi Krzych Domaszewicz - wolno przez próg. Niech mu tam który głowę podtrzyma. Wolno!...
- A czym będziem trzymać, kiedy ręce zajęte - odpowiedzieli idący w przedzie.
W tej chwili panna Aleksandra zbliżyła się ku nim, blada tak jak i Kmicic, i podłożyła mu obie ręce pod martwą głowę.
- To panienka!... - rzekł Krzych Domaszewicz.
- To ja... ostrożnie!... - odrzekła cichym głosem.
Pan Wołodyjowski patrzył i wąsikami srodze ruszał. Tymczasem złożono Kmicica na łożu. Krzych Domaszewicz począł obmywać mu głowę wodą, potem przyłożył przygotowany poprzednio plaster do rany i rzekł:
- Teraz jeno niech leży spokojnie... Ej, żelazna to głowa, że od takiego ciosu na dwoje nie pękła. Może i będzie zdrów, bo młody. Ale tego dostał...
Następnie zwrócił się do Oleńki:
- Daj panienka ręce umyć... Ot, tu jest woda. Miłosierne w tobie serce, żeś dla tego człeka nie bała się pokrwawić.
Tak mówiąc wycierał jej dłonie chustą, a ona bladła i mieniła się w oczach. Wołodyjowski znów poskoczył ku niej.
- Nic tu po waćpannie! Okazałaś chrześcijańskie miłosierdzie nad nieprzyjacielem... wracaj do domu.
I podał jej ramię; ale ona nawet nie spojrzała na niego, natomiast zwróciwszy się do Krzycha Domaszewicza rzekła:
- Panie Krzysztofie, wyprowadź mnie!
Wyszli oboje, a i pan Wołodyjowski za nimi. Na podwórzu szlachta poczęła krzykać na jej widok i wiwatować, a ona szła blada, chwiejąca się, z zaciśniętymi ustami i ogniem w oczach.
- Niech żyje nasza panna! Niech żyje nasz pułkownik! - wołały potężne głosy.
W godzinę później wracał pan Wołodyjowski na czele laudańskich ku zaściankom. Słońce już weszło, ranek na świecie był radosny, prawdziwie wiosenny. Laudańscy człapali kupą bezładną po gościńcu, gwarząc o wypadkach ubiegłej nocy i sławiąc pod niebiosa pana Wołodyjowskiego, a on jechał zamyślony i milczący. Z myśli nie schodziły mu te oczy patrzące

spoza rozpuszczonych włosów, ta postać wysmukła i wspaniała, choć zgięta smutkiem i bólem.

- Dziw, jak cudna! - mruczał sam do siebie - istna księżniczka... Hm! ocaliłem jej cnotę, a pewnie i życie, bo choćby prochy nie wysadziły skarbczyka, byłaby z samego strachu umarła... Powinna być wdzięczna... Ale kto tam białogłowę wyrozumie... Patrzyła na mnie jak na pacholika, nie wiem, czy z dumy jakowejś, czy z konfuzji...

ROZDZIAŁ 8

Te myśli spać mu nie dały następnej nocy. Przez kilka dni ciągle jeszcze rozmyślał o pannie Aleksandrze i poznał, że mu głęboko w serce zapadła. Przecie to szlachta laudańska chciała go z nią żenić! Ona wprawdzie zrekuzowała go bez namysłu, ale wtedy ani go znała, ani widziała. Teraz zupełnie co innego. On ją wyrwał po kawalersku z rąk gwałtownika, narażając się na kule i szable; po prostu zdobył ją jak fortecę... Czyjaż ona, jeśli nie jego? Możeli mu czegokolwiek odmówić, choćby i ręki? Nuż by popróbował? Nuż by z wdzięczności narodził się w niej afekt, jak się to często na świecie zdarza, że ocalona panna zaraz rękę i serce zbawcy oddaje! Gdyby zresztą nawet nie czuła do niego zrazu afektu, to tym bardziej należy mu się o to postarać.

"A jeśli ona tamtego jeszcze pamięta i miłuje?"

- Nie może być! - powtórzył sobie pan Wołodyjowski - gdyby go nie odpaliła, to by jej gwałtem nie brał.

Okazała wprawdzie nad nim miłosierdzie niezwyczajne, ale niewieścia to rzecz litować się nad rannymi, choćby nieprzyjaciółmi.

Młoda jest, bez opieki, czas jej za mąż. Do klasztoru widocznie nie ma wokacji, bo już by poszła. Było czasu dość. Tak gładką pannę ustawicznie będą rozmaici kawalerowie turbowali: jedni dla majątku, drudzy dla urody, trzeci dla zacności krwi. Ejże, miło jej będzie mieć taką obronę, której skuteczność własnymi oczyma oglądać mogła.

- A i tobie czas się ustatkować, Michałku! - mówił do siebie pan Wołodyjowski. - Młodyś jeszcze, ale lata prędko biegną. Fortuny się nie dosłużysz, chyba więcej ran w skórze. A bałamuctwom koniec będzie.

Tu panu Wołodyjowskiemu przesunął się przez pamięć cały szereg panien, do których już wzdychał w życiu. Były między nimi i bardzo urodziwe, i z wielkiej krwi idące, ale milszej nie było i zacniejszej, i godniejszej. Toż ten ród i tę pannę ludzie sławili w całej okolicy i z oczu jej patrzyła taka uczciwość, że nie daj Panie Boże nikomu gorszej żony.

Czuł pan Wołodyjowski, że mu się trafia gratka, jaka się drugi raz może nie trafić, a to tym bardziej, że pannie taką niepospolitą usługę oddał.

- Co tu zwłóczyć! - mówił sobie. - Czego lepszego się doczekam? Trzeba tentować.

Ba! ale tu wojna za pasem. Ręka zdrowa. Wstyd rycerzowi w zaloty chodzić, gdy ojczyzna ręce wyciąga i ratunku prosi. Pan Michał miał zacne serce żołnierskie i choć od pacholęcia prawie służył, choć we wszystkich wojnach, jakie za jego czasów były, udział brał - wiedział przecie, co ojczyźnie winien, i o spoczynku nie myślał.

Ale właśnie dlatego, że nie dla zysków, zasług, chlebów, jeno z duszy całej ojczyźnie służył i sumienie miał pod tym względem czyste, czuł swoją wartość i to dodawało mu otuchy.

"Inni się warcholili, a jam się bił - myślał sobie. - Pan Bóg żołnierzykowi nagrodzi i teraz mu dopomoże."

Poznał jednak, że skoro nie było czasu na zaloty, trzeba było prędko działać i wszystko od razu na hazard wystawić: pojechać, oświadczyć się z miejsca i albo po przyspieszonych zapowiedziach ślub wziąść, albo zjeść arbuza.

- Jadłem nieraz, zjem i teraz! - mruczał pan Wołodyjowski ruszając żółtymi wąsikami. - Co mi szkodzi!

Była jednak pewna strona w tym nagłym postanowieniu, która mu się nie podobała. Oto zadawał sobie pytanie: czy jadąc z oświadczeniem tak zaraz po uratowaniu panny, nie będzie podobny do natrętnego wierzyciela, który chce, by mu jak najprędzej i z lichwą dług spłacono?

- Może to i nie będzie po kawalersku?

Ba! ale za cóż żądać wdzięczności, jeśli nie za usługę? A jeśli ów pośpiech nie pójdzie po sercu pannie, jeśli się nań skrzywi, to jej przecie można powiedzieć: "Mościa panno, rok bym w zaloty jeździł i w ślepki ci patrzył, alem żołnierz, a tam trąby na wojnę grają!"

- Tak i pojadę! - mówił sobie pan Wołodyjowski.

Lecz po chwili znowu inna myśl przyszła mu do głowy. A jeśli ona odpowie: "Idźże waćpan na wojnę, mości żołnierzu, a po wojnie będziesz rok do mnie jeździł i w ślepki mi patrzył, bo ja człowiekowi, którego nie znam, duszy i ciała od razu nie oddam."

Wtedy wszystko przepadnie.

Że przepadnie, czuł to pan Wołodyjowski doskonale; bo pominąwszy pannę, którą przez ten czas inny wziąć może, nie był pan Wołodyjowski pewny własnej stałości. Sumienie mu to mówiło, że w nim samym afekt zapalał się, bywało, tak jak słoma, ale i gasł jak słoma.

Wtedy wszystko przepadnie!... I kołatajże się dalej, żołnierzu - tułaczu, z obozu do obozu, z bitwy na bitwę, bez dachu na świecie, bez duszy żywej bliskiej. Rozglądaj się po wojnie na cztery strony świata, nie wiedząc, gdzie głowę poza cekhauzem złożyć!

Ostatecznie pan Wołodyjowski nie wiedział, co czynić.

Ciasno mu się jakoś uczyniło w pacunelskim dworku i duszno, więc wziął czapkę, by wyjść trochę na drogę i słońca majowego zażyć. W progu natknął się na jednego z ludzi Kmicicowych w niewolę wziętych, którem staremu Pakoszowi przypadł w udziale. Kozak grzał się na słońcu i na bandurze brzdąkał.

- A co ty tu robisz? - pytał pan Wołodyjowski.
- Hraju, pane - odpowiedział Kozak podnosząc wynędzniałą twarz.
- Skąd ty jesteś? - pytał dalej pan Michał, kontent, że ma jakowąś w rozmyślaniach przerwę.
- Z daleka, pane, spod Zwiahla.
- Czemużeś to nie umknął jako reszta twoich towarzyszów? O, tacy synowie! Darowała was szlachta życiem w Lubiczu, by mieć robociznę, a wyście zaraz poumykali, ledwie z was łyka zdjęto.
- Ja nie ucieknę. Tu zdechnę jak sobaka.
- Takżeś tu sobie upodobał?
- Komu lepiej na polu, to umyka, a mnie tu lepiej. Ja miał nogę przestrzeloną, a tu mnie ją obwinęła szlachcianka, starego córka, i dobre słowo rzekła. Takiej ja krasawicy na oczy nie widział... Na co mnie odchodzić?
- Któraż ci tak dogodziła?
- Marysia.
- I ty już ostaniesz?
- Jeśli zdechnę, to i wyniosą, a nie, to ostanę.
- Zali myślisz u Pakosza córkę wysłużyć?
- Ne znaju, pane.
- Pierwej by takiemu hołyszowi śmierć dał niż córkę.
- U mnie czerwońce w lesie zakopane: dwie garści.
- Z rozboju?
- Z rozboju, pane.
- Choćbyś i garniec miał, toś chłop, a Pakosz szlachcic.
- Ja z bojarów putnych.
- Jeśliś ty z bojarów putnych, toś gorzej niż chłop, boś zdrajca. Jakże ty mogłeś nieprzyjacielowi służyć?
- Ja mu i nie służył.
- A skądże was pan Kmicic brał?
- Z gościńca. Ja służył u pana hetmana polnego, ale potem chorągiew rozlazła się, bo nie było co jeść. Do domu nie miałem po co wracać, bo spalony. Inni na gościniec poszli rozbijać, tak i ja z nimi poszedł.

Pan Wołodyjowski zdziwił się mocno, gdyż aż dotąd sądził, że pan Kmicic napadł Oleńkę z siłami pożyczonymi u nieprzyjaciela.

- To pan Kmicic nie od Trubeckiego was dostał?
- Było między nami najwięcej takich, co przedtem u Trubeckiego i Chowańskiego służyli, ale tak i od nich zbiegli na gościńce.
- I dlaczego wy za panem Kmicicem poszli?
- Bo on sławny ataman. Nam mówili, że na kogo on krzyknie, żeby za nim szedł, to jakby mu talarów w mieszek nasypał. Dlatego my poszli. No, Bóg, nie poszczęścił!

Pan Wołodyjowski począł głową kręcić i rozmyślać, że jednak tego Kmicica zanadto uczerniono; potem spojrzał na wybladłego bojarzynka i znów głową pokręcił.

- Także ty ją miłujesz?

- Oj! tak, pane!

Pan Wołodyjowski odszedł, a odchodząc pomyślał sobie: "Ot! Rezolutny człowiek. Ten sobie głowy nie łamał: pokochał i zostaje. Tacy najlepsi...Jeśli naprawdę on z putnych bojarów, toć to tenże gatunek co i zaściankowa szlachta. Jak swoje czerwońce wygrzebie, może mu stary Marysię odda. A czemu? Bo w palce nie stukał, jeno się zawziął, że ją dostanie. Zawezmę się i ja!"

Tak rozmyślając szedł pan Wołodyjowski drogą po słońcu, czasem stawał i w ziemię oczy wbijał lub je w niebo podnosił; to znów szedł dalej, aż nagle ujrzał lecące po niebie stadko dzikich kaczek.

Wówczas począł sobie z nich wróżyć: jechać, nie jechać?... Wypadło mu, żeby jechać.

- Pojadę, nie może inaczej być!

To rzekłszy zawrócił do domu; ale po drodze wstąpił jeszcze do stajenki, przed którą dwóch czeladniczków jego w kości grało.

- Syruć - rzekł pan Wołodyjowski - a grzywa u Basiora zapleciona?

- Zapleciona, panie pułkowniku!

Pan Wołodyjowski wszedł do stajni. Basior odezwał mu się od drabinki; rycerz zbliżył się, poklepał go po boku, następnie jął liczyć warkocze na karku.

- Jechać... nie jechać... jechać!..

Wróżba wypadła znów pomyślnie.

- Konie siodłać i samym się przybrać uczciwie! - zakomenderował pan Wołodyjowski.

Za czym prędko już poszedł do domu i począł się stroić. Wdział buty wysokie, rajtarskie, żółte, z klapkami na podbiciu i złoconymi ostrogami, a mundur nowy, czerwony; do tego rapierek w stalowej pochwie, przedni, z gardą złotem przerabianą; do tego półpancerzyk z jasnej stali pokrywający tylko wierzchnią część piersi pod szyją; miał i kołpaczek rysi z pięknym piórem czaplim, ale że ten do polskiego tylko ubioru pasował, więc go zostawił w skrzyni, a na głowę wdział hełm szwedzki z czółenkiem i wyszedł przed ganek.

- Gdzie to wasza miłość jedzie? - pytał go stary Pakosz siedzący na przyzbie.

- Gdzie jadę? Słuszna, abym tej tam waszej panny o zdrowie spytał, bo za grubianina by mnie wziąć mogła.

- Od waszej miłości aż łuna bije. Kiep każden gil! Już by chyba panna oczu nie miała, żeby się zaraz nie zakochała...

Wtem nadbiegły dwie młodsze panny Pakoszówny wracające z południowego udoju, każda ze skopkiem w ręku. Ujrzawszy pana Wołodyjowskiego stanęły jak wryte ze zdziwienia.

- Król, nie król - rzekła Zonia.

- Wasza miłość jak na wesele! - dodała Maryśka.

- Może z tego i wesele być - zaśmiał się stary Pakosz - bo do panny naszej jedzie.

Nim stary skończył, napełniony skopek wyleciał z rąk Marysi i struga mleka polała się aż pod nogi pana Wołodyjowskiego.

- Uważaj na to, co trzymasz! - rzekł gniewliwie Pakosz - ot, koza!

Marysia nie odrzekła nic, podniosła skopek i odeszła cicho.

Pan Wołodyjowski siadł na koń, za nim uszykowało się dwóch jego czeladników i ruszyli trójką ku Wodoktom. Dzień był piękny. Słońce majowe grało na napierśniku i hełmie pana Wołodyjowskiego tak, iż gdy z daleka migotał między wierzbami, zdawało się, że to drugie słońce posuwa się drogą.

- Ciekaw jestem, czy będę wracał z pierścionkiem czy harbuzem? - rzekł do siebie rycerz.

- Co wasza miłość mówi? - spytał pachołek Syruć.

- Głupiś!

Pachołek ściągnął na powrót w tył konia, a pan Wołodyjowski mówił dalej:

- Całe szczęście, że to nie pierwszyzna.

Ta myśl dodawała mu nadzwyczajnej otuchy.

Gdy przybyli do Wodoktów, panna Aleksandra nie poznała go w pierwszej chwili, aż jej musiał nazwisko swoje powtórzyć. Wówczas powitała go uprzejmie, ale poważnie i z pewnym przymusem; on zaś wcale zręcznie się przedstawił, bo choć żołnierz, nie dworak, długo jednak na różnych dworach przebywał i między ludźmi się ocierał. Skłonił się jej więc ze czcią wielką i rękę na sercu położywszy, tak mówił:

- Przybyłem tu o zdrowie waćpanny dobrodziejki się wywiedzieć, czyli od strachu jakiego szwanku nie poniosło, co powinien bym był na drugi dzień uczynić, ale nie chciałem się naprzykrzać.

- Bardzo to pięknie ze strony waszmości, że ocaliwszy mnie z takiej toni, jeszcześ mnie w pamięci zachował... Siadaj waszmość, boś mi wdzięcznym gościem.

- Moja mościa panno! - odpowiedział pan Michał. - Gdybym ja o waćpannie zapomniał, tedy nie byłbym godny tej łaski, jaką Bóg na mnie zesłał pozwalając mi tak godną personę sekundować.

- Nie! Jam to winna Bogu dziękować naprzód, a waszmości zaraz potem...

- Kiedy tak, to już dziękujmy oboje, bo ja o nic więcej Go nie proszę, jeno żebym i nadal mógł bronić waćpanny, ile razy będzie potrzeba.

To rzekłszy pan Wołodyjowski ruszył woskowanymi wąsikami, które mu wyżej nosa sterczały - bo kontent był z siebie, że od razu wszedł in medias res i swój sentyment jakoby na stole położył. Ona zaś siedziała zmieszana i milcząca, ale tak piękna jak dzień wiosenny. Słabe rumieńce wystąpiły jej na policzki, a oczy nakryła długimi rzęsami, od których padały cienie na jagody.

"Dobry znak ta konfuzja" - pomyślał pan Wołodyjowski.
I odchrząknąwszy mówił dalej.

- Waćpanna wiesz, żem ja po jej dziadku laudańskimi ludźmi dowodził?

- Wiem - odpowiedziała Oleńka - dziaduś nieboszczyk sam na ostatnią wyprawę iść nie mógł, ale okrutnie był rad słysząc, komu książę wojewoda wileński tę chorągiew oddał, i mówił, że zna waćpana z reputacji jako sławnego żołnierza.

- Także to o mnie mówił?

- Sama słyszałam, jak waści pod niebiosa wynosił, a potem laudańscy ludzie to samo po wyprawie czynili.

- Prosty ja żołnierz, niegodzien, żeby mnie wynoszono nie tylko pod niebiosa, ale i wyżej od innych. Wszelako rad jestem, żem dla waćpanny niezupełnie obcy, bo już nie pomyślisz, że ci nie znany i niepewny gość razem z deszczem ostatnim z chmur upadł. Milej to zawsze wiedzieć, z kim się ma do czynienia. Siła ludzi się włóczy, którzy się familiantami powiadają i w godności stroją, a Bóg wie, kim są, może często i nie szlachtą.

Pan Wołodyjowski umyślnie tak nakierował rozmowę, aby o sobie mógł powiedzieć, co zacz jest, jakoż Oleńka zaraz odrzekła :

- Waćpana o to nikt nie posądzi, bo i tu na Litwie jest szlachta tego samego imienia.

- Ale ci się Ozorią pieczętują, a jam jest Korczak Wołodyjowski i my się z Węgier wywodzimy, od pewnego dworzanina Attyli, który dworzanin, ścigany będąc od nieprzyjaciół, ślub Najświętszej Pannie uczynił, iż się z pogańskiej wiary na katolicką nawróci, jeśli z żywotem ujdzie. Tej obietnicy potem dotrzymał, gdy trzy rzeki szczęśliwie przebył, te same właśnie, które w herbie nosimy.

- To waćpan nie z tych stron rodem?

- Nie, mościa panno. Ja z Ukrainy, z ruskich Wołodyjowskich, i do tej pory mam tam wioszczynę, którą teraz nieprzyjaciel zajął, ale ja wojskowo od młodu służę, mniej dbając o substancję niż o despekta ojczyźnie przez postronnych czynione. Służyłem od najmłodszych lat u wojewody ruskiego, naszego nieopłakanego księcia Jeremiasza, z którym też wszystkie wojny odprawowałem. Byłem i pod Machnówką, i pod Konstantynowem, i zbaraskie z innymi wytrzymywałem głody, a po beresteckiej sam nasz pan miłościwy za głowę mnie ścisnął. Bóg mi świadek, mościa panno, że nie przyjechałem się tu chwalić, ale chcę, byś waćpanna wiedziała, żem nie łuszczybochenek żaden, który krzykiem nadrabia, a krwi żałuje, jeno że mi życie w uczciwej służbie zbiegło, w której się trochę sławy uszczknęło, a sumienia niczym nie zbrudziło. Tak mi Panie Boże dopomóż! A oprócz tego mogą to i godni ludzie poświadczyć!

- Żeby to wszyscy byli do waćpana podobni ! - westchnęła panna.

- Waćpannie pewnie na myśli stoi ów gwałtownik, który na nią bezbożną rękę śmiał podnieść?

Panna Aleksandra wbiła oczy w podłogę i nie odrzekła ani słowa.

- Ma on za swoje - mówił dalej pan Wołodyjowski -choć mi mówiono, że zdrów będzie, to jednak od kary się nie wywinie. Wszyscy zacni ludzie go potępili, i aż nadto, bo powiadają, że się z nieprzyjacielem związał, aby od niego posiłki otrzymać, co jest nieprawda, gdyż ci ludzie, z którymi waćpannę napadł, wcale nie od nieprzyjaciela pochodzą, jeno z gościńca nazbierani.

- Skąd to waćpan wiesz? - spytała żywo panna podnosząc na pana Wołodyjowskiego swoje niebieskie oczy.

- Od samych tych ludzi. Dziwny to człowiek ów Kmicic, bo gdym mu sam zdradę przed pojedynkiem zadał, tedy nie zaprzeczył, chociaż niesłusznie go posądziłem. Pycha widać w nim diabelska.

- I waćpan to mówisz wszędy, że on nie zdrajca?

- Nie mówiłem, bom sam nie wiedział, ale teraz będę mówił. Toć nie godzi się choćby na największego wroga takiego oszczerstwa rzucać.

Oczy panny Aleksandry spoczęły po raz wtóry na małym rycerzu z wyrazem sympatii i wdzięczności.

- Z waćpana tak zacny człowiek, tak zacny, jak rzadko!...

Pan Wołodyjowski zaczął raz po razu ruszać wąsikami z ukontentowania. "Do rzeczy, Michałku! Do rzeczy, Michałku!" - rzekł do siebie w myśli.

Po czym głośno do panny:

- Więcej waćpannie powiem!... Sposób pana Kmicica ganię, ale nie dziwię mu się, że się dobija o waćpannę, przy której by sama Wenus za dziewkę służyć mogła. Desperacja to go popchnęła do złego uczynku i pewnie raz jeszcze go popchnie, jeśli mu się sposobność nadarzy. Jakże to przy tak nadzwyczajnej urodzie sama i bez opieki zostaniesz? Więcej jest takich Kmiciców na świecie, więcej zapałów wzbudzisz, na więcej przygód cnotę swą narazisz. Bóg mi zesłał łaskę, iżem mógł cię uwolnić, ale już mnie trąby Gradywa wołają... Któż nad tobą będzie czuwał?... Moja mościa panno! posądzają żołnierzów o płochość, aleć niesłusznie. I u mnie serce nie ze skały, i obojętne na tyle wybornych wdzięków zostać nie mogło...

Tu pan Wołodyjowski upadł na oba kolana przed Oleńką.

- Moja mościa panno! - mówił klęcząc. - Dziedziczyłem chorągiew po twoim dziadku, dozwólże mi i wnuczkę odziedziczyć. Zdaj mnie opiekę nad sobą, dozwól pokosztować słodkości wzajemnego afektu, weź mnie za stałego opiekuna, a będziesz i spokojna, i bezpieczna, bo choć odjadę na wojnę, samo imię bronić cię będzie.

Panna zerwała się z krzesła i słuchała ze zdumieniem pana Wołodyjowskiego, a on tak jeszcze mówił dalej:

- Ubogim żołnierz, alem szlachcic i człek uczciwy, i na to ci przysięgam, że ni na mojej tarczy, ni na moim sumieniu najmniejszej plamy nie znajdziesz. Grzeszę może pośpiechem, ale i to wyrozumiej, bo mnie ojczyzna woła, której dla ciebie nawet nie odstąpię... Nie pocieszysz że mnie? nie dodasz otuchy? nie rzekniesz dobrego słowa?

- Waćpan żądasz ode mnie niepodobieństwa... Na Boga! Nie może to być! - odpowiedziała ze strachem Oleńka.

- Od twojej woli zależy...

- Właśnie dlatego wręcz waćpanu odpowiadam: nie!

Tu panna zmarszczyła brwi.

- Mości panie! winnam ci wiele, nie zapieram. Żądaj, czego chcesz, wszystkom oddać gotowa, prócz ręki.

Pan Wołodyjowski wstał.

- Waćpanna mnie nie chcesz? hę?

- Nie mogę!

- I to ostatnie słowo waćpanny?

- Ostatnie i nieodwołalne.

- A może jeno pośpiech się waćpannie nie podoba? Dajże mnie nadzieję!

- Nie mogę, nie mogę...

- Nie masz tedy tu dla mnie szczęścia, jako go i gdzie indziej nie było!

Moja mościa panno, nie ofiarujże mi zapłaty za usługę, bom nie po nią przyjechał, a żem ręki prosił, to nie za zapłatę, jeno po dobrej woli. Gdybyś mi rzekła, że ją oddajesz, bo musisz, to także bym nie przyjął. Jak nie ma woli, to nie ma i doli. Wzgardziłaś mną... bodaj ci się nikt gorszy nie trafił. Wychodzę z tego domu, jak i wszedłem... jeno że nie wrócę więcej. Za nic mnie tu mają. Niech i tak będzie. Bądźże szczęśliwa, choćby z tym samym Kmicicem, boś może właśnie o to gniewna, żem między was szablę włożył. Kiedy on ci lepszy, toś ty istotnie nie dla mnie.

Oleńka chwyciła się rękoma za skronie i powtórzyła kilkakrotnie:

- Boże, Boże, Boże!

Ale ta jej boleść nie przejednała pana Wołodyjowskiego, który skłoniwszy się wyszedł zły i gniewny; po czym zaraz siadł na koń i odjechał.

- Noga moja więcej tam nie postoi - rzekł głośno. Pachołek Syruć, jadący z tyłu, przysunął się zaraz.

- Co wasza mość mówi?

- Głupiś! - odpowiedział pan Wołodyjowski.

- To już mnie wasza mość powiedział, jakeśmy w tamtą stronę jechali.

Nastało milczenie; po czym pan Michał znów mruczeć począł:

- Niewdzięcznością mnie tam nakarmiono... Wzgardą za afekt zapłacono... Przyjdzie chyba do śmierci w kawalerskim służyć. Tak już napisano... Jechałże sęk taki los!... Co rusz, to rekuza... Nie masz sprawiedliwości na tym świecie!... Co ona sobie przeciw mnie upatrzyła?

Tu pan Wołodyjowski zmarszczył brwi i począł silnie pracować głową; nagle uderzył się dłonią po nodze.

- Wiem już! - zakrzyknął - ona tamtego jeszcze miłuje... nie może inaczej być.

Ale ta uwaga nie rozjaśniła mu twarzy.

"Tym ci gorzej dla mnie - pomyślał po chwili - bo jeśli ona go po tym wszystkim jeszcze miłuje, to i nie przestanie go miłować. Co miał uczynić najgorszego, to już uczynił. Na wojnę ruszy, sławy nabędzie, reputację poprawi... I nie przystoi mu w tym przeszkadzać... raczej trzeba dopomóc, bo to dla ojczyzny korzyść... Ot, co jest! żołnierz on dobry... Ale czym ją tak skaptował? kto zgadnie... Inni mają już takowe szczęście, że byle na niewiastę spojrzał, ta i w ogień za nim gotowa... Żeby tak wiedzieć, czym się to dzieje, albo jakowego inkluza dostać, może by i człowiek co wskórał. Zasługą do niczego z białogłową nie dojdziesz! Dobrze powiadał pan Zagłoba, że liszka a niewiasta to najzdradliwsze stworzenia na świecie. A taki żal mi, że wszystko przepadło! Okrutnie to gładka podwika i cnotliwa, jak powiadają. Ambitne to widać jak licho... Kto to wie, czy ona za niego pójdzie, chociaż go miłuje, bo ją ciężko zawiódł i obraził... Przecie on mógł spokojnie do niej dojść, a wolał się warcholić... Gotowa się całkiem wyrzec i zamążpójścia, i dzieci... Mnie ciężko, ale i jej, niebodze, może jeszcze ciężej..."

Tu pan Wołodyjowski rozczulił się nad dolą Oleńki i począł głową kręcić, ustami cmokać, wreszcie rzekł:

- Niech jej tam Bóg sekunduje! Nie mam do niej urazy! Nie pierwsza to dla mnie rekuza, a dla niej pierwsza boleść. Niebożątko ledwie zipie od trosków, jeszczem jej oczy wykłuł tym Kmicicem i do reszty żółcią napoił. Nie godziło mi się tego czynić i naprawić wypada. Bodaj mnie kule biły, bom po grubiańsku postąpił. Napiszę do niej list, żeby odpuściła, a potem w czym będę mógł, to i pomogę.

Dalsze rozmyślania pana Wołodyjowskiego przerwał pachołek Syruć, który przysunąwszy się znów rzekł:

- Proszę waszej mości, toż to tam na górze pan Charłamp z kimś drugim jedzie.

- Gdzie?

- A ot, tam!

- Prawda, że dwóch jeźdźców widać, ale pan Charłamp został się przy księciu wojewodzie wileńskim. Po czymże ty go z tak daleka poznajesz?

- A po bułance. Dyć ją całe wojsko zna.

- Jako żywo, że konia widać bułanego... Ale może być inny.

- Kiedy ja i chód jej poznaję... Już to pan Charłamp z pewnością.

Popędzili obaj konie, a jadący naprzeciw uczynili toż samo i wkrótce pan Wołodyjowski poznał, że to istotnie pan Charłamp nadjeżdża.

Był to porucznik piatyhorskiej chorągwi litewskiego komputu, dawny znajomy pana Wołodyjowskiego, stary żołnierz i dobry. Niegdyś wadzili się mocno z małym rycerzem, ale potem służąc razem i wojny odbywając, polubili się wzajemnie. Pan Wołodyjowski poskoczył tedy żywo i otworzywszy ręce wołał:

- Jakże się miewasz, Nosaczu?! Skądżeś się tu wziął?

Towarzysz, który istotnie na przezwisko Nosacza zasługiwał, bo nos miał potężny, wpadł w objęcia pułkownika i witali się radośnie; po czym odsapnąwszy rzekł:

- Do ciebiem umyślnie przyjechał z ekspedycją i z pieniędzmi.
- Z ekspedycją i z pieniędzmi? A od kogo?
- Od księcia wojewody wileńskiego, naszego hetmana. Przysyła ci list zapowiedni, abyś zaraz zaczął zaciąg czynić, i drugi dla pana Kmicica, który też się ma w tej okolicy znajdować.
- I dla pana Kmicica?... Jakże to we dwóch będziem w jednej okolicy zaciągali?
- On ma jechać do Troków, a ty masz zostać w tej okolicy.
- Skądżeś to wiedział, gdzie mnie szukać?
- Sam pan hetman pilnie o ciebie wypytywał, aż mu ludzie tutejsi, którzy tam jeszcze służą, powiedzieli, gdzie cię znaleźć, i ja jechałem na pewno... W wielkich tam zawsze jesteś faworach!... Słyszałem księcia naszego pana, jak sam mówił, że nie spodziewał się po wojewodzie ruskim niczego odziedziczyć, a tymczasem największego rycerza odziedziczył.
- Dałby mu Bóg i szczęście wojenne odziedziczyć... Wielki to dla mnie honor, że mam zaciąg czynić, i zaraz się do tego wezmę... Ludzi wojennych tu nie brak, byle było za co ich na nogi postawić. A pieniędzy siła, przywiozłeś?
- Jak przyjedziesz do Pacunelów, to policzysz.
- Toś i do Pacunelów już trafił? Strzeż się jeno, bo tam ładnych dziewcząt jak maku w ogrodzie.
- Dlatego to i pobyt ci tam smakował!... Czekajże, mam i drugi list, prywatny, hetmana do ciebie.
- To dawaj !

Pan Charłamp wyjął pismo z małą pieczęcią radziwiłłowską, a pan Wołodyjowski otworzył i zaczął czytać:

"Mości panie pułkowniku Wołodyjowski!

Znając szczerą Waćpana służenia ojczyźnie intencję posyłam Ci list zapowiedni, abyś zaciąg czynił, i nie tak, jako się zwyczajnie czyni, ale z pilnością wielką, bo periculum in mora. Chceszli nas uradować, to niechże chorągiew na koniec lipca, najdalej na pół sierpnia będzie już na nogach i do pochodu gotowa. Kłopotliwo nam to, skąd Waszmość koni dobrych weźmiesz, zwłaszcza że i pieniędzy posyłamy skąpo, gdyż więcej na panu podskarbim, po staremu nam nieprzyjaznym, nie mogliśmy wydębić. Połowę z tych pieniędzy panu Kmicicowi J. M. P. oddaj, dla którego pan Charłamp także list zapowiedni wiezie. Spodziewamy się po nim, iż gorliwie nam w tym usłuży. Ale że uszu naszych doszła wieść o jego swawolach w Upickiem, tedy najlepiej Waćpan list dla niego przeznaczony od Charłampa odbierz i sam uznaj, czy mu go oddać. Jeślibyś uważał zbytnie na nim gravamina, hańbę czyniące, tedy nie oddawaj! obawiamy się bowiem, aby nieprzyjaciele nasi, jako pan podskarbi i pan wojewoda witebski, krzyków nie podnieśli, że podobne funkcje niegodnym osobom powierzamy. Gdybyś jednak, uznawszy, że tam nic wielkiego nie ma, list oddał, niechże się Kmicic stara największą w służbie usilnością winy swe zmazać, a na żadne terminy w sądach nie staje, bo on do naszej, hetmańskiej, należy inkwizycji i my go sądzić będziem, nikt inny, ale po funkcji spełnionej. Polecenie to nasze uważaj W. Mość zarazem za dowód zaufania, jakie w rozumie i wiernych służbach W. Mości pokładamy.

Janusz Radziwiłł,

książę na Birżach i Dubinkach,

wojewoda wileński."

- Okrutnie się tam pan hetman o konie dla ciebie troszczy - rzekł pan Charłamp, gdy mały rycerz skończył czytać.

- Pewnie, że o konie będzie trudno - odpowiedział pan Wołodyjowski. Tutejszej małej szlachty siła stanie na pierwszy odgłos, ale oni jeno mierzyny żmudzkie mają, nie bardzo do służby zdatne. Na dobrą sprawę, trzeba by im wszystkim dać inne.

- To dobre konie, znam ja je z dawna, okrutnie wytrwałe i zwrotne.

- Ba! - rzekł pan Wołodyjowski - ale urody małej, a lud tutejszy rosły. Jak ci na takich koniach w szyku staną, to rzekłbyś: chorągiew na psach siedzi. Ot, kłopot!... Wezmę ja się gorliwie do roboty, bo i samemu mi pilno. Zostawże mnie list zapowiedni do Kmicica, jako pan hetman nakazuje, sam mu go oddam. Bardzo mu w porę przyszedł.

- A czemu?

- Bo tu tatarską modą sobie poczynał i panny w jasyr brał. Tyle nad nim procesów i terminów, ile ma włosów na głowie. Nie masz tygodnia, jak się z nim w szable biłem.

- E ! - rzekł Charłamp - jeśliś ty się z nim w szable bił, to on teraz leży.

- Ale już się ma lepiej. Za jaki tydzień, dwa zdrów będzie. Co tam słychać de publicis?

- Źle, po staremu... Pan podskarbi Gosiewski zawsze z naszym księciem w emulacji, a jak hetmani niezgodni, to i sprawy ładem nie idą. Przecie trochęśmy się poprawili, i tak myślę, że byle zgody, to sobie z tym nieprzyjacielem rady damy. Bóg pozwoli, że jeszcze na ich karkach pojedziemy aż do ich państwa. Wszystkiemu winien pan podskarbi!

- A inni powiadają, że właśnie hetman wielki.

- To zdrajcy. Wojewoda witebski to tak powiada, bo oni się z dawna z panem podskarbim powąchali.

- Wojewoda witebski zacny obywatel.

- Zali i ty po sapieżyńskiej stronie przeciw Radziwiłłom stoisz?

- Ja stoję po stronie ojczyzny, po której wszyscy stać powinni. W tym to i zło, że się nawet i żołnierze na strony dzielim, zamiast bić. A że Sapieha zacny obywatel, to bym i przy samym księciu powiedział, chociaż pod nim służę.

- Próbowali ludzie godni zgodę czynić, ale to na nic! - rzekł Charłamp. - Okrutnie teraz posłańcy od króla do naszego księcia latają... Mówią, że coś się tam nowego na świecie kluje. Spodziewaliśmy się pospolitego ruszenia, z królem jegomością - nie przyszło! Powiadają, że gdzie indziej może być potrzebne.

- Chyba na Ukrainę.

- Bo ja wiem? Jeno raz Brochwicz porucznik powiadał, co na własne uszy słyszał. Przyjechał od króla Tyzenhauz do naszego hetmana i coś tam, zamknąwszy się, długo ze sobą gadali, czego Brochwicz nie mógł ułowić, ale gdy wychodzili, tedy na własne uszy, powtarzam, słyszał, jak pan hetman mówił: "Z tego może być nowa wojna." Okrutnieśmy tam wszyscy w głowę zachodzili, co to mogło znaczyć.

- Pewnie się przesłyszał! Z kimże by nowa wojna? Cesarz lepiej nam teraz życzy niż naszym nieprzyjaciołom, jako że wypada mu za politycznym narodem się ujmować. Ze Szwedem rozejm jeszcze nie wyszedł i do sześciu lat nie wyjdzie, a Tatarowie nam na Ukrainie pomagają, czego by bez woli Turczyna nie czynili.

- Nie mogliśmy też i my niczego dociec!

- Bo i nic nie było. Ale ja chwalę Boga, że mam nową robotę. Już mi się i tęskno czyniło za wojną.

- To ty chcesz sam list zapowiedni Kmicicowi zawieźć?

- Przeciem ci mówił, że pan hetman tak nakazuje. Wypadnie mi Kmicica odwiedzić, jako kawalerski jest zwyczaj, a mając list będę miał lepsze jeszcze zamówienie. Czy mu list oddam to inna rzecz; namyślę się, bo to woli mojej zostawiono.

- Mnie to i na rękę, ile że mi w drogę pilno. Mam i trzecie zapowiednie pismo do pana Stankiewicza; potem do Kiejdan kazano mi jechać, armatę, która tam przyjdzie, odebrać; potem do Birż, obaczyć, czy wszystko gotowe w zamku do obrony.

- I do Birż?

- Tak jest.

- To mi i dziwno. Żadnych nowych wiktoryj nieprzyjaciel nie otrzymał, więc mu i do Birż, na kurlandzką granicę daleko. A że, jako widzę, nowe chorągwie stawią na nogi, więc będzie komu bronić nawet i tych krajów, które już pod moc nieprzyjacielską wpadły. Kurlandczycy przecie o wojnie z nami nie myślą. Dobrzy to żołnierze, ale ich mało, i sam tylko Radziwiłł mógłby ich jedną ręką przydusić.

- I mnie to dziwno - odpowiedział Charłamp - tym bardziej że mi także pośpiech zalecono i taką dano instrukcję, iżbym jeśli co znajdę nie w porządku, zaraz księciu Bogusławowi dawał znać, który Petersona inżyniera ma przysłać.

- Co by to mogło być?! Oby się tylko na jaką wojnę domową nie zanosiło. Niechże nas Bóg od tego strzeże! Już jak tam tylko książę Bogusław do roboty wchodzi, to diabłu będzie z tego uciecha.

- Nie mów na niego nic. To mężny pan!

- Nie neguję ja mu męstwa, ale więcej w nim Niemca czyli jakowegoś Francuza niż Polaka... I o Rzeczpospolitą zgoła nie dba, jeno o dom radziwiłłowski, żeby to go jak najwyżej wynieść, a wszystkich innych poniżyć. On to i w księciu wojewodzie wileńskim, naszym hetmanie, pychę podnieca, której mu i bez tego nie brak, i owe kłótnie z Sapiehami i Gosiewskim jego to sadzenia drzewa i frukta.

- Wielki z ciebie, jak widzę, statysta. Powinieneś się, Michałku, co prędzej ożenić, żeby taki rozum nie przepadł.

Wołodyjowski spojrzał przeciągle na towarzysza.

- Ożenić?... Hę?

- Jużci! A może ty tu gdzie w konkury jeździsz, boś, widzę, strojny jak na paradę.

- Dałbyś spokój!

- Ej, przyznaj się...

- Każdy niech swoje arbuzy zjada, a ty o cudze nie pytaj, boś też niejednego dostał. Właśnie też czas teraz o ożenku myśleć, gdy mam zaciąg na głowie.

- A będziesz na lipiec gotowy?

- Na koniec lipca będę, choćbym miał konie spod ziemi wykopać. Bogu dziękuję, że mi ta robota przyszła, bo inaczej byłaby mnie melankolia zjadła. Jakoż wieści od hetmana i widoki pracy ciężkiej wielką sprawiły panu Wołodyjowskiemu ulgę, i nim dojechali do Pacunelów, prawie nie myślał już o konfuzji, jaka go przed godziną spotkała. Wieść o liście zapowiednim szybko się rozleciała po całym zaścianku. Przyszła zaraz szlachta pytać, czy prawda, a gdy pan Wołodyjowski potwierdził, wielkie to uczyniło wrażenie. Ochota była powszechna, lubo turbowali się niektórzy, że to w końcu lipca, przed żniwami, trzeba będzie wyruszyć. Pan Wołodyjowski rozesłał też gońców i do innych okolic, i do Upity, i do znaczniejszych domów szlacheckich. Wieczorem przyjechało kilkunastu Butrymów, Stakjanów i Domaszewiczów.

Dopieroż poczęto się zachęcać wzajem i coraz większą okazywać ochotę, odgrażać się na nieprzyjaciół, i zwycięstwa sobie obiecywać. Jedni tylko Butrymowie milczeli, ale im tego za złe nie brano, bo wiadomo było, że jak jeden człowiek staną. Nazajutrz zawrzało we wszystkich zaściankach jak w ulach. Ludzie nie gadali już o panu Kmicicu ni o pannie Aleksandrze, tylko o przyszłej wyprawie. Pan Wołodyjowski z serca także odpuścił Oleńce rekuzę pocieszając się przy tym myślą, że to nieostatnia, jako i afekt nieostatni. Tymczasem namyślał się trochę; co ma z listem dla Kmicica uczynić.

ROZDZIAŁ 9

Zaczęły się tedy dla pana Wołodyjowskiego czasy ciężkiej pracy, rozpisywania listów i rozjazdów. Następnego tygodnia przeniósł się już na rezydencję do Upity i tam zaciąg rozpoczął. Sypała się do niego szlachta chętnie, większa i mniejsza, bo sławę miał głośną. Szczególniej jednak szli laudańscy, którym konie trzeba było obmyślać. Kręcił się też pan

Wołodyjowski jak w ukropie, ale że był obrotny i trudów nie żałował, szło mu dość sporo. W tymże czasie odwiedził i pana Kmicica w Lubiczu, który znacznie już do zdrowia przyszedł, i chociaż złoża jeszcze nie wstawał, wiadomo już było, że zdrów będzie. Widocznie, o ile pan Wołodyjowski miał szablę ciętą, o tyle rękę lekką.

Poznał go pan Kmicic natychmiast i przybladł trochę na jego widok. Ręką, nawet mimo woli do szabli wiszącej nad łożem sięgnął, ale ochłonąwszy, widząc uśmiech na twarzy gościa, wyciągnął ku niemu wychudłą dłoń i rzekł:

- Dziękuję waszmości za odwiedziny. Godna to takiego kawalera polityka.

- Przyjechałem spytać, czy waść urazy do mnie nie chowasz? - spytał pan Michał.

- Urazy nie chowam, bo mnie nie lada kto zwyciężył, ale gracz pierwszej wody. Ledwie żem się wylizał!

- A jakże zdrowie waszmościne?

- Waćpanu dziw pewno, żem spod jego ręki żyw wyszedł? Sam też sobie przyznaję, że niemała to sztuka.

Tu pan Kmicic uśmiechnął się:

- No, niestracona sprawa. Dokończysz mnie, kiedy zechcesz!

- Wcale nie w tym zamiarze tu przyjechałem...

- Chybaś waszmość diabeł - przerwał Kmicic - albo masz inkluza. Bóg widzi, daleko mi teraz do samochwalstwa, bo z tamtego świata wracam, alem to sobie przed spotkaniem waćpana zawsze myślał: jeżelim nie pierwszy w Rzeczypospolitej na szable, tom drugi. Tymczasem niesłychana rzecz! Toż ja bym pierwszego cięcia nie odbił, gdybyś waćpan chciał. Powiedz mi, gdzieś się tak wyuczył?

- Miało się trocha przyrodzonych zdolności - odrzekł pan Michał - i ojciec od małego wkładał, któren nieraz mi mówił: "Dał ci Bóg nikczemną postać, jeśli się ludzie nie będą ciebie bali, to się będą z ciebie śmieli." Potem też u wojewody ruskiego w chorągwi służąc douczyłem się reszty. Było tam kilku mężów, którzy śmiało mogli mi stawić czoło.

- Aza mogli być tacy?

- Mogli, bo byli. Był pan Podbipięta. Litwin, wielki familiant, który w Zbarażu poległ... Panie świeć nad jego duszą!... człek tak olbrzymiej siły, że mu się niepodobna było zastawić, bo mógł przeciąć zastawę i przeciwnika. Potem był jeszcze i Skrzetuski, przyjaciel mój serdeczny i konfident, o którym waść musiałeś słyszeć.

- Jakże! On to ze Zbaraża wyszedł i przez Kozaków się przedarł. Kto o nim nie słyszał!... To waść z takiej sfory?! i zbarażczyk?... Czołem! czołem! Czekajże!... przecie i ja o waćpanu u wojewody wileńskiego słyszałem. Wszak waszmości Michał na imię?

- Właściwie, to ja jestem Jerzy Michał, ale że święty Jerzy smoka tylko roztratował, a święty Michał całemu komunikowi niebieskiemu przewodzi i tyle już nad piekielnymi chorągwiami odniósł wiktoryj, przeto jego wolę mieć za patrona.

- Pewnie, że Jerzemu nie równać się z Michałem. Toś to waćpan ten sam Wołodyjowski, o którym powiadano, że Bohuna usiekł?

- Jam jest.

- No, od takiego nie żal po łbie dostać. Dałby Bóg, żebyśmy przyjaciółmi mogli zostać. Waćpan to mnie wprawdzie zdrajcą okrzyknąłeś, aleś się w tym pomylił.

To rzekłszy pan Kmicic ściągnął brwi, jakby go rana na nowo zabolała.

- Przyznaję, żem się pomylił - odrzekł pan Wołodyjowski - ale nie od waćpana o tym dopiero się dowiaduję, bo mi to już ludzie twoi powiadali. I wiedz waszmość o tym, że inaczej nie byłbym tu przyjeżdżał.

- Już ostrzyli, bo ostrzyli tu na mnie języki ! - mówił z goryczą Kmicic. - Niech będzie, co chce. Niejedna jest kreska na mnie, przyznaję, ale też i w tej okolicy ludzie niewdzięcznie mnie przyjęli...

- Waść sobie najwięcej zaszkodziłeś tym spaleniem Wołmontowicz i ostatnim raptem.

- Toteż mnie procesami gnębią. Leżą już u mnie terminy do sądów. Choremu przyjść do zdrowia nie dadzą. Spaliłem Wołmontowicze, prawda, i ludzi coś się wysiekło; niechże mnie jednak Bóg sądzi, jeślim to ze swawoli uczynił. Tej samej nocy, przed spaleniem, ślub sobie zrobiłem: żyć ze wszystkimi w zgodzie, zjednać sobie owych tutejszych szaraczków, załagodzić nawet łyczków w Upicie, bo tam istotnie podswawoliłem. Wracam tedy do dom i cóż zastaję? Oto moich kompanionów porżniętych jak woły, leżących pod ścianą! Gdym się dowiedział, że to Butrymowie uczynili, wtedy diabeł we mnie wstąpił... i zemściłem się srogo... Czy waść uwierzy, za co ich porżnięto?... Sam się o tym później dowiedziałem od jednego z Butrymów, którego w lasach napadłem: oto za to, że potańcować w karczmie z szlachciankami chcieli... Kto by się nie mścił?

- Mój mości panie! - odpowiedział Wołodyjowski - prawda, że za ostro postąpiono z waćpana kompanami, ale czy to ich szlachta pobiła? Nie! Pobiła ich dawniejsza reputacja, jaką tu ze sobą gotową przywieźli, bo żeby tak grzecznym jakim żołnierzom zachciało się potańcować, pewnie by ich za to nie sieczono.

- Nieborzęta! - mówił Kmicic idąc za swoją myślą - gdym teraz oto w gorączce leżał, co wieczora wchodzili tymi oto drzwiami z tamtej izby... Widziałem ich koło łoża, jako na jawie, sinych, zbitych, a ciągle jęczeli: "Jędruś! daj na mszę za nasze dusze, bo męki cierpimy!" To mówię waści, włosy mi na głowie powstawały; bo i siarką od nich w izbie pachniało... Na mszę już dałem, oby im to co pomogło!

Nastała chwila milczenia.

- A co do raptu - mówił dalej Kmicic - waćpanu o tym nikt nie mógł powiedzieć, że ona ocaliła mi wprawdzie życie, gdy mnie szlachta ścigała, ale potem kazała iść precz i nie pokazywać się na oczy. Co mi wówczas pozostało?

- Zawszeć to tatarski był sposób.
- Chyba waćpan nie wiesz, co jest afekt i do jakiej desperacji człowiek przyjść może, gdy to, co najwięcej umiłował, utraci.
- Ja nie wiem, co jest afekt? - zakrzyknął z oburzeniem pan Wołodyjowski.
- Od czasu jak szablę począłem nosić, zawsze byłem zakochany... Prawda, że się subiectum zmieniało, bo nigdy mi wzajemnością nie wypłacono. Gdyby nie to, nie byłoby wierniejszego nade mnie Troila:
- Taki tam i afekt, gdy się subiectum zmienia! - rzekł Kmicic.
- Tedy waści powiem co innego, na co własnymi oczyma patrzyłem. Oto pierwszego czasu chmielnicczyzny Bohun, ten sam, któren dziś po Chmielnickim największą cieszy się między kozactwem powagą, porwał Skrzetuskiemu umiłowaną nad wszystko dziewkę, kniaziównę Kurcewiczównę. To był dopiero afekt! Całe wojsko płakało widząc Skrzetuskiego desperację, bo mu broda w dwudziestym którymś roku życia zbielała, a on, zgadnij waść, co uczynił?
- Skąd mam wiedzieć!
- Oto, że ojczyzna była w potrzebie, w poniżeniu, że okrutny Chmielnicki triumfował, więc on wcale nie poszedł dziewki szukać. Boleść Bogu ofiarował i bił się we wszystkich bitwach pod księciem Jeremim, aż pod Zbarażem tak nadzwyczajną chwałą się okrył, że dziś imię jego wszyscy ze czcią powtarzają. Przyłóżże waćpan teraz jego uczynek do swojego i poznaj różnicę.
Kmicic milczał i gryzł wąsy, Wołodyjowski mówił dalej:
- Toteż Skrzetuskiego Bóg wynagrodził i dziewkę mu oddał. Zaraz po Zbarażu się pobrali i już troje dzieci spłodzili, chociaż on służyć nie przestał. A waszmość zamieszki czyniąc pomagałeś tym samym nieprzyjacielowi i małoś żywota nie utracił, nie mówiąc o tym, że przed paru dniami mogłeś pannę na zawsze utracić.
- Jakim sposobem? - rzekł siadając na łóżku Kmicic - co się z nią działo?
- Nic się z nią nie działo, jeno znalazł się mąż, któren ją o rękę prosił i za żonę chciał pojąć.
Kmicic pobladł bardzo, zapadnięte jego oczy poczęły ciskać płomienie. Chciał wstać, zerwał się nawet na chwilę i zakrzyknął:
- Kto był ten wraży syn? Na żywy Bóg, mów waszmość!
- Ja - rzekł pan Wołodyjowski.
- Waćpan? waćpan? - pytał ze zdumieniem Kmicic. - Jak to?...
- Tak jest.
- Zdrajco! nie ujdzie ci to!... I ona?... na żywy Bóg, mów już wszystko!... ona cię przyjęła?..
- Odpaliła z miejsca i bez namysłu.
Nastała chwila milczenia. Kmicic oddychał ciężko i oczyma wpijał się w Wołodyjowskiego, ten zaś rzekł:
- Czemu to mnie zdrajcą nazywasz? Zalim ci brat albo swat? Zalim ci wiarę złamał? Zwyciężyłem cię w równym boju i mogłem czynić, co mi się

podobało.

- Po staremu jeden by z nas to krwią zapieczętował. Nie szablą, to z rusznicy bym waćpana ustrzelił i niechby mnie diabli potem wzięli.

- Chybabyś mnie z rusznicy zastrzelił, bo gdyby mnie nie była odpaliła, to bym i pojedynku drugiego nie przyjął. Po co miałbym się bić? A wiesz, czemu mnie odpaliła?

- Czemu? - powtórzył jak echo Kmicic.

- Bo ciebie miłuje.

Było to więcej, niż słabe siły chorego znieść mogły. Głowa Kmicica opadła na poduszki, na czoło wystąpił mu pot obfity i leżał czas jakiś w milczeniu.

- Okrutnie mi słabo - rzekł po chwili. - Skądże... to waść wiesz, że ona... mnie miłuje?

- Bo mam oczy i patrzę, bo mam rozum i miarkuję; teraz zwłaszcza, gdym rekuzę dostał, zaraz mi się w głowie rozjaśniło. Naprzód tedy, gdym po pojedynku przyszedł jej powiedzieć, że jest wolna, bom waćpana usiekł, wnet ją zamroczyło i zamiast wdzięczność mi okazać, całkiem mnie spostponowała; po wtóre: gdy cię tu Domaszewicze dźwigali, to ci głowę jako matka unosiła; a po trzecie, że gdym się jej oświadczył, tak mnie przyjęła, jakoby mi kto w pysk dał. Jeśli te racje waćpanu nie wystarczają, to chyba dlatego, żeś przez rozum zacięty i na umyśle szwankujesz.

- Gdyby to była prawda! - odrzekł słabym głosem Kmicic - tedy... różne mi tu maści na rany przykładają... ale nie byłoby lepszego balsamu od słów waszmości.

- Zdrajcaże ci to taki balsam przykłada?

- Przebacz już waść. W głowie mi się takie szczęście nie mieści, żeby ona mnie jeszcze chciała.

- Powiedziałem, że waćpana miłuje, nie powiedziałem, że cię zechce... To wcale co innego.

- Jeśli mnie nie zechce, to sobie ten łeb o ścianę rozbiję. Nie może inaczej być.

- Mogłoby być, gdybyś waćpan miał szczerą intencję zmazania win. Teraz wojna, możesz iść, możesz posługi znaczne miłej ojczyźnie oddać, męstwem się wsławić, reputację połatać. Któż to jest bez grzechu? Kto nie ma win na sumieniu? Każdy ma... Ale do pokuty i poprawy każdemu otwarta droga. Waść grzeszyłeś swawolą, to jej odtąd unikaj; grzeszyłeś przeciw ojczyźnie, zamieszki w czasie wojennym czyniąc, to ją teraz ratuj; czyniłeś krzywdy ludziom, to je nagródź... Ot, droga dla waszmości lepsza i pewniejsza niż rozbijanie sobie łba.

Kmicic patrzył uważnie na Wołodyjowskiego, potem rzekł:

- Waćpan mówisz jak mój szczery przyjaciel.

- Nie jestem waćpanu przyjacielem, ale po prawdzie nie jestem i nieprzyjacielem, a tej panny mnie żal, chociaż mnie odpaliła, bom jej też słowo ostre niesłusznie rzekł na odjezdnym. Od rekuzy się nie powieszę, nie pierwszyzna mi, a uraz nie zwykłem chować. Jeśli więc waćpana na dobrą drogę namówię, to będzie także moja względem ojczyzny zasługa, boś żołnierz dobry i doświadczony.

- Zali mnie czas jeszcze na tę drogę wracać? Tyle terminów na mnie czeka! Z łoża trzeba do sądu zaraz... Chybabym stąd uciekał, a tego nie chcę. Tyle terminów! A co sprawa, to i wyrok pewny na potępienie.

- Ot, tu jest na to lekarstwo! - rzekł pan Wołodyjowski wydobywając list zapowiedni.

- List zapowiedni! - wykrzyknął Kmicic - dla kogo?

- Dla waćpana. A teraz wiedz, że mając funkcję wojskową, nie potrzebujesz do żadnych sądów stawać, bo do hetmańskiej inkwizycji należysz; słuchaj zaś, co książę wojewoda mi pisze.

Tu pan Wołodyjowski odczytał Kmicicowi prywatny list Radziwiłła, odetchnął, ruszył wąsikami i rzekł:

- Owóż, jak waćpan widzisz, ode mnie zależy: albo ci list zapowiedni oddać, albo go schować.

Niepewność, trwoga i nadzieja odbiły się na twarzy Kmicica.

- A waćpan co uczynisz? - pytał cichym głosem.

- A ja waszmości list oddaję - rzekł pan Wołodyjowski

Kmicic nic zrazu nie odrzekł, głowę opuścił na poduszki i patrzył czas jakiś w pułap. Nagle oczy poczęły mu wilgotnieć i goście nieznani w tych oczach, łzy, zawisły na rzęsach.

- Niechże mnie końmi rozerwą! - rzekł wreszcie - niech mnie ze skóry obłuszczą, jeślim ja widział zacniejszego człowieka od waszmości... Jeżeliś przeze mnie rekuzę dostał, jeśli mnie Oleńka jeszcze, jako powiadasz, miłuje, inny tym bardziej by się mścił, tym głębiej mnie pogrążył... A waszmość mi rękę podajesz i jako z grobu mnie wyciągasz!

- Bo nie chcę dla prywaty ojczyzny miłej poświęcać, której waszmość znaczne jeszcze posługi możesz oddać. Ale to waszmości powiem, że gdybyś był owych Kozaków od Trubeckiego albo Chowańskiego pożyczył, tedy bym list zatrzymał. Całe to szczęście, żeś tego nie uczynił!

- Przykład, przykład z waćpana innym brać! - odrzekł Kmicic. - Dajże mi rękę, Bóg mi pozwoli czym dobrym się waszmości wypłacić, boś mnie na śmierć i życie zobowiązał.

- To i dobrze, potem o tym! A teraz... uszy waszmość do góry! Nie potrzeba ci do żadnych sądów stawać, jeno do roboty się brać. Zasłużysz się ojczyźnie, to ci i ta szlachta odpuści, bo to ludzie na honor ojczyzny bardzo czuli... Możesz jeszcze winy zmazać, reputację odzyskać i w sławie jako w słońcu chodzić, a już tam znam jedną pannę, która ci nagrodę za życia obmyśli.

- E! - zakrzyknął z uniesieniem Kmicic - co ja tu będę w łożu gnił, gdy nieprzyjaciel ojczyznę depcze. Hej! jest tam który? Sam tu! pachołek, buty podawaj!... Sam tu!... Niechże mnie piorun w tych betach ustrzeli, jeśli będę dłużej w nich parciał!

Uśmiechnął się na to z zadowoleniem pan Wołodyjowski i rzekł:

- Duch w waści od ciała silniejszy, bo ciało jeszcze ci nie dopisze.

To rzekłszy począł żegnać się, a Kmicic nie puszczał, dziękował i winem chciał traktować.

Jakoż dobrze już miało się ku wieczorowi, gdy mały rycerz opuścił Lubicz i do Wodoktów podążył.

- Najlepiej ją za ostre słowa nagrodzę - mówił sam do siebie - gdy jej powiem, że Kmicic nie tylko złoża, ale i z niesławy powstaje... Nie do szczętu to jeszcze zepsuty człowiek, jeno gorączka wielki. Okrutnie ją tym pocieszę i tak myślę, że mnie teraz lepiej przyjmie niż wtedy, kiedym jej samego siebie ofiarował...

Tu westchnął poczciwy pan Michał i mruknął:

- Żeby to wiedzieć, czy jest jaka na świecie i dla mnie przeznaczona?

Wśród podobnych rozmyślań dojechał do Wodoktów. Kudłaty Żmudzin wybiegł do kołowrotu, ale nie spieszył się otwierać, jeno rzekł:

- Dziedziczki nie masz w domu.

- To wyjechała?

- A wyjechała.

- Gdzie?

- Kto ją wie !

- A kiedy wróci?

- Kto ją wie!

- Gadajże po ludzku! Nie mówiła, kiedy wróci?

- Bogdaj wcale nie wróci, bo z wozami wyjechała i z tobołami. Z tego miarkuję, że daleko i na długo.

- Tak? - mruknął pan Michał. - Ot, com najlepszego sprawił!...

ROZDZIAŁ 10

Zwyczajnie, gdy cieplejsze promienie słońca poczynają przedzierać się przez zimową chmur oponę i gdy pierwsze pędy ukazują się na drzewach, a zielona ruń zbóż kiełkuje na wilgotnych polach, wstępuje i lepsza nadzieja w serca ludzkie. Ale wiosna 1655 roku nie przyniosła zwykłej pociechy dla strapionych w Rzeczypospolitej ludzi. Cała jej wschodnia granica, od północy aż po Dzikie Pola na południu, była opasana jakby wstęgą ognistą i wiosenne ulewy nie mogły pogasić pożaru, owszem, wstęga owa stawała się coraz szerszą i coraz rozleglejsze zajmowała kraje. A oprócz tego na niebie pojawiły się znaki złej wróżby zwiastujące większe jeszcze klęski i nieszczęścia. Raz wraz z chmur przelatujących niebiosa tworzyły się jakoby wieże wysokie, jakoby flanki forteczne, które następnie zawalały się z łoskotem. Pioruny biły w ziemię, jeszcze śniegiem pokrytą, lasy sosnowe żółkły, a gałęzie drzew skręcały się w dziwne, chorobliwe kształty; zwierzęta i ptaki padały od jakiejś nieznanej choroby. Na koniec dostrzeżono i na słońcu plamy niezwyczajne, mające kształt ręki jabłko trzymającej, serca przebitego i krzyża. Umysły trwożyły się coraz bardziej, a zakonnicy gubili się w dociekaniach, co by owe znaki mogły znaczyć. Dziwna jakaś niespokojność ogarniała wszystkie serca.

Przepowiadano nowe wojny i nagle, Bóg wie skąd, złowroga wieść poczęła krążyć z ust do ust po wsiach i miastach, że od strony Szwedów zbliżała się nawałnica. Na pozór nic nie zdawało się potwierdzać tej wieści, gdyż rozejm ze Szwecją zawarty miał jeszcze na sześć lat siłę, a jednak mówiono o niebezpieczeństwie wojny i na sejmie, który król Jan Kazimierz złożył 19 maja w Warszawie.

Coraz więcej niespokojnych oczu zwracało się ku Wielkopolsce, na którą burza najpierw mogła się zwalić. Leszczyński, wojewoda łęczycki, i Naruszewicz, pisarz polny litewski, wyjechali w poselstwie do Szwecji; ale wyjazd ich, zamiast uspokoić strwożonych, rozniecił większy jeszcze niepokój.

"Legacja ta wojną pachnie" - pisał Janusz Radziwiłł.

- Gdyby nawała nie groziła z tamtej strony, po cóż by ich wysyłano? - mówili inni. - Wszakże ledwie wrócił ze Sztokholmu poprzedni poseł Kanazyl; ale widać to jasno, że nic nie sprawił, skoro zaraz po nim tak poważnych wysłano senatorów.

Wszelako rozsądniejsi ludzie nie wierzyli jeszcze w możliwość wojny.

- Żadnej - twierdzili - Rzeczpospolita nie dała przyczyny, a rozejm trwa w całej sile. Jakżeby to podeptano przysięgi, zgwałcono najświętsze umowy i napadnięto po zbójecku bezpiecznego sąsiada? Szwecja przy tym pamięta jeszcze rany polską szablą zadane pod Kircholmem, Puckiem i Trzcianą! Wszakże to i Gustaw Adolf, który w całej Europie nie znalazł przeciwnika, uległ kilkakroć panu Koniecpolskiemu. Nie będą Szwedzi tak wielkiej sławy wojennej, w świecie nabytej, na niepewny hazard wystawiać z przeciwnikiem, któremu nigdy w polu dostać nie mogli. Prawda, że i wojną wyczerpana, i osłabiona jest Rzeczpospolita; ale z samych Prus i samej Wielkopolski, która w wojnach ostatnich wcale nie ucierpiała, wystarczy ten głodny naród przepędzić i za morza do bezpłodnych skał odeprzeć. Nie będzie wojny!

Na to odpowiadali znów trwożliwi, że jeszcze przed sejmem warszawskim radzono już z namowy króla na sejmiku w Grodnie o obronie pasów granicznych wielkopolskich, że rozpisywano podatki i żołnierza, czego by przecie nie czyniono, gdyby niebezpieczeństwo nie było bliskie.

I tak chwiały się umysły pomiędzy obawą a nadzieją, ciężka niepewność przygniatała dusze ludzkie, gdy nagle położył jej koniec uniwersał Bogusława Leszczyńskiego, jenerała wielkopolskiego, zwołującego pospolite ruszenie szlachty województw poznańskiego i kaliskiego dla obrony granic od grożącej nawały szwedzkiej...

Wszelka wątpliwość znikła. Okrzyk: "Wojna!" rozległ się po całej Wielkopolsce i wszystkich ziemiach Rzeczypospolitej.

Była to nie tylko wojna, ale nowa wojna. Chmielnicki, wspomagany przez Buturlina, srożył się na południu i wschodzie; Chowański i Trubecki na północy i wschodzie, Szwed zbliżał się z zachodu! Ognista wstęga zmieniała się w koło ogniste.

Kraj był jak obóz oblężony.

A w obozie źle się działo. Jeden już zdrajca, Radziejowski, uciekł z niego i był w namiocie napastników. On to prowadził ich na łup gotowy, on wskazywał słabe strony, on miał kusić załogę. A oprócz tego nie brakło ni niechęci, ni zawiści; nie brakło magnatów między sobą zwaśnionych lub za odmówione urzędy na króla krzywych i w każdej chwili sprawę publiczną dla swej prywaty poświęcić gotowych; nie brakło dysydentów pragnących triumf swój choćby na grobie ojczyzny uświęcić; a jeszcze więcej było swawolników i ospałych, i leniwych, i w sobie samych, we własnych wczasach i dostatkach zakochanych.

Jednakże zasobna i wojną dotąd nie poterana kraina wielkopolska nie żałowała przynajmniej pieniędzy na obronę. Miasta i wsie szlacheckie no, i zanim szlachta ruszyła własnymi osobami do obozu, ciągnęły już tam pstre pułki łanowej piechoty pod wodzą rotmistrzów przez sejmik wyznaczonych z ludzi w rzemiośle wojennym doświadczonych.

Wiódł więc pan Stanisław Dębiński łanowców poznańskich; pan Władysław Włostowski kościańskich, a pan Golc, sławny żołnierz i inżynier, wałeckich. Nad kaliskimi chłopy dzierżył rotmistrzowską buławę pan Stanisław Skrzetuski, z rodu dzielnych wojowników, stryjeczny Jana, słynnego zbarażczyka. Pan Kacper Żychliński prowadził konińskich młynarzy i sołtysów. Spod Pyzdrów ciągnął pan Stanisław Jaraczewski, który młodość w cudzoziemskich wojskach spędził; spod Kcyni pan Piotr Skoraszewski, a pan Kwilecki spod Nakła. Nikt jednak w doświadczeniu wojennym nie mógł wyrównać panu Władysławowi Skoraszewskiemu, którego głosu nawet sam jenerał wielkopolski i wojewodowie słuchali.

W trzech miejscach: pod Piłą, Ujściem i Wieleniem, zalegli rotmistrzowie pasy nadnoteckie czekając na przybycie szlachty na pospolite ruszenie zwołanej. Piechurowie sypali szańce od rana do wieczora, ustawicznie oglądając się za siebie, czy pożądana konnica nie nadciąga.

Tymczasem nadjechał pierwszy z dygnitarzy, pan Andrzej Grudziński, wojewoda kaliski, i stanął w domu burmistrza z licznym pocztem sług przybranych w białe i błękitne barwy. Spodziewał się, że wnet otoczy go szlachta kaliska, gdy jednak nikt się nie zjawiał, posłał po rotmistrza, pana Stanisława Skrzetuskiego, zajętego sypaniem szańczyków nad rzeką.

- A gdzie to moi ludzie? - pytał po pierwszych powitaniach rotmistrza, którego znał od dziecka.

- Jacy ludzie? - rzekł pan Skrzetuski.

- A pospolite ruszenie kaliskie?

Półpogardliwy, półbolesny uśmiech pojawił się na czarniawej twarzy żołnierza.

- Jaśnie wielmożny wojewodo! - rzekł - przecie to czas strzyży owiec, a za źle umytą wełnę nie chcą w Gdańsku płacić. Każdy teraz jegomość nad stawem przy myciu albo nad wagą stoi, słusznie mniemając, że Szwedzi nie uciekną.

- Jakże to? - odparł zafrasowany wojewoda - nie masz jeszcze nikogo?
- Żywego ducha prócz piechoty łanowej... A potem żniwa bliskie. Dobry gospodarz z domu nie wyjeżdża w takim czasie!
- Co mi waćpan prawisz?
- A Szwedzi nie uciekną, jeno jeszcze bliżej przyjdą - powtórzył rotmistrz. Dziobata twarz wojewody poczerwieniała nagle.
- Co mi Szwedzi!... Ale to dla mnie wstyd wobec innych panów będzie, gdy sam się tu jako palec ostanę.

Skrzetuski znów się uśmiechnął.

- Wasza miłość pozwoli sobie powiedzieć - rzekł - że Szwedzi tu rzecz główna, a wstyd potem. Zresztą nie będzie go, bo nie tylko kaliskiej, ale i żadnej innej szlachty jeszcze nie ma.
- Powariowali! - rzekł pan Grudziński.
- Nie, jeno tego pewni, że jeśli oni nie zechcą do Szwedów, to Szwedzi nie omieszkają do nich.
- Czekaj waść! - rzekł wojewoda.

I klasnąwszy na pachołka kazał sobie podać inkaustu, piór i papieru - następnie usiadł i począł pisać.

Po upływie pół godziny zasypał kartę, uderzył po niej ręką i rzekł:

- Posyłam jeszcze wezwanie, by się najpóźniej pro die 27 praesentis stawili, i tak myślę, że przynajmniej w tym ostatnim terminie zechcą non deesse patriae. A teraz powiedz mi waćpan: macieli jakie wieści o nieprzyjacielu?
- Mamy. Wittenberg wojska swoje pod Damą na łęgach musztruje.
- Siła ich?
- Jedni mówią, że siedmnaście tysięcy, drudzy, że więcej.
- Hm! to nas i tyle nie będzie. Jak waść sądzisz, zdołamy się oprzeć?
- Jeśli się szlachta nie stawi, to i nie ma o czym mówić...
- Stawi się, co się nie ma stawić! Wiadoma to rzecz, że pospolite ruszenie zawsze marudzi. Ale ze szlachtą damy sobie radę?
- Nie damy - rzekł chłodno Skrzetuski. - Jaśnie wielmożny wojewodo, toż my wcale żołnierzy nie mamy.
- Jak to: nie mamy żołnierzy?
- Wasza miłość wie tak dobrze jak ja, że co jest wojska, to wszystko na Ukrainie. Nie przysłano nam tu ani dwóch chorągwi, choć Bóg jeden wie teraz, która burza groźniejsza.
- Ale piechota, ale pospolite ruszenie?
- Na dwudziestu chłopów ledwie jeden wojnę widział, a na dziesięciu jeden wie, jak rusznicę trzymać. Po pierwszej wojnie będą z nich dobrzy żołnierze, ale nie teraz. A co do pospolitego ruszenia, spytaj wasza miłość każdego, kto się choć trochę na wojnie zna, czy pospolite ruszenie może dotrzymać regularnym wojskom, jeszcze takim jak szwedzkie, weteranom

z całej luterskiej wojny i do zwycięstw przywykłym.

- Także to waść wysoko Szwedów nad swoich wynosisz?

- Nie wynoszę ja ich nad swoich, bo gdyby tu było z piętnaście tysięcy takich ludzi, jacy pod Zbarażem byli, kwarcianych i jazdy, tedybym się ich nie bał, ale z naszymi, daj Boże, abyśmy coś znaczniejszego wskórać mogli.

Wojewoda położył ręce na kolanach i spojrzał bystro wprost w oczy Skrzetuskiemu, jakby chciał w nich jakąś ukrytą myśl wyczytać.

- Tedy po co my tu przyszli? Czy waćpan nie myślisz, że lepiej się poddać?

Zapłonął na to pan Stanisław i odrzekł:

- Jeśli mi taka myśl w głowie powstała, każże mnie wasza miłość na pal wbić. Na pytanie, czy wierzę w wiktorię, odpowiadam jako żołnierz: nie wierzę! - ale po cośmy tu przyszli, to inna materia, na którą jako obywatel odpowiadam: po to, abyśmy nieprzyjacielowi wstręt pierwszy dali, abyśmy zatrzymawszy go na sobie, pozwolili reszcie kraju opatrzyć się i wystąpić, abyśmy ciałami naszymi wstrzymali najazd póty, póki jeden na drugim nie padniem!

- Chwalebna to intencja waszmości - odpowiedział chłodno wojewoda - ale łatwiej wam, żołnierzom, o śmierci mówić niż nam, na których cała odpowiedzialność za tyle krwi szlacheckiej darmo przelanej spadnie.

- Po to i ma szlachta krew, aby ją przelewała.

- Tak to, tak! Wszyscy gotowiśmy polec, bo zresztą to najłatwiejsza rzecz. Wszelako obowiązek każe nam, których Opatrzność naczelnikami uczyniła, nie samej tylko chwały szukać, ale i za pożytkiem się oglądać. Wojna już tak jak zaczęta, to prawda, ale przecie Carolus Gustavus pana naszego krewny i musi mieć na to wzgląd. Dlatego należy i paktowania popróbować, bo czasem więcej słowem można wskórać niźli orężem.

- To do mnie nie należy! - odrzekł sucho pan Stanisław.

Wojewodzie w tejże chwili widocznie toż samo na myśl przyszło, bo skinął głową i pożegnał rotmistrza.

Skrzetuski jednakże do połowy tylko miał słuszność w tym, co mówił o opieszałości szlachty na pospolite ruszenie powołanej. Prawdą istotnie bowiem było, że do ukończenia strzyży owiec mało kto ściągnął do obozu między Piłą a Ujściem, ale pod 27 czerwca, to jest na termin w ponownym wezwaniu oznaczony, zaczęto zjeżdżać się dość licznie.

Codziennie tumany kurzu, podnoszące się z powodu suchej i stałej pogody, zwiastowały zbliżanie się coraz nowych zastępów. I jechała szlachta szumnie, konno i kolleśno, z pocztami sług, z kredensami, z wozami i obfitością na nich wygód wszelkich, a obciążona tak bronią, iż niejeden za trzech wszelakiego dźwigał oręża, począwszy od kopij, rusznic, bandoletów, szabel, koncerzy i zarzuconych już w owym czasie młotków husarskich do rozbijania zbroi służących. Starzy praktycy zaraz po tym uzbrojeniu poznawali ludzi nieobytych z wojną i niedoświadczonych.

Ze wszystkiej bowiem szlachty zamieszkującej obszary Rzeczypospolitej wielkopolska właśnie najmniej była wojownicza. Tatarzy, Turcy i Kozacy nie deptali nigdy tych okolic, które od czasów krzyżackich zapomniały niemal, jak wygląda wojna w kraju. Kto ze szlachty wielkopolskiej czuł w sobie bojową ochotę, ten się zaciągał do komputu wojsk koronnych i tam stawał tak dobrze jak każdy inny; ale ci natomiast, którzy w domach woleli siedzieć, na prawdziwych się też domatorów zmienili, kochających się w dostatkach, we wczasach, na zawołanych gospodarzy zasypujących swą wełną i zwłaszcza swoim zbożem rynki miast pruskich.

Teraz więc, gdy burza szwedzka oderwała ich od spokojnych zajęć, zdawało im się, że na wojnę nie można się zanadto bronią najeżyć ani zapasami zaopatrzyć, ani za wielu wziąść pachołków, którzy by ciała i sprzętów pana strzegli.

Dziwni to byli żołnierze, z którymi rotmistrzowie niełatwo do sprawy przyjść mogli. Stawał na przykład towarzysz z kopią na dziewiętnaście stóp długą i w pancerzu na piersiach, ale w słomianym kapeluszu "dla chłodu" na głowie; inny w czasie musztry na gorąco narzekał, inny ziewał, jadł lub pił, inny pachołka wołał, a wszyscy w szeregu nie poczytywali za rzecz drożną gawędzić tak głośno, że rozkazów oficerów nikt dosłyszeć nie mógł I trudno było dyscyplinę wprowadzać, bo się o nią bracia urażała mocno, jako godności obywatelskiej przeciwną. Ogłaszano wprawdzie "artykuły", ale ich słuchać nie chciano.

Kulą żelazną u nóg tego wojska był nieprzeliczony zastęp wozów, koni zapaśnych i pociągowych, bydła przeznaczonego na spyżę, a zwłaszcza sług pilnujących namiotów, sprzętów, jagieł, krup i bigosów, a wszczynających z lada powodu kłótnie i zamieszanie.

Przeciw takiemu to wojsku zbliżał się od strony Szczecina i nadodrzańskich łęgów Arwid Wittenberg, stary wódz, któremu młodość na wojnie trzydziestoletniej zbiegła, prowadząc siedmnaście tysięcy weteranów, w żelazną dyscyplinę ujętych.

Z jednej strony stał bezładny obóz polski, do zbiegowiska jarmarcznego podobny, hałaśliwy, pełen dysput, rozpraw nad rozporządzeniami wodzów i niezadowolenia, złożony z poczciwych wieśniaków na poczekaniu w piechotę zmienionych i z jegomościów prosto od strzyży owiec oderwanych; z drugiej, maszerowały groźne, milczące czworoboki, na jedno skinienie wodzów rozciągające się z regularnością machin w linie i półkola; zwierające się w kliny i trójkąty tak sprawne jak miecz w ręku szermierza; najeżone rurami muszkietów i włóczni, prawdziwi ludzie wojny, zimni, spokojni, istni rzemieślnicy, którzy do mistrzostwa doszli w rzemiośle. Któż z ludzi doświadczonych mógł wątpić, jaki będzie rezultat spotkania i na czyją stronę musi paść zwycięstwo?

Jednakże szlachty ściągało się coraz więcej, a przedtem jeszcze poczęli się zjeżdżać dygnitarze wielkopolscy i innych prowincji, z pocztami przybocznych wojsk i sług. Wkrótce po panu Grudzińskim zjechał do Piły potężny wojewoda poznański, pan Krzysztof Opaliński. Trzystu hajduków przybranych w żółte z czerwonym barwy i uzbrojonych w muszkiety szło przed wojewodzińską karetą; tłum dworzan, szlachty otaczał jego dostojną osobę; za nimi w szyku bojowym ciągnął oddział rajtarów w takież barwy jak i hajducki przybranych; a sam wojewoda jechał w karecie mając przy sobie błazna, Stacha Ostrożkę, którego obowiązkiem było posępnego pana przez drogę rozweselać.

Wjazd tak znamienitego dygnitarza dodał wszystkim serca i otuchy; tym bowiem, którzy spoglądali na monarszy niemal majestat wojewody, na tę twarz wspaniałą, w której spod wysokiego jak sklepienie czoła świeciły oczy rozumne i surowe, na senatorską powagę całej postawy, zaledwie w głowie mogło się pomieścić, by jakiś niefortunny los mógł przypaść w udziale takiej potędze.

Ludziom przywykłym do czci dla urzędu i osoby wydawało się, że i sami Szwedzi nie będą chyba śmieli wznieść świętokradzkiej ręki na takiego magnata. Owszem, ci, którym trwożliwsze serce biło w piersiach, uczuli się zaraz bezpieczniejsi pod jego skrzydłami. Witano więc go radośnie i gorąco; okrzyki brzmiały wzdłuż ulicy, którą orszak posuwał się z wolna ku domowi burmistrza, a głowy chyliły się przed wojewodą, widnym jak na dłoni przez szyby pozłocistej karety. Na owe ukłony odpowiadał wraz z wojewodą Ostrożka, z taką godnością i powagą, jakby wyłącznie jemu były składane. Zaledwie kurz opadł po przejeździe wojewody poznańskiego, gdy gońcy nadbiegli z oznajmieniem, że jedzie stryjeczny jego brat, wojewoda podlaski Piotr Opaliński ze swym szwagrem, panem Jakubem Rozdrażewskim, wojewodą inowrocławskim. Ci przywiedli każdy po sto pięćdziesiąt ludzi zbrojnych prócz dworzan i sług. Potem nie mijał dzień, by ktoś z dygnitarzy nie zjechał: jako pan Sędziwój Czarnkowski, szwagier Krzysztofa, a sam kasztelan poznański, za czym Stanisław Pogorzelski, kasztelan kaliski; Maksymilian Miaskowski, kasztelan krzywiński, i Paweł Gębicki, pan międzyrzecki. Miasteczko napełniło się tak dalece ludźmi, że domów zbrakło na pomieszczenie samych tylko dworzan. Przyległe łąki upstrzyły się namiotami pospolitego ruszenia. Rzekłbyś, że wszystkie ptactwo różnobarwne zleciało się do Piły z całej Rzeczypospolitej.

Migotały barwy czerwone, zielone, niebieskie, błękitne, białe na katankach, żupanach, kubrakach i kontuszach, bo pominąwszy pospolite ruszenie, w którym co szlachcic, to inny strój nosił - pominąwszy służbę pańską - i piechota każdego powiatu w inne przybraną była kolory.

Nadjechali i bazarnicy, którzy nie mogąc się w rynku pomieścić wybudowali rząd szop wedle miasteczka. Sprzedawano w nich przybory wojskowe - od szat do broni i jadła. Polowe garkuchnie dymiły przez dzień i noc roznosząc w dymach zapach bigosów, jagieł, pieczeni-w innych sprzedawano trunki. Przed szopami roiła się szlachta, zbrojna nie tylko w miecze, ale i w łyżki, jedząc, popijając i rozprawiając to o nieprzyjacielu, którego jeszcze nie było widać, to o nadjeżdżających dygnitarzach, którym nie żałowano przymówek.

Między grupami szlachty chodził Ostrożka przybrany w odzież zeszytą z pstrych gałganków, z berłem zdobnym dzwonkami i miną z głupia frant. Gdzie się pokazał, otaczano go wnet kołem, on zaś podlewał oliwy do ognia, pomagał obmawiać dygnitarzy i zadawał zagadki, nad którymi szlachta tym bardziej brała się za boki, im bardziej były zjadliwe. Nie szczędzono w nich nikogo.

Pewnego popołudnia nadszedł przed bazary sam wojewoda poznański i wmieszał się między szlachtę rozmawiając łaskawie z tym, z owym lub ze wszystkimi i skarżąc się trochę na króla, że wobec zbliżającego się nieprzyjaciela nie przysłał ani jednej chorągwi kwarcianej.

- Nie myślą o nas, mości panowie - mówił - i bez pomocy nas zostawiają. Powiadają w Warszawie, że na Ukrainie i tak wojska za mało i że hetmani nie mogą sobie dać rady z Chmielnickim. Ha, trudno! Milsza widać Ukraina jak Wielkopolska...W niełasce jesteśmy, mości panowie, w niełasce! Jako na jatki nas tu wydali.

- A kto winien? - pytał pan Szlichtyng, sędzia wschowski.

- Kto wszystkim nieszczęściom Rzeczypospolitej winien? - odparł wojewoda - jużci nie my, bracia szlachta, którzy ją piersiami naszymi zasłaniamy.

Słuchającej go szlachcie pochlebiło to wielce, że "hrabia na Bninie i Opalenicy" sam się na równi z nią stawia i do braterstwa się przyznaje, więc zaraz pan Koszucki odpowiedział:

- Jaśnie wielmożny wojewodo! Gdyby tam więcej takich konsyliarzów było przy majestacie, jak wasza miłość, pewnie by tu nas na rzeź nie wydano... Aleć tam podobno ci rządzą, co się niżej kłaniają.

- Dziękuję, panie bracie, za dobre słowo!... Wina tego, kto złych doradców słucha. Wolności to tam nasze solą w oku stoją. Im więcej szlachty wyginie, tym absolutum dominium będzie do przeprowadzenia łatwiejsze.

- Zali po to mamy ginąć, aby dzieci nasze w niewoli jęczały?

Wojewoda nic nie odrzekł, a szlachta poczęła spoglądać po sobie i zdumiewać się.

- Więc to tak? - wołały liczne głosy. - Więc po to nas tu pod nóż wysłano? A wierzym! Nie od dziś to o absolutum dominium mówią!... Ale skoro na to idzie, to i my potrafimy o naszych głowach pomyśleć!

- I o naszych dzieciach!

- I o naszych fortunach, które nieprzyjaciel igne et ferro będzie pustoszył. Wojewoda milczał.

W dziwny sposób ten wódz dodawał ducha swym żołnierzom.

- Król to wszystkiemu winien! - wołano coraz liczniej.

- A pamiętacie waćpanowie dzieje Jana Olbrachta? - spytał wojewoda.

- "Za króla Olbrachta wyginęła szlachta!" Zdrada, panowie bracia!

- Król, król zdrajca! - zakrzyknął jakiś śmiały głos. Wojewoda milczał.

Wtem Ostrożka, stojący przy boku wojewody, uderzył się kilkakroć rękoma po udach i zapiał jak kogut tak przeraźliwie, że wszystkie oczy zwróciły się na niego.

Następnie zakrzyknął: - Mości panowie! bracia, serdeńka! Posłuchajcie mojej zagadki!

Z prawdziwą zmiennością marcowej pogody oburzenie pospolitaków zmieniło się w jednej chwili w ciekawość i chęć usłyszenia jakiegoś nowego dowcipu błazna.

- Słuchamy! słuchamy! - ozwało się kilkanaście głosów.

Błazen począł mrugać oczyma jak małpa i recytować piskliwym głosem:

Po bracie się pocieszył koroną i żoną,
Lecz pozwolił, by sławę z bratem pogrzebiono;
Podkanclerza wypędził - i z tego dziś słynie,
Że sam jest podkanclerzym... przy podkanclerzynie.

- Król! król! jako żywo! Jan Kazimierz! - poczęto wołać ze wszystkich stron.

I śmiech ogromny jak grzmot rozległ się w zgromadzeniu.

- Niech go kule biją, jak to misternie ułożył! - wołała szlachta.

Wojewoda śmiał się z innymi; następnie, gdy uciszyło się nieco, rzekł poważniej:

- I za tę to sprawę my musimy teraz krwią i głowami nakładać... Ot, do czego doszło!... Ale masz, błaźnie, dukata za dobrą zagadkę.

- Krzysztofku! Krzychu najmilszy! - odrzekł Ostrożka - czemu to na innych napadasz, że trefnisiów trzymają, kiedy sam nie tylko mnie trzymasz, ale osobno za zagadki dopłacasz?... Dajże mnie jeszcze dukata, to ci powiem drugą zagadkę.

- Takąż samą dobrą?

- Jeno dłuższą... Daj naprzód dukata.

- Masz!

Błazen znów wstrząsnął rękoma jak kogut skrzydłami, znów zapiał i zakrzyknął:

- Mości panowie, słuchajcie! Kto to taki?

Na prywatę narzekał, udawał Katona,
Od szabli wolał pióro z gęsiego ogona;
Po zdrajcy chciał spuścizny, a gdy jej nie dostał,
Wnet totam Rempublicam ostrym rytmem schłostał.

Bodajby szablę kochał, mniej byłoby biedy,
Bo się satyr na pewno nie ulękną Szwedy.
On zaś, ledwie wojennych skosztował kłopotów,
Już za zdrajcy przykładem króla zdradzić gotów.

Wszyscy obecni odgadli tak dobrze tę zagadkę, jak i poprzednią. Dwa czy trzy zduszone w tejże chwili śmiechy ozwały się W zgromadzeniu, po czym zapadła cisza głęboka.

Wojewoda stał się czerwony i tym bardziej się zmieszał, że wszystkie oczy były w niego utkwione, a błazen spoglądał to na jednego szlachcica, to na drugiego, wreszcie ozwał się:

- Niktże z waszmościów nie odgaduje, kto to taki?

A gdy milczenie było jedyną odpowiedzią, wówczas Ostrożka zwrócił się z najbezczelniejszą miną do wojewody:

- A ty, Krzychu, zali także nie wiesz, o jakim to hultaju była mowa?... Nie wiesz? to płać dukata!

- Masz! - odrzekł wojewoda.

- Bóg ci zapłać!... Powiedz no mi, Krzychu: nie starałżeś się ty przypadkiem o podkanclerstwo po Radziejowskim?

- Nie pora na krotofile! - odparł Krzysztof Opaliński.

I skłoniwszy się czapką wszystkim obecnym:

- Czołem waszmościom!... Pora mi na radę wojenną.

- Na radę familijną, chciałeś Krzychu, powiedzieć- dodał Ostrożka - bo tam wszyscy krewni radzić będziecie, jakby dać drapaka.

Po czym zwrócił się do szlachty i naśladując wojewodę w ukłonie, dodał:

- A waćpanom w to graj!

I oddalili się obaj; ale ledwie uszli kilkanaście kroków, jeden ogromny wybuch śmiechu obił się o uszy wojewody i brzmiał jeszcze długo, zanim utonął w ogólnym gwarze obozu.

Rada wojenna istotnie miała miejsce i wojewoda poznański na niej prezydował. Była to szczególna rada! Brali w niej udział sami tacy dygnitarze, którzy się na wojnie nie znali. Bo magnaci wielkopolscy nie szli i nie mogli iść za przykładem owych "królewiąt" litewskich lub ukrainnych żyjących w ustawicznym ogniu jak salamandry.

Tam co wojewoda lub kasztelan to był wódz, któremu pancerz wygniatał na ciele nigdy nie schodzące czerwone pręgi, któremu młodość zbiegała na stepach lub w lasach od wschodniej strony, wśród zasadzek, walk, gonitew, w obozach lub taborach. Tu byli to dygnitarze pilnujący urzędów, a choć w chwilach potrzeby chodzili i oni na pospolite ruszenie, jednakże nigdy nie zajmowali naczelnych w czasie wojen stanowisk. Głęboki spokój uśpił wojowniczego ducha i potomków tych rycerzy, którym niegdyś żelazne hufce krzyżackie nie mogły dotrzymać pola, zmienił w statystów, uczonych i literatów. Dopiero twarda szkoła szwedzka nauczyła ich, czego zapomnieli.

Ale tymczasem zgromadzeni na naradę dygnitarze spoglądali na się niepewnymi oczyma i każdy bał się pierwszy odezwać, czekając, co powie "Agamemnon", wojewoda poznański.

"Agamemnon" zaś sam nie znał się po prostu na niczym i mowę swoją rozpoczął znów od narzekań na niewdzięczność i ospałość królewską, na lekkie serce, z jakim całą Wielkopolskę i ich pod miecz wydano. Ale za to jakże był wymowny; jakże wspaniałą czynił postać, prawdziwie rzymskiego senatora godną: głowę przy mówieniu trzymał wzniesioną, czarne jego oczy ciskały błyskawice, usta pioruny, a siwiejąca broda trzęsła się z uniesienia, gdy przyszłe klęski ojczyzny malował.

- W czymże bowiem ojczyzna cierpi? - mówił - jeżeli nie w synach swoich... a my tu najpierw ucierpimy. Po naszych to ziemiach, po naszych prywatnych fortunach, zasługami i krwią przodków zdobytych, przejdzie naprzód noga tych nieprzyjaciół, którzy jako burza zbliżają się ku nam od morza. I za co my cierpimy? Za co zajmą nasze trzody, wydepczą zboża, popalą wsie pracą naszą zbudowane? Czy myśmy krzywdzili Radziejowskiego, który, niesłusznie osądzony i jako zbrodniarz ścigany, obcej protekcji szukać musiał? Nie!... Czy my nastajemy, aby ten próżny tytuł króla szwedzkiego, który już tyle krwi kosztował, był w podpisie naszego Jana Kazimierza zachowany? Nie!... Dwie wojny palą się na dwóch granicach - trzebaż było wywołać i trzecią?... Kto winien, niech go Bóg, niech go ojczyzna sądzi!... My umyjmy ręce, bośmy niewinni tej krwi, która będzie przelaną...

I tak dalej piorunował wojewoda; ale gdy przyszło do właściwej materii, nie umiał rady pożądanej udzielić.

Posłano tedy po rotmistrzów łanową piechotą dowodzących, a szczególniej po pana Władysława Skoraszewskiego, który był nie tylko rycerz sławny i niezrównany, ale stary praktyk wojenny znający wojnę jak pacierz. Rad jego istotni nawet wodzowie nieraz słuchali; tym więc skwapliwiej pożądano ich teraz.

Pan Skoraszewski radził tedy założyć trzy obozy: pod Piłą, Wieleniem i Ujściem, tak blisko, aby w razie napadu mogły sobie wzajem przychodzić z pomocą ; a oprócz tego całą nadrzeczną przestrzeń, łukiem obozów objętą, obsypać szańcami, które by nad przeprawami panowały.

- Gdy się już okaże - mówił pan Skoraszewski - w którym miejscu nieprzyjaciel będzie przeprawy tentował, tedy się tam ze wszystkich trzech obozów w kupę zbierzemy, aby mu dać wstręt należyty. Ja zaś, za zezwoleniem jaśnie wielmożnych mości panów, pójdę z małym pocztem do Czaplinka. Stracona to pozycja i w czas się z niej cofnę, ale tam najpierw dowiem się o nieprzyjacielu i jaśnie wielmożnym panom dam znać o nim.

Wszyscy zgodzili się na ową radę i poczęto nieco żwawiej krzątać się w obozie. Szlachty zjechało się wreszcie do piętnastu tysięcy. Łanowi sypali szańce na przestrzeni sześciu mil.

Ujście, główną pozycję, zajął ze swymi ludźmi pan wojewoda poznański. Część rycerstwa została w Wieleniu, część w Pile, a pan Władysław Skoraszewski odjechał do Czaplinka, by stamtąd dawać baczenie na nieprzyjaciela.

Rozpoczął się lipiec; dnie były ciągle pogodne i gorące. Słońce dopiekało na równinach tak mocno, iż szlachta chroniła się po lasach, między drzewami, pod których cieniem niektórzy kazali rozbijać swe namioty.

Tam też wyprawiano uczty gwarne i hałaśliwe, a jeszcze więcej hałasu czyniła służba, zwłaszcza przy pławieniu i pojeniu koni, których po kilka tysięcy naraz pędzono trzy razy dziennie do Noteci i Głdy, kłócąc się i bijąc o najlepszy przystęp do brzegu.

Duch jednak, pomimo iż sam wojewoda poznański działał raczej w ten sposób, aby go osłabić, był z początku dobry.

Gdyby Wittenberg był nadszedł w pierwszych dniach lipca, byłby prawdopodobnie napotkał mocny opór, który w miarę rozgrzewania się ludzi w boju mógłby się zmienić w niezwalczoną zaciekłość, jak tego często bywały przykłady. Bo przecie w żyłach tych ludzi, jakkolwiek odwykłych od wojny, płynęła krew rycerska.

Kto wie, czy drugi Jeremi Wiśniowiecki nie zmieniłby Ujścia w drugi Zbaraż i nie zapisał w tych okopach nowej świetnej karty rycerskiej. Ale właśnie wojewoda poznański, na nieszczęście, mógł tylko pisać, nie walczyć.

Wittenberg, człowiek nie tylko wojnę znający, ale i ludzi, może umyślnie się nie spieszył. Doświadczenie długoletnie uczyło go, iż nowo zaciężny żołnierz najniebezpieczniejszy jest w pierwszej chwili zapału i że częstokroć nie męstwa mu brak, ale żołnierskiej cierpliwości, którą tylko praktyka wyrabia. Potrafi on nieraz uderzyć jak nawałnica na najstarsze pułki i przejść po ich trupach. Jest to żelazo, które póki czerwone, drga, żyje, sypie iskry, pali, niszczy, a gdy wystygnie, jest tylko martwą bryłą.

Jakoż gdy ubiegł tydzień i drugi, a zaczynał się trzeci, długa bezczynność poczęła ciężyć pospolitemu ruszeniu. Upały były coraz większe. Szlachta nie chciała wychodzić na musztry tłumacząc się tym, że "konie, cięte przez bąki, nie chcą ustać na miejscu, a jako że w błotnistej okolicy od komarów wytrzymać nie można..."

Czeladź wszczynała coraz większe kłótnie o miejsca cieniste, o które i między panami przychodziło do szabel. Jaki taki, skręciwszy wieczorem do wody, wyjeżdżał chyłkiem z obozu, aby nie wrócić więcej.

Nie brakło i z góry złego przykładu. Pan Skoraszewski dał właśnie znać z Czaplinka, że Szwedzi już niedaleko, gdy na radzie wojennej uwolniono do domu pana Zygmunta z Grudnej Grudzińskiego, starościca średzkiego, o co stryj Andrzej, pan wojewoda kaliski, wielce nastawał.

- Jeśli ja mam tu głowę złożyć i gardło dać - mówił - niechże synowiec po mnie pamięć i sławę odziedziczy, by zasługa moja nie przepadła.

Tu począł roztkliwiać się nad młodym wiekiem i niewinnością synowca oraz wynosić jego hojność, z jaką sto piechoty bardzo porządnej dla Rzeczypospolitej na ten termin wystawił. I rada wojenna zgodziła się na prośby stryja. Z rana 16 lipca wyjeżdżał pan starościc w kilkanaście sług otwarcie z obozu do domu, w wigilię niemal oblężenia i bitwy. Tłumy szlachty przeprowadzały go wśród szyderskich okrzyków aż za obóz, a tłumom tym przywodził Ostrożka, który krzyczał z daleka za odjeżdżającym:

- Mości panie starościcu, daję ci do herbu i nazwiska przydomek: Deest!
- Vivat Deest-Grudziński! - krzyczała szlachta.
- A nie płacz za stryjcem! - wołał dalej Ostrożka - równy on ma z tobą kontempt dla Szwedów i niech się jeno pokażą, pewnie się plecami do nich obróci!

Młodemu magnatowi krew biła do twarzy, ale udawał, że obelg nie słyszy, jeno konia bódł ostrogami i tłumy rozpierał, by jak najprędzej znaleźć się poza obozem i swymi prześladowcami, którzy w końcu, bez uwagi na ród i godność odjeżdżającego, poczęli rzucać grudkami ziemi i krzyczeć:
- Masz grudkę, Grudziński! A ho! a huzia! hoc! hoc! szarak! kot!

Uczynił się taki tumult, że aż wojewoda poznański nadbiegł z kilku rotmistrzami uspokajać i tłumaczyć, że starościc tylko na tydzień, dla bardzo pilnych spraw, wziął permisję.

Jednakże zły przykład podziałał - i tego samego dnia znalazło się kilkuset szlachty, którzy nie chcieli być gorszymi od pana starościca, lubo wymykali się z mniejszą asystencją i ciszej. Pan Stanisław Skrzetuski, rotmistrz kaliski, a stryjeczny słynnego zbaraszczyka Jana, włosy rwał na głowie, bo i jego łanowcy, idąc za przykładem "towarzystwa", poczęli "wyciekać" z obozu. Złożono znów radę wojenną, w której tłumy szlacheckie koniecznie chciały wziąć udział. Nastała noc burzliwa, pełna krzyków, swarów. Podejrzywano się wzajemnie o zamiar ucieczki. Okrzyki: "Albo wszyscy, albo nikt" - przelatywały z ust do ust.

Co chwila zrywały się wieści, że wojewodowie uchodzą - i powstawał taki rozruch, że wojewodowie musieli się ukazywać po kilkakroć wzburzonym tłumom. Kilkanaście tysięcy ludzi stało do świtania na koniach, wojewoda poznański zaś jeździł między nimi z odkrytą głową, podobien do senatora rzymskiego, i powtarzał co chwila wielkie słowa:
- Mości panowie! z wami żyć i umierać!

Przyjmowano go w niektórych miejscach wiwatami, w innych brzmiały szyderskie okrzyki. On zaś, ledwie uciszył tłumy, wracał na radę spracowany, zachrypły, upojony wielkością własnych słów i przekonany, że tej nocy niepożyte ojczyźnie oddał usługi.

Ale na radzie mniejsze miał słowa na ustach, bo się za brodę i za chochoł targał z rozpaczy powtarzając:
- Radźcie waszmościowie, jeśli umiecie... Ja umywam ręce od tego, co się stanie, bo z takim żołnierzem niepodobna się bronić. - Jaśnie wielmożny wojewodo! - odpowiadał pan Stanisław Skrzetuski. - Sam nieprzyjaciel powściągnie tę swawolę i te rozruchy. Niech jeno armaty zagrają, niech przyjdzie do obrony, oblężenia, ta sama szlachta w sprawie własnego gardła musi u wałów służyć, nie w obozie się warcholić. Tak już nieraz bywało!
- Z czym się bronić? Armat nie mamy, jeno nasze wiwatówki, dobre do pukania w czasie uczt.
- Pod Zbarażem Chmielnicki miał siedmdziesiąt dział, a książę Jeremi jeno

kilkanaście oktaw i granatników.

- Ale miał wojsko, nie pospolitaków; swoje chorągwie, w świecie sławne, nie ichmościów od strzyży owiec. Z takich to on ichmościów żołnierzy uczynił.

- Posłać po pana Władysława Skoraszewskiego - rzekł pan Sędziwój Czarnkowski, kasztelan poznański. - Uczynić go oboźnym. On ma mir u szlachty i w ryzie utrzymać ją potrafi.

- Posłać po Skoraszewskiego! Po co on ma w Drahimiu czy w Czaplinku siedzieć! - powtórzył pan Jędrzej Grudziński, wojewoda kaliski.

- Tak jest! to najlepsza rada! - zawołały inne głosy.

I wysłano gońca po pana Władysława Skoraszewskiego - innych postanowień na radzie nie powzięto, natomiast mówiono i narzekano wiele na króla, królowę, na brak wojska i opuszczenie.

Ranek następny nie przyniósł ni pociechy, ni uspokojenia. Owszem, bezład stał się jeszcze większy. Ktoś puścił nagle wieść, że różnowiercy, mianowicie kalwini, sprzyjają Szwedom i gotowi są przy pierwszej sposobności przejść do nieprzyjaciół. Co więcej, wieści tej nie zaprzeczyli ani pan Szlichtyng, ani panowie Kurnatowscy, Edmund i Jacek, również kalwini, ale ludzie szczerze ojczyźnie oddani. Sami owszem potwierdzili, że różnowiercy tworzą osobne koło i zmawiają się ze sobą pod wodzą znanego warchoła i okrutnika pana Reja, który za młodu służąc w Niemczech jako ochotnik po stronie luterskiej, wielkim był Szwedów przyjacielem. Zaledwie tedy te podejrzenia rozbiegły się między szlachtą, natychmiast kilkanaście tysięcy szabel zabłysło i prawdziwa burza rozpętała się w obozie.

- Zdrajców karmimy! żmije karmimy, gotowe kąsać łono rodzicielki! - wołała szlachta.

- Dawajcie ich sam!

- W pień ich!... Zdrada najzaraźliwsza, mości panowie!... Wyrwać kąkol, bo inaczej zginiemy wszyscy!

Wojewodowie i rotmistrze znów musieli uspokajać, ale przyszło im to jeszcze trudniej niż dnia poprzedniego. Sami zresztą byli przekonani, że pan Rej gotów najotwarciej zdradzić ojczyznę, bo to był człowiek zupełnie scudzoziemczony i prócz mowy nie miał w sobie nic polskiego. Uchwalono też wysłać go z obozu, co zaraz uspokoiło nieco wzburzonych. Jednakże długo jeszcze zrywały się okrzyki:

- Dawajcie ich sam! Zdrada! zdrada!

Dziwne usposobienie zapanowało w końcu w obozie. Jedni upadli na duchu i pogrążyli się w smutku. Ci chodzili w milczeniu błędnymi krokami wzdłuż wałów, puszczając trwożliwy i posępny wzrok na równiny, którymi miał nadciągnąć nieprzyjaciel, lub udzielali sobie szepcąc coraz gorszych nowin. Innych opanowała szalona, desperacka jakaś wesołość i gotowość na śmierć. Wskutek tej gotowości wyprawiano uczty i pijatyki, by wesoło ostatnich dni życia użyć. Niektórzy też myśleli o zbawieniu i czas spędzali na modlitwach. Nikt tylko w całym tym ludzkim tłumie nie myślał o zwycięstwie, jakby ono wcale było niepodobnym, a jednak nieprzyjaciel nie miał sił przewyższających: miał więcej dział i wojska lepiej ćwiczone, i wodza, który wojnę rozumiał.

A gdy tak z jednej strony obóz polski wrzał, huczał, ucztował, wzburzał się, uciszał jak morze wichrem smagane, gdy pospolite ruszenie sejmikowało niby w czasie elekcji króla - z drugiej strony, po roztoczystych, zielonych łęgach nadodrzańskich, posuwały się spokojnie zastępy szwedzkie.

Szła więc naprzód brygada gwardii królewskiej; wiódł ją Benedykt Horn, groźny żołnierz, którego imię ze strachem w Niemczech powtarzano; lud doborny, rosły, ubrany w grzebieniaste hełmy z czółnami zachodzącymi na uszy, w żółte skórzane kaftany, zbrojny w rapiery i w muszkiety, zimny i uparty w boju, i na każde skinienie wodza gotowy.

Karol Schedding, Niemiec, wiódł następną brygadę Westgotlandzką, złożoną z dwóch pułków piechoty i jednego ciężkiej rajtarii przybranej w pancerze bez naramienników; połowa piechurów miała muszkiety, druga włócznie; przy początku bitwy muszkietnicy stawali w czele, a w razie ataku jazdy cofali się za włóczników, którzy utkwiwszy jeden koniec włóczni w ziemię, drugi nadstawiali przeciw pędzącym koniom. Pod Trzcianą, za czasów Zygmunta III, jedna chorągiew husarii rozniosła na szablach i kopytach też samą westgotlandzką brygadę, w której obecnie służyli przeważnie Niemcy.

Dwie brygady smalandzkie wiódł Irwin zwany Bezrękim, bo był prawicę w swoim czasie, broniąc chorągwi, utracił - za to w lewej miał taką siłę, że jednym zamachem odcinał łeb konia; był to żołnierz ponury, kochający tylko wojnę i rozlew krwi, surowy i dla siebie, i dla żołnierzy. Gdy inni "kapitanowie" wyrobili się w ustawicznej wojnie na ludzi rzemiosła, wojnę dla wojny kochających, on pozostał zawsze tym samym fanatykiem i mordował ludzi śpiewając psalmy pobożne.

Brygada westmanlandzka szła pod Drakenborgiem, a helsingerska, złożona ze strzelców w świecie sławnych, pod Gustawem Oxenstierną, krewnym sławnego kanclerza, młodym żołnierzem wielkie rokującym nadzieje. Nad ostgotlandzką pułkownikował Fersen, a nerikską i wermlandzką sprawował sam Wittenberg, który zarazem był naczelnym wodzem całej armii.

Siedmdziesiąt dwa dział wytłaczało bruzdy po wilgotnych łęgach, a wszystkich żołnierzy było 17 tysięcy, groźnych łupieżników całych Niemiec, a w boju tak sprawnych, że zwłaszcza z piechotą zaledwie królewskie francuskie gwardie mogły się porównać. Za pułkami ciągnęły wozy i namioty, a pułki szły w szyku, w każdej chwili do boju gotowe.

Las włóczni sterczał nad masą głów, hełmów i kapeluszy, a między tym lasem płynęły ku polskiej granicy wielkie chorągwie błękitne z białymi krzyżami w pośrodku.

Z każdym dniem zmniejszała się odległość dzieląca dwa wojska.

Na koniec, w dniu 21 lipca, w lesie pod wsią Heinrichsdorfem ujrzały zastępy szwedzkie po raz pierwszy słup graniczny polski. Na ten widok całe wojsko uczyniło okrzyk ogromny, zagrzmiały trąby, kotły i bębny i rozwinęły się wszystkie chorągwie. Wittenberg wyjechał naprzód w asystencji świetnego sztabu, a wszystkie pułki przechodziły przed nim prezentując broń, jazda z dobytymi rapierami, działa z zapalonymi lontami. Godzina była południowa, pogoda przepyszna. Powietrze leśne pachniało żywicą.

Szara, zalana promieniami słońca droga, którą przechodziły szwedzkie chorągwie, wybiegając z heinrichsdorfskiego lasu, gubiła się na widnokręgu. Gdy idące nią wojska przeszły wreszcie las, wzrok ich odkrył krainę wesołą, uśmiechniętą, połyskującą żółtawymi łanami zbóż wszelakich, miejscami usianą dąbrowami, miejscami zieloną od łąk. Tu i owdzie z kęp drzew, za dąbrowami, hen! daleko podnosiły się dymy ku niebu; na potrawach widniały pasące się trzody. Tam gdzie na łąkach przeświecała woda rozlana szeroko, chodziły spokojnie bociany.

Jakaś cisza i słodycz rozlana była wszędzie po tej ziemi mlekiem i miodem płynącej. I zdawała się roztaczać coraz szerzej i otwierać ramiona przed wojskami, jakby nie najezdników witała, ale gości z Bogiem przybywających.

Na ten widok nowy okrzyk wyrwał się z piersi wszystkich żołdaków, mianowicie rodowitych Szwedów przywykłych do nagiej, biednej i dzikiej przyrody w kraju ojczystym. Serca łupieskiego a ubogiego ludu wezbrały pragnieniem zagarnięcia tych skarbów i dostatków, które wpadały im pod oczy. Zapał ogarnął szeregi.

Ale spodziewali się ci żołdacy zahartowani w ogniu trzydziestoletniej wojny, że nie przyjdzie im to łatwo, boć tę ziemię zbożną zamieszkiwał lud rojny a rycerski, który umiał jej bronić. Żyła jeszcze w Szwecji pamięć straszliwego pogromu pod Kircholmem, gdzie trzy tysiące jazdy pod Chodkiewiczem starło na proch ośmnaście tysięcy najbitniejszego szwedzkiego wojska. W chatach Westgotlandu, Smalandu do Dalekarlii opowiadano o tych rycerzach skrzydlatych jak o wielkoludach z sagi. Świeższa była jeszcze pamięć walk za Gustawa Adolfa, bo nie wymarli ludzie, którzy brali w nich udział. Wszakże ów orzeł skandynawski, zanim przeleciał całe Niemcy, po dwakroć połamał szpony na zastępach Koniecpolskiego.

Więc z radością łączyła się w sercach szwedzkich i pewna obawa, której nie był próżen sam wódz naczelny, Wittenberg. Patrzył on na przechodzące pułki piechoty i rajtarii takim okiem, jakim pasterz patrzy na swą trzodę; następnie zwrócił się do otyłego człowieka przybranego w kapelusz z piórem i jasną perukę spadającą na ramiona.

- Wasza miłość upewniasz mnie - rzekł - że z tymi siłami można złamać wojska stojące pod Ujściem?

Człowiek w jasnej peruce uśmiechnął się i rzekł:

- Wasza miłość zupełnie może polegać na mych słowach, za które głową ręczyć gotowym. Gdyby pod Ujściem były wojska regularne i którykolwiek z hetmanów, tedybym pierwszy radził nie kwapić się i poczekać, aż jego królewska mość z całą armią nadciągnie; ale przeciw pospolitemu ruszeniu i tym panom wielkopolskim siły nasze aż nadto wystarczą.

- A nie przyśląże im jakowych posiłków?

- Posiłków nie przyślą z dwóch powodów: po pierwsze, dlatego, że wojska wszystkie, których w ogóle jest niewiele, zajęte są na Litwie i na Ukrainie; po wtóre, że w Warszawie ani król Jan Kazimierz, ani panowie kanclerze, ani senat do tej pory nie chcą wierzyć, aby jego królewska mość Karol Gustaw, wbrew rozejmowi i mimo ostatnich poselstw, mimo gotowości do ustępstw, naprawdę rozpoczynał wojnę. Ufają, że pokój jeszcze w ostatniej chwili będzie uczyniony... cha! cha!

Tu otyły człowiek zdjął kapelusz, otarł z potu czerwoną twarz i dodał:

- Trubecki i Dołgoruki na Litwie, Chmielnicki na Ukrainie, a my wchodzimy do Wielkopolski... Oto do czego doprowadziły rządy Jana Kazimierza!

Wittenberg spojrzał na niego dziwnym wzrokiem i zapytał:

- A wasza miłość radujesz się tą myślą?

- A ja raduję się tą myślą, bo moje krzywdy i moja niewinność będą pomszczone; a oprócz tego widzę już jak na dłoni, że szabla waszej miłości i moje rady włożą tę nową, najpiękniejszą w świecie koronę na głowę Karola Gustawa.

Wittenberg zapuścił wzrok w dal, objął nim lasy, dąbrowy, łęgi i łany zbożne, i po chwili rzekł:

- Tak jest! piękny to kraj i żyzny... Wasza miłość możesz też być pewien, że po wojnie jego królewska mość nikomu innemu wielkorządztwa tu nie powierzy.

Otyły człowiek zdjął znów kapelusz.

- I ja też nie chcę innego mieć pana - dodał wznosząc oczy ku niebu.

Niebo było jasne i pogodne, żaden piorun nie spadł i nie skruszył na proch zdrajcy, który swój kraj, jęczący już pod dwoma wojnami i wyczerpany, wydawał na tej granicy w moc nieprzyjaciela.

Człowiek bowiem rozmawiający z Wittenbergiem był to Hieronim Radziejowski, były podkanclerzy koronny, obecnie Szwedom przeciw ojczyźnie zaprzedany.

Stali czas jakiś w milczeniu; tymczasem ostatnie dwie brygady, nerikska i wermlandzka, przeszły granicę, za nimi poczęły się wtaczać działa, trąby ciągle jeszcze grały, a huk kotłów i warczenie bębnów głuszyło kroki żołnierzy i napełniało las złowrogimi echami. Wreszcie ruszył i sztab. Radziejowski jechał koło Wittenberga.

- Oxenstierny nie widać - rzekł Wittenberg - boję się, czy go jaka przygoda nie spotkała. Nie wiem, jeżeli to dobra była rada posyłać go jako trębacza z listami pod Ujście.

- Dobra - odparł Radziejowski - bo obóz zlustruje, wodzów zobaczy i wyrozumie, co tam myślą, a tego by lada ciura nie uczynił.

- A jeśli go poznają?

- Jeden pan Rej go tam zna, a on nasz. Zresztą, choćby go poznali, nie uczynią mu nic złego, jeszcze na drogę opatrzą i nagrodzą... Znam ja Polaków i wiem, że gotowi na wszystko, byle się przed obcymi jako polityczny naród pokazać. Cała usilność nasza w tym, aby nas obcy chwalili... O Oxenstiernę możesz być wasza miłość spokojny, bo włos mu z głowy nie spadnie. Nie widać go, bo i czas był na powrót za krótki.

- A jak wasza miłość sądzisz: sprawią nasze listy jaki skutek?

Radziejowski roześmiał się.

- Jeśli pozwolisz mi wasza miłość być prorokiem, to przepowiem, co się stanie. Pan wojewoda poznański polityczny to człek i uczony, więc nam bardzo politycznie i bardzo grzecznie odpisze; ale że lubi za Rzymianina uchodzić, tedy jego odpowiedź okrutnie będzie rzymska; powie naprzód, że woli ostatnią kroplę krwi wylać niż poddać się, że śmierć lepsza od niesławy, a miłość, jaką żywi dla ojczyzny, nakazuje mu paść na granicy.

Radziejowski począł się śmiać jeszcze głośniej, surowa twarz Wittenberga rozjaśniła się także.

- Wasza miłość nie sądzisz, aby on był gotów tak uczynić, jak pisze? - pytał.

- On? - odrzekł Radziejowski. - Prawda, że żywi miłość do ojczyzny, ale inkaustem, a że niezbyt to posilna potrawa, więc i jego miłość chudsza nawet od jego błazna, który mu pomaga rytmy układać. Jestem pewny, że po onej rzymskiej odmowie nastąpią życzenia zdrowia, pomyślności, polecanie się służbom, a na koniec prośba, byśmy dobra jego i krewnych oszczędzali, za co znów będzie żywił dla nas wdzięczność - wraz ze wszystkimi swymi krewnymi.

- A jakiż będzie w ostatku skutek naszych listów?

- Że zwątlą ducha do ostatka, że panowie senatorowie rozpoczną z nami układy i że całą Wielkopolskę, bodaj po kilku wystrzałach na wiatr, zajmiemy.

- Obyś wasza miłość był prawdziwym prorokiem...

- Pewien jestem, że tak będzie, bo znam tych ludzi, mam też przyjaciół i stronników w całym kraju i wiem, jak sobie poczynać... A że niczego nie omieszkam, ręczy za to krzywda, która mnie od Jana Kazimierza spotkała, i miłość dla Karola Gustawa. Czulsi u nas teraz ludzie na własne fortuny niż na całość Rzeczypospolitej. Wszystkie te ziemie, po których teraz iść będziem, to fortuny Opalińskich, Czarnkowskich, Grudzińskich, a że oni to właśnie stoją pod Ujściem, więc też i miękci będą przy układach. Co do szlachty, byle jej wolność sejmikowania zaręczyć, pójdzie i ona śladem panów wojewodów.

- Wasza miłość niepożyte swoją znajomością kraju i ludzi oddajesz jego królewskiej mości usługi, które nie mogą być bez równie znamienitej nagrody. Z tego, co od waszej miłości słyszę, wnioskuję, że mogę tę ziemię jako naszą uważać.

- Możesz wasza miłość! możesz! możesz! - powtórzył skwapliwie po kilkakroć Radziejowski.

- A więc zajmuję ją w imieniu jego królewskiej mości Karola Gustawa odparł poważnie Wittenberg.

Gdy tak szwedzkie wojska poczęły deptać za Heinrichsdorfem ziemię wielkopolską, poprzednio jeszcze, bo w dniu 18 lipca, przybył do obozu polskiego trębacz szwedzki z listami do wojewodów od Radziejowskiego i Wittenberga.

Pan Władysław Skoraszewski sam poprowadził go do wojewody poznańskiego, a szlachta z pospolitego ruszenia gapiła się ciekawie na "pierwszego Szweda", podziwiając jego dzielną postawę, twarz męską, żółty wąs, zaczesany w końcach do góry w szeroką szczotkę, i minę prawdziwie pańską. Tłumy przeprowadzały go do wojewody, znajomi zwoływali się nawzajem, pokazywano go palcami, śmiano się trochę z butów, zakończonych ogromną kolistą cholewą, i z długiego, prostego rapiera, który rożnem przezywano, wiszącego na pendencie, suto srebrem haftowanym; Szwed zaś rzucał także ciekawie oczyma spod szerokiego kapelusza, jakby chciał obóz zlustrować i siły przeliczyć, to znów przypatrywał się tłumom szlachty, której wschodni ubiór widocznie był dla niego nowością.

Na koniec wprowadzono go do wojewody, u którego zgromadzeni byli wszyscy dygnitarze znajdujący się w obozie.

Wnet przeczytano listy i rozpoczęła się narada, trębacza zaś polecił pan wojewoda swym dworzanom, aby uczęstowano go po żołniersku; od dworzan odebrała go szlachta, i podziwiając go ciągle jako osobiliwość, poczęła z nim pić na umór.

Pan Skoraszewski przypatrywał mu się również pilnie, ale z tego powodu, iż podejrzewał, że to jakiś oficer za trębacza przebrany; poszedł nawet z tą myślą wieczorem do pana wojewody; ten jednakże odrzekł, iż to jest wszystko jedno, i aresztować go nie pozwolił.

- Choćby to był i sam Wittenberg - rzekł - jako poseł tu przybył i bezpiecznie odjechać powinien... Jeszcze mu każę dać dziesięć dukatów na drogę.

Trębacz tymczasem gawędził łamaną niemczyzną z tymi ze szlachty, którzy ten język przez stosunki z miastami pruskimi rozumieli, i opowiadał im o zwycięstwach przez Wittenberga w różnych krajach odniesionych, o siłach, jakie ku Ujściu idą, a zwłaszcza o działach nie znanej dotąd doskonałości, którym nie masz sposobu się opierać. Stropiła się tym też szlachta niemało i różne przesadzone wieści poczęły wnet krążyć po obozie.

Tej nocy prawie nikt nie spał w całym Ujściu, bo najprzód, koło północy, nadeszli ci ludzie, którzy dotychczas w osobnych stali obozach pod Piłą i Wieleniem. Dygnitarze radzili nad odpowiedzią do białego dnia, a szlachcie czas schodził na opowiadaniach o potędze szwedzkiej.

Z pewną gorączkową ciekawością wypytywano trębacza o wodzów, wojsko, broń, sposób walczenia i podawano sobie z ust do ust każdą jego odpowiedź. Bliskość szwedzkich zastępów dodawała niezwykłego interesu wszelkim szczegółom, które nie były tego rodzaju, aby mogły dodać otuchy.

O świtaniu nadjechał pan Stanisław Skrzetuski z wieścią, że Szwedzi przyciągnęli już pod Wałcz, o jeden dzień marszu od polskiego obozu. Powstała natychmiast sroga krętanina; większość koni wraz ze służbą była na paszy na łąkach, więc posyłano po nie na gwałt. Powiaty siadały na koń i stawały chorągwiami. Chwila przed bitwą bywa dla niewyćwiczonego żołnierza najstraszniejszą; więc zanim rotmistrze zdołali wprowadzić jaki taki porządek, przez długi czas panowało przerażające zamieszanie.

Nie słychać było ni komendy, ni trąbek, tylko głosy wołające ze wszystkich stron: "Janie! Pietrze! Onufry! bywaj!... Żeby cię zabito! dawaj konie!... Gdzie moja służba?... Janie! Pietrze!" Gdyby w takiej chwili rozległ się jeden strzał działowy, zamieszanie łatwo by w popłoch zmienić się mogło.

Z wolna jednak powiaty stawały w ordynku. Przyrodzone usposobienie szlachty do wojny zastąpiło poniekąd brak doświadczenia i około południa przedstawiał już obóz dość imponujący widok. Piechota stała przy wałach, podobna do kwiatów w swych różnobarwnych kabatach; dymy unosiły się z zapalonych lontów, a na zewnątrz wałów, pod zasłoną dział, łęgi i równina zaroiły się powiatowymi chorągwiami jazdy w szyku stojącej, na dzielnych koniach, których rżenie budziło echa w pobliskich lasach i napełniało serca zapałem wojennym.

Tymczasem wojewoda poznański wyprawił trębacza z odpowiedzią na listy, brzmiącą mniej więcej tak, jak przepowiadał Radziejowski, a zatem polityczną zarazem i rzymską; po czym postanowił wysłać podjazd na północny brzeg Noteci dla pochwycenia nieprzyjacielskiego języka.

Piotr Opaliński, wojewoda podlaski, stryjeczny wojewody poznańskiego, miał ruszyć własną osobą z podjazdem wraz ze swymi dragonami, których, sto pięćdziesiąt pod Ujście przyprowadził, a oprócz tego polecono panom rotmistrzom, Skoraszewskiemu Władysławowi i Skrzetuskiemu, wezwać ochotnika ze szlachty do pospolitego ruszenia należącej, aby i ona zajrzała już przecie w oczy nieprzyjacielowi.

Jeździli tedy obaj przed szeregami czyniąc rozkosz oczom swym moderunkiem i postawą; pan Stanisław, czarny jak żuk na podobieństwo wszystkich Skrzetuskich, z twarzą męską, groźną i ozdobioną długą ukośną blizną od cięcia miecza pozostałą, z kruczą, rozwianą na wiatr brodą; pan Władysław, tłustawy, z długimi jasnymi wąsami, z odwiniętą wargą dolną i oczyma w czerwonych obwódkach, łagodny i poczciwy, mniej przypominał Marsa, ale niemniej była to szczera dusza żołnierska, jak salamandra w ogniu się kochająca, rycerz znający wojnę jak swoje dziesięć palców i odwagi nieporównanej. Obaj przejeżdżając szeregi wyciągnięte w długą linię powtarzali co chwila:

- A nuże, mości panowie, kto na ochotnika pod Szweda? Kto rad prochu powąchać? Nuże, mości panowie, na ochotnika!

I tak przejechali już spory kawał - bez skutku, bo z szeregów nie wysuwał się nikt. Jeden oglądał się na drugiego. Byli tacy, którzy mieli ochotę, i nie strach przed Szwedami, ale nieśmiałość wobec swoich ich wstrzymywała. Niejeden trącał sąsiada łokciem i mówił: "Pójdziesz ty, to i ja pójdę."

Rotmistrze poczynali się niecierpliwić, aż nagle, gdy przyjechali przed powiat gnieźnieński, jakiś człowiek pstro ubrany wyskoczył na kucu nie z szeregu, ale zza szeregu i krzyknął:

- Mości panowie pospolitaki, ja zostaję ochotnikiem, a wy błaznami!

- Ostrożka! Ostrożka! - zawołała szlachta.

- Taki dobry szlachcic jak i każdy! - odpowiedział błazen.

- Tfu! do stu diabłów! - zawołał pan Rosiński, podsędek - dość błazeństw! idę ja!

- I ja!... i ja! - zawołały liczne głosy.

- Raz mnie matka rodziła, raz mi śmierć!

- Znajdą się tacy dobrzy jak i ty!

- Każdemu wolno! Niech się tu nikt nad drugich nie wynosi.

I jak poprzednio nikt nie stawał, tak teraz poczęła się sypać szlachta ze wszystkich powiatów - prześcigać końmi, zawadzać jedni o drugich i kłócić naprędce. Stanęło w mgnieniu oka z pięćset koni, a jeszcze ciągle wyjeżdżano z szeregów. Pan Skoraszewski począł się śmiać swoim szczerym, poczciwym śmiechem i wołać:

- Dosyć, mości panowie, dosyć! Nie możemy iść wszyscy!

Po czym obaj ze Skrzetuskim sprawili ludzi i ruszyli naprzód.

Pan wojewoda podlaski połączył się z nimi przy wyjściu z obozu. Widziano ich jak na dłoni, przeprawiających się przez Noteć - po czym zamigotali jeszcze kilkakrotnie na skrętach drogi i znikli z oczu.

Po upływie pół godziny pan wojewoda poznański kazał rozjeżdżać się ludziom do namiotów, uznał bowiem, że niepodobna ich trzymać w szeregach, gdy nieprzyjaciel jeszcze o dzień drogi odległy. Porozstawiano jednak liczne straże; nie pozwolono wyganiać koni na paszę i wydano rozkaz, że za pierwszym cichym zatrąbieniem przez munsztuk wszyscy mają siadać na koń i stawać w gotowości.

Skończyło się oczekiwanie, niepewność, skończyły się zaraz swary, kłótnie; owszem: bliskość nieprzyjaciela, jak przepowiadał pan Skrzetuski, podniosła ducha. Pierwsza szczęśliwa bitwa mogła go nawet podnieść bardzo wysoko, i wieczorem zdarzył się wypadek, który zdawał się być nową szczęśliwą wróżbą.

Słońce właśnie zachodziło oświecając ogromnym, rażącym oczy blaskiem

Noteć i zanoteckie bory, gdy po drugiej stronie rzeki ujrzano naprzód tuman kurzu, a potem poruszających się w tumanie ludzi. Wylęgło, co żyło, na wały, patrzeć, co to za goście; wtem od straży nadbiegł dragon z chorągwi pana Grudzińskiego dając znać, że podjazd wraca.

- Podjazd wraca!... wracają szczęśliwie!... Nie zjedli ich Szwedzi!- powtarzano z ust do ust w obozie.

Oni tymczasem w jasnych kłębach kurzu zbliżali się coraz bardziej, idąc wolno, następnie przeprawili się przez Noteć.

Szlachta przypatrywała im się z rękoma nad oczami, bo blask czynił się coraz większy i całe powietrze przesycone było złotym i purpurowym światłem.

- Hej! coś ich kupa większa, niż wyjechała! - rzekł pan Szlichtyng.

- Jeńców chyba prowadzą, jak mnie Bóg miły! - zakrzyknął jakiś szlachcic, widocznie tchórzem podszyty, który oczom swoim wierzyć nie chciał.

- Jeńców prowadzą! jeńców prowadzą!...

Oni tymczasem zbliżyli się już tak, że twarze można było rozróżnić. Na przedzie jechał pan Skoraszewski kiwając swym zwyczajem głową i gawędząc wesoło ze Skrzetuskim, za nimi duży oddział konny otaczał kilkudziesięciu piechurów przybranych w koliste kapelusze. Byli to istotnie jeńcy szwedzcy.

Na ten widok nie wytrzymała szlachta i puściła się naprzeciw wśród okrzyków:

- Vivat Skoraszewski! Vivat Skrzetuski!

Gęste tłumy otoczyły wnet cały oddział. Jedni patrzyli na jeńców, drudzy wypytywali się: "Jak to było?" - inni wygrażali Szwedom.

- A hu! A co?! Dobrze wam tak, psiajuchy!... Z Polakami zachciało się wam wojować? Macie teraz Polaków!

- Dawajcie ich sam!... Na szable ich!... Bigosować!...

- Ha, szołdry! ha, pludraki, popróbowaliście polskich szabel?!

- Mości panowie, nie krzyczcie jak wyrostki, bo jeńcy pomyślą, że wam wojna pierwszyzna ! - rzekł pan Skoraszewski. - Zwyczajna to rzecz, że się jeńców w czasie wojny bierze.

Ochotnicy, którzy należeli do podjazdu, spoglądali z dumą na szlachtę, która zarzucała ich pytaniami:

- Jakże to? Łatwo się wam dali? Czy musieliście się zapocić? Dobrze się biją?

- Dobrzy pachołkowie - odparł pan Rosiński - i bronili się znacznie, ale przecie nie z żelaza. Szabla się ich ima.

- Tak i nie mogli wam się oprzeć, co?

- Impetu nie mogli wytrzymać.

- Mości panowie, słyszycie, co mówią: impetu nie mogli wytrzymać!... A co?... Impet to grunt!...

- Pamiętajcie, byle z impetem!... Najlepszy to sposób na Szweda!

Gdyby tej szlachcie kazano w tej chwili skoczyć na nieprzyjaciela, niechybnie nie zabrakłoby jej impetu, ale tymczasem nieprzyjaciela nie było widać - natomiast dobrze już w nocy rozległ się głos trąbki przed forpocztami. Przybywał drugi trębacz z listem od Wittenberga wzywającym szlachtę do poddania się. Tłumy dowiedziawszy się o tym chciały posłańca rozsiekać, ale wojewodowie wzięli list do deliberacji, choć treść jego była bezczelna.

Jenerał szwedzki oświadczał, że Karol Gustaw przysyła swe wojska krewnemu Janowi Kazimierzowi jako posiłki przeciw Kozakom, że zatem Wielkopolanie powinni się poddać bez oporu. Pan Grudziński czytając to pismo nie mógł wstrzymać oburzenia i pięścią w stół uderzył, ale wojewoda poznański wnet uspokoił go pytaniem:

- Wierzysz waszmość w zwycięstwo?... Ile dni możem się bronić?... Chceszli wziąć odpowiedzialność za tyle krwi szlacheckiej, która jutro może być przelaną?

Po dłuższej naradzie postanowiono nie odpowiadać i czekać, co się stanie.

Nie czekano już długo. W sobotę, dnia 24 lipca, straże dały znać, że całe wojsko szwedzkie ukazało się naprzeciw Piły. W obozie zawrzało jak w ulu wilią wyroju.

Szlachta siadała na koń, wojewodowie przebiegali szeregi, wydając sprzeczne rozkazy, aż dopiero pan Władysław wziął wszystko w ręce i przyprowadziwszy do porządku wyjechał na czele kilkuset ochotników, by popróbować harców za rzeką i ludzi z widokiem nieprzyjaciół oswoić.

Szła z nim jazda dość ochotnie, bo harce składały się zwykle z szeregu walk prowadzonych niewielkimi kupami lub pojedynczo, a takich walk ćwiczona w sztuce robienia szablą szlachta nie lękała się wcale. Wyszli więc za rzekę i stanęli w obliczu nieprzyjaciela, który zbliżał się coraz bardziej i czerniał długą linią na horyzoncie jakoby bór świeżo z ziemi wyrosły. Rozwijały się więc pułki konne, piesze, ogarniając coraz szerszą przestrzeń.

Szlachta spodziewała się, że lada chwila sypną się ku niej harcownicy, rajtarzy, ale tymczasem nie było ich widać. Natomiast na wzgórzach odległych o kilkaset kroków zatrzymały się niewielkie kupki, w których widać było ludzi i konie, i poczęły kręcić się na miejscu, co ujrzawszy pan Skoraszewski zakomenderował bez zwłoki:

- Lewo - w tył!

Ale jeszcze nie przebrzmiał głos komendy, gdy na wzgórkach wykwitły długie białe smugi dymu i niby ptastwo jakieś przeleciało ze świstem między szlachtą, potem huk wstrząsnął powietrzem, a jednocześnie rozległy się krzyki i jęki kilku rannych.

- Stój! - krzyknął pan Władysław.

Ptastwo przeleciało po raz drugi i trzeci - i znów świstowi zawtórowały jęki.

Szlachta nie usłuchała komendy naczelnika, owszem, ustępowała coraz szybciej, krzycząc i pomocy niebieskiej wzywając - następnie oddział rozproszył się w mgnieniu oka po równinie i ruszył skokiem ku obozowi. Pan Skoraszewski klął - nic nie pomogło.

Zegnawszy tak łatwo harcowników Wittenberg posuwał się dalej, aż wreszcie stanął naprzeciw Ujścia, wprost przed szańcami bronionymi przez szlachtę kaliską. Polskie armaty poczęły grać w tejże chwili, ale zrazu nie odpowiadano na owe salwy ze strony szwedzkiej. Dymy układały się spokojnie w jasnym powietrzu w długie pasma rozciągające się między wojskami, a przez luki między nimi widziała szlachta pułki szwedzkie, piechoty i jazdy, rozwijające się ze straszliwym spokojem, jak gdyby pewne zwycięstwa.

Na wzgórzach zataczano armaty, podsypywano szańczyki, słowem, nieprzyjaciel szykował się nie zwracając najmniejszej uwagi na kule, które nie dolatując do niego obsypywały jeno piaskiem i ziemią pracujących przy szańczykach.

Wyprowadził jeszcze pan Stanisław Skrzetuski dwie chorągwie kaliszanów, chcąc śmiałym atakiem zmieszać Szwedów, ale nie poszli ochotnie; oddział rozciągnął się zaraz w bezładną kupę, bo gdy odważniejsi parli konie naprzód, tchórzliwsi wstrzymywali je umyślnie. Dwa pułki rajtarii wysłanej przez Wittenberga po krótkiej walce spędziły z pola szlachtę i gnały pod obóz.

Tymczasem zapadł mrok i zakończył bezkrwawą walkę.

Strzelano jednak z dział aż do nocy, po czym strzały umilkły, ale w obozie polskim podniosła się taka wrzawa, że słychać ją było na drugim brzegu Noteci. Powstała ona naprzód z tego powodu, że kilkaset pospolitaków próbowało wymknąć się w ciemnościach z obozu. Inni, spostrzegłszy to, poczęli grozić i nie puszczać. Brano się do szabel. Słowa: "Albo wszyscy, albo nikt!" - znowu przelatywały z ust do ust. Lecz z każdą chwilą stawało się prawdopodobniejszym, że ujdą wszyscy. Wybuchło wielkie niezadowolenie z wodzów: "Wysłano nas z gołymi brzuchami przeciw armatom!" - wołali pospolitacy.

Oburzano się również i na Wittenberga, że nie szanując zwyczajów wojennych, przeciw harcownikom nie harcowników wysyła, ale z armat ognia do nich niespodzianie każe dawać. "Każdy poczyna sobie, jak mu lepiej - mówiono - ale świńskiego to narodu obyczaj czołem do czoła nie stanąć." Inni rozpaczali otwarcie. "Wykurzą nas stąd jak jaźwca z jamy" - mówili desperaci. "Obóz źle zatoczony, szańce źle usypane, miejsce do obrony niestosowne." Od czasu do czasu odzywały się głosy: "Panowie bracia! ratujcie się!" A inne wołały: "Zdrada! zdrada!"

Była to noc straszna: zamieszanie i rozprzężenie wzrastało z każdą chwilą; rozkazów nikt nie słuchał. Wojewodowie potracili głowy i nie próbowali nawet przywrócić ładu. Niedołęstwo ich i niedołęstwo pospolitego ruszenia okazywało się jasno jak na dłoni. Wittenberg mógłby był tej nocy wziąć wstępnym bojem obóz z największą łatwością.

Nastał świt.

Dzień czynił się blady, chmurny i oświecił chaotyczne zbiorowisko ludzi upadłych na duchu, lamentujących, w znacznej części pijanych, gotowszych na hańbę niż na walkę. Na domiar złego Szwedzi przeprawili się nocą pod Dziębowem na drugą stronę Noteci i otoczyli obóz polski.

Z tej strony nie było prawie wcale szańców i nie było zza czego się bronić. Należało otoczyć się wałem bez straty chwili czasu. Skoraszewski i Skrzetuski zaklinali, by to uczyniono, ale nikt już nie chciał o niczym wiedzieć.

Wodzowie i szlachta mieli na ustach jedno słowo: "paktować!" Wysłano parlamentarzy. W odpowiedzi przybył z obozu szwedzkiego świetny orszak, na czele którego jechali: Radziejowski i jenerał Wirtz, obaj z zielonymi gałęziami w ręku.

Jechali ku domowi, w którym stał wojewoda poznański, ale po drodze zatrzymywał się Radziejowski wśród tłumów szlachty, kłaniał się gałęzią i kapeluszem, uśmiechał się, witał znajomych i mówił donośnym głosem:

- Mości panowie, bracia najmilsi! Nie trwóżcie się! Nie jako wrogowie tu przybywamy. Od was samych zależy, by kropla krwi więcej nie była wytoczona. Jeśli chcecie zamiast tyrana, który nastaje na wolności wasze, który o dominium absolutum zamyśla, który ojczyznę do ostatniej zguby przywiódł, jeśli chcecie, powtarzam, pana dobrego, wspaniałego, wojownika tak niezmiernej sławy, że na samo imię jego pierzchną wszyscy nieprzyjaciele Rzeczypospolitej - to oddajcie się w protekcję najjaśniejszemu Karolowi Gustawowi... Mości panowie, bracia najmilsi! Oto wiozę ze sobą poręczenie wszelkich swobód waszych, waszej wolności, religii. Od was samych ocalenie wasze zależy... Mości panowie! Najjaśniejszy król szwedzki podejmuje się przytłumić rebelię kozacką, zakończyć wojnę litewską, i on jeden to uczynić potrafi. Ulitujcie się nad ojczyzną nieszczęsną, jeśli nad sobą nie macie litości...

Tu głos zdrajcy zadrgał, jakoby łzami przyduszony. Słuchała szlachta w zdumieniu, gdzieniegdzie rzadkie głosy zakrzyknęły: "Vivat Radziejowski, nasz podkanclerzy!" - a on przejeżdżał dalej i znów się kłaniał nowym tłumom, i znów słychać było jego tubalny głos: "Mości panowie, bracia najmilsi!" - Na koniec obaj z Wirtzem i całym orszakiem znikli w domu wojewody poznańskiego.

Szlachta stłoczyła się przed domem tak ciasno, że po głowach można by było przejechać, bo czuła to i rozumiała, że tam, w tym domu, toczy się sprawa nie tylko o nią, ale o całą ojczyznę. Wyszli słudzy wojewodzińscy w szkarłatnych barwach i poczęli zapraszać poważniejszych "personatów" do środka. Ci weszli skwapliwie, za nimi wdarło się kilku mniejszych, a reszta stała pod drzwiami, tłoczyła się do okien, przykładała uszy nawet do ścian.

Milczenie panowało w tłumach głębokie. Stojący bliżej okien słyszeli od czasu do czasu gwar donośnych głosów wydobywających się z wnętrza izby, jakoby echa kłótni, dysput, sporów... Godzina upływała za godziną -

końca tej naradzie nie było.

Nagle drzwi wchodowe otworzyły się z trzaskiem i wypadł z nich pan Władysław Skoraszewski.

Obecni cofnęli się w przerażeniu.

Ten człowiek, zwykle tak spokojny i łagodny, o którym mówiono, że rany mogły się goić pod jego ręką, wyglądał teraz strasznie. Oczy miał czerwone, wzrok obłąkany, odzież rozchełstaną na piersiach; obu rękoma trzymał się za czuprynę i tak wpadłszy jak piorun między szlachtę krzyczał przeraźliwym głosem:

- Zdrada! morderstwo! hańba! Jesteśmy Szwecją już, nie Polską! Matkę tam mordują w tym domu!

I począł ryczeć okropnym, spazmatycznym płaczem i rwać włosy jak człowiek, który rozum traci. Grobowe milczenie panowało dokoła.

Straszne jakieś uczucie ogarnęło wszystkie serca.

Skoraszewski zaś zerwał się nagle, począł biegać między szlachtą i wołać głosem najwyższej rozpaczy:

- Do broni! do broni, kto w Boga wierzy! Do broni! do broni!

Wówczas jakieś szmery poczęły przelatywać po tłumach, jakieś szepty chwilowe, nagłe, urwane, jak pierwsze uderzenia wiatru przed burzą. Wahały się serca, wahały umysły, a w tej rozterce powszechnej uczuć tragiczny głos wołał ciągle:

- Do broni! do broni!

Wkrótce zawtórowały mu dwa inne: pana Piotra Skoraszewskiego i pana Skrzetuskiego - za nimi nadbiegł i Kłodziński, dzielny rotmistrz powiatu poznańskiego.

Coraz większe koło szlachty poczęło ich otaczać. Czynił się naokoło szmer groźny, płomienie przebiegały twarze i strzelały z oczu, trzaskano szablami. Władysław Skoraszewski opanował pierwsze uniesienie i począł mówić ukazując na dom, w którym odbywała się narada:

- Słyszycie, mości panowie, oni tam ojczyznę zaprzedają jak judasze i hańbią! Wiedzcie, że już nie należym do Polski. Mało im było wydać w ręce nieprzyjaciela was wszystkich, obóz, wojsko, działa. Bogdaj ich zabito! - oni jeszcze podpisali w swoim i waszym imieniu, że wyrzekamy się związku z ojczyzną, wyrzekamy się pana, że cała kraina, grody warowne i my wszyscy będziem po wieczne czasy do Szwecji należeć. Że się wojsko poddaje, to bywa; ale kto ma prawo ojczyzny i pana się wyrzekać?! Kto ma prawo prowincję odrywać, z obcymi się łączyć, do innego narodu przechodzić, krwi własnej się wyrzekać?! Mości panowie, to hańba, zdrada, morderstwo, parrycydium!... Ratujcie ojczyznę, panowie bracia! Na imię Boga! Kto szlachcic, kto cnotliwy, ratunku dla matki! życie dajmy, krew wylejmy! Nie chciejmy być Szwedami! Nie chciejmy, nie chciejmy!... Bogdaj się nie rodził, kto krwi teraz poskąpi!... Ratujmy matkę!

- Zdrada! - krzyknęło już kilkadziesiąt głosów. - Zdrada! rozsiekać!

- Do nas, kto cnotliwy! - krzyczał Skrzetuski.

- Na Szweda! na śmierć! - dodał Kłodziński.

I poszli dalej w obóz krzycząc: "Do nas! do kupy! zdrada!" - a za nimi ruszyło już kilkuset szlachty z gołymi szablami.

Ale większość niezmierna została na miejscu, a i z tych, co poszli, jaki taki spostrzegłszy, że ich niewiele, poczynał się oglądać i przyzostawać.

A tymczasem drzwi radnego domu otworzyły się znowu i ukazał się w nich pan wojewoda poznański, Krzysztof Opaliński, mając po prawej stronie jenerała Wirtza, po lewej Radziejowskiego. Za nimi szli: Andrzej Karol Grudziński, wojewoda kaliski, Maksymilian Miaskowski, kasztelan krzywiński, Paweł Gębicki, kasztelan międzyrzecki, i Andrzej Słupecki.

Krzysztof Opaliński trzymał w ręku zwój pargaminowy ze zwieszającymi się pieczęciami; głowę miał podniesioną, ale twarz bladą, a wzrok niepewny, choć widocznie silił się na wesołość. Ogarnął oczyma tłumy i wśród ciszy śmiertelnej począł mówić dobitnym, lubo nieco zachrypłym głosem:

- Mości panowie! W dniu dzisiejszym poddaliśmy się pod protekcję najjaśniejszego króla szwedzkiego. Vivat Carolus Gustavus rex!

Cisza odpowiedziała wojewodzie; nagle zabrzmiał jakiś pojedynczy głos:

- Veto!

Wojewoda powlókł oczyma w kierunku tego głosu i odrzekł:

- Nie sejmik tu, więc i veto nie na miejscu. A kto chce wetować, niechże idzie na armaty szwedzkie ku nam wymierzone, które w godzinę z całego obozu jedno rumowisko uczynić mogą.

Tu umilkł, a po chwili spytał:

- Kto mówił: veto ?

Nikt się nie ozwał.

Wojewoda znów zabrał głos i mówił jeszcze dobitniej:

- Wszelkie wolności szlachty i duchowieństwa będą zachowane, podatki nie będą powiększone, a i wybierane będą w tenże sam sposób, jak poprzednio... Nikt nie będzie cierpiał krzywd ani grabieży; wojska jego królewskiej mości nie mają prawa do konsystencji w dobrach szlacheckich ani do innej egzakcji niż taka, z jakiej komputowe polskie chorągwie korzystały...

Tu umilkł i słuchał chciwie szmeru szlacheckiego, jakby chciał wyrozumieć jego znaczenie, po czym skinął ręką:

- Prócz tego mam słowo i obietnicę jenerała Wittenberga, daną w imieniu jego królewskiej mości, iż jeśli cały kraj pójdzie za naszym zbawiennym przykładem, wojska szwedzkie wnet ruszą na Litwę i Ukrainę i nie wprzód ustaną wojować, aż wszystkie ziemie i wszystkie zamki będą Rzeczypospolitej powrócone. Vivat Carolus Gustavus rex!

- Vivat Carolus Gustavus rex! - zawołało kilkaset głosów.

- Vivat Carolus Gustavus rex! - brzmiało coraz donośniej w całym obozie.

Tu na oczach wszystkich wojewoda poznański zwrócił się do Radziejowskiego i uściskał go serdecznie, po czym uściskał Wirtza; po czym wszyscy poczęli się ściskać ze sobą. Szlachta poszła za przykładem dygnitarzy i radość stała się powszechną. Wiwatowano już tak, że aż echa rozbrzmiewały w całej okolicy. Ale wojewoda poznański poprosił jeszcze miłościwą brać o chwilę ciszy i rzekł serdecznym tonem:

- Mości panowie! Jenerał Wittenberg prosi nas dziś na ucztę do swego obozu, abyśmy przy kielichach sojusz braterski z mężnym narodem zawarli.

- Vivat Wittenberg! Vivat! Vivat! Vivat!

- A potem, mości panowie - dodał wojewoda - rozjedziem się do domów i przy bożej pomocy rozpoczniem żniwa z tą myślą, żeśmy w dniu dzisiejszym ojczyznę ocalili.

- Potomne wieki oddadzą nam sprawiedliwość - rzekł Radziejowski.

- Amen! - dokończył wojewoda poznański.

Wtem spostrzegł, że oczy mnóstwa szlachty patrzą i przypatrują się czemuś wyżej, ponad jego głową.

Odwrócił się i ujrzał swego błazna, który wspinając się na palce i trzymając się jedną ręką za odrzwia pisał węglem na ścianie radnego domu, tuż nad drzwiami:

"Mane-Tekel-Fares."

Na świecie niebo pokryło się chmurami i zbierało się na burzę.

ROZDZIAŁ 11

We wsi Burzec, położonej w ziemi łukowskiej, na pograniczu województwa podlaskiego, a należącej podówczas do państwa Skrzetuskich, w sadzie między dworem a stawem siedział na ławie stary człowiek, a przy nogach jego bawiło się dwóch chłopaków: jeden pięcio-, drugi czteroletni, czarnych i opalonych jak Cyganiątka, a rumianych i zdrowych. Stary człek również czerstwo jeszcze wyglądał jak tur. Wiek nie zgarbił szerokich jego ramion; z oczu, a raczej z oka, bo jedno miał bielmem przykryte, patrzyło mu zdrowie i dobry humor; brodę miał białą, ale minę gęstą i twarz czerwoną, zdobną na czole w szeroką bliznę, przez którą było widać kość czaszki.

Oba chłopaki chwyciwszy za uszy od cholewy jego buta ciągnęły je w przeciwne strony, a on patrzył na staw oświecony blaskami słonecznymi, w którym ryby rzucały się gęsto, łamiąc gładką powierzchnię toni.

- Ryby tańcują - mruczał sam do siebie. - Nie bójcie się, będziecie wy jeszcze lepiej tańcowały po spuście albo gdy was kucharka będzie nożem skrobała.

Po czym zwrócił się do chłopaków:

- Odczepcie się, basałyki, od cholewy, bo jak który ucho urwie, to i ja mu urwę. Co za bąki uprzykrzone! Idźcie kulki przewracać po trawie i dajcie mi spokój! Longinkowi się nie dziwię, bo młodszy, ale Jaremka powinien mieć już rozum. Wezmę którego utrapieńca i w staw wrzucę!

Ale stary widocznie okrutnie był zawojowany przez chłopaków, bo żaden z nich nie ulękł się groźby; natomiast starszy, Jaremka, począł go jeszcze silniej ciągnąć za cholewę, tupać nogami i powtarzać:

- Żeby dziadzio był Bohunem i porwał Longinka!

- Odczep się, ty żuku, mówię ci, ty smyku, ty gomółko!

- Żeby dziadzio był Bohunem!

- Dam ja ci Bohuna, poczekaj, jeno matki zawołam!

Jaremka spojrzał na drzwi wychodzące z domu na ogród, ale ujrzawszy, że zamknięte, i nie widząc nigdzie matki powtórzył po raz trzeci, wysuwając buzię naprzód:

- Żeby dziadzio był Bohunem!

Zamęczą mnie te knoty, nie może inaczej być... Dobrze, będę Bohunem, ale raz jeden tylko. Skaranie boże! Pamiętaj, żebyś się więcej nie naprzykrzał.

To rzekłszy stary stęknął trochę, podniósł się z ławki, nagle porwał małego Longinka i wydając dzikie okrzyki począł go unosić w kierunku stawu.

Longinek jednak miał dzielnego obrońcę w osobie Jaremki, który w takich razach nie nazywał się Jaremką, ale panem Michałem Wołodyjowskim, rotmistrzem dragońskim.

Pan Michał tedy, zbrojny w patyk lipowy zastępujący w nagłym razie szablę, puścił się z impetem za otyłym Bohunem, dognał go wkrótce i począł siekać po nogach bez miłosierdzia.

Longinek, grający rolę mamy, wrzeszczał, Bohun wrzeszczał, Jaremka - Wołodyjowski wrzeszczał; ale męstwo w końcu przemogło i Bohun, upuściwszy swą ofiarę, począł zmykać z powrotem pod lipę, na koniec dopadłszy ławki padł na nią sapiąc straszliwie i powtarzając:

- Ha, basałyki!... Cud będzie, jeśli się nie zatknę...

Lecz nie tu był jeszcze koniec jego męki, gdyż w chwilę później stanął przed nim Jaremka, zarumieniony, z rozwianą czupryną i rozdętymi nozdrzami, podobny do małego czupurnego jastrząbka, i jął powtarzać z większą jeszcze niż poprzednio energią:

- Żeby dziadzio był Bohunem!

Po wielu naleganiach i uroczystym przyrzeczeniu złożonym przez obydwóch chłopaków, że tym razem będzie to na pewno ostatni raz, historia powtórzyła się znowu z całą dokładnością; po czym już siedli we trzech na ławie i Jaremka począł nalegać:

- Dziadziu! powiedzieć, kto był najmężniejszy!

- Ty, ty! - odrzekł staruszek.

- I wyrosnę na rycerza?

- Pewnie, że wyrośniesz, bo dobra w tobie krew żołnierska. Daj ci Boże, żebyś był do ojca podobny, bo przy męstwie mniej byłbyś uprzykrzony... Rozumiesz?

- Powiedzieć: ilu tata zabił?

- Mało sto razy mówiłem ! Prędzej byście liście na tej lipie policzyli niż tych wszystkich nieprzyjaciół, którycheśmy obaj z waszym ojcem zgładzili. Gdybym miał tyle włosów na głowie, ilum sam położył, balwierze w Łukowskiem porobiliby fortuny - nic, tylko na podgalaniu mi czupryny. Szelmą jestem, jeślim zeł...

Tu pan Zagłoba - on to był bowiem - spostrzegł, iż nie wypada mu ani zaklinać się, ani przeklinać wobec chłopaków, więc chociaż w braku innych słuchaczów lubił i dzieciom opowiadać o swych dawniejszych przewagach, zamilkł tym razem, zwłaszcza że ryby w stawie poczęły się rzucać z podwójną siłą.

- Trzeba będzie powiedzieć ogrodniczkowi - rzekł - aby więcierze na noc zastawił; siła zacnych ryb przy samym brzegu się tłucze.

Wtem drzwi domu wychodzące na ogród otworzyły się i ukazała się w nich kobieta, piękna jak południowe słońce, wysoka, tęga, czarnowłosa, z ciemnymi rumieńcami na twarzy i oczyma jak aksamit. Trzeci chłopak, trzylatek, czarny jak kulka agatu, trzymał się za jej suknię, a ona nakrywszy oczy ręką poczęła patrzeć w kierunku lipy.

Była to pani Helena Skrzetuska z domu kniaziów Bułyhów-Kurcewiczów.

Ujrzawszy pana Zagłobę z Jaremką i Longinkiem pod lipą posunęła się kilka kroków ku fosie wypełnionej wodą i zawołała:

- A bywajcie no, chłopcy! Pewnie tam dziadusiowi dokuczacie?

- Co mają dokuczać! Wcale się tu przystojnie zachowali - odpowiedział pan Zagłoba.

Chłopaki skoczyły ku matce, a ona rzekła:

- Co tatuś woli dziś pić, dębniaczek czyli miód?

- Świnina była na obiad, to miód będzie grzeczniejszy.

- Zaraz przyślę. Ale niech jeno tatuś nie drzemie na powietrzu, bo febra pewna.

- Dziś ciepło i wiatru nie ma. A gdzie to Jan, córuchno?

- Poszedł do stodół.

Pani Skrzetuska mówiła panu Zagłobie: ojcze, a on jej: córuchno, choć wcale nie byli krewni. Jej rodzina mieszkała na Zadnieprzu, w dawnym państwie wiśniowieckim, a co do niego, Bóg jeden wiedział, skąd był rodem, gdyż sam rozmaicie o tym powiadał. Ale za czasów, gdy jeszcze była panną, Zagłoba znamienite jej oddał usługi i ze straszliwych niebezpieczeństw ratował, więc też oboje z mężem czcili go jako ojca i w całej okolicy niezmiernie był od wszystkich szanowany, tak dla obrotnego rozumu, jak i dla nadzwyczajnego męstwa, którego liczne w różnych wojnach, a mianowicie w kozackich, dał dowody.

Imię jego głośne było w całej Rzeczypospolitej - sam król kochał się w jego opowiadaniach i dowcipie, a w ogóle więcej o nim mówiono niż nawet o panu Skrzetuskim, chociaż pan Skrzetuski przedarł się w swoim czasie z oblężonego Zbaraża przez wszystkie wojska kozackie.

W chwilę po odejściu pani Skrzetuskiej pacholik przyniósł pod lipę gąsiorek i szklanicę. Pan Zagłoba nalał, następnie zamknął oczy i począł próbować pilnie.

- Wiedział Pan Bóg, dlaczego pszczoły stworzył! - mruknął pod nosem.

I jął popijać z wolna, oddychając przy tym głęboko i spoglądając na staw i za staw, hen, na czarne i sine bory ciągnące się, jak okiem dojrzeć, po drugim brzegu. Godzina była druga po południu, a niebo bez chmurki. Kwiat lipowy spływał bez szelestu na ziemię, a na lipie między liśćmi śpiewała cała kapela pszczół, które wnet poczęły siadać na zrąbku szklanicy i zgarniać słodki płyn kosmatymi nóżkami.

Nad wielkim stawem, z trzcin odległych, przesłoniętych mgłą oddalenia, podnosiły się czasem stada kaczek, cyranek lub dzikich gęsi i szybowały w błękitnym przezroczu, podobne do czarnych krzyżyków; czasem klucz żurawi zaczerniał wysoko na niebie, grając donośnym krzykiem - zresztą cicho było naokoło i spokojnie, i słoneczno, i wesoło, jak to bywa w pierwszych dniach sierpnia, gdy zboża już dojrzały, a słońce sypie jakoby złoto na ziemię.

Oczy starego człowieka to podnosiły się ku niebu ścigając stada ptactwa, to znowu ginęły w oddali, ale coraz senniejsze, w miarę jak miodu w gąsiorku ubywało, i powieki ciężyły mu coraz bardziej - pszczoły śpiewały na różne tony swą piosenkę jakoby umyślnie do poobiedniej drzemki.

- Tak, tak, dał Pan Bóg piękny czas na żniwa - mruknął pan Zagłoba. - I siano dobrze zebrane, i żniwa duchem pójdą... Tak, tak...

Tu przymknął oczy, po czym otworzył je znowu na chwilę, mruknął jeszcze: "Zmęczyły mnie dzieciska..." - i usnął na dobre.

Spał dość długo, ale po pewnym czasie zbudził go lekki powiew chłodniejszego powietrza oraz rozmowa i kroki dwóch mężów zbliżających się szybko pod lipę. Jeden z nich był to pan Jan Skrzetuski, słynny zbarażczyk, który od miesiąca wróciwszy od hetmanów z Ukrainy bawił w domu, lecząc się z febry upartej; drugiego nie znał pan Zagłoba, chociaż wzrostem, postawą i nawet rysami twarzy wielce był do Jana podobny.

- Przedstawiam wam, ojcaszku - rzekł Jan - stryjecznego mego, pana Stanisława Skrzetuskiego ze Skrzetuszewa, rotmistrza kaliskiego.

- Waszmość pan tak do Jana podobny - odparł Zagłoba mrugając oczyma i strząsając resztki snu z powiek- że gdzie bym waszmości spotkał, zaraz bym powiedział: "Skrzetuski!" Hej, co za gość w domu!

- Miło mi zabrać znajomość z waćpanem dobrodziejem - odparł Stanisław - tym bardziej że imię znane mi było dobrze, bo je rycerstwo w całej Rzeczypospolitej ze czcią powtarza i za przykład podaje.

- Nie chwaląc się, robiło się, co mogło, póki się siłę czuło w kościach. Jeszcze i teraz rad by człek wojny pokosztował, bo consuetudo altera natura. Ale czemu to waćpanowie tak strapieni jesteście, aż Janowi oblicze pobladło?

- Stanisław straszne przywiózł wieści - odrzekł Jan. - Szwedzi weszli do Wielkopolski i już ją całkiem zajęli.

Pan Zagłoba zerwał się z ławy, jakby mu czterdzieści lat ubyło, otworzył szeroko oczy i począł mimo woli macać się po boku jakby szukając szabli.

- Jak to? - rzekł - jak to: całą ją zajęli?

- Bo ją wojewoda poznański i inni wydali pod Ujściem w ręce nieprzyjaciela - odparł Stanisław Skrzetuski.

- Dla Boga!... Co waćpan mówisz!... Poddali się?!...

- Nie tylko się poddali, ale podpisali ugodę, w której wyrzekli się króla i Rzeczypospolitej... Odtąd tam ma już być Szwecja, nie Polska.

- Na miłosierdzie boskie!... Na rany Ukrzyżowanego!... To się chyba świat kończy?... Co ja słyszę?... Jeszcześmy wczoraj z Janem mówili o tej groźbie od Szweda, bo były wieści, że idą, ale obaj byliśmy pewni, że to się na niczym skończy, a co najwięcej na wyrzeczeniu się tytułu króla szwedzkiego przez naszego pana, Jana Kazimierza.

- A tymczasem zaczęło się od utraty prowincji, a skończy się Bóg wie na czym.

- Przestań waćpan, bo mnie krew zaleje!... Jakże?... I waćpan był pod Ujściem?... i waćpan patrzył na to wszystko własnymi oczyma?!... Toż to po prostu zdrada była najzaraźliwsza, w dziejach niesłychana!

- I byłem, i patrzyłem, a czy to była zdrada, sam waszmość, gdy wszystko usłyszysz, osądzisz. Staliśmy pod Ujściem, pospolite ruszenie i piechota łanowa, razem z piętnaście tysięcy ludzi, i zalegaliśmy pasy nad Notecią ab incursione hostili. Prawda, że wojska było mało, a waszmość, jako doświadczony żołnierz, wiesz najlepiej, czy pospolite ruszenie może je zastąpić, a tym bardziej wielkopolskie, gdzie szlachta znacznie od wojny odwykła. Jednakże gdyby się wódz był znalazł, można było po staremu dać wstręt nieprzyjacielowi i przynajmniej zatrzymać go, póki by Rzeczpospolita jakich posiłków nie obmyśliła. Ale ledwie się Wittenberg pokazał, zaczęto zaraz paktować, nim się kropla krwi polała. Potem przyjechał Radziejowski i swymi namowami sprawił to, co mówiłem, to jest i nieszczęście, i hańbę, jakiej przykładu dotąd nie było.

- Jakże? nikt się nie opierał?... Nikt nie protestował? Nikt zdrady na oczy tym szelmom nie wyrzucił?... Wszyscyż się na zdradę ojczyzny i pana zgodzili?..

- Ginie cnota, a z nią i Rzeczpospolita, bo prawie wszyscy się zgodzili... Ja, dwóch panów Skoraszewskich, pan Ciświcki i pan Kłodziński czyniliśmy, cośmy mogli, aby ducha między szlachtą do oporu pobudzić. Pan Władysław Skoraszewski mało nie oszalał; lataliśmy po obozie od powiatu do powiatu, i Bóg widzi nie było tych zaklęć, których byśmy nie użyli Ale cóż to pomogło, gdy większość wolała jechać z łyżkami na bankiet, który im Wittenberg obiecał, niż z szablami na bitwę. Widząc to cnotliwsi rozjechali się na wszystkie strony - jedni do domów, drudzy do Warszawy. Panowie Skoraszewscy ruszyli właśnie do Warszawy i pierwsi wiadomość królowi przywiozą, a ja, nie mając żony ni dzieci, tu przyjechałem do brata w tej myśli, że się przecie razem na nieprzyjaciela wybierzemy. Szczęściem, żem waszmościów w domu zastał!

- To waszmość prosto spod Ujścia?

- Prosto. - Tylem tylko po drodze wypoczywał, ile było trzeba dla koni, a i to jeden mi padł ze zmęczenia. Szwedzi muszą już być w Poznaniu i stamtąd prędko się po całym kraju rozleją.

Tu umilkli wszyscy. Jan siedział z dłońmi opartymi na kolanach, oczy wbił w ziemię i zamyślił się ponuro, pan Stanisław wzdychał, a pan Zagłoba, nie ochłonąwszy jeszcze, spoglądał osłupiałym wzrokiem to na jednego, to na drugiego.

- Złe to są znaki - rzekł w końcu posępnie Jan. - Dawniej na dziesięć zwycięstw przychodziła jedna klęska i świat dziwiliśmy męstwem. Dziś przychodzą nie tylko klęski, ale i zdrady - nie tylko pojedynczych osób, ale całych prowincji. Niech Bóg zmiłuje się nad ojczyzną!...

- Dla Boga - rzekł Zagłoba - widziałem na świecie dużo, słyszę, rozumiem, a jeszcze mi się wierzyć nie chce...

- Co myślisz czynić, Janie? - rzekł Stanisław.

- Pewnie, że w domu nie ostanę, chociaż mnie zimno jeszcze trzęsie. Żonę i dzieci trzeba będzie gdzie bezpiecznie umieścić. Pan Stabrowski, mój krewny, jest łowczym królewskim w Puszczy Białowieskiej i w Białowieży mieszka. Choćby cała Rzeczpospolita wpadła w moc nieprzyjaciół, to przecie tam nie trafią. Jutro zaraz żonę i dzieci wyślę.

- I nie będzie to zbytnia ostrożność - odrzekł Stanisław - bo choć z Wielkopolski tutaj daleko, kto wie, czy płomień wkrótce i tych stron nie ogarnie.

- Trzeba będzie szlachcie dać znać - rzekł Jan - ażeby się kupili i o obronie myśleli, bo tu jeszcze nikt o niczym nie wie.

Tu zwrócił się do pana Zagłoby:

- A wy, ojcze, pójdziecie z nami, czyli też Helenie zechcecie do puszczy towarzyszyć?

- Ja? - odpowiedział pan Zagłoba - czy pójdę? chybaby mi nogi korzenie w ziemię puściły, wtedy bym nie poszedł, a i to jeszcze prosiłbym kogo, żeby mnie wykarczował. Tak mi się chce szwedzkiego mięsa znowu pokosztować jak wilkowi baraniny! Ha! szelmy, pludraki, pończoszniki!... Pchły im po łydkach inkursję czynią, więc nogi ich swędzą i przez to w domu usiedzieć nie mogą, jeno do cudzych krajów lezą... Znam ja ich, takich synów, bom jeszcze pod panem Koniecpolskim przeciw nim czyniła chcecie waszmościowie wiedzieć, kto wziął w jasyr Gustawa Adolfa, to się nieboszczyka pana Koniecpolskiego spytajcie. Nic więcej nie powiem! Znam ja ich, ale i oni mnie znają... Nie może być inaczej, tylko się, szelmy, zwiedzieli, że Zagłoba się zestarzał. Tak? Poczekajcie! zobaczycie go jeszcze!... Panie! Panie wszechmogący! Czemuś to tak tę nieszczęsną Rzeczpospolitą rozgrodził, że wszystkie świnie sąsiedzkie włażą do niej teraz i trzy najlepsze prowincje już spyskały! Ot, co jest! Ba! ale któż temu winien, jeśli nie zdrajcy? Nie wiedziała zaraza, kogo brać, i zacnych ludzi pobrała, a zdrajców zostawiła. Dajże Boże jeszcze raz powietrze na pana wojewodę poznańskiego i na kaliskiego, a zwłaszcza na Radziejowskiego z całą rodziną. A jeśli chcesz więcej obywatelów piekłu przysporzyć, to poślij wszystkich tych, którzy onę kapitulację pod Ujściem podpisali. Zestarzał się Zagłoba? zestarzał? Zobaczycie! Janie! radźmy prędzej, co czynić, bo już bym chciał na końskim grzbiecie siedzieć!

- Pewnie, że trzeba radzić, gdzie iść. Na Ukrainę do hetmanów ciężko się przedostać, bo ich tam nieprzyjaciel odciął od Rzeczypospolitej i tylko do Krymu maja wolną drogę. Szczęście, że teraz Tatarzy po naszej stronie. Wedle mojej głowy, trzeba nam będzie do króla do Warszawy ruszyć, pana kochanego bronić!

- Byle był na to czas - odrzekł Stanisław. - Król jegomość musi tam na gwałt zbierać chorągwie i wprzód, nim przyjdziemy, na nieprzyjaciela pociągnie, a może i spotkanie już nastąpi.

- I to być może.

- Jedźmy tedy ku Warszawie, byle spiesznie - rzekł Zagłoba. - Posłuchajcie, waćpanowie... Prawda, że nasze imiona groźne są nieprzyjacielowi, ale przecie we trzech niewiele wskóramy, więc ja bym radził tak: Skrzyknijmy szlachty na ochotnika, ile się da, żeby tak choć z chorągiewkę panu przyprowadzić! Łatwo ich do tego namówimy, bo i tak muszą ruszyć, gdy przyjdą wici na pospolite ruszenie, więc im to wszystko jedno - a powiemy, że kto przed wiciami dobrowolnie stanie, miłą panu rzecz uczyni. Z większą siłą więcej można będzie sprawić, i przyjmą nas z otwartymi rękoma.

- Nie dziw się waszmość moim słowom - rzekł pan Stanisław - ale po tym, com widział, takiego do pospolitego ruszenia nabrałem wstrętu, że wolę sam iść niżeli z tłumem ludzi wojny nie znających.

- To waszmość nie znasz tutejszej szlachty. Tu jednego takiego nie upatrzysz, któren by w wojsku nie sługiwał. Wszystko ludzie doświadczeni i dobrzy żołnierze.

- Chyba że tak.

- Zaś miałoby być inaczej? Ale poczekajcie no! Jan to już wie, że gdy raz pocznę głową robić, to mi sposobów nie brak. Dlatego w wielkiej żyłem konfidencji z wojewodą ruskim, księciem Jeremim. Niech Jan zaświadczy, ile razy ten największy w świecie wojownik szedł za moją radą i zawsze na tym wygrywał.

- Mówcie no, ojcze, co chcecie powiedzieć, bo czasu szkoda - rzekł Jan.

- Co chciałem powiedzieć? Oto, co chciałem powiedzieć: nie ten broni ojczyzny i króla, kto się króla za poły trzyma, ale ten, kto nieprzyjaciela bije; a bije ten najlepiej, kto pod wielkim wojownikiem służy. Po co mamy na niepewne do Warszawy chodzić, kiedy król jegomość właśnie może już do Krakowa, do Lwowa albo na Litwę wyjechał; ja waszmościom radzę, abyśmy bez zwłoki udali się pod chorągwie hetmana wielkiego litewskiego, księcia Janusza Radziwiłła. Szczery to pan i wojenny. Chociaż go o pychę pomawiają, pewnie nie będzie on przed Szwedami kapitulował. To przynajmniej wódz i hetman, jak się należy. Ciasno tam będzie, prawda, bo z dwoma nieprzyjaciółmi robota; ale za to pana Michała Wołodyjowskiego zobaczymy, który w kompucie litewskim służy, i znów po staremu do kupy się zbierzem jako za dawnych czasów. Jeżeli niedobrze radzę, niechże mnie pierwszy Szwed za rapcie w jasyr poprowadzi.

- A kto wie? a kto wie? - odrzekł żywo Jan. - Może tak będzie najlepiej.

- I jeszcze Halszkę z dziećmi po drodze odprowadzimy, bo właśnie przez puszczę przyjdzie nam jechać...

- I w wojsku, nie między pospolitakami, będziem służyli - dodał Stanisław.

- I będziem się bić, nie sejmikować ani kury po wsiach i twarogi wyjadać.

- Waszmość to, widzę, nie tylko w wojnie, ale i w radzie prym możesz trzymać - rzekł pan Stanisław.

- Co? ha?

- Istotnie, istotnie! - rzekł Jan. - Najlepsza to rada. Po staremu, kupą z Michałem pójdziemy. Poznasz, Stanisławie, największego żołnierza w Rzeczypospolitej i przyjaciela mego szczerego, brata. Pójdźmy teraz do Halszki powiedzieć jej, żeby się też w drogę szykowała.

- Aza wie ona już o wojnie? - zapytał pan Zagłoba.

- Wie, wie, bo przy niej najpierwej Stanisław opowiadał. Cała we łzach, nieboga... Ale gdym jej rzekł, że trzeba iść, zaraz mi powiedziała: "Idź!"

- Chciałbym jutro już ruszyć! - zakrzyknął Zagłoba.

- Toteż wyruszymy jutro, i to do dnia - rzekł Jan. - Ty, Stanisławie, musisz być fatigatus wielce po drodze, ale do jutra wywczasujesz się, jak będziesz mógł. Ja dziś jeszcze konie wyślę z pewnymi ludźmi do Białej, do Łosic, do Drohiczyna i do Bielska, żeby wszędzie świeże były na przeprzągkę. A za Bielskiem puszcza tuż. Wozy z zapasami wyjdą także dzisiaj! Żal z kochanego kąta ruszać w świat, ale wola boska! Tym się pocieszam, że o żonę i dziatki będę bezpieczny, bo puszcza najlepsza to w świecie forteca. Chodźcie, waszmościowie, do domu, bo czas się ekspedycją zająć.

Poszli.

Pan Stanisław, zdrożony wielce, ledwie się posiliwszy i napiwszy, zaraz spać poszedł, a pan Jan z panem Zagłobą zakrzątnęli się około wyprawy. I że ład był u pana Jana wielki, więc wozy i ludzie ruszyli tegoż jeszcze wieczora na noc, a nazajutrz w dzień pociągnęła za nimi kolaska, w której siedziała Helena z dziećmi i jedna stara panna, rezydentka. Pan Stanisław, pan Jan wraz z pięcioma pachołkami jechali konno koło kolaski. Cały orszak posuwał się żywo, bo po miastach świeże konie czekały.

Tak jadąc i nie wypoczywając nawet nocami, piątego dnia dojechali do Bielska, a szóstego pogrążyli się już w puszczę od strony Hajnowszczyzny.

Objęły ich wraz mroki olbrzymiego boru, który podówczas kilkadziesiąt mil kwadratowych okrywał, łącząc się z jednej strony pasmem nieprzerwanym aż hen, z puszczą Zielonką i Rogowską, z drugiej z pruskimi borami.

Żaden najezdnik nie deptał nigdy nogą tych ciemnych głębin, w których człek nieobeznany mógł zabłądzić i błąkać się wkoło, aż póki nie padł z wysilenia lub nie poszedł na łup drapieżnym zwierzętom. Nocami odzywały się tu ryki żubrów i niedźwiedzi wraz z wyciem wilków i beczeniem chrapliwym rysiów. Niepewne drogi wiodły wśród gęstwy lub gołoborza obok zwałów, wykrotów, bagien i straszliwych śpiących jeziorek do rozrzuconych wsi budników, smolarzy i osaczników, którzy częstokroć przez całe życie nie wychylali się z puszczy. Do Białowieży tylko samej prowadził szerszy gościniec przezywany Suchą Drogą, którą królowie jeździli na łowy. Tędy też od strony Bielska i Hajnowszczyzny jechali Skrzetuscy.

Pan Stabrowski, łowczy królewski, stary samotnik i kawaler, siedzący ustawicznie jak żubr w puszczy, przyjął ich z otwartymi rękami; dzieci zaś mało nie zdusił w pocałunkach. Żył bowiem tylko z osacznikami, szlacheckiej twarzy nie widując, chyba wtedy, gdy dwór zjechał na łowy.

On to zawiadował całym gospodarstwem myśliwskim i wszystkimi smolarniami puszczy. Wielce się strapił wieścią o wojnie, o której się dopiero z ust. pana Skrzetuskiego dowiedział.

Częstokroć bowiem tak bywało, że w Rzeczypospolitej paliła się wojna, umierał król, a do puszczy wieść o tym nawet nie dochodziła; dopiero pan łowczy przywoził nowiny, gdy od pana podskarbiego litewskiego wracał, któremu raz do roku rachunki z puszczańskiego gospodarstwa obowiązany był składać.

- Nudno tu będzie, bo nudno! - mówił pan Stabrowski do Heleny - ale przezpiecznie, jakby nigdzie na świecie nie było. Żaden nieprzyjaciel nie przedrze się przez te ściany, a choćby i próbował, to by mu osacznicy wszystkich ludzi w lot wystrzelali. Łatwiej Rzeczpospolitą całą zawojować - czego Boże nie daj! - niż puszczę. Dwadzieścia lat już tu żyję, a i ja jej nie znam, bo są miejsca, gdzie dostąpić nie można i gdzie zwierz tylko mieszka, a może i złe duchy mają swoje stacje, do których się przed głosami dzwonów kościelnych chronią. Ale my żyjem po bożemu, bo we wsi jest kaplica, do której ksiądz z Bielska raz na rok zjeżdża. Będzie wam tu jak w niebie, jeśli nuda nie dokuczy. Za to drzew na opał nie zbraknie...

Pan Jan rad był z całej duszy, że takie schronisko dla żony wynalazł; ale próżno go pan Stabrowski zatrzymywał i ugaszczał.

Przenocowawszy tylko, ruszyli rycerze nazajutrz świtaniem na wskroś puszczy w dalszą drogę, prowadzeni w labiryncie leśnym przez przewodników, których pan łowczy dostarczył.

ROZDZIAŁ 12

Gdy pan Jan Skrzetuski ze stryjecznym Stanisławem i panem Zagłobą po uciążliwej drodze z puszczy przybyli wreszcie do Upity, pan Michał Wołodyjowski mało nie oszalał z radości, zwłaszcza że dawno już nie miał o nich żadnej wieści, o Janie zaś myślał, że znajduje się z chorągwią królewską, której porucznikował, na Ukrainie u hetmanów.

Brał ich też z kolei w ramiona i wyściskawszy, znowu ściskał i ręce zacierał; a gdy mu powiedzieli, że pod Radziwiłłem chcą służyć, uradował się jeszcze bardziej na myśl, że nieprędko się rozłączą.

- Chwała Bogu, że do kupy się zbieramy, starzy zbarażczykowie - mówił.
- Człowiek i do wojny większą ma ochotę, gdy czuje konfidentów koło siebie.
- To była moja myśl - rzekł pan Zagłoba - bo oni do króla chcieli lecieć... Ale ja powiedziałem: A czemu to nie mamy sobie z panem Michałem starych czasów przypomnieć? Jeśli nam Bóg tak poszczęści, jak z Kozakami i Tatarami szczęścił, to niejednego Szweda wkrótce mieć będziem na sumieniu.
- Bóg waści natchnął tą myślą! - rzekł pan Michał.
- Ale to mi dziwno - rzekł Jan - żeście o Ujściu i o wojnie już wiedzieli. Stanisław ostatnim końskim tchem do mnie przyjechał, a my tak samo tu jechali myśląc, że pierwsi będziem nieszczęście zwiastować.
- Musiała przez Żydów wieść tutaj przyjść - rzekł Zagłoba - bo oni zawsze wszystko najpierwsi wiedzą i taka między nimi korespondencja, że jak który rano kichnie w Wielkopolsce, to już wieczorem mówią mu na Żmudzi i na Ukrainie: "Na zdrowie!"
- Nie wiem, jak to było, ale od dwóch dni wiemy - rzekł pan Michał i konsternacja tu okrutna... Pierwszego dnia jeszcześmy nie bardzo wierzyli, ale drugiego już nikt nie negował... Co więcej wam powiem: jeszcze wojny nie było, a rzekłbyś, ptaki o niej śpiewały w powietrzu, bo wszyscy naraz i bez powodu poczęli o niej gadać. Nasz książę wojewoda musiał się też jej spodziewać i coś przed innymi wiedzieć, bo się kręcił jak mucha w ukropie i w ostatnich czasach do Kiejdan przyleciał. Zaciągi od dwóch miesięcy z jego rozkazu czyniono. Zaciągałem ja, Stankiewicz i niejaki Kmicic, chorąży orszański, który jako słyszałem, już gotowiuśką chorągiew do Kiejdan odprowadził. Ten się najpierwej z nas wszystkich uwinął...
- Znasz że ty, Michale, dobrze księcia wojewodę wileńskiego? - pytał Jan.
- Jak go nie mam znać, kiedym całą wojnę teraźniejszą pod jego komendą odbywał.
- Co wiesz o jego zamysłach? Zacny to pan?
- Wojownik jest doskonały; kto wie, czy po śmierci księcia Jeremiego w Rzeczypospolitej nie największy... Pobili go, prawda, teraz, ale miał sześć tysięcy wojska na ośmdziesiąt... Pan podskarbi i pan wojewoda witebski okrutnie go za to potępiają mówiąc, iż przez pychę to z tak małą siłą się

porwał na ową niezmierną potęgę, ażeby się z nimi wiktorią nie dzielić. Bóg raczy wiedzieć, jak było... Ale stawał mężnie i sam życia nie szczędził... A ja, którym na wszystko patrzył, tyle tylko powiem, iż gdyby miał dosyć wojska i pieniędzy, noga nieprzyjacielska by z tego kraju nie uszła. Tak myślę, że szczerze on się teraz weźmie do Szwedów i pewno ich tu nie będziem czekać, ale do Inflant ruszymy.

- Z czegoż to suponujesz?

- Z dwóch powodów: raz, że książę będzie chciał reputację swą, nieco po cybichowskiej bitwie zachwianą, poprawić, a po wtóre, że wojnę kocha...

- Tak jest - rzekł Zagłoba - znam ja go z dawna, bośmy razem w szkołach byli i pensa za niego odrabiałem. Zawsze się kochał w wojnie i dlatego lubił ze mną lepiej niż z innymi kompanię trzymać, bom ja także wolał konia i dzidkę niż łacinę.

- Z pewnością, że to nie wojewoda poznański, z pewnością, że to zgoła inny człowiek - rzekł pan Stanisław Skrzetuski.

Wołodyjowski począł go wypytywać o wszystko, co się pod Ujściem zdarzyło, i za czuprynę się targał słuchając opowiadania; wreszcie, gdy pan Stanisław skończył, rzekł:

- Masz waszmość słuszność! Nasz Radziwiłł do takich rzeczy niezdolny. Pyszny on jak diabeł i zdaje mu się, że w całym świecie większego rodu od radziwiłłowskiego nie ma, prawda! Oporu on nie znosi, prawda - i na pana podskarbiego Gosiewskiego, zacnego człeka, o to zagniewan, że ten nie skacze, jak mu Radziwiłły zagrają. Na króla jegomości także krzyw, że mu buławy wielkiej litewskiej dość prędko nie dał... Wszystko to prawda, jak i to, że woli w bezecnych błędach kalwińskich żyć niż do prawdziwej wiary się nawrócić; że katolików, gdzie może, ciśnie; że zbory heretykom stawia... Ale za to przysięgnę, że wolałby ostatnią kroplę swojej pysznej krwi wytoczyć niż taką kapitulację, jak pod Ujściem, podpisać... Będziem mieli wojny w bród, bo nie skryba, ale wojownik będzie nam hetmanił.

- W to mi graj! - rzekł Zagłoba. - Niczego więcej nie chcemy. Pan Opaliński skryba, i zaraz się pokazało, do czego zdatny... Najpodlejszy to gatunek ludzi! Każdy z nich niech jeno pióro z kupra gęsi wyciągnie, to zaraz myśli, że wszystkie rozumy pojadł... i taki syn innym przymawia, a jak przyjdzie do szabli, to go nie masz. Sam za młodu rytmy układałem, żeby białogłowskie serca kaptować, i byłbym pana Kochanowskiego w kozi róg z jego fraszkami zapędził, ale potem żołnierska natura wzięła górę.

- Przy tym jeszcze i to wam powiem - rzekł Wołodyjowski - że skoro się tu szlachta ruszy, to się kupa ludzi zbierze, byle pieniędzy nie zabrakło, bo to rzecz najważniejsza.

- Na Boga, nie chcę pospolitaków! - zakrzyknął pan Stanisław. - Jan i jegomość pan Zagłoba znają już mój sentyment, a waszmości powiem, że wolę być ciurą w regularnej chorągwi niż hetmanem nad całym pospolitym ruszeniem.

- Tutejszy lud mężny - odrzekł pan Wołodyjowski - i bardzo sprawny.

Mam tego przykład z mego zaciągu. Nie mogłem pomieścić wszystkich, którzy się garnęli, a między tymi, których przyjąłem, nie masz i jednego takiego, co by poprzednio nie służył. Pokażę waściom tę chorągiewkę i upewniam, że gdybyście nie wiedzieli ode mnie, to byście nie poznali, że to nie starzy żołnierze. Każden bity i kuty w ogniu jak stara podkowa, a w szyku stoją jako triarii rzymscy. Nie pójdzie z nimi tak łatwo Szwedom jak pod Ujściem z Wielkopolanami.

- Mam nadzieję, że to Bóg wszystko jeszcze odmieni - rzekł Skrzetuski.

- Mówią, że Szwedzi dobrzy pachołkowie, ale przecie nigdy nie mogli naszym wojskom komputowym wytrzymać. Biliśmy ich zawsze - to już wypróbowana rzecz - biliśmy ich nawet wtedy, gdy im przywodził największy wojownik, jakiego kiedykolwiek mieli.

- Co prawda, to okrutniem ciekawy, co też umieją - odpowiedział pan Wołodyjowski - i gdyby nie to, że dwie inne wojny jednocześnie ojczyznę gnębią, wcale bym się o tę szwedzką nie rozgniewał. Próbowaliśmy i Turków, i Tatarów, i Kozaków, i Bóg wie nie kogo - godzi się teraz Szwedów popróbować. W Koronie z tym tylko może być kłopot, że wszystkie wojska z hetmanami na Ukrainie zajęte. Ale tu, widzę już, co się stanie. Oto książę wojewoda dotychczasową wojnę panu podskarbiemu Gosiewskiemu, hetmanowi polnemu, zostawi, a sam się Szwedami szczerze zajmie. Ciężko będzie, prawda! Wszelako miejmy nadzieję, że Pan Bóg pomoże.

- Jedźmy tedy nie mieszkając do Kiejdan! - rzekł pan Stanisław.

- Dostałem też rozkaz, żeby chorągiew mieć w pogotowiu, a samemu się, w trzech dniach w Kiejdanach stawić - odpowiedział pan Michał. - Ale muszę też waściom ten ostatni rozkaz pokazać, bo już z niego znaczno, że tam książę wojewoda myśli o Szwedach.

To rzekłszy pan Wołodyjowski otworzył kluczem sepecik stojący pod oknem na ławie, wydobył z niego papier złożony na dwoje i rozwinąwszy począł czytać:

"Mości panie Wołodyjowski, pułkowniku!

Z wielką radością odczytaliśmy raport Waszmości, że chorągiew już na nogach i w każdej chwili może w pochód ruszyć. Trzymaj ją Waćpan w czujności i pogotowiu, bo przychodzą tak ciężkie czasy, jakich jeszcze nie bywało, sam zaś przybywaj jak najspieszniej do Kiejdan, gdzie go niecierpliwie oczekiwać będziemy. Gdyby Waszmości dochodziły jakie wieści - tym nie wierz, aż wszystko z naszych ust usłyszysz. Postąpimy tak, jak nam Bóg i sumienie nakazuje, bez uwagi na to, co złość i nieżyczliwość ludzka może na nas wymyślić. Ale zarazem cieszymy się, iż nadchodzą takie terminy, w których pokaże się dowodnie, kto jest szczerym i prawdziwym przyjacielem radziwiłłowskiego domu i kto nawet in rebus adversiss służyć mu gotów. Kmicic, Niewiarowski i Stankiewicz przyprowadzili tu już swoje chorągwie; waszmościna niech w Upicie zostanie, bo tam może być potrzebna, a może przyjdzie wam ruszyć na

Podlasie pod komendą brata mojego stryjecznego, jaśnie oświeconego księcia Bogusława, koniuszego litewskiego, który tam znaczną partię naszych sił ma pod sobą. O tym wszystkim dowiesz się dokładnie z ust naszych - tymczasem zaś polecamy wierności waszej pilne rozkazów spełnienie i oczekujemy cię w Kiejdanach.

Janusz Radziwiłł,
książę na Birżach i Dubinkach,
wojewoda wileński, hetman w. litewski."

- Tak jest! widoczna już z tego listu nowa wojna! - rzekł Zagłoba.

- A że książę pisze, iż postąpi, jak mu Bóg i sumienie nakazuje, to znaczy, że będzie bił Szweda - dodał pan Stanisław.

- Dziwno mi tylko to - rzekł Jan Skrzetuski - że pisze o wierności dla radziwiłłowskiego domu, nie dla ojczyzny, która więcej od Radziwiłłów znaczy i pilniejszego ratunku potrzebuje.

- To taka ich pańska maniera - odparł Wołodyjowski - choć i mnie się to zaraz nie spodobało, boć i ja ojczyźnie, nie Radziwiłłom służę.

- A kiedyś ten list odebrał? - pytał Jan.

- Dziś rano i właśnie po południu chciałem ruszyć. Wy się przez ten wieczór wywczasujecie po podróży, a ja jutro pewnie wrócę i zaraz z chorągwią ruszymy, gdzie nam każą.

- Może na Podlasie? - rzekł Zagłoba.

- Do księcia koniuszego! - powtórzył pan Stanisław.

- Książę koniuszy Bogusław także teraz w Kiejdanach - odparł Wołodyjowski. - Ciekawa to persona i pilnie mu się przypatrujcie. Wojownik wielki i rycerz jeszcze większy, ale nie masz w nim za grosz Polaka. Z cudzoziemska się nosi i po niemiecku albo zgoła po francusku gada, jakoby kto orzechy gryzł, której mowy godzinę możesz słuchać i nic nie wyrozumiesz.

- Książę Bogusław pod Beresteczkiem pięknie sobie poczynał - rzekł Zagłoba - i poczet piękny niemieckiej piechoty wystawił.

- Ci, co go bliżej znają, nie bardzo go chwalą - mówił dalej Wołodyjowski - bo się jeno w Niemcach i Francuzach kocha, co nie może inaczej być, gdyż się z Niemkini rodzi, elektorówny brandenburskiej, za którą ojciec jego nieboszczyk nie tylko że wiana żadnego nie wziął, ale jak to widać - u tych książątek chuda fara, jeszcze dopłacić musiał. Ale Radziwiłłom chodzi o to, by w Rzeszy Niemieckiej, której są książętami, suffragiamieli, i dlatego radzi z Niemcami się łączą. Powiadał mi o tym pan Sakowicz, dawny sługa księcia Bogusława, któremu ten starostwo oszmiańskie puścił. On i pan Niewiarowski, pułkownik, bywali z księciem Bogusławem za granicą po różnych zamorskich krajach i zawsze mu za świadków do pojedynków sługiwali.

- Tyleż to on pojedynków odbywał? - pytał Zagłoba.

- Ile ma włosów na głowie! Różnych on tam książąt i grafów zagranicznych, francuskich i niemieckich, siła poszczerbił, bo to, mówią, człek bardzo zapalczywy a mężny i o lada słowo na pole wyzywa.

Pan Stanisław Skrzetuski rozbudził się z zamyślenia i rzekł:

- Słyszałem i ja o księciu Bogusławie, bo to od nas do elektora niedaleko, u którego on ciągle przesiaduje. Pamiętam i to jeszcze, co ojciec wspominał, że jak się rodzic księcia Bogusława z elektorówną żenił, to ludzie sarkali, że tak wielki dom jak radziwiłłowski z obcymi się łączy, ale bogdajże lepiej się stało, gdyż teraz elektor, jako radziwiłłowski koligat, tym życzliwszy powinien być Rzeczypospolitej, a od niego teraz siła zależy. To, co waszmość powiadasz, że u nich chuda fara, to tak nie jest. Pewnie, że gdyby kto Radziwiłłów wszystkich sprzedał, to by za nich elektora z całym księstwem kupił, ale dzisiejszy kurfirst Fryderyk Wilhelm zebrał już niemało grosza i ma dwadzieścia tysięcy wojska bardzo porządnego, z którym śmiało mógłby się Szwedom zastawić, co jako lennik Rzeczypospolitej powinien uczynić, jeśli Boga ma w sercu i pamięta wszystkie dobrodziejstwa, które Rzeczpospolita jego domowi świadczyła.

- Zali on to uczyni? - pytał Jan.

- Czarna byłaby to niewdzięczność i wiarołomstwo z jego strony, gdyby inaczej postąpił! - odparł Stanisław.

- Ciężko to na wdzięczność cudzą liczyć, a zwłaszcza na heretycką - rzekł pan Zagłoba. - Pamiętam jeszcze wyrostkiem tego waszego kurfirsta, zawsze to mruk był, rzekłbyś: ciągle słuchał, co mu diabeł do ucha szepce. Powiedziałem mu to w oczy, gdyśmy z panem Koniecpolskim nieboszczykiem w Prusach byli. Taki on luter, jak i król szwedzki. Daj Boże, żeby się jeszcze ze sobą przeciw Rzeczypospolitej nie sprzymierzyli...

- Wiesz co, Michale? - rzekł nagle Jan. - Nie będę dziś wypoczywał, ale pojadę z tobą do Kiejdan. Teraz nocami lepiej jechać, bo we dnie upał, a pilno mi już wyjść z niepewności. Na wypoczynek będzie czas, bo pewnie książę jutro jeszcze nie ruszy.

- Tym bardziej że chorągiew kazał w Upicie zatrzymać - odrzekł pan Michał.

- Dobrze mówicie! - zawołał pan Zagłoba - pojadę i ja!

- To jedźmy wszyscy razem - dodał Stanisław.

- Akurat na jutro rano będziemy w Kiejdanach - rzekł pan Wołodyjowski - a w drodze i na kulbakach można się słodko przedrzemać.

We dwie godzin później, podjadłszy i podpiwszy nieco, ruszyli rycerze w podróż i jeszcze przed zachodem słońca stanęli w Krakinowie.

Przez drogę opowiadał im pan Michał o okolicy, o sławnej szlachcie laudańskiej, o Kmicicu i o wszystkim, co się od pewnego czasu darzyło. Przyznał się i do afektu swego dla panny Billewiczówny, nieszczęśliwego jak zwykle.

- Cała rzecz, że wojna bliska - mówił - bo inaczej srodze bym się martwił, gdyż czasem myślę, że takie to już moje nieszczęście i że chyba przyjdzie mi i umrzeć w kawalerskim stanie.

- Nie stanie ci się krzywda - rzekł pan Zagłoba - bo zacny to jest stan i

Bogu miły. Umyśliłem też trwać w nim do końca życia. Czasem i żal, że nie będzie komu sławy i imienia przekazać, bo chociaż miłuję dzieci Jana jak swoje, wszelako Skrzetuscy to nie Zagłobowie.

- O niecnoto! - rzekł Wołodyjowski. - Takeś się waćpan wcześnie z tym postanowieniem wybrał, jak wilk, któren ślubował owiec nie dusić, gdy mu wszystkie zęby wypadły.

- A nieprawda! - rzekł Zagłoba. - Nie tak to dawno, panie Michale, jakeśmy ze sobą na elekcji w Warszawie byli. Za kimże się wszystkie podwiki oglądały, jeśli nie za mną?... Pamiętasz, jakeś to narzekał, że na ciebie żadna i nie spojrzy? Ale jeśli taką masz ochotę do stanu małżeńskiego, to się nie martw. Przyjdzie i twoja kolej. Na nic tu szukanie i właśnie wtedy znajdziesz, kiedy nie będziesz szukał. Teraz czasy wojenne i siła zacnych kawalerów co rok ginie. Niech jeno jeszcze i ta szwedzka wojna potrwa, to dziewki do reszty stanieją i będziemy je na tuziny na jarmarkach kupowali.

- Może i mnie zginąć przyjdzie - rzekł pan Michał. - Dość mam tego kołatania się po świecie. Nigdy waściom tego nie zdołam wypowiedzieć, jak zacna jest i urodziwa panna ta Billewiczówna. Byłby ją człowiek miłował i hołubił jakby co najlepszego... Nie! musieli diabli przynieść tego Kmicica... Chyba on jej coś zadał, nie może inaczej być, bo gdyby nie to, pewnie by mnie nie przepędziła. Ot, patrzcie! Właśnie tam zza górki Wodokty widać, ale w domu nie masz nikogo, bo ona pojechała Bóg wie gdzie... Moje to byłoby schronisko; niechbym był tu żywota dokonał... Niedźwiedź ma swój barłóg, wilk swoją jamę, a ja, ot! jeno tę szkapę i tę kulbakę, na której siedzę...

- To widzę, że cię jak cierń zakłuła? - rzekł pan Zagłoba.

- Pewnie, że jak sobie wspomnę albo, mimo przejeżdżając, Wodokty zobaczę, to mi jeszcze żal... Chciałem klin klinem wybić i pojechałem do pana Schyllinga, który ma córkę bardzo urodziwą. Raz ją w drodze z daleka widziałem i okrutnie mi w oko wpadła. Pojechałem tedy - i cóż waćpaństwo powiecie? - ojcam w domu nie zastał, a panna Kachna myślała, że to nie pan Wołodyjowski, tylko pachołek pana Wołodyjowskiego przyjechał...

Takem ten afront wziął do serca, żem się tam więcej nie pokazał. Zagłoba począł się śmiać.

- Bodajże cię, panie Michale! Cała rzecz w tym, żebyś znalazł żonę tak nikczemnej urody, jak sam jesteś. A gdzie się to ona bestyjka podziała, co to przy księżnie Wiśniowieckiej respektową była, z którą to nieboszczyk pan Podbipięta - Panie, świeć nad jego duszą - miał się żenić? Ta miała urodę w sam raz dla ciebie, bo istna to była pestka, choć jej się oczy okrutnie świeciły.

- To Anusia Borzobohata-Krasieńska - rzekł pan Jan Skrzetuski. - Wszyscyśmy się w niej swego czasu kochali i Michał także. Bóg raczy wiedzieć, co się z nią teraz dzieje.

- Żeby ją tak odszukać a pocieszyć! - rzekł pan Michał. - Jakeście ją wspomnieli, aż mi się ciepło koło serca uczyniło. Najzacniejsza to była dziewka. Bóg by mi dał ją spotkać!... Ej, dobre to były dawne łubniańskie czasy, ale się już nigdy nie wrócą. Nie będzie też już chyba nigdy takiego wodza, jak był nasz książę Jeremi. Człowiek wiedział, że po każdym spotkaniu wiktoria nastąpi. Radziwiłł wielki wojownik, ale nie taki, i już nie z tym sercem mu się służy, bo on i tego ojcowskiego afektu dla żołnierzy nie ma, i do konfidencji nie dopuszcza, mając się za jakowegoś monarchę, choć przecie Wiśniowieccy nie gorsi byli od Radziwiłłów.

- Mniejsza z tym - rzekł Jan Skrzetuski. - W jego ręku teraz zbawienie ojczyzny, a że gotów za nią życie oddać, niech mu Bóg błogosławi.

Tak to rozmawiali rycerze jadąc wśród nocy i to dawne sprawy wspominali, to mówili o teraźniejszych ciężkich. czasach, w których trzy wojny naraz zwaliły się na Rzeczpospolitą.

Później zabrali się do pacierzy wieczornych i do odmawiania litanii, a gdy ją skończyli, sen ich zmorzył i zaczęli drzemać i kiwać się na kulbakach.

Noc była pogodna, ciepła, gwiazdy migotały tysiącami na niebie; oni, jadąc noga za nogą, spali smaczno, aż dopiero, gdy poczęło świtać, zbudził się pierwszy pan Michał.

- Mości panowie, otwórzcie oczy, Kiejdany już widać! - zakrzyknął.

- Co? hę? - rzekł Zagłoba. - Kiejdany? gdzie?

- A ot, tam ! Wieże widać.

- Zacne jakieś miasto - rzekł Stanisław Skrzetuski.

- Bardzo zacne - odpowiedział Wołodyjowski - i po dniu jeszcze lepiej się waszmościowie o tym przekonacie.

- Wszakże to dziedzictwo księcia wojewody?

- Tak jest. Przedtem było Kiszków, od których je ojciec teraźniejszego księcia otrzymał w posagu za Anną Kiszczanką, córką wojewodzica witebskiego. W całej Żmudzi nie masz tak porządnego miasta, bo Radziwiłłowie Żydów nie puszczają, chyba za osobnym pozwoleniem. Miody tu sławne.

Zagłoba przetarł oczy.

- A to jacyś grzeczni ludzie tu mieszkają. Co to za okrutną budowlę widać tam na podniesieniu?

- To zamek świeżo zbudowany, już za panowania Janusza.

- Obronny?

- Nie, ale rezydencja wspaniała. Nie czyniono go warownym, bo nieprzyjaciel nigdy nie zachodził w te strony od czasów krzyżackich. Ten spiczasty szczyt, który tam w środku miasta widzicie, to od kościoła farnego. Krzyżacy go wznieśli jeszcze za czasów pogańskich, później był kalwinom oddany, ale go ksiądz Kobyliński znowu dla katolików wyprocesował od księcia Krzysztofa.

- To i chwała Bogu!

Tak rozmawiając dojechali bliżej do pierwszych domków przedmieścia. Tymczasem stawało się coraz jaśniej na świecie i słońce poczynało wschodzić. Rycerze przyglądali się z ciekawością nie znanemu miastu, a pan Wołodyjowski dalej opowiadał:

- To jest ulica Żydowska, w której mieszkają ci z Żydów, którzy mają pozwolenie. Jadąc tędy, dostaniem się aż na rynek. Oho! już ludzie budzą się i poczynają z domów wychodzić. Patrzcie! siła koni przed kuźniami i czeladź nie w barwach radziwiłłowskich. Musi być jaki zjazd w Kiejdanach. Pełno tu zawsze szlachty i panów, a czasem aż z obcych krajów przyjeżdżają, bo to jest stolica heretyków ze wszystkiej Żmudzi, którzy tu pod osłoną Radziwiłłów bezpiecznie swoje gusła i praktyki zabobonne odprawiają. Ot, i rynek! Uważcie, waszmościowie, jaki zegar na ratuszu! Lepszego ponoś i w Gdańsku nie masz. A to, co bierzecie za kościół o czterech wieżach, to jest zbór helwecki, w którym co niedziela Bogu bluźnią - a tamto kościół luterski. Myślicie zaś, że tu mieszczanie Polacy albo Litwini - wcale nie! Sami Niemcy i Szkoci., a Szkotów najwięcej! Piechota z nich bardzo przednia, szczególnie berdyszami sieką okrutnie. Ma też książę jegomość regiment jeden szkocki z samych ochotników kiejdańskich. Hej! co wozów z łubami na rynku! Pewnie zjazd jaki. Gospody żadnej nie masz w tym mieście, jeno znajomi do znajomych zajeżdżają, a szlachta do zamku, w którym są oficyny długie na kilkadziesiąt łokci, tylko dla gości przeznaczone. Tam podejmują uczciwie każdego, choćby i przez rok, na koszt księcia pana, a są tacy, którzy całe życie siedzą.

- Dziwno mi to, że piorun tego zboru helweckiego nie zapalił? - rzekł Zagłoba.

- Jakbyś waść wiedział, że się to zdarzyło. W środku, między czterema wieżami, była kopuła jako czapka, w którą kiedyś jak trzasło, tak się nic z niej nie zostało. Tu w podziemiach, leży ojciec księcia koniuszego Bogusława, Janusz, ten, który do rokoszu przeciw Zygmuntowi III należał. Własny hajduk mu czaszkę rozpłatał, i tak zginął marnie, jak i żył grzesznie.

- A to co za rozległa budowla, do szopy murowanej podobna? - pytał Jan.

- To jest papiernia od księcia założona, a tu obok drukarnia, w której się księgi heretyckie drukują.

- Tfe! - rzekł Zagłoba - zaraza na to miasto, gdzie człowiek innego powietrza jak heretyckie do brzucha nie wciąga. Lucyper mógłby tu tak dobrze panować jak i Radziwiłł.

- Mości panie! - odpowiedział Wołodyjowski - nie bluźń Radziwiłłowi, bo może wkrótce ojczyzna zbawienie będzie mu winna...

I dalej jechali w milczeniu, poglądając na miasto i dziwiąc się jego porządkom, bo ulice całkiem były brukowane kamieniami, co w owych czasach za osobliwość uchodziło.

Przejechawszy rynek i ulicę Zamkową ujrzeli na podniesieniu wspaniałą rezydencję, świeżo przez księcia Janusza wzniesioną, nieobronną istotnie, ale ogromem nie tylko pałace, lecz i zamki przewyższającą. Gmach stał na wywyższeniu i patrzył na miasto, jakoby u stóp jego leżące. Z obu stron głównego korpusu biegły dwa skrzydła niższe, załamując się pod kątami prostymi i tworząc olbrzymi dziedziniec zamknięty od przodu kratą żelazną, nabijaną długimi kolcami. W środku kraty wznosiła się potężna brama murowana, na niej herby radziwiłłowskie i herb miasta Kiejdan, przedstawiający nogę orlą ze skrzydłem czarnym w złotym polu, a u nogi podkowę o trzech krzyżach, czerwoną. Nisko w bramie był odwach i trabanci szkoccy straż tam trzymali, dla parady, nie dla obrony przeznaczoną.

Godzina była ranna, ale na dziedzińcu ruch już panował, albowiem przed głównym korpusem musztrował się pułk dragonów przybrany w błękitne kolety i szwedzkie hełmy. Długi ich szereg stał właśnie nieruchomie z gołymi rapierami w ręku, oficer zaś przejeżdżając przed frontem mówił coś do żołnierzy. Naokoło szeregu i dalej pod ścianami mnóstwo czeladzi w rozmaitych barwach gapiło się na dragonów czyniąc sobie wzajem rozmaite uwagi i spostrzeżenia.

- Jak mi Bóg miły! - rzekł pan Michał - toż to pan Charłamp pułk musztruje.

- Jak to? - zawołał Zagłoba - tenże to sam, z którym miałeś się pojedynkować w czasie elekcji w Lipkowie?

- Tenże sam. Ale my od tego czasu w dobrej komitywie żyjemy.

- A prawda! - rzekł pan Zagłoba - poznaję go po nosie, który mu spod hełmu sterczy. Dobrze, że przyłbice wyszły z mody, bo ten rycerz nie mógłby żadnej zamknąć; ale on i tak osobnej zbroi na nos potrzebuje.

Tymczasem pan Charłamp spostrzegłszy Wołodyjowskiego puścił się ku niemu u rysią.

- Jak się miewasz, Michałku? - zawołał. - Dobrze, żeś przyjechał!

- Lepiej, że ciebie pierwszego spotykam. Oto jest pan Zagłoba, któregoś w Lipkowie poznał, ba, przedtem jeszcze w Siennicy, a to panowie Skrzetuscy: Jan, rotmistrz królewskiej husarskiej chorągwi, zbarażczyk...

- Na Boga! toż ja największego w Polsce rycerza widzę! - zakrzyknął Charłamp. - Czołem, czołem!

- A to Stanisław, rotmistrz kaliski - mówił dalej pan Wołodyjowski - który spod Ujścia wprost jedzie.

- Spod Ujścia?... Na okrutną tedy hańbę waćpan patrzyłeś... Wiemy już, co się tam stało.

- Właśnie dlatego, że się tam to stało, ja tu przyjechałem w tej nadziei, że tu nic podobnego się nie stanie.

- Możesz waszmość być pewien. Radziwiłł to nie Opaliński.

- Toż samo wczoraj mówiliśmy w Upicie.

- Witam waszmościów najradośniej imieniem własnym i książęcym. Rad książę wojewoda będzie, gdy takich rycerzy zobaczy, bo mu ich bardzo potrzeba. Chodźcieże do mnie, do cekhauzu, gdzie jest moja kwatera. Pewnie zechcecie się przebrać i posilić, a ja będę wam też towarzyszył, bom już musztrę skończył.

To rzekłszy pan Charłamp skoczył znów do szeregu i zakomenderował krótkim, donośnym głosem:

- Lewo! zwrot - w tył!

Kopyta zadźwięczały po bruku. Szereg rozłamał się na dwoje, połowy rozłamały się znowu, aż wreszcie sformowały się czwórki, które wolnym krokiem poczęły oddalać się w stronę cekhauzu.

- Dobrzy żołnierze - rzekł Skrzetuski patrząc okiem znawcy na mechaniczne ruchy dragonów.

- Sama to drobna szlachta i bojarzynkowie butni w tej broni służą - odparł Wołodyjowski.

- O Boże! zaraz znać, że to nie pospolitaki! - zawołał pan Stanisław.

- Ale że to Charłamp im porucznikuje? - pytał Zagłoba. - Czyli się mylę, ale pamiętam, że on w piatyhorskiej chorągwi służył i srebrną pętelkę nosił na ramieniu?

- Tak jest - rzekł Wołodyjowski. - Ale już z parę lat, jak pułkiem dragońskim dowodzi. Stary to żołnierz i kuty.

Tymczasem Charłamp odesławszy dragonów zbliżył się do naszych rycerzy.

- Proszę waszmościów za mną... Ot, tam cekhauz za pałacem.

W pół godziny później siedzieli już w pięciu nad misą piwa grzanego, dobrze zabielonego śmietaną, i rozmawiali o nowej wojnie.

- A u was tu co słychać? - pytał Wołodyjowski.

- U nas słychać co dzień co innego, bo się ludzie gubią w domysłach i coraz to inne nowiny puszczają - odparł Charłamp. - A naprawdę to jeden książę wie, co się stanie. Waży on coś w umyśle, bo choć symuluje wesołość i na ludzi tak łaskaw, jak nigdy, to przecie okrutnie zamyślony. Po nocach, powiadają, nie sypia, jeno po wszystkich komnatach ciężkim krokiem chodzi i sam ze sobą głośno gada, a we dnie przez całe godziny naradza się z Harasimowiczem.

- Cóż to za Harasimowicz? - spytał Wołodyjowski.

- To gubernator z Zabłudowa, z Podlasia; niewielka figura i tak wygląda, jakby diabła za pazuchą hodował; ale księcia pana poufny i podobno wszystkie jego arkana znający. Wedle mojej głowy, to okrutna i mściwa wojna ze Szwedem z tych narad wyniknie, do której wojny wszyscy wzdychamy. Tymczasem listy tu latają: od księcia kurlandzkiego, od Chowańskiego i od elektora. Są tacy, którzy powiadają, że książę z Moskwą paktuje, by ją do ligi przeciw Szwedowi wciągnąć; inni, że przeciwnie; ale zdaje się, że z nikim ligi nie będzie, jeno wojna, jak rzekłem, z tymi i z owymi. Wojsk coraz więcej przychodzi, rozpisują listy do szlachty co najwierniejszej dla radziwiłłowskiego domu, aby się zjeżdżała. Wszędy pełno zbrojnego luda... Ej, mości panowie! na kim się skrupi, na tym się zmiele, ale ręce będziem mieć po łokcie czerwone, bo jak Radziwiłł raz ruszy w pole, to nie będzie żartował.

- Oj, to! oj, to! - rzekł Zagłoba zacierając dłonie. - Przyszło już niemało krwi szwedzkiej na moich rękach i jeszcze niemało przyschnie... Niewielu już tych starych żołnierzy żyje, którzy mnie pod Puckiem i pod Trzcianą pamiętają; ale ci, którzy dotąd żyją, nigdy nie zapomną.

- A książę Bogusław tu jest? - pytał Wołodyjowski.

- A jakże. Prócz tego dziś spodziewamy się jakichś wielkich gości, bo pokoje górne wyprzątają, a wieczorem ma być bankiet w zamku. Wątpię, Michale, czy się dziś do księcia dostaniesz.

- Samże on mnie na dziś wezwał.

- To nic, ale okrutnie zajęty... Przy tym... nie wiem, czy mogę waszmościom o tym mówić... wszelako za godzinę i tak wszyscy o tym wiedzieć będą... więc powiem... Tu się nadzwyczajne jakieś rzeczy dzieją...

- Co takiego? co takiego? - pytał Zagłoba.

- Owóż trzeba waćpanom wiedzieć, że przed dwoma dniami przyjechał tu pan Judycki, kawaler maltański, o którym musieliście słyszeć.

- A jakże - rzekł Jan - wielki to rycerz!

- Zaraz zaś po nim nadjechał i pan hetman polny Gosiewski. Dziwiliśmy się wielce, bo wiadoma rzecz, w jakiej emulacji i nieprzyjaźni pan hetman polny żyje z naszym księciem. Niektórzy tedy cieszyli się, że zgoda nastąpiła między panami, i mówili, że to ją właśnie inkursja szwedzka sprowadziła. Sam tak myślałem; tymczasem wczoraj zamknęli się we trzech na naradę, pozamykali wszystkie drzwi, nikt nic nie mógł słyszeć, o czym radzili; jeno pan Krepsztuł, któren wartę za drzwiami trzymał, mówił nam, że okrutnie głośno rozprawiali, a zwłaszcza hetman polny. Później sam książę odprowadził ich do komnat sypialnych, a w nocy, imainujcie sobie (tu pan Charłamp zniżył głos), wartę każdemu przy drzwiach postawili.

Pan Wołodyjowski aż się zerwał z miejsca.

- Na Boga! nie może być!

- A przecież tak jest... Przy jednych i przy drugich drzwiach Szkoci z rusznicami stoją i mają rozkaz pod gardłem nikogo nie wpuszczać i nie wypuszczać...

Rycerze spoglądali na się w zdumieniu, a pan Charłamp nie mniej był zdumiony własnymi słowami i patrzył na nich wytrzeszczając oczy, jakoby czekał od nich wyjaśnienia zagadki.

- To się znaczy, że pan podskarbi w areszt wzięty?... Hetman wielki aresztował polnego? - mówił Zagłoba - co to jest?

- Albo ja wiem. I Judycki, taki rycerz!

- Musieli przecie oficerowie książęcy mówić ze sobą o tym, zgadywać powody... Nic żeś nie słyszał?

- Pytałem jeszcze wczoraj w nocy Harasimowicza...

- I cóż waćpanu powiedział? - pytał Zagłoba.

- Nic nie chciał mówić, jeno palec na gębie położył i rzekł: "To zdrajcy!"

- Jak to zdrajcy?... jak to zdrajcy? - wołał biorąc się za głowę

140

Wołodyjowski. - Ani pan podskarbi Gosiewski nie zdrajca, ani pan Judycki nie zdrajca.

Toż ich cała Rzeczpospolita zna jako zacnych ludzi i ojczyznę kochających.

- Dziś nikomu nie można wierzyć - odparł posępnie Stanisław Skrzetuski. - Albo to Krzysztof Opaliński nie uchodził za Katona? Alboż nie wyrzucał innym przywar, występków, prywaty?... A gdy przyszło co do czego, pierwszy zdradził, i nie własną tylko osobę, ale całą prowincję do zdrady pociągnął.

- Ależ ja za pana podskarbiego i za pana Judyckiego głowę daję! - wołał Wołodyjowski.

- Nie dawaj, Michałku, głowy za nikogo - odrzekł Zagłoba. - Jużci, nie bez kozery ich aresztowano. Musieli w jakieś konszachty wchodzić, nie może inaczej być... Jak to? książę gotuje się na wojnę okrutną i każda pomoc mu miła... Kogoż więc może w takiej chwili w areszt brać, jeśli nie tych, co mu do wojny przeszkadzają?... Co jeśli tak jest, jeśli ci dwaj panowie istotnie przeszkadzali, to chwała Bogu, że ich uprzedzono. Warci w podziemiu siedzieć... Ha! szelmy!... W takiej chwili praktyki czynić, z nieprzyjacielem się znosić, na ojczyznę nastawać, wielkiemu wojownikowi w imprezie przeszkadzać! Na Matkę Najświętszą, mało i tego, co ich spotkało!

- Dziwy to są, takie dziwy, że w głowie się nie chcą pomieścić - rzekł Charłamp - bo już pominąwszy, że to tak wielcy dygnitarze, aresztowano ich bez sądu, bez sejmu, bez woli Rzeczypospolitej całej, czego i sam król nie ma prawa czynić.

- Jako żywo! - zakrzyknął pan Michał.

- Widać książę jegomość rzymskie chce u nas zaprowadzić zwyczaje - rzekł Stanisław Skrzetuski - i dyktatorem w czasie wojny zostać.

- A niech będzie i dyktatorem, byle Szwedów bił - odpowiedział Zagłoba. - Ja pierwszy votum za tym daję, aby mu dyktatura została powierzona.

Jan Skrzetuski zamyślił się i rzekł po chwili:

- Byle nie chciał zostać protektorem jako ów Angielczyk Kromwel, który na pana własnego nie wahał się świętokradzkiej ręki podnieść.

- Ba, Kromwell Kromwel heretyk! - zakrzyknął Zagłoba.

- A książę wojewoda? - spytał poważnie pan Jan Skrzetuski.

Na to umilkli wszyscy i ze strachem przez chwilę patrzyli w przyszłość ciemną, tylko pan Charłamp nasrożył się zaraz i rzekł:

- Służyłem pod księciem wojewodą z młodych lat, choć małom młodszy od niego, bo naprzód, młodzikiem jeszcze, był moim rotmistrzem, potem hetmanem polnym, a dziś jest wielkim. Znam go lepiej od waćpanów, a zarazem czczę i miłuję, dlatego proszę, nie równajcie go z Kromwelem, abym zaś nie musiał wam na to powiedzieć czegoś, czego mi, jako gospodarzowi w tej izbie, mówić nie wypada...

Tu pan Charłamp począł okrutnie wąsiskami ruszać i trochę spode łba spoglądać na pana Jana Skrzetuskiego, co widząc pan Wołodyjowski utkwił znów w pana Charłampa wzrok zimny i bystry, jakby mu chciał rzec:

- Warknij no tylko!

Wąsal pomiarkował się zatem natychmiast, bo pana Michała miał w nadzwyczajnej estymie, a zresztą niebezpiecznie było się z nim gniewać, więc mówił dalej tonem daleko już łagodniejszym:

- Kalwin książę jest, ale przecie wiary prawdziwej dla błędów nie porzucił, jeno się w nich urodził. Nigdy on nie zostanie ani Kromwelem, ani Radziejowskim, ani Opalińskim, choćby Kiejdany miały się w ziemię zapaść. Nie taka to krew, nie taki to ród!

- Jeśli jest diabłem i ma rogi na głowie - rzekł pan Zagłoba - to tym lepiej, bo będzie miał czym Szwedów bóść.

- Ale że pan Gosiewski i pan kawaler Judycki aresztowani?... no, no!- mówił kręcąc głową Wołodyjowski. - Nie bardzo książę na swych gości, którzy mu zaufali, łaskaw.

- Co mówisz, Michale! - odparł Charłamp. - Tak łaskaw, jak nigdy w życiu nie był... Ojciec to teraz prawdziwy dla rycerstwa. Pamiętasz, jak to dawniej miał wiecznie kozła na czole, a w gębie jedno słowo: "służba!"

Większy strach brał zbliżyć się do jego majestatu niż do królewskiego - a dziś każdego dnia między porucznikami i towarzystwem chodzi, a rozmawia, a każdego pyta o familię, o dzieci, o fortunę i po nazwisku każdemu mówi, a rozpytuje, czy się komu w służbie krzywda nie dzieje. On, który pomiędzy największymi panami nie chce mieć równych, wczoraj - nie! onegdaj! - chodził pod rękę z młodym Kmicicem, ażeśmy wszyscy oczom wierzyć nie chcieli, bo choć wielki to ród Kmicica, ale to całkiem młodziak i podobno siła grawaminów na nim cięży, o czym ty wiesz najlepiej.

- Wiem, wiem - rzekł Wołodyjowski. - To Kmicic dawno tu jest?

- Teraz go nie ma, bo wczoraj pojechał do Czejkiszek po regiment piechoty, który tam stoi. Nikt teraz nie jest w takich faworach u księcia, jak Kmicic. Gdy odjeżdżał, książę spoglądał za nim przez chwilę, a potem rzekł:

"Do wszystkiego ten to człowiek i gotów samego diabła za ogon przytrzymać, gdy mu każę!" Słyszeliśmy to na własne uszy. Prawda, że taką chorągiew Kmicic przyprowadził, jakiej drugiej w całym wojsku nie masz.

Ludzie i konie jak smoki.

- Nie ma co i gadać, dzielny to żołnierz i naprawdę gotów na wszystko !- odrzekł pan Michał.

- Cudów ponoć dokazywał w ostatniej wojnie, aż cenę na jego głowę nałożono, bo wolentarzami dowodził i na własną rękę wojował.

Dalszą rozmowę przerwało wejście nowej postaci. Był to szlachcic lat około czterdziestu, mały, suchy, ruchliwy, wijący się jak piskorz, z drobną twarzą, cienkimi wargami, porosłymi rzadkim wąsem, i trochę kosymi oczyma. Ubrany był tylko w żupan drelichowy z tak długimi rękawami, że zupełnie pokrywały mu dłonie. Wszedłszy zgiął się we dwoje, potem wyprostował się nagle jakby sprężyną podrzucony, potem znów schylił się w niskim ukłonie, zakręcił głową, jakby ją wydobywał spod własnej pachy, i zaczął mówić szybko, głosem przypominającym skrzypienie zardzewiałej chorągiewki:

- Czołem, panie Charłamp, czołem, ach! czołem, panie pułkowniku, najniższy sługa!

- Czołem, panie Harasimowicz - odrzekł Charłamp. - A czego to waść życzysz?

- Bóg dał gości, znamienitych gości! Przyszedłem służby ofiarować i o godność spytać.

- Zali do ciebie przyjechali, panie Harasimowicz?

- Pewnie, że nie do mnie, bom tego i niegodzien... Ale że to marszałka nieobecnego zastępuję, więc przyszedłem powitać, nisko powitać!

- Daleko waćpanu do marszałka - odrzekł Charłamp - bo marszałek jest personat i posesjonat, a waćpan sobie, z przeproszeniem, podstarości zabłudowski.

- Sługa sług radziwiłłowskich! Tak jest, panie Charłamp. Nie zapieram, Boże mnie chroń... Ale że książę dowiedziawszy się o gościach przysłał mnie pytać, co za jedni, więc waść odpowiesz, panie Charłamp, odpowiesz zaraz, choćbym był nawet hajdukiem, nie tylko podstarościm zabłudowskim.

- Nawet i małpie bym odpowiedział, gdyby do mnie z rozkazem przyszła - rzekł nosacz. - Słuchaj więc waść i zakonotuj sobie nazwiska, jeśli ci głowy nie staje, aby spamiętać. To jest pan Skrzetuski, ów zbarażczyk, i jego stryjeczny, Stanisław.

- Wielki Boże, co słyszę! - zakrzyknął Harasimowicz.

- To pan Zagłoba.

- Wielki Boże! co słyszę!...

- Jeśliś się waćpan tak skonfundował usłyszawszy moje nazwisko - rzekł Zagłoba - zrozum, jak nieprzyjaciele w polu muszą się konfundować.

- A to pan pułkownik Wołodyjowski - dokończył Charłamp.

- I to głośna szabla, a przy tym radziwiłłowska - rzekł z ukłonem Harasimowicz. - Księciu panu głowa pęka od roboty, ale przecie dla takich rycerzy znajdzie czas, niezawodnie znajdzie... Tymczasem, czym można służyć waszmościom? Cały zamek na usługi miłych gości i piwniczka także.

- Słyszeliśmy o sławnych miodach kiejdańskich - rzekł pospiesznie Zagłoba.

- A tak! - odrzekł Harasimowicz - sławne miody w Kiejdanach, sławne! Zaraz tu przyślę do wyboru. Mam nadzieję, że waszmościowie dobrodzieje dłużej tu zabawicie.

- Po to my tu i przyjechali, żeby od boku księcia wojewody nie odstępować - rzekł pan Stanisław.

- Chwalebna intencja waszmościów, tym chwalebniejsza, że takie ciężkie czasy idą.

To rzekłszy Harasimowicz skurczył się i stał się tak mały, jakby go łokieć ubyło.

- Co słychać? - pytał pan Charłamp. - Są jakie nowiny?

- Książę oka całą noc nie zmrużył, bo przyjechało dwóch posłańców. Źle słychać i coraz gorzej. Carolus Gustavus już wszedł za Wittenbergiem do Rzeczypospolitej; Poznań już zajęty, cała Wielkopolska zajęta, Mazowsze wkrótce będzie zajęte; Szwedzi już są w Łowiczu, tuż pod Warszawą. Nasz król uciekł z Warszawy, którą bez obrony zostawił. Dziś, jutro Szwedzi do niej wejdą. Mówią, że i bitwę znaczną przegrał, że do Krakowa chce umykać, a stamtąd do cudzych krajów, o pomoc prosić. Źle, mości panowie dobrodzieje! Choć są tacy, którzy mówią, że to dobrze, bo Szwedzi żadnych gwałtów nie czynią, umów święcie dochowują, podatków nie wybierają, wolności obserwują, w wierze przeszkody nie czynią. Dlatego to wszyscy chętnie przyjmują protekcję Karola Gustawa... Zawinił bo nasz pan, Jan Kazimierz, srodze zawinił... Przepadło już wszystko dla niego, przepadło!...Płakać się chce, ale przepadło, przepadło!

- Czego się waćpan, u diabła, tak wijesz jak piskorz, gdy go w garnek kładą! - huknął Zagłoba - i o nieszczęściu mówisz, jakbyś był z niego rad?

Harasimowicz udał, że nie słyszy, i wzniósłszy oczy w górę, powtórzył jeszcze kilkakrotnie:

- Przepadło wszystko, na wieki przepadło!... Trzem wojnom nie oprze się Rzeczpospolita... Przepadło!... Wola boska!... Wola boska!... Jeden nasz książę może Litwę ocalić...

Złowrogie słowa jeszcze nie przebrzmiały, gdy Harasimowicz zniknął tak szybko za drzwiami, jakby się w ziemię zapadł, a rycerze siedzieli posępnie, brzemieniem strasznych wieści przygnieceni.

- Zwariować przyjdzie! - zakrzyknął wreszcie Wołodyjowski.

- Słusznie waćpan mówisz - rzekł Stanisław. - Dajże Boże wojnę, wojnę jak najprędzej, w której człowiek w domysłach się nie gubi, duszy w desperację nie podaje, jeno się bije.

- Przyjdzie żałować pierwszych czasów Chmielnickiego - rzekł Zagłoba - bo wtedy były klęski, ale zdrajców przynajmniej nie było.

- Takie straszne trzy wojny; gdy po prawdzie na jedną sił nam brak! - rzekł Stanisław.

- Nam nie sił brak, jeno ducha. Niecnotą ginie ojczyzna. Daj Bóg, abyśmy się tu czego lepszego doczekali - mówił posępnie pan Jan.

- Nie odetchnę, aż w polu - rzekł Stanisław.

- Żeby to już prędzej tego księcia zobaczyć! - zakrzyknął Zagłoba.

Życzenia jego sprawdziły się niebawem, gdyż po godzinie czasu przyszedł znów pan Harasimowicz z niższymi jeszcze ukłonami i z oznajmieniem, że książę pilno żąda widzieć ichmościów.

Porwali się tedy zaraz, bo już byli przybrani, i poszli. Harasimowicz wyprowadziwszy ich z cekhauzu poprowadził przez dziedziniec, na którym pełno było już wojskowych i szlachty. W niektórych miejscach rozprawiano tłumnie, widocznie nad tymi samymi nowinami, które rycerzom przyniósł podstarości zabłudowski. Na wszystkich twarzach malował się żywy niepokój i jakieś oczekiwanie gorączkowe. Pojedyncze grupy oficerów i szlachty słuchały mówców, którzy, stojąc pośrodku, gestykulowali gwałtownie. Po drodze słychać było słowa: "Wilno się pali! Wilno spalone!... Ni śladu, ni popiołu! Warszawa wzięta!... Nieprawda, jeszcze nie wzięta!... Szwedzi już w Małopolsce! Sieradzanie opór dadzą!... Nie dadzą! pójdą śladem Wielkopolanów! Zdrada! Nieszczęście! O Boże, Boże! Nie wiadomo, gdzie ręce i szablę wetknąć!"

Takie to słowa, jedne od drugich straszniejsze, odbijały się o uszy rycerzy, a oni szli przeciskając się za Harasimowiczem z trudnością przez wojskowych i szlachtę. Miejscami znajomi witali pana Wołodyjowskiego: "Jak się masz, Michale? Źle z nami! Giniemy! Czołem, mości pułkowniku! A co to za gości prowadzisz do księcia?" - Pan Michał nie odpowiadał chcąc zwłoki uniknąć i tak doszli aż do głównego korpusu zamkowego, w którym janczarowie książęcy, przybrani w kolczugi i olbrzymie białe czapki, straż trzymali.

W sieni i na głównych schodach, obstawionych pomarańczowymi drzewami, ścisk był jeszcze większy niż na podwórzu. Rozprawiano tu o aresztowaniu Gosiewskiego i kawalera Judyckiego, bo rzecz już się była wydała i poruszyła do najwyższego stopnia umysły. Zdumiewano się, gubiono w przypuszczeniach, oburzano się lub chwalono książęcą przezorność; wszyscy zaś spodziewali się usłyszeć wyjaśnienie zagadki z ust samego księcia, dlatego rzeka głów płynęła po szerokich schodach na górę, do sali audiencjonalnej, w której w tej chwili książę przyjmował pułkowników i znakomitszą szlachtę. Trabanci rozstawieni wzdłuż kamiennych poręczy pilnowali, aby nie było zbyt wielkiego tłoku, powtarzając co chwila: "Z wolna, mości panowie! z wolna!" - a tłum posuwał się lub zatrzymywał chwilami, gdy trabant zagradzał drogę halabardą, aby idący naprzód mieli czas wejść do sali.

Na koniec lazurowe sklepienia sali zabłysły przez otwarte drzwi i nasi znajomi weszli. Wzrok ich padł naprzód na wzniesienie ustawione w głębi sali, zajęte przez świetny orszak rycerstwa i panów w pysznych, różnobarwnych strojach. Na przedzie stało puste krzesło, wysunięte więcej od innych, z wysokim tylnym oparciem zakończonym złoconą mitrą książęcą, spod której spływał na dół amarantowy aksamit obramowany gronostajami.

Księcia nie było jeszcze w sali, ale Harasimowicz, wiodąc ciągle za sobą rycerzy, przecisnął się przez zebraną szlachtę aż do małych drzwi ukrytych w ścianie obok wzniesienia; tam kazał się im zatrzymać, a sam zniknął za drzwiami.

Po chwili wrócił z doniesieniem, że książę prosi.

Dwaj Skrzetuscy z Zagłobą i Wołodyjowskim weszli teraz do niewielkiej komnatki, bardzo widnej, obitej skórą wytłaczaną w złociste kwiaty, i zatrzymali się widząc w głębi, za stołem pokrytym papierami, dwóch ludzi pilną zajętych rozmową. Jeden z nich, młody jeszcze, przybrany w strój cudzoziemski i perukę o długich lokach spadających na ramiona, szeptał coś do ucha starszego towarzysza, ten zaś słuchał ze zmarszczoną brwią i kiwał od czasu do czasu głową, tak zajęty przedmiotem rozmowy, że nie zwrócił zrazu uwagi na przybyłych.

Był to człowiek czterdziestokilkoletni, postaci olbrzymiej i barczysty. Ubrany był w strój szkarłatny polski, spięty pod szyją kosztownymi agrafami. Twarz miał ogromną, o rysach, z których biła pycha, powaga i potęga. Była to gniewliwa, lwia twarz wojownika i władcy zarazem. Długie, zwieszające się w dół wąsy nadawały jej wyraz posępny i cała w swej potędze i ogromie była jakby wykuta wielkimi uderzeniami młota z marmuru. Brwi miał w tej chwili zmarszczone z powodu natężonej uwagi, ale zgadłeś łatwo, że gdy je zmarszczy gniew, wówczas biada tym ludziom, tym wojskom, na których gromy owego gniewu spadną.

Było coś tak wielkiego w tej postaci, że patrzącym na nią rycerzom wydawało się, iż nie tylko owa komnata, ale i cały zamek dla niej za ciasny; jakoż nie myliło ich pierwsze wrażenie, albowiem siedział przed nimi Janusz Radziwiłł, książę na Birżach i Dubinkach, wojewoda wileński i hetman wielki litewski, pan tak potężny i dumny, że mu było w całej niezmiernej fortunie, we wszystkich godnościach, ba! nawet na Żmudzi i w Litwie za ciasno.

Młodszy jego towarzysz, w długiej peruce i w cudzoziemskim stroju, był to książę Bogusław, stryjeczny Janusza, koniuszy Wielkiego Księstwa Litewskiego.

Przez chwilę szeptał on jeszcze coś do ucha hetmana, na koniec rzekł głośno:

- Zostawiam więc swój podpis na dokumencie i wyjeżdżam.
- Skoro nie może być inaczej, to jedź wasza książęca mość - rzekł Janusz - choć wolałbym, żebyś został, bo nie wiadomo, co się stać może.
- Wasza książęca mość obmyśliłeś wszystko jak należy, zaś tam pilniej trzeba w sprawy wejrzeć, a zatem Bogu waszą książęcą mość polecam.
- Niech Bóg ma w opiece cały nasz dom i chwały mu przyczyni.
- Adieu, mon frére.
- Adieu.

Dwaj książęta podali sobie ręce, po czym koniuszy wyszedł śpiesznie, a hetman wielki zwrócił się do przybyłych.

- Wybaczcie, waszmościowie, że pozwoliłem czekać - rzekł niskim, powolnym głosem - ale teraz i uwaga, i czas rozerwane na wszystkie strony. Słyszałem już nazwiska waszmościów i ucieszyłem się z duszy, że Bóg w takich chwilach zsyła mi takich rycerzy. Siadajcież, mili goście. Który z waszmościów jest pan Jan Skrzetuski?

- Jam jest, do usług waszej książęcej mości - rzekł Jan.
- To waszmość jesteś starostą... bogdajże cię... zapomniałem...

- Żadnym starostą nie jestem - odrzekł Jan.

- Jak to? - rzekł książę marszcząc swe potężne brwi - waści nie dali starostwa za to, coś pod Zbarażem uczynił?

- Nigdym o to nie zabiegał.

Bo ci powinni byli dać bez starania. Jak to? Co waćpan mówisz? Niczym nie nagrodzono? Zapomniano zgoła? To mi i dziwno. Ale ba! Źle mówię, nie powinno to nikogo dziwić, bo teraz tacy tylko otrzymują nagrody, którzy mają grzbiet wierzbowy, łatwo się gnący. Waszmość nie jesteś starostą, proszę!... Niechże Bogu będą dzięki, żeś tu przyjechał, bo tu nie mamy tak krótkiej pamięci i żadna zasługa nie pozostanie bez nagrody

- jako i twoja, mości pułkowniku Wołodyjowski.

- Na nic jeszcze nie zasłużyłem...

- Zostaw to mnie, a tymczasem weź ten dokument, w Rosieniach już roborowany, którym ci Dydkiemie w dożywocie puszczam. Niezły to kawał ziemi i sto pługów wychodzi w nim co wiosnę orać. Weźże i to, bo nie możem dać więcej, a powiedz panu Skrzetuskiemu, że Radziwiłł nie zapomina swych przyjaciół ani tych, którzy ojczyźnie pod jego wodzą oddali usługi.

- Wasza książęca mość... - wyjąkał zmieszany pan Michał.

- Nie mów nic i wybaczaj, że tak mało, ale powiedz, powiedz ichmościom, że nie zginie, kto swoją fortunę na zło i na dobro z radziwiłłowską połączy. Nie jestem królem, ale - gdybym nim był - Bóg mi świadek, że nie zapomniałbym nigdy takiego Jana Skrzetuskiego ani takiego Zagłoby...

- To ja! - rzekł Zagłoba wysuwając się raźno naprzód, bo już go to niecierpliwić zaczynało, że nie było o nim dotąd wzmianki.

- Zgaduję, że to waszmość, gdyż mi powiadano, żeś człek w lata podeszły.

- Do szkół z dostojnym rodzicem waszej książęcej mości chodziłem, a jako rycerska w nim była od dzieciństwa inklinacja, przeto mnie do poufałości przypuszczał, bo i ja wolałem dzidkę od łaciny.

Panu Stanisławowi Skrzetuskiemu, który Zagłobę mniej znał, dziwno to było słyszeć, gdyż wczorajszego jeszcze dnia Zagłoba mówił w Upicie, że nie z nieboszczykiem księciem Krzysztofem, ale z samym Januszem do szkół chodził, co było niepodobne, bo książę Janusz znacznie był młodszy.

- No, proszę - rzekł książę - to waćpan z Litwy rodem?

- Z Litwy! - odrzekł bez zająknięcia pan Zagłoba.

- To zgaduję, żeś i waszmość żadnej nagrody nie otrzymał, bo my, Litwini, już przywykli do tego, że nas niewdzięcznością karmią... Dla Boga! gdybym waszmościom to dał, co im się słusznie należy, tedyby dla mnie samego nic nie zostało. Ale taki to los! My niesiem krew, życie, fortuny i nikt nam za to głową nie kiwnie. Ha! trudno! jakie ziarno sieją, taki plon będą zbierali... Tak każe Bóg i sprawiedliwość... Waćpanże to usiekłeś przesławnego Burłaja i ściąłeś trzy głowy pod Zbarażem?

- Burłaja ja usiekłem, wasza książęca mość - rzekł Zagłoba - bo powiadali, że z nim się żaden człowiek mierzyć nie może, więc chciałem pokazać młodszym, że męstwo nie całkiem jeszcze wygasło w Rzeczypospolitej... A co do trzech głów, mogło się to w gęstwie bitwy przytrafić... ale pod Zbarażem uczynił to kto inny.

Książę zamilkł na chwilę, po czym odezwał się znowu:

- Zali nie bolesna waszmościom ta wzgarda, jaką wam zapłacono?

- Co czynić, wasza książęca mość, choć człowiekowi i markotno! - odparł Zagłoba.

- Pocieszcieże się, bo się to musi zmienić... Już za to, żeście tu przyjechali, dłużnikiem waszym jestem, a chociażem nie król, przecie się u mnie na obietnicach nie kończy.

- Wasza książęca mość - rzekł na to żywo i trochę dumnie pan Skrzetuski - nie po nagrody i fortuny my tu przyjechali... Jeno że nieprzyjaciel naszedł ojczyznę, więc chcemy jej zdrowiem naszym iść w pomoc pod wodzą tak wsławionego wojownika. Brat mój, Stanisław, patrzył pod Ujściem na bojaźń, nieład, hańbę i zdradę, a w końcu na triumf nieprzyjaciela. Tu pod wielkim wodzem i wiernym obrońcą ojczyzny i majestatu służyć będziem. Tu nie wiktorie, nie triumfy, ale klęski i śmierć czekają na nieprzyjaciół... Ot, dlaczego służby nasze waszej książęcej mości przybyliśmy ofiarować. My, żołnierze, bić się chcemy, i pilno nam do boju.

- Jeśli taka wasza chęć, tedy i w niej będziecie mieli ukontentowanie- odparł książę poważnie. - Nie będziecie długo czekali, choć naprzód na innego nieprzyjaciela ruszymy, bo nam popioły wileńskie pomścić trzeba. Dziś, jutro ruszymy w tamtą stronę i da Bóg, z nawiązką krzywdy zapłacim. Nie zatrzymuję dłużej waszmościów, bo i wy wypoczynku potrzebujecie, i mnie robota pali. A przyjdźcieże wieczorem na pokoje, może się i jaka słuszna zabawa przed pochodem zdarzy, bo siła białogłów pod nasze skrzydła do Kiejdan się przed wojną zjechało. Mości pułkowniku Wołodyjowski, podejmujże drogich gości jakoby w domu własnym i pamiętajcie, że co moje, to i wasze!... Panie Harasimowicz, powiedz tam w sali zebranym panom braciom, że nie wyjdę, bo czasu nie mam, a dziś wieczór dowiedzą się wszystkiego, co chcą wiedzieć... Bądźcie waszmościowie zdrowi i bądźcie Radziwiłłowi przyjaciółmi, gdyż mu siła teraz na tym zależy.

To rzekłszy ów potężny i dumny pan począł podawać z kolei rękę panu Zagłobie, dwom Skrzetuskim, Wołodyjowskiemu i Charłampowi, jakby sobie równym. Posępne oblicze rozjaśniło mu się serdecznym i łaskawym uśmiechem i owa nieprzystępność, otaczająca go zwykle jakoby ciemną chmurą, znikła zupełnie.

- To wódz! to wojownik! - mówił Stanisław, gdy z powrotem przeciskali się przez tłum szlachty zebrany w sali audiencjonalnej.

- W ogień bym za niego poszedł! - zawołał Zagłoba. - Uważaliście, jak wszystkie moje przewagi na pamięć umie?... Ciepło będzie Szwedom, gdy ten lew zaryczy, a ja mu zawtóruję. Nie masz takiego drugiego pana w Rzeczypospolitej, a z dawnych jeden tylko książę Jeremi, a drugi pan

Koniecpolski ojciec mogli z nim wejść w paragon. To nie lada kasztelanina, co to pierwszy z rodu na senatorskim krześle zasiadł i hajdawerów jeszcze sobie na nim nie wytarł, a już nosa zadziera i szlachtę młodszą bracią nazywa, i swój konterfekt zaraz każe malować, aby nawet jedząc miał swoje senatorstwo przed sobą, gdy się go za sobą dopatrzyć nie może... Panie Michale, doszedłeś do fortuny!... Już tak widać jest, że kto się o Radziwiłła otrze, ten sobie wytarty kubrak zaraz ozłoci. Łatwiej tu, widzą, o promocję niż u nas o kwartę gniłek. Wsadzisz rękę w wodę z zamkniętymi oczami i już szczupaka dzierżysz. To mi pan z panów! Szczęść ci Boże, panie Michale. Skonfundowałeś się jak panna po ślubie; ale to nic!... Jakże się to twoje dożywocie nazywa? Dudkowo czy jak?... Pogańskie nazwy w tej krainie. Jak orzechami o ścianę rzucisz, to właśnie imię wioski albo szlachcica uczynisz. Ale byle intrata była dobra, to nie żal i jęzór sobie wystrzępić.

- Skonfundowałem się okrutnie, przyznaję - rzecze pan Michał- bo to, co waćpan mówisz, że tu tak o promocję łatwo, to nieprawda. Nieraz ja słyszałem starych żołnierzy pomawiających księcia o awarycję, a, teraz zaczynają się niespodzianie łaski sypać jedna za drugą.

- Zatknijże sobie ten dokument za pas, uczyń to dla mnie... A jeżeli ktoś jeszcze będzie na niewdzięczność książęcą narzekał, to go zza pasa wyciągnij i daj mu nim w pysk. Lepszego argumentu nie znajdziesz.

- Jedno widzę jasno, że książę sobie ludzi kaptuje - rzekł Jan Skrzetuski - i że chyba jakieś zamiary tworzy, do których mu pomoc potrzebna.

- Alboś to nie słyszał o tych zamiarach? - odrzekł Zagłoba. - Alboż to nie powiedział, że mamy iść popioły wileńskie pomścić?... Powiadali na niego, że Wilno zrabował, a on chce pokazać, że nie tylko cudzego nie potrzebuje, ale i swoje gotów jeszcze oddać... Piękna to ambicja, panie Janie. Daj nam, Boże, więcej takich senatorów!

Tak rozmawiając znaleźli się znowu na dziedzińcu zamkowym, na który wjeżdżały co chwila to oddziały konnych wojsk, to gromady zbrojnej szlachty, to kolaski wiozące personatów okolicznych z żonami i dziećmi. Postrzegłszy to pan Michał pociągnął wszystkich ze sobą do bramy, aby się wjeżdżającym przypatrywać.

- Kto wie, panie Michale, dziś twój fortunny dzień... Może tu i żona dla ciebie pomiędzy tymi szlachciankami jedzie - rzekł pan Zagłoba. - Obacz! ot, jakaś kolaska odkryta się tu zbliża, a w niej coś białego siedzi...

- Nie panna to jeszcze jedzie, ale ten, który mi może ślub z nią dać odrzekł bystrooki pan Wołodyjowski - gdyż z daleka poznaję, że to ksiądz biskup Parczewski nadjeżdża z księdzem Białozorem, archidiakonem wileńskim.

- Zali oni księcia, choć kalwina, odwiedzają?

- Cóż mają czynić? Gdy tego potrzeba dla spraw publicznych, muszą ze sobą politykować.

- Ej, rojno też tu! ej, gwarno! - rzekł z radością pan Zagłoba. - Człowiek już zardzewiał na wsi jak stary klucz w zamku... Tu się lepsze czasy przypomną. Szelmą jestem, jeżeli dzisiaj do jakiej dziewki-gładyszki w zaloty się nie puszczę!

Dalsze słowa pana Zagłoby przerwali żołnierze trzymający straż w bramie, którzy, wypadłszy z odwachu, stanęli w dwa szeregi na przyjęcie księdza biskupa; on zaś przejechał czyniąc krzyż ręką na obie strony, błogosławiąc żołnierzy i zebraną w pobliżu szlachtę.

- Polityczny to pan, książę - rzekł Zagłoba - że tak księdza biskupa honoruje, chociaż sam zwierzchności kościelnej nie uznaje... Dałby Bóg, żeby to był pierwszy krok do nawrócenia.

- E! nie będzie z tego nic. Niemało o to starań czyniła pierwsza jego żona i nic nie wskórała, aż umarła ze zmartwienia... Ale czemu to Szkoty z warty nie schodzą? Widać, znowu ktoś godny będzie przejeżdżał.

Jakoż w dalekości ukazał się cały orszak zbrojnych żołnierzy.

- To dragony Ganchofa, poznaję - rzekł Wołodyjowski - ale jakieś karety w środku idą!

Wtem bębny poczęły warczeć.

- Oho! to, widać, ktoś większy od księdza biskupa żmudzkiego! -zawołał Zagłoba.

- Czekaj waść, już są.

- Dwie karety w pośrodku.

- Tak jest. W pierwszej to pan Korf, wojewoda wendeński.

- Jakże! - zakrzyknął Jan - to znajomy ze Zbaraża...

Jakoż wojewoda poznał ich, a najpierw Wołodyjowskiego, którego widocznie częściej widywał; więc przejeżdżając wychylił się z kolaski i zakrzyknął:

- Witam waszmościów, starzy towarzysze!... Ot, gości wieziem!

W drugiej karecie, z herbami księcia Janusza, zaprzągniętej w cztery białe ogiery, siedziało dwóch panów wspaniałej postaci, ubranych z cudzoziemska, w kapelusze o szerokich koliskach, spod których jasne pukle peruk spływały im aż na ramiona, na koronkowe szerokie kołnierze. Jeden, bardzo otyły, nosił spiczastą płową brodę i wąsy rozstrzępione na końcach i podniesione do góry; drugi, młodszy, ubrany całkiem czarno, mniej rycerską miał postawę, ale może wyższy jeszcze urząd, gdyż na szyi błyszczał mu złoty łańcuch zakończony jakimś orderem. Obaj widocznie byli cudzoziemcami, spoglądali bowiem ciekawie na zamek, na ludzi i na ubiory.

- Co za diabły? - pytał Zagłoba.

- Nie znam ich, nigdy nie widziałem! - odrzekł Wołodyjowski. Wtem karoca przejechała i poczęła okrążać dziedziniec, by zajechać przed główny korpus zamkowy, dragoni zaś zatrzymali się przed bramą.

Wołodyjowski poznał dowodzącego nimi oficera.

- Tokarzewicz! - zakrzyknął - a bywaj no waszmość!

- Czołem, mości pułkowniku!

- A jakich to szołdrów wieziecie?

- To Szwedzi.
- Szwedzi?
- Tak jest, i znaczni ludzie. Ten gruby to hrabia Loewenhaupt, a ów cieńszy to Benedykt Shitte baron von Duderhoff.
- Duderhoff?! - rzekł Zagłoba.
- A czego oni tutaj chcą? - pytał pan Wołodyjowski.
- Bóg ich wie! - odpowiedział oficer. - My ich od Birż eskortujem.
Pewnie paktować z naszym księciem przyjechali, bo tam w Birżach słyszeliśmy, że książę wielkie wojsko zbiera i że ma Inflanty najechać.
- Ha, szelmy, tchórz was oblatuje! - wołał Zagłoba. - To Wielkopolskę najeżdżacie, króla rugujecie, a tu kłaniacie się Radziwiłłowi, by was w Inflanty nie połechtał. Poczekajcie! będziecie zmykać do waszych Duderhoffów, aż wam pończochy opadną! Zaraz my tu z wami podunderujemy. Niech żyje Radziwiłł!
- Niech żyje! - powtórzyła stojąca przy bramie szlachta.
- Defensor patriae! Obrońca nasz! Na Szweda, mości panowie! Na Szweda!
Uczyniło się koło. Coraz więcej szlachty zbierało się z dziedzińca, co widząc Zagłoba skoczył na wystający cokół bramy i począł wołać:
- Mości panowie, słuchajcie! Kto mnie nie zna, temu powiem, żem jest stary zbarażczyk, który Burłaja, największego hetmana po Chmielnickim, tą oto starą ręką usiekł; kto zaś nie słyszał o Zagłobie, ten, widać, czasu pierwszej kozackiej wojny groch łuszczył, kury macał albo cielęta pasał, czego po tak zacnych kawalerach się nie spodziewam.
- Wielki to rycerz! - ozwały się liczne głosy. - Nie masz w Rzeczypospolitej większego!... Słuchajcie!
- Słuchajcie mości panowie! Starym kościom chciało się wypoczynku; lepiej by mi było po piekarniach się wylęgać, twaróg ze śmietaną jadać, po sadach chodzić i jabłka zbierać albo, ręce w tył założywszy, nad żniwakami stać lub dziewki po łopatkach poklepywać. Pewnie i nieprzyjaciel byłby mnie dla własnego dobra ostawił w spokoju, bo i Szwedzi, i Kozacy wiedzą, że mam rękę przyciężką i dałby Bóg, aby moje imię tak było znane waćpanom, jak hostibus jest znane.
- A co to za kur tak górnie pieje? - spytał nagle jakiś głos.
- Nie przerywaj! bodaj cię zabito! - wołali inni.
Lecz Zagłoba dosłyszał.
- Wybaczcie, waćpanowie, temu kogutkowi! - zakrzyknął - bo on jeszcze nie wie, z której strony ogon, a z której głowa.
Szlachta wybuchnęła ogromnym śmiechem, a zmieszany preopinant cofał się prędzej poza tłum, aby ujść szyderstw, które poczęły się sypać na jego głowę.
- Wracam do materii! - mówił Zagłoba. Owóż, repeto, należałby mi się wypoczynek, ale że ojczyzna w paroksyzmie, że nieprzyjaciel depce naszą ziemię, przetom tu jest, mości panowie, aby razem z wami oponować się hostibus w imię tej matki, która nas wszystkich wykarmiła. Kto przy niej

dziś nie stanie, kto jej na ratunek nie pobieży, ten nie syn, ale pasierb, ten niegodzien jej miłości. Ja stary, idę, niech się dzieje wola boża, a jeśli zginąć przyjdzie, tedy ostatnim tchem będę wołał: "Na Szweda! panowie bracia! na Szweda!.. " Poprzysięgnijmy sobie, że nie prędzej popuścimy szable z dłoni, aż ich z ojczyzny wyżeniem!...

- My i bez przysiąg na to gotowi! - zawołały liczne głosy. - Pójdziem, gdzie nas nasz hetman książę poprowadzi; zajedziem, gdzie potrzeba.

- Mości panowie bracia!... Widzieliście, jako dwóch pludraków przyjechało w złocistej karecie. Wiedzą oni, że nie z Radziwiłłem to igrać. Będą za nim po komnatach chodzić i w łokcie go całować, by im dał pokój. Ale książę, mości panowie, od którego z narady wracam, upewnił mnie imieniem całej Litwy, że nic z paktów, nic z pergaminów, jeno wojna i wojna!

- Wojna! wojna! - powtórzyły jak echa głosy słuchaczy.

- Lecz że i wódz - mówił dalej Zagłoba - tym śmielej sobie poczyna, im swoich żołnierzy pewniejszy, okażmy tedy, mości panowie, nasze sentymenta. A nuże! Pójdźmy pod pańskie okna zakrzyknąć: "Hajże na Szweda!"

Za mną, mości panowie!

To rzekłszy zeskoczył z cokołu i ruszył naprzód, a tłum za nim, i tak przyszli pod same okna czyniąc gwar coraz większy, który w końcu zlał się w jeden olbrzymi okrzyk:

- Na Szweda! na Szweda!

Po chwili wypadł z sieni pan Korf, wojewoda wendeński, zmieszany bardzo, za nim Ganchof, pułkownik rajtarów książęcych, i obaj poczęli hamować szlachtę, uciszać, prosić, żeby się rozeszła.

- Na Boga! - mówił pan Korf - tam na górze aż szyby drżą, a waćpanowie ani wiecie, jakeście się nie w porę z waszymi okrzykami wybrali. Jakże to możecie posłom zniewagi czynić, przykład niekarności dawać! Kto was do tego pobudził?

- Ja! - odrzekł Zagłoba. - Powiedz wasza miłość księciu panu w imieniu nas wszystkich, że go prosimy, aby był twardy, bo do ostatniej kropli krwi gotowiśmy przy nim wytrwać.

- Dziękuję waszmościom w imieniu pana hetmana, dziękuję waszmościom, ale już się rozejdźcie. Rozwagi, mości panowie! Na żywy Bóg, rozwagi, bo ojczyznę do reszty pogrążycie! Niedźwiedzią przysługę ojczyźnie oddaje, kto dziś posłów znieważa.

- Co nam do posłów! Chcemy się bić, nie paktować!

- Cieszy mnie animusz waszmościów! Przyjdzie na to pora niedługo, bogdajże i bardzo prędko. Wypocznijcie teraz przed wyprawą. Pora na gorzałkę i przekąskę! Źle się bić o pustym brzuchu.

- Prawda, jako żywo! - zawołał pan Zagłoba.

- Prawda, w sedno utrafił. Skoro książę zna nasze sentymenta, to nie mamy tu co robić!

I tłum począł się rozpraszać, największy zaś płynął do oficyn, w których liczne stoły były już zastawione. Pan Zagłoba szedł na czele - pan Korf zaś wraz z pułkownikiem Ganchofem udali się do księcia, który siedział na naradzie z posłami szwedzkimi, z księdzem biskupem Parczewskim, z księdzem Białozorem, z panem Adamem Komorowskim i z panem Aleksandrem Mierzejewskim, dworzaninem króla Jana Kazimierza, czasowo bawiącym w Kiejdanach.

- Kto tam był sprawcą tej wrzawy? - pytał książę, z którego lwiej twarzy gniew jeszcze nie ustąpił.

- To ów szlachcic świeżo przybyły, sławny pan Zagłoba! - odpowiedział wojewoda wendeński.

- Mężny to rycerz - odparł książę - ale za wcześnie mi się rządzić poczyna. To rzekłszy skinął na pułkownika Ganchofa i począł mu coś szeptać do ucha.

Pan Zagłoba tymczasem, rad z siebie, szedł do sal dolnych uroczystym krokiem, mając przy sobie panów Skrzetuskich i pana Wołodyjowskiego, do których mówił z cicha:

- A co, amici? ledwiem się pokazał, jużem afekt w tej szlachcie ku ojczyźnie rozbudził. Łatwiejże teraz księciu odprawić z niczym posłów, bo się na nasze suffragia potrzebuje tylko powołać. Nie będzie to, jak myślę, bez nagrody, choć najwięcej mi o honor chodzi. Czego żeś tak stanął, panie Michale, jak skamieniały i oczy utkwiłeś w oną kolaskę przy bramie?

- To ona! - rzekł ruszając wąsikiem pan Michał. - Na Boga żywego, ona sama!

- Kto taki?

- Billewiczówna...

- Ta, która ci dała rekuzę?

- Tak jest. Patrzcie waszmościowie, patrzcie! Nie zmarnieże tu człeku od żałości?

- A poczekajcie no! - rzekł Zagłoba - trzeba się przyjrzyć.

Kolaska tymczasem, zatoczywszy koło, zbliżyła się do rozmawiających. Siedział w niej okazały szlachcic z siwiejącym wąsem, a obok niego panna Aleksandra, piękna jak zawsze, spokojna i poważna.

Pan Michał utkwił w nią wzrok rozżalony i skłonił się nisko kapeluszem, ale ona nie dostrzegła go w tłumie. Zagłoba zaś rzekł spoglądając na jej delikatne, szlachetne rysy:

- Pańskie to jakieś dziecko, panie Michale, i za misterna dla żołnierza. Przyznaję, że gładka, ale ja wolę takie, co to i zrazu nie poznasz: armata czy białogłowa?

- Nie wiesz waszmość, kto to przyjechał? - spytał pan Michał stojącego obok szlachcica.

—   Jakże nie wiem?! - odparł szlachcic - to pan Tomasz Billewicz, miecznik rosieński. Wszyscy go tu znają, bo to dawny radziwiłłowski sługa i przyjaciel.

—

ROZDZIAŁ 13

Książę nie pokazał się tego dnia szlachcie aż do wieczora, obiadował bowiem z posłami i kilku dygnitarzami, z którymi poprzednio naradę był składał. Przyszły jednak rozkazy do pułkowników, żeby nadworne pułki radziwiłłowskie, a zwłaszcza regimenty piechoty pod cudzoziemskimi oficerami, stały w pogotowiu. W powietrzu pachniało prochem. Zamek, lubo nieobronny, otoczony był wojskiem, jak gdyby pod jego murami miano bitwę stoczyć. Spodziewano się pochodu najpóźniej na jutrzejszy ranek i były tego widome oznaki, niezliczona bowiem czeladź książęca zajęta była, ładowaniem na wozy broni, kosztownych sprzętów i książęcego skarbca. Harasimowicz opowiadał szlachcie, że wozy pójdą do Tykocina na Podlasie, bo niebezpiecznie by było, aby skarbiec zostawał w nieobronnym kiejdańskim zamku. Przygotowywano i rekwizyta wojenne, które miały iść za wojskiem.

Rozeszły się wieści, że hetman polny Gosiewski dlatego został aresztowany, że nie chciał połączyć swych chorągwi, stojących w Trokach, z radziwiłłowskimi, przeto na jawną zgubę całą wyprawę wystawiał. Zresztą przygotowania do pochodu, ruch wojsk, turkot armat wytaczanych z zamkowego arsenału i ów rozgardiasz towarzyszący zawsze pierwszym chwilom wojennych wypraw odwrócił uwagę w inną stronę i kazał zapomnieć rycerstwu o aresztowaniu pana Gosiewskiego i kawalera Judyckiego.

Obiadująca w olbrzymich dolnych salach oficyn szlachta o niczym nie rozprawiała, jeno o wojnie, o pożarze Wilna, które już dziesięć dni gorzało, coraz sroższym paląc się pożarem, o wieściach z Warszawy, o postępach Szwedów i o Szwedach samych, przeciw którym, jako przeciw wiarołomcom, napadającym sąsiada wbrew traktatowi, mającemu jeszcze na sześć lat siłę, burzyły się serca, umysły i wzrastała w duszach zawziętość. Wieści o szybkich postępach, o kapitulacji Ujścia, zalaniu Wielkopolski wraz ze wszystkimi miastami, o grożącym najściu Mazowsza i nieuniknionym wzięciu Warszawy nie tylko nie budziły trwogi, ale przeciwnie, podniecały odwagę i ochotę do boju. Działo się to dlatego, że jasne już były dla wszystkich przyczyny tego szwedzkiego powodzenia. Oto dotychczas nie zetknęli się jeszcze ani razu z wojskiem ani z wodzem prawdziwym. Radziwiłł był pierwszym wojownikiem z rzemiosła, z którym mieli się zmierzyć, a który tymczasem wzbudzał absolutną ufność w swe zdolności wojenne w zebranej szlachcie, zwłaszcza że i pułkownicy jego zaręczali, iż pobiją Szwedów w otwartym polu.

- Nie może być inaczej! - mówił pan Michał Stankiewicz, stary i doświadczony żołnierz. - Pamiętam wojny dawniejsze i wiem, że bronili się zawsze w zamkach, w warownych obozach, zza szańczyków; nigdy nie śmieli stawić się nam w otwartym polu, bo się jazdy okrutnie bali, a gdzie dufając w siłę wystąpili, tam słuszne otrzymali ćwiczenie. Nie wiktoria to dała w ich ręce Wielkopolskę, ale zdrada i pospolitego ruszenia niedołęstwo.

- Tak jest! - rzecze pan Zagłoba. - Mdły to naród, bo ziemia tam okrutnie nieurodzajna i chleba nie mają, bo jeno szyszki sosnowe mielą, z takiej to mąki podpłomyki czyniąc, które żywicą śmierdzą. Inni nad morzem chodzą i co tylko fala wyrzuci, to żrą, jeszcze się z sobą o owe specjały bijąc. Hołota tam okrutna, dlatego nie masz narodu na cudze łapczywszego, bo nawet Tatarzy końskiego mięsa ad libitum mają, a oni czasem po roku mięsa nie widują i ciągle głodem przymierają, chyba że połów ryb zdarzy się obfity.

Tu Zagłoba zwrócił się do pana Stankiewicza:

- A waszmość to kiedy ze Szwedami się zapoznał?

- Pod księciem Krzysztofem, ojcem teraźniejszego pana hetmana.

- A ja pod panem Koniecpolskim, ojcem dzisiejszego chorążego. Srodześmy kilkakroć Gustawa Adolfa w Prusach porazili i jeńców niemałośmy nabrali; tamem ich na wylot przeznał i wszelkie ich sposoby. Nacudowali się nad nimi nasi chłopcy niemało, bo trzeba waszmościom wiedzieć, że Szwedzi, jako to naród ustawicznie w wodzie brodzący i z morza największe ciągnący intraty, nurkowie są exquisitissimi. Tośmy się im popisywać kazali - i co waszmościowie na to powiecie: rzucisz szelmę w jedną przerębel, to on ci drugą wypłynie i jeszcze śledzia żywego w pysku trzyma...

- Na Boga, co waszmość mówisz?!

- Niech tu trupem padnę, jeślim tego mało sto razy na własne oczy nie widział i innych dziwnych ich obyczajów. Pamiętam i to, że tak się na pruskim chlebie spaśli, iż potem wracać nie chcieli. Słusznie jegomość pan Stankiewicz mówi, że nietędzy z nich żołnierze. Piechotę mają jaką taką, ale jazdę, Boże się pożal, bo koni w ich ojczyźnie nie masz i z młodu nie mogą do jazdy nawyknąć.

- Podobnoć najpierw nie na nich pójdziemy - mówił pan Szczyt - jeno za Wilno pomścić?

- Tak jest. Sam to księciu radziłem, gdy się pytał, co w tej materii myślę - odparł Zagłoba. - Ale skończywszy z jednymi, pójdziemy wnet na drugich. Muszą się tam posełkowie pocić.

- Politycznie ich przyjmują - rzekł pan Załęski - ale nic, chudziątka, nie wskórają, a najlepszy dowód - rozkazy wojsku dane.

- Miły Boże, miły Boże! - mówił pań Twarkowski, sędzia rosieński - jak to wraz z niebezpieczeństwy ochoty przybywa... Jużeśmy mało nie zdesperowali, z jednym nieprzyjacielem do czynienia mając, a teraz nam na obydwóch.

- Nie może być inaczej - odparł Stankiewicz. - Nieraz to bywa, że się pozwolisz bić póty, póki ci cierpliwości nie zbraknie, a potem, ni stąd, ni zowąd, znajdzie się i wigor, i fantazja. Małośmy to ucierpieli, mało przenieśli?!... Spuszczaliśmy się na króla i pospolite ruszenie koronne, na własne siły nie licząc, aż wreszcie mamy wóz i przewóz: trzeba albo obydwóch bić, albo zginąć z kretesem...

- Bóg nam pomoże! Dosyć tego zwlekania!

- Sztych nam do gardła przyłożyli!

- Przyłóżmy im i my! Pokażemy koroniarczykom, jacy to tu żołnierze! Nie będzie u nas Ujścia, jako Bóg w niebie!

I w miarę kielichów rozgrzewały się czupryny i rosły humory wojenne. Tak nad brzegiem przepaści ostatni wysiłek częstokroć o ocaleniu stanowi. Zrozumiały to te tłumy żołnierzy i owa szlachta, którą tak niedawno jeszcze Jan Kazimierz do Grodna wzywał przez rozpaczliwe uniwersały na pospolite ruszenie. Teraz wszystkie serca, wszystkie umysły zwrócone były ku Radziwiłłowi; wszystkie usta powtarzały to groźne imię, z którym do niedawna zawsze zwycięstwo szło w parze. Jakoż od niego tylko zależało zebrać rozproszone, poruszyć uśpione siły kraju i stanąć na czele potęgi dostatecznej do pomyślnego rozstrzygnięcia obydwóch wojen.

Po obiedzie wzywano do księcia kolejno pułkowników: Mirskiego, który w pancernej hetmańskiej chorągwi porucznikował, a po nim Stankiewicza, Ganchofa, Charłampa, Wołodyjowskiego i Sołłohuba. Zdziwili się trochę starzy żołnierze, że ich pojedynczo, nie wspólnie, na naradę zapraszają; ale miłe to było zdziwienie, każdy bowiem odchodził z jakąś nagrodą, z jakimś widocznym dowodem książęcego faworu; w zamian zaś żądał tylko książę wierności i ufności, które i tak wszyscy z duszy serca mu ofiarowali. Wypytywał się też pan hetman troskliwie, czy pan Kmicic nie wrócił, i kazał sobie dać znać, gdy wróci.

Jakoż wrócił, ale dopiero późnym wieczorem, gdy już sale były oświetlone i goście poczęli się zbierać. W cekhauzie, dokąd przyszedł się przebrać, zastał pana Wołodyjowskiego i poznajomił się z resztą kompanii.

- Okrutniem rad, że waszmości widzę i sławnych przyjaciół - rzekł wstrząsając ręką małego rycerza. - Jakobym brata zobaczył! Możesz w to waszmość wierzyć, bo ja symulować nie umiem. Prawda, żeś mnie szpetnie przez łeb przejechał, aleś mnie potem na nogi postawił, czego do śmierci nie zapomnę. Przy wszystkich to mówię, że gdyby nie waszmość, to bym się teraz za kratą kołatał. Bodaj się tacy ludzie na kamieniu rodzili. Kto inaczej myśli, ten kiep, i niech mnie diabeł porwie, jeśli mu uszów nie obetnę.

- Daj waść pokój.

- W ogień za waćpanem pójdę, bodajem przepadł! Wychodź, kto nie wierzy!

Tu pan Andrzej począł toczyć wyzywającym wzrokiem po oficerach, ale nikt nie zaprzeczył, bo zresztą wszyscy lubili i szanowali pana Michała; jeno Zagłoba rzekł:

- Siarczysty jakiś żołnierz, daj go katu! Widzi mi się, że srodze polubię waćpana za ten afekt do pana Michała, bo mnie się dopiero spytać, ile on wart.

- Więcej niż my wszyscy! -odrzekł Kmicic ze zwykłą sobie porywczością.

Po czym spojrzał na panów Skrzetuskich, na Zagłobę i dodał:

- Przepraszam waszmościów, nie chcę nikomu ubliżyć, bo wiem, żeście cnotliwi ludzie i wielcy rycerze... Nie gniewajcie się, bo ja bym z serca chciał na przyjaźń waćpaństwa zasłużyć.

- Nic nie szkodzi - rzekł Jan Skrzetuski - co w sercu, to w gębie.

- Daj no waćpan pyska! - rzekł pan Zagłoba.

- Nie mnie dwa razy taką rzecz powtarzać!

I padli sobie w objęcia. Po czym pan Kmicic zakrzyknął:

- Musimy dziś podpić, nie może być inaczej!

- Nie mnie dwa razy taką rzecz powtarzać! - rzekł jak echo Zagłoba.

- Wymkniemy się wcześniej do cekhauzu, a o napitkach pomyślę.

Pan Michał począł ruszać mocno wąsikami.

"Nie będziesz ty się miał ochoty wymykać - pomyślał sobie w duchu, spoglądając na Kmicica - jeno zobaczysz, kto tam na pokojach dzisiaj będzie..."

I już usta otwierał, aby powiedzieć Kmicicowi, że pan miecznik rosieński z Oleńką przyjechali do Kiejdan, ale zrobiło mu się jakoś mdło na sercu, więc zwrócił rozmowę.

- A waścina chorągiew gdzie jest? - pytał.

- Tu. Gotowiuśka! Był u mnie Harasimowicz i przyniósł mi rozkaz od księcia, by o północku ludzie byli na koniach. Pytałem go, czy to mamy wszyscy ruszać, powiedział: nie!... Nie rozumiem, co to znaczy. Z innych oficerów jedni mają ten sam rozkaz, inni nie mają. Ale piechota cudzoziemska wszystka otrzymała.

- Może część wojsk dziś pójdzie na noc, część jutro - rzekł Jan Skrzetuski.

- W każdym razie ja tu z waszmościami podpiję, a chorągiew niech sobie rusza... Potem w godzinę ją dogonię.

W tej chwili wpadł Harasimowicz.

- Jaśnie wielmożny chorąży orszański! - wołał kłaniając się we drzwiach.

- A co? czy się pali? jestem! - rzekł Kmicic.

- Do księcia pana! do księcia pana!

- Zaraz, jeno szaty zawdzieję. Chłopię! kontusz i pas, bo zetnę!

Pachołek w mig podał resztę ubioru i w kilka minut później pan Kmicic, strojny jak na wesele, ruszył do księcia. Łuna od niego biła, tak wydał się urodziwy. Żupan miał z lamy srebrnej, dzierzgany w rzuty gwieździste, od których szedł blask na całą postać, a zapięty wielkim szafirem pod szyją. Na to kontusz z błękitnego aksamitu, pas biały, ceny niezmiernej, tak subtelny, że przez pierścień można go było przewlec. Srebrzysta szabla usiana szafirami zwieszała się u pasa na jedwabnych rapciach, za pas zaś zatknął i buzdygan rotmistrzowski, mający powagę, osoby oznaczać. Dziwnie zdobił ten strój młodego rycerza i piękniejszego męża trudno by było w całym tym niezmiernym tłumie zebranym w Kiejdanach znaleźć.

Pan Michał westchnął patrząc na niego i gdy Kmicic zniknął za drzwiami cekhauzu, rzekł do pana Zagłoby:

- Z takim przy białogłowie ani rady!
- Ujmij mi jeno trzydzieści lat! - rzekł Zagłoba.

Książę już był także ubrany, gdy wszedł Kmicic, i właśnie szatny w towarzystwie dwóch Murzynów wyszedł był z komnaty. Zostali sam na sam.

- Daj ci Boże zdrowie, żeś pospieszył! - rzekł książę.
- Do usług waszej książęcej mości.
- A chorągiew?
- Wedle rozkazu.
- Pewni też to ludzie?
- W ogień, do piekła pójdą!
- To dobrze! Takich ludzi mi potrzeba... i takich jak tý na wszystko gotowych... Ciągle to powtarzam, że na nikogo więcej niż na ciebie nie liczę.
- Wasza książęca mość! nie mogą się moje zasługi równać z zasługami starych żołnierzy, ale jeśli mamy na nieprzyjaciół ojczyzny ruszyć, tedy Bóg widzi, nie pozostanę w tyle.
- Nie ujmuję ja starym zasług - rzekł książę - chociaż... mogą przyjść takie pericula, tak ciężkie terminy, że i najwierniejsi się zachwieją.
- Niech ten zginie marnie, kto od osoby waszej książęcej mości w niebezpieczeństwie odstąpi!

Książę spojrzał bystro w twarz Kmicica.

- A ty... nie odstąpisz?

Młody rycerz zapłonął.

- Wasza książęca mość!...
- Co chcesz mówić?
- Wyspowiadałem się waszej książęcej mości ze wszystkich grzechów moich, i taka ich kupa, że jeno ojcowskiemu sercu waszej książęcej mości zawdzięczam przebaczenie... Ale w tych wszystkich grzechach jednego nie masz: niewdzięczności.
- Ani wiarołomstwa... Wyspowiadałeś się przede mną jak przed ojcem, a jam ci nie tylko jak ojciec przebaczył, alem cię pokochał jak syna... którego Bóg mi nie dał i dlatego ciężko mi nieraz na świecie. Bądźże mi przyjacielem!

To rzekłszy książę wyciągnął rękę, a młody rycerz uchwycił ją i bez wahania do ust przycisnął.

Milczeli obaj przez długą chwilę; nagle książę utkwił oczy w oczach Kmicica i rzekł:

- Billewiczówna tu jest!

Kmicic pobladł i począł jąkać coś niezrozumiale.

- Umyślniem po nią posłał, żeby się ta niezgoda między wami skończyła. Zobaczysz ją zaraz, bo jej żałoba po dziadzie już wyszła. Dziś także, choć Bóg widzi, że głowa pękała mi od roboty, mówiłem z panem miecznikiern rosieńskim.

Kmicic porwał się za głowę.

- Czym ja się waszej książęcej mości odpłacę? Czym ja odpłacę?...
- Powiedziałem wyraźnie panu miecznikowi, że taka moja wola, abyście się najprędzej pobrali, i nie będzie ci przeciwny. Przykazałem mu też, aby dziewkę z wolna do tego przygotował. Mamy czas. Od ciebie wszystko zależy, a ja szczęśliwy będę, jeśli cię nagroda z rąk moich dojdzie i daj Boże doczekać, wiele innych, boś ty powinien pójść wysoko. Grzeszyłeś, boś młody, aleś już sławę na polu zdobył niepoślednią... i wszyscy młodzi gotowi wszędy iść za tobą. Dla Boga, powinieneś pójść wysoko! Nie dla takiego to rodu, jak twój, urzędy powiatowe... Zali wiesz, żeś ty Kiszków krewny, a z Kiszczanki ja się rodzę... Trzeba ci jeno statku, na co ożenek najlepsza rzecz. Bierzże oną dziewczynę, kiedy ci do serca przypadła, i pamiętaj, kto ci ją daje.
- Wasza książęca mość, ja chyba oszaleję!... Życie, krew moja do waszej książęcej mości należą!... Co mam czynić, aby się wywdzięczyć? co? Mów wasza książęca mość! rozkazuj!
- Dobrem za dobro mi odpłać... Miej wiarę we mnie, miej ufność, że co uczynię, to dla dobra publicznego uczynię. Nie odstępuj mnie, gdy będziesz widział zdradę i odstępstwo innych, gdy się złość wzmoże, gdy mnie samego...
Tu książę urwał nagle.
- Przysięgam! - rzekł z zapałem Kmicic - i parol kawalerski daję do ostatniego tchnienia stać przy osobie waszej książęcej mości, mego wodza, ojca i dobrodzieja!
To rzekłszy Kmicic spojrzał oczyma pełnymi ognia na księcia i aż strwożył się zmianą, jaka nagle zaszła w jego twarzy. Twarz ta była czerwona, żyły na niej nabrały, krople potu gęsto osiadły na wyniosłym czole, a oczy rzucały blask niezwykły.
- Co waszej książęcej mości jest? - pytał niespokojnie rycerz.
- Nic, nic!...
Radziwiłł wstał, ruszył spiesznym krokiem do klęcznika i zerwawszy z niego krucyfiks począł mówić gwałtownym, przytłumionym głosem:
- Na ten krzyż przysięgnij, że mnie nie opuścisz do śmierci!...
Mimo całej gotowości i zapału Kmicic spoglądał przez chwilę na niego ze zdumieniem.
- Na tę mękę Chrystusa... przysięgnij!... - nalegał hetman.
- Na tę mękę Chrystusa... przysięgam! - rzekł Kmicic kładąc palce na krucyfiksie.
- Amen! - dodał uroczystym głosem książę.
Echo wysokiej komnaty powtórzyło gdzieś pod sklepieniem: "Amen" i nastała długa cisza. Słychać było tylko oddech potężnej radziwiłłowskiej piersi. Kmicic nie odrywał od hetmana zdumionych oczu.
- Teraz jużeś mój... - rzekł wreszcie książę.
- Zawszem do waszej książęcej mości należał - odparł skwapliwie młody rycerz - ale racz mi wasza książęca mość powiedzieć, racz mnie objaśnić,

co się dzieje? Dlaczego wasza książęca mość wątpiłeś o tym? Czyli grozi co dostojnej osobie? Aza zdrada jaka, jakowe machinacje zostały odkryte?

- Zbliża się czas próby - rzekł ponuro książę - a co do nieprzyjaciół nie wieszli to, że pan Gosiewski, pan Judycki i pan wojewoda witebski radzi by mnie na dno przepaści pogrążyć? Tak jest! Wzmaga się nieprzyjaciel domu mego, szerzy się zdrada i grożą klęski publiczne. Dlatego mówię: zbliża się czas próby...

Kmicic zamilkł, ale ostatnie słowa księcia nie rozproszyły ciemności, jakie obsiadły jego umysł, i próżno pytał sam siebie, co może grozić w tej chwili potężnemu Radziwiłłowi? Wszakże stał na czele większych sił niż kiedykolwiek. W samych Kiejdanach i w okolicy stało tyle wojska, że gdyby był książę miał podobną potęgę, zanim pod Szkłów ruszył, los całej wojny wypadłby niezawodnie inaczej.

Gosiewski i Judycki byli mu wprawdzie niechętni, ale obydwóch miał w ręku i pod wartą, a co do wojewody witebskiego, zbyt to był cnotliwy człowiek, zbyt dobry obywatel, aby w przeddzień nowej wyprawy przeciw nieprzyjaciołom można się było obawiać z jego strony jakichkolwiek przeszkód i machinacji.

- Bóg widzi, nic nie rozumiem! -zakrzyknął Kmicic nie umiejący w ogóle utrzymać swoich myśli.

- Dziś jeszcze zrozumiesz wszystko - odparł spokojnie Radziwiłł.

- A teraz pójdźmy do sali.

I wziąwszy pod rękę młodego pułkownika skierował się z nim ku drzwiom.

Przeszli kilka komnat. Z daleka, z olbrzymiej sali, dochodziły dźwięki kapeli, której przewodził Francuz sprowadzony umyślnie przez księcia Bogusława. Grano też menueta, którego wówczas na dworze francuskim tańcowywano. Łagodne tony mieszały się z gwarem licznych głosów ludzkich. Książę Radziwiłł zatrzymał się i słuchał.

- Daj Boże - rzekł po chwili - aby ci wszyscy goście, których pod dach przyjmuję, nie przeszli jutro do moich nieprzyjaciół.

- Mości książę - odparł Kmicic - mam nadzieję, że nie masz między nimi szwedzkich stronników...

Radziwiłł drgnął i wstrzymał się nagle.

- Co ty chcesz powiedzieć?

- Nic, mości książę, jeno, że tam zacni żołnierze się weselą.

- Chodźmy... Czas pokaże i Bóg osądzi, kto zacny... Chodźmy! Przy samych drzwiach stało dwunastu paziów, cudnych chłopiąt przybranych w pióra i aksamity. Ujrzawszy hetmana sformowali się w dwa szeregi, książę zaś zbliżywszy się pytał:

- Jej książęca mość weszła już na salę?

- Tak jest, mości książę! - odpowiedzieli chłopcy.

- A ichmościowie posłowie?

- Są także.

- Otwieraj!

Obie połowy drzwi rozwarły się w mgnieniu oka, potok światła lunął przez nie i oświecił olbrzymią postać hetmana, który mając za sobą pana Kmicica i paziów wszedł na podniesienie, na którym krzesła dla przedniejszych gości były zastawione.

Wnet ruch uczynił się w sali, wszystkie oczy zwróciły się na księcia, potem jeden okrzyk wyrwał się z setek piersi rycerskich:

- Niech żyje Radziwiłł! Niech żyje! Niech nam hetmani! Niech żyje!

Książę kłaniał się głową i ręką, następnie jął witać gości zebranych na estradzie, którzy podnieśli się w chwili, gdy wchodził. Byli tam między znakomitszymi, oprócz samej księżnej, dwaj posłowie szwedzcy, poseł moskiewski, pan wojewoda wendeński, ksiądz biskup Parczewski, ksiądz Białozor, pan Komorowski, pan Mierzejewski, pan Hlebowicz, starosta żmudzki, szwagier hetmański, jeden młody Pac, oberszt Ganchof, pułkownik Mirski, Weissenhoff, poseł księcia kurlandzkiego, i kilka pań z otoczenia księżnej.

Pan Hetman, jako przystało na gościnnego gospodarza, począł powitania od posłów, z którymi kilkanaście słów uprzejmych zamienił, po czym witał innych, a skończywszy zasiadł na krześle z gronostajowym baldachimem i spoglądał na salę, w której jeszcze brzmiały okrzyki:

- Niech żyje!... Niech nam hetmani!... Niech żyje!...

Kmicic, ukryty za baldachimem, patrzył również na tłumy. Wzrok jego przeskakiwał z twarzy na twarz, szukając wśród nich ukochanych rysów tej, która w tej chwili zajmowała całą duszę i serce rycerza. Serce biło mu jak młotem...

„Ona tu jest! Za chwilę ją ujrzę, przemówię do niej!..." - powtarzał sobie w myśli... I szukał, szukał coraz chciwiej, coraz niespokojniej. Ot, tam! ponad piórami wachlarza widać jakieś brwi czarne, białe czoło i jasne włosy. To ona!

Kmicic dech wstrzymuje, jakby w obawie, żeby nie spłoszyć zjawiska, ale tymczasem poruszają się pióra, twarz się odsłania - nie! to nie Oleńka, to nie ta miła i najmilejsza. Wzrok leci dalej, obejmuje wdzięczne postacie, ślizga się po piórach, atłasach, rozkwitłych jak kwiaty twarzach, i łudzi się co chwila. Nie ona i nie ona! Aż wreszcie, hen! w głębi, wedle framugi okna, zamajaczyło coś białego i rycerzowi pociemniało w oczach - to Oleńka, to ta miła i najmilejsza...

Kapela poczyna grać na nowo, tłumy przechodzą, kręcą się damy, migocą strojni kawalerowie, a on, jak ślepy i głuchy, nic nie widzi, tylko ją, i patrzy tak chciwie, jakby ją pierwszy raz widział. Niby to ta sama Oleńka z Wodoktów, a inna. W tej ogromnej sali i w tym tłumie wydaje się jakaś mniejsza i twarzyczkę ma drobniejszą, rzekłbyś: dziecinną. Ot! wziąłbyś całą na ręce i przytulił! A przecie znowu ta sama, choć inna: też same to rysy, te słodkie usta, takież rzęsy, cień rzucające na policzki, i to czoło jasne, spokojne, kochane... Tu wspomnienia jak błyskawice poczynają się przesuwać przez głowę pana Andrzeja: owa czeladna w Wodoktach, gdzie ją ujrzał po raz pierwszy, i te ciche komnatki, w których przesiadywali razem. Co za słodycz, choćby tylko wspominać!... A ta sanna do Mitrunów, podczas której on ją całował!... Potem już ludzie poczęli ich rozdzielać i burzyć ją przeciw niemu.

"A! żeby to pioruny zatrzasły! - zakrzyknął w duszy pan Kmicic. - Co ja miałem i com ja utracił! Jaka ona była bliska, a jaka teraz daleka!" Siedzi oto z dala, jak obca, ani wie, że on tu jest. I gniew, ale zarazem żal niezmierny pochwycił pana Andrzeja, żal, dla którego innych słów nie znalazł, jeno wykrzyk w duszy, który przez usta nie przeszedł:

"Ej, ty! Oleńka! ej, ty!..."

Nieraz pan Andrzej wściekał się na siebie za swoje dawne postępki, że miewał ochotę kazać się ludziom własnym rozciągnąć i sto bizunów wyliczyć, ale nigdy nie wpadł w taki gniew jak teraz, gdy ją znów ujrzał po długim niewidzeniu, cudniejszą jeszcze niż zwykle, cudniejszą nawet, niż sobie wyobrażał. W tej chwili chciałby się pastwić nad sobą, ale że był między ludźmi, w dostojnym towarzystwie, więc tylko zęby zaciskał i jakoby chcąc sobie umyślnie jeszcze większy ból zadać, powtarzał w duchu:

"Dobrze ci tak, kpie! Dobrze ci!"

Tymczasem dźwięki kapeli umilkły znowu i zamiast nich usłyszał pan Andrzej głos hetmana:

- Chodź za mną!

Kmicic zbudził się jakby ze snu.

Książę zeszedł ze wzniesienia i wmieszał się między gości. Na twarzy miał uśmiech łagodny i dobrotliwy, który zdawał się jeszcze podnosić majestat jego postaci. Był to ten sam wspaniały pan, który czasu swego przyjmując królowę Marię Ludwikę w Nieporęcie dziwił, zdumiewał i gasił dworaków francuskich nie tylko przepychem, ale i dwornością swych obyczajów; ten sam, o którym z takim uwielbieniem pisał Jan Laboureur w relacji ze swej podróży. Teraz więc zatrzymywał się co chwila przy poważniejszych matronach, przy zacniejszej szlachcie i pułkownikach, mając dla każdego z gości jakieś łaskawe słowo, dziwiąc obecnych swą pamięcią i jednając w mgnieniu oka wszystkie serca. Oczy obecnych biegały za nim, gdzie się tylko poruszył, on zaś z wolna zbliżył się do pana miecznika rosieńskiego Billewicza i rzekł:

- Dziękuję ci, stary przyjacielu, żeś przybył, chociaż miałbym się prawo i gniewać. Nie o sto mil Billewicze od Kiejdan, a z ciebie rara avis pod moim dachem.

- Wasza książęca mość - odpowiedział pan miecznik kłaniając się nisko - krzywdę ojczyźnie czyni, kto waszej książęcej mości czas zabiera.

- A ja już myślałem się zemścić i najechać cię w Billewiczach, a przecie myślę, że przyjąłbyś wdzięcznie starego kompana obozowego?

Słysząc to pan miecznik aż zarumienił się ze szczęścia, a książę mówił dalej:

- Jeno czasu, czasu zawsze nie staje!... Ale jak krewniaczkę, wnuczkę nieboszczyka pana Herakliusza, będziesz za mąż wydawał, to już na weselisko koniecznie zjadę, bom wam to obydwom powinien.

- Dajże Boże dziewce jak najprędzej! - zawołał pan miecznik.

- Tymczasem przedstawiam ci pana Kmicica, chorążego orszańskiego, z tych Kmiciców, co to Kiszkom, a przez Kiszków i Radziwiłłom krewni. Musiałeś to nazwisko od Herakliusza słyszeć, bo on Kmiciców jak braci kochał...

- Czołem, czołem! - powtórzył pan miecznik, któremu zaimponowała nieco wielkość rodu młodego kawalera głoszona przez samego Radziwiłła.

- Witam pana miecznika dobrodzieja i służbie się jego polecam - rzekł śmiało i nie bez pewnej dumy pan Andrzej. - Pan pułkownik Herakliusz był mi ojcem i dobrodziejem, a choć się później popsowała jego robota, to jednak nie przestałem miłować wszystkich Billewiczów, jakoby własna moja krew w nich płynęła.

- Szczególnie - rzekł książę kładąc poufale rękę na ramieniu młodzieńca - nie przestał miłować jednej Billewiczówny, z czym mi się dawno zwierzył.

- I każdemu do oczu to powtórzę! - rzekł zapalczywie Kmicic.

- Powoli, powoli! - odpowiedział książę. - To, widzisz, mości mieczniku, z siarki i ognia jest kawaler, przez co i nabroił trochę; ale że młody i pod moją szczególniejszą jest protekcją, przeto tuszę, że jak we dwóch zaczniem błagać, tak i otrzymamy zdjęcie kondemnaty przed onym wdzięcznym trybunałem.

- Wasza książęca mość uczyni, co zechce! - odrzekł pan miecznik.

- Nieszczęsna dziewka musi zakrzyknąć jak ona kapłanka pogańska Aleksandrowi: "Któż ci się oprze!"

- A my jako ów Macedończyk, poprzestaniem na tej wróżbie - mówił śmiejąc się książę. - Ale dość tego! Prowadźże nas teraz do swej krewniaczki, bo i ja rad ją obaczę. Niechże się naprawi ta robota pana Herakliusza, która się popsowała.

- Służę waszej książęcej mości!... Tam oto dziewczyna siedzi pod opieką pani Wojniłłowiczowej, naszej krewnej. Jeno błagam o przebaczenie, jeśli się skonfunduje, bom też jeszcze nie miał czasu jej ostrzec.

Przewidywania pana miecznika były słuszne. Na szczęście Oleńka nie w tej dopiero chwili ujrzała pana Andrzeja przy boku hetmańskim, więc mogła nieco przyjść do siebie, ale na razie o mało nie opuściła jej przytomność. Pobladła jak płótno, nogi zadrżały pod nią i patrzyła tak na młodego rycerza, jakby patrzyła na ducha zjawiającego się z tamtego świata. I długo oczom nie chciała wierzyć. Toż ona sobie wyobrażała, że ów nieszczęśnik albo tuła się gdzieś po lasach, bez dachu nad głową, opuszczony od wszystkich, ścigany jak dziki zwierz przez sprawiedliwość; albo zamknięty w wieży, spogląda rozpaczliwym wzrokiem przez żelazną kratę na wesoły świat boży. Bóg jeden wiedział, jak straszny nieraz żal gryzł jej serce i oczy za tym straceńcem; Bóg jeden mógł policzyć łzy, które w samotności nad jego losem, tak okrutnym, choć tak zasłużonym, wylała - a tymczasem on znalazł się w Kiejdanach, wolny, przy boku hetmańskim, dumny i strojny w lamy i aksamity, z pułkownikowskim buzdyganem za pasem, ze wzniesionym czołem, z rozkazującą hardą twarzą junacką i sam hetman wielki, sam Radziwiłł, kładł mu rękę poufale na ramieniu. Dziwne a sprzeczne uczucia splotły się naraz w sercu dziewczyny; więc jakaś wielka ulga, jakby jej kto brzemię zdjął z ramion; więc jakiś żal, że tyle litości i zmartwienia poszło na próżno; więc i ten zawód, jakiego doznaje każda uczciwa dusza na widok bezkarności zupełnej za ciężkie grzechy i występki; więc i radość, i poczucie własnej niemocy, i graniczący z przestrachem podziw dla tego junaka, który potrafił z takiej toni wypłynąć.

Tymczasem książę, miecznik i Kmicic skończyli rozmowę i poczęli się zbliżać. Dziewczyna nakryła oczy powiekami i podniosła tak ramiona jak ptak skrzydła, kiedy chce głowę między nimi ukryć. Była zupełnie pewna, że idą ku niej. Nie patrząc widziała ich, czuła, że są bliżej i bliżej, że już nadchodzą, że zatrzymali się. Tak była tego pewną, że nie podnosząc powiek wstała nagle i złożyła głęboki ukłon księciu.

On zaś istotnie stał już przed nią i przemówił:

- Na mękę Pańską!... Teraz się młodemu nie dziwię, bo cudnie to kwiecie rozkwitło... Witam cię, moja panienko, witam z całego serca i duszy kochaną wnuczkę mojego Billewicza. Poznajeszże mnie? - Poznaję, wasza książęca mość! - odrzekła dziewczyna.

- A ja bym cię nie poznał, bom cię jeszcze młódką nierozkwitłą ostatni raz widział, nie w tej ozdobie, w jakiej teraz chodzisz... Podnieś no jeno one firanki z oczu... Dla Boga! szczęśliwy nurek, który taką perłę wyłowi; nieszczęsny, który ją miał i stracił... Owóż stoi tu przed tobą taki desperat w osobie tego kawalera. Poznajeszże i jego?

- Poznaję - szepnęła Oleńka nie podnosząc oczu.

- Wielki to grzesznik i do spowiedzi ci go przyprowadzam... Zadaj mu pokutę, jaką chcesz, ale rozgrzeszenia nie odmawiaj, żeby go desperacja do cięższych jeszcze grzechów nie przywiodła.

Tu książę zwrócił się do pana miecznika i do pani Wojniłłowiczowej:

- Zostawmy młodych, mościwi państwo, bo nie wypada przy spowiedzi asystować, a mnie i moja wiara tego zakazuje.

Po chwili pan Andrzej i Oleńka zostali sami.

Serce jej tłukło się w piersi jak w gołębiu, nad którym jastrząb zawisnął, a i on był wzruszony. Opuściła go zwykła śmiałość, porywczość i pewność siebie. Przez długi czas milczeli oboje.

Nareszcie on pierwszy ozwał się niskim, przytłumionym głosem:

- Nie spodziewałaś się mnie widzieć, Oleńka?

- Nie - szepnęła dziewczyna.

- Na Boga! Gdyby tu Tatar stanął koło ciebie, mniej byś była trwożna. Nie bójże się! Patrz, ilu tu ludzi. Żadna krzywda nie spotka cię ode mnie. A choćbyśmy sami byli, nie miałabyś się czego bać, bom sobie zaprzysiągł szanować cię. Miejże ufność we mnie!

Na chwilę podniosła oczy i spojrzała na niego.

- Skąd mam mieć ufność?

- Prawda, grzeszyłem, ale to już minęło i nie powtórzy się więcej... Gdym po owym pojedynku z Wołodyjowskim na łożu leżał bliski śmierci, wtedym sobie powiedział: nie będziesz jej brał przemocą, szablą, ogniem, jeno zacnymi uczynkami na nią zasłużysz i przebaczenie wyjednasz!... Toż i w niej serce nie z kamienia, i zawziętość jej przeminie; ujrzy poprawę, to wybaczy!... Więcem sobie zaprzysiągł poprawę i dotrzymam... Zaraz mnie też Bóg pobłogosławił, bo przyjechał Wołodyjowski i przywiózł mi list zapowiedni. Mógł go nie dać, a dał; zacny człowiek! Przez to już i do sądów nie potrzebowałem stawać, bom pod hetmańską inkwizycję przeszedł. Wyspowiadałem się księciu ze wszystkich grzechów jako ojcu; on zaś nie tylko przebaczył, ale obiecał wszystko załagodzić i bronić mnie od nieżyczliwości ludzkiej. Niech mu Bóg błogosławi... Nie będę banitem, Oleńka, z ludźmi się pojednam, sławę odzyszczę, ojczyźnie się zasłużę, krzywdy naprawię... Oleńka! A ty co na to?!... Nie rzeknieszże mi dobrego słowa?

I począł patrzeć na nią pilnie, i ręce składać, jakby się do niej modlił:

- Mogęż ja wierzyć? - odrzekła dziewczyna.

- Możesz, jak mi Bóg miły, powinnaś! - odparł Kmicic. - Patrzaj, że w to uwierzyli i książę hetman, i pan Wołodyjowski. Toć wszystkie postępki moje im znane, a uwierzyli... Widzisz!:.. Czemu byś to ty jedna miała mi nie ufać?

- Bom łzy ludzkie widziała z powodu waćpana wylewane... Bom groby widziała, jeszcze trawą nie porosłe...

- To i porosną, a one łzy sam obetrę.

- Naprzód to waćpan uczyń.

- Daj mi jeno nadzieję, że jak uczynię, to i ciebie odzyszczę... Dobrze ci mówić: "Naprzód to uczyń..." A nuż ja uczynię, a ty za innego przez ten czas pójdziesz? Boże ratuj! Boże uchowaj od takiej rzeczy, bo chybabym oszalał. Na imię boskie błagam cię, Oleńka, dajże mi pewność, że cię nie utracę, zanim z tamtą waszą szlachtą do zgody przyjdę. Pamiętasz? samaś mi to napisała, a ja on list chowam i jak mi bardzo na duszy ciężko, to go sobie odczytuję. Niczego więcej nie chcę, tylko mi jeszcze powtórz, że czekać będziesz, że za innego nie pójdziesz!...

- Waćpan wiesz, że mi wedle testamentu uczynić tego nie wolno. Jeno do klasztoru mogę się schronić.

- O, to byś mnie uczęstowała! Przez Bóg żywy, daj sobie pokój z klasztorem, bo mnie mrowie na samą myśl przechodzi. Dajże pokój, Oleńka, a nie, to ci tu przy wszystkich do nóg padnę i będę błagał, abyś tego nie czyniła. Pana Wołodyjowskiego odmówiłaś, wiem, bo sam mi o tym powiadał. On to mnie zachęcał, abym cię dobrymi uczynkami zdobył...

Ale na co by się to zdało, gdybyś miała do zakonu wstępować? powiesz mi, że cnotę dla cnoty trzeba praktykować... a ja ci odpowiem, że miłuję cię jak desperat i nie chcę o niczym więcej wiedzieć. Kiedyś wyjechała z Wodoktów, ledwiem z łoża powstał, jużem cię szukać zaczął. Stawiałem chorągiew na nogi, każdą chwilę miałem zajętą, nie miałem czasu strawy zjeść, nocy przespać, a przeciem szukania nie zaniechał. Tak już przyszło na mnie, że mi bez ciebie ani życia, ani spokoju! Tak się już uczepiło! Nic, tylko wzdychaniami żyłem. Dowiedziałem się wreszcie, żeś u pana miecznika w Billewiczach. To, powiadam ci, pasowałem się z myślami jakoby z niedźwiedziem: jechać, nie jechać?... Alem nie śmiał jechać, żeby mnie żółcią nie napojono. Powiedziałem sobie wreszcie: nie uczyniłem jeszcze nic dobrego... nie pojadę... Aż książę, ojciec mój kochany, ulitował się nade mną i posłał prosić was do Kiejdan, abym choć oczy swoim kochaniem mógł napełnić... ile że na wojnę ruszamy. Nie żądam, abyś jutro zaraz za mnie szła... Ale bogdaj słowo dobre od ciebie usłyszę, bogdaj się zapewnię, będzie mi lżej... Mojaż ty duszo jedyna... Nie chcę zginąć, ale w bitwie każdemu się to może przytrafić, bo przecie nie będę się za innych chował... więc mi powinnaś odpuścić, jako się umierającemu odpuszcza.

- Niech waćpana Bóg ochrania i wyprowadzi - odparła dziewczyna miękkim głosem, po którym zaraz poznał pan Andrzej, że słowa jego wywarły skutek.

- Moje ty złoto szczere! Dziękuję́ i za to. A nie pójdziesz do klasztoru?

- Jeszcze nie pójdę.

- Bodajże ci Bóg błogosławił!

I jak na wiosnę śniegi tają, tak między nimi poczęła topnieć nieufność i czuli się bliżsi siebie niż przed chwilą. Serca mieli lżejsze, w oczach im pojaśniało. A przecież ona nic nie obiecała i on miał ten rozum, że niczego na razie nie żądał. Ale czuła to sama, że jej nie wolno, że nie godzi się zamykać mu drogi do poprawy, o której mówił tak szczerze. O jego szczerości nie wątpiła już ani na chwilę, bo to nie był człowiek, który by coś udawać umiał. Lecz główny powód, dla którego nie odtrąciła go na nowo, dla którego zostawiła mu nadzieję, był ten, że w głębi serca kochała jeszcze tego junaka. Miłość tę przywaliła góra goryczy, rozczarowania i boleści, ale miłość żyła, gotowa zawsze wierzyć i przebaczać bez końca.

"On lepszy od swoich uczynków - myślała dziewczyna - i nie ma już tych, którzy go do występków popychali; mógłby się chyba z desperacji czego znowu dopuścić, niechże nie desperuje nigdy."

I poczciwe serce uradowało się własnym przebaczeniem. Na jagody Oleńki wystąpiły rumieńce tak świeże jak róża pod ranną rosą; oczy miały blask słodki a żywy, i rzekłbyś: jasność biła od nich na salę. Przechodzili ludzie i dziwili się cudnej parze, bo też takich dwoje paniątek trudno było ze świecą znaleźć w całej tej sali, w której przecież zebrany był kwiat szlachty i szlachcianek.

Oboje przy tym, jak gdyby się umówili, jednako byli ubrani, gdyż i ona miała suknię ze srebrnej lamy, spiętą szafirem, i błękitny z aksamitu weneckiego kontusik. "Chyba brat i siostra!" - mówili ci, którzy ich nie znali, ale inni zaraz na to czynili uwagę: "Nie może być, bo mu się oczy nadto do niej jarzą."

Tymczasem w sali marszałek dał znać, że czas do stołu siadać, i zaraz uczynił się ruch niezwyczajny. Hrabia Loewenhaupt, cały w koronkach, szedł naprzód pod rękę z księżną, której powłokę płaszcza niosło dwóch paziów prześlicznych; za nim baron Shitte prowadził panią Hlebowiczową, tuż szedł ksiądz biskup Parczewski z księdzem Białozorem, obaj jakby czymś zmartwieni i zasępieni.

Książę Janusz, który w pochodzie ustępował pierwszeństwa gościom, ale za stołem brał obok księżnej miejsce najwyższe, wiódł panią Korfową, wojewodzinę wendeńską, bawiącą już od tygodnia w Kiejdanach. I tak sunął cały szereg par jako wąż stubarwny i rozwijał się, i mienił. Kmicic wiódł Oleńkę, która leciuchno wsparła ramię na jego ramieniu, on zaś spoglądał bokiem na jej delikatną twarz, szczęśliwy, jako pochodnia pałający, największy magnat między tymi magnatami, bo największego skarbu bliski.

Tak idąc posuwisto przy dźwiękach kapeli weszli do sali jadalnej, która wyglądała jak cały gmach osobny. Stół zastawiony był w podkowę, na trzysta osób, i giął się pod srebrem i złotem. Książę Janusz, jako część majestatu królewskiego w sobie mający i tylu królom pokrewny, wziął obok księżnej miejsce najwyższe, a wszyscy przechodząc mimo kłaniali się nisko i zasiadali wedle godności.

Lecz widocznie, jak zdawało się obecnym, pamiętał hetman, że to ostatnia uczta przed straszną wojną, w której się losy olbrzymich państw rozstrzygną, bo nie miał w twarzy spokoju. Udawał uśmiech i wesołość, a tak wyglądał, jakby paliła go gorączka. Czasami widoczna chmura osiadała mu na groźnym czole i siedzący bliżej mogli dostrzec, że czoło to było gęsto kroplami potu okryte; czasem wzrok jego biegał szybko po zebranych twarzach i zatrzymywał się badawczo na obliczach rożnych pułkowników; to znów marszczył nagle lwie brwi jakby go boleści przeszywały lub jakby ta czy owa twarz budziła w nim gniew. I dziwna rzecz, że dygnitarze siedzący obok księcia, jako: posłowie, ksiądz biskup Parczewski, ksiądz Białozór, pan Komorowski, pan Mierzejewski, pan Hlebowicz, pan wojewoda wendeński i inni, również byli roztargnieni i niespokojni. Dwa ramiona olbrzymiej podkowy brzmiały już wesołą rozmową i zwykłym gwarem przy ucztach, a szczyt jej milczał posępnie lub szeptał rzadkie słowa, lub zamieniał roztargnione i jakoby trwożne spojrzenia.

Ale nie było w tym nic dziwnego, bo niżej siedzieli pułkownicy i rycerze, którym bliska wojna co najwięcej śmiercią groziła. Łatwiejże polec w wojnie niż dźwigać odpowiedzialność za nią na ramionach. Nie zatroszczy się dusza żołnierska, gdy odkupiwszy krwią grzechy leci z pola ku niebu

-ten tylko schyla ciężko głowę, ten rozprawia w duszy z Bogiem i sumieniem, kto w wilię dnia stanowczego nie wie, jaki puchar poda jutro ojczyźnie do wypicia.

Tak też i tłomaczono sobie na niższych końcach niepokój księcia.

- Zawsze on taki przed każdą wojną, że z własną duszą gada - mówił stary pułkownik Stankiewicz do Zagłoby - ale im posępniejszy, tym gorzej dla nieprzyjaciół, bo w dzień bitwy będzie wesół z pewnością.

- Toć i lew przed walką pomrukuje - odparł Zagłoba - żeby w sobie tym większą abominację przeciw nieprzyjacielowi zbudzić, co zaś do wielkich wojowników, każdy ma swój obyczaj. Hannibal podobno kości rzucał, Scipio Africanus rytmy recytował, pan Koniecpolski, ojciec, o białogłowach zawsze rozmawiał, a ja rad snu przed bitwą przez jaką godzinę zażywam, chociaż i od kielicha z dobrymi przyjaciołmi nie stronię.

- Obaczcie, waćpanowie, że to i ksiądz biskup Parczewski blady jak karta papieru! - rzekł Stanisław Skrzetuski.

- Bo za kalwińskim stołem siedzi i snadnie coś nieczystego w potrawach połknąć może - wyjaśnił cichym głosem Zagłoba. - Do trunków, powiadają starzy ludzie, nie ma licho przystępu, i te wszędy pić możesz, ale jadła, a szczególniej zupy, trzeba się wystrzegać. Tak było i w Krymie za czasów, gdym tam w niewoli siedział. Tatarscy mułłowie, czyli księża, umieli baraninę z czosnkiem tak przyrządzać, że kto pokosztował, zaraz od wiary gotów był odstąpić i ich szelmowskiego proroka przyjąć.

Tu Zagłoba zniżył głos jeszcze bardziej:

- Nie na kontempt księciu panu to mówię, ale radzę waćpanom jadło przeżegnać, bo strzeżonego Pan Bóg strzeże.

- Co zaś waćpan mówisz!... Kto się Bogu polecił przed jedzeniem, temu się nic nie stanie; u nas w Wielkopolsce lutrów i kalwinów co niemiara, ale nie słyszałem o tym, żeby mieli jadło czarować.

- U was w Wielkopolsce lutrów co niemiara, toteż się ze Szwedami zaraz powąchali - odrzekł Zagłoba - i teraz w komitywie z nimi chodzą. Ja bym na miejscu księcia i tych tam oto posłów psami wyszczuł, nie specjałami kiszki im nadziewał. Patrzcie no na tego Loewenhaupta. Tak żre, jakby za miesiąc mieli go na jarmark na postronku za nogę uwiązanego pognać. Jeszcze dla żony i dla dzieci w kieszenie bakaliów natka... Zapomniałem, jak się ten drugi zamorek nazywa. Bodajże cię...

- Spytaj, ociec, Michała - rzekł Jan Skrzetuski.

Pan Michał siedział niedaleko, ale nic nie słyszał, nic nie widział, bo siedział między dwoma pannami; po lewej ręce miał pannę Elżbietę Sielawską, godną pannę, lat koło czterdziestu, a po prawej Oleńkę Billewiczównę, za którą siedział Kmicic. Panna Elżbieta trzęsła głową, przybraną w pióra, nad małym rycerzem i opowiadała mu coś bardzo żywo, on zaś spoglądał na nią od czasu do czasu osowiałym wzrokiem, odpowiadał co chwila: "Tak, mościa panno, jako żywo!", i nie rozumiał ani słowa, bo cała jego uwaga była właśnie po drugiej stronie. Uchem łowił szmer słów Oleńki, chrzęst jej lamowej sukni i wąsikami tak z żalu ruszał, jakby chciał nimi pannę Elżbietę odstraszyć.

"Ej, cudnaż to dziewczyna!... Ej, gładyszka to! - mówił sobie w duszy.

- Wejrzyjże, Boże, na moją nędzę, bo już nie masz większego sieroty nade mnie. Dusza aż piszczy we mnie, żeby to mieć swoją niewiastę kochaną, a co na którą spojrzę, to już tam inny żołnierz kwaterą stoi. Gdzież ja się, nieszczęsny tułacz, podzieję?..."

- A po wojnie co waćpan myślisz czynić? - spytała nagle panna Elżbieta Sielawska złożywszy buzię "w ciup" i wachlując się mocno.

- Do zakonu pójść! - odparł opryskliwie mały rycerz.

- A kto tam o zakonie przy uczcie wspomina? - zawołał wesoło Kmicic przechylając się przez Oleńkę. - Hej! to pan Wołodyjowski!

- Waści to nie w głowie? A wierzę! - rzekł pan Michał.

Wtem słodki głos Oleńki zabrzmiał mu w uszach:

- Bo i waćpanu nie trzeba o tym myśleć. Bóg ci da żonę po sercu, kochaną i zacną, jako sam jesteś zacny.

Poczciwy pan Michał zaraz rozczulił się:

- Żeby mi kto na fletni grał, nie byłoby mi milej słuchać!

Gwar coraz wzmagający się przy stole przerwał dalszą rozmowę, bo też już i do kielichów przyszło. Humory ożywiały się coraz bardziej. Pułkownicy dysputowali o przyszłej wojnie, marszcząc brwi i ciskając ogniste spojrzenia.

Pan Zagłoba opowiadał na cały stół o oblężeniu Zbaraża, a słuchaczom aż krew biła na twarze, a w sercach rósł zapał i odwaga. Zdawać się mogło, że duch nieśmiertelnego "Jaremy" nadleciał do tej sali i tchnieniem bohaterskim napełnił dusze żołnierzy.

- To był wódz! - rzekł znamienity pułkownik Mirski, który całą husarią radziwiłłowską dowodził. - Raz go tylko widziałem i w chwili śmierci będę jeszcze pamiętał.

- Jowisz z piorunami w ręku! - zakrzyknął stary Stankiewicz. - Nie przyszłoby do tego, gdyby żył!...

- Ba! przecie on za Romnami lasy rąbać kazał, by sobie gościniec do nieprzyjaciół otworzyć.

- Jego to przyczyną stała się beresteckia wiktoria.

- I w najcięższej chwili Bóg go zabrał...

- Bóg go zabrał- powtórzył podniesionym głosem pan Skrzetuski - ale testament po nim został dla przyszłych wodzów, dygnitarzy i całej Rzeczypospolitej: oto, żeby z żadnym nieprzyjacielem nie paktować, ale wszystkich bić!...

- Nie paktować! Bić! - powtórzyło kilkanaście silnych głosów. - Bić, bić!

W sali upał stał się wielki i burzył krew w wojownikach, więc poczęły padać spojrzenia jak błyskawice, a podgolone łby dymiły.

- Nasz książę, nasz hetman będzie tego testamentu egzekutorem! - rzekł Mirski.

Wtem olbrzymi zegar, umieszczony w chórze sali, począł bić północ, a jednocześnie wstrząsły się mury, zadźwięczały żałośnie szyby i huk wystrzału wiwatowego rozległ się na dziedzińcu.

Rozmowy umilkły, nastała cisza.

Nagle u szczytu stołu poczęto wołać:

- Ksiądz biskup Parczewski zemdlał! Wody!

Uczyniło się zamieszanie. Niektórzy zerwali się z siedzeń, by się lepiej przyjrzeć, co zaszło. Biskup nie zemdlał, ale osłabł bardzo, aż marszałek podtrzymywał go na krześle za ramiona, podczas gdy pani wojewodzina wendeńska pryskała mu wodą na twarz.

W tej chwili drugi wystrzał działowy wstrząsnął szybami, za nim trzeci, czwarty.....

- Vivat Rzeczpospolita! pereant hostes! - zakrzyknął Zagłoba.

Lecz dalsze wystrzały zgłuszyły jego mowę. Szlachta poczęła je liczyć:

- Dziesięć, jedenaście, dwanaście...

Szyby za każdym razem odpowiadały jękiem żałosnym. Płomienie świec chwiały się od wstrząśnień.

- Trzynaście! czternaście!... Ksiądz biskup huku niezwyczajny. Popsuł przez swój strach zabawę, bo i książę się zatroskał. Patrzcie, mości panowie, jaki odęty siedzi... Piętnaście, szesnaście... Hej, walą jakby w bitwie! Dziewiętnaście, dwadzieścia!

- Cicho tam! książę chce przemówić! - poczęto wołać naraz w różnych końcach stołu.

- Książę chce przemówić!

Uciszyło się zupełnie i wszystkich oczy zwróciły się na Radziwiłła, który stał, podobny do olbrzyma, z kielichem w ręku. Lecz cóż za widok uderzył oczy ucztujących!...

Twarz księcia była w tej chwili po prostu straszna, bo nie blada, ale sina i wykrzywiona jak konwulsją uśmiechem, który książę usiłował na usta przywołać. Oddech jego, zwykle krótki, stał się jeszcze krótszy, szeroka pierś wzdymała się pod złotogłowiem, a oczy nakrył do połowy powiekami i zgroza jakaś była w tej potężnej twarzy, i lodowatość, jakie bywają w krzepnących rysach w chwili skonu.

- Co jest księciu? co tu się dzieje? - szeptano naokół niespokojnie.

I złowrogie przeczucie ścisnęło wszystkie serca; trwożliwe oczekiwanie osiadło na obliczach.

On tymczasem mówić począł krótkim, przerywanym przez astmę głosem:

- Mości panowie!... Wielu spomiędzy was... zdziwi... albo zgoła przestraszy ten toast... ale... kto mi ufa i wierzy... kto prawdziwie chce dobra ojczyzny... kto wiernym mojego domu przyjacielem... ten go wzniesie ochotnie... i powtórzy za mną:

- Vivat Carolus Gustavus rex... od dziś dnia łaskawie nam panujący!

- Vivat! - powtórzyli dwaj posłowie Loewenhaupt i Shitte oraz kilkunastu oficerów cudzoziemskiego autoramentu.

Lecz w sali zapanowało głuche milczenie. Pułkownicy i szlachta spoglądali na siebie przerażonym wzrokiem, jakby pytając się wzajem, czy książę zmysłów nie utracił. Kilka głosów ozwało się wreszcie w różnych miejscach stołu:

- Czy my dobrze słyszym? Co to jest?

Potem znów nastała cisza.

Zgroza niewypowiedziana w połączeniu ze zdumieniem odbiła się na twarzach i oczy wszystkich znów zwróciły się na Radziwiłła, a on stał ciągle i oddychał głęboko, rzekłbyś: niezmierny jakiś ciężar zrzucił z piersi. Barwa wracała mu z wolna na twarz; następnie zwrócił się do pana Komorowskiego i rzekł:

- Czas promulgować ugodę, którąśmy dziś podpisali, aby ichmościowie wiedzieli, czego się mają trzymać. Czytaj wasza miłość!

Komorowski wstał, rozwinął leżący przed sobą pargamin i począł czytać straszną ugodę rozpoczynającą się od słów:

"Nie mogąc lepiej i dogodniej postąpić w najburzliwszym teraźniejszym rzeczy stanie, po utraceniu wszelkiej nadziei na pomoc najjaśniejszego króla, my, panowie i stany Wielkiego Księstwa Litewskiego, koniecznością zmuszeni, poddajemy się pod protekcję najjaśniejszego króla szwedzkiego na tych warunkach:

1) Łącznie wojować przeciw wspólnym nieprzyjaciołom, wyjąwszy króla i Koronę Polską.

2) Wielkie Księstwo Litewskie nie będzie do Szwecji wcielone, lecz z nią takim sposobem połączone, jak dotąd z Koroną Polską, to jest, aby naród narodowi, senat senatowi, a rycerstwo rycerstwu we wszystkim było równe.

3) Wolność głosu na sejmach nikomu nie ma być bronioną.

4) Wolność religii ma być nienaruszona..."

I tak dalej czytał pan Komorowski wśród ciszy i zgrozy, aż gdy doszedł do ustępu: "...Akt ów stwierdzamy podpisami naszymi za nas i potomków naszych, przyrzekamy i warujemy" - szmer uczynił się w sali, jakby pierwsze tchnienie burzy wstrząsnęło borem. Lecz nim burza wybuchła, siwy jak gołąb pułkownik Stankiewicz zabrał głos i począł błagać:

- Mości książę! Uszom własnym wierzyć nie chcemy! Na rany Chrystusa! także to ma pójść wniwecz dzieło Władysławowe i Zygmunta Augusta? Zali można, zali godzi się braci odstępować, ojczyzny odstępować i z nieprzyjacielem unię zawierać? Mości książę, wspomnij na imię, które nosisz, na zasługi, które ojczyźnie oddałeś, na sławę niepokalaną dotąd rodu twego i zedrzyj, i podepcz ten dokument haniebny! Wiem, że nie w swoim imieniu tylko proszę, ale w imieniu wszystkich tu obecnych wojskowych i szlachty. Toż i nam prawo służy o losie naszym stanowić. Mości książę! nie czyń tego, czas jeszcze!... Zmiłuj się nad sobą, zmiłuj się nad nami, zmiłuj się nad Rzecząpospolitą!

- Nie czyń tego! Zmiłuj się, zmiłuj! - ozwały się setne głosy.

I wszyscy pułkownicy zerwali się z miejsc swoich, i szli ku niemu, a sędziwy Stankiewicz klęknął na środku sali, między dwoma ramionami stołu, i coraz potężniej brzmiało naokoło:

- Nie czyń tego! Zmiłuj się nad nami!

Radziwiłł podniósł swoją potężną głowę i błyskawice gniewu poczęły przelatywać mu po czole; nagle wybuchnął:

- Waszmościomże to przystoi pierwszym dawać przykład niekarności? Wojskowymże to przystoi wodza, hetmana, odstępować i protestację zanosić? Wy to chcecie być moim sumieniem? Wy chcecie uczyć mnie jak dla dobra ojczyzny postąpić należy? Nie sejmik to i nie na wota was tu wezwano, a przed Bogiem ja biorę odpowiedzialność!

I dłonią uderzył się w pierś szeroką poglądając iskrzącym wzrokiem na żołnierzy, a po chwili zakrzyknął:

- Kto nie ze mną, ten przeciw mnie! Znałem was, wiedziałem, co będzie!... A wy wiedzcie, że miecz wisi nad waszymi głowami!..

- Mości książę! hetmanie nasz! - błagał stary Stankiewicz - zmiłuj się nad sobą i nad nami!

Lecz dalsze jego słowa przerwał Stanisław Skrzetuski, który porwawszy się obu rękoma za włosy, począł wołać rozpaczliwym głosem:

- Nie błagajcie go, to na nic! On tego smoka od dawna w sercu hodował!... Biada ci, Rzeczpospolito! Biada nam wszystkim!

- Dwóch dygnitarzy na dwóch krańcach Rzeczypospolitej zaprzedaje ojczyznę! - ozwał się Jan. - Przekleństwo temu domowi, hańba i gniew boży!

Słysząc to pan Zagłoba otrząsnął się ze zdumienia i wybuchnął:

- Pytajcie się go, jakie korupcje wziął od Szweda? Ile mu wyliczono? Co mu jeszcze obiecano? Mości panowie, oto Judasz Iskariota! Bodajeś konał w rozpaczy! bodaj ród twój wygasł! bodaj diabeł duszę z ciebie wywlókł... zdrajco! zdrajco! po trzykroć zdrajco!

Wtem Stankiewicz w uniesieniu rozpaczy wyciągnął pułkownikowską buławę zza pasa i cisnął ją z trzaskiem do nóg księcia. Drugi cisnął Mirski, trzeci Józefowicz, czwarty Hoszczyc, piąty, blady jak trup pan Wołodyjowski, szósty Oskierko - i toczyły się po podłodze buławy, a jednocześnie w tej lwiej jaskini, lwu do oczu, coraz więcej ust powtarzało straszliwy wyraz:

- Zdrajca!... zdrajca!...

Wszystka krew napłynęła do głowy dumnemu magnatowi; zsiniał, rzekłbyś: za chwilę zwali się trupem pod stół.

- Ganchof i Kmicic do mnie!... - ryknął straszliwym głosem.

W tej chwili czworo podwoi wiodących do sali rozwarło się naraz z łoskotem i oddziały szkockiej piechoty wkroczyły groźne, milczące, z muszkietami w ręku. Od głównych drzwi wiódł je Ganchof.

- Stój! - krzyknął książę.

Po czym zwrócił się do pułkowników:

- Kto za mną, niech przejdzie na prawą stronę sali!
- Ja żołnierz, hetmanowi służę!... Bóg niech mnie sądzi!.. - rzekł Charłamp przechodząc na prawą stronę.
- I ja! - dodał Mieleszko. - Nie mój będzie grzech!
- Protestowałem jako obywatel, jako żołnierz słuchać muszę - dodał trzeci, Niewiarowski, który chociaż poprzednio buławę rzucił, teraz widocznie ulękł się Radziwiłła.

Za nimi przeszło kilku innych i spora wiązka szlachty; lecz Mirski, najwyższy godnością, i Stankiewicz, najstarszy wiekiem, i Hoszczyc, i Wołodyjowski, i Oskierko pozostali na miejscu, a z nimi dwóch Skrzetuskich, pan Zagłoba i ogromna większość tak towarzyszów rozmaitych poważnych i lekkich chorągwi, jak i szlachty.

Szkocka piechota otoczyła ich murem.

Kmicic od pierwszej chwili, w której książę wzniósł toast na cześć Karola Gustawa, zerwał się wraz ze wszystkimi z miejsca, oczy postawił w słup i stał jak skamieniały, powtarzając zbladłymi wargami:
- Boże!... Boże!... Boże!... com ja uczynił?..

Wtem głos cichy, ale dla jego ucha wyraźny, zaszeptał blisko:
- Panie Andrzeju!...

On chwycił się nagle rękoma za włosy:
- Przeklętym na wieki!... Bogdaj mnie ziemia pożarła!..

Na twarzy Billewiczówny wystąpiły płomienie, a oczy jak gwiazdy jasne utkwiła w Kmicicu:
- Hańba tym, którzy przy hetmanie stają!... Wybieraj!... Boże wszechmogący!... Co waćpan czynisz?!... Wybieraj!...
- Jezu! Jezu! - zakrzyknął Kmicic.

Tymczasem sala rozległa się okrzykami, inni właśnie rzucali buławy pod nogi księcia, ale Kmicic nie przyłączył się do nich; nie ruszył się i wówczas, gdy książę zakrzyknął: "Ganchof i Kmicic do mnie!" - ani gdy piechota szkocka weszła już do sali - i stał targany boleścią i rozpaczą, z obłąkanym wzrokiem, z zsiniałymi usty.

Nagle zwrócił się do Billewiczówny i wyciągnął do niej ręce:
- Oleńka!... Oleńka!... - powtórzył z jękiem żałosnym, jak dziecko, które krzywda spotyka.

Lecz ona cofnęła się ze wstrętem w twarzy i zgrozą.
- Precz... zdrajco! - odpowiedziała dobitnie.

W tej chwili Ganchof skomenderował: "Naprzód!" - i oddział Szkotów otaczający więźniów ruszył ku drzwiom.

Kmicic począł iść za nim i jak nieprzytomny, nie wiedząc, dokąd i po co idzie.

Uczta była skończona...

ROZDZIAŁ 14

Tej samej jeszcze nocy książę długo naradzał się z panem Korfem, wojewodą wendeńskim, i z posłami szwedzkimi. Rezultat ogłoszenia umowy zawiódł jego oczekiwania i odsłonił mu groźną przyszłość. Umyślnie chciał książę, by promulgacja nastąpiła w czasie uczty, gdy umysły są podniecone, ochocze i do wszelkiej zgody skłonne. Spodziewał się w każdym razie oporu, ale liczył i na stronników, tymczasem energia protestu przeszła jego oczekiwania. Prócz kilkudziesięciu szlachty kalwinów i garści oficerów obcego pochodzenia, którzy, jako cudzoziemcy, nie mogli mieć w tej sprawie głosu - wszyscy oświadczyli się przeciw układowi z Karolem Gustawem, a raczej z feldmarszałkiem jego i szwagrem, Pontusem de la Gardie, zawartemu.

Książę kazał wprawdzie aresztować oporną starszyznę wojskową, ale cóż z tego? Co na to rzekną chorągwie komputowe?... Czy się o swoich pułkowników nie upomną? Czy się nie zbuntują i nie będą chciały siłą ich odbić?

A w takim razie cóż zostanie dumnemu księciu prócz kilku regimentów dragońskich i cudzoziemskiej piechoty?

Potem... pozostaje jeszcze cały kraj, wszystka zbrojna szlachta - i Sapieha, wojewoda witebski, groźny przeciwnik radziwiłłowskiego domu, gotów na wojnę z całym światem w imię całości Rzeczypospolitej. Owi pułkownicy, którym nie można przecie szyi poucinać, owe chorągwie polskie, pójdą do niego i Sapieha stanie na czele wszystkich sił kraju, a książę Radziwiłł ujrzy się bez wojska, bez stronników, bez znaczenia... Cóż wówczas się stanie?...

Były to pytania straszne, bo i położenie było straszne. Książę rozumiał dobrze, że wówczas i umowa, nad którą w skrytości tyle pracował, siłą rzeczy straci wszelkie znaczenie, a wówczas i Szwedzi lekceważyć go będą albo nawet mścić się za doznany zawód. Wszakże oddał im swe Birże w zakład wierności, ale przez to tym więcej się osłabił.

Karol Gustaw gotów był sypać obu rękoma nagrody i zaszczyty dla potężnego Radziwiłła - słabym i opuszczonym od wszystkich wzgardzi. A jeśli odmienna szczęścia kolej ześle zwycięstwo Janowi Kazimierzowi, wówczas ostatnia zguba nastanie dla tego pana, który dziś jeszcze rano nie miał równego sobie w całej Rzeczypospolitej.

Po odjeździe posłów i wojewody wendeńskiego książę chwycił brzemienne troskami czoło w obie dłonie i począł chodzić szybkimi krokami po komnacie... Z zewnątrz dochodziły głosy wartowników szkockich i turkot odjeżdżających kolasek szlacheckich. Odjeżdżały tak szybko jakoś i pospiesznie, jakby zaraza padła na wspaniały kiejdański zamek. Straszliwy niepokój targał duszę Radziwiłła.

Zdawało mu się chwilami, że prócz niego jest jeszcze ktoś i chodzi za nim, i szepce mu do ucha: "Opuszczenie, ubóstwo, a do tego hańba..." Wszakże on, wojewoda wileński i hetman wielki, już był zdeptany i upokorzony! Kto by przypuszczał wczoraj, że w całej Koronie i Litwie, ba! w całym świecie, znajdzie się człowiek, który by śmiał zakrzyknąć mu do oczu: "Zdrajca!" A przecie on tego wysłuchał i żyw dotąd, i ci, którzy ów wyraz wymówili, żywi także. Może, gdyby wszedł do owej sali, w której odbywała się uczta, usłyszałby jeszcze, jak echo wśród gzymsów i pod sklepieniami powtarza: "Zdrajca! zdrajca!"

I gniew szalony, wściekły chwytał chwilami za pierś oligarchy. Nozdrza jego rozdymały się, oczy ciskały błyskawice, żyły występowały na czole. Kto tu śmie stawiać opór jego woli?... Rozszalała myśl stawiała mu przed oczy obraz kar i mąk dla buntowników, którzy ośmielili się nie iść jak pies za jego nogami. I widział krew ich ściekającą z katowskich toporów, słyszał chrupot kości, łamanych kołem, i kąpał się, i lubował, i nasycał krwawymi widziadłami.

Lecz gdy trzeźwiejsza rozwaga przypomniała mu, że za tymi buntownikami stoi wojsko, że nie można bezkarnie łbów im poskręcać, wówczas niepokój nieznośny, piekielny wracał i napełniał jego duszę, a ktoś znów poczynał szeptać mu do ucha:

"Opuszczenie, ubóstwo, sąd i hańba..."

Jakże to? Więc Radziwiłłowi nawet nie wolno stanowić o losie kraju? utrzymać go przy Janie Kazimierzu lub dać Karolowi Gustawowi? dać, przekazać, darować, komu zechce?

Magnat spojrzał ze zdumieniem przed siebie.

Więc cóż są Radziwiłłowie? więc czymże byli wczoraj? co mówiono powszechnie na Litwie?... Zali to wszystko było złudzeniem? Zali przy hetmanie wielkim nie stanie książę Bogusław ze swoimi pułkami, za nim wuj elektor brandenburski, a za wszystkimi trzema Karol Gustaw, król szwedzki, z całą zwycięską potęgą, przed którą niedawno jeszcze drżały Niemcy jak długie i szerokie? Toż i ta Rzeczpospolita Polska wyciąga ku nowemu panu ręce, i ona poddaje się na samą wieść o zbliżaniu się północnego lwa. Któż stawi opór tej sile niepohamowanej?

Z jednej strony król szwedzki, elektor brandenburski, Radziwiłłowie, w potrzebie i Chmielnicki z całą potęgą, i hospodar wołoski, i Rakoczy siedmiogrodzki, pół niemal Europy! - z drugiej pan wojewoda witebski z panem Mirskim, z panem Stankiewiczem, z ową trójką szlachty przybyłej spod Łukowa i z kilku zbuntowanymi chorągwiami!... Co to jest? - żarty? krotofila?...

Tu nagle książę zaczął się śmiać głośno:

- Przez Lucypera i cały sejm piekielny, chybam oszalał!... Niech i wszyscy pójdą do wojewody witebskiego!

Po chwili jednak twarz jego zasępiła się znowu:

- Ci potężni tylko potężnych do spółki przypuszczą. Radziwiłł rzucający Litwę pod szwedzkie nogi będzie pożądany... Radziwiłł wzywający pomocy przeciw Litwie będzie lekceważony.

- Co czynić?

Oficerowie cudzoziemscy wytrwają przy nim, ale siły ich niedostateczne, i jeśli polskie chorągwie przejdą do wojewody witebskiego, wtedy on będzie miał losy kraju w ręku. Zresztą każdy z tych oficerów spełni wprawdzie rozkazy, ale nie poślubi sprawy radziwiłłowskiej całą duszą, nie odda się jej z zapałem, nie tylko jako żołnierz, lecz jako stronnik.

Tu koniecznie trzeba mieć nie cudzoziemców, ale ludzi swoich, którzy by mogli pociągnąć innych nazwiskiem, męstwem, sławą, zuchwałym przykładem, gotowością na wszystko... Trzeba mieć w kraju stronników, choćby dla pozoru.

Któż zaś z tych swoich opowiedział się przy księciu? Charłamp, stary, zużyty żołnierz, dobry do służby i do niczego więcej; Niewiarowski, nie lubiany w wojsku i bez wpływu; za nimi kilku innych mniejszego jeszcze znaczenia. Nikt z innych, nikt z takich, za którym by poszło wojsko, nikt z takich, który by mógł być propagatorem sprawy.

Pozostawał Kmicic, młody, przedsiębiorczy, zuchwały, okryty wielką sławą rycerską, noszący znamienite nazwisko, stojący na czele potężnej chorągwi, częścią własnym kosztem wystawionej, człowiek jakby stworzony na wodza wszystkich zuchwałych i niespokojnych duchów na Litwie, a przy tym pełen zapału. Gdyby on chwycił się sprawy radziwiłłowskiej, to chwyciłby się jej z wiarą, jaką daje młodość, szedłby za swym hetmanem na ślepo i apostołowałby w jego imieniu, a taki apostoł znaczy więcej niż całe pułki, niż całe regimenty cudzoziemców. Swą wiarę potrafiłby wlać w serca młodego rycerstwa, pociągnąć je za sobą i wypełnić ludźmi i radziwiłłowski obóz.

Lecz i on zawahał się widocznie. Nie rzucił wprawdzie swej buławy pod nogi hetmana, ale nie stanął przy nim w pierwszej chwili.

"Na nikogo nie można liczyć, nikogo nie można być pewnym - pomyślał posępnie książę. - Wszyscy oni przejdą do wojewody witebskiego i nikt nie zechce się ze mną podzielić...

- Hańbą! - poszepnęło sumienie.

- Litwą! - odpowiedziała z drugiej strony pycha.

W komnacie pociemniało, bo na knotach świec osiadły grzyby, jeno przez okna wpływało srebrne światło księżyca. Radziwiłł wpatrzył się w te blaski i zamyślił się głęboko.

Z wolna poczęło się coś mącić w tych blaskach, wstawały jakieś postacie i coraz ich było więcej, aż w końcu ujrzał książę jakoby wojska idące ku sobie z górnych szlaków szeroką księżycową drogą. Idą pułki pancerne, husarskie i lekkie petyhorskie, las chorągwi płynie nad nimi, a na czele jedzie jakiś człowiek bez hełmu na głowie, widocznie triumfator wracający po wojnie zwycięskiej. Cisza naokoło, a książę słyszy wyraźnie głos wojska i ludu: "Vivat defensor patriae! vivat defensor patriae!" "Wojska zbliżają się coraz więcej; już twarz wodza można rozpoznać. Buławę trzyma w ręku; z liczby buńczuków można poznać, że to hetman wielki."

- W imię Ojca i Syna! - woła książę - to Sapieha, to wojewoda witebski! A gdzie ja jestem? - i co mnie przeznaczono?

- Hańbę! - szepce sumienie.

- Litwę! - odpowiada pycha.

Książę zaklasnął w dłonie; czuwający w przyległej komnacie Harasimowicz ukazał się natychmiast we drzwiach i zgiął się we dwoje.

- Światła! - rzekł książę.

Harasimowicz poobjaśniał knoty od świec, po czym wyszedł i po chwili wrócił ze świecznikiem w ręku.

- Wasza książęca mość! - rzekł - czas na spoczynek, już drugie kury piały!

- Nie chcę! - rzekł książę. - Zdrzemnąłem się i zmora mnie dusiła. Co tam nowego?

- Jakiś szlachcic przywiózł list z Nieświeża od księcia krajczego, ale nie śmiałem wchodzić nie przyzwany.

- Dawaj co prędzej list!

Harasimowicz podał zapieczętowane pismo, książę otworzył i począł czytać, co następuje:

"Niech Waszą Książęcą Mość Bóg broni i powstrzyma od takowych zamysłów, które wieczną hańbę i zniszczenie domowi naszemu przynieść mogą. Za sam takowy zamiar nie o panowaniu, ale o włosiennicy myśleć. Mnie też wielkość naszego domu na sercu leży, a najlepszy dowód w staraniach, jakie w Wiedniu czyniłem, abyśmy suffragia w sejmach Rzeszy mieć mogli. Ale ojczyzny ani pana swojego za żadne nagrody i potęgę ziemską nie zdradzę, abym zaś po takiej siejbie żniwa hańby za życia i potępienia po śmierci nie zebrał. Wejrzyj Wasza Ks. Mość na zasługi przodków i na sławę niepokalaną i opamiętaj się, na miłosierdzie boskie, póki czas po temu służy. Nieprzyjaciel, oblega mnie w Nieświeżu i nie wiem, zali to pismo dojdzie rąk Waszej Ks. Mości; ale chociaż każda chwila zgubą mi grozi, nie o ocalenie Boga proszę, jeno aby Waszą Ks. Mość od tych zamysłów powstrzymał i na drogę cnoty naprowadził. Choćby się już co złego uczyniło, jeszcze recedere wolno i prędką poprawą zgładzić grzechy potrzeba. A ode mnie nie spodziewajcie się pomocy, bo to z góry oświadczam, że bez względu na związek krwi ja siły swoje z panem podskarbim i z wojewodą witebskim połączę i oręż mój sto razy prędzej przeciw Waszej Ks. Mości zwrócę, zanimbym do tej haniebnej zdrady miał dobrowolnie przyłożyć ręki. Bogu Waszą Książęcą Mość polecam.
Michał Kazimierz Radziwiłł,
Książę na Nieświeżu i Ołyce,
Krajczy W. Ks. Litewskiego."

Hetman skończywszy list opuścił go na kolana i począł kiwać głową z bolesnym na twarzy uśmiechem.

- I ten mnie opuszcza, własna krew mnie się wypiera za to, żem chciał dom nasz nie znanym dotąd blaskiem przyozdobić!... Ha! trudno! Pozostaje

Bogusław, i ten mnie nie opuści... Z nami elektor i Carolus Gustavus, a kto nie chce siać, ten i zbierać nie będzie...

- Hańby! - szepnęło sumienie.

- Wasza książęca mość raczy dać odpowiedź? - pytał Harasimowicz.

- Nie będzie odpowiedzi.

- Mogęż odejść i pokojowych przysłać?

- Czekaj... Czy warty pilno rozstawione?

- Tak jest.

- Ordynanse do chorągwi rozesłane?

- Tak jest.

- Co robi Kmicic?

- Łbem o ścianę bił i krzyczał o potępieniu. Wił się jak piskorz. Chciał uciekać za Billewiczami, warty go nie puściły. Porwał się do szabli, musiano go związać. Teraz leży spokojnie.

- Miecznik rosieński wyjechał?

- Nie było rozkazu, żeby go wstrzymać.

- Zapomniałem! - rzekł książę. - Otwórz okna, bo duszno i astma mnie dusi. Charłampowi powiedz, żeby do Upity po chorągiew ruszał i zaraz ją tu sprowadził. Pieniędzy mu dać, niech pierwszą ćwierć ludziom zapłaci i podochocić im pozwoli... Powiedz mu, że Dydkiemie w dożywocie po Wołodyjowskim weźmie. Astma mnie dusi... Czekaj!

- Wedle rozkazu waszej książęcej mości.

- Co robi Kmicic?

- Jako rzekłem waszej książęcej mości, leży spokojnie.

- Prawda! mówiłeś... Każ go tu przysłać. Potrzebuję z nim mówić. Więzy każ mu zdjąć.

- Wasza książęca mość, to człowiek szalony...

- Nie bój się, ruszaj!

Harasimowicz wyszedł; książę zaś wyjął z weneckiego biurka pudełko z pistoletami, otworzył je i położył sobie pod ręką, na stole, przy którym usiadł.

Po kwadransie czasu wszedł Kmicic wprowadzony przez czterech trabantów szkockich. Książę kazał odejść żołnierzom. Zostali sam na sam.

Zdawało się, że nie ma ani jednej kropli krwi w twarzy junaka, tak była blada; oczy tylko świeciły mu gorączkowo, ale zresztą był spokojny, zrezygnowany, lubo zdawał się być pogrążony w bezgranicznej rozpaczy.

Przez chwilę milczeli obaj. Przemówił pierwszy książę:

- Przysiągłeś na krucyfiksie, że nie opuścisz mnie!

- Potępiony będę, gdy tej przysięgi nie dotrzymam; potępiony będę, gdy jej dotrzymam! - rzekł Kmicic. -Wszystko mi jedno!

- Choćbym cię do złego prowadził, nie ty będziesz odpowiadał.

- Przed miesiącem groziły mi sądy i kary za zabójstwa... dziś wydaje mi się, żem wonczas był niewinny jak dziecko!

- Nim wyjdziesz z tej komnaty, będziesz się czuł rozgrzeszony ze wszystkich swych win dawniejszych - rzekł książę.

Nagle zmieniwszy ton spytał z pewną poufałą dobrodusznością.

- Co też sądzisz, co ja powinienem był uczynić wobec dwóch nieprzyjaciół, stokroć potężniejszych, przeciwko którym obronić tego kraju nie mogłem?

- Zginąć! - odpowiedział szorstko Kmicic.

- Zazdrościć wam, żołnierzom, którym wolno tak łatwo zrzucić gniotące brzemię. Zginąć! Kto śmierci w oczy patrzył i nie boi się jej, temu nic prostszego w świecie. Was głowa nie boli o to i żadnemu na myśl nie przyjdzie, że gdybym ja teraz wojnę zaciekłą rozniecił i nie zawarłszy układu zginął, tedyby kamień na kamieniu z tego kraju nie pozostał. Nie daj Bóg, aby się to stało, bo i w niebie nie znalazłaby dusza moja spoczynku. O, terque quaterque beati, którzy możecie zginąć!... Zali to myślisz, że i mnie żywot już nie cięży, żem niegłodny wiekuistego snu i odpocznienia? Ale trzeba kielich żółci i goryczy wychylić do dna. Trzeba ratować ten nieszczęśliwy kraj i dla jego ratunku pod nowym ugiąć się ciężarem. Niech zazdrośni posądzają mnie o pychę, niech mówią, że ojczyznę zdradzam dlatego, aby siebie wynieść - Bóg mnie widzi, Bóg sądzi, czy pragnę tego wyniesienia i czybym się nie zrzekł, gdyby inaczej być mogło... Znajdźcież wy,, którzy mnie odstępujecie, środek ratunku; wskażcie drogę wy, którzyście mnie zdrajcą mianowali, a dziś jeszcze podrę ten dokument i wszystkie chorągwie ze snu rozbudzę, aby na nieprzyjaciela ruszyć.

Kmicic milczał.

- No! czemu milczysz? - zawołał podniesionym głosem Radziwiłł - czynię cię na moim miejscu hetmanem wielkim i wojewodą wileńskim, a ty nie giń, bo to nie sztuka, ale ratuj kraj: broń województw zajętych, pomścij popioły Wilna, broń Żmudzi przeciw szwedzkiemu najściu, ba! Broń całej Rzeczypospolitej, wyżeń z granic wszystkich nieprzyjaciół!... Porwij się samotrzeć na tysiące i nie giń!... i nie giń, bo ci nie wolno, ale ratuj kraj !...

- Nie jestem hetmanem i wojewodą wileńskim - odparł Kmicic- i co do mnie nie należy, to nie moja głowa... Ale jeśli chodzi o to, by się porwać samotrzeć na tysiące, to się porwę!

- Słuchaj tedy, żołnierzu: skoro nie twoja głowa ma ratować kraj, to zostaw to mojej i ufaj!

- Nie mogę! - rzekł ze ściśniętymi zębami Kmicic.

Radziwiłł potrząsnął głową:

- Nie liczyłem na tamtych, spodziewałem się tego, co się stało, alem się na tobie zawiódł. Nie przerywaj i słuchaj... Postawiłem cię na nogi, uwolniłem od sądu i od kary, przygarnąłem do serca jak syna. Czy wiesz dlaczego? Bom myślał, że masz duszę śmiałą, do wielkich przedsięwzięć gotową. Potrzebowałem takich ludzi, tego nie ukrywam. Nie było koło mnie nikogo, kto by śmiał w słońce spojrzeć nieulękłym okiem... Byli ludzie małego ducha i małej fantazji. Takim nie ukazuj nigdy innej drogi, jak ta, po której oni sami i ich ojcowie chodzić zwykli, bo cię zakraczą, że ich na manowce prowadzisz. A przecie gdzie, jeżeli nie do przepaści, doszliśmy wszyscy owymi starymi drogami? Co się dzieje z tą Rzecząpospolitą, która niegdyś światu przegrażać mogła?

Tu książę głowę wziął w ręce i powtórzył po trzykroć:

- Boże! Boże! Boże!...

Po chwili tak mówił dalej:

- Nadeszły czasy gniewu bożego, czasy takich klęsk i takiego upadku, że zwykłymi sposoby już nam się nie podnieść z tej choroby, a gdy ja chcę użyć nowych, jedynie salutem przynieść mogących, tedy mnie opuszczają nawet ci, na których gotowość liczyłem, którzy powinni mi byli ufać, którzy mi ufność na krucyfiksie zaprzysięgli... Przez krew i rany Chrystusa! Zali ty myślisz, że ja na wieki poddałem się pod protekcję Karola Gustawa, że ja ten kraj naprawdę myślę ze Szwecją połączyć, że ten układ, za który zdrajcą mnie okrzyknięto, dłużej jak rok trwać będzie?... Czegoż to spoglądasz zdumionymi oczyma?... Więcej się jeszcze zdumiejesz, gdy wszystkiego wysłuchasz... Więcej się przerazisz, bo tu stanie się coś takiego, czego nikt się nie domyśla, nikt nie przypuszcza, czego umysł zwyczajnego człeka objąć nie zdoła. Ale mówię ci, nie drżyj, bo w tym zbawienie tego kraju, nie cofaj się, bo gdy nikogo nie znajdę do pomocy, tedy może zginę, ale ze mną zginie Rzeczpospolita i wy wszyscy - na wieki ! Ja jeden uratować ją mogę, ale na to muszę zgnieść i zdeptać wszystkie przeszkody. Biada temu, kto mi się oprze, bo sam Bóg go przeze mnie zetrze, czy to będzie pan wojewoda witebski, czy pan podskarbi Gosiewski, czy wojsko, czy szlachta oporna. Chcę ratować ojczyznę, i wszystkie drogi, wszystkie sposoby do tego mi dobre... Rzym w chwilach klęski mianował dyktatorów - takiej, ba! większej, trwalszej władzy mi potrzeba... Nie pycha mnie do niej ciągnie kto się czuje na siłach, niech ją za mnie bierze! Ale gdy nie ma nikogo, ja ją wezmę, chyba mi te mury pierwej upadną na głowę!..

To rzekłszy książę wyciągnął obie ręce do góry, jakby naprawdę chciał podeprzeć walące się sklepienia, i było w nim coś tak olbrzymiego, że Kmicic otworzył szeroko oczy i patrzył nań, jakby go nigdy dotąd nie widział - a na koniec spytał zmienionym głosem:

- Dokąd wasza książęca mość dążysz?... Czego chcesz?...

- Chcę... korony! - zakrzyknął Radziwiłł.

- Jezus Maria!...

Nastała chwila głuchej ciszy - jeno puszczyk na wieży zamkowej począł się śmiać przeraźliwie.

- Słuchaj - rzekł książę - czas powiedzieć ci wszystko... Rzeczpospolita ginie... i zginąć musi. Nie masz dla niej na ziemi ratunku. Chodzi o to, by naprzód ten kraj, tę naszą ojczyznę bliższą, ocalić z rozbicia... a potem... potem wszystko odrodzić z popiołów, jako się feniks odradza... Ja to uczynię... i tę koronę, której chcę, włożę jako ciężar na głowę, by z onej wielkiej mogiły żywot nowy wyprowadzić... Nie drżyj! ziemia się nie rozpada, wszystko stoi na dawnym miejscu, jeno czasy nowe przychodzą...

Oddałem ten kraj Szwedom, aby ich orężem drugiego nieprzyjaciela pohamować, wyżenąć go z granic, odzyskać, co stracone, i w jego własnej stolicy mieczem traktat wymusić... Słyszysz ty mnie? Ale w onej skalistej, głodnej Szwecji nie masz dość ludzi, dość sił, dość szabel, aby tę niezmierną Rzeczpospolitą zagarnąć. Mogą zwyciężyć raz i drugi nasze wojsko; utrzymać nas w posłuszeństwie nie zdołają... Gdyby każdym dziesięciu ludziom tutejszym dodać za strażnika jednego Szweda, jeszcze by dla wielu dziesiątków strażników nie stało... I Karol Gustaw wie o tym dobrze, i nie chce, i nie może zagarnąć całej Rzeczypospolitej... Zajmie Prusy Królewskie, część Wielkopolski co najwięcej - i tym się będzie kontentował. Ale aby owymi nabytkami mógł na przyszłe czasy bezpiecznie władnąć, musi sojusz Korony z nami rozerwać, bo inaczej nie osiedziałby się w tamtych prowincjach. Cóż się więc stanie z tym krajem? Komu go oddadzą? Oto, jeśli ja odrzucę tę koronę, którą mi Bóg i fortuna na głowę kładą, tedy oddadzą go temu, kto go w tej chwili istotnie opanował... Lecz Karol Gustaw nierad tego czynić, by sąsiedzkiej potęgi zbytnio nie utuczyć i groźnego sobie nieprzyjaciela nie stworzyć. Chyba, że ja koronę odrzucę, wówczas musi tak być... Zali więc mam prawo ją odrzucać? Zali mogę pozwolić, aby stało się to, co ostatnią zgubą grozi? Po raz dziesiąty i setny pytam: gdzie inny środek ratunku? Niech się więc dzieje wola boża! Biorę ten ciężar na ramiona. Szwedzi są za mną, elektor, nasz krewny, pomoc przyrzeka. Uwolnię kraj od wojny! Od zwycięstw i rozszerzenia granic rozpocznę panowanie domu mego. Zakwitnie spokój i pomyślność, ogień nie będzie palił wsi i miast. Tak będzie i tak być musi... Tak mi dopomóż Bóg i święty Krzyż - bo czuję w sobie siłę i moc z nieba mi daną, bo chcę szczęścia tej krainy, bo nie tu jeszcze koniec moich zamysłów... I na te światła niebieskie przysięgam, na te drgające gwiazdy, że niech jeno sił i zdrowia mi starczy, a cały ten gmach walący się dzisiaj odbuduję na nowo i potężniejszym niż dotąd go uczynię. Ogień bił ze źrenic i oczu księcia i całą jego postać otaczał jakiś blask niezwykły.

- Wasza książęca mość! - zakrzyknął Kmicic - umysł objąć tego nie może, głowa pęka, oczy boją się patrzyć przed siebie!

- Potem - mówił dalej Radziwiłł, jakby idąc za dalszym biegiem własnych myśli - potem... Jana Kazimierza nie pozbawią Szwedzi państwa ni panowania, ale go w Mazowszu i Małopolsce zostawią Bóg mu nie dał potomstwa. Potem przyjdzie elekcja... Kogóż na tron wybiorą, jeśli chcą dalszy sojusz z Litwą utrzymać? Kiedyż to tamta Korona doszła do potęgi i zgniotła moc krzyżacką? Oto gdy na jej tronie zasiadł Władysław Jagiełło. I teraz tak będzie... Polacy nie mogą kogo innego na tron powołać, jeno tego, kto tu będzie panował. Nie mogą i nie uczynią tego, bo zginą, bo im między Niemcami i Turczynem powietrza w piersi nie stanie, gdy i tak rak kozacki pierś tę toczy! Nie mogą ! Ślepy, kto tego nie widzi; głupi, kto tego nie rozumie! A wówczas obie krainy znowu się połączą i zleją się w jedną potęgę w domu moim! Wówczas obaczym, czy oni królikowie skandynawscy ostoją się przy dzisiejszych pruskich i wielkopolskich nabytkach. Wówczas powiem im: "quos ego!" i tą stopą wychudłe żebra im przycisnę, i stworzę taką potęgę, jakiej świat nie widział, o jakiej dzieje nie pisały, a może do Konstantynopola krzyż, miecz i ogień poniesiem i grozić będziem nieprzyjaciołom, spokojni wewnątrz! Wielki Boże, który obracasz gwiazd kręgi, dajże mi ocalić tę nieszczęsną krainę na chwałę Twoją i całego chrześcijaństwa, dajże mi ludzi, którzy by zrozumieli myśl moją i do zbawienia chcieli rękę przyłożyć. Otom jest!...

Tu książę rozłożył ręce i oczy podniósł do góry:

- Ty mnie widzisz! Ty mnie sądzisz!...

- Mości książę! Mości książę! - zawołał Kmicic.

- Idź! opuść mnie! rzuć mi buzdygan pod nogi! - złam przysięgę! przezwij zdrajcą!... Niech w tej koronie cierniowej, którą mi na głowę włożono, żadnego cierniα nie zbraknie! Zgubcie kraj, pogrążcie go w przepaść, odtrąćcie rękę, która go zbawić może, i na sąd boży idźcie... Tam niechaj nas rozsądzą...

Kmicic rzucił się na kolana przed Radziwiłłem.

- Mości książę! ja z tobą do śmierci! ojcze ojczyzny! zbawco!

Radziwiłł złożył mu obie ręce na głowie i znów nastała chwila milczenia. Jeno puszczyk śmiał się ciągle na wieży.

- Wszystko otrzymasz, czegoś pragnął i pożądał - rzekł uroczyście książę. - Nic cię nie minie, a więcej spotka, niż ci ojciec i matka życzyli... Wstań, przyszły hetmanie wielki i wojewodo wileński!...

Na niebie poczęło świtać.

ROZDZIAŁ 15

Pan Zagłoba mocno już miał w głowie, gdy po trzykroć rzucił strasznemu hetmanowi w oczy słowo: "zdrajca!" Owóż w godzinę później, gdy wino wyparowało mu z łysiny i gdy znalazł się wraz z oboma Skrzetuskimi i panem Michałem w kiejdańskim zamkowym podziemiu, poznał poniewczasie, na jaki hazard wystawił szyję własną i towarzyszów, i zafrasował się wielce.

- A co teraz będzie? - pytał poglądając osowiałym wzrokiem na małego rycerza, w którym szczególniejszą w ciężkich razach pokładał ufność.

- Niech diabli porwą życie! Wszystko mi jedno! - odpowiedział Wołodyjowski.

- Dożyjemy takich czasów i takiej hańby, jakiej świat i ta korona dotąd nie widziała! - rzekł Jan Skrzetuski.

- Żebyśmy aby dożyli - odpowiedział Zagłoba - moglibyśmy dobrym przykładem cnotę w innych restaurować... Ale czy dożyjemy? To grunt...

- Straszna rzecz, wiarę przechodząca! - mówił Stanisław Skrzetuski. - Gdzie się coś podobnego działo? Ratujcie mnie, mości panowie, bo czuję, że mi się w głowie miesza... Dwie wojny, trzecia kozacka... a do tego zdrada jak zaraza: Radziejowski, Opaliński, Grudziński, Radziwiłł. Nie może być inaczej - koniec świata nastaje i dzień sądu! Niechże się ziemia rozstąpi pod naszymi nogami. Jak mi Bóg miły, zmysły tracę!

I założywszy ręce na tył głowy począł chodzić wzdłuż i wszerz piwnicy jako dziki zwierz po klatce.

- Zacznijmy pacierze czy co? - rzekł wreszcie. - Boże miłosierny, ratuj!

- Uspokój się waćpan! - rzekł Zagłoba - tu nie czas desperować!

Pan Stanisław nagle zęby ścisnął, wściekłość go porwała.

- Bodaj cię zabito! - krzyknął na Zagłobę - twój to pomysł: jazda do tego zdrajcy! Bodaj was obu pomsta dosięgła!

- Opamiętaj się, Stanisławie! - rzekł surowo Jan. - Tego, co się stało, nikt nie mógł przewidzieć... Cierp, bo nie ty jeden cierpisz, a to wiedz, że nasze miejsce tu, a nie gdzie indziej... Boże miłosierny! zmiłuj się nie nad nami, ale nad tą ojczyzną nieszczęsną!

Stanisław nic nie odpowiedział, jeno dłonie łamał, aż w stawach trzeszczało. Umilkli. Jeno pan Michał gwizdał po desperacku przez zęby i zdawał się być obojętny na wszystko, co się koło niego działo, choć w gruncie rzeczy cierpiał podwójnie, bo naprzód, nad nieszczęściem ojczyzny, a po wtóre, iż hetmanowi posłuszeństwo złamał. Dla tego żołnierza do szpiku kości była to okropna rzecz. Wolałby zginąć tysiąc razy.

- Nie gwiżdż, panie Michale! - rzekł do niego Zagłoba.

- Wszystko mi jedno!

- Jakże to? Żaden z was nie pomyśli, czy nie ma jakowego środka ratunku? A przecie warto nad tym dowcip wysilić! Zali mamy gnić w tej piwnicy, gdy każda ręka ojczyźnie potrzebna? Gdy jeden cnotliwy musi za dziesięciu zdrajców wystarczyć?!

- Ojciec ma słuszność! - rzekł Jan Skrzetuski.

- Ty jeden nie ogłupiałeś od boleści. Jak suponujesz? Co ten zdrajca myśli z nami uczynić? Na gardle nas przecie nie ukarze?

Pan Wołodyjowski wybuchnął nagle desperackim śmiechem.

- A to dlaczego? ciekawym!... Zali nie przy nim inkwizycja? Zali nie przy nim miecz? Chyba nie znacie Radziwiłła?

- Co tam prawisz! Jakież to mu prawo przysługuje?...

- Nade mną - hetmańskie, a nad wami - gwałt!

- Za który musiałby odpowiadać...

- Przed kim? Przed królem szwedzkim?

- A to pięknie mnie pocieszasz! Nie ma co mówić!

- Ja też nie myślę waści pocieszać.

Umilkli i przez jakiś czas słychać było tylko miarowe kroki piechurów szkockich za drzwiami piwnicy.

- Nie ma co! - rzekł Zagłoba - tu trzeba fortelu zażyć.

Nikt mu nie odpowiedział, więc po niejakim czasie znów mówić zaczął:

- Nie chce się w to wierzyć, abyśmy mieli być na gardle skazani. Żeby za każde słowo w prędkości i po pijanemu wymówione szyję ucinać, tedyby ani jeden szlachcic w tej Rzeczypospolitej z głową nie chodził. A neminem captivabimus? Czy to furda?

- Masz waść przykład na sobie i na nas! - rzekł Stanisław Skrzetuski.

- Bo to się stało z prędkości, ale wierzę w to mocno, że się książę zreflektuje. My, obcy ludzie, żadnym sposobem pod jego jurysdykcję nie podchodzimy. Musi na opinię zważać i od gwałtów nie może poczynać, aby sobie szlachty nie narażać. Jako żywo ! za wielka nas kupa, aby wszystkim głowy postrącać. Nad oficyjerami ma prawo, temu nie mogę negować, ale tak myślę, że się na wojsko będzie oglądał, które pewnie o swoich nie omieszka się upomnieć... A gdzie twoja chorągiew, panie Michale?

- W Upicie!

- Powiedz mi jeno, jestżeś pewny, że twoi ludzie wiernie przy tobie staną?

- Skąd mam wiedzieć? Miłują mnie dosyć, ale wiedzą, że hetman nade mną.

Zagłoba zamyślił się na chwilę.

- Dajże mnie do nich ordynans, aby mnie we wszystkim słuchali jako ciebie samego, jeśli się wśród nich ukażę.

- Waćpanu się zdaje, żeś już wolny!

- Nie wadzi nic. Bywało się w gorszych opałach i Bóg ratował. Daj ordynans dla mnie i dla obydwóch panów Skrzetuskich. Kto pierwszy się wymknie, ten zaraz do chorągwi ruszy i innym ją na ratunek przyprowadzi.

- Co waść bredzisz! Szkoda czasu na gadanie! Kto się tu wymknie! Na czym zresztą dam rozkaz? Masz waść papier, inkaust, pióra? Waść głowę tracisz.

- Desperacja! - rzekł Zagłoba. - Dajże mnie choć swój pierścień!

- Masz waćpan i daj mnie pokój! - rzekł pan Michał.

Pan Zagłoba wziął pierścień, wsadził go na mały palec i począł chodzić w zamyśleniu.

Tymczasem dymny kaganek zagasł i ogarnęła ich ciemność zupełna; tylko przez kraty wysokiego okna widać było parę gwiazd migocących na pogodnym niebie. Oczy Zagłoby nie schodziły z tej kraty.

- Gdyby nieboszczyk Podbipięta żył i był z nami - mruknął stary - byłby wyszarpnął kratę i w godzinę obaczylibyśmy się za Kiejdanami.

- A podsadzisz mnie do okna? - rzekł nagle Jan Skrzetuski.

Zagłoba z panem Stanisławem ustawili się pod ścianą, po chwili Jan stanął na ich ramionach.

- Trzeszczy! jak mi Bóg miły trzeszczy! - zawołał Zagłoba.

- Co ojciec mówisz! - odpowiedział Jan - jeszczem nie zaczął ciągnąć.

- Właźcie we dwóch z bratankiem, już was tam jakoś udźwignę... Nieraz żałowałem pana Michała, że taki misterny, a teraz żałuję, że jeszcze nie misterniejszy, bo mógłby się jako serpens prześliznąć.

Lecz Jan zeskoczył z ramion.

- Szkoci stoją z tamtej strony! - rzekł.

- Bodaj się w słupy soli zmienili jako żona Lotowa. Ciemno tu, choć w pysk daj. Niedługo świtać pocznie. Myślę, że nam jakoweś alimenta przyniosą, bo tego i lutrzy nie czynią, żeby jeńców mieli głodem morzyć. Może też Bóg zeszle na hetmana upamiętanie. W nocy nieraz sumienie się w człeku budzi i diabli grzeszników inkomodują. Zali to może być, aby do tej piwnicy jedno było wejście? Po dniu obejrzym. Głowa mi jakoś ciąży i żadnego fortelu wymyślić nie mogę - jutro Bóg dowcipowi pomoże, a teraz pocznijmy pacierze mówić, mości panowie, i polećmy się Najświętszej Pannie w tym heretyckim więzieniu.

Jakoż po chwili poczęli odmawiać pacierze i litanię do Matki Boskiej, po czym obaj Skrzetuscy i Wołodyjowski umilkli mając pełne piersi nieszczęścia, Zagłoba zaś pomrukiwał z cicha:

- Nie może inaczej być - mruczał - tylko jutro pewnie powiedzą nam: aut, aut! - bądźcie z Radziwiłłem, a przebaczę wam wszystko, jeszcze nagrodzę! Tak? Dobrze! Będę z Radziwiłłem! Jeno zobaczymy, kto kogo oszuka. To do więzienia szlachtę pakujecie, na wiek i zasługi nie macie względu? - dobrze! Komu szkoda, temu płacz! Głupi będzie pod spodem, a mądry na wierzchu. Przyrzeknę, co chcecie, ale tego, czego wam dotrzymam, na załatanie butów nie starczy. Jeśli wy ojczyźnie nie dotrzymujecie, to cnotliwy ten, kto wam nie dotrzyma. Ale to pewna, że przychodzi ostatnia zguba na Rzeczpospolitą, skoro najprzedniejsi jej dygnitarze z nieprzyjacielem się łączą... Tego w świecie jeszcze nie bywało i pewnie, że mentem można stracić. Zali jest w piekle dosyć mąk na takowych zdrajców? Czego takiemu Radziwiłłowi brakło? Małoż mu ta ojczyzna wyświadczyła, że ją jako Judasz zaprzedał, i to właśnie w czasie największych klęsk, w czasie trzech wojen?... Słuszny, słuszny gniew twój, Boże, daj jeno karę najprędzej! Niechże tak będzie! Amen! Byle się stąd jak najprędzej na wolność wydostać - narobię ja ci partyzantów, mości hetmanie! Poznasz, jako to fructa zdrady smakują. Będziesz ty mnie jeszcze za przyjaciela uważał, ale jeśli lepszych przyjaciół nie znajdziesz, to nie poluj nigdy na niedźwiedzia, chyba ci skóra niemiła...

Tak to rozprawiał ze sobą pan Zagłoba. Tymczasem upłynęła jedna i druga godzina, a w końcu poczęło świtać. Szare blaski wpadające przez kratę rozpraszały z wolna ciemność panującą w piwnicy i wydobyły z niej posępne postacie rycerskie siedzące pod ścianami. Wołodyjowski i dwaj Skrzetuscy drzemali ze znużenia, ale gdy rozwidniło się lepiej, z podwórca zamkowego doleciały odgłosy kroków żołnierskich, chrzęst broni, tętent kopyt i dźwięki trąb przy bramie. Rycerze zerwali się na równe nogi.

- Poczyna nam się dzień niezbyt pomyślnie! - rzekł Jan.

- Daj Boże, żeby się skończył pomyślniej - odpowiedział Zagłoba. - Wiecie, waćpanowie, com w nocy obmyślił? Oto pewnie poczęstują nas darowaniem żywota, jeżeli służbę u Radziwiłła przyjąć i jeszcze w zdradzie pomagać zechcemy; my zaś powinniśmy się na to zgodzić, aby z wolności skorzystać i za ojczyznę stanąć.

- Niechże mnie Bóg broni, abym miał zdradę podpisywać - odparł Jan - bo choćbym potem zdrajcy odstąpił, już by moje nazwisko na hańbę moim dzieciom między zdrajcami pozostało. Nie uczynię ja tego, wolę umrzeć.

- Ani ja! - rzekł Stanisław.

- A ja z góry was uprzedzam, że uczynię. Na fortel - fortel, a potem będzie, co Bóg da. Nikt nie pomyśli, żem to z dobrej woli albo szczerze uczynił. Niech tego smoka Radziwiłła diabli wezmą! Zobaczymy jeszcze, czyje będzie na wierzchu.

Dalszą rozmowę przerwały krzyki dochodzące z podwórza. Słychać w nich było złowrogie akcenta gniewu i wzburzenia. Jednocześnie rozlegały się pojedyncze głosy komendy i echa kroków całych tłumów, i ciężki hurkot, jakoby przetaczanych dział.

- Co tam się dzieje? - pytał Zagłoba. - Dalibóg, może to jakaś pomoc dla nas.

- Pewnie, że niezwyczajne to hałasy - odrzekł Wołodyjowski. - A podsadźcie no mnie do okna, bo ja najprędzej rozeznam, co to jest...

Jan Skrzetuski wziął go pod boki i podniósł jak dziecko do góry, pan Michał chwycił się kraty i począł pilnie wyglądać na podwórzec.

- Jest coś, jest! - rzekł nagle żywo - widzę węgierską nadworną chorągiew piechoty, którą Oskierko dowodził. Okrutnie go miłowali, a on także pod aresztem; pewnie się o niego dopominają. Dalibóg, stoją w szyku bojowym. Porucznik Stachowicz jest z nimi, to przyjaciel Oskierki.

W tej chwili krzyki jeszcze się wzmogły.

- Ganchof przed nich przyjechał... Mówi coś ze Stachowiczem... A jaki krzyk!... Widzę, mości panowie, Stachowicz z dwoma oficerami odchodzą od chorągwi. Idą pewnie do hetmana w deputacji. Jak mi Bóg miły, bunt szerzy się w wojsku. Armaty naprzeciw Węgrom zatoczone i regiment szkocki także w szyku bojowym. Towarzystwo spod polskich chorągwi zbiera się przy Węgrach. Bez nich nie mieliby tej śmiałości, bo w piechocie dyscyplina okrutna...

- Na Boga! - krzyknął Zagłoba. - W tym nasze zbawienie!... Panie Michale, a siła też polskich chorągwi?... Bo że te się zbuntują, to zbuntują.

- Husarska Stankiewicza i pancerna Mirskiego stoją o dwa dni drogi od Kiejdan - odpowiedział Wołodyjowski. - Gdyby tu były, nie śmiano by ich aresztować. Czekajże waść... Jest dragonia Charłampa, jeden regiment, Mieleszki drugi; te stoją przy księciu... Niewiarowski opowiedział się także przy księciu, ale jego pułk daleko. Dwa regimenty szkockie...

- To cztery przy księciu.

- I artyleria pod panem Korfem: dwa regimenty.

- Oj! coś dużo!

- I Kmicicowa chorągiew, okrutnie okryta... sześćset ludzi.

- A Kmicic po której stronie?

- Nie wiem.

- Nie widzieliście go? Rzucił wczoraj buławę czy nie rzucił?

- Nie wiemy.
- Kto tedy przeciw księciu? jakie chorągwie?
- Naprzód widocznie ci Węgrzyni. Ludzi dwieście. Potem kupa luźnego towarzystwa spod buławy Mirskiego i Stankiewicza. Szlachty trochę... i Kmicic, ale ten niepewny.
- Bodaj go!... Na miłość boską... Mało!... Mało!...
- Ci Węgrzyni za dwa pułki staną. Stary żołnierz i wyćwiczony! Czekajcie no... Lonty zapalają u armat, na bitwę się zanosi...
Skrzetuscy milczeli, Zagłoba kręcił się jak w gorączce.
- Bijże zdrajców! Bij psubratów! Ej, Kmicic! Kmicic! Wszystko od niego zależy. Śmiałyż to żołnierz?
- Jak diabeł... Gotów na wszystko.
- Nie może być inaczej, tylko on po naszej stronie stanie.
- Bunt w wojsku! Ot, do czego hetman doprowadził! - zakrzyknął Wołodyjowski.
- Kto tu buntownik? Wojsko czy hetman, który się przeciwko własnemu panu zbuntował? - pytał Zagłoba.
- Bóg to osądzi. Czekajcie. Znowu tam jakiś ruch. Część dragonii Charłampowej staje przy Węgrach. Sama dobra szlachta w tym regimencie służy. Słyszycie, jak krzyczą?
- Pułkowników! Pułkowników! - wołały groźne głosy z podwórca.
- Panie Michale! na rany boskie, krzyknij im, żeby posłali po twoją chorągiew i po towarzystwo pancerne i husarskie.
- Cicho waść!
Zagłoba sam począł krzyczeć:
- A poślijcie po resztę polskich chorągwi i w pień zdrajców!
- Cicho, waść!
Nagle, nie na podwórzu, ale na tyłach zamku zabrzmiała krótka, urwana salwa muszkietów...
- Jezus Maria! - krzyknął Wołodyjowski.
- Panie Michale, co to jest?
- Rozstrzelali niezawodnie Stachowicza i dwóch oficerów, którzy poszli w deputacji - mówił gorączkowo Wołodyjowski. - Nie może inaczej być! - Męko Pana naszego! Tedy żadnej klemencji nie można się spodziewać.
Huk wystrzałów zgłuszył dalszą rozmowę. Pan Michał chwycił konwulsyjnie za kratę i przycisnął do niej czoło, ale przez chwilę nic nie mógł dojrzeć prócz, nóg szkockich piechurów ustawionych tuż za oknem. Salwy muszkietów stały się coraz gęstsze, na koniec ozwały się i armaty. Suche uderzenia kul o ścianę nad piwnicą słychać było doskonale jakoby uderzenia gradu. Zamek trząsł się w posadach.
- Michale, zeskocz, zginiesz tam! - zawołał Jan.
- Za nic. Kule idą wyżej, a z armat właśnie w przeciwną stronę. Za nic nie zejdę.
I pan Wołodyjowski, chwyciwszy jeszcze silniej za kratę, wciągnął się cały

we wgłębienie okna, gdzie już nie potrzebował ramion Skrzetuskiego do podpory. W piwnicy uczyniło się wprawdzie ciemno, bo okienko było małe i pan Michał, choć szczupły, przesłonił je całkowicie, ale natomiast towarzysze pozostali na dole mieli każdej minuty świeże wiadomości z pola bitwy.

- Widzę teraz! - krzyknął pan Michał. - Węgrzyni o ścianę się wsparli, stamtąd strzelają... Ha! bałem się, żeby się w kąt nie zatłoczyli, bo armaty by ich w mig zniszczyły. Sprawny żołnierz! Jak mi Bóg miły! Bez oficerów wie, co trzeba. Dym znowu! Nie widzę nic...

Strzały poczęły słabnąć.

- Boże miłosierny! nie odkładaj kary! - wołał Zagłoba.

- A co, Michale? - pytał Skrzetuski.

- Szkoci idą do ataku.

- Pioruny siarczyste! że musimy tu siedzieć! - zakrzyknął Stanisław.

- Już są! Halabardnicy! Węgrzyni na szable ich biorą! Ach! Boże! że nie możecie widzieć! Co za żołnierze!

- I ze sobą się biją, zamiast z nieprzyjacielem.

- Węgrzyni górą! Szkoci od lewego cofają się. Jak Boga kocham! Dragoni Mieleszki przechodzą na ich stronę!... Szkoci we dwóch ogniach. Korf nie może z dział razić, bo i Szkotów by psował. Widzę już i Ganchofowe mundury między Węgrami. Idą do ataku na bramę. Chcą się wydostać stąd. Idą jak burza! Wszystko łamią!

- Hę? Jak to? Wolałbym, żeby zamek zdobyli - krzyknął Zagłoba.

- Nic to! Jutro powrócą z chorągwiami Mirskiego i Stankiewicza... Hej! Charłamp zginął!... Nie! Wstaje, ranny... Już, już są przy bramie... Co to jest? Chyba i szkocka straż w bramie przechodzi do Węgrów, bo otwierają wrzeciądze... Kurz się kłębi z tamtej strony. Kmicica widzę! Kmicic! Kmicic z jazdą wali przez bramę!

- Po czyjej stronie? Po czyjej stronie? - krzyczał Zagłoba.

Przez chwilkę pan Michał nie dał odpowiedzi, ale przez małą chwilkę; zgiełk, szczęk broni i krzyki rozległy się tymczasem ze zdwojoną siłą.

- Już po nich! - krzyknął przeraźliwie Wołodyjowski.

- Po kim? Po kim?

- Po Węgrach! Jazda rozbiła ich, tratuje, siecze! Banderia w Kmicicowym ręku!... Koniec, koniec!

To rzekłszy pan Michał zesunął się z framugi okienka i wpadł w ramiona Jana Skrzetuskiego.

- Bijcieże mnie - wołał - bijcie, bo ja tego człowieka miałem pod szablą i żywym go puściłem; ja odwiozłem mu list zapowiedni! Przeze mnie zaciągnął tę chorągiew, z którą teraz przeciw ojczyźnie będzie walczył. Wiedział, kogo zaciągał, psubratów, wisielców, zbójów, rakarzy, takich, jaki sam. Bogdajem go raz jeszcze z szablą spotkał... Boże! przedłuż mi życie na pohybel tego zdrajcy, bo przysięgam, że więcej z rąk moich nie wyjdzie...

Tymczasem krzyki i tętent kopyt, i salwy wystrzałów brzmiały jeszcze z całą siłą; ale stopniowo poczęły słabnąć i w godzinę później cisza zapanowała na kiejdańskim zamku, przerywana tylko miarowymi krokami patrolów szkockich i odgłosami komendy.

- Panie Michale! Wyjrzyj no jeszcze, co się stało - błagał Zagłoba.
- Po co? - odpowiedział mały rycerz. - Kto wojskowy, ten zgadnie, co się stało. Zresztą widziałem ich rozbitych... Kmicic tu triumfuje!
- Bogdaj go końmi szarpano, warchoła, piekielnika! Bogdaj mu przyszło haremu u Tatarów pilnować!

ROZDZIAŁ 16

Pan Michał miał słuszność! Kmicic triumfował. Węgrzy i część dragonów Mieleszki oraz Charłampa, która połączyła się z nimi, zalegli gęstym trupem kiejdańskie dziedzińce. Zaledwie kilkudziesięciu wymknęło się i rozproszyło w okolicach zamku i miasta, gdzie ich ścigała jazda. Wyłowiono jeszcze wielu, inni nie oparli się zapewne aż w obozie Pawła Sapiehy, wojewody witebskiego, któremu pierwsi musieli przynieść straszną wieść o zdradzie hetmana wielkiego, o przejściu jego do Szwedów, o uwięzieniu pułkowników i oporze chorągwi polskich.

Tymczasem Kmicic, cały okryty krwią i kurzawą, stawił się z węgierską banderią w ręku przed Radziwiłłem, który przyjął go z otwartymi rękoma. Ale pana Andrzeja nie upoiło zwycięstwo. Owszem, chmurny był i zły, jakby przeciw sercu postąpił.

- Wasza książęca mość! - rzekł- nie chcę słuchać pochwał i wolałbym sto razy z nieprzyjacielem ojczyzny walczyć niż z żołnierzami, którzy by się jej przydać mogli. Człeku się zdaje, że sam sobie krwi upuścił.
- A czyjaż wina, jeśli nie tych buntowników? - odparł książę. - Wolałbym i ja ich pod Wilno poprowadzić, i tak miałem uczynić... Oni zaś woleli przeciw zwierzchności się porwać. Co się stało, to się nie odstanie. Trzeba było i trzeba będzie dać przykład.
- Co wasza książęca mość myślisz robić z jeńcami?
- Co dziesiątemu kula w łeb. Resztę pomieszać z innymi pułkami. Pojedziesz dziś do chorągwi Mirskiego i Stankiewicza, zawieziesz im rozkaz mój, by do pochodu byli gotowi. Czynię cię regimentarzem nad tymi dwiema chorągwiami i nad trzecią Wołodyjowskiego. Namiestnicy mają ci podlegać i we wszystkim słuchać. Chciałem do tej chorągwi Charłampa naprzód posłać, ale on do niczego... Rozmyśliłem się.
- A w razie oporu? Bo to u Wołodyjowskiego laudańscy ludzie, którzy okrutnie mnie nienawidzą.
- Ogłosisz, że Mirski, Stankiewicz i Wołodyjowski natychmiast będą rozstrzelani.
- Tedy oni mogą pójść zbrojno na Kiejdany, aby ich odbić. U Mirskiego wszystko znaczna szlachta służy.

- Weźmiesz ze sobą regiment piechoty szkockiej i regiment niemieckiej. Naprzód otoczysz ich, potem ogłosisz rozkaz.

- Jak wola waszej książęcej mości!

Radziwiłł wsparł dłonie na kolanach i zamyślił się.

- Mirskiego i Stankiewicza rozstrzelałbym chętnie, gdyby nie to, że oni nie tylko w swoich chorągwiach, ale w całym wojsku, ba, w całym kraju mir mają... Boję się wrzawy i otwartego buntu, którego przykład mieliśmy już przed oczyma... Szczęściem, dzięki tobie, dobrą dostali naukę i dwa razy pomyśli każda chorągiew, nim się na nas porwie. Trzeba tylko szybko działać, aby oporni nie przeszli do pana wojewody witebskiego.

- Wasza książęca mość mówiłeś tylko o Mirskim i Stankiewiczu, a nie wspomniałeś o Wołodyjowskim i Oskierce.

- Oskierkę muszę także oszczędzić, bo to człek znaczny i szeroko spokrewniony; ale Wołodyjowski z Rusi pochodzi i nie ma tu relacyj. Dzielny to żołnierz, prawda! Liczyłem też na niego... Tym ci gorzej, żem się zawiódł. Gdyby diabeł nie był przyniósł tych przybłędów, jego przyjaciół, może inaczej by postąpił; ale po tym, co się stało, czeka go kula w łeb, jak również dwóch Skrzetuskich i tego trzeciego byka, który pierwszy zaczął ryczeć: "zdrajca! zdrajca!"

Pan Andrzej zerwał się, jakby go żelazem przypieczono.

- Wasza książęca mość! Żołnierze mówią, że Wołodyjowski życie waszej książęcej mości pod Cybichowem uratował.

- Spełnił swoją powinność i za to Dydkiemie mu w dożywocie chciałem puścić... Teraz mię zdradził i za to każę go rozstrzelać.

Oczy Kmicica zaiskrzyły się, a nozdrza poczęły latać.

- Wasza książęca mość! Nie może to być!

- Jak to nie może być? - spytał Radziwiłł marszcząc brwi.

- Błagam waszą książęcą mość - mówił w uniesieniu Kmicic - aby Wołodyjowskiemu włos z głowy nie spadł. Wasza książęca mość mi przebaczy... błagam! Wołodyjowski mógł mi nie oddać zapowiedniego listu, boś go wasza książęca mość na jego ręce przysłał i do woli mu zostawił. A oddał!... Wyrwał mnie z toni... Przez to przeszedłem pod waszej książęcej mości inkwizycję... Nie wahał się mnie ratować, chociaż o tę samą pannę tentował... Winienem mu wdzięczność i zaprzysiągłem sobie, że mu się wypłacę!... Wasza książęca mość uczyni to dla mnie, aby ni jego, ni jego przyjaciół żadna nie dosięgła kara. Włos im nie ma spaść z głowy i na Boga! nie spadnie, pókim ja żyw!... Błagam waszą książęcą mość!

Pan Andrzej prosił i ręce składał, ale w słowach jego brzmiały mimo woli akcenta gniewu i groźby, i oburzenia. Niepohamowana natura brała górę. I stanął nad Radziwiłłem z twarzą podobną do głowy rozdrażnionego drapieżnego ptaka, z roziskrzonymi oczami. Hetman zaś miał również burzę w obliczu. Przed jego żelazną wolą i despotyzmem gięło się dotychczas wszystko na Litwie i Rusi - nikt nigdy nie śmiał mu się sprzeciwić, nikt prosić o łaskę dla raz skazanych, a teraz Kmicic prosił tylko pozornie - w rzeczywistości żądał. I położenie było takie, że prawie niepodobna było mu odmówić.

Despota zaraz na początku zawodu zdrajcy poczuł, że nieraz przyjdzie mu ulegać despotyzmowi ludzi i okoliczności, że będzie zależnym od własnych stronników, daleko mniejszego znaczenia, że ten Kmicic, którego chciał zmienić w wiernego psa, będzie raczej chowanym wilkiem, który, rozdrażniony, gotów chwycić zębami za rękę pana.

Wszystko to wzburzyło dumną krew radziwiłłowską. Postanowił się opierać, bo i wrodzona straszna mściwość pchała go do oporu.

- Wołodyjowski i tamci trzej muszą dać gardła! - rzekł podniesionym głosem.

Lecz było to dorzucić prochu do ognia.

- Gdybym był Węgrów nie rozbił, nie oni daliby gardła! - zakrzyknął Kmicic.

- Jakże to? Już mi wymawiasz swoje usługi? - pytał groźnie hetman.

- Wasza książęca mość! - rzekł porywczym głosem pan Andrzej - nie wymawiam... Proszę... Błagam... Ale to się nie stanie. Ci ludzie na całą Polskę sławni... Nie może być! Nie może być!... Nie będę Judaszem dla Wołodyjowskiego. Pójdę za waszą książęcą mość w ogień, ale nie odmawiaj mi tej łaski...

- A jeśli odmówię?

- Tedy mnie każ wasza książęca mość rozstrzelać!... Nie chcę żyć!... Niech mnie pioruny zatrzasną!... Niech mnie diabli żywcem do piekła wezmą!

- Opamiętaj się, nieszczęsny, przed kim to mówisz?

- Wasza książęca mość nie przyprowadzaj mnie do desperacji!

- Do prośby mogłem nakłonić ucha, na groźby nie będę zważał.

- Ja proszę... Błagam!...

Tu pan Andrzej rzucił się na kolana.

- Pozwól mi wasza książęca mość sercem, nie z musu sobie służyć, bo inaczej zwariuję!

Radziwiłł nie odrzekł nic. Kmicic klęczał, bladość i rumieńce przelatywały mu jak błyskawice przez twarz. Widocznym było, że jeszcze chwila, a wybuchnie w straszliwy sposób.

- Wstań! - rzekł Radziwiłł.

Pan Andrzej wstał.

- Umiesz bronić przyjaciół - rzekł książę - mam próbę, że i mnie będziesz umiał bronić i nie odstąpisz nigdy. Jeno Bóg cię stworzył z saletry, nie z mięsa, i bacz, abyś nie spłonął. Nie mogę ci niczego odmówić. Słuchajże mnie: Stankiewicza, Mirskiego i Oskierkę chcę Szwedom do Birż odesłać; niechże Skrzetuscy dwaj i Wołodyjowski idą z nimi. Głów im tam nie pourywają, a że czas wojny, w spokoju posiedzą, to lepiej.

- Dziękuję waszej książęcej mości, ojcu mojemu! - zakrzyknął pan Andrzej.

- Powoli... - rzekł książę. - Uszanowałem twoją przysięgę aż nadto, teraz ty uszanuj moją... Temu staremu szlachcicowi... zapomniałem, jak mu na przezwisko... temu ryczącemu diabłu, który tu ze Skrzetuskimi przybył, zapisałem śmierć w duszy. On to pierwszy nazwał mnie zdrajcą, on o wzięcie korupcji posądził, on podniecił innych, bo może nie przyszłoby do tego oporu, gdyby nie jego zuchwalstwo! (Tu książę uderzył pięścią w stół.) Pierwej śmierci, pierwej końca świata bym się spodziewał, niż żeby kto mnie, Radziwiłłowi, śmiał do oczu zakrzyknąć: "Zdrajca!" Do oczu wobec ludzi! Nie ma takiej śmierci, nie ma takich mąk, których by dość było za taką zbrodnię. Nie proś mnie o niego, bo to na nic.

Ale pan Andrzej niełatwo się zrażał, gdy sobie coś przedsięwziął. Jeno nie gniewał się już ani wybuchał. Owszem, chwyciwszy na nowo rękę hetmańską, począł okrywać ją pocałunkami i prosić tak serdecznie, jak tylko sam umiał.

- Żadnym powrozem ani łańcuchem nie przywiązałbyś wasza książęca mość tak serca mego, jak tą łaską. Ale nie czyń jej w połowie ni w części, jeno całą. Wasza książęca mość! Co ten szlachcic wczoraj mówił, to myśleli wszyscy. Ja sam to samo myślałem, pókiś mi wasza książęca mość oczu nie otworzył... Niech mnie ogień spali, jeślim tego nie myślał... Człek temu nie winien, że głupi. Ten szlachcic był do tego pijany i co miał na sercu, to i zakrzyknął. Myślał, że w obronie ojczyzny występuje, a trudnoż kogo karać za sentyment dla ojczyzny. Wiedział, że gardło naraża, a dlatego zakrzyknął, co miał w gębie i sercu. Ni on mnie grzeje, ni ziębi, ale to panu Wołodyjowskiemu jako brat albo zgoła ojciec. Już by też desperował po nim bez miary, a ja tego nie chcę. Taka już we mnie natura, że jak komu dobra życzę, to duszę bym za niego oddał. Żeby mnie kto oszczędził, a przyjaciela mi zabił, niechby go diabeł za taką łaskę porwał. Wasza książęca mość! Ojcze mój, dobrodzieju, łaskawco, uczyńże całą łaskę, daruj mi tego szlachcica, a ja ci wszystką krew moją daruję, choćby jutro, dziś, zaraz!

Radziwiłł zagryzł wąsy.

- Zapisałem mu wczoraj śmierć w duszy.

- Co hetman i wojewoda wileński zapisał, to wielki książę litewski, a daj Boże, w przyszłości król polski, jako łaskawy monarcha, przekreślić może...

Pan Andrzej mówił szczerze, co czuł i myślał, ale gdyby był najzręczniejszym dworakiem, nie mógłby potężniejszego argumentu na obronę swych przyjaciół znaleźć. Dumna twarz magnata rozjaśniła się i oczy przymknął, jakby lubując się dźwiękiem tych tytułów, których jeszcze nie posiadał. Po chwili rzekł:

- Takeś mnie zagadł, że niczego nie mogę ci odmówić. Pójdą wszyscy do Birż. Niechże tam odpokutują u Szwedów za winy, a potem, gdy się to stanie, coś rzekł, żądaj nowej dla nich łaski.

- Jako żywo, że zażądam, daj Boże najprędzej! - odrzekł Kmicic.

- Idźże teraz, zanieś im dobrą nowinę!

- Nowina dobra dla mnie, nie dla nich, bo oni pewnie nie przyjmą jej z wdzięcznością, zwłaszcza że się nie spodziewali tego, co im groziło. Nie pójdę, wasza książęca mość, bo to tak by wyglądało, jakbym się im chciał zaraz z moją instancją chwalić.

- Czyńże, jak chcesz. Ale kiedy tak, to czasu nie trać i ruszaj po chorągwie Mirskiego i Stankiewicza, bo zaraz potem czeka cię inna ekspedycja, od której pewnie nie będziesz się wybiegał.

- Jaka, wasza książęca mość?

- Pojedziesz zaprosić ode mnie pana Billewicza, miecznika rosieńskiego, aby razem z krewniaczką do mnie, do Kiejdan, przyjechał i tu na czas wojny osiadł. Rozumiesz?

Kmicic zmieszał się.

- On tego uczynić nie zechce... z wielką furią Kiejdany opuścił.

- Spodziewam się, że go furia już opuściła; w każdym razie weźmiesz ludzi ze sobą i jeżeli nie zechcą po dobrej woli tu przybyć, to ich wsadzisz w kolaskę, otoczysz dragonami i przywieziesz. Szlachcic miękki był jak wosk; gdym z nim gadał, płonił się jak panna i kłaniał do ziemi; ale i on zląkł się imienia szwedzkiego jak diabeł święconej wody i odjechał. Potrzebuję go tu mieć i dla siebie, i dla ciebie. Mam nadzieję, że jeszcze ulepię z tego wosku taką świecę, jaką zechcę, i komu zechcę, ją zapalę. Tym lepiej będzie, jeśli się tak stanie... Ale jeśli nie, tedy będę miał zakładnika. Billewiczowie dużo mogą na Żmudzi, bo prawie ze wszystką szlachtą spokrewnieni. Gdy jednego, i to najstarszego, dostanę w ręce, inni dwa razy pomyślą, nim coś przeciw mnie przedsięwezmą. A przecie to za nimi i za tą twoją dziewczyną stoi całe mrowie laudańskie, które gdyby poszło do obozu pana wojewody witebskiego, pewnie by ich z otwartymi rękoma przyjął... Ważna to jest rzecz, tak ważna, że się namyślam, czy nie od Billewiczów poczynać.

- W chorągwi Wołodyjowskiego sami laudańscy ludzie.

- Opiekunowie twojej dziewki. Kiedy tak, pocznijże od tego, by ją tu sprowadzić. Tylko że słuchaj: ja podejmuję się pana miecznika na nasza wiarę nawrócić, ale dziewkę to sobie już ty sam kaptuj, jak umiesz. Gdy miecznika nawrócę, on ci pomoże dziewkę nawracać. Zgodzi się, to wyprawię wam nie mieszkając wesele... Nie zgodzi się, bierz ją i tak. Jak będzie po harapie, to będzie po wszystkim... Z niewiastami najlepszy to sposób. Popłacze, podesperuje, gdy ją do ołtarza powloką, ale na drugi dzień pomyśli, że nie taki diabeł straszny, jak go malują, a trzeciego będzie rada. Jakżeście się wczoraj rozstali?

- Jakoby mi w pysk dała!

- Cóż rzekła?

- Nazwała mnie zdrajcą... Mało mnie paraliż nie trzasł.

- Takaż to zaciekła? Jak będziesz jej mężem, powiedzże jej, że niewiastom kądziel lepiej przystoi niż sprawy publiczne, i trzymaj ją krótko.

- Wasza książęca mość jej nie zna. U niej wszystko zaraz: cnota albo niecnota, i wedle tego sądzi; a rozumu niejeden mąż mógłby jej pozazdrościć. Nim się człowiek obejrzy, ona już w sedno utrafi.

- Utrafiła ci też w serce... Staraj się także ją utrafić.

- Bóg by to dał, wasza książęca mość. Raz już brałem ją zbrojną ręką, alem sobie potem przyrzekł, że więcej tego nie uczynię... I co mi wasza książęca mość mówi, żeby ją choćby gwałtem do ołtarza prowadzić, to mi nie idzie po sercu, bom sobie i jej przyrzekł, że gwałtu więcej nie użyję... Cała nadzieja, że wasza książęca mość wyperswaduje panu miecznikowi, iż nie tylko zdrajcami nie jesteśmy, ale zbawienia ojczyzny chcemy... Gdy on się przekona, to i ją przekona, a wtenczas inaczej będzie na mnie patrzyła. Teraz do Billewicza pojadę i sprowadzę ich tu oboje, bo mi strach, żeby się ona do zakonu gdzie nie schroniła... Ale powiem waszej książęcej mości szczerą prawdę, że choć wielkie to szczęście dla mnie patrzeć na tę dziewczynę, wolałbym na całą potęgę szwedzką uderzyć niż przed nią teraz stanąć, bo ona nie zna moich cnotliwych chęci i za zdrajcę mnie poczytuje.

- Jeżeli chcesz, to tam kogo innego wyślę, Charłampa albo Mieleszkę.

- Nie! Pojadę lepiej sam... Charłamp zresztą ranny.

- To i lepiej... Charłampa chciałem wczoraj wysłać do chorągwi Wołodyjowskiego, by nad nimi komendę objął, a w potrzebie do posłuszeństwa zmusił: ale to człek niezgrabny i pokazało się, że własnych ludzi nie umie utrzymać. Nic mi po nim. Jedźże naprzód po miecznika i dziewczynę, a potem do tamtych chorągwi. W ostatnim razie nie szczędź krwi, bo trzeba pokazać Szwedom, że mamy siłę i nie ulękniemy się buntu. Pułkowników zaraz pod eskortą odeślę; spodziewam się, że Pontus de la Gardie poczyta to za dowód szczerości mojej... Mieleszko ich odprowadzi. Ciężko z początku idzie! Ciężko! Już widzę, że z pół Litwy stanie przeciw mnie.

- Nic to, wasza książęca mość! Kto ma czyste sumienie, ten się nikogo nie ulęknie.

- Myślałem, że przynajmniej Radziwiłłowie staną wszyscy po mojej stronie, tymczasem, patrz, co mi pisze książę krajczy z Nieświeża.

Tu hetman podał Kmicicowi list Kazimierza Michała.

Kmicic przebiegł oczyma pismo.

- Żebym nie znał intencji waszej książęcej mości, myślałbym, że ma rację i że najcnotliwszy to w świecie pan. Boże, daj mu wszystko dobre!... Mówię, co myślę.

- Jedź już! - rzekł z pewną niecierpliwością hetman.

ROZDZIAŁ 17

Kmicic jednak nie wyruszył ani tego dnia, ani następnego, bo groźne wieści poczęły nadchodzić zewsząd do Kiejdan. Oto pod wieczór przybiegł goniec z doniesieniem, że chorągwie Mirskiego i Stankiewicza same ruszają ku rezydencji hetmańskiej, gotowe zbrojną ręką upomnieć się o swych pułkowników, że wzburzenie panuje między nimi straszne i że towarzystwo wysłało deputacje do wszystkich chorągwi stojących w pobliżu Kiejdan i dalej, aż na Podlasie do Zabłudowa, z doniesieniem o zdradzie hetmańskiej i wezwaniem, by się łączyły w kupę dla obrony ojczyzny. Łatwo było przy tym przewidzieć, że mnóstwo szlachty zleci się do zbuntowanych chorągwi i wytworzy poważną siłę, przeciwko której trudno się będzie opierać w nieobronnych Kiejdanach, zwłaszcza że nie na wszystkie pułki, które książę Radziwiłł miał pod ręką, można było liczyć z pewnością.

Zmieniło to wyrachowania i wszystkie plany hetmańskie, ale zamiast osłabić w nim ducha, zdawało się go jeszcze podniecać. Postanowił sam na czele wiernych szkockich regimentów, rajtarii i artylerii wyruszyć przeciw buntownikom i zdeptać ogień w zarodku. Wiedział, że żołnierze bez pułkowników są tylko tłuszczą niesforną, która rozproszy się przed grozą samego imienia hetmańskiego.

Postanowił też nie szczędzić krwi i przerazić przykładem całe wojsko, wszystką szlachtę, ba! całą Litwę, aby nie śmiała drgnąć nawet pod żelazną jego ręką. Miało się spełnić wszystko, co zamierzył, i spełnić się własnymi jego siłami.

Tegoż dnia jeszcze wyjechało kilku oficerów cudzoziemskich do Prus czynić tam nowe zaciągi, a Kiejdany wrzały zbrojnym ludem. Regimenta szkockie, rajtaria cudzoziemska, dragoni Mieleszki i Charłampa i "lud ognisty" pana Korfa gotowały się do wyprawy. Hajducy książęcy, czeladź, mieszczanie z Kiejdan mieli wzmocnić siły książęce, a na koniec postanowiono przyśpieszyć wysłanie uwięzionych pułkowników do Birż, gdzie bezpieczniej było ich trzymać niżeli w otwartych Kiejdanach. Książę spodziewał się słusznie, że wysłanie do tej odległej fortecy, w której wedle układu musiała już stać załoga szwedzka, zniweczy nadzieję uwolnienia ich w umysłach zbuntowanych żołnierzy i pozbawi sam bunt wszelkiej podstawy.

Pan Zagłoba, Skrzetuscy i Wołodyjowski mieli dzielić losy innych.

Wieczór już był, gdy do piwnicy, w której siedzieli, wszedł oficer z latarnią w ręku i rzekł:

- Zbierajcie się, waszmościowie, iść ze mną.

- Dokąd? - pytał niespokojnym głosem pan Zagłoba.

- To się pokaże... Prędzej! prędzej!

- Idziemy.

Wyszli. Na korytarzu otoczyli ich żołnierze szkoccy zbrojni w muszkiety. Zagłoba coraz był niespokojniejszy.

- Przecie na śmierć by nas nie prowadzili bez księdza, bez spowiedzi? - szepnął do ucha Wołodyjowskiego.

Po czym zwrócił się do oficera:

- Jakże godność, proszę?

- A waści co do mojej godności?

- Bo mam wielu krewnych na Litwie i miło wiedzieć, z kim się ma do czynienia.

- Nie pora sobie świadczyć, ale kiep ten, kto się swego nazwiska wstydzi... Jestem Roch Kowalski, jeśli waćpan chcesz wiedzieć.

- Zacna to rodzina! Mężowie dobrzy żołnierze, niewiasty cnotliwe. Moja babka była Kowalska, ale osierociła mnie, nimem na świat przyszedł... A waćpan z Wieruszów czyli z Korabiów Kowalskich?

- Co mnie tu waść będziesz po nocy indagował!

- Boś mi pewno krewniak, gdyż i struktura w nas jednaka. Grube masz waćpan kości i bary zupełnie jak moje, a ja właśnie po babce urodę odziedziczyłem.

- No, to się w drodze wywiedziemy... Mamy czas!

- W drodze? - rzekł Zagłoba.

I wielki ciężar spadł mu z piersi. Odsapnął jak miech i zaraz nabrał fantazji.

- Panie Michale - szepnął - nie mówiłem ci, że nam szyi nie utną?

Tymczasem wyszli na dziedziniec zamkowy. Noc już zapadła zupełna. Tu i owdzie tylko płonęły czerwone pochodnie lub migotały latarki rzucając niepewne blaski na grupy żołnierzy konnych i pieszych rozmaitej broni. Cały dziedziniec zatłoczony był wojskiem. Gotowano się widocznie do pochodu, bo wszędy znać było ruch wielki. Tu i owdzie w ciemnościach majaczyły włócznie i rury muszkietów, kopyta końskie szczękały po bruku; pojedynczy jeźdźcy przebiegali pomiędzy chorągwiami; zapewne byli to oficerowie rozwożący rozkazy.

Kowalski zatrzymał konwój i więźniów przed ogromnym wozem drabiniastym zaprzężonym we cztery konie.

- Siadajcie, waszmościowie! - rzekł.

- Tu już ktoś siedzi - rzekł gramoląc się Zagłoba. - A nasze łuby?

- Łuby są pod słomą - odrzekł Kowalski - prędzej! prędzej!

- A kto tu siedzi? - pytał Zagłoba wpatrując się w ciemne postacie wyciągnięte na słomie.

- Mirski, Stankiewicz, Oskierko! - ozwały się głosy.

- Wołodyjowski, Jan Skrzetuski, Stanisław Skrzetuski, Zagłoba! -odpowiedzieli nasi rycerze.

- Czołem! czołem!

- Czołem! W zacnej kompanii pojedziem. A gdzie nas wiozą, nie wiecie waszmościowie?

- Jedziecie waszmościowie do Birż! - rzekł Kowalski.

To powiedziawszy dał rozkaz. Konwój pięćdziesięciu dragonów otoczył wóz i ruszyli.

Więźniowie poczęli rozmawiać z cicha.

- Szwedom nas wydadzą! - rzekł Mirski. - Tegom się spodziewał.

- Wolę siedzieć między nieprzyjaciółmi niż między zdrajcami! - odpowiedział Stankiewicz.

- A ja bym wolał kulą w łeb! - zawołał Wołodyjowski - niż siedzieć z założonymi rękami w czasie takiej wojny nieszczęsnej.

- Nie bluźń, panie Michale - odpowiedział Zagłoba - bo z woza, byle pora sposobna przyszła, możesz dać nura, z Birż także, a z kulą we łbie ciężko uciekać. Ale ja wiedziałem z góry, że się na to ten zdrajca nie ośmieli.

- Radziwiłł by się nie miał na co ośmielić! - rzekł Mirski. - Widać, żeś waść z daleka przyjechał i że jego nie znasz. Komu on zemstę poprzysięże, ten jakoby był już w grobie, a nie pamiętam przykładu, żeby komu najmniejszą krzywdę odpuścił.

- A tak i nie śmiał na mnie podnieść ręki! - odpowiedział Zagłoba. - Kto wie, czy nie mnie i waszmościowie szyje zawdzięczacie.

- A to jakim sposobem?

- Bo mnie chan krymski okrutnie miłuje za to, żem spisek na jego szyję odkrył, gdym w niewoli w Krymie siedział. A i nasz pan miłościwy Joannes Casimirus także się we mnie kocha. Nie chciał, taki syn, Radziwiłł, z dwoma potentatami zadzierać, gdyż i na Litwie mogliby go dosięgnąć.

- I! Co waćpan gadasz! Nienawidzi on króla, jak diabeł święconej wody, i jeszcze by był na waści zawziętszy, gdyby wiedział, żeś królowi konfident - odpowiedział Stankiewicz.

- A ja tak myślę - rzekł Oskierko - że nie chciał hetman sam naszą krwią się mazać, żeby odium na siebie nie ściągnąć, ale przysiągłbym, że ten oficer wiezie rozkaz do Szwedów w Birżach, żeby nas natychmiast rozstrzelali.

- Oj! - rzekł Zagłoba.

Umilkli na chwilę; tymczasem wóz wtoczył się już na rynek kiejdański. Miasto spało, w oknach nie było świateł, jeno psy przed domami ujadały zapalczywie na przeciągający orszak.

- Wszystko jedno! - rzekł Zagłoba. - Zawsześmy zyskali na czasie, może i przypadek nam posłużyć, a może i fortel jaki przyjść do głowy.

Tu zwrócił się do starych pułkowników.

- Waszmościowie mało mnie znacie, ale spytajcie się moich towarzyszów, w jakich bywałem opałach, a dlategom się zawdy wydostał na pole. Powiedzcie no mnie, co to za oficer, który nad konwojem ma komendę? Zaliby mu nie można wyperswadować, żeby się zdrajcy nie trzymał, jeno przy ojczyźnie stanął i z nami się połączył?

- To Roch Kowalski z Korabiów Kowalskich - odrzekł Oskierko. - Ja go znam. Tak samo mógłbyś waszmość jego koniowi perswadować, bo dalibóg, nie wiem, który głupszy.

- A że to zrobili go oficerem?

- On u Mieleszki w dragonach chorągiew nosi, do czego rozumu nie potrzeba. A zrobili go oficerem, bo się księciu z pięści podobał, gdyż podkowy łamie i z chowanymi niedźwiedziami wpół się bierze, a takiego jeszcze nie znalazł, którego by nie rozciągnął.

- Takiż to z niego osiłek?

- Że osiłek, to osiłek, a przy tym, żeby mu zwierzchnik powiedział: rozwal

197

łbem ścianę - to bez chwili namysłu zaczałby zaraz w nią trykać. Przykazano mu, by nas do Birż odwiózł, to i odwiezie, choćby się ziemia zapaść miała.

-- Proszę! - rzekł Zagłoba, który z wielką uwagą słuchał tej rozmowy - rezolutny to jednak chłop!

- Bo u niego rezolutność z głupotą jedno stanowi. Zresztą, jak ma czas, a nie je, to śpi. Zadziwiająca rzecz, której byście waćpanowie nie uwierzyli: przecie on raz czterdzieści ośm godzin w cekhauzie przespał i ziewał jeszcze, gdy go z tapczana ściągnęli.

- Okrutnie mi się ten oficer podoba - rzekł Zagłoba - bo zawsze lubię wiedzieć, z kim mam sprawę.

To rzekłszy zwrócił się do Kowalskiego.

- A przybliż no się waćpan! - zawołał protekcjonalnym tonem.

- Czego? - pytał Kowalski zwracając konia.

- Nie masz no gorzałki?

- Mam.

- Dawaj!

- Jak to: "dawaj"?

- Bo widzisz, mości Kowalski, żeby to było nie wolno, to byś miał rozkaz nie dawać, a że nie masz rozkazu, więc dawaj.

- Hę? - rzekł zdumiony pan Roch - jako żywo! a cóż to mi - mus?

- Mus nie mus, ale ci wolno, a godzi się krewnego wspomóc i starszego, któren gdyby się był z waścinną matką ożenił, mógłby jak nic być twoim ojcem.

- Jakiś mi tam waćpan krewny!

- Bo są podwójni Kowalscy. Jedni się Wieruszową pieczętują, na której kozieł w tarczy jest wyimaginowany z podniesioną zadnią nogą, a drudzy Kowalscy mają za klejnot Korab, na którym przodek ich Kowalski z Anglii przez morze do Polski przyjechał, i ci są moi krewni, a to przez babkę, i dlatego, że ja także Korabiem się pieczętuję.

- Dla Boga! toś waść naprawdę mój krewniak!

- Aboś Korab?

- Korab.

- Moja krew, jak mi Bóg miły! - zawołał Zagłoba. - Dobrze, żeśmy się spotkali, bo ja tu w rzeczy samej na Litwę do Kowalskich przyjechałem, a chociażem w opresji, a ty na koniu i na wolności, chętnie bym cię wziął w ramiona, bo co swój, to swój.

- Cóż ja waćpanu poradzę? Kazali cię odwieźć do Birż, to odwiozę... Krew krwią, a służba służbą.

- Mów mi: wuju! - rzekł Zagłoba.

- Masz wuj gorzałki! - rzekł pan Roch. - To mi wolno.

Zagłoba przyjął chętnie manierkę i napił się do woli. Po chwili miłe ciepło poczęło mu się rozlewać po wszystkich członkach, w głowie uczyniło mu się jasno, a umysł stał się jasny.

- Zleź no z konia - rzekł do pana Rocha - i przysiądź się trochę na wóz, pogawędzimy, bo chciałbym, żebyś mi co o rodzinie opowiedział. Szanuję ja służbę, ale to ci przecie wolno.

Kowalski przez chwilę nie odpowiadał.

- Nie było zakazu - rzekł wreszcie.

I wkrótce potem siedział już na wozie koło pana Zagłoby, a raczej rozciągnął się na słomie, którą wóz był wyładowany.

Pan Zagłoba uściskał go serdecznie.

- Jakże się miewa twój stary?... bodajże cię!... zapomniałem, jak mu na imię.

- Też Roch.

- I słusznie, i słusznie. Roch spłodził Rocha... To jest wedle przykazania. Powinieneś swego syna także Rochem nazwać, aby każdy dudek miał swój czubek. A żonaty jesteś?

- Pewnie, że żonaty! Ja jestem Kowalski, a to jest pani Kowalska, innej nie chcę.

To rzekłszy młody oficer podniósł do oczu panu Zagłobie głownię ciężkiej dragońskiej szabli i powtórzył:

- Innej nie chcę!

- Słusznie! - rzekł Zagłoba. - Okrutnie mi się podobasz, Rochu, synu Rocha. Żołnierz najlepiej akomodowany, gdy nie ma innej żony jak taka; i to ci jeszcze powiem, że prędzej ona po tobie niż ty po niej owdowiejesz. Szkoda jeno, że młodych Rochów mieć z nią nie będziesz, bo widzę, żeś bystry kawaler, i szkoda by było, gdyby taki ród miał zaginąć.

- O wa! - rzekł Kowalski. - Jest nas sześciu braci.

- I wszystko Rochy?

- Jakbyś wuj wiedział, że każden, jeśli nie na pierwsze, to na drugie ma Roch, bo to nasz szczególniejszy patron.

- A napijmy się no jeszcze!

- A dobrze.

Zagłoba znów przechylił manierkę, ale nie wypił całej, jeno oddał ją oficerowi i rzekł:

- Do dna, do dna!

- Szkoda, że cię nie mogę widzieć! - mówił dalej. - Noc tak ciemna, choć w pysk daj. Własnych palców byś nie poznał. Słuchaj no, mości Rochu, a gdzie to te wojsko miało wychodzić z Kiejdan, gdyśmy wyjeżdżali?

- A na buntowników.

- Bóg najwyższy wie, kto tu buntownik: czy ty, czy oni?

- Ja buntownik? Jakże to? Co mnie mój hetman każe, to czynię.

- Ale hetman nie czyni tego, co mu król jegomość każe, bo pewnie mu nie kazał ze Szwedami się łączyć. Nie wolałżebyś to Szwedów bić niż mnie, krewnego, w ręce im wydawać?

- Może bym i wolał, ale co rozkaz, to słuch!

- I pani Kowalska by wolała. Znam ja ją. Między nami mówiąc: hetman się przeciw królowi i ojczyźnie zbuntował. Nie powtarzaj tego nikomu, ale tak jest. I wy, co mu służycie, także się buntujecie.

- Tego mnie się słuchać nie godzi. Hetman ma swoją zwierzchność, a ja mam swoją, właśnie hetmańską, i Bóg by mnie skarał, gdybym się jej przeciwił. Niesłychana to rzecz!

- Zacnie mówisz... Ale uważ no, Rochu : gdybyś tak wpadł w ręce onych buntowników, to i ja bym był wolny, i nie twoja by była wina, bo nec Hercules contra plures!... Nie wiem, gdzie się tam te chorągwie znajdują, ale ty musisz wiedzieć... i widzisz, moglibyśmy trochę ku nim nawrócić.

- Jakże to?

- A żebyś tak umyślnie ku nim zjechał? Nie byłoby twojej winy, jeśliby nas odbili. Nie miałbyś mnie na sumieniu... a mieć krewniaka na sumieniu, wierzaj mi, straszny to ciężar!

- At! co wuj gadasz! Dalibóg, zlezę z woza i na konia siędę. Nie ja będę miał wuja na sumieniu, jeno pan hetman. Pókim żyw, nie będzie z tego nic!

- Nie, to nie! - rzekł Zagłoba. - Wolę to, że szczerze mówisz, chociaż pierwej byłem twym wujem niż Radziwił twoim hetmanem. A czy ty wiesz, Rochu, co to jest wuj?

- Wuj - to wuj.

- Bardzoś to roztropnie wykalkulował, ale przecie, gdzie ojca nie ma, tam Pismo mówi: wuja słuchał będziesz. Jest to jakby rodzicielska władza, której grzech, Rochu, się sprzeciwić... Bo nawet i to zauważ, że kto się ożeni, ten snadnie ojcem być może; ale w wuju płynie ta sama krew, co w matce. Nie jestem ci wprawdzie bratem twej matki, ale moja babka musiała być ciotką twej babki; więc poznaj to, że powaga kilku pokoleń we mnie spoczywa, bo jako wszyscy na tym świecie jesteśmy śmiertelni, tedy władza z jednych na drugich przechodzi i ani hetmańska, ani królewska nie może jej negować, ani nikogo zmuszać, żeby się oponował. Co prawda, to święte! Mali hetman wielki, czy też, dajmy na to, polny, prawo nakazać, nie już szlachcicowi i towarzyszowi, ale lada jakiemu ciurze, żeby się na ojca, matkę, na dziada albo na starą ociemniałą babkę porywał? Odpowiedz na to, Rochu! Mali prawo?

- Hę? - spytał sennym głosem Kowalski.

- Na starą ociemniałą babkę! - powtórzył pan Zagłoba. - Kto by się wonczas chciał żenić i dzieci płodzić albo się wnuków doczekać?... Odpowiedz i na to, Rochu!

- Ja jestem Kowalski, a to pani Kowalska - mówił coraz senniej oficer.

- Kiedy chcesz, niech i tak będzie! - odpowiedział Zagłoba. - Lepiej to nawet, że nie będziesz miał dzieci, bo mniej kpów będzie po świecie grasowało. Nieprawda, Rochu?

Zagłoba nadstawił ucho, ale nie usłyszał już żadnej odpowiedzi.

- Rochu! Rochu! - zawołał z cicha.

Pan Roch spał jak zabity.

- Śpisz?... - mruknął Zagłoba. - Czekajże, zdejmę ci ten żelazny garnek z głowy, bo ci niewygodnie. Opończa dusi cię pod szyją, jeszcze by cię krew zalała. Co bym był za krewniak, żebym cię nie miał ratować.

Tu ręce pana Zagłoby poczęły poruszać się z lekka koło głowy i szyi Kowalskiego. Na wozie spali wszyscy głębokim snem, żołnierze kiwali się także na kulbakach, inni, jadący w przedzie, podśpiewywali z cicha, wypatrując zarazem pilno drogi, bo noc, choć niedżdżysta, była bardzo ciemna. Jednakże po niejakim czasie żołnierz prowadzący tuż za wozem konia ujrzał w ciemnościach opończę i jasny hełm swego oficera. Kowalski nie zatrzymując wozu zsunął się i kiwnął, by mu podano rumaka.

Po chwili siedział już na nim.

- Panie komendancie, a gdzie staniemy na popas? - pytał wachmistrz zbliżywszy się ku niemu.

Pan Roch nie odpowiedział ani słowa i ruszył naprzód, minął z wolna jadących na przedzie i zniknął w ciemnościach.

Nagle do uszu dragonów doszedł tętent szybkiego biegu konia.

- Skokiem komendant ruszył! - mówili między sobą. - Pewnie chce obaczyć, czy jakiej karczmy nie ma blisko. Czas by już koniom popasać, czas!

Tymczasem upłynęło pół godziny, godzina, dwie, a pan Kowalski ciągle, widać, jechał naprzód, bo go nie było jakoś widać. Konie znużyły się bardzo, zwłaszcza przy wozie, i poczęły się wlec wolno. Gwiazdy schodziły z nieba.

- Skocz no który do komendanta - rzekł wachmistrz - powiedz mu, że szkapy ledwie nogi ciągną, a wozowe ustały.

Jeden z żołnierzy wyruszył naprzód, ale po godzinie wrócił sam.

- Komendanta ani śladu, ani popiołu - rzekł. - Musiał z milę naprzód wyjechać.

Żołnierze poczęli mruczeć z nieukontentowaniem.

- Dobrze mu, bo się przez dzień wyspał i teraz na wozie - a ty się, człeku, kołacz po nocy ostatnim tchem końskim i swoim.

- Toć tu karczma o dwie staje - mówił ten sam żołnierz, który jeździł naprzód - myślałem, że go tam znajdę, ale gdzie tam!... Słuchałem, czy konia nie usłyszę... Nic nie słychać. Diabli wiedzą, gdzie zajechał.

- Staniem tam i tak! - rzekł wachmistrz. - Trzeba szkapom wytchnąć.

Jakoż zatrzymali wóz przed karczemką. Żołnierze pozłazili z koni i jedni poszli kołatać do drzwi, drudzy odpasywali wiązki siana wiszące za kulbakami, aby konie choć z rąk pokarmić.

Jeńcy na wozie rozbudzili się, gdy ruch wozu ustał.

- A gdzie to jedziemy? - pytał stary pan Stankiewicz.

- Po nocy nie mogę rozeznać - odparł Wołodyjowski - zwłaszcza że nie na Upitę jedziemy.

- Wszakże to do Briż na Upitę z Kiejdan się jedzie? - spytał Jan Skrzetuski.

- Tak jest. Ale w Upicie stoi moja chorągiew, o którą książę, widać, obawiał się, by nie oponowała, więc kazał inną drogą jechać. Zaraz za Kiejdanami wykręciliśmy do Dalnowa i Kroków, stamtąd pojedziemy pewnie na

Bejsagołę i Szawle. Trochę to z drogi, ale przez to Upita i Poniewież zostaną na prawo. Po drodze nie ma tam żadnych chorągwi, bo wszystkie, co były, ściągnięto ku Kiejdanom, aby je mieć pod ręką.

- A pan Zagłoba - rzekł Stanisław Skrzetuski - śpi smaczno i chrapie, zamiast o fortelach myśleć, jak to sobie obiecywał.

- Niech śpi... Zmorzyła go, widać, rozmowa z tym głupim komendantem, do którego krewieństwa się przyznawał. Widać chciał go sobie skaptować, ale to na nic. Kto dla ojczyzny Radziwiłła nie opuścił, ten go pewnie dla dalekiego krewnego nie opuści.

- Zali oni naprawdę są krewni? - zapytał Oskierko.

- Oni? Tacy oni krewni jak ja z waćpanem - odpowiedział Wołodyjowski - gdyż co pan Zagłoba mówił o wspólności klejnotu, to i to nieprawda, bo ja wiem dobrze, że jego klejnot woła się Wczele.

- A gdzie to pan Kowalski?

- Musi być przy ludziach albo w karczmie.

- Chciałbym go prosić, by mi pozwolił na konia którego żołnierskiego siąść - mówił Mirski - bo mi kości zdrętwiały.

- Na to się pewnie nie zgodzi - odparł Stankiewicz - bo noc ciemna, łatwo by szkapie ostrogi dać i czmychnąć. Kto by tam i dogonił!

- Dam mu kawalerski parol, że nie będę ucieczki tentował, zresztą już i świtać zapewne zacznie.

- Żołnierzu! a gdzie to komendant? - pytał Wołodyjowski stojącego w pobliżu dragona.

- A kto jego wie?

- Jak to : kto jego wie? Kiedy ci mówię, żebyś go zawołał, to go zawołaj.

- Kiedy my sami nie wiemy, panie pułkowniku, gdzie on jest - odrzekł dragon. - Jak zlazł z wozu i ruszył naprzód, tak do tej pory nie wrócił.

- Powiedzże mu, jak wróci, że chcemy z nim mówić.

- Wedle woli pana pułkownika ! - odrzekł żołnierz.

Jeńcy umilkli.

Od czasu do czasu tylko głośne poziewanie rozlegało się na wozie; obok konie chrupotały siano. Żołnierze koło wozu, wsparci na kulbakach, drzemali. Inni gwarzyli z cicha lub posilali się, czym kto miał, bo pokazało się, że karczemka była opuszczona i że nikt w niej nie mieszkał. Już też i noc poczęła blednąć. Na wschodniej stronie ciemne tło nieba poszarzało nieco, gwiazdy gasły z wolna i świeciły migotliwym, niepewnym światłem. A za tym i dach karczemki posiwiał, drzewa przy niej rosnące jęły się bramować srebrem. Konie i ludzie zdawali się wynurzać z cienia. Po chwili już i twarze można było rozeznać, i żółtą barwę opończy. Hełmy poczęły odbijać blask poranny.

Pan Wołodyjowski roztworzył ręce i przeciągnął się ziewając przy tym od ucha do ucha, po czym spojrzał na uśpionego pana Zagłobę; nagle rzucił się w tył i zakrzyknął:

- Niechże go kule biją! Na Boga! mości panowie! patrzcie!

- Co się stało? - pytali pułkownicy otwierając oczy.

- Patrzcie! patrzcie! - wołał Wołodyjowski ukazując palcem uśpioną postać.

Jeńcy zwrócili wzrok we wskazanym kierunku i zdumienie odbiło się na wszystkich twarzach: pod burką i w czapce pana Zagłoby spał snem sprawiedliwego pan Roch Kowalski, Zagłoby zaś nie było na wozie.

- Umknął, jak mi Bóg miły! - mówił zdumiony Mirski oglądając się na wszystkie strony, jakby oczom własnym jeszcze nie wierzył.

- To kuty frant! Niech go kaduk! - zakrzyknął Stankiewicz.

- Zdjął hełm i żółtą opończę z tego kpa i umknął na jego własnym koniu!

- Jako w wodę wpadł!

- A zapowiedział, że się fortelem wydostanie.

- Tyle go będą widzieli!

- Mości panowie! - mówił z uniesieniem Wołodyjowski - nie znacie jeszcze tego człeka, a ja już wam dziś przysięgnę, że on i nas jeszcze wydostanie. Nie wiem jak, kiedy, jakim sposobem, ale przysięgnę!

- Dalibóg! oczom się wierzyć nie chce - mówił Stanisław Skrzetuski.

Wtem żołnierze spostrzegli, co się stało. Uczynił się między nimi gwar. Jedni przez drugich biegli do wozu i wybałuszali oczy na widok swego komendanta przybranego w wielbłądzią burkę, w rysi kołpaczek i uśpionego głęboko.

Wachmistrz począł go szarpać bez ceremonii.

- Panie komendancie! panie komendancie!

- Ja jestem Kowalski... a to pani Kowalska - mruczał pan Roch.

- Panie komendancie, więzień uciekł!

Kowalski siadł na wozie i otworzył oczy.

- Czego?...

- Więzień uciekł, ten gruby szlachcic, który z panem komendantem rozmawiał!

Oficer oprzytomniał.

- Nie może być! - zakrzyknął przerażonym głosem. - Jak to?! Co się stało? Jakim sposobem uciekł?

- W hełmie i w opończy pana komendanta; żołnierze go nie poznali, noc była ciemna.

- Gdzie mój koń? - krzyknął Kowalski.

- Nie ma konia. Ów szlachcic właśnie na nim uciekł.

- Na moim koniu?

- Tak jest!

Kowalski wziął się za głowę.

- Jezusie Nazareński! Królu żydowski!...

Po chwili krzyknął:

- Dawajcie tego psiawiarę, tego takiego syna, który mu konia podał!

- Panie komendancie! Żołnierz nic nie winien. Noc była ciemna, choć w pysk daj, a on zdjął waszej mości hełm i opończę. Przejeżdżał tuż koło mnie i jam nie poznał. Żeby wasza mość nie była siadała na wóz, nie mógłby on tego dokazać.

- Bijże mnie! bijże mnie! - wołał nieszczęśliwy oficer.

- Co czynić, wasza mość?

- Bij go! łapaj!

- To się na nic nie zdało. On na koniu waszej mości, a to najlepszy koń. Nasze zdrożone okrutnie, on zaś o pierwszych kurach umknął. Nie zgonim!

- Szukaj wiatru w polu! - rzekł Stankiewicz.

Kowalski zwrócił się ku więźniom z wściekłością.

- Waszmościowie pomogliście mu do ucieczki! Ja waściom!..

Tu złożył olbrzymie pięści i począł zbliżać się ku nim.

Wtem Mirski rzekł groźnie:

- Nie krzycz waść i bacz, że do starszych od siebie mówisz!

Pan Roch drgnął i mimo woli wyprostował się, bo rzeczywiście jego powaga wobec takiego Mirskiego była żadna i wszyscy owi jeńcy przenosili go o głowę godnością i znaczeniem.

Stankiewicz dodał:

- Gdzie aspanu kazali nas wieźć, to wieź, ale głosu nie podnoś, bo jutro możesz iść pod komendę każdego z nas.

Pan Roch wytrzeszczał oczy i milczał.

- Nie ma co, panie Rochu, podrwiłeś głową - rzekł Oskierko. - To, co mówisz, żeśmy mu pomogli, to głupstwo, bo naprzód, spaliśmy jako i ty, a po wtóre, każdy by pierwej sobie pomógł niż innemu. Ale aspan podrwiłeś głową! Niczyjej tu winy nie ma, jeno twoja. Pierwszy kazałbym cię rozstrzelać za to, bo żeby oficer rozsypiał się jako borsuk, a więźniowi pozwolił uciec w swoim własnym hełmie i opończy, ba, na swoim własnym koniu, toż to niesłychana rzecz, która się od początku świata nie zdarzyła!

- Stary lis wyprowadził młodego w pole! - rzekł Mirski.

- Jezus Maria! toć ja i szabli nie mam! - krzyknął Kowalski.

- Albo się jemu szabla nie przyda? - mówił uśmiechając się Stankiewicz.

- Słusznie pan Oskierko mówi: podrwiłeś głową, kawalerze. Pistoleciska też musiałeś mieć w olstrach?

- A były!... - rzekł, jak nieprzytomny, Kowalski.

Nagle porwał się obu rękoma za głowę.

- I list księcia pana do komendanta birżańskiego! Co ja, nieszczęsny, teraz uczynię?!... Zginąłem na wieki!... Bogdaj mi kula w łeb!...

- To cię nie minie! - rzekł poważnie Mirski. - Jakże to nas będziesz teraz do Birż wiózł?... Co się stanie, jeśli ty powiesz, że nas jako więźniów przywozisz, a my, starsi godnością, powiemy, że to ty masz być do lochu wrzucon? Komu, myślisz, dadzą wiarę?... Zali mniemasz, że komendant szwedzki zatrzyma nas dlatego tylko, że go pan Kowalski będzie o to prosił? Prędzej nam zawierzy i ciebie w podziemiu zamknie.

- Zginąłem! zginąłem! - jęczał Kowalski.

- Głupstwo! - rzekł Wołodyjowski.

- Co robić, panie komendancie? - pytał wachmistrz.
- Ruszaj do wszystkich diabłów! - krzyknął Kowalski. - Zali ja wiem, co robić?... gdzie jechać?... Bodaj cię pioruny zabiły!
- Jedź, jedź do Birż!... obaczysz - rzekł Mirski.
- Zawracaj do Kiejdan!... - krzyknął Kowalski.
- Jeśli cię tam pod murem nie postawią i nie rozstrzelają, to niech mnie szczecina pokryje! - rzekł Oskierko. - Jakże to przed obliczem hetmańskim staniesz? Tfu! Hańba cię czeka i kula w łeb, nic więcej!
- Bom nic więcej niewart! - zakrzyknął nieszczęśliwy młodzian.
- Głupstwo, panie Rochu! My jedni możem cię ratować - mówił Oskierko. - Znasz, żeśmy z hetmanem gotowi byli iść na kraniec świata i zginąć. Więcej mieliśmy zasług, większą szarżę od ciebie. Wylewaliśmy nieraz krew za ojczyznę i zawsze chętnie ją wylejem; ale hetman zdradził ojczyznę, wydał ten kraj w ręce nieprzyjaciół, sprzymierzył się z nimi przeciw miłościwemu panu naszemu, któremuśmy wierność zaprzysięgli. Zali to myślisz, że żołnierzom jak my łatwo przyszło wypowiedzieć obediencję zwierzchności, postąpić przeciw dyscyplinie, hetmanowi własnemu się oponować? Ale kto dziś z hetmanem, ten przeciw ojczyźnie! Kto dziś z hetmanem, ten przeciw majestatowi! Kto dziś z hetmanem, ten zdrajca króla i Rzeczypospolitej!... Dlatego to rzuciliśmy buławy pod nogi hetmańskie, bo cnota i obowiązek, i wiara, i honor tak nakazywały. I któż to uczynił? - zali ja jeden? Nie! i pan Mirski, i pan Stankiewicz, najlepsi żołnierze, najcnotliwsi ludzie!... Kto przy nim został? - warchoły!... A ty czemu nie idziesz śladem lepszych od ciebie i mądrzejszych, i starszych? Chcesz hańbę ściągnąć na własne imię? zdrajcą być ogłoszony?... Wejdź w siebie, zapytaj sumienia, co ci czynić należy: czy przy Radziwille zdrajcy - zdrajcą zostać, czyli iść z nami, którzy ostatni dech chcemy za ojczyznę puścić, ostatnią kroplę krwi za nią wylać?... Bodajby ziemia nas pożarła, nimeśmy hetmanowi obediencję wypowiedzieli... Ale bogdajby dusze nasze z piekła nie wyjrzały, jeżelibyśmy króla i ojczyznę dla prywaty Radziwiłła mieli zdradzić!..

Mowa ta wielkie na panu Rochu zdawała się czynić wrażenie. Oczy wytrzeszczył, usta otworzył i po chwili rzekł:
- Czego waszmościowie ode mnie chcecie?
- Byś z nam i razem poszedł do wojewody witebskiego, który przy ojczyźnie będzie się oponował.
- Ba! kiedy ja mam rozkaz do Birż waszmościów odwieźć.
- Gadajże z nim! - rzekł Mirski.
- Toteż chcemy, byś nie usłuchał rozkazu!... byś hetmana opuścił i z nami poszedł, zrozumże! - rzekł zniecierpliwiony Oskierko.
- Mówcie sobie, wasze mościе, co chcecie, a z tego nie będzie nic... Ja żołnierz! co by ja był wart, gdybym hetmana opuścił. Nie mój rozum, tylko jego; nie moja wola, tylko jego. Jak on zgrzeszy, to on będzie i za mnie, i za siebie odpowiadał, a moja psia powinność jego słuchać!... Ja tam prosty

człowiek, czego ręką nie zrobię, tego i głową... Ale to wiem, żem słuchać powinien, i kwita.

- Róbże, co chcesz! - zakrzyknął Mirski.

- Już to mój grzech - mówił dalej Roch - że ja do Kiejdan kazał nawracać, bo mnie kazali do Birż jechać... Jeno żem zgłupiał przez tego szlachcica, który choć krewny, a taką rzecz mi uczynił, której by i obcy nie uczynił... Żeby to nie krewny! - ale krewny! Boga on w sercu nie miał, że i szkapę mi zabrał, i łaski książęcej mnie pozbawił, i karę na szyję sprowadził. Taki to krewny! A waszmościowie do Birż pojedziecie, niech potem będzie, co chce!

- Szkoda czasu, panie Oskierko - rzekł Wołodyjowski.

- A zawracać do Birż, kondle! - krzyknął na dragonów Kowalski.

I zawrócili znów do Birż. Pan Roch kazał jednemu z dragonów siąść na wóz, sam zaś usadowił się na jego koniu i jechał tuż przy więźniach, powtarzając jeszcze przez pewien czas:

- Krewny - i żeby taką rzecz uczynić!

Więźniowie, słysząc to, chociaż niepewni swego losu i zmartwieni ciężko, nie mogli przecie wstrzymać śmiechu, aż na koniec pan Wołodyjowski rzekł:

- Pocieszże się waćpan, mości Kowalski, bo nie takich jak ty na hak ów mąż prowadził... Samego Chmielnickiego on chytrością przewyższył i już co do fortelów, nikt nie może iść z nim w paragon.

Kowalski nie odrzekł nic, jeno odjechał trochę od wozu bojąc się szyderstw: Wstydził się zresztą i więźniów, i własnych żołnierzy, i tak był strapiony, że aż żal było na niego patrzeć.

Tymczasem pułkownicy rozmawiali o panu Zagłobie i jego cudownej ucieczce.

- Zadziwiająca to jest rzecz w istocie - mówił pan Wołodyjowski - że nie masz w świecie takowych terminów, z których by ten człowiek nie potrafił się salwować. Gdzie męstwem i siłą nie poradzi, tam się fortelem wykręci. Inni tracą fantazję, gdy im śmierć nad szyją zawiśnie, albo polecają się Bogu czekając, co się stanie; a on zaraz poczyna głową pracować i zawsze coś wymyśli. Mężny on w potrzebie bywa jako Achilles, ale woli Ulissesa iść śladem.

- Nie chciałbym ja jego pilnować, choćby go łańcuchami spętano - rzekł Stankiewicz - bo to nic, że ucieknie, ale jeszcze na śmiech i na konfuzję człeka na razi.

- A jakże! - rzekł pan Michał. - Będzie on teraz Kowalskiego do końca życia wyśmiewał, a niech Bóg broni dostać się na jego język, bo ostrzejszego w całej Rzeczypospolitej nie ma... A gdy jeszcze zacznie, jako ma zwyczaj, koloryzować rzecz swoją, tedy od śmiechu ludzie pękają...

- Ale w potrzebie, mówisz waćpan, że i szablą potrafi się zastawić? - pytał Stankiewicz.

- Jakże! Toż on na oczach całego wojska usiekł pod Zbarażem Burłaja.

- Nie! dalibóg! - zakrzyknął Stankiewicz - takiego jeszcze nie widziałem!
- Wielką on już nam przysługę oddał swoją ucieczką - mówił Oskierko - bo listy hetmańskie zabrał, a kto wie, co tam w nich było przeciw nam napisano... Nie wierzę ja w to, iżby komendant szwedzki w Birżach miał dać ucho nam, nie Kowalskiemu. Tego nie będzie, gdyż my przyjedziem jako więźniowie, a on jako dowodzący konwojem... Ale że tam nie będą wiedzieli, co z nam i czynić, to rzecz pewna. W każdym razie głów nam nie poucinają, a to grunt.
- Ja też tak tylko mówiłem - odpowiedział Mirski - aby Kowalskiego do reszty skonfundować... Ale co waszmość mówisz, że nam głów nie poucinają, to dalibóg, niewielka pociecha. Wszystko się tak składa, że lepiej nie żyć, bo to już pewno, że teraz jeszcze jedna wojna, i to domowa, wybuchnie, a to już będzie ostatnia zguba. Po co ja, stary, mam na te rzeczy patrzyć?
- Albo ja, który inne czasy pamiętam! - rzekł Stankiewicz.
- Tegoście waszmościowie nie powinni mówić, bo miłosierdzie boskie większe od ludzkiej złości, a Jego ręka wszechmocna może nas z toni wyrwać właśnie wtedy, kiedy się najmniej będziem spodziewali.
- Święte słowa waćpana - rzekł Jan Skrzetuski. - I nam, ludziom spod chorągwi księcia nieboszczyka Jeremiego, ciężko żyć teraz, bośmy do zwycięstw przywykli, a przecie chce się jeszcze ojczyźnie posłużyć, byle Pan Bóg dał wreszcie wodza, nie zdrajcę, ale takiego, któremu by człowiek mógł całym sercem i całą duszą zaufać.
- Oj, prawda, prawda! - rzekł pan Wołodyjowski. - Człek by się bił dzień i noc.
- A to ja waściom powiem, iż to największa desperacja - rzekł Mirski- bo przez to każdy jakoby w ciemności brodzi i sam siebie pyta: co czynić?... i niepewność go dusi jako zmora. Nie wiem, jak tam waszmościów, ale mnie i duszny niepokój targa... I gdy pomyślę, że to ja buławę pod nogi hetmanowi rzuciłem, żem do oporu i buntu był przyczyną, to mi resztki siwizny na łbie ze strachu stają. Tak jest!... Ale co czynić wobec jawnej zdrady? Szczęśliwi, którzy podobnych pytań nie potrzebowali sobie zadawać i responsu w duszy szukać!
- Wodza, wodza, daj nam, Panie miłosierny! - mówił Stankiewicz wznosząc oczy ku niebu.
- Mówią, że wojewoda witebski okrutnie zacny pan? - pytał Stanisław Skrzetuski.
- Tak jest! - odparł Mirski. - Ale on buławy ni wielkiej, ni polnej nie ma, i zanim go król jegomość godnością hetmańską nie przyozdobi, może tylko na własną rękę poczynać. Nie pójdzie on do Szwedów ani gdzie indziej, to pewna!
- Pan Gosiewski, hetman polny, w niewoli u Radziwiłła.
- Bo on też zacny człowiek - odparł Oskierko. - Jak mnie wieść o tym doszła, ażem zmartwiał i zaraz przeczuwałem coś złego.

Pan Michał zamyślił się i po chwili rzekł:

- Byłem raz w Warszawie i poszedłem na królewskie pokoje, a pan nasz miłościwy, jako się w żołnierzach kocha i że to chwalił mnie po potrzebie beresteckiej, tak tedy poznał mnie od razu i kazał przyjść na obiad. Na onym obiedzie widziałem także pana Czarnieckiego, bo właściwie dla niego była uczta. Podochocił tedy sobie król jegomość i począł pana Czarnieckiego za głowę ściskać, a w końcu rzekł: "Choćby takie czasy przyszły, żeby mnie wszyscy opuścili, ty mi wiary dochowasz!" Na własne uszy słyszałem, jakoby proroczym duchem wymówione. Pan Czarniecki od afektu prawie mówić nie mógł, jeno powtarzał: "Do ostatniego tchu! do ostatniego tchu!" A wonczas król jegomość zapłakał...

- Kto wie, czy nie prorocze to były słowa, bo czasy klęski już nadeszły! - rzekł Mirski.

- Pan Czarniecki wielki żołnierz! - odparł Stankiewicz. - Nie masz już takiej gęby w Rzeczypospolitej, która by jego imienia nie powtarzała.

- Powiadają - mówił Skrzetuski - że Tatarowie, którzy pana Rewerę Potockiego przeciw Chmielnickiemu posiłkują, tak się w panu Czarnieckim kochają, iż nie chcą iść tam, gdzie jego nie ma.

- Szczera to prawda - rzekł Oskierko. - Słyszałem, jak to w Kiejdanach przy księciu hetmanie powiadano; wszyscyśmy wówczas pana Czarnieckiego okrutnie sławili, a księciu było to nie w smak, bo się zmarszczył i rzekł: "Jest oboźnym koronnym, ale tak samo mógłby być u mnie w Tykocinie podstarościm."

- Invidia widać go już kąsała.

- Wiadoma to rzecz, że występek znieść światła cnoty nie może.

Tak to rozmawiali uwięzieni pułkownicy; po czym znów rozmowa zwróciła się na pana Zagłobę. Pan Michał Wołodyjowski zaręczał, że mogą się od niego pomocy spodziewać, bo to nie taki człowiek, żeby miał przyjaciół w nieszczęściu opuszczać.

- Pewien jestem - mówił - że on do Upity uciekł, gdzie moich ludzi znajdzie, jeżeli ich jeszcze nie rozbito lub do Kiejdan przemocą nie ściągnięto. Z nimi na ratunek sam wyruszy, chybaby nie chcieli iść, czego się po nich nie spodziewam, bo w chorągwi laudańskich ludzi najwięcej, a ci mnie miłują.

- Ale to i radziwiłłowscy dawni klienci? - zauważył Mirski.

- Prawda, wszelako jak się o wydaniu Litwy Szwedom dowiedzą, o uwięzieniu pana hetmana polnego, pana kawalera Judyckiego, waszmościów i mnie, okrutnie to ich serca od Radziwiłła odwróci. To uczciwa szlachta, a już tam pan Zagłoba niczego nie zaniedba, aby sadzami hetmana odmalować, i lepiej to potrafi niż każdy z nas.

- Ba! - rzekł Stanisław Skrzetuski - a my tymczasem w Birżach staniemy.

- To nie może być, bo my kołujem, by Upitę ominąć, a z Upity prosta droga, jakoby kto sierpem cisnął. Choćby ruszyli dniem później, dwoma nawet, to jeszcze by mogli być w Birżach przed nami i drogę nam zastąpić. Toż my do Szawlów teraz dopiero jedziem i stamtąd będziem do Birż prostować, a trzeba waćpanu wiedzieć, iż z Upity do Birż bliżej niż z Szawlów.

- Jako żywo, że bliżej i droga lepsza, bo gościniec! - rzekł Mirski.

- Ot, macie. A my jeszcze nie w Szawlach.

Jakoż dopiero pod wieczór ujrzeli górę zwaną Sałtuwes-Kałnas, pod którą wznoszą się Szawle. Po drodze zauważyli, że już niepokój panował we wszystkich wsiach i miasteczkach, które przyszło im przejeżdżać. Widocznie wieść o przejściu hetmana do Szwedów rozbiegła się już po całej Żmudzi. Gdzieniegdzie wypytywano żołnierzy, czy prawda, że kraj ma być przez Szwedów zajęty; gdzieniegdzie widziano masy chłopstwa opuszczającego wsie z żonami, dziećmi i dobytkiem i dążącego w głębie lasów, którymi cały kraj obficie był pokryty. Miejscami postawa chłopstwa była niemal groźna, widocznie bowiem brano dragonów za Szwedów. Po zaściankach szlacheckich wypytywano ich wprost, kto są i gdzie jadą, a gdy Kowalski, zamiast odpowiadać, kazał ustępować z drogi, przychodziło do hałasów i odgróżek, tak dalece, że zaledwie nastawione do strzału muszkiety mogły otworzyć przejście.

Wielka droga idąca z Kowna na Szawle do Mitawy pokryta była wozami i kolaskami, w których jechały żony i dzieci szlacheckie, pragnące schronić się przed wojną w posiadłościach kurlandzkich. W samych Szawlach, które stanowiły ekonomię królewską, nie było żadnych chorągwi hetmańskich prywatnych ani komputowych; tu natomiast uwięzieni pułkownicy ujrzeli po raz pierwszy oddział szwedzki złożony z dwudziestu pięciu rajtarów, który jako podjazd z Birż wyjechał. Tłumy Żydów i mieszczaństwa gapiły się w rynku na nieznanych ludzi, a pułkownicy poglądali na nich z ciekawością, a zwłaszcza pan Wołodyjowski, który nigdy dotąd Szwedów nie widział; obejmował więc ich chciwie łakomymi oczyma, jakimi wilk patrzy na stado owiec, i wąsikami przy tym ruszał.

Pan Kowalski porozumiał się z oficerem, oznajmił się, kto jest, dokąd jedzie, kogo prowadzi, i zażądał, by oficer przyłączył swoich ludzi do jego dragonów dla większego bezpieczeństwa w podróży. Ale oficer odpowiedział, że ma rozkaz jak najdalej w głąb kraju dotrzeć, aby się o jego stanie przekonać, że przeto nie może do Birż wracać; natomiast upewnił, iż droga wszędy bezpieczna, bo małe oddziały wysłane z Birż przebiegają kraj we wszystkich kierunkach, niektóre zaś aż do Kiejdan są ekspediowane. Wypocząwszy tedy dobrze aż do północy i konie, wielce zdrożone, popasłszy ruszył pan Roch wraz ze swymi więźniami w dalszą drogę, skręcając z Szawel na wschód przez Johaniszkiele i Poswót ku Birżom, aby dostać się na prosty gościniec idący z Upity i Poniewieża.

- Jeśli pan Zagłoba przyjdzie nam na ratunek - rzekł o świtaniu Wołodyjowski -to na tym gościńcu najłacniej mu będzie drogę zastąpić, bo z Upity już mógł nadążyć.

- Może on tam gdzie czyha! - rzekł Stanisław Skrzetuski.

- Miałem nadzieję, pókim Szwedów nie zobaczył - odpowiedział

Stankiewicz - ale teraz już mi się wydaje, że nie masz dla nas rady...

- Głowa Zagłoby w tym, żeby ich ominąć albo okpić, a on to potrafi.

- Jeno że kraju nie zna...

- Ale ludzie laudańscy znają, bo pieńkę i wańczos, i smołę aż do Rygi wożą, a w mojej chorągwi takich nie brak.

- Muszą już Szwedzi koło Birż wszystkie miasteczka zajmować.

- Piękni żołnierze - ci, którycheśmy w Szawlach widzieli, trzeba przyznać - mówił mały rycerz - chłop w chłopa na schwał!... Uważaliście przy tym, jakie konie mają spasłe?

- To inflanckie konie, nader silne - rzekł Mirski. - I nasze towarzystwo husarskie i pancerne w Inflanciech szuka koni, bo to u nas szkapiny drobne.

- Gadaj mi waść o szwedzkiej piechocie! - wtrącił Stankiewicz. - Jazda, choć wspaniałą czyni postać, mniej cnotliwa. Bywało, że jak nasza chorągiew, a zwłaszcza z poważnego znaku, runie na tych rajtarów, to i dwóch pacierzy nie wytrzymają.

- Waszmościowie jużeście ich kosztowali za dawnych czasów - odrzekł mały rycerz - a ja jeno muszę ślinę łykać. To mówię waćpaństwu, gdym ich teraz w Szawlach ujrzał i te ich żółte brody jako kądziele, aż mi mrówki zaczęły po palcach chodzić. Ej, radaż by dusza do raju, a tu siedź na wozie i zdychaj!...

Pułkownicy umilkli, ale widocznie nie sam tylko pan Wołodyjowski płonął tak przyjaznymi dla Szwedów uczuciami, bo wkrótce uszu więźniów doszła następująca rozmowa dragonów otaczających wóz:

- Widzieliście tych psiawiarów pogańskich? - mówił jeden żołnierz - mieliśmy się z nimi bić, a teraz będziem im konie czyścili...

- Żeby to najjaśniejsze pioruny zatrzasły! - mruknął drugi dragon.

- Cicho bądź! będzie cię Szwed miotłą po łbie w stajni moresu uczył!

- Albo ja jego.

- Głupiś! Nie tacy jak ty chcieli się na nich porwać, i masz, co się stało!

- Największych rycerzy im odwozimy jakoby psu w gardło. Będą się nad nimi, żydowskie ich macie, znęcać.

- Bez Żyda się z takim szołdrą nie rozmówisz. Toż i komendant zaraz w Szawlach po Żyda musiał posłać.

- Żeby ich mór pobił!

Tu pierwszy żołnierz zniżył nieco głos i pytał:

- Mówią, że wszyscy co lepsi żołnierze nie chcą z nimi przeciw panu własnemu służyć?

- A jakże! Alboś to nie widział Węgrzynów, albo to pan hetman nie pociągnął z wojskiem na opornych. Nie wiadomo jeszcze, co się stanie. Toż i naszych dragonów kupa się za Węgrzynami ujęła, których ponoć wszystkich rozstrzelają.

- Ot, im nagroda za wierną służbę!

- Do diabła taka robota!

- Żydowska służba!...
- Stój! - rozległ się nagle głos jadącego w przedzie pana Rocha.
- Bodaj ci kula w pysku stanęła! - mruknął głos przy wozie.
- Co tam? - pytali żołnierze jedni drugich.
- Stój! - zabrzmiała powtórnie komenda.
Wóz stanął. Żołnierze wstrzymali konie. Dzień był pogodny, jasny. Słońce już weszło i przy jego blaskach widać było na gościńcu w przedzie wznoszące się kłęby kurzawy, jakoby stada albo wojsko szło naprzeciw.
Wkrótce w kurzawie poczęło błyskać, rzekłbyś, że kto iskry wśród kłębów rozsypuje, i światełka migotały coraz wyraźniej niby świece jarzące, dymem otoczone.
- To groty połyskują! - zawołał pan Wołodyjowski.
- Wojsko idzie.
- Pewnie szwedzki jaki oddział.
- U nich tylko piechota ma włócznie, a tam kurzawa szybko się porusza. To jazda, to nasi!
- Nasi, nasi! - powtórzyli dragoni.
- Formuj się! - zabrzmiał głos pana Rocha.
Dragoni otoczyli kołem wóz. Pan Wołodyjowski miał płomień w oczach.
- To moi laudańscy ludzie z Zagłobą! Nie może inaczej być!
Już tylko staje drogi dzieliło zbliżających się od wozu i odległość zmniejszała się z każdą chwilą, bo przeciwny oddział nadchodził rysią. Na koniec z kurzawy wysunął się potężny oddział wojska idącego w dobrym szyku, jakoby do ataku. Po chwili byli jeszcze bliżej. W pierwszym szeregu, nieco od prawej strony, uwijał się pod buńczukiem jakiś potężny mąż z buławą w ręku. Ledwie go pan Wołodyjowski wziął na oko, wnet zakrzyknął:
- To pan Zagłoba! Jak Boga kocham, pan Zagłoba!
Uśmiech rozjaśnił twarz Jana Skrzetuskiego.
- On! nie kto inny! - rzekł - i pod buńczukiem! Już się na hetmana kreował. Poznałbym go po tej fantazji wszędzie... Ten człowiek takim umrze, jakim się urodził.
- Niechże mu Pan Bóg da zdrowie! - rzekł Oskierko. Po czym złożył ręce koło ust i począł wołać:
- Mości Kowalski! To krewniak przyjeżdża do cię w odwiedziny!
Ale pan Roch nie słyszał, bo właśnie oganiał swoich dragonów. I trzeba mu było oddać tę sprawiedliwość, że lubo garść miał ludzi, a tam cała chorągiew na niego waliła, przecie się nie zmieszał ani serca nie stracił. Wysunął dragonów we dwa szeregi przed wóz, a tamci rozciągnęli się tymczasem i poczęli go zajeżdżać tatarską modą, półksiężycem, z obu stron pola. Lecz widocznie chcieli naprzód paktować, bo poczęli machać chorągwią i krzyczeć:
- Stój! stój!
- Naprzód! stępą! - zakrzyknął pan Roch.

- Poddaj się! - wołano z drogi.
- Ognia! - zakomenderował w odpowiedzi Kowalski.

Zapadło głuche milczenie: ani jeden dragon nie wystrzelił.

Pan Roch oniemiał również na chwilę; następnie rzucił się jakby wściekły na własnych dragonów.

- Ognia, psiawiary! - ryknął straszliwym głosem i jednym zamachem pięści zwalił z konia najbliższego żołnierza.

Inni poczęli się cofać przed wściekłością męża, ale żaden nie usłuchał komendy. Nagle rozsypali się, jak spłoszone stado kuropatw, w mgnieniu oka.

- Tych żołnierzy kazałbym jednak rozstrzelać! - mruknął Mirski.

Tymczasem Kowalski, widząc, że właśni ludzie opuścili go, zwrócił konia ku atakującym szeregom.

- Tam mi śmierć! - zakrzyknął okropnym głosem.

I skoczył ku nim jak piorun.

Ale nim przebiegł połowę drogi, w szeregach Zagłoby huknął wystrzał z garłacza; siekańce zaszumiały na gościńcu, koń pana Rocha zarył nozdrzami w kurzawę i padł przywalając jeźdźca.

W tej samej chwili jakiś żołnierz z chorągwi Wołodyjowskiego wysunął się błyskawicą naprzód i ucapił za kark podnoszącego się z ziemi oficera.

- To Józwa Butrym! - zawołał Wołodyjowski. - Józwa Beznogi!

Pan Roch chwycił z kolei Józwę za połę i poła została mu w ręku; po czym jęli się wodzić jak dwa sczepione jastrzębie, bo obadwaj olbrzymią obdarzeni byli siłą. Strzemię Butrymowi pękło, a sam zleciał na ziemię i przewrócił się, ale pana Rocha nie puścił, i obaj utworzyli jakoby jedną kulę, która przewracała się na gościńcu.

Nadbiegli inni. Ze dwadzieścia rąk chwyciło pana Kowalskiego, który targał się i szarpał jak niedźwiedź w matni; rzucał ludźmi jak odyniec psami, podnosił się znów i nie dawał za wygraną. Chciał zginąć, a tymczasem naokół słyszał dziesiątki głosów powtarzających słowa: "Żywcem! żywcem !"

Wreszcie siły go opuściły i omdlał.

Tymczasem pan Zagłoba już był przy wozie, a raczej na wozie, i chwytał w objęcia Skrzetuskich, małego rycerza, pana Mirskiego, pana Stankiewicza i Oskierkę, przy czym wołał zdyszanym głosem:

- Ha! przydał się na coś Zagłoba! Damy teraz Radziwiłłowi dzięgielu!

Mości panowie, wolni jesteśmy i ludzi mamy! Zaraz ruszymy dobra mu pustoszyć! A co! udał się fortel?... Nie tym, to innym sposobem byłbym się wydostał i waćpanów także!... Całkiem mnie zatkało, że tchu nie mogę złapać! Na radziwiłłowskie dobra, mości panowie, na radziwiłłowskie dobra! Jeszcze wszystkiego o nim nie wiecie, co ja wiem!..

Dalsze wybuchy zostały przerwane przez ludzi laudańskich, którzy biegli jeden przez drugiego witać swego pułkownika. Butrymi, Gościewicze Dymni, Domaszewicze, Stakjanowie, Gasztowtowie - cisnęli się naokoło wozu, a potężne gardziele ryczały nieustannie:

- Vivat! vivat!

- Mości panowie! - rzekł mały rycerz, gdy uciszyło się nieco - towarzysze najmilsi! dziękuję wam za afekt!... Straszna to rzecz, że musimy hetmanowi posłuszeństwo wypowiadać i rękę nań podnosić, ale gdy zdrada jawna, nie może być inaczej! Nie odstąpim ojczyzny i pana naszego miłościwego... Vivat Joannes Casimirus rex!...

- Vivat Joannes Casimirus rex! - powtórzyło trzysta głosów.

- Dobra radziwiłłowskie zajechać! - krzyczał Zagłoba. - Spiżarnie i piwnice mu wypłukać!

- Koni nam! - zawołał mały rycerz.

Skoczono po konie.

Tymczasem Zagłoba rzekł:

- Panie Michale! Hetmaniłem tym ludziom w zastępstwie twoim i przyznaję im chętnie, że mężnie sobie poczynali... Ale gdyś teraz wolny, zdaję władzę w twoje ręce.

- Niechże wasza miłość komendę bierze, jako godnością najstarszy - rzekł pan Michał zwracając się do Mirskiego.

- Ani myślę! a mnie co po tym! - odrzekł stary pułkownik.

- To jegomość pan Stankiewicz...

- Ja mam swoją chorągiew i cudzej nie będę brał! Ostań waszmość przy komendzie; ceremonia sieczka, satysfakcja owies! Znasz ty ludzi, ludzie ciebie, i najlepiej przy tobie będą stawali.

- Uczyń tak, Michale, uczyń, boć to i nie łakoma rzecz! - mówił Jan Skrzetuski.

- Niechże i tak będzie.

To rzekłszy pan Michał wziął buławę z rąk Zagłoby, uszykował w mig chorągiew do pochodu i ruszył wraz z towarzyszami na jej czele.

- A gdzie pójdziemy? - pytał Zagłoba.

- Żeby tak waściom prawdę powiedzieć, to sam nie wiem, bom jeszcze o tym nie pomyślał - odparł pan Michał.

- Warto się nad tym naradzić, co nam czynić przystoi - rzekł Mirski - i musimy bezzwłocznie do rady przystąpić. Jeno pierwej niech mi wolno będzie złożyć jegomości panu Zagłobie w imieniu wszystkich podziękę, że nas nie zapomniał i in rebus angustistak skutecznie ratował.

- A co? - rzekł z dumą Zagłoba podnosząc głowę i zakręcając wąsa.- Beze mnie bylibyście w Birżach!... Justycja nakazuje przyznać, że kto czego nie wymyśli, to Zagłoba wymyśli... Panie Michale, nie w takich to bywaliśmy opałach! Pamiętasz, jakom cię ratował, gdyśmy to z Halszką przed Tatarami uciekali, co?

Pan Michał mógłby był odpowiedzieć, że wówczas nie pan Zagłoba jego, ale on pana Zagłobę ratował, wszelako milczał i począł tylko wąsikami ruszać. Stary zaś szlachcic mówił dalej:

- Nie potrzeba dziękować, bo co wam dziś, to mnie jutro, i pewnie nie opuścicie mnie też w potrzebie. Tak jestem rad, że was wolnych widzę, jakobym najwalniejszą wiktorię odniósł. Pokazuje się, że nie zestarzała się jeszcze zbyt ani głowa, ani ręka.

- Toś tedy waćpan zaraz do Upity trafił? - pytał pan Michał.

- A gdzie miałem trafić? do Kiejdan? wilkowi w gardło leźć? Jużci, że do Upity, i możecie mi wierzyć, żem szkapy nie żałował, a dobra była bestia! Wczoraj rano już byłem w Upicie, a w południe ruszyliśmy ku Birżom, w tę stronę, w której spodziewałem się ichmościów spotkać.

- A że to ludzie moi tak od razu waćpanu uwierzyli? - mówił pan Michał - bo cię nie znali, z wyjątkiem dwóch czy trzech, którzy cię u mnie widzieli?

- Co prawda, nie miałem z tym najmniejszej trudności, bo naprzód, miałem twój pierścień, panie Michale, a po wtóre, ludzie właśnie tylko co się byli dowiedzieli o waszym aresztowaniu i o zdradzie hetmana. Zastałem deputację do nich od chorągwi pana Mirskiego i pana Stankiewicza, żeby się do kupy przeciw hetmanowi, zdrajcy, zbierali. Jakem im tedy oznajmił, że was do Birż wiozą, jakoby kto w mrowisko kij wsadził. Konie były na potrawach, posłali zaraz pachołków, by je sprowadzić, i w południe ruszyliśmy już w drogę. Oczywiście objąłem komendę, bo mi się to należało.

- A skądżeś ojciec buńczuka wziął? - pytał Jan Skrzetuski. - Myśleliśmy z daleka, że to hetman.

- Co? Pewnie, żem nie gorzej wyglądał! Skądem buńczuka wziął? Oto razem z deputacjami od opornych chorągwi przyjechał i od hetmana pan Szczyt z rozkazem do laudańskich, by do Kiejdan szli, i z buńczukiem dla większej powagi rozkazu. Kazałem go zaraz aresztować, a buńczuk nad sobą nosić, żeby Szwedów na ten przypadek omylić.

- Dalibóg, jak wszystko mądrze obmyślił! - zawołał Oskierko.

- Jako Salomon! - dodał Stankiewicz.

Pan Zagłoba rósł jak na drożdżach.

- Radźmy teraz, co nam czynić przystoi? - rzekł wreszcie. - Jeżeli waćpaństwo zechcecie mnie posłuchać cierpliwie, to powiem, com sobie przez drogę obmyślił. Z Radziwiłłem tedy nie radzę wojny rozpoczynać, a to dla dwojakich powodów: naprzód, że nie przymierzając on jest szczupak, a my okonie. Lepiej dla okoniów nigdy się głową do szczuki nie zwracać, bo snadnie połknąć może, jeno ogonem, bo wtedy ostre skrzela bronią. Niech go tam diabeł na rożen wdzieje jak najprędzej i smołą polewa, aby się zbyt nie przypalił.

- Po wtóre? - pytał Mirski.

- Po wtóre - odrzekł Zagłoba - że gdybyśmy przez jakowy casus dostali się w jego ręce, to by nam takiego łupnia zadał, że wszystkie sroki na Litwie miałyby o czym skrzeczeć... Patrzcie waszmościowie, co stało w tym liście, który Kowalski wiózł do komendanta szwedzkiego do Birż, i poznajcie pana wojewodę wileńskiego, jeśliście go dotąd nie znali!

To rzekłszy odpiął żupan i wydobywszy z zanadrza pismo podał je

Mirskiemu.

- Ba! po niemiecku czy po szwedzku? - odrzekł stary pułkownik. - Który z waściów to pismo przeczyta?

Pokazało się, że jeden pan Stanisław Skrzetuski trochę po niemiecku umiał, gdyż często w domu do Torunia jeździł, ale pisanego i on nie mógł przeczytać.

- To ja waściom tenor opowiem - rzekł Zagłoba. - Gdy w Upicie żołnierze posłali po konie na łąki, było trochę czasu, kazałem sobie tedy sprowadzić za pejsy Żyda, którego tam wszyscy okrutnie mądrym powiadają, i ten, mając szablę na. karku, wyczytał wszystko expedite, co tam stoi, i mnie wyłuszczył. Owóż pan hetman poleca komendantowi birżańskiemu i dla dobra jegomości króla szwedzkiego nakazuje, ażeby, odprawiwszy wprzód konwój, kazał potem nas wszystkich, nie wyłączając nikogo, rozstrzelać, jeno tak, aby się wieść nie rozeszła.

Pułkownicy aż rękoma poczęli klaskać, z wyjątkiem jednego Mirskiego, który pokiwawszy głową rzekł:

- Mnie też, co go znam, dziwno to było i w głowie nie chciało się pomieścić, że on nas żywych z Kiejdan wypuszcza. Musiały być chyba jakieś powody, których nie znamy, a dla których sam nie mógł nas na śmierć skazać.

- Pewnie chodziło mu o opinię ludzką?

- Może.

- Jednakże dziw, jak to jest zawzięty pan! - rzekł mały rycerz. - Bo przecie, nie wymawiając, ja mu życie tak jeszcze niedawno na współkę z Ganchofem ratowałem.

- A ja pod jego ojcem, a potem pod nim trzydzieści pięć lat już służę! - rzekł Stankiewicz.

- Straszny człek! - dodał Stanisław Skrzetuski.

- Owóż takiemu lepiej w paszczękę nie leźć - rzekł Zagłoba. - Niech go diabli wezmą! Unikajmy z nim bitwy, a natomiast majętności, które po drodze się trafią, accurate mu wypłuczemy. Idźmy do wojewody witebskiego, żeby to mieć jakąś ochronę, jakowegoś pana za sobą a po drodze bierzmy, co się da, ze spiżarniów, ze stajen, obór, spichrzów, piwnic. Aż mi się dusza do tego śmieje, i już to pewna, że nikomu nie dam się w tym wyprzedzić. Co z pieniędzy po ekonomiach będziemy mogli wziąć, to bierzmy także. Im huczniej i okryciej przyjdziem do wojewody witebskiego, tym wdzięczniej nas przyjmie.

- On i tak nas wdzięcznie przyjmie - odrzekł Oskierko. - Ale dobra rada, żeby do niego iść, i lepszej teraz nikt nie wymyśli.

- Wszyscy głosy za tym dadzą - dodał Stankiewicz.

- Jako żywo! - rzekł pan Michał. - Tak tedy do wojewody witebskiego! Niechże on będzie owym wodzem, o któregośmy Boga prosili.

- Amen! - rzekli inni.

I jechali czas jakiś w milczeniu, aż wreszcie pan Michał jął się kręcić na kulbace.

- A żeby tak gdzie Szwedów po drodze skubnąć? - spytał wreszcie, zwracając oczy na towarzyszów.

- Moja rada jest, że jeśli się zdarzy, to dlaczego nie? - odparł Stankiewicz.

- Pewnie tam Radziwiłł upewniał Szwedów, że całą Litwę ma w ręku i że wszyscy chętnie opuszczą Jana Kazimierza; niechże się pokaże że to nieprawda.

- I słusznie! - rzekł Mirski. - Jeżeli jaki oddział wlezie nam w drogę, to mu po brzuchach przejechać. Zgadzam się również, aby się na samego księcia nie porywać, bo mu nie zdzierżymy. Wojownik to wielki! Ale unikając bitwy warto by z parę dni koło Kiejdan się pokręcić.

- Aby mu majętności spustoszyć? - spytał Zagłoba.

- Nie to! Jeno aby ludzi więcej zebrać. Moja chorągiew i pana Stankiewicza ku nam się przymkną. Jeżeli zaś już rozbite, co być może, to także ludzie będą pojedynczo do nas się kupili. Nie bez tego, żeby coś i szlachty napłynęło. Przyprowadzimy panu Sapieże większą siłę, z którą snadniej będzie mógł coś począć.

Rzeczywiście, wyrachowanie to było dobre, a jako pierwszy przykład mogli posłużyć dragoni pana Rocha, którzy wszyscy z wyjątkiem jego samego przeszli bez wahania do pana Michała. Takich mogło się znaleźć w szeregach radziwiłłowskich więcej. Można było przy tym przypuszczać, że pierwsze uderzenie na Szwedów wywoła ogólne powstanie w kraju.

Postanowił więc pan Wołodyjowski ruszyć na noc w stronę Poniewieża, zagarnąć jeszcze, co można, szlachty laudańskiej w okolicach Upity i stamtąd zanurzyć się w Puszczę Rogowską, do której, jak się spodziewał, reszty rozbitych opornych chorągwi będą się chroniły. Tymczasem stanął na wypoczynek wedle rzeki Ławeczy, aby ludzi i konie pokrzepić.

Tam stali do nocy poglądając z gąszczy leszczynowych na wielką drogę, po której ciągnęły coraz to nowe gromady chłopstwa uciekającego w lasy przed spodziewanym najściem szwedzkim.

Żołnierze wysyłani na drogę sprowadzali od czasu do czasu pojedynczych chłopów, aby zasięgnąć języka o Szwedach, ale niewiele można się było od nich wywiedzieć.

Chłopstwo było przerażone i każdy pojedynczo powtarzał, że Szwedzi tuż, tuż, ale dokładnych objaśnień nikt nie umiał udzielić.

Gdy ściemniło się zupełnie, pan Wołodyjowski kazał ludziom siadać na koń, lecz zanim ruszyli, do uszu wszystkich doszedł dosyć wyraźnie odgłos dzwonów.

- Co to jest? - pytał Zagłoba - przecie na Anioł Pański za późno!
Pan Wołodyjowski słuchał przez chwilę pilno.

- To na trwogę! - rzekł.
Po czym puścił się wzdłuż szeregu.

- A nie wie tam który - pytał - co to za wieś czyli miasteczko w tamtej stronie?

- Klewany, panie pułkowniku! - odpowiedział jeden z Gościewiczów - my tamtędy z potażem jeździm.

- Słyszycie dzwony?
- Słyszymy! To niezwyczajna rzecz!

Pan Michał skinął na trębacza i wnet cichy głos trąbki zabrzmiał wśród ciemnych gęstwin. Chorągiew posunęła się naprzód.

Oczy wszystkich utkwione były w kierunku, skąd coraz gwałtowniejsze dochodziło dzwonienie; jakoż nie na próżno patrzono, bo wkrótce błysło na horyzoncie czerwone światło i powiększało się z każdą chwilą.

- Łuna! - szeptano w szeregach.

Pan Michał pochylił się ku Skrzetuskiemu.

- Szwedzi! - rzekł.
- Skosztujem! - odparł pan Jan.
- Dziwno mi to jeno, że palą.
- Musiał szlachcic opór dać albo chłopstwo się ruszyło, jeśli na kościół nastąpili.
- Ano zobaczym! - rzekł pan Michał.

I sapnął z zadowoleniem.

Wtem pan Zagłoba przycłapał ku niemu.

- Panie Michale?
- A co?
- Już widzę, że ci szwedzkie mięso zapachniało. Pewnie bitwa będzie, co?
- Jak Bóg zdarzy ! jak Bóg zdarzy!
- A kto będzie jeńca pilnował?
- Jakiego jeńca?
- Jużci, nie mnie, jeno Kowalskiego. Widzisz, Panie Michale, to okrutnie ważna rzecz, żeby on nie uciekł. Pamiętaj, że hetman nie wie o niczym, co się stało, i od nikogo się nie dowie, jeżeli Kowalski mu nie doniesie. Trzeba jakowym pewnym ludziom kazać go pilnować, bo w czasie bitwy łatwo dać drapaka, zwłaszcza że i fortelów może się chwycić.
- Tyle on zdatny do fortelów, ile ten wóz, na którym siedzi. Ale masz waść słuszność, że trzeba kogoś koło niego zostawić. Chcesz waść mieć go przez ten czas na oku?
- Hm! bitwy mi żal!... Prawda, że w nocy przy ogniu prawie nic nie widzę. Żebyśmy się mieli po dniu bić, nigdy byś mnie na to nie namówił... Ale skoro publicum bonum tego wymaga, niechże już tak będzie!
- Dobrze. Zostawię waszmości z pięciu ludzi do pomocy, a jakby chciał umykać, to mu w łeb palcie.
- Ugniotę ja go w palcach jak wosk, nie bój się!... Ale to tam łuna coraz większa. Gdzie mam się zatrzymać z Kowalskim?
- Gdzie waść chcesz. Nie mam teraz czasu! - rzekł pan Michał.

I wyjechał naprzód.

Pożar rozlewał się coraz szerzej. Wiatr powiał od strony ognia i razem z głosem dzwonów przyniósł echa wystrzałów.

- Rysią! - skomenderował pan Wołodyjowski.

ROZDZIAŁ 18

Dojechawszy bliżej wsi zwolnili kroku i ujrzeli szeroką ulicę oświeconą tak płomieniem, iż szpilki można by na niej zbierać, bo po obu stronach paliło się kilka chałup, a inne zajmowały się od nich z wolna, gdyż wiatr był dość silny i niósł iskry, ba! całe snopki podobne do ptaków ognistych, na przyległe dachy. Na ulicy płomień oświecał większe i mniejsze gromadki ludzi poruszające się szybko w różne strony. Krzyk ludzki mieszał się z odgłosem dzwonów ukrytego wśród drzew kościoła, z rykiem bydła, ze szczekaniem psów i rzadkimî wystrzałami z broni palnej.

Podjechawszy bliżej żołnierze pana Wołodyjowskiego ujrzeli rajtarów przybranych w koliste kapelusze, ale niezbyt wielu. Niektórzy ucierali się gromadami chłopów zbrojnych w cepy i widły, strzelając do nich z pistoletów i wypierając za chałupy, na ogrody; inni wypędzali na drogę rapierami woły, krowy i owce. Inni, których zaledwie można było rozeznać wśród całych kłębów pierza, poobwieszali się ptactwem domowym, trzepocącym jeszcze skrzydłami w przedśmiertnych podrygach. Kilkunastu trzymało konie, każdy po dwa lub trzy, należące do towarzyszów zajętych widocznie rabunkiem chałup.

Droga do wsi schodziła nieco z góry, wśród brzezinowego lasku, tak że laudańscy sami nie będąc widziani, widzieli jakoby obraz przedstawiający najście wsi przez nieprzyjaciela, oświecony pożarem, w którego blaskach dokładnie można było odróżnić obcych żołnierzy, wieśniaków, niewiasty ciągnione przez rajtarów i broniących się bezładnymi kupami mężów.

Wszystko to poruszało się gwałtownie, na kształt lalek w jasełkach, krzycząc, klnąc, lamentując.

Pożar nad wioską trząsł całą grzywą płomienia i huczał coraz straszliwej.

Pan Wołodyjowski, zbliżywszy się z chorągwią do rozwartego na oścież kołowrotu, kazał zwolnić kroku. Mógł on uderzyć i jednym zamachem zgnieść nie spodziewających się niczego napastników; ale mały rycerz postanowił sobie "pokosztować Szwedów" w bitwie otwartej, zupełnej, więc naumyślnie czynił tak, aby go spostrzeżono.

Jakoż kilku rajtarów, stojących wedle kołowrotu, spostrzegło naprzód zbliżającą się chorągiew. Jeden z nich skoczył do oficera, który stał z gołym rapierem wśród większej kupy jeźdźców na środku drogi, i począł mówić, coś do niego ukazując ręką w tę stronę, z której spuszczał się ze swymi ludźmi pan Wołodyjowski. Oficer przysłonił oczy ręką i patrzył przez chwilę, następnie skinął i wnet donośny odgłos trąbki zabrzmiał wśród rozmaitych krzyków ludzkich i zwierzęcych.

A tu rycerze nasi mogli podziwiać sprawność szwedzkiego żołnierza; zaledwie bowiem rozległy się pierwsze tony, gdy jedni z rajtarów poczęli wypadać co duchu z chałup, drudzy porzucali zrabowane rzeczy, woły, owce i biegli do koni.

W mgnieniu oka stanęli w sprawnym szeregu, na którego widok wezbrało podziwem serce małego rycerza, tak lud był dobrany. Chłopy wszystko rosłe i tęgie, przybrane w kaftany ze skórzanymi pasami przez ramię, w jednostajne czarne kapelusze z podniesionym koliskiem z lewej strony; wszyscy mieli jednakie gniade konie i stanęli murem, z rapierami przy ramieniu, poglądając bystro, ale spokojnie, w stronę drogi.

Jednakże z szeregu wysunął się oficer z trębaczem chcąc widocznie zapytać, co by byli za ludzie zbliżający się tak wolno.

Widocznie sądził, iż to jakaś radziwiłłowska chorągiew, od której nie spodziewał się zaczepki. Jął tedy machać rapierem i kapeluszem, a trębacz trąbił ciągle na znak, iż chcą rozmowy.

- A wypal no który ku nim z garłacza - rzekł mały rycerz-aby wiedzieli, czego się mają od nas spodziewać!

Strzał huknął, ale siekańce nie doszły, bo było zbyt daleko. Oficer widocznie myślał jeszcze, iż to jakieś nieporozumienie, gdyż począł tylko mocniej krzyczeć i kapeluszem machać.

- Dajcieże mu drugi raz! - zakrzyknął pan Wołodyjowski.

Po drugim strzale oficer zawrócił i ruszył, choć niezbyt pospiesznie, ku swoim, którzy także zbliżyli się rysią ku niemu.

Pierwszy szereg laudańskich ludzi wjeżdżał już w koło wrot. Oficer szwedzki zakrzyknął, dojeżdżając, na swoich ludzi; rapiery sterczące aż do tej chwili przy ramionach rajtarów pochyliły się i zwisły na pendentach - natomiast wszyscy naraz wydobyli pistolety z olster i wsparli je na kulach od kulbak, trzymając lufy do góry.

- Doskonały żołnierz! - mruknął Wołodyjowski widząc szybkość i jednoczesność prawie mechaniczną ich ruchów.

To rzekłszy obejrzał się na swoich ludzi, czy szeregi w porządku, poprawił się w kulbace i krzyknął:

- Naprzód!

Laudańscy pochylili się ku szyjom końskim i ruszyli jak wicher.

Szwedzi przypuścili ich blisko i naraz dali ognia z pistoletów, lecz salwa niewiele zaszkodziła ukrytym za łbami końskimi laudańskim, więc zaledwie kilku wypuściło z rąk trzęle i przechyliło się w tył, inni dobiegli i uderzyli się z rajtarami pierś o pierś.

Litewskie lekkie chorągwie używały jeszcze kopij, które w koronnym wojsku służyły tylko husarii, ale pan Wołodyjowski, spodziewając się bitwy w ciasnocie, kazał je zatknąć poprzednio przy drodze, więc zaraz przyszło do szabel.

Pierwszy impet nie zdołał rozerwać Szwedów, lecz zepchnął ich w tył, tak iż poczęli się cofać siekąc i bodąc rapierami, ludańscy zaś parli ich zapamiętale przed sobą wzdłuż ulicy. Trup począł padać gęsto. Ciżba czyniła się coraz większa, szczęk szabel wypłoszył chłopstwo z szerokiej ulicy, w której gorąco od płonących domów było nie do wytrzymania, lubo domy ode drogi i opłotków oddzielone były sadami.

Szwedzi, parci coraz potężniej, cofali się z wolna, ale zawsze w dobrym porządku. Trudno im zresztą było się rozproszyć, ponieważ silne płoty zamykały drogę z obu stron. Chwilami próbowali zatrzymać się, ale nie mogli podołać.

Była to dziwna bitwa, w której z przyczyny wąskiego stosunkowo miejsca walczyły wyłącznie pierwsze szeregi, następne zaś mogły tylko pchać stojących w przedzie. Ale przez to właśnie walka zmieniła się w rzeź zaciekłą.

Pan Wołodyjowski, uprosiwszy wprzód starych pułkowników i Jana Skrzetuskiego, aby w samej chwili ataku mieli dozór nad ludźmi, używał do woli w pierwszym szeregu. I co chwila jakiś kapelusz szwedzki zapadał przed nim w ciżbę, jakoby nurka dawał pod ziemię; czasami rapier, wytrącony z rąk rajtara, wylatywał furkocząc nad szereg, a jednocześnie odzywał się krzyk ludzki przeraźliwy i znów kapelusz zapadał; zastępował go drugi, drugiego trzeci, lecz pan Wołodyjowski posuwał się ciągle naprzód, małe jego oczki świeciły jak dwie skry złowrogie, i nie unosił się, i nie zapamiętywał, nie machał szablą jak cepem; chwilami gdy nie miał nikogo na długość szabli przed sobą, zwracał twarz i klingę nieco w prawo lub w lewo i strącał w mgnieniu oka rajtara ruchem na pozór nieznacznym, i straszny był przez te ruchy małe, a błyskawiczne, prawie nieczłowiecze.

Jak niewiasta rwąca konopie zanurzy się w nie tak, iż ją zupełnie zasłonią, ale po zapadaniu kiści poznasz łatwo jej drogę, tak i on niknął chwilowo z oczu w tłumie rosłych mężów, lecz tam, gdzie padali jako kłos pod sierpem żniwiarza podcinającego źdźbła od dołu, tam właśnie on był. Pan Stanisław Skrzetuski i posępny Józwa Butrym zwany Beznogim szli tuż za nim.

Na koniec szwedzkie tylne szeregi poczęły wysuwać się z opłotków na obszerniejszy wirydarz przed kościołem i dzwonnicą, a za nimi wysunęły się przednie. Rozległa się komenda oficera, który pragnął widocznie wprowadzić wszystkich naraz ludzi do boju, i wydłużony aż dotąd prostokąt rajtarów rozciągnął się w mgnieniu oka wszerz, w długą linię, chcąc całym frontem stawić czoło.

Lecz Jan Skrzetuski, który nad ogólnym przebiegiem bitwy czuwał i czołem chorągwi dowodził, nie poszedł za przykładem szwedzkiego kapitana, natomiast ruszył naprzód całym impetem w ścieśnionej kolumnie, która trafiwszy na słabszą już ścianę szwedzką rozbiła ją w mgnieniu oka jakoby klinem i zwróciła się pędem ku kościołowi, ku prawej stronie, biorąc tym ruchem tył jednej połowie Szwedów, a na drugą skoczyli z rezerwą Mirski i Stankiewicz mając pod sobą część laudańskich i wszystkich dragonów Kowalskiego.

Zawrzały teraz dwie bitwy, lecz nie trwały już długo. Lewe skrzydło, na które uderzył Skrzetuski, nie zdążyło się sformować i rozproszyło się najpierwej; prawe, w którym był sam oficer, dłużej dawało opór, lecz rozciągnięte zbytecznie, poczęło się łamać, mieszać, na koniec poszło za przykładem lewego.

Wirydarz był obszerny, lecz na nieszczęście zagrodzony ze wszystkich stron wysokim płotem, a przeciwległy kołowrot służba kościelna widząc, co się dzieje, zamknęła i podparła. Rozproszeni tedy Szwedzi biegali wkoło, a laudańscy upędzali się za nimi. Gdzieniegdzie bito się większymi kupami, po kilkunastu na szable i rapiery, gdzieniegdzie bitwa zmieniła się w szereg pojedynków i mąż potykał się z mężem, rapier krzyżował się z szablą, czasem strzał pistoletowy buchnął. Tu i owdzie rajtar, wymknąwszy się spod jednej szabli, biegł jak pod smycz pod drugą. Tu i owdzie Szwed lub Litwin wydobywał się spod obalonego rumaka i padał zaraz pod cięciem czekającej nań szabli.

Środkiem wirydarza biegały rozhukane konie bez jeźdźców, z rozdętymi od strachu chrapami i rozwianą grzywą, niektóre gryzły się ze sobą, inne, oślepłe i rozszalałe, zwracały się zadem do kup walczących i biły w nie kopytami.

Pan Wołodyjowski, strącając mimochodem rajtarów, szukał oczyma po całym wirydarzu oficera; na koniec spostrzegł go broniącego się przeciw dwom Butrymom i skoczył ku niemu.

- Na bok! - krzyknął na Butrymów - na bok!

Posłuszni żołnierze odskoczyli - mały rycerz zaś przybiegł i starli się ze Szwedem, aż konie przysiadły na zadach.

Oficer chciał widocznie sztychem zsadzić przeciwnika z konia, lecz pan Wołodyjowski podstawił rękojeść swego dragońskiego pałasza, zakręcił błyskawicowym półkolem i rapier prysnął. Oficer schylił się do olster, lecz w tej chwili, cięty przez jagodę, wypuścił lejce z lewicy.

- Żywym brać! - krzyknął Wołodyjowski na Butrymów.

Laudańscy chwycili rannego i podtrzymali chwiejącego się na kulbace, mały rycerz zaś sunął w głąb wirydarza i jechał dalej na rajtarach gasząc ich przed sobą jak świece.

Lecz już powszechnie poczęli Szwedzi ulegać bieglejszej w szermierce i pojedynczej walce szlachcie. Niektórzy chwytając za ostrza rapierów wyciągali je rękojeścią ku przeciwnikom, inni rzucali broń pod nogi: słowo "pardon !" brzmiało coraz częściej na pobojowisku. Lecz nie zważano na to, bo pan Michał kilku tylko kazał oszczędzić, więc inni widząc to zrywali się znów do bitwy i marli, jak na żołnierzy przystało, po rozpaczliwej obronie, okupując obficie krwią śmierć własną.

W godzinę później docinano ostatków.

Chłopstwo rzuciło się hurmem, drogą ode wsi, na wirydarz, chwytać konie, dobijać rannych i obdzierać poległych.

Tak skończyło się pierwsze spotkanie Litwinów ze Szwedami.

Tymczasem pan Zagłoba, stojąc opodal w brzezinie z wozem, na którym leżał pan Roch, m usiał słuchać gorzkich jego wymówek, że choć krewny, tak niegodnie z nim postąpił.

- Zgubiłeś mnie wuj z kretesem, bo nie tylko, że mnie kula w łeb w Kiejdanach czeka, ale i hańba wiekuista na moje imię spadnie. Odtąd kto zechce powiedzieć: kiep, to może mówić: Roch Kowalski.

- I co prawda niewielu znajdzie, którzy by mu chcieli negować - odparł Zagłoba - a najlepszy dowód, iż się dziwujesz, żem cię na hak przywiódł, ja, którym chanem krymskim tak kręcił jak kukłą. Cóż to sobie, chmyzie, myślałeś, że ci się pozwolę do Birż odprowadzić w kompanii zacnych ludzi i Szwedom w paszczękę nas wrazić, największych mężów, decus tej Rzeczypospolitej?

- Toć ja nie z własnej woli waszmościów tam odwoziłem!

- Aleś był pachołkiem katowskim, i to jest dla szlachcica wstyd, to jest hańba, którą obmyć musisz, inaczej wyprę się ciebie i wszystkich Kowalskich. Być zdrajcą to gorzej niż rakarzem, ale być pomocnikiem kogoś gorszego od rakarza to ostatnia rzecz!

- Ja hetmanowi służyłem!

- A hetman diabłu! Masz teraz!... Głupiś jest, Rochu, wiedz o tym raz na zawsze i w dysputy się nie wdawaj, a mnie się trzymaj za połę, to jeszcze na człowieka wyjdziesz, bo to wiedz, że już niejednego promocja przeze mnie spotkała.

Dalszą rozmowę przerwał im huk wystrzałów, bo właśnie bitwa się we wsi rozpoczynała. Potem strzały umilkły, ale gwar trwał ciągle i krzyki dochodziły aż do owego ustronia w brzezinie.

- Już tam pan Michał pracuje - rzekł Zagłoba. - Niewielki on, ale kąśliwy jak gadzina. Nałuszczą tam tych zamorskich diabłów jak grochu. Wolałbym ja tam być niż tu, a przez ciebie muszę jeno nasłuchiwać z tej brzeziny. Taka to twoja wdzięczność? Toż to jest uczynek godny krewnego?

- A za co ja mam być wdzięczny?

- Za to, że tobą zdrajca nie orze jak wołem, chociażeś do orki najzdolniejszy, boś głupi, a zdrów, rozumiesz?... Ej, coraz tam goręcej... Słyszysz? To chyba Szwedy tak ryczą jak cielęta na pastwisku.

Tu pan Zagłoba spoważniał, bo trochę był niespokojny; nagle rzekł patrząc w oczy bystro panu Rochowi:

- Komu życzysz wiktorii?

- Jużci, naszym.

- A widzisz! A czemu nie Szwedom?

- Bo też bym wolał ich prać. Co nasi, to nasi!

- Sumienie się w tobie budzi... A jakżeś to mógł własną krew Szwedom odwozić?

- Bom miał rozkaz.

- Ale teraz nie masz rozkazu?

- Jużci, prawda.

- Twoja zwierzchność to teraz pan Wołodyjowski, nikt więcej!

- Ano... niby to prawda!

- Masz to czynić, co ci pan Wołodyjowski każe.

- Bo muszę.

- On ci tedy każe wyrzec się naprzód Radziwiłła i nie służyć mu więcej, jeno ojczyźnie.

- Jakże to? - pytał pan Roch drapiąc się w głowę.

- Rozkaz! - zakrzyknął Zagłoba.

- Słucham! - odrzekł pan Roch.

- To dobrze! W pierwszej okazji będziesz Szwedów prał!

- Jak rozkaz, to rozkaz! - odpowiedział Kowalski i odetchnął głęboko, jakby mu wielki ciężar spadł z piersi.

Zagłoba również był zadowolony, bo miał swoje na pana Rocha widoki. Poczęli więc słuchać zgodnie nadlatujących odgłosów bitwy i słuchali z godzinę jeszcze, póki wszystko nie ucichło.

Zagłoba coraz był niespokojniejszy.

- Zaliby się im nie powiodło?

- Wuj stary wojskowy i możesz takie rzeczy mówić! Gdyby ich rozbito, to by wedle nas wracali kupami...

- Prawda!... Widzę, że się i twój dowcip na coś przyda.

- Słyszysz wuj tętent? Wolno idą. Musieli Szwedów wyciąć.

- Oj! a czy to jeno nasi? Podjadę albo co?

To rzekłszy pan Zagłoba spuścił szablę na temblak, wziął pistolet w garść i ruszył naprzód. Wkrótce zobaczył przed sobą czarniawą masę poruszającą się z wolna drogą; jednocześnie doszedł go gwar rozmów.

Na przedzie jechało kilku ludzi, rozprawiając ze sobą głośno, i wnet o uszy pana Zagłoby odbił się znany mu głos pana Michała, który mówił:

- Dobre pachołki! Nie wiem, jaka tam piechota, ale i jazda doskonała!

Zagłoba uderzył konia ostrogami.

- Jak się macie?! jak się macie?! już mnie niecierpliwość brała i chciałem w ogień lecieć... A nie ranny który?

- Wszyscy zdrowi, chwała Bogu! - odrzekł pan Michał - aleśmy dwudziestu kilku dobrych żołnierzy stracili.

- A Szwedzi?

- Położyliśmy ich mostem.

- Panie Michale, musiałeś tam używać jak pies w studni. A godziło się to mnie, starego, na straży tu zostawiać? Mało dusza ze mnie nie wyszła, tak mi się chciało szwedziny. Surowych bym ich jadł!

- Możesz waćpan dostać i pieczonych, bo się tam kilkunastu w ogniu przypaliło.

- Niech ich psi jedzą. A jeńców wzięliście co?

- Jest rotmistrz i siedmiu rajtarów.

- A co myślisz z nimi czynić?

- Kazałbym ich powiesić, bo jako zbójcy niewinną wieś napadli i ludzi wycinali... Ale Jan powiada, że to nie idzie.

- Słuchajcie mnie waszmościowie, co mi tu do głowy przez ten czas przyszło. Na nic ich wieszać - przeciwnie, puścić ich do Birż co prędzej.

- Czemuż to?

- Znacie mnie jako żołnierza, poznajcie jako statystę. Szwedów puśćmy, ale nie powiadajmy im, kto jesteśmy. Owszem, mówmy, żeśmy radziwiłłowscy ludzie, że z rozkazu hetmana wycięliśmy ten oddział i dalej będziemy wycinali wszystkie. które spotkamy, bo hetman tylko przez fortel symulował, że do Szwedów przechodzi. Będą się tam oni za łby brali i okrutnie kredyt hetmański przez to podkopiemy. Dalibóg, jeśli ta myśl nie jest warta więcej od waszego zwycięstwa, to niech mi ogon jak koniowi wyrośnie. Bo uważcie tylko, że i w Szwedów to ugodzi, i w Radziwiłła. Kiejdany od Birżów daleko, a Radziwiłł od Pontusa jeszcze dalej. Nim sobie wytłumaczą, jak i co się stało, gotowi się pobić! Poswaśnimy zdrajcę z najezdnikami, mości panowie, a kto najlepiej wyjdzie na tym, jeśli nie Rzeczpospolita?

- Grzeczna to jest rada i pewnie zwycięstwa warta, niech kule biją! - rzekł Stankiewicz.

- U waści kanclerski rozum - dodał Mirski - bo że im to pomiesza szyki, to pomiesza.

- Pewnie, że tak trzeba będzie uczynić - rzekł pan Michał. - Zaraz jutro ich puszczę, ale dziś nie chcę o niczym wiedzieć, bom okrutnie zmachany... Gorąco tam było na drodze jak w piekarni... Uf! całkiem mi ręce zemdlały... Oficer nie mógłby nawet dzisiaj jechać, bo w pysk zacięty.

- Po jakiemu im tylko to wszystko powiemy? Co ojciec radzisz? - pytał Jan Skrzetuski.

- Jużem i o tym pomyślał - odpowiedział Zagłoba. - Kowalski mi mówił, że między jego dragonami jest dwóch Prusaków, dobrze umiejących po niemiecku szwargotać i ludzi roztropnych. Niechże oni im to powiedzą po niemiecku, który język pewnie Szwedzi umieją, tyle lat się w Niemczech nawojowawszy. Kowalski już nasz duszą i ciałem. Setny to chłop i niemały będę miał z niego pożytek.

- Dobrze! - rzekł Wołodyjowski. - Bądźże który z waszmościów łaskaw tym się zająć, bo ja już i głosu w gębie nie mam od fatygi. Oznajmiłem już ludziom, że zostaniemy tu w tej brzezinie do rana. Jeść nam ze wsi przyniosą, a teraz spać! Nad strażami będzie miał mój porucznik oko. Dalibóg, że już waszmościów nie widzę, bo mi się powieki zamykają...

- Mości panowie - rzekł pan Zagłoba - jest tu stóg niedaleko za brzeziną, pójdźmy do stoga, wywczasujemy się jako susły, a jutro w drogę... Nie wrócimy tu już, chyba z panem Sapiehą na Radziwiłła.

ROZDZIAŁ 19

Rozpoczęła się więc na Litwie wojna domowa, która, obok dwóch najazdów w granice Rzeczypospolitej i coraz zaciętszej wojny ukraińskiej, wypełniła miarę niedoli.

Wojsko komputowe litewskie, jakkolwiek tak nieliczne, że żadnemu po szczególe nieprzyjacielowi nie mogło dać skutecznego oporu, rozdzieliło się na dwa obozy. Jedni, a zwłaszcza roty cudzoziemskie, stanęli przy

Radziwille; drudzy, i tych była większość, głosząc hetmana za zdrajcę, protestowali orężnie przeciw unii ze Szwecją, lecz bez jedności, wodza, planu. Wodzem mógł być pan wojewoda witebski, ale on zbyt był w tej chwili zajęty obroną Bychowa i rozpaczliwą walką w głębi kraju, ażeby od razu na czele ruchu przeciw Radziwiłłowi mógł stanąć.

Tymczasem i najezdnicy, uważając każdy całą krainę za swą własność, poczęli słać wzajem do się groźne poselstwa. Z tych ich niesnasek mogło w przyszłości wypłynąć ocalenie Rzeczypospolitej, ale zanim do kroków nieprzyjacielskich między nimi przyszło, na całej Litwie zapanował najstraszliwszy chaos. Radziwiłł, zawiedziony w rachubie na wojsko, postanowił przemocą zmusić je do posłuszeństwa.

Zaledwie pan Wołodyjowski przyciągnął ze swym oddziałem po bitwie klewańskiej do Poniewieża, gdy do uszu jego doszła wieść o zniszczeniu przez hetmana chorągwi Mirskiego i Stankiewicza. Część ich została przemocą włączona do wojsk radziwiłłowskich, część wybita lub rozpędzona na cztery wiatry. Resztki tułały się pojedynczo lub niewielkimi kupami po wsiach i lasach, szukając, gdzie by głowę przed zemstą i pogonią uchronić. Z każdym dniem zbiegowie napływali do oddziału pana Michała, zwiększając jego siłę, a zarazem przynosząc najrozmaitsze nowiny.

Najważniejszą z nich była wiadomość o buncie chorągwi komputowych, stojących na Podlasiu, wedle Białegostoku i Tykocina. Po zajęciu Wilna przez wojska moskiewskie miały owe chorągwie stamtąd przystęp do krajów koronnych osłaniać. Lecz dowiedziawszy się o zdradzie hetmana, utworzyły konfederację, na której czele stanęli dwaj pułkownicy: Horotkiewicz i Jakub Kmicic, stryjeczny najwierniejszego poplecznika radziwiłłowskiego, Andrzeja.

Imię tego ostatniego powtarzały ze zgrozą usta żołnierskie. On to głównie przyczynił się do rozbicia chorągwi Stankiewicza i Mirskiego, on rozstrzeliwał bez litości schwytanych towarzyszów. Hetman ufał mu ślepo i w ostatnich właśnie czasach posłał go przeciw chorągwi Niewiarowskiego, która nie idąc za przykładem swego pułkownika wypowiedziała posłuszeństwo. Tej ostatniej relacji wysłuchał z wielką uwagą pan Wołodyjowski, po czym zwrócił się do wezwanych na radę towarzyszów i rzekł:

- Co byście waszmościowie powiedzieli na to, gdybyśmy zamiast pod Bychów, do wojewody witebskiego spieszyć, poszli na Podlasie do owych chorągwi, które konfederację uczyniły?

- Z gęby mi to wyjąłeś! - rzekł Zagłoba. - Będzie człek bliżej swoich stron, a już tam zawsze między swoimi raźniej.

- Powiadali też zbiegowie - rzekł Jan Skrzetuski - że słyszeli, jakoby król jegomość chorągwiom niektórym kazał z Ukrainy wracać, aby nad Wisłą opór Szwedom dać. Jeśli to się sprawdzi, tedy moglibyśmy między starymi towarzyszami się znaleźć, zamiast tu się z kąta w kąt tłuc...

- A kto ma nad tymi chorągwiami regimentować? Nie wiecie, waszmościowie?

- Powiadają, że pan oboźny koronny - odrzekł pan Wołodyjowski - ale to więcej ludzie zgadują, aniżeli wiedzą, gdyż pewne wieści nie mogły jeszcze nadejść.

- Jakkolwiek jest - rzekł Zagłoba - radzę na Podlasie się przemknąć. Możemy tam owe zbuntowane chorągwie radziwiłłowskie porwać za sobą i królowi jegomości przyprowadzić, a wtedy pewnie nie pozostanie to bez nagrody.

- Niechże tak będzie! - rzekli Oskierko i Stankiewicz.

- Rzecz nie jest łatwa - mówił mały rycerz - przebrać się na Podlasie, bo trzeba się będzie hetmanowi między palcami przemykać, ale sprobujemy. Gdyby tak fortuna przy tym zdarzyła Kmicica gdzie po drodze ucapić, powiedziałbym mu do ucha parę słów, od których skóra by na nim pozieleniała...

- Wart on tego! - rzekł Mirski. - Bo że tam niektórzy starzy żołnierze, którzy wiek życia pod Radziwiłłami przesłużyli, z hetmanem trzymają, to im się mniej dziwić, ale ów warchoł służy tylko dla własnej korzyści i z rozkoszy, jaką w zdradzie znajduje.

- Tak tedy na Podlasie? - pytał Oskierko.

- Na Podlasie! Na Podlasie! - zakrzyknęli wszyscy społem.

Ale rzecz nie była mniej trudna, jak to mówił pan Wołodyjowski, bo chcąc się na Podlasie dostać, trzeba było przechodzić w pobliżu Kiejdan, jakoby wedle jamy, w której lew krążył.

Drogi i pasy leśne, miasteczka i wsie były w ręku Radziwiłła; nieco za Kiejdanami stał Kmicic z jazdą, piechotą i armatami. Wiedział już też hetman o ucieczce pułkowników, o zbuntowaniu chorągwi Wołodyjowskiego, o bitwie klewańskiej, i ta ostatnia szczególnie przywiodła go do takiego gniewu, że się o życie jego obawiano, albowiem straszliwy atak astmy oddech mu na czas jakiś zatamował.

Jakoż słuszne miał powody gniewu, a nawet rozpaczy, gdyż bitwa owa sprowadziła na jego głowę całą burzę szwedzką. Naprzód, zaraz po niej, poczęto tu i owdzie wycinać małe oddziały szwedzkie. Czynili to chłopi i pojedyncza szlachta na własną rękę, ale Szwedzi kładli to na karb Radziwiłła, zwłaszcza że oficer i żołnierze, po bitwie do Birż odesłani, zeznali przed komendantem, iż to radziwiłłowska chorągiew z jego rozkazu na nich uderzyła.

W tydzień przyszedł list do księcia od komendanta birżańskiego, a w dziesięć dni od samego Pontusa de la Gardie, głównodowodzącego wojskiem szwedzkim.

"Albo Wasza Książęca Mość sił i znaczenia nie masz - pisał ten ostatnia w takim razie jak mogłeś układ w imieniu całego kraju zawierać! - albo chcesz podstępem o zgubę wojsko jego królewskiej mości przyprawić! Jeśli tak jest, łaska mojego pana odwraca się od W. Ks. Mości i kara rychło cię dosięgnie, jeśli skruchy i pokory nie okażesz i wierną służbą winy swojej nie zatrzesz."

Radziwiłł wysłał natychmiast gońców z wyjaśnieniem, jak i co się stało, ale grot utkwił w dumnej duszy i rana paląca poczęła się jątrzyć coraz srożej. On, którego słowo niedawno w posadach ten kraj, większy od całej Szwecji, wstrząsało; on, za którego połowę dóbr wszystkich panów szwedzkich kupić by można; on, który własnemu królowi stawiał czoło, monarchom sądził się być równym, zwycięstwami rozgłos w całym świecie sobie zjednał i w pysze własnej jak w słońcu chodził - musiał teraz słuchać gróźb jednego generała szwedzkiego, musiał słuchać lekcji pokory i wierności. Wprawdzie ów generał był szwagrem królewskim, ale kimże był sam ów król, jeżeli nie przywłaszczycielem tronu należącego się z prawa i krwi Janowi Kazimierzowi?

Przede wszystkim jednak wściekłość hetmańska zwróciła się przeciw tym, którzy owego upokorzenia byli powodem, i zaprzysiągł sobie zdeptać nogami pana Wołodyjowskiego, tych pułkowników, którzy przy nim byli, i całą chorągiew laudańską. W tym celu ruszył przeciw nim i jako bór otaczają myśliwi sieciami, aby gniazdo wilcze wyłowić, tak on otoczył ich i począł gnać bez wytchnienia.

Tymczasem doszła doń wieść, że Kmicic zgniótł chorągiew Niewiarowskiego, towarzystwo rozprószył lub wyciął, pocztowych włączył do własnej chorągwi, więc hetman kazał mu odesłać sobie część sił, aby tym pewniej uderzyć.

"Ludzie ci - pisał hetman - o których życie tak natarczywie na nas nastawałeś, a głównie Wołodyjowski z onym drugim przybłędą, wyrwali się w drodze do Birż. Posłaliśmy umyślnie z nimi najgłupszego oficera, aby go przekabacić nie mogli, ale i ten albo zdradził, albo go w pole wywiedli. Dziś Wołodyjowski ma pod sobą całą chorągiew laudańską i zbiegowie go podsycają. Szwedów sto dwadzieścia pod Klewanami w pień wycięli głosząc, że to z naszego rozkazu czynią, z czego wielkie powstały między nami a Pontusem dyfidencje. Całe dzieło może się popsować przez tych zdrajców, którym bez twojej protekcji kazalibyśmy, jako Bóg w niebie, szyje poucinać. Tak to za klemencję pokutować nam przychodzi, choć mamy w Bogu nadzieję, że rychło pomsta ich dosięgnie. Doszły nas też wiadomości, że w Billewiczach, u miecznika rosieńskiego, szlachta się zbiera i przeciw nam praktyki czyni - trzeba temu zapobiec. Jazdę wszystką nam odeślesz, a piechotę do Kiejdan wyekspediujesz, aby zamku i miasta pilnowała, bo od tych zdrajców wszystkiego spodziewać się można. Sam udaj się w kilkadziesiąt koni do Billewicz i miecznika wraz z krewniaczką do Kiejdan przywieź. Teraz nie tylko tobie, ale nam na tym zależy, gdyż kto ma ich w ręku, ten ma całą Laudańską okolicę, w której szlachta przeciw nam za przewodem Wołodyjowskiego burzyć się poczyna. Harasimowicza wysłaliśmy do Zabłudowa z instrukcjami, jak ma sobie z tamtymi konfederatami poczynać. Stryjeczny twój, Jakub, wielką ma między nimi powagę, do którego napisz, jeśli myślisz, że pismem coś z nim wskórać możesz. Oznajmiając ci stateczną łaskę naszą, boskiej opiece cię polecamy."

Kmicic przeczytawszy ów list kontent był w duszy, że pułkownikom udało się wymknąć z rąk szwedzkich, i życzył im po cichu, aby i z radziwiłłowskich wymknąć się mogli - jednakże spełnił wszystkie rozkazy książęce: jazdę odesłał, piechotą Kiejdany obsadził, a nawet szańczyki wedle zamku i miasta sypać począł obiecując sobie w duszy zaraz po ukończeniu tej roboty do Billewicz po pana miecznika i dziewczynę ruszyć.

- Przymusu nie użyję, chyba w ostateczności - mówił sobie - a w żadnym razie nie będę na Oleńkę nastawał. Zresztą nie moja wola, tylko książęcy rozkaz! Nie przyjmie mnie ona wdzięcznie, wiem o tym, ale Bóg da, że się z czasem o moich intencjach przekona, jako że nie przeciw ojczyźnie, ale dla ratunku jej Radziwiłłowi służę.

Tak rozmyślając pracował gorliwie nad umocnieniem Kiejdan, które w przyszłości rezydencją jego Oleńki być miały.

Tymczasem pan Wołodyjowski umykał przed hetmanem, a hetman go gonił zaciekle. Było jednak panu Michałowi za ciasno, bo od Birż posunęły się ku południowi znaczne oddziały wojsk szwedzkich, wschód kraju zajęty był przez zastępy carskie, a na drodze do Kiejdan czyhał hetman.

Pan Zagłoba bardzo nierad był z takowego stanu rzeczy i coraz częściej zwracał się do pana Wołodyjowskiego z pytaniami:

- Panie Michale, na miłość boską, przebijem się czy nie przebijem?

- Tu o przebiciu się i mowy nie ma! - odpowiadał mały rycerz. - Wiesz waszmość, że mnie tchórzem nie podszyto i uderzę, na kogo chcesz, choćby na samego diabła... Ale hetmanowi nie zdzierżę, bo nie mnie się z nim równać!... Sameś rzekł, iż my okonie, a on szczuka. Uczynię, co w mojej mocy, aby się wymknąć, ale jeśli do bitwy przyjdzie, tedy mówię otwarcie, że on nas pobije.

- A potem każe pośrutować i psom da. Dla Boga! w każde inne ręce, byle nie w radziwiłłowskie!... A czy by już w takim razie nie lepiej do pana Sapiehy nawrócić?

- Teraz już za późno, bo nam i hetmańskie wojska, i szwedzkie drogę zamykają.

- Diabeł mnie skusił, żem do Radziwiłła Skrzetuskich namówił! - desperował pan Zagłoba.

Lecz pan Michał nie tracił jeszcze nadziei, zwłaszcza że szlachta i chłopstwo nawet ostrzegało go o ruchach hetmańskich, wszystkie bowiem serca odwróciły się były od Radziwiłła. Wykręcał się więc pan Michał, jak umiał, a świetnie umiał, albowiem niemal od dziecinnych lat wezwyczaił się do wojen z Tatarami i Kozakami. Sławnym go też uczyniły niegdyś w wojsku Jeremiego owe pochody przed czambułami, podjazdy, niespodziane napady, błyskawicowe zwroty, w których nad innymi oficerami celował.

Obecnie zamknięty między Upitą i Rogowem z jednej strony a Niewiażą z drugiej, kluczył na przestrzeni kilku mil unikając ciągle bitwy, męcząc radziwiłłowskie chorągwie, a nawet skubiąc je po trosze, jak wilk przez ogary ścigany, który nieraz w pobliżu strzelców się przemknie, a gdy psy zbyt blisko go nacierają, to się odwróci i błyśnie białymi kłami.

Lecz gdy jazda Kmicicowa nadeszła, hetman zatkał nią najciaśniejsze szczeliny i sam pojechał pilnować, by dwa skrzydła niewodu zeszły się ze sobą.

Było to pod Niewiażą.

Pułki Mieleszki, Ganchofa i dwie chorągwie jazdy pod wodzą samego księcia utworzyły jakoby łuk, którego cięciwą była rzeka. Pan Wołodyjowski ze swoim pułkiem był w środku łuku. Miał wprawdzie przed sobą jedyną przeprawę, jaka wiodła przez bagnistą rzekę, ale właśnie z drugiej strony przeprawy stały dwa regimenty szkockie i dwieście radziwiłłowskich Kozaków oraz sześć polowych armatek wykierowanych w ten sposób, że nawet pojedynczy człowiek nie zdołałby się pod ich ogniem przeprawić na drugą stronę.

Wówczas łuk począł się zaciskać. Środek jego wiódł sam hetman.

Na szczęście dla pana Wołodyjowskiego noc i burza z deszczem ulewnym przerwały pochód, ale za to uwięzionym nie pozostawało już więcej nad parę stai kwadratowych łąki zarośniętej łoziną, między półpierścieniem wojsk radziwiłłowskich a rzeką pilnowaną z drugiej strony przez Szkotów. Nazajutrz ledwie brzask ranny ubielił wierzchy łóz, pułki ruszyły dalej i szły - doszły aż do rzeki i stanęły nieme z podziwu.

Pan Wołodyjowski w ziemię się zapadł - w łozinie nie było żywego ducha.

Sam hetman zdumiał się, a potem prawdziwe gromy spadły na głowy oficerów dowodzących pułkami pilnującymi przeprawy. I znów atak astmy uchwycił księcia, tak silny, że obecni drżeli o jego życie. Ale gniew astmę nawet przemógł. Dwóch oficerów, którym czaty nad brzegiem były powierzone, miało być rozstrzelanych, lecz Ganchof uprosił wreszcie księcia, by przynajmniej zbadano pierwej, jakim sposobem zwierz z matni ujść zdołał.

Jakoż pokazało się, że Wołodyjowski korzystając z ciemności i dżdżu wprowadził z łozy całą chorągiew w rzekę i płynąc lub brodząc z jej biegiem, prześliznął się tuż koło prawego skrzydła radziwiłłowskiego, które dotykało koryta. Kilka koni, zapadłych po brzuchy w błota, wskazywało miejsce, w którym wylądował na prawy brzeg.

Z dalszych tropów łatwo było dojść, że ruszał całym tchem końskim w stronę Kiejdan. Hetman odgadł natychmiast z tego, że pragnął przebrać się do Horotkiewicza i Jakuba Kmicica na Podlasie.

Lecz czy przechodząc koło Kiejdan nie podpali miasta lub nie pokusi się o rabunek zamku?

Straszna obawa ścisnęła serce księcia. Większa część gotowizny jego i kosztowności była w Kiejdanach. Kmicic powinien był wprawdzie ubezpieczyć je piechotą, ale jeśli tego nie uczynił, nieobronny zamek łatwo stać się mógł łupem zuchwałego pułkownika. Bo Radziwiłł nie wątpił, iż odwagi nie zbraknie Wołodyjowskiemu, by targnąć się na samą rezydencję kiejdańską. Mogło mu nie zabraknąć i czasu, gdyż wymknąwszy się z początku nocy, zostawił pogoń najmniej o sześć godzin drogi za sobą.

W każdym razie należało spieszyć co tchu na ratunek Kiejdanom. Książę zostawił piechotę i ruszył z całą jazdą.

Przybywszy do Kiejdan Kmicica nie znalazł, lecz zastał wszystko w pokoju, i opinia, jaką miał o sprawności młodego pułkownika, wzrosła podwójnie w jego umyśle na widok usypanych szańczyków i stojących na nich dział polowych. Tego samego dnia jeszcze oglądał je razem z Ganchofem, a wieczorem rzekł doń:

- Na własny to domysł zrobił, bez mojego rozkazu, a tak dobrze je usypał, że długo by tu się nawet przeciw artylerii bronić można. Jeśli ten człowiek nie skręci karku za młodu, to może pójść wysoko.

Był i drugi człowiek, na wspomnienie którego nie mógł się oprzeć hetman pewnego rodzaju podziwowi, ale podziw ów mieszał się z wściekłością, gdyż człowiekiem owym był pan Michał Wołodyjowski.

- Prędko bym z buntem skończył - mówił do Ganchofa - gdybym miał dwóch takich sług... Kmicic może jeszcze rzutniejszy, ale nie ma tego doświadczenia - i tamten w szkole Jeremiego za Dnieprem wychowany.

- Wasza książęca mość nie każe go ścigać? - pytał Ganchof.

Książę spojrzał nań i rzekł z przyciskiem:

- Ciebie pobije, przede mną ucieknie.

Po chwili jednak zmarszczył czoło i rzekł:

- Tu teraz wszystko spokojnie, ale trzeba nam będzie na Podlasie wkrótce ruszyć, z tamtymi skończyć.

- Wasza książęca mość! - rzekł Ganchof - jak tylko nogą stąd ruszymy, wszyscy tu za broń przeciw Szwedom pochwycą.

- Jacy wszyscy?

- Szlachta i chłopstwo. A zarazem, nie poprzestając na Szwedach, przeciwko dysydentom się zwrócą, naszym bowiem wyznawcom całą winę tej wojny przypisują, żeśmy to do nieprzyjaciela przeszli, a nawet go sprowadzili.

- Idzie mi o brata Bogusława. Nie wiem, czy sobie tam, na Podlasiu, z konfederatami da radę.

- Idzie o Litwę, by ją w posłuszeństwie nam i królowi szwedzkiemu utrzymać.

Książę począł chodzić po komnacie mówiąc:

- Gdyby Horotkiewicza i Jakuba Kmicica jakim sposobem dostać w ręce!... Dobra mi tam zajadą, zniszczą, zrabują, kamienia na kamieniu nie zostawią.

- Chybaby się z generałem Pontusem porozumieć, by tu wojska na ten czas, gdy my będziem na Podlasiu, jak najwięcej przysłał.

- Z Pontusem... nigdy! - odrzekł Radziwiłł, któremu fala krwi napłynęła do głowy. - Jeżeli z kim, to z samym królem. Nie potrzebuję ze sługami traktować, mogąc z panem. Gdyby król dał rozkaz Pontusowi, aby mi ze dwa tysiące jazdy przysłał pod rękę, to co innego... Ale Pontusa nie będę o to prosił. Trzeba by kogo wysłać do króla, czas z nim samym układy zacząć.

Chuda twarz Ganchofa zarumieniła się z lekka, a oczy zaświeciły mu się z żądzy.

- Gdyby wasza książęca mość rozkazała...
- To ty byś pojechał, wiem; ale czybyś dojechał, to inna rzecz. Waść jesteś Niemiec, a obcemu niebezpiecznie zapuszczać się w kraj wzburzony. Kto tam wie, gdzie król osobą swoją w tej chwili się znajduje i gdzie się będzie za pół miesiąca lub za miesiąc znajdował? Trzeba po całym kraju jeździć... Przy tym... nie może być!... waść nie pojedziesz, bo tam wypada swojego posłać i familianta, aby się król jegomość przekonał, że nie wszystka szlachta mnie opuściła.

- Człowiek niedoświadczony siła może zaszkodzić - rzekł nieśmiało Ganchof.

- Tam poseł nie będzie miał innej roboty, jeno listy moje oddać i respons mi przywieźć, a to wytłumaczyć, że nie ja kazałem bić Szwedów pod Klewanami, każdy potrafi.

Ganchof milczał.

Książę znów począł chodzić niespokojnymi krokami po komnacie i na czole jego znać było ciągłą walkę myśli. Jakoż od chwili układu ze Szwedami nie zaznał chwili spokoju. Żarła go pycha, gryzło sumienie, gryzł opór niespodziany kraju i wojska; przerażała go niepewność przyszłości, groźba ruiny. Targał się, szarpał, noce spędzał bezsennie, zapadał na zdrowiu. Oczy mu wpadły, wychudł; twarz dawniej czerwona, stała się sinawa, a z każdą niemal godziną przybywało mu srebrnych nici w wąsach i czuprynie. Słowem, żył w męce i giął się pod brzemieniem.

Ganchof śledził go oczyma, chodzącego wciąż po komnacie; miał jeszcze trochę nadziei, że książę namyśli się i jego wyśle.

Ale książę zatrzymał się nagle i uderzył dłonią w czoło.

- Dwie chorągwie jazdy na koń natychmiast! Ja sam poprowadzę.

Ganchof spojrzał nań ze zdziwieniem.

- Ekspedycja? - pytał mimo woli.
- Ruszaj! - rzekł książę. - Daj Bóg, by nie było za późno.

ROZDZIAŁ 20

Kmicic ukończywszy szańczyki i ubezpieczywszy od niespodziewanego napadu Kiejdany nie mógł już dłużej odkładać wyprawy do Billewicz po pana miecznika rosieńskiego i Oleńkę, zwłaszcza że i rozkaz książęcy brzmiał wyraźnie, aby ich do Kiejdan sprowadzić. Ale niesporo jednak było panu Andrzejowi, i gdy wreszcie wyruszył na czele pięćdziesięciu dragonów, ogarnął go taki niepokój, jakby na straconą straż jechał. Czuł, że tam nie będzie wdzięcznie przyjęty, a drżał przed myślą, że szlachcic może się zechce opierać nawet i zbrojną ręką i że w takim razie trzeba będzie użyć siły. Postanowił jednak pierwej namawiać i prosić. W tym celu, aby przybyciu swemu odjąć wszelkie pozory zbrojnego napadu, pozostawił dragonów w karczmie odległej z pół stai od wsi, a dwie od dworu; sam zaś z wachmistrzem tylko i jednym pachołkiem ruszył naprzód; przykazawszy umyślnie przygotowanej kolasce nadjechać wkrótce za sobą.

Godzina była popołudniowa i słońce chyliło się już dobrze ku zachodowi, ale po nocy dżdżystej i burzliwej dzień był piękny i niebo czyste, gdzieniegdzie tylko upstrzone na zachodniej stronie małymi różowymi obłokami, które zasuwały się z wolna za widnokrąg, podobne do stada owiec schodzącego z pola. Kmicic jechał przez wieś z bijącym sercem i tak niespokojnie jak Tatar, który wjeżdżając pierwszy przed czambułem do wsi, rozgląda się na wszystkie strony, czy nie ujrzy gdzie mężów zbrojnych, ukrytych w zasadzce. Ale trzech jeźdźców nie zwróciło niczyjej uwagi, jeno dzieciaki chłopskie umykały z drogi bosymi nogami przed końmi; chłopi zaś widząc pięknego oficera kłaniali mu się czapkami do ziemi. On zaś jechał naprzód i minąwszy wieś ujrzał przed sobą dwór, stare gniazdo billewiczowskie, a za nim rozległe sady kończące się hen, aż na niskich łąkach.

Kmicic zwolnił jeszcze kroku i począł rozmawiać sam ze sobą; widocznie układał sobie odpowiedzi na pytania, a tymczasem poglądał zamyślonym okiem na wznoszące się przed nim budowle. Nie była to wcale pańska rezydencja, ale na pierwszy rzut oka odgadłeś, iż musiał tu mieszkać szlachcic więcej niż średniej fortuny. Sam dom, zwrócony tyłem do ogrodów, a przodem do głównej drogi, był ogromny, ale drewniany. Sosny na ścianach pociemniały ze starości tak, iż szyby w oknach wydawały się przy nich białe. Nad zrębem ścian piętrzył się olbrzymi dach z czterema dymnikami w pośrodku i dwoma gołębnikami po rogach. Całe chmury białych gołębi kłębiły się nad dachem, to zrywając się z łopotaniem skrzydeł, to spadając na kształt śnieżnych płatków na czarne gonty, to trzepocząc się naokoło słupów podpierających ganek.

Ganek ów, ozdobiony szczytem, na którym herby billewiczowskie były malowane, psuł proporcję, bo nie stał w pośrodku, ale z boku. Widocznie dawniej dom był mniejszy, ale później dobudowano go z jednej strony, lubo i część dobudowana sczerniała już tak z biegiem lat, że nie różniła się niczym od starej. Dwie oficyny, niezmiernie długie, wznosiły się po obu stronach właściwego dworu, stykając się z nim bokami i tworząc jakby dwa ramiona podkowy.

Były w nich gościnne pokoje, używane w chwilach wielkich zjazdów, kuchnie, lamusy, wozownie, stajnie dla cugowych koni, które gospodarze lubili mieć pod ręką, mieszkania dla oficjalistów, służby i dworskich kozaków.

Na środku rozległego dziedzińca rosły stare lipy, na nich gniazda bocianie; niżej, wśród drzew, niedźwiedź siedzący na kole. Dwie studnie żurawiane po bokach dziedzińca i krzyż z Męką Pańską wśród dwóch włóczni u wjazdu, dopełniały obrazu owej rezydencji zamożnego rodu szlacheckiego. Po prawej stronie domu, wśród gęstych lip, wznosiły się słomiane dachy stodół, obór, owczarni i spichrzów.

Kmicic wjechał bramą otwartą na obiedwie połowy, jak ramiona szlachcica czekającego na przyjęcie gościa. Jakoż wnet psy legawe, włóczące się po podwórzu, oznajmiły obcego i z oficyny wypadło dwóch pachołków dla potrzymania koni.

Jednocześnie we drzwiach głównego domu pokazała się jakaś postać niewieścia, w której w jednej chwili Kmicic poznał Oleńkę. Więc serce zabiło mu żywiej i rzuciwszy pachołkowi lejce szedł do ganku z gołą głową, trzymając w jednej ręce szablę, w drugiej czapkę.

Ona stała przez chwilę jak wdzięczne zjawisko, przysłoniwszy oczy dłonią przeciw zachodzącemu słońcu, i nagle znikła jak gdyby przerażona widokiem zbliżającego się gościa.

"Źle! - pomyślał pan Andrzej - chowa się przede mną!"

Uczyniło mu się przykro, i tym przykrzej, że poprzednio ów pogodny zachód słońca, widok tego dworu i spokoju, jaki rozlany był dokoła, napełniły jego serce otuchą, choć może pan Andrzej sam sobie z tego sprawy nie zdawał. Miał oto jakoby złudzenie, że zajeżdża do narzeczonej, która przyjmie go z błyszczącymi od radości oczyma i rumieńcami na jagodach.

I złudzenie rozwiało się. Zaledwie go ujrzała, pierzchła jak na widok złego ducha, a natomiast wyszedł naprzeciw pan miecznik, z twarzą niespokojną i chmurną zarazem.

Kmicic pokłonił mu się i rzekł:

- Dawno chciałem waszmości dobrodziejowi złożyć służby powinne, ale wcześniej w tych niespokojnych czasach nie mogłem, chociaż pewnie na chęci mi nie brakło.

- Wielcem waszmości wdzięczny i proszę do komnat - odpowiedział pan miecznik gładząc czuba na głowie, co zwykł był czynić, gdy był zmieszany lub siebie niepewien.

I usunął się ode drzwi, ażeby gościa puścić naprzód.

Kmicic zaś przez chwilę nie chciał wejść pierwszy, i kłaniali się sobie wzajem w progu; wreszcie pan Andrzej wziął krok przed miecznikiem i po chwili znaleźli się w komnacie.

Zastali tam dwóch szlachty: jeden, człek w sile wieku, był pan Dowgird z Plemborga, bliski sąsiad Billewiczów, drugi - pan Chudzyński, dzierżawca z Ejragoły. Kmicic zauważył, że ledwie usłyszeli jego nazwisko, gdy twarze im się zmieniły i najeżyli się obaj jako brytany na widok wilka; on zaś spojrzał na nich wyzywająco, po czym postanowił sobie udawać, że ich nie widzi.

Nastało kłopotliwe milczenie.

Pan Andrzej poczynał się niecierpliwić i wąsy gryzł, goście spoglądali wciąż na niego spode łba, a pan miecznik czub gładził.

- Napijesz się waszmość z nami szklaneczkę ubogiego, szlacheckiego miodu - rzekł wreszcie, ukazując na gąsiorek i szklanki. - Proszę! Proszę!...

- Napiję się z waszmość panem! - rzekł dość szorstko Kmicic.

Pan Dowgird i Chudzyński poczęli sapać biorąc odpowiedź za pogardę dla siebie, ale nie chcieli w przyjacielskim domu kłótni zaraz od początku zaczynać i to jeszcze z zawadiaką mającym straszną sławę na całej Żmudzi. Jednakże jątrzyło ich to lekceważenie.

Tymczasem pan miecznik zaklaskał w dłonie na pachołka i kazał mu podać czwartą szklenicę, następnie nalał ją, podniósł swoją do ust i rzekł:

- W ręce waszmości... Rad waćpana widzę w domu moim.

- Rad bym szczerze; by tak było!

- Gość gościem... - odrzekł sentencjonalnie pan miecznik.

Po chwili, poczuwając się widocznie jako gospodarz do obowiązku podtrzymania rozmowy, spytał:

- A co słychać w Kiejdanach? Jakże zdrowie pana hetmana?

- Nietęgie, panie miecznikù dobrodzieju - odpowiedział Kmicic - i w tych niespokojnych czasach nie może inaczej być... Siła zmartwień i zgryzot ma książę.

- A wierzym! - rzekł pan Chudzyński.

Kmicic popatrzył na niego przez chwilę, po czym zwrócił się znów do miecznika i tak dalej mówił:

- Książę, mając auxilia przyrzeczone od najjaśniejszego króla szwedzkiego, spodziewał się nie mieszkając na nieprzyjaciela pod Wilno ruszyć i popiły tamtejsze jeszcze nie ostygłe pomścić. Toż waszmości musi być wiadomo, że dziś Wilna w Wilnie trzeba szukać, bo się siedemnaście dni paliło. Powiadają, że wśród gruzów jeno jamy piwnic czernieją, z których ciągle się jeszcze dymi...

- Nieszczęście! - rzekł pan miecznik.

- Pewnie, że nieszczęście, któremu jeśli nie było można zapobiec, to należało je pomścić i podobne ruiny z nieprzyjacielskiej stolicy uczynić. Jakoż nie byłoby już od tego daleko, gdyby nie warchołowie, którzy najzacniejsze cnotliwego pana intencje podejrzywając, zdrajcą go ogłosili i opór zbrojny mu stawią, zamiast iść z nim razem na nieprzyjaciela. Nie dziwić się przeto, że zdrowie księcia szwankuje, gdy on, którego Bóg do wielkich rzeczy przeznaczył, widzi, iż złość ludzka coraz nowe impedimenta mu gotuje, przez które całe przedsięwzięcie szczeznąć może. Najlepsi przyjaciele księcia zawiedli, ci, na których najwięcej liczył, opuścili go lub do wrogów jego przeszli.

- Tak się stało! - rzekł poważnie pan miecznik.

- Wielka też to jest boleść - odparł Kmicic - i sam słyszałem księcia, gdy mówił: "Wiem, że i zacni źle mnie sądzą, ale czemu to do Kiejdan nie przyjadą, czemu do oczu nie wypowiedzą mi, co przeciw mnie mają, i moich racji nie chcą wysłuchać?"
- Kogoż to książę ma na myśli? - pytał pan miecznik.
- W pierwszym rzędzie waszmość pana dobrodzieja, dla którego książę rzetelny ma szacunek, a podejrzywa, że do jego nieprzyjaciół się liczysz..

Pan miecznik począł szybko gładzić czuprynę, wreszcie widząc, że rozmowa bierze niepożądany kierunek, zaklaskał w dłonie.

Pachołek ukazał się we drzwiach.
- A to nie widzisz, że się mroczy?... Światła! - zakrzyknął pan miecznik.
- Bóg widzi - mówił Kmicic - że miałem i sam intencję powinne służby waszmości złożyć, ale przybyłem zarazem i z rozkazu księcia, który sam by się do Billewicz wybrał, gdyby pora była sposobniejsza...
- Za niskie progi! - rzekł miecznik.
- Tego waszmość pan nie mów, gdyż zwyczajna to rzecz, że się sąsiedzi odwiedzają, jeno książę chwili wolnej nie ma, więc tak mi rzekł: "Wytłumacz mnie przed Billewiczem, że sam do niego nie mogę, ale niech on do mnie przyjeżdża z krewną, i to koniecznie zaraz, bo jutro lub pojutrze nie wiem, gdzie będę!" Ot, masz waszmość, z zaprosinami przyjeżdżam i cieszę się, żeście oboje państwo w dobrym zdrowiu, bo gdym tu zajechał, pannę Aleksandrę we drzwiach widziałem, jeno że znikła zaraz jako tuman na łące.
- Tak jest - rzekł miecznik - sam ją wysłałem, by wyjrzała, kto przyjechał.
- Czekam na odpowiedź, panie mieczniku dobrodzieju! - rzekł Kmicic.

W tej chwili pachołek wniósł światło i postawił je na stole; przy blasku świec widać było twarz pana miecznika zmieszaną bardzo.
- Zaszczyt to dla mnie niemały - rzekł - ale... zaraz nie mogę... Widzisz waszmość, że mam gości... Zechciej mnie przed księciem hetmanem wyekskuzować...
- Już też, panie mieczniku, zgoła to nie przeszkoda, bo przecież ichmościowie księciu panu ustąpią.
- Sami mamy języki w gębie i możemy za siebie odpowiadać! - rzekł pan Chudzyński.
- Nie czekając, co kto o nas postanowi! - dodał pan Dowgird z Plemborga.
- Widzisz, panie mieczniku - odrzekł Kmicic udając, że bierze za dobrą monetę burkliwe słowa szlachty - wiedziałem, że polityczni to kawalerowie. Zresztą, by im w czym nie ubliżyć, proszę ich także w imieniu księcia do Kiejdan.
- Zbytek łaski! - odrzekli obaj - mamy co innego do roboty.

Kmicic spojrzał na nich szczególnym wzrokiem, a potem rzekł zimno, jak gdyby do czwartej jakiejś osoby:
- Gdy książę prosi, nie wolno odmawiać!

Na to tamci podnieśli się z krzeseł.

- Więc to przymus? - rzekł pan miecznik.
- Panie mieczniku dobrodzieju - odparł żywo Kmicic. - Tamci ichmościowie pojadą, czy chcą, czy nie chcą, bo mnie się tak spodobało, ale względem waszmości nie chcę siły używać i proszę najuprzejmiej, byś woli księcia zadość uczynić raczył. Ja jestem na służbie i mam rozkaz waćpana przywieźć, ale póki nie stracę nadziei, że prośbą coś wskóram, póty prosić nie przestanę... i na to waszmości przysięgam, że włos ci tam z głowy nie spadnie. Książę chce się rozmówić z tobą i chce, abyś w tych czasach niespokojnych, w których nawet chłopstwo w kupy zbrojne się zbiera i rabuje, w Kiejdanach zamieszkał. Ot, cała rzecz! Będziesz tam waćpan traktowany z należytym szacunkiem, jako gość i przyjaciel, dajęć na to parol kawalerski.
- Jako szlachcic protestuję! - rzekł pan miecznik - i prawo mnie broni!
- I szable! - zakrzyknęli Chudzyński i Dowgird.
Kmicic począł się śmiać, zmarszczył brwi i rzekł:
- Waćpanowie, schowajcie te szable, bo każę obydwóch pod stodołą postawić i kulą w łeb!
Na to struchleli tamci i poczęli spoglądać na siebie i na Kmicica, a pan miecznik zakrzyknął:
- Gwałt najokropniejszy przeciw wolności szlacheckiej, przeciw przywilejom!
- Nie będzie gwałtu, jeżeli waszmość dobrowolnie usłuchasz - odparł Kmicic - i masz waszmość w tym dowód, żem dragonów we wsi zostawił, a przybyłem tu sam prosić cię jako sąsiada do sąsiada. Nie chciejże odmawiać, bo czasy teraz takie, że trudno mieć wzgląd na odmowę. Sam książę waszmości się z tego wyekskuzuje, i bądź pewien, że przyjęty będziesz jak sąsiad i przyjaciel. Zrozum i to, że gdyby miało być inaczej, tedy wolałbym sto razy dostać kulą w łeb niż tu po waćpana przyjeżdżać. Włos nie spadnie z żadnej billewiczowskiej głowy, pókim żyw! Pomyśl waćpan, ktom jest, wspomnij na pana Herakliusza, na jego testament i zastanów się, czyby książę hetman mnie wybrał, gdyby nieszczerze z waszmością zamierzał postąpić.
- To czemu gwałtu używa, czemu pod przymusem mam jechać?... Jakże to mam mu zaufać, gdy cała Litwa mówi o opresji, w jakiej obywatele zacni w Kiejdanach jęczą?
Kmicic odetchnął, bo ze słów i głosu poznał, że pan miecznik poczyna się chwiać w uporze.
- Mości dobrodzieju! - rzekł prawie wesoło. - Między sąsiadami przymus częstokroć w afektach initium bierze. A gdy waszmość miłemu gościowi koła u skarbniczka każesz zdejmować i wasąg w spichrzu zamykasz, zali to nie przymus? A gdy mu pić każesz, choć mu już nosem wino ucieka, zali to nie przymus? A tu wiedz waszmość, że choćby mi przyszło cię związać i między dragonami związanego wieźć do Kiejdan, to jeszcze będzie dla twego dobra... Pomyśl jeno: zbuntowani żołnierze się włóczą i bezprawia

czynią, chłopstwo się kupi, szwedzkie wojska się zbliżają, a waść mniemasz, że w tym ukropie uchronisz się od przygody, że cię dziś lub jutro jedni albo drudzy nie zajadą, nie zrabują, nie spalą, na majętności i na osobę waściną się nie targną?... A cóż to, Billewicze - forteca? Obronisz się w nich? Czego tedy książę chce dla waszmości? Bezpieczeństwa, bo w jednych Kiejdanach nic ci nie grozi, a tu stanie załoga książęca, która będzie substancji waścinej strzegła jak oka w głowie od wszelkiej swawoli żołnierskiej, i jeżeli jedne widły zginą, to mi waść zasekwestruj całą fortunę.

Miecznik począł chodzić po komnacie.

- Mogęż ja ufać słowu waszmości?

- Jako Zawiszy! - odparł Kmicic.

W tej chwili panna Aleksandra weszła do komnaty. Kmicic zbliżył się szybko ku niej; lecz nagle wspomniał, co zaszło w Kiejdanach, i jej twarz zimna przykuła go na miejscu, więc skłonił się w milczeniu z daleka.

Miecznik stanął przed nią.

- Mamy jechać do Kiejdan! - rzekł.

- A to po co? - spytała.

- Bo książę hetman prosi...

- Bardzo uprzejmie!... po sąsiedzku!... - dodał Kmicic.

- Tak! Bardzo uprzejmie - rzekł z pewną goryczą pan miecznik - ale jeżeli nie pojedziem dobrowolnie, to ten kawaler ma rozkaz dragonami nas otoczyć i siłą wziąć.

- Niechże Bóg broni, aby do tego przyszło! - rzekł Kmicic.

- Nie mówiłamże stryjowi - rzekła panna Aleksandra - uciekajmy jak najdalej, bo nas tu nie zostawią w spokoju... Ot, i sprawdziło się!

- Cóż robić? cóż robić? na gwałt nie masz lekarstwa! - zawołał miecznik.

- Tak jest - rzekła panna - ale my do tego haniebnego domu nie powinniśmy dobrowolnie jechać. Niechże nas zbójcy biorą, wiążą i wiozą... Nie my jedni będziem cierpieli prześladowanie, nie nas jednych pomsta zdrajców dosięgnie; ale niech wiedzą, że wolimy śmierć niż hańbę.

Tu zwróciła się z wyrazem najwyższej pogardy do Kmicica.

- Zwiążże nas, panie oficerze czy panie kacie, i przy koniach poprowadź, bo inaczej nie pojedziem!

Krew uderzyła do twarzy Kmicica; zdawało się przez chwilę, że wybuchnie straszliwym gniewem, lecz się przemógł.

- Ach! mościa panno! - odrzekł stłumionym ze wzruszenia głosem - nie mam w twych oczach łaski, skoro chcesz ze mnie uczynić zbója, zdrajcę i gwałtownika. Niech nas Bóg sądzi, kto ma słuszność: czy ja hetmanowi służąc, czy ty jak psa mnie poniewierając. Bóg ci dał urodę, ale serce zawzięte i nieubłagane. Radaś sama przycierpieć, by komuś większą jeszcze boleść sprawić. Przebierasz miarę, panno, jako żywo, przebierasz miarę, a to nic po tym!

- Dobrze dziewka mówi! - zakrzyknął pan miecznik, któremu nagle odwagi przybyło - nie pojedziem dobrowolnie!... Bierz nas waść dragonami.

Lecz Kmicic nie uważał na niego wcale, tak był wzburzony i głęboko dotknięty.

- Kochasz się w ludzkiej męce - mówił dalej do Oleńki - i zdrajcą mnie zakrzyknęłaś bez sądu, racyj nie wysłuchawszy, nie pozwoliwszy mi słowa na własną obronę powiedzieć. Niech i tak będzie!... Ale do Kiejdan pojedziesz... z wolą, bez woli, wszystko jedno! Tam moje intencje na jaw wyjdą, tam poznasz, czyliś mnie słusznie skrzywdziła, tam ci sumienie powie, kto z nas czyim był katem! Innej pomsty nie chcę. Bóg z tobą, ale takową muszę mieć. I niczego więcej już od cię nie chcę, bo gięłaś łuk, pókiś go nie złamała... Wąż pod twoją gładkością jako pod kwieciem siedzi! Bogdaj cię! bogdaj cię!

- Nie pojedziemy! - powtórzył jeszcze rezolutniej pan miecznik.

- Jako żywo! - zakrzyknęli panowie Chudzyński z Ejragoły i Dowgird z Plemborga.

Wówczas Kmicic zwrócił się ku nim, ale już bardzo był blady, bo go gniew dławił i zęby szczękały mu jak w febrze.

- Ejże! - mówił - ejże, nie próbujcie!... Konie słychać, moi dragoni jadą! Powiedz no który jeszcze słowo, że nie pojedziesz!

Istotnie, za oknem słychać było tętent licznych jeźdźców. Ujrzeli wszyscy, że nie ma rady, a Kmicic rzekł:

- Panno! za dwa pacierze masz być w kolasce, inaczej stryjaszek kulą w łeb dostanie!

I widać, coraz bardziej ogarniał go dziki szał gniewu, bo nagle krzyknął, aż szyby zadrżały w oknach:

- W drogę!

Lecz jednocześnie drzwi do sieni otworzyły się cicho i jakiś obcy głos spytał:

- A dokąd to, panie kawalerze?

Wszyscy skamienieli z podziwu i wszystkie oczy zwróciły się ku drzwiom, w których stał jakiś mały człowieczek w pancerzu i z gołą szablą w dłoni. Kmicic cofnął się krokiem, jakoby widmo zobaczył.

- Pan... Wołodyjowski! - zakrzyknął.

- Do usług! - odparł mały człowieczek.

I posunął się na środek izby; za nim weszli hurmem: Mirski, Zagłoba, dwaj Skrzetuscy, Stankiewicz, Oskierko i pan Roch Kowalski.

- Ha - rzekł Zagłoba - złapał Kozak Tatarzyna, a Tatarzyn za łeb trzyma.

Miecznik rosieński począł mówić:

- Ktokolwiek jesteście, rycerze, ratujcie obywatela, którego wbrew prawu, urodzeniu, urzędowi chcą aresztować i więzić. Ratujcie, mości panowie bracia, wolność szlachecką!

- Nie bój się waść! - odparł Wołodyjowski - już dragoni tego kawalera w łykach, a ratunku on więcej teraz od waćpana potrzebuje.

238

- A najwięcej księdza! - rzekł pan Zagłoba.

- Panie kawalerze - mówił Wołodyjowski zwracając się do Kmicica - nie masz do mnie szczęścia, bo ci drugi raz drogę zachodzę... Nie spodziewałeś się mnie?

- Tak jest! - rzekł Kmicic - myślałem, żeś waść w ręku księcia.

- Właśniem z tych rąk się wyśliznął... a to wiesz, że na Podlasie tędy droga... Ale mniejsza z tym. Gdyś pierwszy raz tę pannę porwał, wyzwałem cię na szable... prawda?

- Tak jest - rzekł Kmicic sięgając mimo woli dłonią do głowy.

- Teraz inna sprawa. Wówczas byłeś zabijaką, co się między szlachtą zwykle trafia i ostatniej hańby nie przynosi... Dziś jużeś niegodzien, aby ci uczciwy człowiek pole dawał.

- A to czemu? - rzekł Kmicic.

I podniósł dumną głowę do góry, i począł patrzeć panu Wołodyjowskiemu prosto w oczy.

- Boś zdrajca i renegat - odparł pan Wołodyjowski - boś żołnierzów zacnych, którzy się przy ojczyźnie oponowali, jako kat wycinał, bo waszym to dziełem ta nieszczęsna kraina pod nowym jarzmem jęczy!... Krótko mówiąc: obieraj śmierć, gdyż jako Bóg w niebie, twoja ostatnia godzina nadeszła.

- Jakim to prawem chcecie mnie sądzić i egzekwować? - pytał Kmicic.

- Mości panie - odpowiedział poważnie Zagłoba - pacierz mów, zamiast nas o prawo pytać... A jeśli masz co powiedzieć na swoją obronę, to mów prędko, bo żywej jednej duszy nie znajdziesz, która by się za tobą ujęła. Raz cię już, słyszałem, ta panna tu obecna wyprosiła z rąk pana Wołodyjowskiego, ale po tym, coś teraz uczynił, pewnie i ona nie ujmie się za tobą.

Tu oczy wszystkich zwróciły się mimo woli na Billewiczównę, której twarz była w tej chwili jakby z kamienia wykuta. I stała nieruchomie, ze spuszczonymi powiekami, lodowata, zimna, ale nie postąpiła kroku naprzód, nie rzekła ni słowa.

Ciszę przerwał głos Kmicica:

- Ja tej panny o instancję nie proszę!

Panna Aleksandra milczała.

- Bywaj! - krzyknął Wołodyjowski zwróciwszy się ku drzwiom.

Rozległy się ciężkie stąpania, którym wtórował ponuro brzęk ostróg, i sześciu żołnierzy, z Józwą Butrymem na czele, weszło do komnaty.

- Wziąć go - zakomenderował Wołodyjowski - wyprowadzić za wieś i kulą w łeb!

Ciężka ręka Butryma spoczęła na kołnierzu Kmicica, za nią dwie inne uczyniły toż samo.

- Nie pozwól mnie szarpać jak psa! - rzekł do Wołodyjowskiego pan Andrzej - sam pójdę:

Mały rycerz skinął na żołnierzy, którzy puścili go natychmiast, ale otoczyli dokoła; on też wyszedł spokojnie, nic już do nikogo nie mówiąc, jeno pacierz cicho szepcąc.

Panna Aleksandra wysunęła się także przeciwnymi drzwiami do dalszych komnat. Przeszła jedną i drugą, wyciągając przed sobą w ciemnościach ręce; nagle w głowie jej się zakręciło, w piersiach tchu zbrakło i padła jak martwa na podłogę.

A między zgromadzonymi w pierwszej izbie głuche przez czas jakiś panowało milczenie; przerwał je na koniec miecznik rosieński:

- Zali już nie ma dla niego miłosierdzia? - spytał.

- Żal mi go - odparł Zagłoba - bo rezolutnie szedł na śmierć!

Na to Mirski:

- On kilkunastu towarzystwa spod mojej chorągwi rozstrzelał, prócz tych, których wstępnym bojem położył.

- I z mojej! - rzekł Stankiewicz. - A Niewiarowskiego ludzi w pień podobno wyciął.

- Musiał mieć rozkazy Radziwiłła - rzekł pan Zagłoba.

- Mości panowie, pomstę Radziwiłła na moją głowę ściągniecie!- zauważył miecznik.

- Waszmość musisz uciekać. My jedziem na Podlasie, bo tam się chorągwie przeciw zdrajcom podniosły, a waćpaństwo zabierajcie się zaraz z nami. Nie ma innej rady. Możecie się do Białowieży schronić, gdzie krewny pana Skrzetuskiego, łowczy dworski, przesiaduje. Tam was nikt nie znajdzie.

- Ale substancja moja przepadnie.

- To Rzeczpospolita waćpanu wróci.

- Panie Michale - rzekł nagle Zagłoba - skoczę obaczyć, czy nie ma przy tym nieszczęśniku jakich rozkazów hetmańskich? Pamiętacie, com przy Rochu Kowalskim znalazł?

- Siadaj waść na koń. Jeszcze czas, bo później się papiery okrwawią. Kazałem go umyślnie za wieś wyprowadzić, by się tu panna huku muszkietów nie przelękła, jako że niewiasty bywają czułe i płochliwe.

Zagłoba wyszedł i po chwili rozległ się tętent konia, na którym odjeżdżał, zaś pan Wołodyjowski zwrócił się do miecznika:

- A co robi krewna waćpana?

- Modli się pewnie za tę duszę, która przed sąd boski idzie...

- Niech mu Bóg da wieczne odpocznienie! - rzekł Jan Skrzetuski. - Gdyby nie dobrowolna jego przy Radziwille służba, pierwszy bym za nim przemówił, aleć on, jeśli nie chciał przy ojczyźnie stanąć, to przynajmniej mógł duszy Radziwiłłowi nie zaprzedawać.

- Tak jest! - rzekł Wołodyjowski.

- Winien on i zasłużył na to, co go spotkało! - rzekł Stanisław Skrzetuski - ale wolałbym, żeby na jego miejscu był Radziwiłł albo Opaliński!... och, Opaliński!!

- Jak dalece winien, to w tym macie waćpanowie najlepszy dowód - wtrącił Oskierko - że ta panna, której był narzeczonym, słowa dla niego nie znalazła. Uważałem ci ja dobrze, iż w męce była, ale milczała, bo jak tu za zdrajcą się ujmować?!

- A miłowała go niegdyś szczerze, wiem o tym! - rzekł miecznik.- Pozwólcie waćpaństwo, że pójdę obaczyć, co się tam z nią dzieje, boć to dla niewiasty ciężki termin.

- A szykuj się waćpan do drogi! - zawołał mały rycerz - bo my, jeno koniom wytchniemy, ruszamy dalej. Za blisko tu Kiejdany, a Radziwiłł musiał tam już wrócić.

- Dobrze! - rzekł szlachcic.

I wyszedł z komnaty.

Po chwili rozległ się jego krzyk przeraźliwy. Rycerze skoczyli za głosem, nie rozumiejąc, co się stało, zbiegła się też służba ze światłem, i ujrzano pana miecznika dźwigającego Oleńkę, którą był znalazł leżącą bez zmysłów na podłodze.

Wołodyjowski skoczył mu pomagać a obaj złożyli ją na sofie, nie dającą znaków życia. Zaczęto cucić. Nadbiegła stara klucznica z kordiałami i wreszcie panienka otworzyła oczy.

- Nic tu po waćpanach - rzekła stara klucznica. - Idźcie do tamtej izby, a my damy już sobie rady.

Miecznik wyprowadził gości.

- Wolałbym, żeby tego wszystkiego nie było - mówił skłopotany gospodarz. - Waszmościowie moglibyście zabrać ze sobą tego nieszczęśnika i gdzieś tam po drodze go zgładzić, a nie u mnie. Jakże tu teraz jechać, jak uciekać, gdy dziewka ledwie żywa?... Gotowa się rozchorować.

- Stało się - rzekł Wołodyjowski. - Wsadzim pannę w kolaskę, bo uciekać waćpaństwo musicie, gdyż zemsta radziwiłłowska nikogo nie oszczędza.

- Może też i panna do sił wprędce przyjdzie? - rzekł Jan Skrzetuski.

- Kolaska wygodna jest gotowa i zaprzężona, bo Kmicic ją ze sobą przyprowadził - rzekł Wołodyjowski. - Idź waćpan, panie mieczniku, powiedz pannie, jak się rzecz ma i że nie można ucieczki zwłóczyć, niech siły zbierze. My musimy jechać, a do jutra rana mogą tu radziwiłłowscy nadciągnąć.

- Prawda - rzekł miecznik - idę!

Poszedł i po pewnym czasie wrócił z krewniaczką, która nie tylko siły odzyskała, ale była już przybrana do drogi. Na twarzy jeno miała silne rumieńce i oczy błyszczące gorączkowo.

- Jedźmy, jedźmy!... - powtórzyła wszedłszy do izby.

Wołodyjowski wyszedł na chwilę do sieni, by ludzi wysłać po kolaskę, po czym wrócił i wszyscy poczęli się zbierać do drogi.

Zanim upłynął kwadrans, za oknami rozległ się hurkot kół i tupotanie kopyt końskich po bruku, którym droga przed gankiem była wymoszczona.

- Jedźmy! - rzekła Oleńka.

- W drogę! - zawołali oficerowie.

Wtem drzwi roztwarły się na rozcież i pan Zagłoba wpadł jak bomba do komnaty.

- Wstrzymałem egzekucję! - zakrzyknął.

Oleńka z rumianej zrobiła się w jednej chwili biała jak kreda; zdawało się, że znów zemdleje, lecz nikt nie zwrócił na nią uwagi, bo wszystkie oczy zwrócone były na Zagłobę, który oddychał tymczasem jak wieloryb, starając się dech złapać.

- Wstrzymałeś waćpan egzekucję? - pytał zdziwiony Wołodyjowski. - A to czemu?

- Czemu?... Niech odsapnę... Oto temu, że gdyby nie ów Kmicic, że gdyby nie ów zacny kawaler, to byśmy wszyscy, jak tu jesteśmy, wisieli wypaproszeni na kiejdańskich drzewach... Uf... Dobrodzieja naszego chcieliśmy zabić, mości panowie!... Uf!..

- Jak to może być? - zakrzyknęli wszyscy razem.

- Jak może być? Czytajcie ten list, będziecie mieli odpowiedź.

Tu pan Zagłoba podał pismo Wołodyjowskiemu, ów zaś począł je czytać przerywając co chwila i spoglądając na towarzyszów, był to bowiem ów list, w którym Radziwiłł wymawiał gorzko Kmicicowi, że na jego natarczywe instancje uwolnił ich od śmierci w Kiejdanach.

- A co? - powtarzał za każdą przerwą pan Zagłoba.

List kończył się, jak wiadomo, poleceniem, by Kmicic miecznika i Oleńkę do Kiejdan sprowadził. Pan Andrzej miał go widocznie dlatego przy sobie, aby w razie potrzeby okazać go miecznikowi, lecz do tego nie przyszło.

Przede wszystkim jednak nie pozostawał żaden cień wątpliwości, że gdyby nie Kmicic, obaj Skrzetuscy, pan Wołodyjowski i Zagłoba byliby bez miłosierdzia pomordowani w Kiejdanach, zaraz po owym słynnym układzie z Pontusem de la Gardie.

- Mości panowie! - rzekł Zagłoba - jeśli teraz jeszcze każecie go rozstrzelać, to, jak mi Bóg miły, porzucę waszą kompanię i znać was nie chcę!...

- Tu nie ma o tym mowy - odpowiedział Wołodyjowski.

- Aj ! - rzekł Skrzetuski biorąc się oburącz za głowę - jakie to szczęście, żeś ojciec zaraz tam list przeczytał, zamiast się z nim wracać do nas...

- Waści szpakami musieli za młodu karmić! - zawołał Mirski.

- Ha ! co? - zawołał Zagłoba. - Każdy inny wpierw by wrócił z wami list czytać, a tamtemu by przez ten czas w łeb ołowiu napchano. Ale jak mi tylko przyniesiono papier, który przy nim znaleziono, tak zaraz mnie coś tknęło, iże to z przyrodzenia mam do wszystkiego ciekawość. A tam dwóch z latarkami szło naprzód i już byli na łące. Mówię im tedy: "Poświećcie no mi, niech wiem, co tu stoi..." I zacząłem czytać... To mówię waćpanom, aż mnie zmroczyło, jakoby mnie kto pięścią w łysinę buchnął. "Na Boga! - mówię - panie kawalerze, czemu to tego listu nie pokazałeś?" A on na to: "Bo mi się nie spodobało!" Taka jucha harda, nawet w godzinę śmierci. Ale ja, kiedy to go nie porwę, kiedy nie zacznę obejmować. "Dobrodzieju - mówię - żeby nie ty, już by nas wrony strawiły!" Kazałem go tedy nazad brać i tu prowadzić, a sam ledwiem z konia ducha nie wyparł, ażeby wam jak najprędzej powiedzieć, co się przygodziło... Uf!...

- Dziwny to jest człowiek, w którym, widać, tyle dobrego, co i złego mieszka - rzekł Stanisław Skrzetuski. - Gdyby tacy nie chcieli...

Lecz zanim skończył, drzwi się otworzyły i żołnierze wprowadzili Kmicica.

- Wolny jesteś, panie kawalerze - rzekł od razu Wołodyjowski - i pókiśmy żywi, żaden z nas się na ciebie nie targnie. Cóżeś za desperat, żeś tego listu od razu nie pokazał? Nie bylibyśmy cię turbowali.

Tu zwrócił się do żołnierzy:

- Odstąpić i na koń wszyscy siadać!

Żołnierze cofnęli się i pan Andrzej został sam na środku izby. Twarz miał spokojną, ale chmurną, i nie bez dumy patrzył na oficerów przed nim stojących.

- Wolnyś jest! - powtórzył Wołodyjowski - wracaj, dokąd chcesz, choćby do Radziwiłła, lubo bolesno to jest widzieć kawalera z zacnej krwi, zdrajcy przeciw ojczyźnie pomagającego.

- Namyśl się więc waćpan dobrze - rzekł Kmicic - bo z góry zapowiadam, że nie gdzie indziej, jeno do Radziwiłła wrócę!

- Przystań do nas, niech piorun w tego kiejdańskiego tyrana trzaśnie! - zawołał Zagłoba. - Będziesz nam przyjacielem i towarzyszem najmilszym, a ojczyzna matka przebaczy ci, coś przeciw niej zawinił!

- Za nic! - rzekł z energią Kmicic. - Bóg to rozsądzi, kto lepiej ojczyźnie służy, czy wy wojnę domową na własną odpowiedzialność wszczynając, czy ja służąc panu, który sam jeden uratować tę nieszczęsną Rzeczpospolitą może. Idźcie w swoją drogę, ja pójdę w swoją! Nie pora was nawracać i na nic ta robota, jeno to wam z głębi duszy mówię: wy to ojczyznę gubicie, wy w poprzek jej ratunkowi stajecie. Zdrajcami was nie nazwę, bo wiem, że intencje wasze zacne, ale, ot! co jest: ojczyzna tonie. Radziwiłł jej rękę wyciąga, a wy mieczami tę rękę bodziecie i w zaślepieniu zdrajcami czynicie jego i tych wszystkich, którzy przy niej stawają.

- Dla Boga! - rzekł Zagłoba - gdybym nie widział, jakeś waćpan rezolutnie szedł na śmierć, myślałbym, że strach zmysły ci pomieszał. Komużeś przysięgał: Radziwiłłowi czy Janowi Kazimierzowi? Szwecji czy Rzeczypospolitej? Zmysły waćpan straciłeś!

- Wiedziałem, że na nic się nie przyda was nawracać!... Bądźcie zdrowi!

- Czekaj no jeszcze - rzekł Zagłoba - bo tu o ważną rzecz chodzi. Powiedz no, panie kawalerze, czy Radziwiłł przyrzekł ci, że nas oszczędzi, gdyś go o to w Kiejdanach prosił?

- Tak jest! - rzekł Kmicic. - Mieliście przez czas wojny w Birżach zostawać.

- Poznajże twojego Radziwiłła, który nie tylko ojczyznę, nie tylko króla, ale własnych sług zdradza. Oto jest pismo do komendanta birżańskiego,

którem znalazł przy oficerze nad konwojem komendę mającym. Czytaj!
To rzekłszy pan Zagłoba podał list hetmański Kmicicowi. Ów wziął go do rąk i począł przebiegać oczyma. a w miarę jak czytał, krew mu napływała do twarzy i rumieniec wstydu za swego wodza coraz silniej oblewał czoło. Nagle zmiął list w ręku i rzucił na ziemię.

- Bądźcie zdrowi! - rzekł. - Lepiej mi było zginąć z rąk waszych!
I wyszedł z izby.

- Mości panowie - rzekł po chwili milczenia Skrzetuski - trudna z tym człowiekiem sprawa, bo jako Turek w swego Mahometa, tak on wierzy w swego Radziwiłła. Sam myślałem jako i wy, że mu dla korzyści albo dla ambicji służy, ale to tak nie jest. Nie zły to człowiek, jeno obłąkany.

- Jeśli swego Mahometa dotąd wyznawał - rzekł Zagłoba - tom diablo w nim ową wiarę podkopał. Widzieliście, jak nim rzuciło, skoro list przeczytał. Będzie tam między nimi szarwark niemały, bo to kawaler gotów samemu diabłu, nie tylko Radziwiłłowi do oczu skoczyć. Jak mi Bóg miły, żeby mi kto stado tureckie darował, nie ucieszyłbym się tak, jak z tego, żem go od śmierci wybawił.

- Prawda jest - rzekł pan miecznik - waćpanu on życie zawdzięcza, nikt tego nie będzie negował.

- Bóg z nim! - rzekł Wołodyjowski - radźmy teraz, co czynić.

- A cóż? siadać i jechać w drogę... Koniska też się trochę wydychały - odpowiedział Zagłoba.

- Tak jest. Jechać nam jak najprędzej! A waszmość pojedziesz z nami? - zapytał miecznika Mirski.

- Nie osiedzę ja się tu spokojnie i muszę jechać także... Ale jeśli waszmościowie zaraz chcecie ruszać w drogę, to powiem szczerze, że mi to nie na rękę zaraz z wami się zrywać. Skoro tamten żywy odjechał, toć mnie tu zaraz nie spalą ani nie zamordują, a do takiej drogi trzeba się w to i owo zaopatrzyć. Bóg raczy wiedzieć, kiedy wrócę... Trzeba tym i owym rozporządzić, co lepsze rzeczy ukryć, inwentarze wysłać do sąsiadów, łuby spakować. Mam też i trochę gotowizny, którą bym też chciał na wóz zabrać. Do jutra do świtu będę gotów, ale tak łap cap nie mogę.

- My też nie możem czekać, bo miecz wisi nad nami - odrzekł Wołodyjowski. - A waćpan gdzie się chcesz schronić?

- W puszczy, wedle waszej rady... dziewczynę przynajmniej tam zostawię, bom sam jeszcze niestary i moja szablina przydać się ojczyźnie i królowi jegomości może.

- To tedy bądź waszmość zdrów... Daj Bóg, abyśmy się w lepszych czasach spotkali.

- Niech Bóg nagrodzi waszmościów za to, żeście mi na ratunek przyszli. Pewnie się tam gdzie w polu obok siebie zobaczymy.

- Dobrego zdrowia!

- Szczęśliwej drogi!

I poczęli się żegnać z sobą, a potem każdy przychodził kłaniać się pannie

Aleksandrze.

- Żonę moją waćpanna w puszczy zobaczysz i chłopczysków, uściskaj ich tam ode mnie i kwitnij w dobrym zdrowiu - rzekł Jan Skrzetuski.

- A wspomnij czasem żołnierza, który choć nie miał do cię szczęścia, rad ci zawsze nieba przychylić! - dodał Wołodyjowski.

Po nich zbliżali się inni. Wreszcie przyszedł i pan Zagłoba.

- Przyjm, wdzięczny kwiatuszku, i od starego pożegnanie! Uściskaj panią Skrzetuską i moich basałyków. Setne to chłopy!

Zamiast odpowiedzi Oleńka chwyciła go za rękę i przycisnęła ją w milczeniu do ust.

ROZDZIAŁ 21

Tejże nocy, najdalej we dwie godziny po odjeździe oddziału Wołodyjowskiego, przybył do Billewicz na czele jazdy sam Radziwiłł, który Kmicicowi na odsiecz szedł bojąc się, by ten nie wpadł w ręce Wołodyjowskiego. Dowiedziawszy się, co zaszło, zagarnął miecznika wraz z Oleńką i do Kiejdan, nie wypocząwszy nawet koniom, wracał.

Hetman niezmiernie był wzburzony słuchając opowieści z ust miecznika, który wszystko szeroko opowiadał chcąc od siebie uwagę groźnego magnata odwrócić. Nie śmiał też protestować dla tej samej przyczyny przeciw wyjazdowi do Kiejdan i rad był w duszy, że się na tym burza skończyła. Radziwiłł zaś, chociaż pana miecznika o "praktyki" i zmowy podejrzewał, miał istotnie zbyt wiele trosk, ażeby o tym w tej chwili pamiętać.

Ucieczka Wołodyjowskiego mogła zmienić rzeczy na Podlasiu. Horotkiewicz i Jakub Kmicic, którzy tam stali na czele chorągwi skonfederowanych przeciw hetmanowi, byli to dobrzy żołnierze, ale nie dość poważni, skutkiem czego cała konfederacja nie miała powagi. Tymczasem z Wołodyjowskim uciekli tacy ludzie, jak Mirski, Stankiewicz i Oskierko, nie licząc samego małego rycerza, wszyscy oficerowie wyborni i otoczeni mirem powszechnym.

Wszakże był na Podlasiu i książę Bogusław, który z nadwornymi chorągwiami opierał się konfederatom, oczekując przy tym ciągle pomocy od wuja elektora; ale wuj elektor marudził, widocznie czekał na wypadki; oporne zaś wojska rosły w siłę i co dzień przybywało im stronników.

Hetman przez jakiś czas chciał sam ruszyć na Podlasie i jednym zamachem zgnieść buntowników, ale wstrzymywała go myśl, że niech tylko nogą z granic Żmudzi wyruszy, wnet cały kraj powstanie i powaga radziwiłłowska zmaleje w takim wypadku w oczach szwedzkich do zera.

Namyślał się więc książę nad tym, czyby Podlasia całkiem na razie nie opuścić i księcia Bogusława na Żmudź nie ściągnąć.

Było to potrzebne i pilne, bo z drugiej strony dochodziły groźne wieści o działaniach pana wojewody witebskiego. Próbował hetman pojednać się z

nim i wciągnąć go do swych planów, ale Sapieha odesłał listy bez
odpowiedzi; mówiono natomiast, że się licytuje, sprzedaje, co może, srebra
przetapia na monetę, stada za gotowy grosz oddaje, makaty i kobierce
nawet Żydom zastawia, majętności wydzierżawia a wojska ściąga.

Hetman, z natury chciwy i do ofiar pieniężnych niezdolny, wierzyć
początkowo nie chciał, by ktoś bez wahania całą swą fortunę na ołtarz
ojczyzny rzucał; ale czas przekonał go, że tak było w istocie, bo Sapieha z
każdym dniem rósł w wojskową potęgę. Garnęli się do niego zbiegowie,
szlachta osiadła, patrioci, nieprzyjaciele radziwiłłowscy, ba, gorzej - i
dawniejsi przyjaciele, i jeszcze gorzej, bo nawet krewni hetmańscy, jako
książę łowczy Michał, o którym przyszła wiadomość, iż rozkazał, aby
wszystkie intraty z dóbr jego, jeszcze przez nieprzyjaciela nie zajętych,
były oddane na wojsko wojewodzie witebskiemu.

Tak to rysował się od fundamentów i chwiał się gmach zbudowany przez
pychę Janusza Radziwiłła. Cała Rzeczpospolita miała się w tym gmachu
zmieścić, a tymczasem okazało się wprędce, że jednej Żmudzi objąć nie
może.

Położenie coraz było podobniejsze do błędnego koła, bo na przykład
przeciw wojewodzie witebskiemu mógł Radziwiłł wezwać wojska
szwedzkie, które coraz więcej kraju stopniowo zajmowały, ale byłoby to
przyznać się do bezsilności. Zresztą stosunki hetmana z generalissimusem
szwedzkim były od czasu klewańskiej potyczki, dzięki pomysłowi pana
Zagłoby, zachwiane i pomimo wyjaśnień panowało pomiędzy nimi
rozdrażnienie i nieufność.

Hetman wyprawiając się w pomoc Kmicicowi miał był nadzieję, że jeszcze
może Wołodyjowskiego pochwyci i zniesie, więc gdy i to wyrachowanie
zawiodło, wracał do Kiejdan zły i chmurny. Dziwiło go to także, że Kmicica
w drodze do Billewicz nie zdybał, co stało się dlatego, że pan Andrzej,
którego dragonów pan Wołodyjowski nie omieszkał zabrać z sobą, wracał
sam jeden, więc wybrał się krótszą drogą, lasami, omijając Plemborg i
Ejragołę.

Po całej nocy spędzonej na koniu, w południe następnego dnia stanął
.hetman wraz z wojskiem na powrót w Kiejdanach i pierwsze jego pytanie
było o Kmicica. Odpowiedziano mu, że wrócił, ale bez żołnierzy. O tej
ostatniej okoliczności wiedział już książę, ale ciekaw był usłyszeć z ust.
samego Kmicica relację, więc kazał go natychmiast wołać do siebie.

- Nie udało ci się jako i mnie - rzekł, gdy Kmicic stanął przed nim. - Mówił
mi już miecznik rosieński, żeś wpadł w ręce tego małego diabła.

- Tak jest! - rzekł Kmicic.

- I list mój cię wyratował?

- O którym liście wasza książęca mość mówisz? Bo oni, przeczytawszy
sami ten, który znaleźli przy mnie, przeczytali mi w nagrodę drugi, któryś
wasza książęca mość do komendanta birżańskiego pisał...

Ponura twarz Radziwiłła pokryła się jakoby krwawym obłokiem.

- Więc ty wiesz?

- Wiem! - odrzekł zapalczywie Kmicic. - Jak wasza książęca mość mogłeś tak ze mną postąpić? Szlachcicowi prostemu wstyd słowo łamać, a cóż dopiero księciu i wodzowi...

- Milcz - rzekł Radziwiłł.

- Nie zmilczę, bom tam przed tymi ludźmi oczami za waszą książęcą mość świecić musiał! Ciągnęli mnie, żebym do nich przystał, a jam nie chciał i powiedziałem im: "Radziwiłłowi służę, bo przy nim słuszność, przy nim cnota!" Na to pokazali mi ów list: "Patrz, jaki twój Radziwiłł!" - a jam musiał gębę stulić i wstyd łykać...

Wargi hetmana poczęły drgać z wściekłości. Ogarnęła go dzika żądza skręcić tę zuchwałą głowę z karku i już, już ręce podnosił, aby na służbę zaklaskać. Gniew zasłaniał mu oczy, tamował oddech w piersiach i pewnie drogo by przyszło Kmicicowi zapłacić za wybuch, gdyby nie nagły atak astmy, który w tej chwili pochwycił księcia. Twarz mu sczerniała, zerwał się z krzesła i rękoma począł bić powietrze, oczy wyszły mu na wierzch głowy, a z gardzieli wydobył się chrapliwy ryk, w którym Kmicic zaledwie zrozumiał słowo:

- Duszę się!...

Na uczyniony alarm zbiegła się służba, nadworni medycy i poczęto cucić księcia, który zaraz stracił przytomność. Cucono z godzinę, a gdy wreszcie począł dawać ślady życia, Kmicic wyszedł z komnaty.

Na korytarzu spotkał Charłampa, który się był już podleczył z ran i stłuczeń otrzymanych w bitwie ze zbuntowanymi Węgrami Oskierki.

- A co nowego? - spytał wąsacz.

- Już przyszedł do siebie! - odpowiedział Kmicic.

- Hm! Ale lada dzień może nie przyjść. Zła nasza, panie pułkowniku, bo jak książę zemrze, to się jego uczynki na nas skrupią. Cała nadzieja w Wołodyjowskim, że starych towarzyszów będzie osłaniał, dlatego też, powiem waszej mości (tu Charłamp głos zniżył), kontent jestem, że się wymknął.

- To już mu tak ciasno było?

- Co to ciasno! Imaginuj sobie wasza mość w tej olszynie, w którejśmy go otoczyli, wilki były i nie wymknęły się, a on się wymknął. Niech go kule biją. Kto wie, kto wie, czy nie przyjdzie się go za połę uchwycić, bo jakoś tu koło nas kuso. Szlachta okrutnie się od naszego księcia odwraca i wszyscy mówią, że wolą prawdziwego nieprzyjaciela, Szweda, Tatara nawet, niż renegata. Ot, co jest! A tu precz książę pan każe coraz więcej obywatelów łapać i więzić - co między nami rzekłszy, jest przeciw prawu i wolności. Przywieziono dziś pana miecznika rosieńskiego...

- A? to go przywieziono?

- A jakże, i z krewniaczką. Panna jako migdał! Powinszować waszej mości!

- Gdzież ich postawiono?

- W prawym skrzydle. Zacne pokoje im dano, nie mogą się skarżyć, chyba na to, że warta pode drzwiami chodzi. A kiedy wesele, panie pułkowniku?

- Jeszcze kapela na to wesele nie zamówiona. Bywaj waćpan zdrów! - rzekł Kmicic.

Kmicic pożegnawszy Charłampa udał się do siebie. Bezsenna noc, burzliwe jej wypadki i ostatnie zajście z księciem zmęczyły go tak, że zaledwie na nogach mógł ustać. A przy tym, jako ciału strudzonemu i zbitemu każde dotknięcie ból sprawia, tak on duszę miał zbolałą. Proste pytanie Charłampa: "Kiedy wesele?" - ubodło go dotkliwie, bo wnet stanęła mu jako żywa przed oczyma lodowata twarz Oleńki i jej usta zaciśnięte wówczas, gdy ich milczenie potwierdzało wyrok śmierci na niego. Mniejsza, czy słowo jej prośby mogło go zbawić, czy pan Wołodyjowski byłby na nie zważał! Cały żal i ból, jaki Kmicic odczuwał w tej chwili, tkwił w tym, że ona nie wymówiła tego słowa. A przecie po dwakroć poprzednio nie wahała się go ratować. Takaż to już przepaść była między nimi, tak dalece wygasła w jej sercu nie już miłość, lecz prosta życzliwość, którą nawet dla obcego mieć można, prosta litość, którą dla każdego mieć trzeba? Im więcej myślał nad tym Kmicic, tym okrutniejszą wydawała mu się Oleńka, tym większy czuł do niej żal, tym głębszą urazę. - Cóżem takiego uczynił - pytał sam siebie - aby mną tak, jak przeklętym przez kościół, pogardzano? Choćby i źle było Radziwiłłowi służyć, to przecie czuję się w tym niewinnym, bo z ręką na sumieniu powiedzieć mogę, że nie dla promocyj, nie dla zysków, nie dla chlebów mu służę, jeno że korzyść dla ojczyzny w tym widzę - za cóż bez sądu mnie potępiono?...

- Dobrze, dobrze! Niechże tak będzie! Nie pójdę z win nie popełnionych się oczyszczać ani miłosierdzia prosić! - powtarzał sobie po tysiąc razy.

A jednak ból nie ustawał, owszem, wzmagał się coraz bardziej. Wróciwszy do swych komnat rzucił się pan Andrzej na łoże i próbował zasnąć, lecz mimo całego umęczenia nie mógł. Po chwili wstał i począł chodzić po komnacie. Od czasu do czasu ręce do czoła przykładał i mówił do siebie głośno:

- Nie może być inaczej, jeno serce w tej dziewce zawzięte!

I znowu:

- Tegom się po tobie, panno, nie spodziewał... Bogdaj ci Bóg za to zapłacił!

Na takich rozmyślaniach upłynęła mu godzina jedna i druga, na koniec znużył się do reszty i drzemać począł siedząc na łożu, lecz nim zasnął, zbudził go dworzanin książęcy, pan Szkiłłądź, i wezwał do księcia.

Radziwiłł czuł się już lepiej i oddychał swobodniej, ale na ołowianej jego twarzy znać było osłabienie wielkie. Siedział w głębokim krześle skórą obitym, mając przy sobie medyka, którego zaraz, równo z wejściem Kmicica, odesłał.

- Byłem już jedną nogą na tamtym świecie, i przez ciebie! - rzekł do pana Andrzeja.

- Mości książę, nie moja wina; powiedziałem, com myślał.

- Niechże tego więcej nie będzie. Nie dorzucaj choć ty ciężaru do brzemienia, które dźwigam, i to wiedz, że co tobie przebaczyłem, innemu bym nie przebaczył.

Kmicic milczał.

- Jeśli kazałem - rzekł po chwili książę - tych ludzi w Birżach egzekwować, którym na twoją prośbę przebaczyłem w Kiejdanach, to nie dlatego, żem cię chciał zwodzić, jeno by ci boleści oszczędzić. Uległem pozornie, bo mam dla ciebie słabość... A ich śmierć była konieczna. Czy tom ja kat, czy myślisz, że krew rozlewam dlatego jeno, by oczy czerwoną barwą napaść?... Ale gdy pożyjesz dłużej, poznasz, że gdy ktoś chce czegoś na świecie dokazać, temu nie wolno ni własnej, ni cudzej słabości folgować, nie wolno większych spraw dla mniejszych poświęcać. Ci ludzie powinni byli zginąć tu w Kiejdanach, bo patrz, co się przez twoją instancję stało: w kraju opór podsycony, wojna domowa rozpoczęta, dobra przyjaźń ze Szwedami zachwiana, zły przykład innym dany, od którego bunt jako zaraza się szerzy. Mało tego: sam osobą swoją musiałem później wyprawę na nich czynić i konfuzji wobec wszystkiego wojska się najeść, tyś ledwie z ich rąk nie zginął, a teraz pójdą na Podlasie i głowami buntu się staną. Patrz i ucz się!

Gdyby zginęli w Kiejdanach, nie byłoby tego wszystkiego. Aleś ty, prosząc za nich, o afektach własnych tylko myślał, ja zaś posłałem ich po śmierć do Birż, bom doświadczony, bo dalej widzę, bo wiem to z praktyki, że kto w pędzie chociaż o mały kamień się potknie, ten łatwo upadnie, a kto upadnie, ten może się więcej nie podnieść, i tym snadniej, im przedtem biegł szybciej... Niech Bóg broni, ile złego narobili ci ludzie!

- Tyle oni nie zaważą, aby mogli całe przedsięwzięcie waszej książęcej mości popsować.

- Choćby nic więcej nie uczynili nad to, że za ich przyczyną dyfidencje między mną a Pontusem powstały, już szkoda byłaby nieoszacowana. Rzecz się już wyjaśniła, że to byli nie moi ludzie, ale list z pogróżkami, który do mnie Pontus napisał, pozostał i tego listu mu nie daruję... Jest Pontus szwagrem królewskim, ale to jeszcze wątpliwa, czy moim mógłby zostać i czyby radziwiłłowskie progi nie były dla niego za wysokie...

- Wasza książęca mość niech z samym królem, nie z jego sługami, traktuje.

- Tak chcę uczynić... I jeśli zgryzoty mnie nie zabiją, nauczę tego Szwedzika modestii... Jeśli zgryzoty mnie nie zabiją, a bodaj czy się na tym skończy, bo mi tu cierniów ani boleści nikt nie szczędzi... Ciężko mi! ciężko!... Kto by uwierzył, żem jest ten sam, który byłem pod Łojowem, pod Rzeczycą, Mozyrem, Turowem, Kijowem i Beresteczkiem?... Cała Rzeczpospolita patrzyła jeno we mnie i w Wiśniowieckiego jako w dwa słońca!... Wszystko drżało przed Chmielnickim, a on drżał przede mną. I te same wojska, które w czasach powszechnej klęski od wiktorii do wiktorii wiodłem, dziś mnie opuściły i rękę na mnie, jako parrycydowie podnoszą...

- Przecie nie wszyscy, bo są tacy, którzy w waszą książęcą mość jeszcze wierzą! - rzekł dość porywczo Kmicic.

- Jeszcze wierzą... póki nie przestaną! - odpowiedział z goryczą Radziwiłł. - Wielka ichmościów łaska!... Dałby Bóg, żebym się nią nie otruł... Sztych za sztychem każdy z was wbija we mnie, choć niejednemu to na myśl nie przychodzi...

- Wasza książęca mość na intencje zważaj, nie na słowa.

- Dziękuję za radę... Odtąd pilnie będę zważał, jaką mi każden gemajna twarz pokazuje... i pilnie zabiegał, aby się wszystkim spodobać...

- Gorzkie to słowa, wasza książęca mość.

- A życie słodkie?... Bóg mnie do wielkich rzeczy stworzył, a ja muszę, ot! wykruszać siły w powiatowej wojnie, jaką zaścianek z zaściankiem mógłby prowadzić. Chciałem z monarchami potężnymi się mierzyć, a upadłem tak nisko, że muszę jakiegoś pana Wołodyjowskiego po moich własnych majętnościach łowić. Zamiast świat dziwić moją siłą, dziwię go moją słabością; zamiast za popioły Wilna popiołami Moskwy zapłacić, muszę ci dziękować, żeś Kiejdany szańczykami obsypał... Ciasno mi... i duszę się... nie tylko dlatego, że astma mnie dusi... Niemoc mnie zabija... Bezczynność mnie zabija... Ciasno mi i ciężko!... Rozumiesz?...

- Myślałem i ja, że pójdzie inaczej!... - rzekł ponuro Kmicic.

Radziwiłł począł oddychać z wysileniem.

- Przedtem, nim inna mnie korona dojdzie, cierniową mi włożono. Kazałem ministrowi Adersowi w gwiazdy patrzyć... Zaraz erygował figurę i mówi, że złe są koniunktury, ale że to przejdzie. Tymczasem męki cierpię... W nocy coś mi spać nie daje, coś chodzi po komnacie... Jakoweś twarze zaglądają mi do łoża, a czasem chłód się nagły czyni... To znaczy, że śmierć koło mnie przechodzi... Męki cierpię... Muszę być jeszcze na zdrady i odstępstwa gotowy, bo wiem, że są tacy, którzy się chwieją...

- Nie ma już takich! - odpowiedział Kmicic. - Kto miał odstąpić, to już sobie precz poszedł!

- Nie zwódź, sam to widzisz, że reszta polskich ludzi poczyna się oglądać za siebie.

Kmicic wspomniał na to, co od Charłampa słyszał, i umilkł.

- Nic to! - rzekł Radziwiłł - ciężko, straszno, ale trzeba przetrwać... Nie mów nikomu o tym, coś tu ode mnie słyszał... Dobrze, że ten atak choroby dziś na mnie przyszedł, bo już się nie powtórzy, a na dziś właśnie sił mi potrzeba, bo chcę ucztę wyprawić i wesołą twarz pokazywać, by ducha w ludziach pokrzepić... I ty się rozpogódź, a nie mów nic nikomu, bo co ja ci mówię, to jeno dlatego, abyś choć ty mnie nie dręczył... Gniew mnie dziś uniósł... Pilnuj, aby się to nie powtórzyło, bo o głowę twoją chodzi. Alem ci już przebaczył... Tych szańczyków, którymiś Kiejdany obsypał, sam Peterson by się nie powstydził... Idź teraz, a przyślij mi Mieleszkę. Sprowadzono dziś zbiegów spod jego chorągwi, samych gemajnów. Każę mu ich powiesić co do jednego... Trzeba przykład dać... Bądź zdrów... Ma dziś być wesoło w Kiejdanach!...

ROZDZIAŁ 22

Miecznik rosieński ciężką miał przeprawę z panną Aleksandrą, zanim zgodziła się pójść na ową ucztę, którą hetman dla swych ludzi wyprawił. Musiał tedy błagać prawie ze łzami uporną a śmiałą dziewczynę i zaklinać, że tu o jego głowę chodzi, że wszyscy, nie tylko wojskowi, ale i obywatele zamieszkali w okolicy Kiejdan, na długość ramienia Radziwiłła, mają się stawić pod groźbą gniewu książęcego, jakże więc opierać się mogą ci, którzy na łaskę i niełaskę strasznego człowieka są wystawieni. Panna nie chcąc narażać stryja ustąpiła.

Jakoż zjazd był niemały, bo wielu okolicznej szlachty wraz z żonami i córkami przypędził. Lecz wojskowych było najwięcej, a zwłaszcza oficerów cudzoziemskiego autoramentu, którzy prawie wszyscy przy księciu wytrwali. Sam on, zanim ukazał się gościom, przygotował twarz pogodną, jak gdyby żadna troska nie zaciężyła mu poprzednio - pragnął bowiem tą ucztą nie tylko we własnych stronnikach i wojskowych ducha ożywić, ale okazać, że ogół obywateli po jego stronie stoi - a tylko swawolnicy opierają się unii ze Szwecją; pragnął okazać, że kraj cieszy się z nim razem, więc nie szczędził zabiegów ni kosztów, by uczta była wspaniała i by echo o niej rozeszło się jak najdalej po kraju. Zaledwie więc mrok pokrył ziemię, setki beczek zapłonęło na drodze zamkowej i dziedzińcu, od czasu do czasu armaty grzmiały, a żołnierstwu przykazano wydawać wesołe okrzyki.

Ciągnęły tedy jedna za drugą kolaski, karabony i bryki wiozące personatów okolicznych i "tańszą" szlachtę. Dziedziniec zapełnił się pojazdami, końmi i służbą, bądź przybyłą z gośćmi, bądź miejscową. Tłumy, strojne w aksamity i lamy, i kosztowne futra, zapełniły salę tak zwaną "złotą", a gdy książę ukazał się wreszcie, cały jaśniejący od drogich kamieni i z łaskawym uśmiechem na ponurej zwykle, a przy tym wyniszczonej teraz chorobą twarzy, pierwsi oficerowie zakrzyknęli jednogłośnie:

- Niech żyje książę hetman! Niech żyje wojewoda wileński!

Radziwiłł rzucił nagle oczyma po zebranym obywatelstwie chcąc się przekonać, czy zawtórują okrzykowi żołnierzy. Jakoż kilkanaście głosów z lękliwszych piersi powtórzyło okrzyk, zaś książę zaraz począł kłaniać się i dziękować za afekt szczery i "jednomyślny".

- Z wami, mości panowie - mówił - damy rady tym, którzy chcą zgubić ojczyznę! Bóg wam zapłać! Bóg wam zapłać!...

I chodził naokół po sali, zatrzymywał się przed znajomymi, nie szczędząc w mowie tytułów: "panie bracie" i "miły sąsiedzie" - i niejedna twarz chmurna rozpogadzała się pod wpływem ciepłych promieni łaski pańskiej.

- Już też niepodobna - mówili ci, którzy do niedawna z niechęcią patrzyli na jego czyny - aby taki pan i tak wysoki senator nieszczerze ojczyźnie życzył; albo więc nie mógł inaczej postąpić, jak postąpił, albo arcana w tym jakieś tkwią, które na pożytek Rzeczypospolitej wyjdą.

- Jakoż od drugiego nieprzyjaciela mamy już więcej wytchnienia, który nie chce się powadzić o nas ze Szwedami.

- Dajże Boże, aby wszystko zmieniło się na lepsze!

Byli wszelako i tacy, którzy trzęśli głowami albo wzrokiem mówili sobie wzajem: "Jesteśmy tu, bo nam nóż na gardło położono."

Lecz ci milczeli, gdy tymczasem inni, do przejednania łatwiejsi, mówili głośno, tak nawet głośno, żeby ich książę mógł dosłyszeć:

- Lepiej pana zmienić niżeli Rzeczpospolitą pogrążyć.

- Niechże Korona myśli o sobie, a my o sobie.

- Kto zresztą nam dał przykład, jeśli nie Wielkopolska?

- Extrema necessitas extremis nititur rationibus!

- Tentanda omnia!

- Całą ufność w naszym księciu połóżmy i na niego we wszystkim się zdajmy. Niechże Litwę i władzę ma w ręku.

- Godzien on i jednej, i drugiej. Jeśli on nas nie wyratuje, zginiemy... W nim salus...

- Bliższy on nam niż Jan Kazimierz, bo to nasza krew!

Radziwiłł łowił chciwym uchem te głosy, które dyktowała bojaźń lub pochlebstwo, i nie zważał, że wychodziły one z ust ludzi słabych, którzy w niebezpieczeństwie pierwsi by go opuścili; z ust ludzi, którymi każdy podmuch wiatru mógł chwiać jak falą. I upajał się tymi wyrazami, i sam siebie oszukiwał lub własne sumienie, powtarzając z zasłyszanych zdań to, które zdawało się go najbardziej uniewinniać:

- Extrema necessitas extremis nititur rationibus!

Lecz gdy przechodząc mimo licznej grupy szlachty usłyszał jeszcze z ust. pana Jurzyca: "Bliższy on nam niż Jan Kazimierz!" - wówczas twarz jego wypogodziła się zupełnie. Samo porównanie i zestawienie go z królem pochlebiało jego dumie, więc zbliżył się zaraz do pana Jurzyca i rzekł:

- Macie rację, panie bracie, bo w Janie Kazimierzu na garniec krwi tylko kwarta litewskiej, a we mnie nie masz innej... Jeżeli zaś dotąd kwarta garncowi rozkazywała, to od was, panów braci, zależy to zmienić.

- My też garncem gotowi pić zdrowie waszej książęcej mości! - odrzekł pan Jurzyc.

- O, toś mi waść w myśl utrafił. Weselcie się, panowie bracia! Chciałbym całą Litwę tu sprosić.

- Trzeba by ją na to jeszcze lepiej okroić - rzekł pan Szczaniecki z Dalnowa, człowiek śmiały i ostry zarówno w języku, jak w szabli.

- Co waść przez to rozumiesz? - pytał książę utkwiwszy w niego oczy.

- Że serce waszej książęcej mości od Kiejdan obszerniejsze.

Radziwiłł uśmiechnął się z przymusem i poszedł dalej.

W tej chwili też zbliżył się do niego marszałek z doniesieniem, że wieczerza gotowa. Tłumy poczęły płynąć za księciem, jakoby rzeka, do tej samej sali, w której niedawno unia ze Szwecją została ogłoszona. Tam marszałek usadził wedle godności zaproszonych, wymieniając każdego z imienia i urzędu. Ale widać, że rozkazy książęce były i pod tym względem naprzód wydane, gdyż Kmicicowi dostało się miejsce między miecznikiem rosieńskim a panną Aleksandrą.

W obojgu aż zadrgały serca, gdy usłyszeli swe nazwiska razem wymienione, i oboje zawahali się w pierwszej chwili: lecz przyszło im zapewne na myśl, że opierać się byłoby to samo, co ściągać na się oczy wszystkich obecnych, więc siedli obok siebie. Było im źle i ciężko. Pan Andrzej postanowił sobie być obojętnym, jakoby siedziała koło niego obca osoba. Wkrótce jednak zrozumiał, że ani on nie potrafi być tak obojętnym, ani ta sąsiadka nie jest tak obcą, aby mogli zacząć z sobą zwyczajną rozmowę. Owszem, oboje to zmiarkowali, że w tym tłumie osób i najrozmaitszych uczuć, spraw, namiętności on myśli tylko o niej, ona o nim, i właśnie dlatego tak im trudno. Bo oboje nie chcieli i nie mogli wypowiedzieć szczerze, jasno i otwarcie wszystkiego, co im leżało na sercu. Mieli za sobą przeszłość, ale nie mieli przyszłości. Dawne uczucia, ufność, znajomość nawet, wszystko było potargane. Nie było nic pomiędzy nimi wspólnego oprócz uczucia zawodu i żalu. Gdyby i to ostatnie ogniwo pękło, byliby właśnie swobodniejsi; lecz czas tylko mógł przynieść zapomnienie, obecnie było na to za wcześnie.

Kmicicowi tak było źle, że prawie mękę cierpiał, a jednak za nic w świecie nie byłby odstąpił tego miejsca, które mu marszałek wyznaczył. Uchem łowił szelest jej sukni, baczył, udając, że nie baczy, na każdy jej ruch; odczuwał ciepło bijące od niej i wszystko to razem sprawiało mu jakąś bolesną rozkosz.

Po chwili poznał, że i ona równie jest czujna, choć niby na niego nie zważa. Porwała go nieprzezwyciężona chęć spojrzenia na nią, więc zaczął strzyc ukośnie oczyma, póki nie ujrzał jasnego czoła, oczu nakrytych ciemnymi rzęsami i białej, nie pomalowanej barwiczką jak u innych pań twarzy.

Było zawsze w tej twarzy coś tak dla niego pociągającego, że aż serce w biednym kawalerze zadrgało z żalu i bólu. "Żeby zaś taka zawziętość w tak anielskiej urodzie mieścić się mogła!" - pomyślał sobie. Lecz uraza była zbyt głęboka, więc wkrótce dodał w duszy: "Nic mi po tobie, niech cię inny bierze!"

I nagle poczuł, że gdyby ów jakiś "inny" spróbował tylko skorzystać z jego pozwolenia, to by go na sieczkę posiekał. Na samą myśl o tym chwycił go gniew straszny. Uspokoił się dopiero, gdy sobie przypomniał, że to przecie on sam, nie kto inny przy niej siedzi, .i że nikt, przynajmniej w tej chwili, o nią nie zabiega.

"Tedy jeszcze raz na nią spojrzę, a potem się w drugą stronę zwrócę" - pomyślał.

I znów począł strzyc ku niej z ukosa, ale właśnie w tej chwili ona uczyniła toż samo, i oboje spuścili co prędzej oczy, upokorzeni ogromnie, jakoby na grzechu złapani.

Panna Aleksandra toczyła również walkę z sobą. Ze wszystkiego, co zaszło, z postępowania Kmicica w Billewiczach, ze słów Zagłoby i Skrzetuskiego, poznała, że Kmicic błądził, ale nie był tyle winny, nie zasługiwał na taką pogardę, na takie bezwzględne potępienie, jak poprzednio sądziła. Przecie on to tamtych zacnych ludzi od śmierci uwolnił, przecie tyle w nim było jakiejś wspaniałej dumy, że wpadłszy w ich ręce, mając przy sobie list, który mógł go uniewinnić, a przynajmniej od śmierci uchronić, nie pokazał jednak tego listu, nie rzekł ani słowa i poszedł na śmierć z podniesioną głową.

Oleńka, chowana przez starego żołnierza stawiającego pogardę śmierci na czele wszystkich innych cnót, wielbiła męstwo z całego serca, więc nie mogła się oprzeć mimowolnemu podziwowi dla tej rogatej, rycerskiej fantazji, którą można było chyba razem z duszą z ciała wypędzić.

Zrozumiała i to, że jeśli Kmicic Radziwiłłowi służył, to z zupełną dobrą wiarą - jakąż więc krzywdą było dlań posądzenie o rozmyślną zdradę! A jednak ona pierwsza wyrządziła mu tę krzywdę, nie oszczędziła mu ani obelgi, ani wzgardy - nie chciała mu przebaczyć nawet wobec śmierci!

"Nagródź krzywdę - mówiło jej serce - wszystko się między wami skończyło, aleś mu to powinna wyznać, żeś go niesprawiedliwie sądziła. Dłużnaś w tym jeszcze i sobie..."

Lecz było w tej pannie także dumy niemało, a może nawet i nieco zawziętości; więc wnet jej przyszło na myśl, że ów kawaler pewnie już o takie zadośćuczynienie nie stoi, i aż rumieńce na twarz jej wytrysły.

"Skoro nie stoi, niechże się obejdzie" - rzekła sobie w duszy.

Wszakże sumienie mówiło dalej, że czy pokrzywdzony o krzywdę stoi, czy nie stoi, wynagrodzić ją trzeba; lecz z drugiej strony i duma przytaczała coraz nowe argumenta:

"Jeśliby słuchać - co być może - nie chciał, przyszłoby się tylko próżno wstydu najeść. A po wtóre: winien czy nie winien, rozmyślnie czyni czy też przez zaślepienie, dość, że ze zdrajcami trzyma, z nieprzyjaciółmi ojczyzny, i pomaga im ją gubić. Na jedno ojczyźnie wyjdzie, czy mu rozumu brak, czy uczciwości. Bóg go może uniewinnić, ludzie muszą i powinni potępić, i miano zdrajcy przy nim zostanie. Tak jest! Jeśli i nie winien, azali nie słuszna takim pogardzać, który tyle nawet rozmysłu nie ma, żeby zło od dobrego, występek od cnoty odróżnić?..."

Tu gniew porwał pannę i policzki jej poczęły pałać.

"Zamilczę! - rzekła sobie. - Niech cierpi, na co zasłużył. Póki skruchy nie widzę, póty mam prawo potępiać..."

Po czym zwróciła wzrok ku Kmicicowi, jakby chcąc się przekonać, czy skruchy już w jego twarzy nie widać. Wtedy to właśnie nastąpiło spotkanie się ich oczu, po którym tak zawstydzili się oboje.

Skruchy Oleńka może w twarzy kawalera nie dojrzała, ale dojrzała ból i zmęczenie wielkie; dojrzała, że ta twarz była tak wybladła jak po chorobie; więc litość ją wzięła głęboka, łzy jej napływały przemocą do oczu i schyliła się jeszcze mocniej nad stołem, ażeby wzruszenia nie zdradzić.

A tymczasem uczta ożywiała się z wolna.

Z początku widocznie wszyscy byli pod ciężkim wrażeniem, lecz w miarę kielichów przybywało fantazji ucztującym. Gwar wzmagał się.

Na koniec książę wstał.

- Mości panowie, proszę o głos!

- Książę pan chce mówić!... Książę pan chce mówić! - wołano ze wszystkich stron.

- Pierwszy toast wznoszę za zdrowie najjaśniejszego króla szwedzkiego, który pomoc przeciw nieprzyjaciołom nam daje i władnąc tymczasem tą krainą, nie wprzód ją zda, aż spokój zaprowadzi. Wstańcie, mości panowie, bo to zdrowie pije się stojący. Biesiadnicy wstali prócz niewiast i spełnili kielichy, ale bez okrzyków, bez zapału. Pan Szczaniecki z Dalnowa pomrukiwał coś do sąsiadów, a ci gryźli wąsy, by się nie roześmiać, widocznie dworował sobie z króla szwedzkiego. Dopiero gdy książę wniósł drugie zdrowie "kochanych gości", łaskawych na Kiejdany, którzy przybyli nawet i z dalekich stron, aby zaświadczyć o ufności swej w zamiary gospodarza - odpowiedział mu gromki okrzyk:

- Dziękujemy! dziękujemy z serca!

- Zdrowie księcia pana!

- Naszego Hektora litewskiego!

- Niech żyje! Niech żyje książę hetman, wojewoda nasz!

Wtem pan Jurzyc, już trochę pijany, zakrzyknął całą siłą płuc:

- Niech żyje Janusz Pierwszy, wielki książę litewski!

Radziwiłł poczerwieniał cały jak panna, którą dziewosłębią, ale zmiarkowawszy, że zgromadzeni milczą głucho i poglądają na niego ze zdumieniem, rzekł:

- W waszej i to mocy, ale za wcześnie mi waćpan życzysz, panie Jurzyc, za wcześnie!

- Niech żyje Janusz Pierwszy, wielki książę litewski! - powtórzył z uporem pijanego pan Jurzyc.

Pan Szczaniecki wstał z kolei i wzniósł kielich.

- Tak jest! - rzekł z zimną krwią. - Wielki książę litewski, król polski i cesarz niemiecki!

Znów nastała chwila milczenia - nagle biesiadnicy wybuchli naraz śmiechem. Oczy wyszły im na wierzch, wąsy poruszały się na zaczerwienionych twarzach i śmiech wstrząsał ich ciała, odbijał się od sklepień sali i trwał długo, a jak nagle powstał, tak nagle i obumarł na wszystkich ustach na widok twarzy hetmańskiej, która mieniła się jak tęcza.

Radziwiłł pohamował jednak straszny gniew, który pochwycił go za piersi, i rzekł:

- Wolne żarty, panie Szczaniecki!

Szlachcic wydął usta i nie zmieszany wcale odpowiedział:

- I to tron elekcyjny, a już też za wiele nie możem waszej książęcej mości życzyć. Jeśli jako szlachcic możesz wasza książęca mość zostać królem polskim, to jako książę Rzeszy Niemieckiej możesz i na godność cesarską być podniesiony. Tak ci daleko lub blisko do jednego jak do drugiego, a kto ci tego nie życzy, niech wstanie, wnet go tu na szable weźmie...

Tu zwrócił się do biesiadników:

- Wstań, kto nie życzysz cesarskiej niemieckiej korony panu wojewodzie wileńskiemu!

Oczywiście nikt nie wstał. Nie śmiano się już również, bo w głosie pana Szczanieckiego tyle było bezczelnej złośliwości, że wszystkich ogarnął mimowolny niepokój, co też się stanie...

Lecz nie stało się nic, jeno ochota do uczty się popsuła. Próżno służba dworska napełniała co chwila kielichy. Wino nie mogło rozpędzić posępnych myśli w głowach ucztujących ani coraz większego niepokoju. Radziwiłł z trudnością również pokrywał złość, bo czuł, że dzięki toastom pana Szczanieckiego zmalał w oczach zebranej szlachty i że umyślnie lub niechcący szlachcic ów wszczepił przekonanie w zebraną szlachtę, iż wojewodzie wileńskiemu nie bliżej do wielkoksiążęcego tronu jak do korony niemieckiej. Wszystko obrócone było w żart, w pośmiewisko - a przecie uczta po to w znacznej części była wydana, aby umysły z przyszłym panowaniem radziwiłłowskim oswoić. Co więcej, chodziło Radziwiłłowi i o to, aby takie ośmieszenie jego nadziei nie oddziałało źle i na oficerów w sprawę wtajemniczonych. Jakoż na ich twarzach malowało się głębokie zniechęcenie.

Ganchof spełniał kielich za kielichem i unikał wzroku książęcego, a Kmicic nie pił, ale patrzył w stół przed sobą z namarszczoną brwią, jak gdyby rozmyślał nad czym lub toczył walkę wewnętrzną. Radziwiłł zadrżał na myśl, że w tym umyśle lada chwila może zabłysnąć światło i wydobyć prawdę z cieniów, a wówczas ten oficer, stanowiący jedyne ogniwo łączące resztki polskich chorągwi ze sprawą radziwiłłowską, potarga owe ogniwo, choćby z nim razem miał sobie i serce z piersi wyszarpnąć.

Kmicic aż nadto ciężył już Radziwiłłowi i gdyby nie to dziwne znaczenie, jakie nadał mu zbieg wypadków, byłby od dawna padł ofiarą swej zuchwałości i hetmańskiego gniewu. Ale książę mylił się posądzając go w tej chwili o wrogie sprawie myśli, bo pan Andrzej cały był zajęty Oleńką i ową głęboką rozterką, jaka ich rozdzielała.

Chwilami wydawało mu się, że kocha tę dziewczynę obok siedzącą więcej niż świat cały, to znów taką do niej odczuwał nienawiść, że zadałby jej śmierć, gdyby mógł - jej, ale zarazem i sobie.

Życie tak mu się powikłało, że stało się dla tej prostej natury zbyt trudnym. Więc czuł to, co czuje dziki zwierz omotany siecią, z której nie może się wyplątać.

Niespokojny i posępny nastrój całej uczty rozdrażniał go do najwyższego stopnia. Było mu po prostu nieznośnie.

Uczta zaś posępniała z każdą chwilą. Obecnym wydawało się, że ucztują pod dachem z ołowiu, który wspiera się na ich głowach.

Tymczasem nowy gość wszedł do sali. Książę ujrzawszy go zakrzyknął:

- To pan Suchaniec, od brata Bogusława! Pewno z listami?

Nowo przybyły skłonił się nisko.

- Tak jest, jaśnie oświecony książę!... Jadę prosto z Podlasia.

- Dajże waćpan listy, a sam siadaj za stołem. Ichmościowie wybaczą, że czytania nie odłożę, choć przy uczcie siedzimy, bo mogą się znaleźć nowiny, którymi się będę chciał z waszmościami podzielić. Panie marszałku, proszę tam pamiętać o miłym pośle.

To mówiąc książę wziął z rąk pana Suchańca paczkę listów i począł pospiesznie łamać pieczęć pierwszego z brzegu.

Obecni utkwili ciekawe oczy w jego twarzy i starali się odgadnąć z niej treść pisma. Pierwszy list jednakże nie zwiastował widocznie nic pomyślnego, bo oblicze książęce zaszło krwią i oczy zabłysły mu dzikim gniewem.

- Panowie bracia ! - rzekł hetman - książę Bogusław donosi m i, że ci, co woleli się konfederować niż na nieprzyjaciela pod Wilno iść, teraz włości moje na Podlasiu pustoszą. Łatwiejże po wsiach z babami wojować!.. Godni rycerze!... ani słowa!... Nic to! Nagroda ich nie minie!...

Po czym wziął drugi list, ale zaledwie nań okiem rzucił, twarz rozjaśniła mu się uśmiechem triumfu i radości.

- Województwo sieradzkie poddało się Szwedom! - zakrzyknął - i w ślad za Wielkopolską przyjęło protekcję Karola Gustawa.

A po chwili znowu:

- Owóż ostatnia poczta! Dobra nasza, mości panowie! Jan Kazimierz pobit pod Widawą i Żarnowem!... Wojsko go odstępuje! Sam on na Kraków się cofa, Szwedzi idą za nim. Pisze mi brat, że i Kraków musi upaść.

- Cieszmy się, mości panowie! -rzekł dziwnym głosem pan Szczaniecki.

- Tak, cieszmy się! - powtórzył hetman nie zauważywszy tonu, jakim się Szczaniecki odezwał.

I radość biła od całej osoby książęcej, twarz stała się w jednej chwili jakby młodszą, oczy nabrały blasku; drżącymi ze szczęścia rękoma rozerwał pieczęć ostatniego listu, spojrzał, rozpromienił się cały jak słońce i krzyknął:

- Warszawa wzięta!... Niech żyje Karol Gustaw!

Tu dopiero spostrzegł, że wrażenie, jakie owe wiadomości wywierają na obecnych, jest zupełnie inne od tego, jakiego sam doznawał. Wszyscy bowiem siedzieli w milczeniu, spoglądając niepewnym wzrokiem przed siebie. Niektórzy marszczyli brwi, inni pozakrywali twarze rękoma. Nawet dworacy hetmańscy, nawet ludzie słabego ducha nie śmieli naśladować radości książęcej na wieść, że Warszawa wzięta, że Kraków upaść musi i że województwa jedno po drugim odstępują prawego pana i poddają się nieprzyjacielowi. Było przy tym coś potwornego w tym zadowoleniu, z jakim naczelny wódz połowy wojsk Rzeczypospolitej i jeden z najwyższych jej senatorów oznajmiał o jej klęskach. Książę zmiarkował, że trzeba złagodzić wrażenie.

- Mości panowie - rzekł - pierwszy bym płakał razem z wami, gdyby szło o szkodę Rzeczypospolitej, ale tu Rzeczpospolita szkody nie ponosi, jeno pana zmienia. Zamiast niefortunnego Jana Kazimierza będzie miała wojownika wielkiego i szczęśliwego. Widzę już wszystkie wojny ukończone i nieprzyjaciół pobitych.

- Ma wasza książęca mość rację! - odrzekł Szczaniecki. - Kubek w kubek to samo powiadali Radziejowski i Opaliński pod Ujściem. Cieszmy się, mości panowie! Na pohybel Janowi Kazimierzowi!...

To rzekłszy pan Szczaniecki odsunął z łoskotem krzesło, wstał i wyszedł z sali.

- Win najlepszych, jakie są w piwnicach! - zakrzyknął książę.

Pan marszałek pobiegł spełnić rozkazy. W sali zawrzało jak w ulu. Gdy pierwsze wrażenie minęło, szlachta poczęła rozprawiać nad wiadomościami i dyskutować. Wypytywano pana Suchańca o szczegóły z Podlasia i przyległego Mazowsza, które już Szwedzi zajęli.

Po chwili wtoczono do sali smoliste ankary i poczęto odbijać w nich gwoździe. Humory ożywiły się i stopniowo stawały się coraz lepsze.

Coraz częstsze głosy jęły powtarzać: "Stało się! nie ma już rady!" - "Może będzie lepiej! Trzeba się zgodzić z fortuną!" - "Książę nie da nas ukrzywdzić!" - "Lepiej nam niż innym... Niech żyje Janusz Radziwiłł, wojewoda nasz, hetman i książę!"

- Wielki książę litewski! - krzyknął znowu pan Jurzyc.

Ale tym razem nie odpowiedziało mu już milczenie ani śmiech - owszem, kilkadziesiąt zachrypłych gardzieli ryknęło naraz:

- Życzym tego! Z serca i duszy życzym! Niech nam żyje! Niech panuje!

Magnat wstał z twarzą czerwoną jak szmat purpurowy.

- Dziękuję wam, panowie bracia!... - rzekł poważnie.

W sali od świateł i oddechów ludzkich uczyniło się duszno jak w łaźni.

Panna Aleksandra przechyliła się przez Kmicica ku miecznikowi rosieńskiemu.

- Słabo mi - rzekła - chodźmy stąd.

Jakoż twarz jej była blada, a na czole lśniły krople potu.

Lecz miecznik rosieński rzucił niespokojnym wzrokiem na hetmana w obawie, czy mu porzucenie stołu nie będzie za złe poczytane. W polu był to odważny żołnierz, lecz z całej duszy bał się Radziwiłła.

Tymczasem, na domiar złego hetman rzekł w tej chwili :

- Wróg mój, kto ze mną wszystkich toastów do dna nie spełni, bom dziś wesół!

- Słyszałaś? - rzekł miecznik.

- Stryju, ja nie mogę dłużej, mnie słabo! - rzekła błagalnym głosem Oleńka.

- To odejdź sama - odpowiedział miecznik.

Panna wstała usiłując wymknąć się tak, aby niczyjej uwagi nie zwrócić; lecz sił jej brakło i chwyciła w niemocy za poręcz krzesła.

Nagle objęło ją silne rycerskie ramię i podtrzymało już prawie mdlejącą.

- Ja waćpannę odprowadzę! - rzekł pan Andrzej.

I nie pytając o pozwolenie objął jej kibić jakoby żelazną obręczą, lecz ona ciężyła mu coraz bardziej, wreszcie nim doszli do drzwi, zwisła bezwładnie na jego ramieniu.

Wówczas on wziął ją na ręce, tak lekko jak dziecko, i wyniósł z sali.

ROZDZIAŁ 23

Tegoż wieczora, po skończonej uczcie, pan Andrzej pragnął koniecznie widzieć się z księciem, ale odpowiedziano mu, że książę zajęty jest tajemną rozmową z panem Suchańcem.

Przyszedł więc nazajutrz z rana i natychmiast został przed oblicze pańskie przypuszczony.

- Wasza książęca mość - rzekł - przyszedłem z prośbą.

- Co chcesz, abym dla cię uczynił?

- Nie mogę tu dłużej żyć. Każdy dzień większa dla mnie męka. Nic tu po mnie w Kiejdanach. Niech wasza książęca mość wymyśli mi jaką funkcję, niech mnie wyśle, gdzie chce. Słyszałem, że pułki mają na Zołtareńkę ruszać. Pójdę z nimi.

- Rad by Zołtareńko pohałasował z nami, ale mu nijak do nas, bo tu już szwedzka protekcja, a my też na niego bez Szwedów nie możemy... Graf Magnus okrutnie wolno się posuwa i wiadomo dlaczego! Dlatego że mi nie ufa. Ale także ci to źle w Kiejdanach przy naszym boku?

- Wasza książęca mość na mnie łaskaw, a przecie tak mi źle, iż i wypowiedzieć nie umiem. Prawdę mówiąc, myślałem, że inaczej wszystko pójdzie...Myślałem, że będziem się bili, że żyć będziemy w ogniu i w dymie, na kulbace dzień i noc. Do tego mnie Bóg stworzył. A tu siedź, słuchaj rozpraw i dysput, gnij w bezczynności albo poluj na swoich, zamiast na nieprzyjaciela... Nie mogę wytrzymać, po prostu nie mogę... Wolę sto razy śmierć, jak mi Bóg miły! czysta męka!

- Wiem już, z czego ta desperacja pochodzi. Amory to, nic więcej! Gdy podstarzejesz, będziesz się śmiał z tych mąk. Widziałem to wczoraj, żeście na siebie z tą dziewczyną krzywi i coraz krzywsi.

- Nic mi do niej, a jej do mnie. Co było, to się i skończyło!

- A co to, ona wczoraj zachorowała?

- Tak jest.

Książę milczał przez chwilę.

- Radziłem ci już i jeszcze raz radzę - rzekł hetman -jeżeli ci o nią chodzi, to ją bierz, z jej wolą lub bez woli. Każę wam ślub dać. Będzie trochę krzyku i płaczu... Nic to! Po ślubie weźmiesz ją do swojej kwatery... i jeśli nazajutrz jeszcze będzie płakała, toś ba- i -bardzo!

- Ja proszę waszej książęcej mości o jakąś funkcję wojskową, nie o ślub! - odrzekł szorstko Kmicic.

- Tedy jej nie chcesz?

- Nie chcę. Ni ja jej, ni ona mnie! Choćby się też dusza we mnie podarła, nie będę jej o nic prosił. Chciałbym jeno być jak najdalej, ażeby o wszystkim zapomnieć, póki mi się rozum nie pomiesza. Tu nie ma nic do roboty, a bezczynność ze wszystkiego najgorsza, bo zmartwienie człowieka trawi jako choroba. Niech wasza książęca mość przypomni sobie, jak jej wczoraj jeszcze było ciężko, póki nowiny dobre nie przyszły... Tak mnie jest dziś i tak będzie. Co mam robić? Za głowę się ułapić, by jej gorzkie myśli nie rozerwały, i siedzieć? Co tu wysiedzę? Bóg wie, co to za czasy, Bóg wie, co to za jakaś wojna, której zrozumieć ani umysłem objąć nie mogę... od czego jeszcze ciężej. Ot, jak mi Bóg miły, jeśli wasza książęca mość mnie jako nie użyjesz, tedy chyba ucieknę, watahę zbiorę i będę bił...

- Kogo? - spytał książę.

- Kogo? - Pójdę pod Wilno i będę urywał, jakom Chowańskiego urywał. Puść wasza książęca mość ze mną moją chorągiew, to i wojna się zacznie!

- Twoja chorągiew tu mi potrzebna przeciw wewnętrznemu nieprzyjacielowi.

- Toż to i ból, toż to i męka w Kiejdanach z założonymi rękoma stróżować albo się za jakim Wołodyjowskim uganiać, którego by się przy strzemieniu za towarzysza mieć wolało.

- Ja funkcję dla ciebie mam - rzekł książę. - Pod Wilno cię nie puszczę ani chorągwi ci nie dam. Jeżeli zaś wbrew mojej woli postąpisz i zebrawszy watahę pojedziesz, to wiedz, że tym samym przestaniesz mi służyć.

- Ale ojczyźnie się przysłużę.

- Ten ojczyźnie służy, kto mnie służy. Jużem cię o tym przekonał. Przypomnij sobie także, żeś mi zaprzysiągł. Na koniec, gdy na wolentariusza wyjdziesz, to zarazem wyjdziesz spod mojej inkwizycji, a tam sądy z wyrokami na cię czekają... Dla własnego dobra nie powinieneś tego czynić.

- Co tam teraz sądy znaczą!

- Za Kownem nic, ale tu, gdzie jeszcze kraj spokojny, nie ustały dotąd funkcjonować. Możesz się wprawdzie nie stawić, ale wyroki zapadną i będą nad tobą ciążyły aż do spokojniejszych czasów. Kogo raz do trąby włożą, temu i w dziesięć lat przypomną, a już szlachta laudańska przypilnuje, by ci nie przepomniano.

- Żeby prawdę waszej książęcej mości powiedzieć, jak przyjdzie pokuta, to się i poddam. Dawniej gotów byłem z całą Rzecząpospolitą wojnę prowadzić i z wyroków tyle sobie robić, ile nieboszczyk, pan Łaszcz, który kazał sobie nimi delię podszyć... Ale teraz jakowaś bolączka wyrosła mi na sumieniu. Człek się boi zabrnąć dalej, niżby chciał, i niepokój duszny o wszystko go toczy.

- Taki żeś skrupulat? Ale mniejsza z tym ! Powiedziałem ci, że jeśli chcesz stąd jechać, to funkcję dla ciebie mam i bardzo zacną. Ganchof mi o nią w oczy lezie i przymawia się każdego dnia. Już myślałem, żeby mu ją dać... Wszelako nie może to być, gdyż trzeba mi tam kogoś znacznego, z nie lada jakim nazwiskiem i nie obcym, ale polskim, które by samo przez się świadczyło, że nie wszyscy mnie opuścili i że są jeszcze możni obywatele, którzy ze mną trzymają... Tyś mi wraz do tego, ile że i fantazję masz dobrą, i wolisz, żeby się tobie kłaniano, niż żebyś sam się miał kłaniać.

- O co idzie waszej książęcej mości?
- Trzeba jechać w dalszą podróż...
- Dziś gotowym!
- I swoim kosztem, bo u mnie z pieniędzmi kuso. Jedne intraty nieprzyjaciel zajął, drugie swoi pustoszą, a wszystko nie dochodzi w porę; całe zaś wojsko, które przy mnie jest, przeszło teraz na mój koszt. Pewnie mi pan podskarbi, który u mnie pod kluczem siedzi, grosza nie użyczy, raz dlatego, żeby nie chciał, po wtóre, że sam nie ma. Co jest grosza publicznego, to biorę nie pytając; ale siłaż to go jest? od Szwedów zaś wszystkiego prędzej dostaniesz niż pieniędzy, bo im się samym na widok każdego szeląga ręce trzęsą.
- Wasza książęca mość niepotrzebnie się nad tym rozwodzi! Jeśli pojadę, to swoim kosztem.
- Ale tam trzeba znacznie wystąpić, nie żałować!...
- Nic ja nie będę żałował!

Oblicze hetmana rozjaśniło się, bo rzeczywiście gotowizny nie miał, chociaż niedawno Wilno zrabował, a przy tym chciwy był z natury. Prawdą było również i to, że intraty z niezmierzonych jego dóbr, ciągnących się od Inflant po Kijów i od Smoleńska po Mazowsze, przestały w istocie wpływać, a koszta na wojsko z każdym dniem rosły.

- To mi się podoba! - rzekł. - Ganchof zaraz by mi zaczął w skrzynie pukać, a tyś człek inny. Słuchaj tedy, o co chodzi.
- Słucham pilnie.
- Naprzód pojedziesz na Podlasie. Periculosa to droga, bo tam są konfederaci, którzy z obozu wyszli i przeciw mnie czynią. Jak im się wykręcisz, to twoja rzecz. Ów Jakub Kmicic może by cię oszczędził, ale strzeż się Horotkiewicza, Żeromskiego, a zwłaszcza Wołodyjowskiego z jego laudańską kompanią.
- Byłem ja już w ich ręku i nic mi się nie stało.
- To dobrze. Wstąpisz do Zabłudowa, gdzie siedzi Harasimowicz. Przykażesz mu, żeby co można grosiwa z intrat, z podatków publicznych i skąd można ściągnął i mnie odesłał, ale nie tu, jeno do Tylży, gdzie są już rzeczy moje. Co będzie mógł zastawić z dóbr albo z inwentarzy, niech zastawi! Co będzie można wziąć od Żydów, niech weźmie... Po wtóre, niech o konfederatach myśli, żeby ich jako pogubić. Ale to już nie twoja głowa, dam mu własnoręczną instrukcję. Ty mu list oddaj i ruszaj zaraz do Tykocina, do księcia Bogusława.

Tu hetman przerwał i począł oddychać głośno, bo dłuższe mówienie męczyło go bardzo. Kmicic wpatrywał się w niego chciwie, bo mu się dusza wydzierała do odjazdu. I czuł, że ta podróż, pełna spodziewanych przygód, będzie balsamem na jego wnętrzne zgryzoty.

Hetman po chwili tak mówić począł:

- Za głowę się biorę, dlaczego książę Bogusław siedzi jeszcze na Podlasiu?... Dla Boga! może zgubić mnie i siebie. Pilnie uważaj na to, co mówię, bo chociaż oddasz mu moje listy, trzeba, żebyś umiał żywym słowem je poprzeć i wytłumaczyć wszystko, co się napisać nie da. Owóż wiedz o tym, że wczorajsze wieści były dobre, ale nie tak dobre, jakem szlachcie powiedział, a nawet i nie tak dobre, jakem sam zrazu myślał. Szwedzi wprawdzie górą: zajęli Wielkopolskę, Mazowsze, Warszawę, województwo sieradzkie poddało im się, gonią Jana Kazimierza pod Kraków i Kraków oblegną, jak Bóg w niebie. Czarniecki ma go bronić, ów świeżo wypieczony senator, ale muszę przyznać, żołnierz dobry. Kto może przewidzieć, co się stanie?... Szwedzi wprawdzie umieją zdobywać fortece, a nie było nawet czasu na wzmocnienie Krakowa. Wszelako ten pstry kasztelanik może się trzymać miesiąc, dwa, trzy. Dzieją się czasem takie cuda, jako wszyscy pamiętamy pod Zbarażem... Owóż, jeśli się będzie zacięcie trzymał, diabeł może wszystko na wspak obrócić. Ucz się arkanów polityki. Wiedz tedy naprzód, że w Wiedniu nie będą chętnym okiem patrzeć na rosnącą potęgę szwedzką i mogą pomoc dać... Tatarzy też, wiem to dobrze, skłonni są pomagać Janowi Kazimierzowi, na kozactwo i Moskwę nawałem ruszą, a wówczas wojska ukrainne pod Potockim przyjdą na pomoc... Desperat dziś Jan Kazimierz, a jutro może jego szczęście przeważyć...

Tu książę musiał znów dać wypoczynek strudzonym piersiom, a pan Andrzej dziwnego doświadczał uczucia, z którego sam sobie na razie nie umiał sprawy zdać. Oto on, stronnik radziwiłłowski i szwedzki, czuł jakby radość wielką na myśl, że szczęście może się od Szwedów odwrócić.

- Mówił mi Suchaniec - rzekł książę - jak to było pod Widawą i Żarnowem. Owóż w pierwszym spotkaniu przednie straże nasze... chciałem powiedzieć: polskie... starły Szwedów na proch. To nie pospolite ruszenie...i Szwedzi pono siła fantazji stracili.

- Ale przecie wiktoria tu i tam była przy nich?

- Była, bo się chorągwie Janowi Kazimierzowi pobuntowały, a szlachta oświadczyła, że będzie stać w szyku, ale się bić nie chce. Wszelako to się pokazało, że w polu nie więcej Szwedzi od kwarcianych umieją. Niech się trafi jedna i druga wiktoria, może się duch zmienić. Niech przyjdą Janowi Kazimierzowi zasiłki pieniężne, aby mógł żołd zapłacić, to się i nie będą buntowali. Potocki nie ma siła ludu, ale srodze to ćwiczone chorągwie i zjadliwe jak osy. Tatarzy przyjdą z nim, a elektor nam w dodatku nie dopisuje.

- Jakże to?

- Liczyliśmy obaj z Bogusławem, że zaraz ze Szwedami i z nami w ligę wejdzie, bo wiemy, co o jego afektach dla Rzeczypospolitej trzymać... Ale on zbyt ostrożny i o własnym dobru tylko myśli. Czeka, widać, co się stanie, a tymczasem wchodzi w ligę, ale z miastami pruskimi, które wiernie przy Janie Kazimierzu stoją. Myślę, że w tym będzie jakowaś zdrada, chybaby elektor nie był sobą albo zgoła o szwedzkiej fortunie wątpił. Ale nim się to wyjaśni, tymczasem liga przeciw Szwedom stoi, i niech im się w Małopolsce noga powinie, tedy zaraz się Wielkopolska i Mazury podniosą, Prusacy z nimi pójdą, i może się przytrafić...

Tu książę wzdrygnął się, jakby przerażony przypuszczeniem.

- Co się może przytrafić? - pytał Kmicic.

- Że noga szwedzka z Rzeczypospolitej nie wyjdzie! - odparł ponuro książę.

Kmicic zmarszczył brwi i milczał.

- Wówczas - mówił dalej niskim głosem hetman - i nasza fortuna spadłaby tak nisko, jak wprzód była wysoko...

Pan Andrzej zerwał się z miejsca z iskrzącymi oczyma, z rumieńcami na twarzy i zakrzyknął:

- Wasza książęca mość! co to jest?... A czemuż mi to wasza książęca mość mówił niedawno, że Rzeczpospolita przepadła i że tylko w spółce ze Szwedami przez osobę i przyszłe panowanie waszej książęcej mości ratować ją można?... Czemu mam wierzyć? Czy temu, com woczas słyszał, czy temu, co dziś? A jeśli tak jest, jak wasza książęca mość dziś mówisz, to dlaczego trzymamy ze Szwedami, zamiast ich bić?... Toż dusza do tego się śmieje!

Radziwiłł wpatrzył się surowo w młodzieńca.

- Zuchwały jesteś! - rzekł.

Ale Kmicic jechał już na własnym uniesieniu jak na koniu.

- Potem o tym, jakim ja jest! Teraz daj mi wasza książęca mość respons na to, co pytam.

- Dam ci respons taki - rzekł dobitnie Radziwiłł - jeśli rzeczy tak się obrócą, jak mówię, tedy zaczniemy Szwedów bić.

Pan Andrzej przestał parskać nozdrzami, natomiast palnął się dłonią w czoło i zakrzyknął:

- Głupim! głupim!

- Tego ci nie neguję - rzekł książę - i przydam, że miarę w zuchwałości przebierasz. Wiedzże, iż po to cię wysyłam, abyś zmiarkował, jak się fortuna obróci. Chcę dobra ojczyzny, niczego więcej. To, com mówił, są supozycje, które mogą się nie sprawdzić i pewnie się nie sprawdzą. Ale ostrożnym trzeba być. Kto chce, by go woda nie porwała, musi umieć pływać, a kto idzie lasem, w którym dróg nie ma, ten często musi stawać i miarkować, w którą mu stronę iść należy... Rozumiesz?

- Tak jasno, jakoby słońce świeciło.

- Recedere nam wolno i trzeba, jeżeli dla ojczyzny będzie tak lepiej, ale nie będziem mogli, jeśli książę Bogusław dłużej na Podlasiu będzie siedział. Głowę, widać, stracił czy co? Tam siedząc musi się za jedną albo za drugą sprawą oświadczyć: albo za Szwedem, albo za Janem Kazimierzem, a to właśnie byłoby najgorzej.

- Głupim jest, wasza książęca mość, bo znowu nie rozumiem!

- Podlasie blisko Mazowsza, i albo Szwedzi je zajmą, albo z miast pruskich przyjdą posiłki przeciw Szwedom. Tedy trzeba będzie wybierać.

- Ale czemu książę Bogusław nie ma wybierać?

- Bo póki on nie wybierze, póty Szwedzi bardziej się na nas oglądają i muszą nas ujmować, toż samo elektor. Jeśli zaś recedere przyjdzie i przeciw Szwedom się obrócić, tedy on ma być ogniwem między mną i Janem Kazimierzem... On ma mi powrót ułatwić, czego by nie mógł uczynić, gdyby wprzód przy Szwedach się opowiedział. Że zaś na Podlasiu musi wkrótce koniecznie wybrać, niech jedzie do Prus, do Tylży, i tam czeka, co się stanie. Elektor siedzi w margrabstwie, tedy Bogusław będzie największą powagą w Prusiech i całkiem może Prusaków w ręce wziąć, i wojsko pomnożyć, i na czele znacznej potęgi stanąć... A wonczas jedni i drudzy, co chcemy, dadzą, byle tylko nas dwóch mieć po sobie, i dom nasz nie tylko nie upadnie, ale się wzniesie, a to grunt.

- Wasza książęca mość mówiłeś, że grunt dobro ojczyzny...

- Nie chwytajże mnie za każde słowo, gdym ci z góry rzekł, że to wszystko jedno, i słuchaj dalej. Wiem to dobrze, że książę Bogusław, chociaż i podpisał akt unii ze Szwecją tutaj w Kiejdanach, jednakże za stronnika ich nie uchodzi. Niechże puszcza wieść, a i ty puszczaj po drodze, żem go zmusił do podpisania wbrew sercu. Ludzie snadnie temu uwierzą, bo nieraz przytrafia się, że i rodzeni bracia do różnych partyj należą. Owóż tym sposobem będzie mógł wejść w konfidencję z konfederatami, sprosić naczelników do siebie, niby dla układów, a potem pochwycić i do Prus wywieźć. Godziwy to będzie sposób i dla ojczyzny zbawienny, bo inaczej ci ludzie całkiem ją zgubią.

- To wszystko, co mam uczynić? - pytał z pewnym rozczarowaniem Kmicic.

- To część zaledwie i nie najważniejsza. Od księcia Bogusława pojedziesz z moimi listami do samego Karolusa Gustawa. Ja tu nie mogę z grafem Magnusem do ładu dojść od czasu onej bitwy klewańskiej. Wciąż on na mnie zyzem patrzy i nie przestaje suponować, że byle się Szwedom noga pośliznęła, byle Tatarzy rzucili się na tego drugiego nieprzyjaciela, to i ja się przeciw Szwedom obrócę.

- Wnosząc z tego, co wasza książęca mość przedtem mówił, to słusznie suponuje.

- Słusznie czy niesłusznie, nie chcę, aby tak było i aby mi zaglądał, jakie kozery mam w ręku. Zresztą i personaliter nieżyczliwy to dla mnie człowiek. Pewnie on tam niejedno na mnie do króla wypisuje, a jedno z dwojga z pewnością: albo żem słaby, albo żem niepewny. Trzeba temu zapobiec. Listy moje królowi oddasz; gdyby się ciebie o klewańską potrzebę wypytywał, powiesz, jak prawda, nic nie dodasz, nic nie ujmiesz. Możesz mu się przyznać, że tych ludzi na śmierć skazałem, a tyś ich wyprosił. Nic ci się za to nie stanie, owszem, może się szczerość podobać. Magnusa grafa wprost przed królem nie będziesz oskarżał, boć to jego szwagier... Ale gdyby cię król, ot! tak mimochodem pytał, co tu ludzie myślą, powiedz mu, że żałują, iż graf Magnus nie dość się hetmanowi wypłaca za szczerą jego dla Szwedów przyjaźń; że sam książę (to jest ja) nad tym wielce boleje. Gdyby pytał dalej, czy prawda, że mnie wszystkie wojska komputowe opuściły, powiesz, że nieprawda, i za dowód przytoczysz siebie. Powiadaj się pułkownikiem, bo nim jesteś... Mów, że to partyzanci pana Gosiewskiego pobuntowali wojsko, ale dodaj, że między nami nieprzyjaźń śmiertelna. Mów, że gdyby graf Magnus przysłał mi armat niecoś i jazdy, dawno byłbym już zgniótł owych konfederatów... że to jest ogólna opinia. Zresztą na wszystko zważaj, dawaj ucho, co tam w pobliżu królewskiej osoby mówią, i donoś nie mnie, ale jeśli się nadarzy okazja, księciu Bogusławowi do Prus. Można i przez elektorskich ludzi, jeśli ich napotkasz. Ty podobno umiesz po niemiecku?

- Miałem towarzysza, szlachcica kurlandzkiego, niejakiego Zenda, którego mi laudańscy ludzie usiekli. Od niegom się nieźle po niemiecku poduczył. W Inflantach też często bywałem...

- To dobrze.

- A gdzie, wasza książęca mość, znajdę króla szwedzkiego?

- Tam go znajdziesz, gdzie będzie. Czasu wojny dziś może być tu, jutro tam. Jeśli trafisz go pod Krakowem, to i lepiej, bo weźmiesz listy i do innych osób, które w tamtych stronach rezydują.

- To jeszcze do innych pojadę?

- Tak jest. Musisz dotrzeć do pana marszałka koronnego Lubomirskiego, o którego bardzo mi chodzi, aby do naszych zamysłów przystąpił. Możny to człek i w Małopolsce siła od niego zależy. Gdyby on chciał szczerze stanąć przy Szwedach, tedyby Jan Kazimierz nie miał już co robić w Rzeczypospolitej. Królowi szwedzkiemu tego nie ukrywaj, że ode mnie do niego jedziesz, aby go dla Szwedów skaptować... Nie chwal się z tym wprost, ale się niby z prędkości wygadaj. Okrutnie go to dla mnie zjedna. Dałby Bóg, żeby pan Lubomirski chciał przy nas stanąć. Będzie on się wahał, to wiem; wszelako spodziewam się, że moje listy wagę przechylą, gdyż jest przyczyna, dla której musi on o moją życzliwość dbać wielce. Powiem ci, jak co jest, abyś wiedział, jak się tam obracać. Owóż dawno już pan marszałek objeżdżał mnie jako niedźwiedzia w kniei i starał się z daleka wyrozumieć, czybym jedynaczki swojej za syna jego, Herakliusza, nie oddał. Dzieci to jeszcze, ale można by układ uczynić, na którym panu marszałkowi siła zależy, więcej niż mnie, bo drugiej takiej dziedziczki nie masz w Rzeczypospolitej, a gdyby się dwie fortuny złączyły, to w świecie nie byłoby równej... Smarowna to grzanka ! A cóż dopiero, gdyby pan

marszałek powziął nadzieję, że i koronę wielkoksiążęcą mógłby syn jego za moją córką wianem wziąść. Tę nadzieję w nim obudź, a skusi się, jak Bóg na niebie, bo o domu własnym więcej niż o Rzeczypospolitej myśli...
- Cóż mam mu mówić?
- To, czego ja nie będę mógł napisać... Ale trzeba to misternie podsuwać. Niech cię Bóg broni, abyś się wydał z tym, żeś ode mnie słyszał, jakobym korony pragnął. Na to jeszcze za wcześnie... Ale mów, że tu wszystka szlachta na Żmudzi i na Litwie o tym mówi i chętnie to widzi, że sami Szwedzi głośno o tym wspominają; żeś to i przy osobie króla słyszał... Będziesz zważał, kto tam z dworzan z panem marszałkiem konfident, i podsuniesz mu taką myśl: niech Lubomirski. przejdzie do Szwedów; a w nagrodę zażąda małżeństwa Herakliusza z Radziwiłłówną, a potem niech Radziwiłła na Wielkie Księstwo popiera, to Herakliusz je z czasem odziedziczy. Nie dość na tym; podsuń i to, że gdyby Herakliusz raz litewską włożył koronę, tedyby go z czasem i na polski tron powołano, a tak w dwóch rodach dwie korony na powrót by się złączyć mogły. Jeśli się tam tej myśli oburącz nie pochwycą, to pokażą się małymi ludźmi. Kto wysoko nie mierzy i wielkich zamysłów się zlęknie, ten niech się laską, buławeczką, kasztelanijką kontentuje, niech służy i kark zgina, przez pokojowców na łaskę zarabia, bo niczego lepszego niewart!... Mnie do czego innego Bóg stworzył i dlatego śmiem wyciągnąć rękę po wszystko, co tylko w mocy człowieczej, i dojść aż do tej granicy, jaką sam Bóg potędze ludzkiej postawił! Tu książę wyciągnął rzeczywiście ręce, jakby chciał w nie jakąś niewidzialną koronę pochwycić, i rozgorzał cały jak pochodnia, ale wtem ze wzruszenia znowu mu powietrza zabrakło w gardzieli.
 Po chwili uspokoił się jednak i rzekł przerywanym głosem :
- Ot... gdy dusza leci... jakoby do słońca... choroba mówi swoje memento... Niech się co chce dzieje... Wolę, żeby mnie śmierć zastała na tronie... niż w królewskiej antykamerze...
- Może medyka zawołać? - pytał Kmicic.
 Radziwiłł począł kiwać ręką.
- Nie trzeba... nie trzeba... Już mi lepiej... Ot! i wszystko, co miałem ci powiedzieć... Prócz tego oczy miej otwarte, uszy otwarte... Bacz i na to, co Potocczyzna pocznie. Oni kupą chodzą, a Wazom wierni... i potężni... Koniecpolski a Sobiescy także nie wiadomo, jak się przechylą... Patrz i ucz się... Ot, i duszność przeszła... Zrozumiałeś wszystko expedite?
- Tak jest. Jeśli w czym pobłądzę, to z własnej winy.
- Listy już mam popisane, jeno kilka zostaje. Kiedy chcesz ruszyć?
- Dziś jeszcze! Jak najprędzej!...
- Nie maszże jakiej prośby do mnie?
- Wasza książęca mość!... - zaczął Kmicic.
 I urwał nagle.
 Słowa z trudnością wychodziły mu z ust, a na twarzy malował się przymus i zmieszanie.

- Mów śmiało! - rzekł hetman.

- Proszę - rzekł Kmicic - aby tu miecznik rosieński i ona... jakowej krzywdy nie doznali!...

- Bądź pewien. Ale to widzę, że ty tę dziewkę jeszcze miłujesz?

- Nie może być! - rzekł Kmicic. - Zali ja wiem!... Godzinę ją miłuję, godzinę nienawidzę... Diabeł jeden wie! Skończyło się wszystko, jakom rzekł... jedna męka została... Nie chcę ja jej, ale nie chcę, by ją inny brał... Wasza książęca mość niech tego nie dopuści... Sam nie wiem, co gadam... Jechać mi, jechać jak najprędzej! Niech wasza książęca mość nie zważa na moje słowa. Bóg mi wróci rozum, jeno za bramę wyjadę...

- Rozumiem to, że póki z czasem afekt nie ostygnie, to choć się samemu nie chce, przecie parzy myśl, że inny weźmie. Ale bądź o to spokojny, bo nikogo tu nie dopuszczę, a wyjechać stąd, nie wyjadą. Wkrótce wszędy pełno będzie obcego żołnierza i niebezpieczno!... Najlepiej ją do Taurogów wyprawię, pod Tylżę, gdzie księżna bawi... Bądź spokojny, Jędrek!... Idź gotuj się do drogi, a przychodź do mnie na obiad...

Kmicic skłonił się i wyszedł, a Radziwiłł począł oddychać głęboko. Rad był z wyjazdu Kmicica. Zostawała mu jego chorągiew i jego nazwisko, jako stronnika, a o osobę mniej dbał.

Owszem, Kmicic wyjechawszy mógł mu oddać znaczne posługi; w Kiejdanach ciężył mu już od dawna. Hetman pewniejszym był go z daleka niż z bliska. Dzika fantazja i zapalczywość Kmicica mogły lada chwila sprowadzić w Kiejdanach wybuch i zerwanie, nader niebezpieczne dla obydwóch. Wyjazd usuwał niebezpieczeństwo.

- Jedźże, diable wcielony, i służ! - mruknął książę poglądając na drzwi, którymi odszedł chorąży orszański.

Następnie zawołał pazia i rozkazał prosić do siebie Ganchofa.

- Obejmiesz chorągiew Kmicicową - rzekł mu - i komendę nad całą jazdą. Kmicic wyjeżdża.

Przez zimną twarz Ganchofa przebiegł jakoby błysk radości. Omijała go misja, ale spotykała wyższa szarża.

Skłonił się więc w milczeniu i rzekł:

- Wierną służbą za łaskę waszej książęcej mości się wypłacę!

Po czym wyprostował się i czekał.

- A co powiesz więcej? - rzekł książę.

- Wasza książęca mość! przyjechał tu dziś rano szlachcic z Wiłkomierza który przywiózł wieść, że pan Sapieha na waszą książęcą mość z wojskami ciągnie.

Radziwiłł drgnął, lecz w mgnieniu oka opanował wrażenie.

- Możesz odejść! - rzekł do Ganchofa.

Po czym zamyślił się głęboko.

ROZDZIAŁ 24

Kmicic zajął się bardzo czynnie przygotowaniami do drogi oraz wyborem ludzi, którzy mieli mu towarzyszyć, postanowił bowiem nie jechać bez pewnej asystencji, raz dla bezpieczeństwa własnego, a po wtóre, dla powagi swojej poselskiej osoby. Pilno mu było, więc chciał ruszyć tegoż jeszcze dnia na noc lub jeśliby słota nie ustała, nazajutrz rano. Ludzi wynalazł wreszcie sześciu pewnych, którzy dawniej jeszcze pod nim służyli, w tych lepszych czasach, gdy się przed przyjazdem do Lubicza pod Chowańskim uwijał, starych zabijaków orszańskich, gotowych iść za nim choćby na kraj świata. Sama to była szlachta i bojarowie butni, ostatnie resztki potężnej niegdyś watahy, przez Butrymów wyciętej. Na czele ich stanął wachmistrz Soroka, dawny sługa Kmiciców, żołnierz stary i sprawny bardzo, chociaż liczne wyroki, za liczniejsze jeszcze swawole, nad nim ciążyły.

Po obiedzie dał hetman panu Andrzejowi listy i glejt do komendantów szwedzkich, z którymi młody poseł mógł się w znaczniejszych miastach spotykać; pożegnał go i wyprawił dość czule, prawie po ojcowsku, zalecając ostrożność i rozwagę.

Tymczasem pod wieczór niebo poczęło się wyjaśniać, mdłe słońce jesienne ukazało się nad Kiejdanami i zaszło za czerwone chmury porozciągane długimi pasmami na zachodzie.

Nic nie stawało na przeszkodzie do drogi. Kmicic popijał właśnie strzemiennego z Ganchofem, Charłampem i kilkoma innymi oficerami, gdy o zmroku już wszedł Soroka i spytał:

- Jedziemy, panie komendancie?

- Za godzinę! - odparł Kmicic.

- Konie i ludzie gotowi, już na dziedzińcu...

Wachmistrz wyszedł, a oni poczęli się tym bardziej trącać kielichami, lubo Kmicic więcej udawał, że pije, niż pił w rzeczywistości. Nie w smak mu było wino i nie szło mu do głowy, nie rozweselało humoru, a tymczasem tamtym kurzyło się już z czupryn.

- Mości pułkowniku! - mówił Ganchof. - Poleć mnie łasce księcia Bogusława... Wielki to kawaler, jakiego drugiego nie masz w całej Rzeczypospolitej. Jak tam przyjedziesz, to jakobyś do Francji przyjechał. Inna mowa, inny obyczaj, a każdy dworności tam się może nauczyć snadniej jeszcze aniżeli na królewskim dworze.

- Pamiętam księcia Bogusława pod Beresteczkiem - rzekł Charłamp - miał jeden regiment dragonów, całkiem na francuski ład musztrowany, którzy pieszą i konną służbę zarówno pełnili. Oficerowie sami byli Francuzi, prócz kilku Olendrów, a i między żołnierzami większa była część Francuzów. A wszystko franty. To tak od nich różnymi wonnościami pachniało, jakoby z apteki. W bitwie rapierami okrutnie bodli i powiadali o nich, że co który człeka przebódł, to mu mówił: "Pardonnez moi!" - tak politykę nawet z hultajstwem obserwowali. A książę Bogusław z chustką na szpadzie między nimi jeździł, zawsze uśmiechnięty, choćby w największym ukropie, gdyż taka jest francuska moda, aby się śmiać wśród krwi rozlewu. Twarz miał też barwiczką pomalowaną, a brwi węgielkiem wyczernione, na co krzywili się starzy żołnierze i przezywali go koczotką. I zaraz po bitwie kryzy nowe mu przynosili, żeby to był zawsze strojny, jakoby na ucztę, i włosy mu żelazkami przypiekali, dziwne z nich czyniąc fircyfuszki. Ale mężny to pan i pierwszy i w największy ogień szedł. Pana Kalinowskiego też na rękę wyzwał, że mu tam coś przymówił, aż król jegomość musiał godzić.

- Nie ma co! - mówił Ganchof. - Ciekawych się waść rzeczy napatrzysz i samego króla szwedzkiego oblicze będziesz widział, który jest wojownik po naszym księciu w świecie największy.

- I pana Czarnieckiego - dodał Charłamp. - Coraz głośniej o nim mówią.

- Pan Czarniecki stoi po stronie Jana Kazimierza i przez to jest naszym nieprzyjacielem! - odrzekł surowo Ganchof.

- Dziwne się rzeczy na świecie dzieją - rzekł w zamyśleniu Charłamp. - Gdyby tak ktoś rok temu albo dwa powiedział, że Szwedzi tu przyjdą, to byśmy wszyscy myśleli, że będziem ich bić, a tymczasem patrzcie waszmościowie...

- Nie my jedni, ale cała Rzeczpospolita ich z otwartymi rękami przyjęła! - rzekł Ganchof.

- Tak jest! jako żywo! - wtrącił w zamyśleniu Kmicic.

- Prócz pana Sapiehy i pana Gosiewskiego, i pana Czarnieckiego, i hetmanów koronnych! - rzekł Charłamp.

- Lepiej o tym nie mówić! - odpowiedział Ganchof. - No! Mości pułkowniku, wracajże nam zdrowo... promocje cię tu czekają...

- I panna Billewiczówna - dodał Charłamp.

- Waćpanu nic do panny Billewiczówny! - odrzekł szorstko Kmicic.

- Pewnie, że nic, bom już i za stary. Ostatni raz... Czekajcie, waszmościowie... kiedyż to było?... Aha! ostatni raz w czasie elekcji dziś nam miłościwie panującego Jana Kazimierza...

- Waszmość od tego język odzwyczaj! - przerwał Ganchof. - Dziś panuje nam miłościwie Karol Gustaw.

- Prawda!... Consuetudo altera natura... Owóż ostatni raz w czasie elekcji Jana Kazimierza, naszego eks-króla i wielkiego księcia litewskiego, okrutniem się zakochał w jednej pannie z fraucymeru księżnej Jeremiowej. Wabna to była bestyjka... Ale com jej chciał w oczy bliżej spojrzeć, to mi pan Wołodyjowski szablę podstawiał. Miałem się z nim bić, tymczasem Bohun wszedł między nas, którego Wołodyjowski jak zająca wypatroszył. Żeby nie to, tyle byście mnie waszmościowie teraz żywego widzieli. Ale woncząs gotów byłem się bić choćby z diabłem. Wołodyjowski zresztą peramicitiam się o nią tylko zastawiał, bo ona była z innym zmówiona, jeszcze gorszym zabijaką... Ej, mówię waściom, myślałem, że uschnę... Ni mi było do jadła, ni do napitku... Dopiero jak mnie książę nasz z Warszawy aż do Smoleńska posłał, tak i afekt wytrząsłem po drodze. Nie masz jak podróż na takowe zgryzoty. W pierwszej mili już mi się stało lżej, a nim do Wilna dojechałem, ani mi była w głowie, i do tej pory w kawalerskim stanie wytrwałem. Ot, co! Nie masz jak droga na nieszczęśliwe afekta!

- Także to waść mówisz? - spytał Kmicic.

- Jako żywo! Niech tak czarni porwą wszystkie gładyszki z całej Litwy i Korony! Już mi one niepotrzebne.

- I bez pożegnania waść wyjechałeś?

- Bez pożegnania, jenom tasiemkę czerwoną za sobą rzucił, co mi jedna stara niewiasta, w rzeczach afektu bardzo doświadczona, doradziła.

- Zdrowie waszmości - wtrącił Ganchof zwracając się znów do pana Andrzeja.

- Zdrowie! - odrzekł Kmicic. - Dziękuję z serca!

- Do dna! do dna! Waszmości czas na koń, a i nas też służba potrzebuje. Niech waszą mość Bóg prowadzi i odprowadzi!

- Bywajcie zdrowi !

- Tasiemkę czerwoną rzucić za siebie - rzekł Charłamp - albo na pierwszym noclegu ognisko wiadrem wody samemu zalać. Pamiętaj waść... jeżeli chcesz zapomnieć!

- Ostawaj waść z Bogiem!

- Nieprędko się obaczym!

- A może gdzie na polu bitwy - dorzucił Ganchof. - Daj Boże, obok siebie, nie przeciw sobie.

- Nie może inaczej być! - odrzekł Kmicic.

I oficerowie wyszli.

Zegar bił siódmą z wieży. Na dziedzińcu konie stukały kopytami o kamienne płyty, a przez okno widać było ludzi czekających w gotowości. Dziwny niepokój ogarnął pana Andrzeja. Powtarzał sobie: "Jadę! jadę!" Wyobraźnia przesuwała mu przed oczyma nieznane kraje i tłum nieznanych twarzy, które miał zobaczyć, a jednocześnie chwytało go także zdziwienie na myśl o tej drodze, jak gdyby przedtem nigdy o niej nie myślał.

"Trzeba siąść na koń i ruszyć, a co się zdarzy, to się zdarzy... Co będzie, to będzie!" - myślał sobie.

Teraz jednak, gdy konie parskały już za oknem i godzina odjazdu biła, czuł, że tamto życie będzie obce, a wszystko, z czym się zżył, do czego się wezwyczaił, z czym zrósł mimo woli duszą i sercem, to pozostanie w tym kraju, w tej okolicy, w tym mieście. Dawny Kmicic także zostanie tu, a tam pojedzie jakoby inny człowiek, tak obcy wszystkim, jak i wszyscy mu tam obcy. Trzeba mu tam będzie zacząć zupełnie nowe życie, a Bóg jeden raczy wiedzieć, czy stanie na to ochoty.

Pan Andrzej był znużony na duszy śmiertelnie i dlatego w tej chwili czuł się wobec tych nowych widoków i nowych ludzi bezsilnym... Pomyślał, że tu mu było źle i tam będzie źle, a przynajmniej ciężko bardzo.

Ale czas! czas! Trzeba czapkę na głowę włożyć i jechać!

Zali jednak bez pożegnania?

Możnaż to być tak blisko, a potem tak daleko, by słowa nie rzec i odjechać? Ot, do czego doszło! Ale co jej rzec?... Czy pójść i powiedzieć: „Zepsowało się wszystko... idź waćpanna swoją drogą, ja pójdę swoją!" Po co, po co to i mówić, gdy bez mówienia tak się stało. Toż on nie jest już jej narzeczonym, jako i ona nie jest i nie będzie jego żoną. Przepadło, zerwało się, co było, i nie wróci, i nie zwiąże się na nowo. Szkoda czasu, słów i nowej męki.

"Nie pójdę!" - myślał Kmicic.

Lecz z drugiej strony, łączy ich jeszcze wola zmarłego. Trzeba wyraźnie i bez gniewu umówić się o wieczne rozstanie i powiedzieć jej: "Waćpanna mnie nie chcesz, więc wracam ci słowo. Uważajmy oboje, jakoby testamentu nie było... i niech każde szuka szczęścia, gdzie może."

Lecz ona może odpowiedzieć: "Jam to już dawno waćpanu oznajmiła, czemu mi teraz to powtarzasz?"

- Nie pójdę! Niech, co chce, będzie! - powtórzył sobie Kmicic.

I nacisnąwszy czapkę na głowę wyszedł ze stacji na korytarz. Chciał wprost siąść na koń i co prędzej znaleźć się za bramą.

Nagle na korytarzu jakoby go coś za włosy chwyciło...

Owładnęła go taka chęć widzenia jej, przemówienia do niej, że przestał rozmyślać: czy iść, czy nie iść, przestał rozumować i biegł, a raczej pędził z zamkniętymi oczyma, jakoby się chciał w wodę rzucić.

Przed samymi drzwiami, przed którymi warta już była zdjęta, natknął się na pacholika pana miecznika rosieńskiego.

- Jest pan miecznik w stacji? - spytał.

- Pan miecznik jest pomiędzy oficerami w cekhauzie.

- A panna?

- Panna jest.

- Ruszaj powiedzieć, że pan Kmicic wyjeżdża w długą drogę i chce pannę widzieć.

Pachołek usłuchał rozkazu, lecz nim wrócił z odpowiedzią, Kmicic pocisnął klamkę i wszedł bez pytania.

- Przychodzę waćpannę pożegnać - rzekł- bo nie wiem, czy się w życiu jeszcze obaczym.

Nagle zwrócił się do pachołka:

- Czego tu jeszcze stoisz?

- Moja mościa panno! - mówił dalej Kmicic, gdy drzwi za sługą zamknęły się. - Chciałem jechać bez pożegnania, ale nie mogłem. Bóg raczy wiedzieć, kiedy wrócę i czy wrócę, bo i o przygodę nietrudno. Lepiej nie rozstawajmy się z gniewem w sercu i z urazą, aby kara boska na które z nas nie spadła. Ej! siła by mówić, siła by mówić, a tu język wszystkiego nie wypowie. No! szczęścia nie było, woli bożej, widać, nie było, a teraz, choć ty, człeku, i łbem w mur bij, nie ma już rady nijakiej! Nie winujże mnie, waćpanna, to i ja cię nie będę winował. Już na ów testament nie trzeba zważać, bo jako rzekłem: na nic ludzka wola przeciw boskiej. Daj ci Boże szczęście i spokojność. Grunt, żeby sobie winy odpuścić. Nie wiem,, co mnie tam spotka, gdzie jadę... Ale już mi dłużej nie wysiedzieć w męce, w kłótni, w żalu... Człek się o cztery ściany w izbie rozbija, bez rady, mościa panno, bez rady!... Nie masz tu nic do roboty, jeno się ze zgryzotą w bary brać, jeno myśleć po całych dniach, aż głowa boli, o nieszczęsnych terminach i w końcu nic nie wymyślić... Trzeba mi tego wyjazdu, jako rybie wody, jako ptakowi powietrza, bo inaczej bym oszalał.

- Dajże Boże i waćpanu szczęście! - odrzekła panna Aleksandra.

I stała przed nim, jakoby ogłuszona wyjazdem, widokiem i słowami pana Kmicica. Na twarzy jej malowało się zmieszanie i zdziwienie, i widocznym było, że walkę ze sobą toczy, aby przyjść do siebie; tymczasem zaś spoglądała szeroko otwartymi oczyma na młodego junaka.

- Ja do waćpana nie chowam urazy... - rzekła po chwili.

- Bodaj tego wszystkiego nie było! - odrzekł Kmicic. - Jakowyś zły duch wszedł między nas i niby morzem nas rozdzielił. Ani tej wody przepłynąć, ani jej przebrnąć... Człek nie czynił tego, co chciał, nie szedł, gdzie zamierzył, jeno jakby go coś popychało, aż i zaszliśmy oboje na bezdroże. Ale skoro się mamy z oczu stracić, toć lepiej choć z dalekości zakrzyknąć sobie: "Bóg prowadź!" Trzeba też waćpannie wiedzieć, że uraza i gniew to co innego, a żal co innego. Gniewum się wyzbył, ale żal we mnie siedzi - może nie do waćpanny. Bo ja sam wiem do kogo i czego?... Myśląc nic nie wymyślę, ale tak mi się zdaje, że lżej będzie i mnie, i waćpannie, gdy się rozmówiem. Waćpanna masz mnie za zdrajcę... i to mnie najgorzej kole, bo jak zbawienia duszy mojej pragnę, tak nie byłem i nie będę zdrajcą!

- Już tego nie myślę!... - rzekła Oleńka.

- Oj! jakże to mogłaś myśleć choć godzinę... Toż mnie znałaś, że dawniej do swawoli byłem gotów: usiec, podpalić kogoś, zastrzelić to co innego, ale zdradzić dla zysku, dla promocji - nigdy!... Brońże mnie, Boże, i sądź!... Waćpanna jesteś niewiasta i nie możesz rozumieć, w czym zbawienie ojczyzny, więc ci się nie godzi potępiać ani wyroków dawać. A czemu potępiłaś?... A czemu wyrok wydałaś?... Bóg z tobą!... Wiedzże o tym, że zbawienie w księciu Radziwille i w Szwedach, a kto inaczej myśli, a zwłaszcza czyni, ten właśnie ojczyznę gubi. Ale nie czas mi dyskursować, bo czas jechać. Wiedz tylko, żem nie zdrajca, nie przedawczyk. Bodajem zginął, jeżeli nim kiedy będę!... Wiedz, żeś niesłusznie mną pogardziła, niesłusznieś na śmierć skazała... To ci mówię pod przysięgą i na wyjezdnym, a mówię dlatego, ażeby zarazem powiedzieć: odpuszczam z serca, ale za to i ty mnie odpuść!

Panna Aleksandra przyszła już zupełnie do siebie.

- Co waćpan mówisz, żem cię niesłusznie posądzała, to prawda, i wina moja; którą wyznawam... i o przebaczenie proszę...

Tu głos jej zadrgał i oczy niebieskie zaszły łzami, a on począł wołać z uniesieniem:

- Odpuszczam! odpuszczam! ja bym ci śmierć moją odpuścił!...

- Niechże waćpana Bóg prowadzi i nawróci na prawdziwą drogę, abyś zszedł z tej, po której błądzisz.

- Daj już pokój! daj już pokój! - zawołał gorączkowo Kmicic - aby znów niezgoda między nami nie powstała. Błądzę czy nie błądzę, nie mów o tym. Każdy niech wedle sumienia idzie, a Bóg intencje osądzi. Lepiej, żem tu przyszedł, żem nie wyjechał bez pożegnania. Dajże mi rękę na drogę... Tyle mojego, bo jutro już cię nie będę widział ani pojutrze, ani za miesiąc, może nigdy... Ej, Oleńka!... i w głowie się mąci... Oleńka! Zali się my już nie obaczym?...

Obfite łzy jak perły poczęły spadać jej z rzęs na policzki.

- Panie Andrzeju!... odstąp zdrajców!... a wszystko może być...

- Cicho!... a cicho!... - odrzekł Kmicic przerywanym głosem. - Nie może być!... Nie mogę... Lepiej nic nie mów... Bodaj mnie zabito! mniejsza byłaby męka... Dla Boga! za co nas to spotyka?!... Bądźże zdrowa!... ostatni raz... A potem niech mi tam śmierć gdzie oczy stuli... Czego płaczesz?... Nie płacz, bo oszaleję!

I w najwyższym uniesieniu porwał ją wpół przemocą i choć się opierała, począł całować jej oczy, usta, potem do nóg się rzucił - na koniec zerwał się jak szalony i chwyciwszy za czuprynę wybiegł z komnaty krzycząc:

- Diabeł tu nie pomoże, nie tylko czerwona nitka!...

Przez okno widziała go jeszcze Oleńka, jak na koń siadał pospiesznie, potem siedmiu jeźdźców ruszyło. Szkoci trzymający straż w bramie uczynili chrzęst bronią prezentując muszkiety; następnie brama zawarła się za jeźdźcami i już ich nie było widać na ciemnej drodze, między drzewami.

Noc też zapadła zupełna.

ROZDZIAŁ 25

Kowno i cały kraj po lewym brzegu Wilii oraz wszystkie drogi zajęte były przez nieprzyjaciela, więc pan Kmicic, nie mogąc na Podlasie jechać wielkim gościńcem idącym z Kowna do Grodna, a stamtąd do Białegostoku, puścił się bocznymi drogami z Kiejdan wprost w dół, z biegiem Niewiaży, aż do Niemna, który przebywszy w pobliżu Wilków, znalazł się w województwie trockim.

Całą, tę niezbyt zresztą wielką część drogi odbył spokojnie, okolica ta bowiem leżała jakoby pod ręką Radziwiłła.

Miasteczka, a gdzieniegdzie i wsie, zajęte były przez nadworne chorągwie hetmańskie lub przez małe oddziałki rajtarów szwedzkich, które hetman umyślnie powysuwał tak daleko przeciw zastępom Zołtareńki, stojącym tuż za Wilią, aby do zaczepki i do wojny łatwiej znalazła się okazja.

Rad byłby też i Zołtareńko "pohałasować" - wedle słów hetmana - ze Szwedami, ale natomiast ci, których był pomocnikiem, nie chcieli z nimi wojny, a przynajmniej pragnęli ją odłożyć do najdalszego terminu; odebrał więc Zołtareńko najsurowsze rozkazy, by za rzekę nie przechodził, a w razie gdyby sam Radziwiłł w spółce ze Szwedami na niego ruszył, aby się cofał najprędzej.

Z tych to powodów kraj po prawej stronie Wilii był spokojny, ale że przez rzekę spoglądały na się z jednej strony straże kozackie, z drugiej szwedzkie i radziwiłłowskie, więc lada chwila jeden wystrzał z muszkietu mógł straszną wojnę rozpętać.

W przewidywaniu tego wcześnie chronili się ludzie do miejsc bezpiecznych. Więc kraj był spokojny, ale i pusty. Wszędy widział pan Andrzej opustoszałe miasteczka, popodpierane drągami okiennice dworów i całe wsie wyludnione.

Pola były również puste, bo stert tego roku na nich nie stawiano. Prosty lud chronił się w niezgłębione lasy, do których zabierał i spędzał wszelki dobytek, szlachta zaś uciekała do sąsiednich Prus elektorskich, na razie całkiem od wojny zabezpieczonych. Więc jeno na drogach i puszczańskich szlakach ruch był niezwykły, bo liczbę zbiegów powiększali ci jeszcze, którzy mogli z lewego brzegu Wilii, spod ucisku Zołtareńki, się przeprawić. Tych liczba była ogromna, a mianowicie chłopów, gdyż szlachta, która nie zdołała dotąd z lewego brzegu uskoczyć, w jasyr poszła lub gardła na progach domów oddała.

Spotykał więc pan Andrzej co chwila całe gromady chłopstwa, z żonami i dziećmi, pędzące przed sobą trzody owiec, koni i bydła. Ta część województwa trockiego, dotykająca Prus elektorskich, zamożna była i żyzna, więc lud bogaty miał co chronić i przechowywać. Zbliżająca się zima nie odstraszała zbiegów, którzy woleli czekać na lepsze dnie wśród mchów leśnych, w szałasach przykrytych śniegami, niż we wsiach rodzinnych wyglądać śmierci z rąk nieprzyjaciela.

Kmicic częstokroć zbliżał się do uciekających gromad lub do ognisk nocami w gąszczach leśnych błyszczących. Wszędy, gdzie tylko trafił na ludzi z lewego brzegu Wilii, spod Kowna albo z dalszych jeszcze okolic, słyszał straszne opowiadania o okrucieństwach Zołtareńki i jego sprzymierzonych, którzy wycinali w pień ludność bez uwagi na wiek i płeć, palili wsie, wycinali nawet drzewa w sadach, ziemię i wodę tylko zostawując. Nigdy zagony tatarskie nie zostawiały za sobą takich spustoszeń.

Nie samą śmierć tylko zadawano mieszkańcom, bo wprzód mękami najwymyślniejszymi ich morzono. Wielu z tych ludzi uciekało w obłąkaniu umysłowym. Ci nocami napełniali głębie leśne strasznymi krzykami; inni, choć już przeszli na tę stronę Niemna i Wilii, choć już lasy i gąszcze, i bagna przedzieliły ich od watah Zołtareńki, byli ciągle jakby w gorączce i oczekiwaniu napadu. Wielu wyciągało ręce do Kmicica i jego orszańskich jeźdźców, błagając o ratunek i miłosierdzie, jak gdyby nieprzyjaciel stał tuż nad nimi. Uciekały ku Prusom i kolaski szlacheckie wiozące starców, niewiasty i dzieci; za nimi ciągnęły wozy ze służbą, dostatkami, zapasami żywności, dobytkiem i rzeczami. Wszystko w popłochu, przestrachu i żałości, że na tułaczkę idzie.

Pan Andrzej pocieszał czasem tych nieszczęśliwych mówiąc im, że rychło już Szwedzi rzekę przejdą i tamtego nieprzyjaciela het, daleko, wyżeną. Wówczas zbiegowie wyciągali ręce ku niebu i mówili:

- Daj Bóg zdrowie, daj Bóg szczęście księciu wojewodzie za to, że polityczny naród na naszą obronę sprowadził. Gdy Szwedzi wejdą, wrócim do domów, do pogorzelisk naszych...

I błogosławiono księcia powszechnie. Z ust do ust podawano sobie wiadomości, że lada chwila przejdzie Wilię na czele własnych i szwedzkich wojsk. Z góry wychwalano "skromność" szwedzką, karność i dobre obchodzenie się z mieszkańcami. Radziwiłła zwano Gedeonem litewskim, Samsonem, zbawcą. Ci ludzie, z okolic dymiących świeżą krwią i pożarem, wyglądali go jak zbawienia.

A Kmicic, słysząc te błogosławieństwa, życzenia, te niemal modły, umacniał się w wierze względem Radziwiłła i powtarzał sobie w duszy: "Takiemu to panu służę! Zamknę oczy i pójdę ślepo za jego fortuną. Straszny on czasem i niezbadany, ale większy ma rozum od innych, lepiej wie, czego trzeba, i w nim jednym zbawienie."

Lżej mu się zrobiło i pogodniej w sercu na tę myśl, więc jechał dalej z większą otuchą w sercu, rozdzielając duszę między tęsknotę po Kiejdanach a rozmyślania o nieszczęsnym stanie ojczyzny.

Tęsknota wzmagała się coraz bardziej. Czerwonej tasiemki za siebie nie rzucił, pierwszego ogniska wiadrem wody nie zalał, bo raz: czuł, że to na nic, po wtóre: nie chciał.

- Ej, żeby ona tu była, żeby te płakania i jęki ludzkie słyszała, nie prosiłaby Boga, by mnie nawrócił, nie mówiłaby mi, że błądzę jako owi heretycy, którzy prawdziwą wiarę porzucili. Ale nic to! Prędzej, później ona się przekona, pozna, że jej to rozum szwankował... A wtedy będzie, co Bóg da. Może się jeszcze w życiu spotkamy.

I tęsknota wzmagała się w młodym kawalerze, ale zarazem przekonanie, że po prawdziwej, nie błędnej drodze stąpa, dało mu spokój od dawna nie znany. Targanina myśli, zgryzoty, wątpliwości opuszczały go z wolna i jechał przed siebie, zanurzał się w bezbrzeżne lasy prawie wesoło. Od czasu jak po sławnych z Chowańskim gonitwach do Lubicza przyjechał, nie czuł, aby mu tak raźno było na świecie.

W tym wąsaty Charłamp miał słuszność, że nie masz jak droga na duszne troski i niepokoje. Zdrowie miał pan Andrzej żelazne, a fantazja wracała mu z każdą chwilą i chęć przygód. Widział je przed sobą i uśmiechał się do nich, i gnał konwój bez wytchnienia, ledwie się na krótkie noclegi zatrzymując. Przed oczyma duszy stała mu ustawicznie Oleńka, spłakana, drżąca w jego ramionach jak ptak, i mówił sobie: wrócę.

Czasem przesuwała się przed nim postać hetmana, posępna, ogromna, groźna. Ale może właśnie dlatego, że się od niej oddalał coraz bardziej, ta postać stawała mu się prawie drogą. Dotychczas uginał się przed Radziwiłłem, teraz zaczynał go kochać. Dotychczas Radziwiłł porywał go, jak potężny wir wodny porywa i przyciąga wszystko, co się w jego kolisko dostanie ;teraz Kmicic czuł, że chce płynąć z nim razem z całej duszy.

I z odległości rósł ten olbrzymi wojewoda coraz bardziej w oczach młodego rycerza i prawie nadludzkie przybierał rozmiary. Nieraz na noclegu, gdy pan Andrzej zamykał do snu oczy, widział hetmana siedzącego na tronie wyższym nad szczyty sosen. Korona na głowie jego, twarz ta sama, posępna, ogromna, w rękach miecz i berło, a pod stopami cała Rzeczpospolita.

I bił czołem w duszy przed wielkością.

Trzeciego dnia podróży zostawili za sobą daleko Niemen i weszli w kraj jeszcze lesistszy. Zbiegów na drogach napotykali ciągle całe gromady, a szlachta, która nie mogła oręża dźwigać, uchodziła prawie bez wyjątku do Prus przed podjazdami nieprzyjacielskimi, które nie utrzymywane tutaj na wodzy, jak nad brzegami Wilii przez szwedzkie i radziwiłłowskie pułki, zapuszczały się czasem daleko w głąb kraju, aż pod samą granicę Prus elektorskich. Łupież bywała ich głównym celem.

Nieraz były też to watahy niby do wojsk Zołtareńki należące, a w rzeczy nie uznające nad sobą niczyjej buławy - po prostu oddziały zbójeckie, tak zwane "partie", nad którymi czasem i miejscowi opryszkowie mieli komendę. Te, unikając spotkania w polu z wojskiem, a nawet z pachołkami miejskimi, napadały pomniejsze wsie, dwory i podróżników.

Gromiła ich szlachta na własną rękę ze swymi dworskimi ludźmi i ubierała nimi sosny przydrożne, jednakże łatwo było w lasach natknąć się na spore ich oddziały, i dlatego musiał pan Andrzej zachowywać teraz nadzwyczajną ostrożność.

Lecz nieco dalej, w Pilwiszkach nad Szeszupą, zastał już pan Kmicic ludność spokojnie na miejscu siedzącą. Mieszczanie opowiedzieli mu jednak, że nie dawniej jak parę dni temu napadł na starostwo potężny oddział Zołtareńki, do pięciuset ludzi liczący, który byłby wedle zwyczaju w pień wyciął ludzi, a miasto puścił z dymem, gdyby nie niespodziewana pomoc, która jakoby z nieba im spadła.

- Boguśmy się już polecali - mówił dzierżawca zajazdu, u którego pan Andrzej kwaterą stanął - gdy wtem święci Pańscy zesłali jakowąś chorągiew. Myśleliśmy zrazu, że nowy nieprzyjaciel, a to byli swoi. Skoczyli tedy wraz na Zołtareńkowych hultajów i w godzinę mostem ich położyli, ile że i z naszej strony pomoc była.

- Cóż to była za chorągiew? - pytał pan Andrzej.

- Niech im Bóg da zdrowie!... Nie opowiadali się, co za jedni, my też nie śmieli pytać. Popaśli koniom, wzięli, co było siana i chlebów, i pojechali.

- Ale skąd przyszli i dokąd poszli?
- Przyszli od Kozłowej Rudy, a poszli na południe. My też, cośmy już wprzód chcieli w lasy uciekać, tośmy rozmyśliwszy się zostali, bo nam pan podstarości powiedział, że po takiej nauce nieprędko nieprzyjaciel do nas zajrzy.

Kmicica mocno zainteresowała wiadomość o owej bitwie, więc pytał dalej:
- I nie wiecie, kto tej chorągwi pułkownikuje?
- Nie wiemy, aleśmy pułkownika widzieli, bo na rynku z nami rozmawiał. Młody on i misterny jako igła. Nie wygląda na takiego wojownika, jakim jest...
- Wołodyjowski! - zakrzyknął pan Kmicic.
- Czy on Wołodyjowski, czy nie, niech mu się ręce święcą, niechaj mu Bóg hetmanem pozwoli zostać!

Pan Andrzej zadumał się głęboko. Widocznie szedł tąż samą drogą, którą kilka dni temu przeciągnął pan Wołodyjowski z laudańskimi ludźmi. Jakoż było to naturalne, bo obaj zdążali na Podlasie. Ale panu Andrzejowi przyszło na myśl, że przyspieszając podróż łatwo mógł natknąć się na małego rycerza i wpaść w jego ręce, a w takim razie wszystkie listy radziwiłłowskie dostałyby się z nim razem w moc konfederatów. Wypadek podobny mógł zwichnąć całą jego misję i Bóg wie jakie szkody przynieść radziwiłłowskiej sprawie. Z tego powodu postanowił pan Andrzej pozostać parę dni w Pilwiszkach, aby laudańska chorągiew miała czas odjechać jak najdalej.

Ludzie też i konie, idące jednym niemal tchem z Kiejdan (bo małe tylko popasy czynili dotąd przez drogę), potrzebowali odpoczynku, więc pan Andrzej kazał żołnierzom zdjąć juki z koni i roztasować się w karczmie na dobre.

Na drugi dzień przekonał się, że uczynił nie tylko roztropnie, ale i mądrze, albowiem zaledwie rano zdołał szaty przywdziać, gdy oberżysta stanął przed nim.
- Nowinę przynoszę waszej miłości - rzekł.
- A dobrą?
- Ni złą, ni dobrą, jeno że mamy gości. Okrutny dwór zjechał tu dziś rano stanął w starościńskim domu. Jest regiment piechoty, a co jazdy, karet, co służby!... Ludzie myśleli, że to sam król przyjechał.
- Jaki król?

Karczmarz począł obracać czapkę w ręku.
- Prawda, że to mamy teraz dwóch królów, ale nie żaden z nich przyjechał, jeno książę koniuszy.

Kmicic zerwał się na równe nogi.
- Co za książę koniuszy? książę Bogusław?..
- Tak jest, wasza miłość. Brat stryjeczny księcia wojewody wileńskiego.

Pan Andrzej aż w ręce klasnął ze zdziwienia.
- O, to się spotykamy!

Karczmarz zrozumiawszy, że jego gość jest znajomym księcia Bogusława, skłonił się niżej niż poprzedniego dnia i wyszedł z izby, a Kmicic począł ubierać się pośpiesznie i w godzinę później był już przed domem starościńskim.

W całym miasteczku roiło się od żołnierzy. Piechota ustawiała w kozły muszkiety na rynku; jazda pozsiadała już z koni i zajęła domostwa poboczne. Żołnierze i dworzanie, w najrozmaitszych ubiorach, stali przed domami lub przechadzali się po ulicach. Z ust oficerów słychać było rozmowę francuską i niemiecką. Nigdzie polskiego żołnierza, nigdzie polskiego moderunku, muszkietnicy i dragonia przybrani byli dziwacznie, inaczej nawet od cudzoziemskich chorągwi, które pan Andrzej w Kiejdanach widywał, bo nie na niemiecki, ale na francuski ład. Żołnierz jednak piękny i tak okazały, że każdego szeregowca za oficera można było poczytać, zachwycał oczy pana Andrzeja. Oficerowie spoglądali też na niego z ciekawością, bo wystroił się odświętnie w aksamity i złotogłów, a sześciu ludzi przybranych w nową barwę szło dla asystencji za nim.

Na podwórzu starościńskiego dworu kręcili się dworzanie, wszyscy postrojeni na francuski sposób: więc paziowie w berecikach z piórami, rękodajni w aksamitnych kaftanach, masztalerze w szwedzkich, wysokich butach z kolistymi cholewami.

Widocznie książę nie miał zamiaru zatrzymywać się dłużej w Pilwiszkach i wstąpił tylko na popas, gdyż karet nie pozataczano do wozowni, a konie karmili masztalerze na poczekaniu z blaszanych sit, które trzymali w ręku. Kmicic oznajmił się oficerowi trzymającemu straż przed domem, kto jest i z czym jedzie, ten zaś poszedł zdać sprawę księciu. Po chwili wrócił pośpiesznie z zawiadomieniem, iż książę pilno chce widzieć wysłannika hetmańskiego, i wskazując Kmicicowi drogę wszedł wraz z nim do domu.

Przeszedłszy sień, w pierwszej izbie stołowej zastali kilku dworzan siedzących z powyciąganymi nogami na krzesłach i drzemiących smaczno, bo widać, wczesnym rankiem musieli z ostatniego popasu wyjechać. Przed drzwiami następnej komnaty oficer zatrzymał się i skłoniwszy się panu Andrzejowi, rzekł po niemiecku:

- Tam jest książę.

Pan Andrzej wszedł i zatrzymał się w progu. Książę siedział przed lustrem ustawionym w rogu komnaty i tak uważnie wpatrywał się w twarz swoją, świeżo widocznie powleczoną różem i bielidłem, że nie zwrócił uwagi na wchodzącego. Dwóch pokojowych, klęcząc przed nim, dopinało mu sprzączki na przegubach nóg u wysokich podróżnych butów, on zaś rozczesywał z wolna palcami bujną, równo uciętą nad czołem grzywkę jasnozłotej peruki lub też może własnych, obfitych włosów.

Był to młody jeszcze człowiek, lat trzydziestu pięciu, a wyglądający najwyżej na dwadzieścia pięć. Kmicic znał go, ale zawsze spoglądał nań z ciekawością, raz: dla wielkiej sławy rycerskiej, jaka otaczała księcia Bogusława, a jaką zjednały mu głównie pojedynki z rozmaitymi zagranicznymi magnatami odbyte, po wtóre: dla jego szczególnej postawy, którą gdy raz ktoś ujrzał, na zawsze musiał zapamiętać. Książę bowiem wysoki był i silnie zbudowany, ale nad szerokimi jego ramionami wznosiła się głowa tak mała, jak gdyby z innego ciała zdjęta. Twarz miał również niezwykle drobną, prawie młodzieńczą, ale i w niej nie było proporcji, nos miał bowiem duży, rzymski, i ogromne oczy niewypowiedzianej piękności i blasku, z orlą prawie śmiałością spojrzenia. Wobec tych oczu i nosa reszta twarzy, okolonej w dodatku długimi obfitymi puklami włosów, nikła prawie zupełnie; usta miał niemal dziecinne, nad nimi mały wąsik, ledwie pokrywający górną wargę. Delikatność cery, podniesiona różem i bielidłem, czyniła go podobnym do panny, a jednocześnie zuchwałość, duma i pewność siebie, malujące się w obliczu, nie pozwalały zapominać, iż jest to ów słynny chercheur de noises, jako go przezywano na dworze francuskim, człowiek, u którego ostre słowo łatwo wychodziło z ust, ale szpada jeszcze łatwiej z pochwy.

  W Niemczech, w Holandii i we Francji opowiadano dziwy o jego czynach wojennych, kłótniach, zajściach i pojedynkach. On to w Holandii rzucał się w największy war bitwy, między niezrównane pułki piechoty hiszpańskiej, i własną książęcą ręką zdobywał chorągwie i działa; on na czele regimentów księcia Oranii zdobywał baterie, przez starych wodzów uznane za niepodobne do zdobycia; on nad Renem, na czele muszkieterów francuskich, rozbijał ciężkie chorągwie niemieckie, w trzydziestoletniej wojnie wyćwiczone; on ranił w pojedynku, we Francji, najsłynniejszego między kawalerami francuskimi fechmistrza, księcia de Fremouille; drugi słynny zabijaka, baron von Goetz, prosił go na klęczkach o darowanie życia; on ranił barona Grota, za co musiał od brata Janusza słuchać gorzkich wymówek, iż pospolituje godność swą książęcą stając do walki z nierównego stanu ludźmi; on wreszcie, wobec całego dworu francuskiego, na balu w Luwrze uderzył w twarz margrabiego de Rieux za to, iż mu "szpetnie" przymówił.

  Pojedynki odbywane incognito po mniejszych miastach, oberżach i zajazdach nie wchodziły oczywiście w rachubę.

  Była to mieszanina zniewieściałości i nieokiełznanej odwagi. W czasie odwiedzin rzadkich i krótkich ojczystego kraju zabawiał się zatargami z rodziną Sapiehów i łowami. Ale wówczas leśniczowie musieli mu wyszukiwać niedźwiedzice z małymi, jako bardziej niebezpieczne i zaciekłe, na które szedł zbrojny tylko oszczepem. Zresztą nudził się w kraju i jako się rzekło, zjeżdżał niechętnie, najczęściej czasu wojny; wielkim męstwem odznaczył się pod Beresteczkiem, Mohylewem, Smoleńskiem. Wojna była jego żywiołem, chociaż umysł bystry i giętki zarówno się do intryg i do dyplomatycznych wybiegów nadawał.

  W tych umiał być cierpliwy i wytrwały, daleko wytrwalszy niż w "amorach", których długi szereg dopełniał historii jego życia. Książę na dworach, na których przebywał, był postrachem mężów mających piękne żony. Zapewne dlatego sam nie był dotąd żonaty, chociaż zarówno wysokie urodzenie; jak nieprzebrana niemal fortuna czyniły z niego jedną z najbardziej pożądanych partyj w Europie. Swatali go sami królestwo francuscy, Maria Ludwika polska, książę Oranii i wuj elektor brandenburski, ale on wolał dotąd swoją swobodę.

- Wiana nie potrzebuję - mawiał cynicznie - a innych uciech i tak mi nie brak.

W ten sposób doszedł trzydziestu pięciu lat wieku.

Kmicic, stojąc w progu, przypatrywał się tedy z ciekawością jego twarzy, którą odbijało zwierciadło, a on rozczesywał w zamyśleniu włosy grzywki nad czołem, na koniec, gdy pan Andrzej krząknął raz i drugi, rzekł nie odwracając głowy:

- A kto tam? Czy nie posłaniec od księcia wojewody?

- Nie posłaniec, ale od księcia wojewody! - odrzekł pan Andrzej.

Wówczas książę odwrócił głowę, a spostrzegłszy świetnego młodzieńca poznał, że nie ze zwykłym sługą ma do czynienia.

- Wybaczaj waćpan, panie kawalerze - rzekł uprzejmie - bo widzę, żem się co do szarży osoby omylił. Ale wszakże twarz waćpana mi znana, choć sobie nazwiska nie mogę przypomnieć. Waść jesteś dworzaninem księcia hetmana?

- Nazywam się Kmicic - odpowiedział pan Andrzej - a dworzaninem nie jestem, jeno pułkownikiem, od czasu jakem księciu hetmanowi własną chorągiew przyprowadził. - Kmicic! - zawołał książę - ten sam Kmicic, sławny z ostatniej wojny, który Chowańskiego podchodził, a później na własną rękę niezgorzej sobie radził?... Toż ja siła o waćpanu słyszałem!

To rzekłszy książę począł uważniej i z pewnym upodobaniem spoglądać na pana Andrzeja, bo z tego, co o nim słyszał, miał go za człeka własnego pokroju.

- Siadaj, panie kawalerze - rzekł. - Rad cię bliżej poznam. A co tam słychać w Kiejdanach?

- Oto jest list księcia hetmana - odrzekł Kmicic.

Pokojowi skończywszy zapinać książęce buty wyszli, a książę złamał pieczęć i począł czytać. Po chwili na twarzy jego odbiła się nuda i zniechęcenie.

Rzucił list przed lustro i rzekł:

- Nic nowego! Radzi mi książę wojewoda, abym się do Prus, do Tylży albo Taurogów przeniósł, co jak waść widzisz, czynię właśnie. Ma foi! Nie rozumiem pana brata... Donosi mi, że elektor w margrabstwie i że się do Prus przez Szwedów przebrać nie może, a pisze jednocześnie, iż aż mu włosy na głowie powstają, że się z nim de succursu ani de receptu nie znoszę. A jakże to ja mam czynić? Jeśli się kurfirst przez Szwedów nie może przebrać, to jakże się mój posłaniec przebierze? Na Podlasiu siedziałem, bom nie miał nic innego do roboty. Powiem ci, mój kawalerze, żem się nudził jak diabeł na pokucie. Niedźwiedzie, co były blisko

Tykocina, wykłułem; białogłowy tamtejsze kożuchami cuchną, którego zapachu nozdrza moje znieść nie mogą... Ale!... Rozumieszże ty, panie kawalerze, po francusku albo po niemiecku?

- Rozumiem po niemiecku - rzekł Kmicic.

- To chwała Bogu!... Będę mówił po niemiecku, bo mi od waszej mowy wargi pierzchną.

To rzekłszy książę wysunął dolną wargę i począł dotykać jej z lekka palcami, jakby chcąc przekonać się, czy nie opierzchła lub nie popękała; następnie spojrzał w lustro i mówił dalej:

- Doszły mnie posłuchy, że koło Łukowa jakiś szlachcic Skrzetuski ma żonę cudnej urody. Daleko to!... Ale jednak posłałem ludzi, żeby mi ją porwali i przywieźli... Tymczasem, czy uwierzysz, panie Kmicic, nie znaleziono jej w domu!

- Szczęście to - rzekł pan Andrzej - bo to żona zacnego kawalera, sławnego zbarażczyka, któren ze Zbaraża przez wszystką potęgę Chmielnickiego się przedarł.

- Męża oblegano w Zbarażu, a ja bym żonę oblegał w Tykocinie... Czy myślisz waćpan żeby się tak samo zacięcie broniła?

- Wasza książęca mość rady wojennej byś przy takim oblężeniu nie potrzebował, niechże się i bez mojej opinii obejdzie - odrzekł szorstko pan Andrzej.

- Prawda! szkoda o tym mówić - odrzekł książę. - Wracam do sprawy: czy waćpan masz jeszcze jakie listy?

- Do waszej książęcej mości co miałem, to oddałem, a oprócz tego mam do króla szwedzkiego. Czy waszej książęcej mości nie wiadomo, gdzie go mam szukać?

- Nic nie wiem. Co ja mam wiedzieć? W Tykocinie go nie ma, mogę ci za to zaręczyć, bo gdyby tam raz zajrzał, to by się panowania nad całą Rzecząpospolitą wyrzekł. Warszawa już w rękach szwedzkich, jak to wam pisałem, ale tam też jego królewskiej mości nie znajdziesz. Musi być pod Krakowem albo w samym Krakowie, jeśli się dotąd do Prus Królewskich nie wybrał. W Warszawie dowiesz się o wszystkim. Wedle mojego zdania musi Karol Gustaw o miastach pruskich pomyśleć, bo ich za sobą nie może zostawiać. Kto by się spodziewał, że gdy cała Rzeczpospolita odstępuje pana, gdy wszystka szlachta łączy się ze Szwedem, gdy województwa poddają się jedne za drugimi - wówczas właśnie miasta pruskie, Niemcy i protestanci, nie chcą o Szwedach słyszeć i do oporu się gotują. Oni chcą wytrwać, oni Rzeczpospolitą ratować i Jana Kazimierza utrzymać! Zaczynając tę robotę myśleliśmy, że będzie inaczej, że właśnie przede wszystkim oni pomogą nam i Szwedom do pokrajania tego bochenka, który waszą Rzecząpospolitą nazywacie. A tu ani rusz! Całe szczęście, że książę elektor ma tam na nich oko. Ofiarował już im pomoc przeciw Szwedom, ale Gdańszczanie mu nie ufają i mówią, że sami mają dość sił...

- Wiemy już o tym w Kiejdanach! - rzekł Kmicic.

- Jeżeli nie mają dość sił, to w każdym razie mają dobry węch - mówił dalej, śmiejąc się książę - bo wujowi elektorowi tyle, mniemam, chodzi o Rzeczpospolitą, ile i mnie albo księciu wojewodzie wileńskiemu.

- Wasza książęca mość pozwoli, że zaneguję - rzekł porywczo Kmicic. - Księciu wojewodzie wileńskiemu tylko o Rzeczpospolitą chodzi, dla której w każdej chwili gotów wydać ostatnie tchnienie i ostatnią krew wylać.

Książę Bogusław począł się śmiać.

- Młody jesteś, kawalerze, młody! Ale mniejsza z tym! Owóż wujowi elektorowi chodzi o to, by mógł Prusy Królewskie zacapić, i dlatego tylko ofiaruje im swoją pomoc. Gdy je raz będzie miał w ręku, gdy do miast swoje załogi powprowadza, gotów nazajutrz zgodzić się ze Szwedami, ba, nawet z Turczynem i z diabłami. Niechby mu jeszcze Szwedzi kawał Wielkopolski dodali, gotów im pomagać ze wszystkich sił do zabrania reszty. W tym tylko bieda, że i Szwedzi ostrzą zęby na Prusy i stąd dyfidencje pomiędzy nimi i elektorem.

- Ze zdumieniem słucham słów waszej książęcej mości! - rzekł Kmicic.

- Diabli mnie brali na Podlasiu - odpowiedział książę - że musiałem tyle czasu bezczynnie siedzieć... Ale cóż miałem robić? Stanął układ między mną a księciem wojewodą, że póki w Prusach rzeczy się nie wyklarują, ja nie przejdę otwarcie na stronę szwedzką. I to słuszna, bo w ten sposób furtka zostaje otwarta. Posłałem nawet sekretnych gońców do Jana Kazimierza oznajmiając, że gotowem zwołać pospolite ruszenie na Podlasiu, byle mi manifest przysłano. Król, jak król, dałby się może wywieść w pole, ale królowa widocznie mi nie ufa i musiała odradzić. Żeby nie baby, to dziś stałbym na czele wszystkiej szlachty podlaskiej, a co większa, konfederaci owi, którzy teraz pustoszą dobra księcia Janusza, nie mieliby innej rady, jak pójść pod moją komendę. Głosiłbym się stronnikiem Jana Kazimierza, a w rzeczy mając w ręku siłę, targowałbym się ze Szwedami. Ale ta baba wie, jak trawa rośnie, i najtajniejszą myśl odgadnie. Król to prawdziwy, nie królowa! Więcej ona ma dowcipu w jednym palcu niż Jan Kazimierz w całej głowie.

- Książę wojewoda... - zaczął Kmicic.

- Książę wojewoda - przerwał z niecierpliwością Bogusław - wiecznie spóźnia się ze swymi radami; pisze mi w każdym liście: "zrób to a to", a ja właśnie już to dawno zrobiłem. Książę wojewoda głowę prócz tego traci... Bo, słuchaj, kawalerze, czego jeszcze ode mnie wymaga...

Tu książę chwycił list i począł czytać głośno:

"Sam WXMć w drodze bądź ostrożnym, a o tych frantach konfederatach, którzy się przeciw mnie zbuntowali i na Podlasiu grasują, dla Boga pomyśl WXMć, żeby ich rozprószyć, żeby do króla nie szli. Gotują się na Zabłudów, a tam piwa mocne; jako się popiją, żeby ich wyrżnęli, każdy gospodarz swego. Bo nie godzi się nic lepszego; ale capita uprzątnąwszy poszłoby to w rozdrób."

Tu Bogusław rzucił z niechęcią list na stół.

- Słuchajże; panie Kmicic - rzekł - więc ja mam razem wyjeżdżać do Prus i razem urządzać rzeź w Zabłudowie? Razem udawać jeszcze stronnika Jana Kazimierza i patriotę, i razem wycinać tych ludzi, którzy króla i ojczyzny nie chcą zdradzić? Jestże to sens? Zali to się jedno drugiego trzyma? Ma foi! książę hetman głowę traci. Toć ja i teraz właśnie spotkałem, ot, idąc tu do Pilwiszek, po drodze, całą jakąś zbuntowaną chorągiew, walącą na Podlasie. Byłbym im chętnie po brzuchach przejechał, choćby dlatego, ażeby mieć uciechę; ale póki nie jestem otwartym szwedzkim partyzantem, póki wuj elektor rzekomie jeszcze z miastami pruskimi, a zatem z Janem Kazimierzem trzyma, nie mogę sobie takich uciech pozwalać, dalibóg, nie mogę... Co mogłem najwięcej zrobić, to politykować z tymi buntownikami, jak i oni ze mną politykowali, podejrzewając mnie wprawdzie o praktyki z hetmanem, ale nie mając czarno na białym.

Tu książę rozparł się wygodnie w fotelu, wyciągnął nogi i założywszy niedbale ręce pod głowę, począł powtarzać:

- Ej, galimatias w tej waszej Rzeczypospolitej, galimatias!... W świecie niczego podobnego nie masz!...

Po czym umilkł na chwilę; widocznie jakaś myśl przyszła mu do głowy, bo się uderzył w perukę i zapytał:

- A waćpan nie będziesz na Podlasiu?

- Jakże! - rzekł Kmicic. - Muszę tam być, bo mam list z instrukcjami do Harasimowicza, podstarościego w Zabłudowie.

- Na Boga! - rzekł książę - Harasimowicz tu jest ze mną. Jedzie z rzeczami hetmańskimi do Prus, bo tam baliśmy się, żeby nie wpadły w ręce konfederackie. Czekaj waść, każę go zawołać.

Tu książę zakrzyknął na pokojowca i kazał mu wołać podstarościego, sam zaś rzekł:

- A to się dobrze składa! Oszczędzisz sobie waćpan drogi... Chociaż... może i szkoda, że na Podlasie nie pojedziesz, bo tam między głowami konfederacji jest i twój imiennik... Mógłbyś go skaptować.

- Nie miałbym na to czasu - rzekł Kmicic - gdyż mi do króla szwedzkiego i do pana Lubomirskiego pilno.

- A, to masz listy i do pana marszałka koronnego? Ej, odgaduję, o co chodzi... Niegdyś pan marszałek myślał swatać synalka z córką Janusza...Czyby teraz hetman nie chciał delikatnie odnowić rokowań?...

- O to właśnie idzie.

- Dzieci to oboje zupełne... Hm! delikatna to misja, bo hetmanowi nie wypada pierwszemu się wpraszać. Przy tym...

Tu książę zmarszczył brwi.

- Przy tym nie będzie z tego nic... Nie dla Herakliusza córka księcia hetmana. Ja ci to mówię! Książę hetman powinien to rozumieć, że jego fortuna musi zostawać w ręku Radziwiłłów.

Kmicic spoglądał ze zdziwieniem na księcia, który chodził coraz spieszniejszym krokiem po izbie. Nagle zatrzymał się przed panem

Andrzejem i rzekł:

- Daj mi parol kawalerski, że odpowiesz prawdę na moje pytanie.
- Mości książę - rzekł Kmicic - łżą ci tylko, którzy się boją, a ja się nikogo nie boję.
- Czy książę wojewoda kazał zachować sekret przede mną o rokowaniach z Lubomirskim?
- Gdybym miał taki rozkaz, to bym o panu Lubomirskim wcale nie był wspominał.
- Mogło ci się wymknąć. Daj parol!
- Daję - rzekł Kmicic marszcząc brwi.
- Ciężar mi zdjąłeś z serca, bo myślałem, że książę wojewoda i ze mną podwójną grę prowadzi.
- Nie rozumiem waszej książęcej mości.
- Nie chciałem żenić się we Francji z Rohanówną, nie licząc z pół kopy innych księżniczek, które mi swatano... Czy wiesz dlaczego?
- Nie wiem.
- Bo jest układ pomiędzy mną a księciem wojewodą, że jego dziewka i jego fortuna dla mnie rosną. Jako wierny sługa Radziwiłłów, możesz wiedzieć o wszystkim.
- Dziękuję za ufność... Ale wasza książęca mość mylisz się... Nie jestem sługą Radziwiłłów.

Bogusław otworzył szeroko oczy.

- Kimże ty jesteś?
- Hetmańskim, nie dworskim, jestem pułkownikiem, a w dodatku księcia wojewody krewnym.
- Krewnym?
- Bom z Kiszkami spowinowacony, a hetman rodzi się z Kiszczanki. Książę Bogusław popatrzył przez chwilę na Kmicica, na którego twarz wystąpiły lekkie rumieńce. Nagle wyciągnął rękę i rzekł:
- Przepraszam cię, kuzynie, i winszuję paranteli.

Ostatnie słowa były powiedziane z jakąś niedbałą, lubo wytworną grzecznością, w której jednak było coś wprost dla pana Andrzeja bolesnego.

Policzki jego zarumieniły się jeszcze bardziej i już otwierał usta, aby coś żywo powiedzieć, gdy drzwi otworzyły się i gubernator Harasimowicz ukazał się w progu.

- Jest list do waści - rzekł książę Bogusław.

Harasimowicz skłonił się księciu, a następnie panu Andrzejowi, który podał mu list książęcy.

- Czytaj waść! - rzekł książę Bogusław.

Harasimowicz począł czytać:

"Panie Harasimowicz! Teraz czas pokazać życzliwość dobrego sługi ku panu. Cokolwiek pieniędzy zebrać możecie i wy w Zabłudowie, i pan Przyński w Orlu..."

- Pana Przyńskiego konfederaci usiekli w Orlu - przerwał książę - dlatego pan Harasimowicz daje drapaka...

Podstarości skłonił się i czytał dalej:

"... i pan Przyński w Orlu, choć publicznych podatków, choć czynszów, arend..."

- Już je konfederaci wybrali - przerwał znów książę Bogusław.

"... Przesyłajcie mi jak najprędzej /czytał dalej Harasimowicz. Możecieli i wsie jakie sąsiadom lub mieszczanom zastawić, biorąc pieniądze co najwięcej na nie; i gdziekolwiek się jeno sposób poda na dostanie onych, starajcie się i do mnie odsyłajcie. Konie i rzeczy wszystkie, cokolwiek tam jest, ba! i w Orlu lichtarz wielki, i co inszego, obrazy i ochędóstwa, a najbardziej działa owe, co w ganku stoją, przy księciu imci panu bracie wyślijcie, bo alias rozbojów bać się trzeba..."

- Znowu spóźniona rada, bo działa idą już ze mną! - rzekł książę.

"...Jeśliby z łożami ciężko było, to same tylko działa bez łożów, i to okryć, żeby nie wiedziano, co wiozą. A te rzeczy do Prus jak najprędzej wymknąć, strzegąc się najbardziej tych zdrajców, co w wojsku moim bunt podniósłszy moje starostwa tłoczą..."

- Oj, co tłoczą, to tłoczą! Wycisną je na twaróg! - przerwał znów książę.

"...starostwa moje tłoczą i na Zabłudów się gotują idąc snadź do króla. Z którymi bić się trudno, bo przecie gromada, ale albo ich wpuściwszy, pięknie popoić, a w nocy śpiących wyrżnąć (każdy gospodarz uczynić to może), albo ich w piwach mocnych potruć, albo o co tam nietrudno, swawolną także kupą na nich zemknąć, co by się na nich obłowili...

- No, nic nowego! - rzekł książę Bogusław. - Możesz, panie Harasimowicz, jechać dalej ze mną...

- Jest jeszcze suplement - odrzekł podstarości.

I począł czytać dalej:

"...Win, jeśli nie można wywieźć(bo tu już u nas nigdzie ich nie dostanie), tedy w skok za gotowe posprzedawać...'

Tu pan Harasimowicz sam przerwał i chwycił się za głowę.

- Dla Boga! wina idą o pół dnia drogi za nami i pewno wpadły w ręce tej chorągwi zbuntowanej, która koło nas przechodziła. Będzie szkody na jaki tysiąc czerwonych złotych. Niech wasza książęca mość świadczy za mną, że sama mi kazała czekać, aż beczki na wozy wpakują.

Strach pana Harasimowicza byłby jeszcze większy, gdyby pan Harasimowicz znał pana Zagłobę i gdyby wiedział, że się właśnie w owej chorągwi znajduje. Tymczasem jednak książę Bogusław roześmiał się i rzekł:

- Niech im będzie na zdrowie! Czytaj dalej!

"...jeżeli się zaś kupiec nie znajdzie..."

Książę Bogusław wziął się aż pod boki ze śmiechu:

- Już się znalazł - rzekł - jeno trza mu będzie borgować.

"...jeżeli się zaś kupiec nie znajdzie (czytał żałosnym głosem

Harasimowicz), tedy w ziemię pozakopywać, byle nieznacznie, żeby nad dwóch o tym nie wiedziało. Beczkę jednak jaką i drugą w Orlu i w Zabłudowie zostawić, a to z lepszych i słodszych, co by się ułakomili na nią, a podprawić mocno trucizną, żeby starszyzna przynajmniej powyzdychała, to się drużyna rozbieży. Dla Boga, życzliwie mi w tym posłużcie, a sekretnie, przez miłosierdzie boże!... A palcie, co piszę i ktokolwiek o czym wiedzieć będzie, odsyłajcie go do mnie. Albo sami najdą i wypiją, albo jednając może im ten napój podarować..."

Podstarości skończył czytać i począł patrzyć na księcia Bogusława jakby czekając instrukcji, a książę rzekł:

- Widzę, że tęgo brat mój myśli o konfederatach, szkoda tylko, że jak zwykle, za późno!... Żeby się był dwa tygodnie albo choć tydzień temu na ów dowcip zdobył, można by było poprobować. A teraz ruszaj z Bogiem, panie Harasimowicz, bo już cię nie potrzebujemy.

Harasimowicz skłonił się i wyszedł.

Książę Bogusław stanął przed zwierciadłem i począł się przyglądać starannie własnej postaci, przy czym poruszał z lekka głową w prawo i lewo, to oddalał się od lustra, to zbliżał, to potrząsał puklami włosów, to strzygł oczyma z ukosa, nie zważając wcale na Kmicica, który siedział w cieniu, odwrócony plecami do okna.

Gdyby jednak był rzucił chociaż jedno spojrzenie na twarz pana Andrzeja, poznałby, iż w młodym pośle dzieje się coś dziwnego, twarz bowiem Kmicica była blada, na czole osiadły mu gęste krople potu, a ręce drgały konwulsyjnie. Przez chwilę podniósł się z krzesła i znowu zaraz usiadł, jak człowiek, który walczy ze sobą i przełamuje w sobie wybuch gniewu lub rozpaczy. Na koniec rysy jego ściągnęły się i zakrzepły; widocznie całą siłą potężnej woli i energii nakazał sobie spokój i zapanował nad sobą zupełnie.

- Wasza książęca mość - rzekł - z tego zaufania, jakim mnie książę hetman obdarza, widzisz wasza książęca mość, że tajemnicy nie chce z niczego przede mną robić. Należę duszą i mieniem do jego robót; przy jego i waszej książęcej mości fortunie może i moja wyrosnąć, dlatego gdzie wy idziecie, tam i ja pójdę... Na wszystkom gotów! Ale chociaż w onych sprawach służę i w nich się obracam, przecie pewnie nie wszystko zgoła rozumiem ani też wszystkich arkanów własnym słabym dowcipem przeniknąć mogę.

- Czego tedy życzysz, panie kawalerze, a raczej, piękny kuzynie? - spytał książę.

- O naukę waszej książęcej mości proszę, bo też wstyd by mi było, gdybym się przy takich statystach niczego nie zdołał nauczyć. Nie wiem, czy wasza książęca mość raczysz mi szczerze odpowiedzieć?

- To będzie zależało od twego pytania i od mego humoru - odrzekł Bogusław nie przestając patrzeć w lustro.

Oczy Kmicica błysnęły przez chwilę, lecz mówił dalej spokojnie:

- Owóż tak jest: książę wojewoda wileński wszystkie swe postępki dobrem i zbawieniem Rzeczypospolitej osłania. Już też ta Rzeczpospolita z ust. mu nie schodzi. Raczże mi wasza książęca mość szczerze powiedzieć: pozoryli to tylko konieczne czyli naprawdę książę hetman ma tylko dobro Rzeczypospolitej na celu?...

Bogusław rzucił bystre, przelotne spojrzenie na pana Andrzeja.

- A jeżelibym ci powiedział, że to pozory, czylibyś pomagał dalej?

Kmicic ruszył niedbale ramionami.

- Ba! jako rzekłem, moja fortuna przy fortunie waszych książęcych mościów wyrośnie. Byle się to stało, wszystko mi zresztą jedno!

- Wyjdziesz na człowieka! Pamiętaj, że ci to przepowiadam. Ale czemu to brat nigdy z tobą szczerze nie mówił?

- Może dlatego, że skrupulat, a może, ot tak! nie zgadało się!

- Bystry masz dowcip, kawalerze, bo to szczera prawda, że on skrupulat i niechętnie prawdziwą skórę pokazuje. Jak mi Bóg miły, prawda! Taka już jego natura. Toż on i ze mną gadając, skoro się tylko zapomni, zaraz zaczyna mowę miłością dla ojczyzny koloryzować. Dopiero jak mu się w oczy roześmieję, to się opatrzy. Prawda! prawda!

- Więc to tedy jeno pozory? - pytał Kmicic.

Książę przekręcił krzesło, siadł na nim jak na koniu i wsparłszy ręce na poręczy milczał chwilę, jakby się namyślając, po czym rzekł:

- Słuchaj, panie Kmicic! Gdybyśmy, Radziwiłłowie, żyli w Hiszpanii, we Francji albo w Szwecji, gdzie syn po ojcu następuje i gdzie prawo królewskie z Boga samego wypływa, tedy, pominąwszy jakieś wojny domowe, jakieś rodu królewskiego wygaśnięcie, jakieś nadzwyczajne zdarzenia, służylibyśmy pewnie królowi i ojczyźnie, kontentując się jeno najwyższymi urzędami, które nam się z rodu i fortuny przynależą. Ale tu, w tym kraju, gdzie król nie ma za sobą bożego prawa, jeno go szlachta kreuje, gdzie wszystko in liberis suffragiis, słusznie czyniliśmy sobie pytanie: dlaczego to Waza, a nie Radziwiłł ma panować?... Nic to jeszcze Waza, boć oni z królów dziedzicznych ród wiodą, ale kto nam zaręczy, kto nas upewni, że po Wazach nie przyjdzie szlachcie fantazja do głowy posadzić na stolcu królewskim i wielkoksiążęcym choćby pana Harasimowicza albo jakiego pana Mieleszkę, albo jakiego pana Piegłasiewicza z Psiej Wólki. Tfu! czy ja wiem wreszcie kogo?... A my? Radziwiłłowie i książęta Rzeszy Niemieckiej mamyże po staremu przystępować do całowania jego królewskiej - piegłasiewiczowskiej ręki?... Tfu! do wszystkich rogatych diabłów, kawalerze, czas z tym skończyć!... Spójrz przy tym na Niemcy, ilu tam książąt udzielnych mogłoby, z uwagi na fortunę, na podstaraścich do nas się zgodzić. A przecie mają swoją udzielność, a przecie panują, a przecie suffragia w sejmach Rzeszy mają, a przecie korony na głowach noszą i miejsca przed nami biorą, choćby im słuszniej wypadało ogony u naszych płaszczów nosić. Czas z tym skończyć, panie kawalerze, czas spełnić to, o czym ojciec mój już zamyślał!

Tu książę ożywił się, wstał z krzesła i począł chodzić po komnacie.

- Nie obejdzie się to bez trudności i impedimentów - mówił dalej - bo ołyccy i nieświescy Radziwiłłowie nie chcą nam pomagać. Wiem, że książę Michał pisał do brata, że nam raczej o włosiennicy, nie o płaszczu królewskim myśleć. Niechże sam o niej myśli, niech pokuty odprawia, niech na popiele siada, niech mu jezuici skórę dyscyplinami garbują; skoro kontentuje się krajczostwem, niechże przez całe cnotliwe życie aż do cnotliwej śmierci kapłony cnotliwie kraje! Obejdziem się bez niego i rąk nie opuścimy, bo teraz właśnie pora. Rzeczpospolitą diabli biorą, bo już tak bezsilna, na takie psy zeszła, że się nikomu nie może opędzić. Wszyscy lezą w jej granice jak przez rozgrodzony płot. To, co tu się ze Szwedami stało, nie przytrafiło się dotąd nigdy na świecie. My, panie kawalerze, możem wprawdzie śpiewać: Te Deum laudamus!, a swoją drogą to niesłychana i niebywała rzecz... Jak to, najezdnik uderza na kraj, najezdnik znany z drapieżności, i nie tylko nie znajduje oporu, ale kto żyw opuszcza dawnego pana i spieszy do nowego: magnates, szlachta, wojsko, zamki, miasta, wszyscy!... bez czci sławy, honoru, wstydu!... Historia drugiego takiego przykładu nie podaje! Tfu! tfu! panie kawalerze! kanalia w tym kraju żywie bez sumienia i ambicji... I taki kraj nie ma zginąć? Na łaskawość się szwedzką oglądali! Będziecie mieć łaskawość! Już tam w Wielkopolsce Szwedzi szlachcie pałce w kurki od muszkietów wkręcają!... I tak wszędy będzie - nie może być inaczej, bo taki naród musi zginąć, musi pójść w pogardę i w służbę do sąsiadów!...

Kmicic coraz był bledszy i resztkami sit trzymał na wodzy wybuch szaleństwa; ale książę, cały zatopiony w swej mowie, upajał się własnymi. słowami, własnym rozumem, i nie zważając na słuchacza tak dalej mówił:

- Jest, panie kawalerze, zwyczaj w tym kraju, iż gdy kto kona, to mu krewni w ostatniej chwili poduszkę spod głowy wyszarpują, ażeby się zaś dłużej nie męczył. Ja i książę wojewoda wileński postanowiliśmy tę właśnie przysługę oddać Rzyczypospolitej. Ale że siła drapieżników czyha na spadek i wszystkiego zagarnąć nie zdołamy, przeto chcemy, aby choć część, i to nie lada jaka, dla nas przypadła. Jako krewni, mamy do tego prawo. Jeśli zaś nie przemówiłem ci tym porównaniem do głowy i nie zdołałem w sedno utrafić, tedy powiem inaczej. Rzeczpospolita to postaw czerwonego sukna, za które ciągną Szwedzi, Chmielnicki, Hiperborejczykowie, Tatarzy, elektor i kto żyw naokoło. A my z księciem wojewodą wileńskim powiedzieliśmy sobie, że z tego sukna musi się i nam tyle zostać w ręku, aby na płaszcz wystarczyło; dlatego nie tylko nie przeszkadzamy ciągnąć, ale i sami ciągniemy. Niechaj Chmielnicki przy Ukrainie się ostaje, niech Szwedzi z Brandenburczykiem o Prusy i wielkopolskie kraje się rozprawiają, niech Małopolskę bierze Rakoczy czy kto bliższy. Litwa musi być dla księcia Janusza, a z jego córką - dla mnie!

Kmicic wstał nagle.

- Dziękuję waszej książęcej mości, to tylko chciałem wiedzieć!

- Odchodzisz, panie kawalerze?

- Tak jest.

Książę spojrzał uważniej na Kmicica i w tej chwili dopiero spostrzegł jego bladość i wzburzenie.

- Co ci jest, panie Kmicic? - spytał. - Wyglądasz jak Piotrowin...
- Fatygi z nóg mnie obaliły i w głowie mi się kręci. Żegnam waszą książęcą mość, przed odjazdem przyjdę się jeszcze pokłonić.
- To się spiesz, bo ja po południu ruszam także.
- Za godzinę najdalej przybędę.

To rzekłszy Kmicic skłonił się i wyszedł.

W drugiej izbie pokojowcy podnieśli się na jego widok, ale on przeszedł jak pijany, nikogo nie widząc. Na progu izby chwycił się obu rękami za głowę i począł powtarzać z jękiem prawie:

- Jezusie Nazareński, Królu Żydowski! Jezus, Maria, Józef!

Chwiejnym krokiem przeszedł przez podwórzec około warty złożonej z sześciu halabardników. Za kołowrotem stali jego ludzie z wachmistrzem Soroką na czele.

- Za mną! - rzekł Kmicic.

I ruszył przez miasto ku oberży.

Soroka, dawny żołnierz Kmicica i znający go doskonale, zauważył natychmiast, że z młodym pułkownikiem dzieje się coś niezwykłego.

- Czuj duch! - rzekł z cicha do ludzi - gorze temu, na kogo gniew jego spadnie!

Żołnierze przyspieszali w milczeniu kroku, a Kmicic nie szedł, ale biegł prawie naprzód, wymachując rękoma i powtarzając bezładne słowa.

Do uszu Soroki dochodziły jeno oderwane wyrazy: "Truciciele, wiarołomcy, zdrajcy... Zbrodzień i zdrajca... Obaj tacy..."

Potem począł pan Kmicic wspominać dawnych kompanionów. Nazwiska: Kokosiński, Kulwiec, Ranicki, Rekuć i inne, wypadały z jego ust jedno po drugim. Kilka razy wspomniał także Wołodyjowskiego. Słuchał tego ze zdumieniem Soroka i trwożył się coraz bardziej, a w duszy myślał:

"Jakaś krew się tu poleje... Nie może być inaczej..."

Tymczasem przyszli do zajazdu. Kmicic zamknął się natychmiast w izbie i z godzinę nie dawał znaku życia.

A żołnierze tymczasem bez rozkazu ładowali wiuki i siodłali konie.

Soroka mówił im:

- Nie zawadzi to, trzeba być na wszystko gotowym.
- My też gotowi! - odpowiadali starzy zabijakowie ruszając wąsami.

Jakoż pokazało się wkrótce, że Soroka dobrze znał swego pułkownika, bo nagle Kmicic ukazał się w sieni, bez czapki, w koszuli tylko i hajdawerach.

- Konie siodłać! - krzyknął.
- Posiodłane.
- Wiuki ładować!
- Spakowane.
- Dukat na głowę! - krzyknął młody pułkownik, który pomimo całej

gorączki i wzburzenia spostrzegł, że ci żołnierze w lot odgadują jego myśli.

- Dziękujemy, panie komendancie! - ozwali się wszyscy chórem.

- Dwóch ludzi weźmie konie wiuczne i wyjedzie natychmiast z miasta ku Dębowej. Przez miasto jechać wolno, za miastem puścić konie w skok i nie ustawać aż w lasach.

- Wedle rozkazu!

- Czterej inni nabić garłacze siekańcami. Dla mnie dwa konie osiodłać, żeby i drugi był w zupełnej gotowości.

- Wiedziałem ja, że coś będzie! - mruknął Soroka.

- A teraz wachmistrz za mną! - krzyknął Kmicic.

I jak był rozebrany, w hajdawerach tylko i rozchełstanej na piersiach koszuli, wyszedł z sieni, a Soroka szedł za nim, otwierając szeroko oczy ze zdziwienia; tak doszli aż do studni żurawianej w podwórzu zajazdu. Tu Kmicic zatrzymał się i ukazując na wiadro wiszące przy żurawiu rzekł:

- Lej mi wodę na łeb!

Wachmistrz wiedział z doświadczenia, jak niebezpiecznie było pytać dwa razy o rozkaz; chwycił więc za drąg i zanurzył wiadro w wodzie, następnie wyciągnął je spiesznie i porwawszy w dłonie chlusnął zawartą w nim wodę na pana Andrzeja, a pan Andrzej począł parskać i prychać jakoby wieloryb dłońmi przyklepywał mokre włosy, po czym zakrzyknął:

- Jeszcze!

Soroka powtórzył czynność raz, drugi i chlustał wodą ze wszystkich sił, jakoby chciał płomień zagasić.

- Dość! - rzekł na koniec Kmicic. - Pójdź za mną, szaty mi pomożesz wdziać!

I poszli obaj do zajazdu.

W bramie spotkali swoich dwóch ludzi, wyjeżdżających zwiucznymi końmi.

- Wolno przez miasto, za miastem w skok! - powtórzył im na drogę Kmicic.

I wszedł do izby.

W pół godziny później ukazał się, znowu, całkiem przybrany już jak do drogi w wysokie jałowicze buty i łosiowy kaftan obciśnięty pasem skórzanym, za który zatknięta była krócica.

Żołnierze zauważyli także, iż spod kaftana wyglądał mu brzeg drucianej kolczugi, jak gdyby wybierał się na bitwę. Szablę też miał przypiętą wysoko, by łatwiej było chwycić za rękojeść; twarz miał dość spokojną, ale surową i groźną.

Rzuciwszy okiem na żołnierzy, czy gotowi i zbrojni należycie, siadł na koń i cisnąwszy dukata gospodarzowi wyjechał z zajazdu,

Soroka jechał przy nim, trzej inni z tyłu, prowadząc zapasowego konia.

Wkrótce znaleźli się na rynku napełnionym przez wojska Bogusława.

Ruch już był między nimi, bo widocznie przyszły rozkazy, aby się gotowano do drogi. Jazda dociągała popręgów u siodeł i kiełznała konie, piechota rozbierała muszkiety stojące w kozłach przed domami, do wozów zakładano konie.

Kmicic obudził się jakoby z zamyślenia.

- Słuchaj, stary - rzekł do Soroki - wszakże to od starościńskiego dworu gościniec idzie dalej, nie trzeba wracać przez rynek?

- A gdzie pojedziem, panie pułkowniku?

- Do Dębowej!

- To właśnie z rynku wedle dworu trzeba przejeżdżać. Rynek zostanie za nami.

- Dobrze! - rzekł Kmicic.

Po chwili mruknął sam do siebie półgłosem:

- Ej, żeby tamci żyli teraz! Mało ludzi na taką imprezę, mało!

Tymczasem przejechali rynek i poczęli skręcać ku starościńskiemu domowi, który leżał o półtora stai dalej nad drogą.

- Stój! - rzekł nagle Kmicic.

Żołnierze stanęli, on zaś zwrócił się ku nim.

- Gotowiście na śmierć? - spytał krótko.

- Gotowi - odpowiedzieli chórem orszańscy zabijakowie.

- Leźliśmy Chowańskiemu w gardło i nie zjadł nas... Pamiętacie?

- Pamiętamy!

- Trzeba się dziś ważyć na wielkie rzeczy... Uda się, to miłościwy król nasz panów z was poczyni... Ja w tym!... Nie uda się, pójdziecie na pal!

- Co się nie ma udać! - rzekł Soroka, którego oczy poczęły błyskać jak u starego wilka.

- Uda się! - powtórzyli trzej inni: Biłous, Zawratyński i Lubieniec.

- Musimy porwać księcia koniuszego! - rzekł Kmicic.

I umilkł chcąc zbadać wrażenie, jakie szalona myśl uczyni na żołnierzy. A oni umilkli także i patrzyli w niego jak w tęczę, tylko wąsiska ruszały im się i tylko twarze stały się groźne i zbójeckie.

- Pal blisko, nagroda daleko! - rzekł Kmicic.

- Mało nas! - mruknął Zawratyński.

- To gorzej aniżeli z Chowańskim ! - dodał Lubieniec.

- Wojska wszystkie w rynku, a we dworze jeno straż i dworzan ze dwudziestu - rzekł Kmicic - którzy niczego się nie spodziewają, nawet i szabel przy bokach nie mają.

- Wasza miłość swoją głowę stawi, czemu my nie mamy naszych postawić? - odparł Soroka.

- Słuchać! - rzekł Kmicic. - Jeśli chytrością go nie weźmiem, to inaczej wcale nie weźmiem... Słuchać! Ja wejdę do komnat i po chwili wyjdę z księciem... Jeśli książę siądzie na mego konia, tedy ja siądę na drugiego i pojedziem... Jak odjedziemy ze sto albo z półtorasta kroków, tedy go we dwóch porwać pod pachy i w skok, co tchu w koniach!

- Wedle rozkazu! - rzekł Soroka.

- Jeśli nie wyjdziem - mówił dalej Kmicic - a usłyszycie strzał w komnacie, tedy mi gruchnąć z garłaczy po straży i konia mi podawać, jak tylko wypadnę ze drzwi.

- Tak i będzie! - rzekł Soroka.

- Naprzód! - skomenderował Kmicic.

Ruszyli i w kwadrans później stanęli przed kołowrotem starościńskiego dworu. Przy kołowrocie, po staremu, stało sześciu halabardzistów, a czterech we drzwiach sieni. Po podwórzu kręciło się przy karecie kilku masztalerzy i forysiów, których doglądał zacny jakiś dworzanin, cudzoziemiec - jak można było poznać ze stroju i peruki.

Dalej, wedle wozowni, zakładano konie do dwóch jeszcze kolasek, olbrzymi pajukowie znosili do nich łuby i sepety. Nad tymi czuwał człowiek cały czarno ubrany, z twarzy wyglądający na medyka albo astrologa.

Kmicic oznajmił się, jak i poprzednio, przez dyżurnego oficera, który po chwili wrócił i wezwał go do księcia.

- Jak się masz, kawalerze? - rzekł wesoło książę. - Takeś mnie nagle opuścił, żem myślał, iż skrupuły w tobie od moich słów rebelizowały, i nie spodziewałem się widzieć cię więcej.

- Jakżebym to nie miał się przed drogą pokłonić! - rzekł Kmicic.

- No! przecie myślałem także, iż wiedział książę wojewoda, kogo z poufną misją wysłać. Skorzystam i ja z ciebie, bo ci dam kilka listów do różnych znacznych osób i do samego króla szwedzkiego. Ale cóżeś to tak zbrojny jak do bitwy?

- Bo między konfederatów jadę, a właśnie i tu w mieście słyszałem, i wasza książęca mość to potwierdził, że niedawno temu przechodziła tędy konfederacka chorągiew. Nawet tu, w Pilwiszkach, okrutnie Zołtareńko owych ludzi przepłoszyli, bo to zawołany żołnierz prowadził ową chorągiew.

- Któż to taki?

- Pan Wołodyjowski, a jest z nim i pan Mirski, i pan Oskierko, i dwóch panów Skrzetuskich: jeden ów zbarażczyk, którego żonę chciałeś wasza książęca mość w Tykocinie oblegać. Wszystko się to przeciw księciu wojewodzie pobuntowało, a szkoda, bo tędzy żołnierze. Cóż robić! Są jeszcze tacy głupi ludzie w tej Rzeczypospolitej, którzy nie chcą za czerwone sukno wraz z Kozakami i Szwedami ciągnąć.

- Głupich nigdzie na świecie nie brak, a szczególnie w tym kraju! - rzekł książę. - Ot! masz listy, a oprócz tego, jak zobaczysz jego szwedzki majestat, tedy wyznaj mu niby poufnie, żem w duszy taki sam jego stronnik jak i mój stryjeczny, jeno do czasu muszę symulować.

- Kto nie musi symulować! - odparł Kmicic. - Symuluje każdy, zwłaszcza jeśli chce czegoś znacznego dokonać.

- Pewnie, że tak jest. Spraw się, panie kawalerze, dobrze, a będę ci wdzięczny i nie dam się w nagradzaniu księciu wojewodzie wileńskiemu prześcignąć.

- Jeśli taka łaska waszej książęcej mości, to z góry o nagrodę poproszę.

- Masz tobie. Pewnie cię tam książę wojewoda niezbyt suto na drogę opatrzył. Wąż u niego w skrzyni siedzi.

- Niechże mnie Bóg zachowa, abym miał pieniędzy żądać, nie chciałem ich od księcia hetmana, nie wezmę i od waszej książęcej mości. Na własnym żołdzie jestem i na własnym pozostanę.

Książę Bogusław spojrzał ze zdziwieniem na młodego rycerza.

- E, to widzę, Kmicicowie naprawdę nie z tych, co ludziom w ręce patrzą. O co tedy idzie, panie kawalerze?

- Rzecz jest taka, wasza książęca mość! Nie rozmyśliwszy się dobrze w Kiejdanach, wziąłem ze sobą konia wielkiej krwi, żeby to się przed Szwedami pokazać. Nie przesadzę, jeśli rzeknę, że lepszego w kiejdańskich stajniach nie masz. Teraz tedy mi go żal i strach mi, żeby się po drogach, karczmach albo od niewczasów nie sterał. A jako o przygodę nietrudno, może i w nieprzyjacielskie ręce wpaść, choćby tegoż pana Wołodyjowskiego, który personaliter okrutnie na mnie zawzięty. Umyśliłem tedy prosić waszą książęcą mość, abyś go raczył na przechowanie wziąć i zażywać, póki się sposobniejszą porą o niego nie upomnę.

- To mi go lepiej przedaj.

- Nie może być, bo to byłoby, jakobym przyjaciela przedawał. Mało sto razy mnie ten koń z największego ukropu wyniósł, gdyż i tę ma cnotę, że w bitwie kąsa nieprzyjaciół okrutnie.

- Takiż to zacny koń? - pytał z żywym zajęciem książę Bogusław.

- Czy zacny? Gdybym był pewien, że się wasza książęca mość nie rozgniewa, tedybym sto czerwonych złotych stawił, że nie przymierzając i wasza książęca mość nie posiada takiego w swoich stajniach.

- Może i ja bym stawił, gdyby nie to, że nie pora dziś konie w zawód puszczać. Chętnie go przechowam, chociaż jeśli mi się uda, wolałbym kupić. Ale gdzież się owo dziwo znajduje?

- A ot, przed kołowrotem ludzie go trzymają! Ale że dziwo, to dziwo, bo nie koloryzując sułtan może takiego konia pozazdrościć. Nietutejszy on - natolski, jeno myślę, że i w Natolii jeden się taki utrafił.

- To pójdźmy obaczyć.

- Służę waszej książęcej mości.

Książę wziął kapelusz i wyszli.

Przed kołowrotem ludzie Kmicicowi trzymali dwa zapasowe, całkiem osiodłane konie, z których jeden, istotnie bardzo rasowy, czarny jak kruk, ze strzałką na czole i białą pęciną u nogi włócznej, zarżał lekko na widok swego pana.

- To ten! zgaduję! - rzekł książę Bogusław. - Nie wiem, czy takie dziwo, jakeś mówił, ale istotnie zacny koń.

- A przeprowadzić no go! - krzyknął Kmicic. - Albo nie! czekaj, ja sam siądę!

Żołnierze podali konia i pan Andrzej siadłszy począł go objeżdżać wedle kołowrotu. Pod biegłym jeźdźcem koń wydał się jeszcze dwakroć piękniejszy. Śledziona grała w nim, gdy szedł rysią, oczy wypukłe nabrały blasku, i zdawało się, że chrapami wyrzuca ogień wewnętrzny, a grzywę wiatr mu rozwiał. Pan Kmicic zataczał koła, zmieniał chody, na koniec najechał tuż na księcia, tak że chrapy konia nie były dalej jak o krok od jego twarzy, i krzyknął:

- Alt!

Koń wsparł się czterema nogami i stanął jak wryty.

- A co? - rzekł Kmicic.

- Jak to powiadają: oczy i nogi jelenia, chód wilka, chrapy łosia, a pierś niewiasty! - rzekł książę Bogusław. - Jest wszystko, co potrzeba. I komendę rozumie niemiecką?

- Bo go objeżdżał mój kawalkator, Zend, który był Kurlandczyk.

- A ścigła szkapa?

- Wiatr waszej książęcej mości na nim nie dogoni! Tatarzyn przed nim nie ujdzie!

- Grzeczny musiał być kawalkator, bo widzę, że i wyjeżdżony koń bardzo.

- Czy wyjeżdżony? Wasza książęca mość nie uwierzy! Tak on chodzi w szeregu, że gdy szereg idzie skokiem, możesz wasza książęca mość cugle puścić, a on się o pół chrapów z szeregu nie wysunie. Jeśli wasza książęca mość raczy spróbować i jeśli się na dwóch stajach choć o pół łba wysunie, to go darmo oddam.

- To byłoby największe dziwo, żeby się z puszczonymi cuglami nie wysunął.

- I dziwo, i wygoda, bo obie ręce wolne. Nieraz tak było, żem w jednej miał szablę, w drugiej pistolet, a koń szedł wolno.

- Ba, a jeśli szereg zawraca?

- Tedy zawróci i on, nie popsowawszy linii.

- Nie może być! - rzekł książę - tego żaden koń nie uczyni. Widziałem we Francji konie muszkieterów królewskich, bardzo ćwiczone, umyślnie, aby ceremonij dworskich nie psowały, ale przecie trzeba je cuglami prowadzić.

- W tym koniu człowieczy dowcip... Niechże wasza książęca mość sam popróbuje.

- Dawaj! - rzekł po chwili namysłu książę.

Sam Kmicic potrzymał konia do wsiadania, a książę skoczył lekko na kulbakę i począł klepać rumaka po lśniącym karku.

- Dziwna rzecz! - rzekł- najlepsze szkapy na jesień szerszenieją, ten zaś jakoby z wody wyszedł. A w którą stronę ruszymy?

- Ruszymy naprzód szeregiem, i jeśli wasza książęca mość pozwoli, to w drugą stronę, ku lasowi. Droga tam równa i szeroka, a ku miastu mogłyby nam jakowe wozy przeszkadzać.

- Niechże będzie ku lasowi!

- Ze dwie staje równo! Puść wasza książęca mość cugle z miejsca i skokiem... Dwóch ludzi z każdej strony, ja trochę z tyłu pojadę.

- Stawać! - rzekł książę.

Szereg stanął i zwrócił się głowami końskimi ku drodze od miasta. Książę stał w środku.

- Ruszaj! - rzekł. - Z miejsca w skok!... Marsz!

Szereg pomknął i po pewnej chwili szedł jak wicher. Tuman kurzu zasłonił ich przed oczyma dworzan i masztalerzy, którzy zebrawszy się gromadką przed kołowrotem, przyglądali się z ciekawością biegowi. Ćwiczone konie, w największym pędzie, chrapiąc z wysilenia, przebiegły już staję lub więcej, i rumak książęcy, lubo nie trzymany cuglami, nie wysunął się istotnie ani na cal. Przebiegli i drugą staję, nagle Kmicic zwrócił się, a widząc za sobą jeno tumany kurzu, przez które zaledwie było widać dwór starościński, a wcale stojących przed nim ludzi, krzyknął straszliwym głosem:

- Bierz go!

W tej chwili Biłous i olbrzymi Zawratyński chwycili księcia za oba ramiona, aż kości zatrzeszczały mu w stawach, i trzymając w żelaznych pięściach, poczęli bóść ostrogami własne konie.

Książęcy w środku trzymał się ciągle w szeregu, nie zostając ani wysuwając się na cal naprzód. Zdumienie, przerażenie, wicher bijący w twarz księcia Bogusława odebrały mu w pierwszej chwili mowę. Szarpnął się jeno raz i drugi, lecz bez skutku, bo tylko ból od wykręconych ramion przeszył go na wylot.

- Co to jest? łotry!... Nie wiecie, ktom jest!... - krzyknął wreszcie.

Wtem Kmicic trącił go lufą od krócicy między łopatki.

- Na nic opór, bo kula w krzyż! - zakrzyknął.

- Zdrajco! - rzekł książę.

- A ty kto? - odparł Kmicic.

I mknęli dalej.

ROZDZIAŁ 26

Biegli długo borem, pędząc tak, że sosny przydrożne zdawały się uciekać w tył w popłochu; mijali karczmy, chaty pobereżników, smolarnie, a czasem wozy ciągnące pojedynczo lub po kilka ku Pilwiszkom. Od chwili do chwili książę Bogusław przechylał się w kulbace, jakby chcąc próbować oporu, ale wówczas ramiona jego wykręcały się jeno boleśniej w żelaznych rękach Kmicicowych żołnierzy, a pan Andrzej przykładał mu znów lufę między łopatki i biegli dalej. Kapelusz księciu spadł- wiatr rozwiewał bujne, jasne sploty jego peruki - i biegli dalej, aż biała piana poczęła spadać płatami z koni.

Na koniec trzeba było zwolnić, bo ludziom i koniom tchu zbrakło, a Pilwiszki pozostały tak daleko, że wszelka możliwość pogoni znikła. Jechali tedy czas jakiś stępą i w milczeniu, przesłonięci tumanem pary, która buchała z rumaków.

Książę przez długi czas nie odzywał się wcale, widocznie starał się uspokoić i odzyskać zimną krew, aż gdy tego dokazał, wówczas spytał:

- Dokąd mnie prowadzicie?

- Dowiesz się wasza książęca mość na końcu drogi - rzekł Kmicic.

Bogusław zamilkł, a po chwili znowu:

- Każ mnie puścić tym chamom, kawalerze, bo mi ramiona wykręcą. Jeśli to im każesz uczynić, będą po prostu wisieć, inaczej, na pal pójdą.

- To szlachta, nie chamy! - odrzekł Kmicic - a co do kary, jaką im wasza książęca mość grozisz, to nie wiadomo, kogo pierwej śmierć dosięgnie.

- Wiecie wy, na kogoście ręce podnieśli? - spytał książę zwracając się do żołnierzy.

- Wiemy - odpowiedzieli.

- Do miliona diabłów rogatych! - zawołał z wybuchem Bogusław każesz tym ludziom pofolgować mi czy nie?

- Każę waszej książęcej mości związać w tył ręce, tak będzie wygodniej.

- Nie może być!... Do reszty mi ręce wykręcicie!

- Innego kazałbym uwolnić na parol, że nie ucieknie, ale wy umiecie słowo łamać! - odrzekł Kmicic.

- Jać inny parol daję - odrzekł książę - że nie tylko przy pierwszej sposobności umknę z twoich rąk; ale że cię każę końmi rozerwać, gdy w moje wpadniesz!

- Co ma Bóg dać, to da! - odrzekł Kmicic - ale wolę szczerą groźbę niż fałszywe obietnice. Puścić mu ręce, konia jeno za cugle powodować, a wasza książęca mość patrz tu! Oto mi jeno za cyngiel ruszyć, by ci kulę w krzyże wpędzić, a dalibóg, nie chybię, bo nigdy nié chybiam. Siedźże spokojnie na koniu, umykać nie probuj!

- Nie dbam, panie kawalerze, o ciebie i twoją krócicę...

To rzekłszy książę wyciągnął zbolałe ręce, aby je wyprostować i z odrętwienia otrząsnąć, żołnierze tymczasem chwycili z dwóch stron konia za cugle i wiedli dalej.

Bogusław po chwili rzekł:

- Nie śmiesz mi w oczy spojrzeć, panie Kmicic, z tyłu się kryjesz.

- Owszem! - odparł pan Andrzej i popędziwszy konia, odsunął Zawratyńskiego, a sam chwyciwszy za lejc książęcego rumaka spojrzał Bogusławowi prosto w twarz.

- A jak tam moja szkapa? Zalim jej dołgał choć jedną cnotę?

- Dobry koń! - odrzekł książę. - Chcesz, to go kupię.

- Bóg zapłać! Wart ten koń lepszego losu niż zdrajcę do śmierci nosić.

- Głupiś, panie Kmicic!

- Bom w Radziwiłłów wierzył!

Znów nastała chwila milczenia, którą przerwał pierwszy książę:

- Powiedz mi, panié Kmicic - rzekł - czyś ty pewien, żeś przy zdrowych zmysłach i że ci się rozum nie pomieszał? Czyś zapytał samego siebie, coś ty, szalony człecze, uczynił, kogoś ty porwał, na kogoś rękę podniósł? Czy ci nie przyszło do głowy, że lepiej by dla ciebie teraz było, żeby cię matka nie rodziła? I że na tak zuchwały postępek nie odważyłby się nikt nie tylko w Polsce, ale i w Europie całej?

- To widać niewielka fantazja w tej Europie, bo ja waszą książęcą mość porwałem, trzymam i nie puszczę.

- Nie może być inaczej, tylko z szalonym sprawa! - zawołał jakby do siebie książę.

- Mój mości książę! - odrzekł pan Andrzej. - Jesteś w moim ręku i z tym się zgódź, a słów próżno nie trać! Pogoń nie nadejdzie, bo tam twoi ludzie dotychczas myślą, żeś dobrowolnie z nami wyjechał. Kiedy cię moi ludzie pod łokcie brali, nikt tego nie widział, bo nas tuman przesłonił, a choćby nie tuman, to z dalekości ani masztalerze, ani straż by nie dojrzała. Przez dwie godziny będą cię czekać, przez trzecią się niecierpliwić, przez czwartą i piątą niepokoić, a w szóstej wyślą ludzi na zwiady, a my tymczasem będziem za Mariampolem.

- I co z tego?

- To z tego, że nie zgonią, a choćby i zaraz byli zaczęli gonić, i tak by nie zgonili, bo wasze konie prosto z drogi, a nasze wypoczęte. Gdyby zaś jakim cudem zgonili, i to na nic, bo jak mnie tu wasza książęca mość widzisz, tak bym jej łeb roztrzaskał... co i uczynię, jeśli inaczej nie będzie można. Ot, co jest! Radziwiłł ma dwór, wojsko, działa, dragonów, a Kmicic sześciu ludzi i pomimo tego Kmicic Radziwiłła za kark trzyma.

- Co dalej? - rzekł książę.

- Nic dalej! Dalej pojedziem przed siebie tam, gdzie mi się spodoba. Dziękuj wasza książęca mość Bogu, żeś żyw dotąd, bo żeby nie to, żem ja sobie kazał z dziesięć wiader wody rano na łeb wychlustać, to byś już był na tamtym świecie, alias w piekle, z dwóch racyj: jako zdrajca i jako kalwin.

- I ważyłbyś się na to?

- Nie chwaląc się nie znajdziesz wasza książęca mość łatwo takowej imprezy, na którą bym się nie ważył, a masz najlepszy dowód na sobie.

Książę spojrzał uważniej w oblicze junaka i rzekł:

- Diabeł ci to, kawalerze, na twarzy napisał, żeś na wszystko gotów - i to też racja, że mam dowód na sobie... Powiem ci nawet, żeś potrafił mnie samego śmiałością zadziwić, a to niełatwa rzecz.

- Wszystko mi jedno. Podziękuj wasza książęca mość Bogu, żeś dotąd żyw, i kwita!

- Nie, panie kawalerze! Przede wszystkim ty za to Bogu podziękuj... Bo gdyby jeden włos spadł z głowy mojej, to wiedz, że cię Radziwiłłowie znajdą choćby pod ziemią. Jeśli liczysz na to, że teraz niezgoda między nami i że cię nieświescy i ołyccy ścigać nie będą, to się mylisz. Krew radziwiłłowska musi zostać pomszczona, przykład straszliwy musi być dany, inaczej nie żyć by nam w tej Rzeczypospolitej. Za granicą także się nie schronisz! Cesarz niemiecki cię wyda, bom ja książę Rzeszy

Niemieckiej, elektor brandenburski mój wuj, książę Oranii jego szwagier, królestwo francuscy i ich ministrowie moi przyjaciele. Gdzie się schronisz?... Turcy i Tatarzy cię sprzedadzą, choćbyśmy mieli pół fortuny im oddać. Kąta na ziemi nie znajdziesz ani takich puszcz, ani takich ludów...

- Dziwno mi to - rzekł Kmicic - że się wasza książęca mość o moje zdrowie z góry tak troszczysz, wielka persona Radziwiłł!... A przecie mi tylko cyngla ruszyć...

- Temu nie neguję. Nieraz się już zdarzało w świecie, że wielki człowiek ginął z rąk prostaka. Toć i Pompejusza ciura zabił, toć królowie francuscy z rąk ludzi niskiego stanu ginęli, toć nie dalej szukając i wielkiemu ojcu mojemu toż samo się przygodziło... Jeno, pytam się ciebie, co dalej?

- Et, co mi tam! Nie dbałem ja nigdy o to wielce, co jutro będzie. Przyjdzie ze wszystkimi Radziwiłłami się zahaczyć, to jeszcze Bóg to wie, kto komu lepiej przygrzeje. Już to dawno miecz mi ciągle wisiał nad głową, a dlatego niech jeno oczy zmrużę, to i śpię smaczno jak suseł. W dodatku, mało mi będzie jednego Radziwiłła, to porwę drugiego i trzeciego...

- Jak mi Bóg miły, kawalerze, tak mi się podobasz!... Bo to ci powtarzam, że chyba ty jeden w Europie mogłeś się na coś podobnego ważyć. Ani się, bestia, zatroska, ani pomyśli, co jutro będzie! Lubię śmiałych ludzi, a coraz ich mniej na świecie... Ot, porwał sobie Radziwiłła i trzyma go jak swego... Gdzieżeś się taki uchował, kawalerze? Skąd jesteś?

- Chorąży orszański!

- Panie chorąży orszański, żal mi, że Radziwiłłowie tracą takiego człowieka jak waćpan, bo z takimi ludźmi siła można dokazać. Gdyby nie o mnie chodziło... Hm! nie żałowałbym niczego, by cię skaptować...

- Za późno! - rzekł Kmicic.

- To się rozumie! - odpowiedział książę. - Wiele za późno! Ale to ci przyrzekam, że każę cię po prostu rozstrzelać, boś godzien żołnierską śmiercią zginąć... Co za diabeł wcielony! Z pośrodka moich ludzi mnie porwał!

Kmicic nie odrzekł nic; książę zaś zamyślił się przez chwilę, po czym zakrzyknął:

- Wreszcie, pal cię sześć! Jeżeli puścisz mnie natychmiast, nie będę się mścił! Dasz mi tylko parol, że nikomu nie wspomnisz, co zaszło i ludziom nakażesz milczenie.

- Nie może być! - rzekł Kmicic.

- Chcesz wykupu?

- Nie chcę.

- Po cóżeś, u diabła, mnie porwał? Nie rozumiem!

- Siła by gadać! Dowiesz się wasza książęca mość później.

- A co mamy robić przez drogę, jeśli nie gadać? Przyznaj się, kawalerze, do jednej rzeczy: żeś mnie porwał w chwili cholery i desperacji... i teraz sam dobrze nie wiesz, co ze mną czynić.

- To moja rzecz! - odpowiedział Kmicic - a czy nie wiem, co czynić, pokaże się niebawem.

Niecierpliwość odbiła się na twarzy księcia Bogusława.

- Niezbyt rozmownyś, panie chorąży orszański - rzekł- ale odpowiedz mi przynajmniej szczerze na jedno pytanie: zaliś już jechał do mnie na Podlasie z gotowym zamiarem targnięcia się na moją osobę czyli też później, w ostatniej chwili, przyszło ci to do głowy.

- Na to mogę szczerze waszej książęcej mości odpowiedzieć; bo i mnie samego w gębę pali, abym wam powiedział, dlaczego porzuciłem waszą stronę i pókim żyw, póki mi tchu w gardzieli stanie, więcej do niej nie wrócę.

Książę wojewoda wileński mnie zwiódł i naprzód na to mnie wyciągnął, żem mu na krucyfiksie zaprzysiągł, jako go nie opuszczę do śmierci...

- A to pięknie dotrzymujesz... Nie ma co mówić!...

- Tak jest! - zawołał gwałtownie Kmicic. - Jeślim duszę stracił, jeśli muszę być potępiony, to przez was... Ale miłosierdziu boskiemu się oddaję... i wolę duszę stracić, wolę gorzeć wiekuiście niż dłużej grzeszyć świadomie i dobrowolnie, niż dłużej służyć wiedząc, że grzechowi i zdradzie służę. Niech Bóg zmiłuje się nade mną... Wolę gorzeć! Wolę stokroć gorzeć... bo i tak bym gorzał, gdybym przy was został. Nie mam nic do stracenia... Ale to przynajmniej na sądzie boskim powiem: "Nie wiedziałem, na com przysięgał, a gdym zmiarkował, że na zdradę ojczyźnie, na zgubę imieniowi polskiemu przysiągłem, tedym przysięgę złamał... Teraz mnie, Panie Boże, sądź!"

- Do rzeczy! do rzeczy! - rzekł spokojnie książę Bogusław.

Lecz pan Andrzej oddychał ciężko i jechał czas jakiś w milczeniu, z namarszczoną brwią i okiem wbitym w ziemię, jak człowiek nieszczęściem przygnieciony.

- Do rzeczy! - powtórzył książę Bogusław.

Kmicic zbudził się jakoby ze snu, potrząsnął głową i mówił:

- Wierzyłem księciu hetmanowi, jakbym ojcu rodzonemu nie wierzył. Pamiętam te ucztę, gdy o nam pierwszy raz powiedział, że się ze Szwedem połączył. Com ja wtedy przecierpiał, com przeszedł, Bóg mi policzy! Inni, zacni ludzie, ciskali mu buławy pod nogi, przy ojczyźnie się oponując, a jam stał jak pień, z buławą, ze wstydem i z hańbą, w upokorzeniu, w męce... bo mi do oczu powiedziano: "zdrajca!" I kto powiedział!... Et!... lepiej nie wspominać, bym się zaś nie zapamiętał, bym nie oszalał i waszej książęcej mości zaraz tu w łeb nie strzelił... Wyście to, wy, zdrajcy, sprzedawczyki, wyście mnie do tego doprowadzili!

Tu pan Kmicic począł patrzeć strasznym wzrokiem na księcia i nienawiść wybiła mu z dna duszy na twarz, na kształt smoka, który wypełznął z pieczary na światło dzienne, a książę Bogusław patrzył na junaka spokojnym, nieulękłym okiem, na koniec rzekł:

- Owszem, panie Kmicic, to mnie zajmuje... Mów dalej...

Kmicic puścił cugle książęcego konia, zdjął czapkę, jakby chcąc gorejącą głowę ochłodzić.

- Tej samej nocy - mówił - poszedłem do księcia hetmana, bo i sam kazał mnie sprowadzić. Myślałem sobie: wypowiem mu służbę, złamię przysięgę, uduszę w tych oto rękach, prochami wysadzę Kiejdany, a potem niech się, co chce, dzieje! On też wiedział, żem na wszystko gotów - znał mnie! Widziałem to dobrze, iż palcami w puzdrze przebierał, w którym były pistolety. Nic to - myślę sobie - albo mnie chybi, albo zabije! Ale on począł mnie reflektować, począł mówić, takie perspektywy mnie, prostakowi, pokazować, za takiego zbawcę się podawać, że wiesz wasza książęca mość, co się stało?

- Przekonał młodzika! - rzekł Bogusław.

- Żem mu do nóg padł - zakrzyknął Kmicic - i ojca, jedynego zbawcę ojczyzny w nim widziałem, żem mu się oddał jako diabłu, z duszą, z kadłubem, żem był gotów za niego, za jego uczciwość, z wieży kiejdańskiej na łeb się rzucić!

- Domyślałem się, że taki będzie koniec! - zauważył Bogusław.

- Com stracił w tej służbie, n tym nie będę gadał, ale oddałem mu ważne usługi: utrzymałem w posłuszeństwie moją chorągiew, która tam teraz została, bogdaj mu na pohybel! - inne, które się buntowały, znacznie wyciąłem... Zababrałem ręce w krwi bratniej, w tej myśli, iż sroga to dla ojczyzny necessitas! Często mnie dusza bolała, gdy dobrych żołnierzów rozstrzeliwać kazał; często natura szlachecka rebelizowała przeciw niemu, gdy raz i drugi przyrzekł mi coś, a potem nie dotrzymał. Alem to myślał: ja głupi, on mądry! - tak trzeba! Teraz dopiero, gdym się o onych truciach z listów dowiedział, aż mi szpik w kościach zdrętwiał! Jakże to? Takaż to wojna? To truć chcecie żołnierzów? I to ma być po hetmańsku? To ma być po radziwiłłowsku? Ja to mam takie listy wozić?...

- Nie znasz się na polityce, kawalerze - przerwał Bogusław.

- Niechże ją pioruny zatrzasną! Niechże ją podstępni Włochowie robią, nie szlachcic, którego Bóg zacniejszą od innych krwią przyozdobił, ale też i zobowiązał, aby szablą, nie apteką, wojował i imienia nie hańbił!

- Te listy tedy tak cię zraziły, że postanowiłeś Radziwiłłów opuścić?

- Nie listy! Byłbym je katu oddał albo w ogień cisnął, bo ja nie od takich funkcyj - ale nie listy! Wyrzekłbym się posłowania, ale sprawy nie odstąpił. Czy ja wiem?! Poszedłbym choć w dragony albo kupę bym nową zebrał i znów Chowańskiego po staremu podchodził. Ale już mi zaraz przyszło podejrzenie: a nuż oni i ojczyznę chcą otruć tak jak tych żołnierzów?... Bóg dał, żem nie wybuchnął, choć mi głowa jako granat gorzała, żem się opamiętał, żem miał tę moc powiedzieć sobie: ciągnijże go za język, a dowiesz się całej prawdy - nie zdradź, co masz w sercu, podaj się za zaprzańca, za gorszego od samych Radziwiłłów, i ciągnij za język.

- Kogo? mnie?

- Tak jest! i Bóg mi pomógł, żem ja, prostak, statystę w pole wywiódł, żeś wasza książęca mość mając mnie za szelmę ostatnią, żadnego szelmostwa waszego nie ukrył, wszystko wyznał, wszystko wypowiedział, jakoby na dłoni wypisał! Włosy mi na łbie dębem stawały, alem słuchał i wysłuchał do końca!... O zdrajcy! O arcypiekielnicy! O parrycydowie!... Jakże to piorun was dotąd nie pobił? Jakże to ziemia was dotąd nie pożarła?... To z Chmielnickim, ze Szwedami, z elektorem, z Rakoczym i z samym diabłem na zgubę tej Rzeczypospolitej się zmawiacie?... To płaszcz z niej chcecie sobie wykroić? Zaprzedać? Rozdzielić? Rozerwać jako wilcy tę matkę waszą. Takaż wasza wdzięczność za wszystkie dobrodziejstwa, którymi was obsypała, za one urzędy, honory, godności, substancje, starostwa, za takie fortuny, których królowie zagraniczni wam zazdroszczą?... I gotowiście nie zważać na onej łzy, na mękę, na ucisk? Gdzie w was sumienie? Gdzie wiara, gdzie uczciwość? !.. Co za monstra na świat was wydały?

- Panie kawalerze - przerwał zimno książę Bogusław - masz mnie w ręku i możesz mnie zabić, ale o jedno cię proszę: nie nudź mnie!

Umilkli obaj.

Jednakże ze słów Kmicica ukazywało się jasno, że żołnierz zdołał wyciągnąć całą nagą prawdę z dyplomaty i że książę popełnił wielką nieostrożność, wielki błąd, zdradziwszy najtajniejsze zamysły własne i hetmańskie. Ubodło to jego miłość własną, więc też nie racząc ukrywać złego humoru rzekł:

- Nie przypisuj tylko tego własnemu dowcipowi, panie Kmicic, jeżeliś ze mnie prawdę wydostał. Mówiłem otwarcie, bom myślał, że książę wojewoda lepiej zna się na ludziach i przyszle człowieka godnego ufności.

- Książę wojewoda przysłał człowieka godnego ufności - odparł Kmicic - aleście go już stracili. Odtąd tylko szelmy służyć wam będą!

- Jeżeli sposób, w jaki mnie porwałeś, nie był szelmowski, to niech mi w pierwszej bitwie szpada do ręki przyrośnie.

- To fortel! W twardej ja się szkole ich uczył. Chciałeś wasza książęca mość poznać Kmicica, masz go! Nie pojadę z próżnymi rękoma do naszego pana miłościwego.

- I myślisz, że mi włos z głowy z ręki Jana Kazimierza spadnie?

- To sędziów, nie moja sprawa!

Nagle Kmicic zatrzymał konia.

- Hej ! - rzekł. - A list księcia wojewody? Masz go wasza książęca mość przy sobie?

- Choćbym miał, to bym nie dał! - rzekł książę. - Listy zostały w Pilwiszkach.

- Obszukać go! - krzyknął Kmicic.

Żołnierze porwali znów księcia pod ramiona, Soroka zaś począł szukać mu po kieszeniach. Po chwili znalazł list.

- Oto jeden dokument przeciw wam i waszym robotom - rzekł biorąc go pan Andrzej. - Dowie się z niego król ;polski, co zamierzacie, dowie się i szwedzki, że chociaż teraz mu służycie, przecie już książę wojewoda zastrzega sobie wolność recedere, jeśliby się noga Szwedom miała powinąć. Wyjdą na jaw wszystkie wasze zdrady, wszystkie machinacje. A mam przecie i inne listy, do króla szwedzkiego, do Wittenberga, do Radziejowskiego... Wielcy jesteście i potężni, a przecie nie wiem, czyli wam ciasno nie będzie w tej ojczyźnie, gdy wam obaj królowie godną waszych zdrad rekompensę obmyślą.

Oczy księcia Bogusława zabłysły złowrogim światłem, ale po chwili opanował gniew i rzekł:

- Dobrze, kawalerze! Na śmierć i życie między nami!... Spotkamy się!... Możesz przysporzyć nam trosków i sprawić wiele złego, ale to jeno powiem : nikt nie śmiał dotąd tego uczynić w tym kraju, coś ty uczynił, i biada tobie i twoim.

- Ja sam mam szablę do obrony, a swoich mam czym wykupić! - rzekł Kmicic.

- Ach! masz mnie jako zakładnika! - rzekł książę.

I mimo całego gniewu odetchnął spokojnie; zrozumiał jedno w tej chwili, że w żadnym wypadku życiu jego nic nie grozi, bo jego osoba zbyt jest Kmicicowi potrzebna. Postanowił z tego korzystać.

Tymczasem puścili się znów rysią i po godzinie drogi ujrzeli dwóch jeźdźców, z których każdy prowadził po parze jucznych koni. Byli to ludzie Kmicicowi wysłani naprzód z Pilwiszek.

- A co tam? - spytał ich Kmicic.

- Konie nam się zmachały okrutnie, wasza miłość, bośmy nie wypoczywali dotąd.

- Zaraz spoczniemy!...

- Widać tu chałupę na zakręcie, może to karczma.

- Niech wachmistrz ruszy naprzód obroki przygotować. Karczma czy nie karczma, trzeba stanąć!...

- Wedle rozkazu, panie komendancie.

Soroka wypuścił konia, a oni podążali za nim zwolna. Kmicic jechał z jednej strony księcia, Lubieniec z drugiej. Książę uspokoił się zupełnie i nie wyciągał więcej na rozmowę pana Andrzeja. Zdawał się być zmęczony drogą czy też położeniem, w jakim się znajdował, i głowę pochylił nieco na piersi, a oczy miał przymknięte. Jednakże od czasu do czasu rzucał ukośne spojrzenia, to na Kmicica, to na Lubieńca, którzy trzymali cugle jego konia, jakby upatrując, którego łatwiej będzie obalić, aby się wyrwać na wolność. Tymczasem zbliżyli się do budowli leżącej przy drodze, na cyplu lasu. Nie była to karczma, ale kuźnia i kołodziejnia zarazem, w której jadący traktem zatrzymywali się dla przekuwania koni i reparacji wozów. Między samą kuźnią a drogą rozciągał się niewielki majdan, nie ogrodzony płotem, z rzadka porosły wydeptaną trawą; szczątki wozów i popsowane koła leżały rozrzucone tu i owdzie na owym majdanie, ale z przejezdnych nie było nikogo, jeno koń Soroki stał przywiązany do słupa. Sam Soroka rozmawiał przed kuźnią z kowalem Tatarem i dwoma jego pomocnikami.

- Niezbyt obfity będziem mieć popas - rzekł uśmiechając się książę niczego tu nie dostanie.

- Mamy żywność i gorzałkę ze sobą - rzekł pan Kmicic.

- To dobrze! Trzeba nam będzie sił nabrać.

Tymczasem stanęli. Kmicic zatknął za pas krócicę, zeskoczył z kulbaki i oddawszy bachmata w ręce Soroki chwycił znów za cugle książęcego konia, którego zresztą Lubieniec nie popuszczał z ręki z drugiej strony.

- Wasza książęca mość zechce zejść z konia! - rzekł pan Andrzej.

- A to czemu? Będę jadł i pił z kulbaki - rzekł książę pochylając się ku niemu.

- Proszę na ziemię! - zawołał groźnie Kmicic.

- A ty w ziemię! - krzyknął straszliwym głosem książę i wyrwawszy z szybkością błyskawicy krócicę zza pasa Kmicica, huknął mu w samą twarz.

- Jezus Maria ! - zakrzyknął Kmicic.

W tej chwili koń pod księciem, uderzony ostrogami, wspiął się tak, iż wyprostował się prawie zupełnie, książę zaś przekręcił się jak wąż w kulbace ku Lubieńcowi i całą siłą potężnego ramienia pchnął go lufą między oczy.

Lubieniec wrzasnął przeraźliwie i spadł z konia.

Zanim inni mogli zrozumieć, co się stało, zanim odetchnęli, zanim okrzyk zgrozy zamarł na ich wargach, Bogusław roztrącił ich jak burza, wypadł z majdanu na drogę i pomknął wichrem ku Pilwiszkom.

- Łapaj! Trzymaj! Bij! - rozległy się dzikie głosy.

Trzej żołnierze, którzy jeszcze siedzieli na koniach, puścili się za nim; lecz Soroka chwycił muszkiet oparty o ścianę i począł mierzyć do uciekającego, a raczej do jego rumaka.

Rumak zaś wyciągnął się jak sarna i biegł z szybkością strzały wypuszczonej z cięciwy. Huknął strzał. Soroka rzucił się przez dym, aby skutek lepiej zobaczyć; oczy przysłonił ręką, popatrzył przez chwilę i wreszcie wykrzyknął:

- Chybiony!

W tej chwili Bogusław zniknął na zakręcie, a za nim zniknęli goniący.

Wówczas wachmistrz zwrócił się do kowala i jego pomocników, którzy patrzyli aż dotąd z niemym przerażeniem na to, co się stało, i zawołał:

- Wody!

Kowalczuki skoczyli ciągnąć żurawia, a Soroka klęknął przy leżącym nieruchomie panu Andrzeju. Twarz Kmicica była pokryta sadzą wystrzału i soplami krwi - oczy miał przymknięte, lewą brew, powiekę i lewy wąs osmolone. Wachmistrz począł naprzód dotykać z lekka palcami jego czaszki. Dotykał długo i ostrożnie, po czym mruknął:

- Głowa cała...

Lecz Kmicic nie dawał znaku życia i krew wydobywała mu się z twarzy obficie. Tymczasem kowalczuki przynieśli wiadro wody i szmaty do obcierania. Soroka z równąż powolnością i uwagą zabrał się do obmywania twarzy Kmicica.

Na koniec rana ukazała się spod krwi i sadzy. Kula rozorała głęboko Kmicicowi lewy policzek i zniosła zupełnie koniec ucha. Soroka począł badać, czy kość policzkowa nie jest strzaskana.

Po chwili przekonał się, że nie, i odsapnął głęboko. Równocześnie Kmicic pod wpływem zimnej wody i bólu jął dawać znaki życia. Twarz poczęła mu drgać, piersi podnosiły się oddechem.

- Żyje!... Nic mu nie będzie! - zawołał radośnie Soroka.

I łza stoczyła się po zbójeckiej twarzy wachmistrza.

Tymczasem na zakręcie drogi ukazał się Biłous, jeden z trzech żołnierzy, którzy pognali za księciem.

- A co? - spytał Soroka.

Żołnierz kiwnął ręką.

- Nic!

- A tamci prędko wrócą?

- Tamci nie wrócą

Wachmistrz złożył drżącymi rękoma głowę Kmicica na progu kuźni i zerwał się na równe nogi.

- Jakże to?

- Panie wachmistrzu, to charakternik! Pierwszy dogonił go Zawratyński, bo miał najlepszego konia, i dlatego że mu się pozwolił dogonić. W naszych oczach wydarł mu szablę z ręki i sztychem przebił. Ledwie mieliśmy czas zakrzyknąć. Witkowski był bliżej i skoczył na ratunek. A ten ściął go w moich oczach... jakby go piorun zatrzasnął!... Ani zipnął... A jam nie czekał kolei.. Panie wachmistrzu ! on tu gotów jeszcze wrócić!

- Nic tu po nas! - krzyknął Soroka. - Do koni!

I w tejże samej chwili poczęli wiązać nosze między końmi dla Kmicica.

Dwóch ludzi z rozkazu Soroki stanęło z muszkietami na drodze, z obawy powrotu straszliwego męża.

Lecz książę Bogusław, w przekonaniu, że Kmicic nie żyje, wracał spokojnie do Pilwiszek.

O zmroku już spotkał go cały oddział rajtarów wysłany przez Patersona, który zaniepokoił się długą nieobecnością księcia.

Oficer ujrzawszy księcia skoczył ku niemu.

- Wasza książęca mość... Nie wiedzieliśmy...

- Nic to! - przerwał książę Bogusław. - Przejeżdżałem konia w kompanii tego kawalera, od którego go kupiłem.

A po chwili dodał:

- I zapłaciłem dobrze.

Also Available from JiaHu Books

Chłopy
Ziemia obiecana
Rok 1794. Tomy 1-3
Faraon
Bunt
Ludzie bezdomni
Wampir
Quo vadis?
Pan Taduesz
Na wzgórzu róż
Kariera Nikodema Dyzmy
Utwory wybrane – Maria Konopnicka
Zemsta
Osudy dobrého vojáka Švejka za světové války
Válka s molky
R.U.R.
Hordubal
Krakatit
Továrna na absolutno
Povětroň
Obyčejný život
Babička
Hiša Marije Pomočnice
Judita
Dundo Maroje
Suze sina razmetnoga
Az arany ember
Szigeti veszedelem

www.ingramcontent.com/pod-product-compliance
Lightning Source LLC
Chambersburg PA
CBHW020914200626
46814CB00001BA/333